Nina Blazon
Der dunkle Kuss der Sterne

Nina Blazon

DER DUNKLE KUSS DER STERNE

cbt ist der Jugendbuchverlag
in der Verlagsgruppe Random House

Verlagsgruppe Random House FSC® N001967
Das für dieses Buch verwendete FSC®-zertifizierte Papier
Super Snowbright liefert Hellefoss AS, Hokksund, Norwegen.

Gesetzt nach den Regeln der Rechtschreibreform

1. Auflage 2014
© 2014 cbt Verlag, München,
in der Verlagsgruppe Random House GmbH
Alle Rechte vorbehalten
Umschlagfoto: Shutterstock (Marilyn Barbone, fotosutra.com)
Umschlaggestaltung: Kathrin Schüler, Berlin
MI · Herstellung: kw
Satz: Uhl+Massopust, Aalen
Druck: GGP Media GmbH, Pößneck
ISBN: 978-3-570-16155-5
Printed in Germany

www.cbt-jugendbuch.de

TEIL 1:
DIE STADT

Zwei Teile eines Ganzen

Am Morgen vor meiner Hochzeit erwachte ich, ohne zu ahnen, dass ich tot war, obwohl mein Herz noch schlug. Wie eine Katze, die aus großer Höhe gefallen und instinktiv auf allen vieren gelandet war, kauerte ich auf dem Bett. Tränen tropften auf meine Fäuste und meine Finger pochten, so fest krallte ich mich in die Seidenlaken. Ein Teil von mir schien immer noch zu schlafen, denn die Bilder und Klänge aus dem Albtraum hallten in mir nach: Weinen und Schreie, verzerrte Gesichter von Menschen, die ich noch nie in meinem Leben gesehen hatte. Doch das Schlimmste war das Gefühl von abgrundtiefer Einsamkeit: Eis auf meiner Seele und eine hallende Leere im Herzen.

Du hast nur geträumt, Canda, beruhigte ich mich. *Träume bedeuten nichts. Und schau hin! Du bist nicht einsam – am wenigsten in der letzten Nacht deines alten Lebens.*

Es erstaunte mich trotzdem, wie erleichtert ich war, die Mädchen zu sehen. Aneinandergeschmiegt lagen sie auf dem Prunkbett, das so groß war wie sechs gewöhnliche Betten. Alle drei schliefen noch: meine jüngere Schwester Vida und meine zwei besten Freundinnen, Zabina und Anib. Sie waren Zwillinge, beide geschmeidig und sehr schlank, die besten Tänzerinnen in der Stadt. Nicht einmal ihre Mutter konnte die beiden auseinanderhalten, aber ich hätte jede von ihnen auch blind erkannt. Auf den goldfarbenen Laken wirkte ihre Kastanienhaut noch dunkler und das Schwarz ihrer Haare lichtlos.

Im Schlaf hatte Anib die Decke von sich geschoben, auf ihrem Körper glänzten blaue Symbole. So wie es seit Jahrhunderten Tradition war, hatte ich um Mitternacht alle drei Mädchen mit dem Schattenblau meiner Familie gezeichnet. Mit Ornamenten, Mustern und Zeichnungen, die die Mythologie meiner Vorfahren beschworen: das Herrscherpaar, wie es den ersten Stein unserer Stadt in den Wüstensand setzte. Tana Blauhand, die einzige Figur, deren Arme bis zu den Ellbogen ganz mit dem kriegerischen Blau ausgemalt waren, und ihr Gefährte, den man Khelid Wolfsherz nannte und der zum Zeichen seiner Grausamkeit mit einem Raubtierkopf dargestellt wurde. Über den beiden schwebten vier Sterne mit Augen, die wohlwollend auf sie herunterblickten. Es gab viel zu erzählen über meine Vorfahren, denn ich stamme aus der ältesten der fünf großen Familien Ghans. Bevor die anderen Familien zugewandert waren, hatte die Wüste uns allein gehört. Auf den Schultern und Schlüsselbeinen meiner Mädchen erhoben sich Zelte, auf den Oberarmen und Rippen prangten Pfeile und Äxte, archaische Waffen, passend zu der längst vergangenen Urzeit, aus der diese verstaubte Tradition stammte.

Unendlich viele langweilige Unterrichtsstunden hatte ich als Kind damit verbracht, diese Zeichnungen zu üben – im vollen Bewusstsein, dass es nur ein altes leeres Ritual war und mir für mein Leben nichts nützen würde. Entsprechend waren meine Zeichnungen in dieser Nacht ausgefallen: Die Zelte wirkten windschief und einer der Sterne schien zu schielen.

»Na, wenn du so herrschst, wie du zeichnest, wirst du in die Geschichte deiner Familie eingehen – als Canda, die Nachlässige«, hatte Zabina gespottet.

Und Anib setzte nach: »Ja, stellt euch vor, sie wird eines Tages tatsächlich die neue Mégana und gibt sich mit Verträgen und Strategien genauso viel Mühe – dann landen wir alle wieder in der Wüste.«

Meine Schwester Vida war empört, aber ich hatte über den

Spott meiner Freundinnen nur gelacht. Ich wusste, sie neideten mir und Tian nicht, dass wir die Hoffnungsträger unserer Familien waren. Und sie waren klug genug zu wissen, dass ich meine Freunde niemals vergaß – egal wie hoch mein Geliebter und ich aufsteigen würden. Beim Gedanken an unsere Zukunft hatte mich wieder diese Woge von Glück erfasst, die mich seit Wochen immer atemlos machte – seit Tian und ich unsere Unterschriften unter den siebzigseitigen Vertrag gesetzt hatten, die letzte Hürde vor der Zeremonie unserer endgültigen Verbindung. Heute durften wir endlich das werden, wofür wir vor siebzehn Jahren geboren wurden: eine Zweiheit, ein Paar, eine Seele, ein Körper, ein Gedanke, mit aller Macht, die daraus entsprang – und aller Verantwortung. Im Gefüge unserer Familien würden wir der Metropole Ghan zu noch mehr Macht verhelfen. Jeder mit seinen Talenten und Fähigkeiten.

Aber jetzt, nach diesem Traum, schien all das so unwirklich zu sein wie Nebel.

Noch nie hatte ich mich so unvollständig gefühlt, so schutzlos und verloren. Im flackernden Schein der Papierlampe, die über dem Bett hing, schienen sich die blauen Strichfiguren auf Anibs Wangen zu bewegen, und die Sterne auf ihrer Stirn starrten mich feindselig an. Ich fröstelte und wusste nicht, warum ich plötzlich wieder Angst bekam.

Tod!

Ich schrak zusammen. Es war, als hätte jemand mir dieses Wort zugeflüstert, doch niemand war hier. Es musste ein Nachhall aus diesem Traum sein, an den ich mich kaum noch erinnerte.

Meine Hände waren noch so starr, dass es wehtat, die Fäuste zu lösen. Leise glitt ich vom Bett. Doch schon das Schleifen der Seidendecke störte den leichten Schlaf meiner Schwester. Vida regte sich, eine Strähne ihres Haares, von der Sonne fast weiß gebleicht, rutschte über ihre Wange. Meine Schwester und ich waren wie Tag und Nacht – sie blond wie unser Vater, mit einem runden, sanften Gesicht, dessen Weichheit gut verbarg, wie durchsetzungsstark sie war. Ich war dagegen groß und dunkelhaarig wie meine Mutter. Und meine Stärke lag nicht in der Schärfe, sondern darin, mit meiner Schönheit und meinem Gespür ungewöhnliche Wege zu finden, zu verbinden, was unvereinbar schien.

»Canda? Ist es schon Morgen?« Wenn Vida so müde war, sah sie immer aus wie ein sehr viel jüngeres, verträumtes Mädchen.

»Noch nicht, Floh. Schlaf noch ein bisschen.« Ich erschrak, wie fremd mir meine eigene Stimme war. Hohl und dünn, ohne das Klingen, das Menschen, die mit mir sprachen, stets zum Lächeln brachte.

Ich fiel fast, während ich vom Bett kroch, und taumelte schon beim ersten Schritt, als hätte sich das Gleichgewicht in meinem Körper über Nacht verschoben, als würde mir etwas fehlen – ein Körperteil, ein Bein vielleicht, ein Arm? Aber das war natürlich Unsinn, alles war wie immer und gleichzeitig völlig verkehrt.

Ich erreichte die Fenster und riss den Vorhang zur Seite. Goldseide bauschte sich. Draußen scharrte der sandige Wind an den Scheiben entlang, Wirbel bildeten bizarre Figuren in der Luft. Obwohl es fast noch Nacht war, erkannte man bereits, dass es ein stürmischer Sommertag werden würde.

Ich legte die Hände und meine Stirn an die Scheibe und starrte zu dem gegenüberliegenden Gebäude. Im ersten fernen Schimmer der Morgenröte glänzten die obersten Fenster wie blassrosa, schlafmüde Augen. Hinter den Vorhängen schliefen mein Geliebter und seine Freunde.

»Komm zum Fenster und sieh mich an!«, flüsterte ich. Ich

hoffte so sehr, dass er ebenfalls aufgewacht war und meinen Ruf spüren würde. Dann könnten wir uns über den Abgrund von zwanzig Stockwerken hinweg betrachten – winzige Figuren über den silbernen, vom Sand matt gekratzten Kuppeldächern unserer Metropole. Sicher hatte Tian ebenso schlecht geschlafen wie ich, in den vergangenen Tagen hatte er zerstreut gewirkt und seltsam schweigsam, vielleicht war es ihm ähnlich gegangen wie mir heute? Es geschah oft, dass wir dasselbe dachten und Schmerz und Freude des anderen spürten. Unsere Familien waren glücklich darüber, schließlich war es der Beweis, wie sehr wir füreinander bestimmt waren. Seit wir Kinder waren, waren wir selten länger als einen Tag getrennt gewesen. Wir teilten alles, was wir hatten und waren, stimmten uns darauf ein, gemeinsam zu entscheiden, gemeinsam zu sein und für den Rest unseres Lebens im Gleichklang zu schwingen wie zwei Instrumente, deren Stimmen zu einem einzigen Klang verschmolzen.

Aber ausgerechnet an dem Morgen unserer offiziellen Verbindung war es, als hätte dieser Gleichklang nie existiert.

Mein Atem legte einen Schleier über die Scheibe, das Fenster im anderen Haus blieb leer, und als ich blinzelte, tropften Tränen von meinen Wimpern. *Mach dich nicht lächerlich*, schalt ich mich. *Träume bedeuten nicht mehr als Wetterleuchten. Nur Geisteskranke schenken ihnen Glauben.* Aber gleichzeitig legte sich die Angst wie eine Sandschicht auf meine Seele. Irgendetwas *war* passiert!

»He!«

Ich fuhr herum und musste mich mit dem Rücken an die Scheibe lehnen, sonst hätten meine Knie nachgegeben.

Meine Schwester war lautlos an mich herangetreten, stolz, aufrecht, ohne ein Lächeln. Aber jetzt, als sie mir mitten ins Gesicht sah, stolperte sie erschrocken zurück. Unwillkürlich

TEIL I: DIE STADT

warf ich einen Blick über die Schulter, doch hinter mir war nichts, was sie erschreckt haben könnte, nur Sandwirbel und die erste Ahnung von Helligkeit.

»Canda?«, fragte meine Schwester so verwundert, als hätte sie mich eben erst erkannt.

»Jemand ist gestorben!« Es rutschte mir einfach so heraus, mit dieser Stimme, die nicht mehr ganz die meine war. Ich erschrak so sehr, dass ich beide Hände vor den Mund schlug.

»Was ... wer ist tot?«, fragte Vida.

Ich schloss die Augen. »Tian?«, flüsterte ich. Und jetzt traf mich die Panik wie ein heißer Wind, der mich von Kopf bis Fuß versengte. Meine Schwester legte mir die Hand auf die Schulter. »Canda, weinst du etwa? Beruhige dich doch! Woher willst du denn wissen, dass ihm etwas passiert ist?«

»Ich spüre es einfach!« Jetzt schrie ich. Und das erschreckte mich fast mehr als meine Schwester. Zabina und Anib fuhren aus dem Schlaf hoch, setzten sich auf und blickten verwundert blinzelnd zu uns herüber. Getrocknete Farbe rieselte von ihren Körpern auf die Seide.

Ich stieß mich von der Scheibe ab und wankte an Vida vorbei zur Tür. Dabei verlor ich fast das Gleichgewicht.

»Canda, warte doch!«

Aber ich hatte schon den Zeremonienmantel von dem Haken an der Wand gerissen und mir über die Schultern gezogen. Ich trat auf den Saum und stolperte, die Naht der Goldborte riss, doch ich achtete nicht darauf und stürzte auf den Flur. Die beiden bewaffneten Wachen, die vor der Tür warteten, sprangen von ihren Stühlen auf.

»Lasst sie durch!«, hallte der scharfe Befehl meiner Schwester durch den Flur.

Irgendein Teil von mir wunderte sich noch, warum sie den Männern befehlen musste, sich mir nicht in den Weg zu stellen, aber ich hatte genug damit zu tun, nicht zu stolpern. Ich war es nicht gewohnt, lange Kleider zu tragen, normalerweise lief ich in Hosen aus leichtem Stoff herum. Aber heute fühlte ich mich auch noch so, als wären meine Knochen zu Stein geworden und die Schultern zu schwach, um aufrecht zu bleiben.

Das Prunkzimmer, in dem ich die Nacht verbracht hatte, lag im ältesten Trakt der Stadt, hier glänzte noch Gold an den Wänden, Mosaikbilder aus Edelsteinen schmückten die altertümlichen spitzgiebeligen Durchgänge. Alles, was hier modern war – die Aufzüge, das Licht – war nachträglich eingebaut worden. So früh am Morgen war auf den Fluren nur Personal zu sehen, das die Marmorböden wischte. Tagsüber würden diese Putzkräfte wieder in Küchen und Wäschereien verschwinden und für uns unsichtbar werden. Sie stammten aus dem dritten Ring, farblose, einfache Menschen, dazu geboren, den höheren und höchsten Familien – uns – zu dienen. Ich mochte und bedauerte sie gleichermaßen, sie waren stets schüchtern und ehrfürchtig, aber ihre besorgten Mienen hellten sich auf, sobald sie mich sahen. Und selbst der ängstlichste von ihnen begann zu strahlen, wenn ich ihm ein Lächeln schenkte. Sie konnten gar nicht anders. Es war fast so, als würde mein Glanz ein Licht in anderen Menschen entzünden. Ich war gerne verschwenderisch mit meinem Lächeln. Meine Mutter tadelte mich dafür, aber Tian liebte genau das besonders an mir. »Du bist der strahlendste Stern der Stadt«, sagte er oft. »Und zum Glück bist du mein Stern.«

Heute hatte ich kein Lächeln für die Leute übrig, und sie starrten mich an wie eine Fremde und vergaßen sogar, sich zu verbeugen. Es war ihnen nicht zu verdenken, man sah schließlich nicht jeden Tag eine der Hohen in antikem Hochzeitsmantel und aufgelöstem Haar durch die Flure stürmen.

»Canda, bleib stehen!«

TEIL 1: DIE STADT

Mein keuchender Atem beschlug an der Scheibe des Aufzugs. Vidas Stimme drang nur gedämpft durch die geschlossene Tür, viel lauter hallte das Trommeln ihrer Fäuste. »Halt sofort den Aufzug an!«, schrie sie, jedes Wort eine Wolke auf dem Glas. Ich konnte nur den Kopf schütteln, dann schwebte die gläserne Kabine schon quälend langsam nach unten.

*

Auch die beiden Wächter vor Tians Tür sahen mir mit Befremdung entgegen. Damit hatte ich gerechnet. Natürlich konnte mir niemand verbieten, Tian zu sehen, wann immer ich wollte, aber es war ungewöhnlich, dass ich noch vor der Zeremonie zu ihm wollte.

»Sofort die Tür aufmachen!«, befahl ich ihnen atemlos.

Sie machten keine Anstalten, zur Seite zu treten, starrten mich nur mit zusammengezogenen Augenbrauen an. »Habt ihr nicht gehört! Ihr sollt ...«

»Keinen Schritt weiter, Mädchen!«, bellte der Kerl, der mich um fast zwei Köpfe überragte. Er trug einen dunklen Anzug, der etwas zu eng saß und seine Muskeln nur schlecht verbarg. »Du hast hier nichts verloren.« Ein grober Stoß traf meine Schulter. Ich taumelte zurück, fassungslos. Die Stelle an meiner Schulter schien zu brennen wie ein Schandmal. Spätestens jetzt hätte ich geschworen, dass ich immer noch träumen musste. Er hatte mich – eine Hohe – angefasst! Und was noch schlimmer war: Er sprach mit mir ohne Respekt, wie mit einer Gewöhnlichen. Meine Mutter hätte ihm sofort die Hand abhacken und die Zunge abschneiden lassen, aber ich war Canda, die Strahlende, die Liebende, und selbst jetzt, in der größten Verzweiflung, musste ich tun, was das Richtige war. Nicht für mich – für Tian!

Ich schluckte die Demütigung herunter, richtete mich auf und hob das Kinn. »Dir ist wohl nicht klar, mit wem du redest«, sagte ich mit aller Schärfe, die ich aufbieten konnte. Der kleinere Wächter stutzte. Ich wusste, was er sah: Eine junge Mächtige mit vor Zorn funkelnden Augen, in all der Würde der ältesten Familie. Zum Glück war ich noch soweit bei Verstand gewesen, mir im Aufzug das Haar glatt zu streichen und es im Nacken zu einem Knoten zu winden. »Macht die Tür auf! Tian Labranako ist in Gefahr!«

Der Blick des Größeren schweifte von meinem Gesicht zu dem Prunkgewand und dann wieder zurück, als versuchte er ein Puzzle zusammenzusetzen, dessen Teile nicht passen wollten. Fast tat er mir leid, denn gleich würde er erkennen, was er getan hatte. Und er würde Todesangst bekommen.

Doch stattdessen grinste er, als würde ihm plötzlich ein Licht aufgehen.

»Ich weiß sehr wohl, mit wem ich hier rede«, knurrte er. »Netter Versuch, was?«, wandte er sich an den zweiten Wächter. »Die Ähnlichkeit ist da und passend verkleidet ist sie auch. Sogar die richtigen Sätze haben sie ihr beigebracht, damit sie uns hier die Stadtprinzessin vorspielen kann.« Und an mich gewandt bellte er wieder: »Aus welchem Bordell kommst du? Welcher von den jungen Herren hat dich ins oberste Stockwerk geschmuggelt und dich bezahlt, damit du dem Bräutigam am Zeremonienmorgen diesen Streich spielst und als seine Versprochene verkleidet in sein Bett kriechst?«

Es war das erste Mal in meinem Leben, dass es mir vollkommen die Sprache verschlug. Meine Mutter hatte mich Beherrschung gelehrt und mein Vater Verhandlungsgeschick und das Warten auf den richtigen Zeitpunkt. Aber an diesem schrecklichen Tag war nichts mehr so, wie ich es kannte. Am allerwenigsten ich selbst. Ganz von selbst tat ich etwas, das

TEIL 1: DIE STADT

gar nichts mit der Canda zu tun hatte, die ich bisher gewesen war. Ein Teil von mir beobachtete fassungslos, wie ich meine Hand zur Faust ballte und ausholte. Der Schlag brachte mich selbst aus dem Gleichgewicht, und meine Hand schmerzte, so fest hatte ich zugeschlagen. Ich sah noch, wie Blut von der wulstigen Unterlippe des Wächters auf den makellosen weißen Kragen tropfte. Dann geschah alles so schnell, dass ich nicht folgen konnte. Ich hatte noch nie in meinem Leben richtigen Schmerz kennengelernt. Umso überraschter war ich, wie weh ein Hieb gegen die Rippen tat. Für einige Augenblicke tanzten nur grelle Zacken von Schmerz vor meinen Augen, die Luft schien aus meinen Lungen gesaugt zu werden. Eine Sekunde später fand ich mich zusammengekrümmt auf dem Boden kniend wieder, ein Arm über meiner Kehle drückte so fest zu, dass ich nicht einmal mehr schreien konnte.

»Du legst es also darauf an, ja?«, zischte der Leibwächter mir ins Ohr. Neuer Schmerz zuckte durch meinen Körper. Der Kerl hatte mir einen Arm verdreht, ich krümmte mich und keuchte, aber ich konnte nicht einmal aufschreien.

»Loslassen«, befahl eine leise Stimme. »Sofort.«

Wie eine Marionette, deren Fäden abgeschnitten worden waren, fiel ich vornüber.

Marmor kühlte meine glühende Wange, dann hüllte eine andere Umarmung mich ein – und der vertraute Duft von Zedernholzparfüm. Vor Schock und Erleichterung begann ich zu schluchzen und klammerte mich zitternd an meine Mutter.

»Hör auf zu weinen«, befahl sie. »Los, steh auf.«

Wie immer klang ihre Stimme sachlich, die Besorgnis hörte man kaum hindurch. Meine Eltern mussten direkt von einer der nächtlichen Besprechungen aus den Konferenzsälen gekommen sein. Sie waren in geschäftliches Grau gekleidet; mein Vater hatte Tintenflecken am Zeigefinger. Ihre beiden Leibwächter – altgediente Männer, die ich schon kannte, so lange ich lebte, hatten sich zwischen mir und den Türwächtern aufgestellt.

»Bist du verletzt?«, fragte meine Mutter. Ich schüttelte den Kopf, obwohl meine Rippen stachen und brannten, und würgte die restlichen Tränen herunter. *Eine Moreno weint nicht*, hallte mir eines der ehernen Gesetze unserer Familie im Kopf. Behutsam, aber unnachgiebig half meine Mutter mir auf die Beine. Jetzt entdeckte ich auch Vida und meine Freundinnen, hastig angekleidet drückten sie sich etwas weiter hinten im Flur herum. Vermutlich hatten sie meine Eltern gerufen.

Obwohl ich immer noch zitterte, schämte ich mich, ein solches Bild zu bieten. Mein Haarknoten hatte sich im Handgemenge gelöst, wirr hingen mir die welligen Strähnen über das Gesicht. Hastig strich ich sie mir aus der Stirn und hinter die Ohren, wischte mir die Tränen mit dem Handrücken ab und sah meine Mutter an. »Gütiger Himmel«, murmelte sie. Sie packte mein Kinn und drehte mein Gesicht hin und her. Mit einem raschen Seitenblick auf meine Freundinnen nahm sie ihr graues Schleierhalstuch ab und warf es mir über den Kopf, als wollte sie mein Gesicht verhüllen. Hatte ich von dem Kampf mit dem Leibwächter eine Schramme im Gesicht? Oder sollte einfach niemand mein verweintes Gesicht sehen?

»Dafür werdet ihr bezahlen«, sagte mein Vater sehr ruhig zu den Türwächtern. Er musterte die beiden Männer mit seinem Richterblick, der schon Unschuldigen den Angstschweiß auf die Stirn getrieben hatte. »Niemand legt ungestraft Hand an eine Moreno.« Es klang wie ein beiläufig gesagter Satz, fast freundlich, aber alle wussten, dass in dem Moment, als mein Vater den Blick abwandte, zwei Leben unwiderruflich zerbrachen. Die beiden Wächter wurden so weiß im Gesicht, dass

TEIL I: DIE STADT

sie in ihren dunklen Anzügen wie Schwarzweißfotografien wirkten.

»Komm!« Meine Mutter wollte mich mit sich ziehen, aber endlich erwachte ich aus dem Schock und machte mich los. »Nein, ich muss zu Tian!«

»Sie hat gesagt, ihm ist etwas passiert«, kam mir Vida zu Hilfe. »Deshalb ist sie losgerannt. Sie spürt, dass ihm etwas zugestoßen ist!«

»Das ist Unsinn«, erwiderte mein Vater unwillig. »Das Zentrum ist der sicherste Ort der Welt.«

»Aber warum fühle ich ihn dann nicht mehr?«, flüsterte ich. »Es ist, als wäre die Verbindung zwischen uns ... abgerissen!«

Meine Mutter begriff schneller als mein Vater. »Minas!« Mehr als den Namen meines Vaters musste sie nicht sagen. Mein Vater winkte seine Leibwächter herbei. Sie entsicherten ihre Revolver und öffneten die Tür. Ein Rechteck aus Schwärze und Stille tat sich auf. Ich wollte mich hineinstürzen, doch schon nach einem Schritt sackten meine Knie unter mir weg. Und schon waren meine Freundinnen neben mir, ergriffen meine Hände, legten den Arm um meine Taille, hielten mich aufrecht, während ich mit den Lippen nur stumm Tians Namen formte. Und in Gedanken die Worte: *Bitte nicht!*

Meine Mutter redete auf mich ein, aber ich hörte sie nur noch wie ein Echo aus der Ferne. Die Kraft verließ meine Beine endgültig. Glühende Motten begannen vor meinen Augen zu tanzen und der Boden wurde zu einem Mahlstrom aus Marmor.

*

Als ich das zweite Mal an diesem Tag erwachte, blickte ich auf Lichtflecken an der Wand. Die roten Strahlen der Morgensonne fielen durch Fensterläden aus geschnitztem, durchbrochenem Elfenbein und beleuchteten das hölzerne Relief an der Wand: das Zeichen des Augensterns, Wahrzeichen meiner Familie. Um das Relief schlang sich die rote Schlange, gefertigt aus Korallen – das Zeichen von Tians Familie, den Labranakos, die vor hundert Jahren von den Perlinseln in die Stadt kamen, um Handel zu treiben – und heute zum Fünfgestirn der höchsten Familien zählten.

An der Wand unter dem Doppelbild befand sich mein Kerzenleuchter aus lackiertem Schwarzholz. Vier Kerzen in meiner Lieblingsfarbe – rot – reihten sich darin auf. Ich war also zu Hause. Meine Eltern und Vida saßen an meinem Bett. Für einen Augenblick schien Tians Gegenwart so nah, dass ich erwartete, ihn ebenfalls an meinem Bett sitzen zu sehen – in den grünen Augen ein verschmitztes Lächeln, die linke Augenbraue spöttisch hochgezogen. Ich konnte seine Stimme fast hören. »*So schlecht geträumt, mein schöner Stern?*«

Aber dann fiel die Wirklichkeit auf mich zurück. Schmerz pulste bei jedem Atemzug durch meine Seite, dort, wo der Hieb mich getroffen hatte. Es kostete mich unendlich viel Kraft, auch nur zu flüstern.

»Ist er ... tot?«

»Zumindest schläft er wie ein Toter«, antwortete mein Vater in seiner trockenen Art. »Die jungen Männer liegen friedlich und unversehrt im Bett. Die Lampe war ausgegangen, wir haben sie wieder entzündet. Und da sah ich deinen Rotschopf, das Gesicht im Kissen vergraben. Er hat friedlich geatmet und die anderen schnarchen vor sich hin. Sie schlafen immer noch ihren Rausch aus. Nichts ist ihm zugestoßen, Canda. Gar nichts.«

Ich hatte nie gewusst, wie es sich anfühlte, weiterleben zu dürfen, nachdem man gedacht hatte, man würde sterben. Wenn man geglaubt hatte, dass eine Hälfte des eigenen Ichs unwiderruflich verloren war, der Mensch, den man am meisten liebte, tot – und dann erkannte, dass alles nur ein böser Traum gewesen war. Jetzt musste ich mich beherrschen, um nicht laut und würdelos zu schluchzen, so glücklich war ich. Meinem Geliebten ging es gut, ich würde morgen neben ihm aufwachen und seine Lider sacht mit den Lippen streifen, um ihn zu wecken. Und er würde mir sein verschlafenes, verliebtes Lächeln schenken und mich Stern nennen. Ich würde ihn küssen, die Finger in seinen roten, weichen Locken vergraben, versunken in seinen Lippen und seinem Atem.

»Danke!«, flüsterte ich aus tiefstem Herzen, ich weiß nicht, zu wem.

Mein Vater stand abrupt auf und ging wortlos aus dem Raum. Noch nie hatte er sich ohne Gruß von mir abgewandt. Aber ich verstand es sogar. Ich hatte mich würdelos benommen, von Angst und kindischem Aberglauben getrieben wie eine Niedere. Für meinen stolzen Vater, dem das Ansehen unserer Familie über alles ging, gab es nichts Schlimmeres.

Ich schämte mich unendlich. Aber das Schlimmste war, dass ich auch noch zwei Unschuldige mit meinem Auftritt ins Unglück gestürzt hatte. Vermutlich hatten die Wächter mich tatsächlich nicht erkannt, ich hatte mich benommen wie eine Wahnsinnige, nicht wie eine Hohe Tochter. Vielleicht konnte ich Tians Familie davon überzeugen, die Männer wenigstens nicht zu töten.

»Es tut mir leid«, sagte ich in die Stille. »Ich verstehe selbst nicht, was in mich gefahren ist.« Meine Stimme war immer noch schwach und ohne Klang. Ich versuchte mich trotzdem an einem zaghaften Lächeln. Vida biss sich auf die Unterlippe und blickte schnell weg.

Meine Mutter schwieg immer noch, in den Händen hielt sie das graue Schleiertuch.

Draußen wirbelte der Sand mit leisem Sirren durch einen Luftschacht zwischen zwei Häusern. Das Geräusch brachte Tian zu mir. In den kühleren Sommernächten saßen wir in letzter Zeit oft auf dem Dach und lauschten gemeinsam diesem Lied des Sandes. Plötzlich fehlte er mir so sehr, dass es wie ein schneidender Schmerz im Zwerchfell war.

»Warum bin ich nicht im Prunkzimmer?«, brach ich das Schweigen.

»Die Fragen stelle *ich*, Tochter«, erwiderte meine Mutter barsch.

Ich biss mir auf die Unterlippe. Es war nicht der Zeitpunkt, einen Streit darüber anzufangen, dass sie mich wie ein kleines Mädchen behandelte. Sie würde es auch diesmal nicht verstehen, denn so ähnlich wir uns sahen, in unserem Wesen waren wir wie Feuer und Wasser. Zu Vida war meine Mutter zärtlich und freundlich, bei mir aber kannte sie keine Nachsicht. Auf eine Art verstand ich es: Ich war die Ältere, auf mich kam es an. Die Hoffnungen meiner Familie standen und fielen mit mir. Aber als Kind hatte ich oft darunter gelitten, nie wirklich ihre Tochter sein zu dürfen. Dennoch hatte ich großen Respekt vor meiner Mutter, denn es gab keine sachlichere und unbestechlichere Richterin. Zusammen mit der Kombinationsgabe und der Autorität meines Vaters bildeten meine Eltern die höchste Richterzweiheit der Stadt. Und selbst jetzt machte meine Mutter aus der Situation ein Verhör.

»Was ist heute Nacht passiert, Canda?«

Es hatte keinen Sinn, sich herauszureden. »Ich ... habe geträumt. Und ich war verwirrt davon. Ich weiß, es war dumm. Es tut mir leid.«

»Was habt ihr Mädchen heute Nacht getan? Alle Details! Haben deine Freundinnen jemanden ins Brautzimmer gelassen? Oder war jemand dort versteckt?«

»Wir haben nichts Falsches getan!«, meldete sich Vida zu Wort. »Das habe ich dir doch schon erklärt, wir …«
»Schweig! Ich rede mit deiner Schwester!«
»Und niemand war bei uns«, bestätigte ich.
»Habt ihr die Rituale verändert oder nicht ausgeführt?«
»Nein! Glaubst du, ich weiß nicht, was ich zu tun habe?«, schnappte ich.

Meine Mutter beugte sich zu mir und starrte mir prüfend in die Augen. Wenn wir uns so nahe waren, war es stets ein bisschen so, als blickte ich ein gealtertes Spiegelbild an. Ich hatte das dunkle, wellige Haar mit den goldenen Lichtern von ihr geerbt. Und auch ihre braunen Augen. Sie hatten eine ungewöhnliche Form, leicht mandelförmig, betont durch Brauen, die wie Schwalbenflügel in einem kleinen Aufwärtsschwung endeten. »Das sind die weitsichtigen Wüstenaugen unserer Vorfahren«, so hatte meine Mutter einmal voller Stolz erklärt. »Wir Morenos blicken stets voraus und wie Vögel im Flug, weiter als die anderen – bis zu den Sternen!«

Und auch wenn sie nun in ihrem eng sitzenden, modernen Kleid aus grauer Seide vor mir saß, konnte ich sie mir mühelos als Kriegerin aus lang vergangener Zeit vorstellen – eine Ahnin in Ledertracht, die mit Pfeil und Bogen schoss und die Sterne anbetete. Jetzt jagte sie der Wahrheit hinterher. Sie konnte Lügen wittern wie ein Hund die Fährte eines Flüchtenden, das war ihr Talent.

»Gut, ich glaube dir, Canda. Dann muss es eine andere Ursache geben. Was genau ist in dem Traum passiert? Woran erinnerst du dich? Jedes Detail ist wichtig, also konzentriere dich.«

Schon jetzt würde dieser Tag der seltsamste in meinem Leben sein. Aber diese Aufforderung ließ mich endgültig daran zweifeln, dass ich aufgewacht war. Meine Mutter, die strengste Richterin der Stadt, wollte etwas über Hirngespinste wissen.

»Ich erinnere mich kaum. Nur an Eindrücke. Gesichter und Schreie. Als wäre ich in einen Kampf verstrickt. Und als ich aufwachte, da … fühlte ich mich schwach und ich hatte Angst.« Ich schluckte schwer. »Es war albern. Tian geht es gut.«

Ich hörte nicht auf die leise Stimme in meinem Inneren, die mich fragte, warum dann immer noch die Leere in meiner Brust hallte, im Zwerchfell, in der Kehle. Als bestünde ich dort nur aus Rauch wie ein Geist.

Rasch senkte ich den Blick. Mein Blick fiel auf Mutters Hände. Sie umklammerten den grauen Schleier so fest, dass die Knöchel weiß hervortraten. Ich weiß nicht, warum mich diese kleine Geste mehr erschreckte als alle Träume zusammen.

»Warum … bin ich nicht im Prunkzimmer?«, wiederholte ich meine Frage von vorhin.

»Weil du heute nicht heiraten wirst.«

»Was?« Mein Entsetzensschrei brach sich an den Wänden.

Sie richtete sich noch etwas mehr auf, ein Bild der Beherrschtheit und Strenge. »Die Verbindung wird nicht geschlossen, bis … alles geklärt ist. Wir werden Tians Familie ausrichten, dass du krank geworden bist und dich erst erholen musst.«

»Nichts muss geklärt werden! Und ich bin nicht krank.«

»Du hast unsere Entscheidungen nicht infrage zu stellen.«

»Es ist nicht mehr eure Entscheidung!«, schleuderte ich ihr entgegen. »Sondern die von Tian und mir!«

»Da irrst du dich. Noch seid ihr nicht verbunden. Und solange du noch unvollständig bist, hast du die Pflicht, uns zu gehorchen.«

Ich wollte aus dem Bett springen, aber Vida war mit einem Satz bei mir und fasste mich an den Schultern. »Beruhige dich doch«, bat sie mit sanfter Stimme. »Du bist noch zu schwach. Glaub mir, es ist das Beste so.«

So grob wie ich es von mir selbst nicht kannte, schlug ich

TEIL 1: DIE STADT

Vidas Hand weg und ignorierte dabei den dumpfen Schmerz in meiner linken Seite.

»Ich gehe zu Tian, wann ich es für richtig halte. Und zwar jetzt!«

»Du kannst nicht zu ihm.« Meine Mutter räusperte sich und zum ersten Mal in meinem Leben erlebte ich, wie ihre Stimme leicht zitterte.

»Ist Tian doch etwas zugestoßen?«, flüsterte ich.

»Nicht *ihm*«, erwiderte Vida leise. Es schien sie Überwindung zu kosten, mich direkt anzusehen. Sie schluckte dabei und ihre Augen glänzten verdächtig.

Ich tastete über meine Wangen, meine Stirn, aber ich fand keine Wunde, nicht einmal eine schmerzende Stelle.

»Schau in den Spiegel«, sagte Mutter. »Und dann entscheide selbst, ob du wirklich zu deinem Bräutigam gehen willst.«

*

Das Licht flutete über das Silber in unserem Badezimmer und das Waschbecken aus schwarzem Onyx. Ich schleppte mich zum Wasserhahn. Mit beiden Händen schaufelte ich das Nass in mein glühendes Gesicht. Die Kälte tat unendlich gut. Aufatmend hob ich den Kopf und sah mich an.

Ich musste mich am Waschbecken festhalten, um nicht zu fallen.

Von der anderen Seite des Spiegels starrte mich eine Verrückte an. Das palisanderbraune Haar klebte nass und wirr an Stirn und Schultern. Weit aufgerissene Augen glühten in einem fahlen Gesicht und der Mund war vor Schreck aufgeklappt. Die Fremde stolperte zeitgleich mit mir von dem Spiegel weg und verzog den Mund, als würde die hastige Bewegung schmerzen. Die Prellung an meinen Rippen stach.

»Wer…?«, flüsterte ich, und der Spiegelmund formte sich zu diesem Wort. Und jetzt wurde mir mit einem Schlag klar, wem ich gegenüberstand. Das war eindeutig mein Mund mit dem winzigen sternförmigen Muttermal neben dem rechten Mundwinkel. Es *war* mein Gesicht… irgendwie. Und auch wieder nicht. Das Mädchen im Spiegel sah zwar genauso aus wie Canda Moreno – aber sie war es nicht. Sie war hässlicher und unscheinbar, ohne dass man sagen konnte, woran es lag. Etwas Wesentliches schien zu fehlen, ich wusste nur nicht, was es genau war.

Zum ersten Mal in meinem Leben kostete es mich Überwindung, näher zum Spiegel zu treten. Kein Zweifel, es war mein Gesicht mit den klaren Zügen, die fast ein wenig scharf wirkten. Und auch meine Wüstenaugen. Normalerweise strahlten sie, als würden sich Funken darin fangen, aber heute wirkten sie… nichtssagend, wie erloschen. Auch meine Haut wirkte wie ausgewaschen, nichts schien zusammenzupassen. Das Schlimmste aber war, dass ich fast so aussah wie eine der Gewöhnlichen aus dem mittleren Ring, die im Rang so tief unter mir standen wie eine Sandkrabbe unter einem Stern am Himmel. Was hatte der Leibwächter gesagt? »*Die Ähnlichkeit ist da und passend verkleidet ist sie auch.*«

Ich weiß nicht, wie ich aus dem Bad gekommen war. Ich hatte nur den blinden Gedanken, zu meiner anderen Hälfte zu flüchten. Tian würde mich wiedererkennen und auf seine übermütige Art lachen. Er würde mich küssen und diesen Albtraum vertreiben.

Vida wollte mich wieder zurückhalten, aber meine Mutter bedeutete ihr mit einer knappen Geste, dort zu bleiben, wo sie war. Sie selbst machte keine Anstalten, mich am Gehen zu hindern, und sie sagte auch nichts, als meine Hand schon auf der Klinke lag.

TEIL 1: DIE STADT

Es war fast eine tröstliche Erkenntnis, dass selbst im Nebel von Panik und Verwirrung ein Teil von mir nicht verschwunden war: der Teil, der begriff, worum es wirklich ging. Nicht um mich, denn alles war verbunden. Wir stiegen auf und wir fielen gemeinsam. So war es seit jeher. Hier herrschte niemand allein, nur Mann und Frau zusammen ergaben das Ganze. Aber nun war Tians und meine Zweiheit in Gefahr – auch wenn er es noch nicht ahnte. Denn irgendetwas Schreckliches war mit Canda Moreno geschehen. Das, was mich ausmachte, war einfach verschwunden. Irgendetwas hatte den Glanz von meiner Haut genommen, den Klang aus meiner Stimme, die Stärke aus meinen Knochen und den Mut aus meiner Seele.

Ich ließ die Klinke los und trat einen Schritt zurück. Wie in Trance drehte ich mich um. »Er darf mich nicht so sehen«, flüsterte ich.

Meine Mutter stand auf und strich sich mit einer sehr akkuraten Geste den schmalen Rock glatt. Mit gemessenen Schritten kam sie auf mich zu.

»Das beruhigt mich, Canda, denn es zeigt mir, dass du trotz allem noch eine Moreno bist.«

Ich wünschte, sie hätte nicht so erleichtert geklungen.

»*Ich* bin gestorben«, flüsterte ich mit dieser Stimme, die mir fremder war denn je.

Und an diesem Tag, an dem nichts mehr so war wie zuvor, trat meine Mutter auf mich zu, nahm mich vorsichtig in die Arme und streichelte meinen Rücken wie einmal vor sehr langer Zeit, als ich ein kleines Mädchen gewesen war und wir uns nach einem Streit wieder versöhnt hatten.

»Scht, sag so etwas nicht«, murmelte sie in mein Haar. »Alles wird gut, Canda.«

Doch wir beide wussten, dass meine Mutter zwar die beste Richterin, aber die schlechteste Lügnerin war.

Scherben und Gold

Vida hatte alle Spiegel abgehängt und die Fensterläden geschlossen, ohne dass ich sie darum bitten musste. Ich ertrug keinen Sonnenstrahl, nicht einmal ein flüchtiges Spiegelbild in einer Fensterscheibe.

Draußen vor der Tür hörte ich aufgeregte Stimmen, schnelle Schritte, zufallende Türen. Ich konnte mir denken, was in unseren Räumen gerade vorging: Meine Eltern hatten unsere Blutsverwandten zu sich gerufen. Die meisten von ihnen bekleideten hohe Ämter in der Stadt. Die Dienstboten waren fortgeschickt worden, der Familienrat tagte im Geheimen. Seit Stunden wurden Strategien ersonnen, es wurde diskutiert und entschieden, was als Nächstes zu tun war – zum Wohle der Morenos. Nur unsere Arzt-Zweiheit – ein Cousin meines Vaters und seine Frau – hatten mich kurz besuchen dürfen. Dass meine Eltern meine anderen Verwandten nicht zu mir ließen, machte mir noch einmal schmerzhaft klar, wie schlimm es um mich stand. Aber das Einzige, woran ich denken konnte, war: Wie hatte Tian auf die Nachricht reagiert, dass ich krank war? Machte er sich große Sorgen um mich? Und warum spürte ich seine Gegenwart nicht mehr?

Ich war fast dankbar, als die Tür aufging und ein Lichtstrahl in meinen Kokon aus Düsternis schnitt. Vida schlüpfte ins Zimmer und ließ sich neben mich auf das Bett fallen.

»Haben sie schon etwas beschlossen?«, flüsterte ich. Meine Stimme konnte ich schon nicht mehr ertragen, und noch viel weniger die Furcht darin.

»Nein, vor einer halben Stunde sind sie gegangen. Aber bis

TEIL I: DIE STADT

zuletzt haben sie noch diskutiert, ob Tians Familie eine andere Tochter an deine Stelle setzen würde.«

Eine andere Schwester hätte mir den Kopf mit Hoffnungen gefüllt, mir versichert, dass die Hochzeit bestimmt noch stattfinden würde, aber Vida war hart im Verhandeln und ebenso hart in ihrer Ehrlichkeit. Und ich wusste es ja auch selbst: Natürlich hatten die höchsten Familien immer einen Ausweichplan, eine zweite mögliche Verbindung in der Hinterhand. Denn es kam zwar selten vor, aber es geschah: Krankheit oder Tod konnte einander Versprochene trennen, selbst in unserer Familie war es schon passiert. Je nach Nutzen wurde dann ein neuer Partner gefunden, dafür musste natürlich ein anderes Versprechen gelöst werden, was mit Geld und Privilegien teuer bezahlt wurde. Selbst wenn der neue Partner nie gut genug passte – es war besser als nichts, denn eine Zweiheit zu sein war das Wichtigste. Ich war sicher, dass auch meine Eltern hinter meinem Rücken schon in meiner Kindheit solche Abmachungen getroffen hatten – für den Fall, dass Tian starb.

Vida schmiegte ihre Stirn an meine Schulter und schniefte. Im Dunkeln tastete ich nach ihrer Hand.

»Nicht weinen, Floh!« Es tat unendlich gut, für einige Momente wieder ihre große Schwester sein zu können.

»Ich weine nicht«, kam es mit dünner Stimme zurück. Sie umklammerte meine Finger so fest, dass es schmerzte, und schniefte wieder.

»Denken sie darüber nach, deine Verbindung mit Lewin zu lösen?«

Haar rieb an meiner Wange, als sie nickte. Zarter Duft nach Rosenwasser stieg in meine Nase. »Ja, sie haben überlegt, ob ich an deine Stelle treten kann. So würde wenigstens die Verbindung der beiden Familien bestehen bleiben. Onkel Nosan und Tante Sil wollen bei den Anwälten von Lewins Familie vorfühlen, wie viel eine Auflösung unseres Versprechens kosten würde. Ich will aber nicht Tian! Er gehört zu dir, und ich bleibe lieber allein, als dich unglücklich zu machen. Und ich... ich habe doch Lewin!«

Obwohl der Gedanke, einen Ersatz für mich zu bieten, völlig logisch war, kränkte mich dieser Schachzug meiner Familie. »Da haben Onkel Nosan und die alte Hexe Sil die Rechnung ohne uns gemacht, Floh. Mach dir keine Sorgen. Tian wird mich niemals aufgeben. Eher würde er sterben oder sein Dasein als Einzelner fristen, als eine andere zu nehmen. Wir sind nicht nur Versprochene. Wir lieben uns!« Diese Gewissheit war tröstend und wärmend, die letzte Sicherheit. Und gleichzeitig mein größter Kummer. Denn was auch immer mit mir passiert war – es würde uns im schlimmsten Fall beide in den Abgrund reißen.

Vidas Griff lockerte sich, aber sie ließ meine Hand nur zögernd los. »Mutter hat seinen Eltern ausrichten lassen, dass du krank geworden bist. Sie haben Tian sofort wecken und aus dem Prunkzimmer rufen lassen. Und gerade... sind sie hergekommen.«

Jetzt fühlte ich mich doch krank – wie von einem jähen Fieber ergriffen. »Tian ist hier?«

»Scht! Nicht so laut. Nein, nur seine Eltern. Sie sind sehr aufgebracht. Mutter und Vater versuchen gerade, sie wieder wegzuschicken. Aber Manja besteht darauf, dich zu sehen. Sie weint sogar!«

Der Name von Tians Mutter war wie ein Lichtstrahl. Natürlich sorgte sie sich um mich, in ihrem Herzen war ich längst schon ihre Tochter. Und wenn sie schon verrückt vor Sorge um mich war – wie ging es dann erst meinem Geliebten?

»Vater hat mich zu dir geschickt«, fuhr Vida flüsternd fort.

TEIL 1: DIE STADT

»Ich soll so tun, als hätte ich mit den Ärzten geredet. Ich muss wieder zurück.«

Sie sprang vom Bett und eilte hinaus. Die Tür blieb angelehnt. Vida kannte mich und wusste, ich war vernünftig genug, im Zimmer zu bleiben. Nur dass heute nichts mehr vernünftig und logisch war. Mühsam erhob ich mich und tastete mich zur Tür. Aber als müsste ich mir beweisen, dass ich trotzdem noch die vernünftige Hohe Tochter war, zog ich den Schleier über den Kopf und schlüpfte erst dann aus dem Raum.

Die palastartigen Gemächer meiner Familie lagen direkt unter der Kuppel eines der ältesten Türme. Als Kinder hatten meine Schwester und ich in dem Labyrinth aus geschnitzten Raumteilern, Flügeltüren und verborgenen Winkeln gespielt. Und mehr als einmal hatten wir aus unseren Verstecken heraus heimlich die Gespräche unserer Eltern belauscht. Jetzt führten mich die alten Schleichwege hinter Vorhängen und an Paravents vorbei zu der großen Flügeltür des Empfangsraums, der nur höchsten Gästen vorbehalten war.

Die Wände neben den Türen waren mit Mosaiken von goldenen Wüstendünen geschmückt. Davor stand eine Kommode, auf der eine Kristallvase voll roter Rosen thronte. Der Blumenduft war betäubend stark. Meine Mutter bekam Kopfschmerzen davon, aber es gehörte sich für die Höchsten, die teuersten Blumen aus den Gewächshäusern als Schmuck zu besitzen.

An der inneren Rückwand der Kommode ertastete ich das kleine sternförmige Schloss. Mein Familienring passte genau in die Form, als Kind hatte ich in Vaters Schubladen und Aufzeichnungen spioniert und dieses Geheimnis herausgefunden. Es klickte, als ein verborgener Mechanismus einen Zugang zum Mörderwinkel öffnete. So leise ich konnte, kroch ich durch die Öffnung in der Rückwand bis in die Kammer hinter der Mauer. Sie war enger, als ich sie aus Kinderzeiten im Gedächtnis hatte. Einst war das der Platz für einen Lauscher gewesen – viel öfter aber für einen Mörder.

Der Rosenduft verlor sich. Hier drinnen roch es nur nach Jahre altem Staub. Über mir befand sich die Scharte an der Wand. Dünne Lichtlinien zeichneten den Umriss der Klappe und ich hörte bereits die Stimmen gedämpft aus dem Empfangsraum in die Kammer dringen. »Sie schläft immer noch, Hohe Mutter«, hörte ich Vida so höflich sagen, wie die Regeln es in Gesellschaft vorschrieben. »Ihr Fieber ist zwar nicht weiter gestiegen, aber die Ärzte sagen, man solle sie nicht wecken und niemand darf zu ihr. Sie versichern aber, in einigen Tagen wird es ihr besser gehen.«

Man hörte das zuversichtliche Lächeln in ihrer Stimme. Neben ihrer Autorität und ihrer Härte bei Verhandlungen war es das dritte Talent meiner Schwester, glaubhafter als jeder andere lügen zu können.

Ich schob mich an der Wand hoch, der Schleier rutschte mir vom Kopf und ich ließ ihn liegen. Auf Kehlenhöhe befand sich eine schmale Klappe, breit genug für einen Pfeil oder für den Lauf einer Pistole. In der Gründungszeit der Stadt hatte diese gut verborgene Öffnung dazu gedient, den Gesprächen im Gastzimmer zu lauschen – und die Waffe ständig auf ein Ziel gerichtet zu halten, um das Hohe Paar des Hauses zu schützen. Mein Vater sagte stets, es sei kein Zufall, dass für den Boden des Raumes roter Marmor ausgewählt worden war. So verdarb das Blut unserer Feinde keinen hellen Stein.

»Da hörst du es, Manja«, ertönte die sachliche Stimme meiner Mutter. »In ein paar Tagen geht es ihr besser.«

Lautlos schob ich die Klappe zur Seite. Auf der anderen Seite der Wand verbargen ein besonders aufwendiges Mosaik und eine kleine Nische die Scharte. Ich dagegen sah den ganzen Raum: Etwa ein Dutzend strategisch angebrachter

TEIL 1: DIE STADT

Zierspiegel im Raum ermöglichten es mir, jeden Winkel im Auge zu behalten. Es gab mir einen Stich, Tians Eltern zu sehen. Sonst hatte Manja immer ein Lächeln im Gesicht, aber heute waren ihre Augen verschwollen vom Weinen, sie war aschfahl und ihre Lippen zitterten, nur mit Mühe hielt sie die Tränen zurück. Tians Vater, ein ernster Mann mit weichen Zügen und heller Bronzehaut, legte ihr die Hand auf die Schulter, aber sie streifte sie unwirsch ab. Rote Korallenarmreife klapperten. »Nein, Isané!« Manja schüttelte den Kopf. In einem der Spiegel sah ich, wie ihre roten, langen Locken bei dieser Geste auf dem Rücken tanzten wie Seeschlangen. »Canda ist nicht krank!«

Egal wie zornig Manja war – ihre Stimme war immer wie ein warmer Klang, sie füllte den Raum und brachte jedes Herz zum Schwingen. Und so erschrocken ich über ihre respektlose Antwort war – irgendein kleiner, fremder Teil von mir war seltsamerweise froh darüber, dass sie die Lüge meiner Familie nicht glaubte.

Meine Mutter bekam schmale Augen. »Natürlich ist sie krank! Hast du vergessen, wie eure Wächter sie vor Tians Tür behandelt haben?«

»*Wenn* es Canda war«, erwiderte nun Tians Vater. »Die Wächter schwören, es war ein anderes Mädchen.«

»Du glaubst deinen Wächtern mehr als uns?« Jetzt war meine Mutter ganz Richterin, eisig, beherrscht und gefährlich, mit harten Lippen und klarem Blick. Die Luft schien um einige Grad kälter zu werden.

Aber Tians Eltern ließen sich nicht einschüchtern.

»Sagt uns endlich die Wahrheit!«, entgegnete Manja. »Wenn das Mädchen wirklich Canda war, warum habt ihr sie dann heute Morgen nicht zu Tian gelassen – sie war völlig aufgelöst und wollte doch zu ihm?«

Meine Eltern verständigten sich mit einem einzigen Blick, mit dem Gleichklang sehr inniger Paare, der mir als Kind oft das Gefühl gegeben hatte, weit außerhalb von jeglicher Bindung zu stehen, allein und unvollständig.

»Glaubt ihr im Ernst, sie hätte sich nach diesem Angriff noch in den Prunkraum geschleppt?«, sagte mein Vater so leise, wie er vorher mit den Wächtern gesprochen hatte. »Sie wurde mit der Faust niedergeschlagen! Sie stand unter Schock und konnte vor Schmerz kaum noch laufen. Sorgt ihr so für die Sicherheit und Achtung eurer zukünftigen Tochter?«

Mir war so schwindelig, dass ich die Augen schließen musste. Aber hinter meinen geschlossenen Lidern stand immer noch das Bild: zwei Familien, kurz davor, aus einem Funken Misstrauen ein Feuer aus Anschuldigungen und Feindschaft zu entfachen, die uns alle und unsere Pläne verbrennen würde. An einem anderen Tag wäre es für mich ein Leichtes gewesen, einen Weg zu finden, um sie wieder zu versöhnen, mit einem Wort, einem Lächeln, einem klugen Einwand. *Sterne am Himmel, helft!*, flehte ich. Wenn unsere Eltern jetzt im Streit auseinandergingen, war alles aus.

Aber Manja ging auf die Vorwürfe nicht ein. »Minas! Isané! Wir vier kennen uns doch schon seit unseren Kindertagen. Auch in schlimmsten Zeiten vertrauten wir einander und haben es nie bereut. Und jetzt teilen wir das schlimmste Unglück – und das in einer Zeit wie jetzt, in der immer mehr Sicherheiten und Bündnisse zerbrechen. Also sagt uns, was wirklich geschehen ist!«

Vater schüttelte scheinbar ratlos den Kopf. »Eine verschobene Hochzeit ist doch nicht das schlimmste Unglück.«

»Habt ihr kein Herz? Wie könnt ihr so ruhig und kalt sein! Ich spreche davon, dass unseren armen Kindern etwas Schreckliches zugestoßen ist!«

TEIL I: DIE STADT

Manja brach in Schluchzen aus und die Leere in mir wurde zu einem Abgrund. Jetzt begriff ich. *Tian ist dasselbe passiert wie mir!* Ich musste schlucken und es fühlte sich an, als müsste ich einen Stacheldrahtball herunterwürgen.

»Was soll denn eurem Sohn Schreckliches zugestoßen sein? Ich habe ihn vor wenigen Stunden noch gesehen. Friedlich schlafend, im Kreis seiner Freunde und Brüder.« Es war Vaters Richtertonfall. Interessiert, sachlich, aber er war auf der Hut, bedacht darauf, als Erster Informationen zu erhalten, bevor er selbst seine Karten auf den Tisch legte.

Jetzt verlor auch Tians so sanfter Vater die Geduld. »Was hast du gesehen, Minas? *Was*?« Noch nie hatte ich ihn schreien gehört. »Seine Entführer? Warum vertuscht ihr, dass Canda auch verschwunden ist?«

Auch verschwunden? Stein glitt vor meinen Augen entlang, ich sackte zusammen. Alles bekam einen furchtbaren Sinn. Mein Traum – und das Gefühl der Leere.

»Wir wissen nicht, wovon ihr sprecht«, sagte Mutter mit einer Stimme, die so neutral war wie weißes Papier.

»Versuch nicht, uns für dumm zu verkaufen«, brüllte Manja. »Tian wurde entführt! Es muss von langer Hand geplant worden sein. Und eure Canda ist auch verschleppt worden! Was spielt ihr für ein Spiel, dass ihr es verheimlicht und …«

Irgendwo in weiter Ferne hallte ein rauer, verzweifelter Schrei. Aber erst als ich keine Luft bekam, begriff ich, dass er aus meiner Kehle gekommen war. Ich versuchte zu atmen, aber die Kammer schien sich um mich zu schließen und mich zu ersticken.

Das Nächste, woran ich mich erinnere: Holz unter meinen Fingern, blendendes Licht, die Vase, die auf dem Marmor zersplitterte. Blumenwasser und Rosenblätter, die wie Blutflecken an meinen nassen Ärmeln und meinen Händen klebten. Und dann richtiges Blut von meinen Fingern, die blind in die Scherben griffen, während ich versuchte, auf die Beine zu kommen. Die Flügeltüren öffneten sich und Manja und die anderen stürzten in den Flur. Manja entdeckte mich als Erste auf dem Fußboden, inmitten von Scherben und Blütenblättern. Sie stürzte mit einem Ausruf des Erstaunens auf mich zu und wollte mich umarmen, aber als ich den Blick hob und ihr ins Gesicht sah, prallte sie entsetzt zurück.

»Wir müssen ihn finden!«, schluchzte ich. Manja und Oné wichen zurück, als hätte ich eine ansteckende Krankheit.

Vater packte mich am Arm und zog mich hoch. Und während meine Eltern und Vida mich aus dem Flur führten, hörte ich, wie Tians Vater fassungslos murmelte: »Gütiger Himmel!«, und wie Manja flüsterte: »Das arme Kind. Sie wäre besser gestorben.«

Der Falke

Die Arzt-Zweiheit war schnell gekommen, und noch während ich schluchzend in die Kissen sank, spürte ich das kalte Brennen des Schlafmittels, das durch meine Vene den Arm hinaufkroch. Dann flossen Tag und Nacht ineinander und wurden zu einem bleiernen Grau. Die Medizin betäubte meinen Schmerz, aber sie verwandelte meinen Schlaf auch in etwas Dumpfes, Fremdes: die Träume erstarrten zu toten Bildern und Worten. Und immer wieder sah ich Tian vor mir. Er beugte sich über mich und blickte mich besorgt und zärtlich an – nein, er sah durch mich hindurch, als sei ich unsichtbar oder er auf seltsame Weise blind. Mit offenen Augen kam er näher, bis seine Lippen fast meine berührten. »Du bist nicht tot!«, brachte ich mit erstickter Stimme hervor. Ich schluchzte, oder vielleicht lachte ich auch aus Erleichterung. *Ein Traum. Alles war nur ein böser Traum.* Ich spürte seinen warmen Atem auf meinem Mund, als er zu mir sprach. »*Wach auf, schöner Stern. Folge mir! Wir haben nicht viel Zeit...*«

Am Rande meines Bewusstseins nahm ich wahr, wie meine Mutter meine Handgelenke mit Seidentüchern ans Bett fesselte, weil ich aufzustehen versuchte.

»Sie träumt immer noch! Gib ihr noch ein Schlafmittel!«

»Willst du sie vergiften, Isané?«

»Nein, aber sie ist nicht mehr sie selbst – und sie träumt, das siehst du doch!«

»Müssen wir sie morgen wirklich mitnehmen?«, fragte meine Schwester mit erstickter Stimme.

»Wir haben keine Wahl«, antwortete mein Vater. »Sie muss

als Zeugin aussagen.« Und leiser fügte er hinzu: »Ich verstehe es nicht. Ich habe Tian doch gesehen. Er schlief!«

Mein Traum zerstob. *Tian ist fort... und vielleicht ermordet.* Ich wimmerte. Eine kühle Hand legte sich auf meine Augen. Bittere Flüssigkeit rann zwischen meine Lippen. Ich schluckte sie wie eine Verdurstende. Alles war besser, als den Verlust in seiner ganzen Wucht spüren zu müssen.

»Und jetzt hör endlich auf zu träumen«, beschwor mich meine Mutter. »Morgen musst du stark sein, Canda. So stark wie noch nie.«

*

Im Zentrum der Macht Ghans, im dreißigsten Stockwerk des Eisernen Turms, gab es nichts Altes, keine Winkel, keine Trennwände, die Verstecke bieten konnten. Und auch keinen Goldglanz, der einen Scharfschützen durch Reflexionen ablenken konnte. Nur Stahl, mattes Grau, zu weißes Licht und Fensterfronten aus Panzerglas. Die Klimaanlagen liefen bereits, es war kühl.

Auf jedem Flur, den wir entlanggingen, hielten die Leute inne und sahen uns nach. Meine Kehle war immer noch rau vom Schreien, meine Augen vom Weinen geschwollen, aber zumindest mein Körper hatte seine Balance wiedergefunden, ich brauchte niemanden mehr, der mich beim Gehen stützte.

Durch meinen Schleier konnte ich die Neugier in den Mienen der Schaulustigen sehen – und das schlecht gespielte Mitgefühl der Hohen, die uns nur scheinbar zufällig begegneten. Geheimnisse hüteten sich schlecht in unserer Stadt, und ich wusste, keiner hatte Mitleid mit unserem Schicksal. Im Gegenteil: In den anderen Familien hielt man schon längst Sitzungen ab, um die Chancen eines neuen Paares auf den

TEIL I: DIE STADT

Mégantitel zu berechnen. Man überlegte bereits, wer unsere Stellen einnehmen würde. Heute war mir nichts gleichgültiger als das. Ich hatte mir stets eingebildet, besser als andere zu wissen, was Schmerz und Verlust bedeuten. Lange hatte ich geweint, als meine Tante die Traumkrankheit bekam und daran starb, und auch als eine junge Cousine ihren Verstand verlor, weil sie zu viel träumte, und kein Arzt in der ganzen Stadt sie mit den stärksten Schlafmitteln gegen diese Krankheit davon abhalten konnte. Doch das war nichts im Vergleich zu Manjas Nachricht. Dort, wo mein Herz geschlagen hatte, pochte nur noch eine schwelende, siedende Wunde.

Eine Moreno weint nicht, wiederholte ich in Gedanken im Takt meiner Schritte. *Sie ist stolz, nie zeigt sie ihren Schmerz und Kummer.* Die Familiensätze füllten meinen Kopf, trugen mich vorwärts, jeder Gedanke an Tian hätte mich stürzen lassen und ich wäre nicht mehr aufgestanden. Aber ich musste aufrecht bleiben – ich musste zu den beiden Méganes. Sie waren die Einzigen, die ihm und mir helfen konnten. *Niemals lässt sie sich in die Karten schauen*, betete ich Silbe für Silbe, Schritt für Schritt, *sie berechnet Chancen, blickt voraus und spricht als Letzte. Sie spinnt ihre Fäden und bringt Armeen zu Fall mit einem Wort, einem Versprechen, einer Strategie, einem Handel. Und manchmal mit einem Lächeln. Wenn es sein muss, verbindet sie Feuer und Wasser zu einem Schwert, das ihre Feinde tötet.*

Vor einer bronzefarbenen Flügeltür, die ich nur zu gut kannte, blieben meine Eltern stehen. Schweigend warteten wir, bis sich die Flügeltüren öffneten. Ich machte mich darauf gefasst, einen Raum voller Menschen zu sehen – Diener höheren Ranges und Sekretäre des Mégan-Paares, Advokaten in grauen Anzügen, weitere Wächter, vielleicht sogar Tians Familie. Aber zu meiner Überraschung war der Konferenzraum leer. Allerdings musste vor Kurzem noch jemand hier gewesen sein, Papiere lagen auf dem Kupfertisch, einige Ledersessel mit den hohen Lehnen waren zu den Fenstern gedreht, als wären gerade erst Leute aufgestanden und hinausgegangen. Über dem Kopfende des Tisches hing das Wappen der Stadt, ein Schild mit den verschlungenen Symbolen für das »Zentrum«, die fünf Höchsten Familien der Stadt: unser Augenstern; die Schlange der Labranakos; die Doppelaxt der Kanas; das blaue Pferd der Telemor und die Lilie der Siman. Eingefasst waren die fünf Symbole von dem Zeichen der fünfundzwanzig Familien des nächsten Rings. Und diese wiederum vom Ring der Nächstniederen. Von ihnen kannte ich nur die wenigsten Namen, Mitglieder des ersten und des dritten Rings hatten, wenn überhaupt, nur beruflich miteinander zu tun – gewöhnlich als Herren und Handlanger.

»Gerade findet noch die Anhörung der Zeugen zu Tians Fall statt«, sagte meine Mutter. »Wir gehen voraus. Du wartest hier, bis du hereingerufen wirst.«

Tians *Fall*, dachte ich benommen. *Gestern hätte sie es noch unseren Fall genannt.*

Meine Mutter zupfte mein hellgraues Zeremonienkleid zurecht. Es war bodenlang, schmal geschnitten und saß makellos. Die Schnitte von den Scherben an meinen Händen waren unter schwarzen Seidenhandschuhen verborgen.

»Mach deine Aussage, wie wir es besprochen haben, aber sag nichts über deine Träume«, raunte sie mir so leise ins Ohr, dass ich die Worte eher fühlte als hörte. Ich nickte benommen.

Meine Eltern traten zur großen Verbindungstür, die zum ersten und größten Gerichtssaal unserer Herrscher führte. Etwas Seltsames geschah: Sie zögerten kurz und mein Vater berührte für einen Moment die Hand meiner Mutter. Sie reagierte nicht, aber an der Art, wie sie ihre Schultern straffte,

TEIL I: DIE STADT

erkannte ich, wie viel Mut es sie kostete, den nächsten Schritt zu tun und durch die Tür zu gehen. Dann war ich allein.

Hier hatte ich noch vor zehn Tagen vor Glück gefiebert, bis endlich Tian mit seiner Familie gekommen war, um den Vertrag zu besiegeln. Für einen Augenblick bildete ich mir ein, meinen Geliebten wieder dort am Tisch sitzen zu sehen, vorgebeugt, das Haar im Licht der aufgehenden Sonne ein Kupferstrahlen in all dem Grau. Ich hätte sogar schwören können, den Duft seiner Haut wahrzunehmen. Er roch immer ein wenig nach Meer – beziehungsweise so, wie das Meer in Büchern beschrieben wurde –, nach Salz und Frische, nach lauer Sommerluft und Wolken. Ich erinnerte mich an sein nervöses Lächeln, während er unterschrieb.

Ich ging um den Tisch herum zum Fenster. Dort schlug ich den dunkelgrauen Schleier zurück und blinzelte in die plötzlich gleißend helle Weite. Unsere Stadt hatte den Grundriss eines Kreises. Wie Jahresringe trennten Stadtmauern die einzelnen Bezirke und bildeten gleichzeitig ein Bollwerk um den innersten Kreis, das Zentrum mit den höchsten und sichersten Türmen. Und auch die Nähe zum Himmel bestimmte über Rang und Namen. Die höchsten Würdenträger lebten näher an den Sternen als die Handlanger, selbst wenn diese aus denselben Familien stammten.

Unbarmherzig flirrte die Wüste, bis sie am Horizont felsiger wurde und schließlich in ein ansteigendes Gebirge überging. Keine Straße durchschnitt das Gelb, nur die Wolkenschatten huschten über die scharfen Kanten der Dünen. In der Ferne kreisten ein paar Aasvögel und irgendwo in meinem Kopf hallte ein gemeines, fremdes Flüstern: *Was, wenn er dort draußen liegt, hinter einer Düne, längst Futter für die Kreaturen?* Ich wandte mich brüsk ab, lehnte mich gegen das Glas. Hinter mir die Unendlichkeit des Himmels und die Tiefe. Und für einen

Augenblick lang wünschte ich mir, durch das Glas zu fallen wie durch eine Wasserwand, in den Abgrund, wo es keine Angst, keine Ungewissheit und keinen Schmerz gab. »Hör auf«, flüsterte ich mir selbst zu. Mit zitternder Hand wischte ich mir über die Augen. Auf meinem Handschuh blieb die dunkle Spur einer Träne zurück.

Ein leises Schleifen riss mich zurück in die Wirklichkeit. Mein Instinkt reagierte, bevor ich begriff, was mich erschreckt hatte: eine Bewegung am Rand meines Sichtfeldes. Rasch zog ich den Schleier wieder vor das Gesicht. Ich war nicht allein. Ein Sessel an der anderen Seite des Tisches bewegte sich leicht, kaum merklich, aber deutlich genug, dass ich eine Gestalt im Schatten der hohen Lehne erahnen konnte – die Linie einer Schulter und eines Arms. Schwarzer Stoff. Für einen Moment flammte in mir die völlig verrückte Hoffnung auf, dass es Tian war, der dort auf mich wartete, und dass alles nur ein schreckliches Missverständnis gewesen war. Doch dann schwang der Drehsessel mit diesem leisen, metallischen Schleifen, das mich aufgeschreckt hatte, ganz herum.

Der junge Mann war nicht älter als Tian, und er trug schwarze Kleidung, aber das war auch schon die einzige Ähnlichkeit. Das scharf geschnittene Gesicht mit den hohen Wangenknochen hatte nichts von Tians sanfter Schönheit, es war hager und viel zu ernst. Aquamarinfarbene, umschattete Augen starrten mich an, ohne ein Zwinkern, ohne einen Funken Sympathie. Noch nie hatte ich in der Stadt eine solche Augenfarbe gesehen.

Er machte keine Anstalten, aufzustehen, lässig lehnte er seitwärts in dem Sessel, ein langes Bein über der Lehne. Er sah nicht aus wie ein Hoher, dafür fehlte ihm unser Glanz, die Schönheit, er wirkte auf eine rohe Weise hart, fast hässlich. Aber er saß im Vorzimmer der Méganes, das kein Niederer jemals betreten durfte. Sogar die einfachsten Wächter hier stammten aus den höheren Familien des zweiten Rings. Und noch etwas war seltsam: Ich hatte ihn noch nie zuvor gesehen und dennoch kam er mir bekannt vor.

Immer noch musterte er mich. Mir war unbehaglich bei dem Gedanken, dass er mich schon die ganze Zeit über heimlich beobachtet hatte, ohne Schleier, verzweifelt und schwach. Was hatte er gesehen? Nicht viel vermutlich, ich stand im Gegenlicht, trotzdem zupfte ich noch etwas mehr Stoff vor mein Gesicht.

»Kein Schleier der Welt kann verstecken, was ohnehin schon alle wissen.« Seine Stimme war ein wenig rau und ich hörte nur zu gut die Feindseligkeit darin.

»Wartest du auch auf eine Audienz?« Ich versuchte, etwas Klang in meine erloschene Stimme zu legen.

Sein linker Mundwinkel zuckte zu einem sarkastischen Lächeln hoch.

»Audienz? Ja, vermutlich schon, wenn auch aus einem anderen Grund als du, einsame Braut.«

Er wusste also genau, wer ich war. Möglicherweise bedeutete das nichts. Vielleicht aber auch alles.

»Kennen wir uns?«, fragte ich so sachlich wie möglich.

Obwohl die Sonne in den Raum schien, hatte ich das Gefühl, dass es dort, wo er saß, dunkler war – und kälter. »Ich kenne *dich*«, antwortete er. »Deine Karriere als zukünftige Mégana endet, bevor sie begonnen hat. Muss wehtun, Stadtprinzessin!« Das war wie ein Schlag ins Gesicht. Bisher war es nur eine Ahnung gewesen, jetzt wusste ich, der Fremde hier war mein Feind.

»Zu welcher Familie gehörst du?«, sagte ich mit aller Schärfe, die ich aufbringen konnte. »Wem bist du versprochen?«

Er gab keine Antwort, sondern erhob sich so schnell und geschmeidig aus dem Sessel, dass ich zusammenzuckte. Er kam einfach auf mich zu, ohne die Grenzen des Respekts zu wahren – viel zu nah! Direkt vor mir blieb er stehen, so nah, dass ich wie eine Maus in der Falle saß, den Rücken an das Glas gedrückt, vor mir ein Fremder, dessen Augen kaltes Glas waren. Er roch nach heißem Wüstenwind, nach Weite und ein wenig nach der Asche von Jagdfeuern. Die Härchen an meinem Nacken stellten sich auf, ich konnte die Gefahr fast sehen, wie Hitzewellen, die die Luft flirren ließen.

»Du willst wirklich wissen, wem ich versprochen bin?«, fragte er leise. »Schwester Tod! Die Schönheit mit der gläsernen Haut und dem roten Haar, die uns immer einholt, wohin wir auch fliehen. Sie besucht mich jede Nacht und versucht mich im Traum zu einem Kuss zu verführen. Und jede Nacht gebe ich ihr beinahe nach. Aber nur beinahe.«

Ich glitt am Glas entlang zur Seite und brachte drei große Schritte zwischen mich und ihn. »Wag es nicht, mir noch einmal so nahe zu kommen!«

Es musste wohl doch noch genügend von meiner Autorität übrig sein, denn der Fremde blieb stehen. Lauernd, feindselig, mit diesem harten Blick, und ich mit einem heißen Knoten in der Kehle, von dem ich nicht wusste, ob es Wut oder Angst war. Jetzt, im vollen Licht, konnte ich ihn genau betrachten. Anib, die eine Schwäche für gefährlich wirkende Männer hatte, hätte er vermutlich trotz seiner Hässlichkeit gefallen. Seine Züge waren klar, die Lippen hatten einen harten Schwung. Das glatte Haar fiel ihm seitlich über die Stirn und warf einen Schatten über die rechte Gesichtshälfte. Noch nie hatte ich solches Haar gesehen: aschbraune Strähnen neben schwarzen und rötlichen, und sogar ein paar hellere mischten sich darunter. Immer noch suchte ich fieberhaft nach Anhaltspunkten, ob er vielleicht doch zu einem höheren Stand gehörte. Aber er trug die Kleidung eines Niederen: ein schmuckloses schwarzes Hemd ohne

TEIL I: DIE STADT

Knöpfe, am Hals nur mit einer Lederschnur gebunden. Die Ärmel hatte er nachlässig bis zu den Ellenbogen hochgekrempelt. Sand hing in einer Falte. Ein breites Lederband lag um sein linkes Handgelenk. Er dachte offenbar nicht daran, die Kratzer zu verbergen, die seine Arme verunstalteten. Kratzer wie von... Tierkrallen?

»Findest du es höflich, so mit einer Moreno zu sprechen?«, brach ich die unbehagliche Stille.

»Bist du denn noch eine Moreno? Du scheinst das Wichtigste, was du hattest, verloren zu haben. Und damit meine ich nicht den Kerl, dem du versprochen warst.«

»Erstens: Ich *bin* ihm versprochen! Und zweitens: Pass auf, wie du ihn nennst. Du weißt wohl nicht, wie man sich vor Hohen benimmt.«

Sein Lächeln verschwand so schnell, wie eine Maske fiel. Er zwinkerte nicht, obwohl die Sonne ihm direkt in die Augen schien. Niemals hätte ich es zugegeben, aber inzwischen machte mir dieser Blick Angst. Einen Moment hatte ich den Eindruck, er könnte durch meinen Schleier sehen wie durch Glas, aber das war natürlich unmöglich.

»Man könnte denken, du hast andere Sorgen als gutes Benehmen«, sagte er. »Es heißt doch, Liebenden bricht das Herz, wenn sie einander verlieren.«

Ich hasste mich selbst dafür, dass mir die Tränen in die Augen stiegen. Zum Glück verbarg mein Schleier sie.

»Wahre Liebe«, fuhr er unbarmherzig fort. »So selten in dieser Stadt, in der nur Gewinn und Bündnisse zählen. Und jetzt? Seid ihr zwei nur noch eine Schauergeschichte, die man Kindern flüsternd erzählt als Beispiel, wie schnell Schicksale zerbrechen können. Canda Moreno nur noch ein fadenscheiniger Schatten ihrer selbst – und ihr Geliebter...«

Er grinste. Doch diesmal beherrschte ich mich. Ich mochte

nicht mehr ich selbst sein, aber eines erkannte ich immer noch: Er versuchte mich zu provozieren und in die Enge zu treiben. Aber den Gefallen, darauf zu reagieren, würde ich ihm nicht tun.

»Lass dich doch von deiner Versprochenen küssen«, erwiderte ich kühl. »Ihr scheint einander zu verdienen.«

Seine Augen wurden schmal, so konzentriert musterte er mich. Und plötzlich wusste ich, warum er mir bekannt vorkam. Es war nicht sein Aussehen – sondern nur die Art, wie er mich betrachtete. Dieser Blick, der sich irgendwo verlor, so, als würde der Fremde durch mich hindurchsehen, nach jemandem suchen, der hinter mir stand. *Genauso wie Tian mich im Traum angesehen hat!* Fast wartete ich darauf, dass dieser Fremde den Mund öffnen und mit Tians Stimme sagen würde: *Wach auf, mein Stern…*

Und noch etwas Seltsames geschah: Ein schmerzlicher Zug ließ seinen Mund plötzlich weicher wirken und in den Augen glomm nun eine Dunkelheit, die nichts Gefährliches mehr hatte. Im Gegenteil: Ich kannte sie nur zu gut. Heute Morgen erst hatte ich sie im Spiegel gesehen – es war Traurigkeit.

»Was… siehst du?« Die Frage rutschte mir einfach so heraus. Und eigentlich dachte ich: *Was hat Tian gesehen?*

Der Fremde blinzelte zum ersten Mal. Sein Blick verlor das Suchende, Entrückte, er trat beiläufig einen Schritt zurück und verschränkte die Arme. »Was ich sehe, hm? Dein schwarzes Herz, Prinzessin.«

»Wovon redest du?«

»Von Menschen, die sogar die Sterne selbst vom Himmel holen und sie in den Staub treten würden für ein wenig Macht. Menschen wie du.« Ich erschrak über den blanken Hass in seiner Miene. *Er ist verrückt. Ich stehe hier mit einem Verrückten, der mich hasst und wirres Zeug redet.*

TEIL I: DIE STADT

»Canda Moreno?« Ein Wächter hatte die Tür geöffnet. Und ich zögerte keinen Moment. Mein Schleier bauschte sich, als ich an dem Fremden vorbeilief und zur Tür floh. Erst an der Treppe warf ich einen Blick über die Schulter zurück. Der Junge hatte sich wieder in einen Sessel geworfen und starrte mit verschlossener Miene auf die Wüste hinaus. Vor dem flirrenden Sand erschien sein Profil wie ein Schattenriss. Mir fiel auf, dass er eine leicht gebogene Nase hatte, und seltsamerweise musste ich an einen Falken denken, der im eisernen Turm gefangen war.

Mitternachtswein

Der Weg vom Konferenzraum zum Saal war eine schmale, steile Treppe, auf der höchstens zwei Personen nebeneinander Platz hatten. Wie durch ein Nadelöhr mussten sich die Ratsuchenden nach oben zwängen.

»Wer war der Mann?«, fragte ich den Wächter.

»Niemand von Bedeutung«, antwortete der knapp. Jetzt war mir erst recht unbehaglich zumute. Wenn jemand, der im Vorzimmer der Méganes saß, als unbedeutend bezeichnet wurde, konnte man sicher sein, dass es eine Lüge war. Immer noch hatte ich eine Gänsehaut und war verstört von der Begegnung.

Um mich zu beruhigen, zählte ich die Stufen, schätzte ihren Abstand und berechnete ganz mechanisch die Höhe der Treppe. Die fünfzigste Stufe endete an einem nur brusthohen Durchgang aus Marmor. Jeder musste sich hier ducken, man betrat den Saal der Méganes zum Zeichen der Ergebenheit mit gebeugtem Nacken. Mein Schritt bekam einen Hall, die Luft wurde kühl. Der Duft von Lilien vertrieb die Erinnerung an den Wüstenhauch des Verrückten. Ich ging die vorgeschriebenen dreizehn Schritte mit gesenktem Kopf und blieb stehen.

»Willkommen, Canda.« Es war die freundliche Stimme einer älteren Frau. Ich hob den Kopf. Manja und Oné saßen ganz vorne an einem hufeisenförmigen Steintisch – gegenüber von meinen Eltern. Ich hätte eine völlig Fremde sein können, so neutral blickte meine eigene Familie mir entgegen. Tians Verwandte zweiten Grades saßen im Hintergrund. Ich entdeckte seine beiden jüngeren Brüder, die in der Ritualnacht bei ihm gewesen waren. Sie hatten tiefe Ringe unter den Augen und wirkten trotz ihrer Bronzehaut heute so blass, dass die roten kultischen Zeichnungen auf ihrer Haut leuchteten wie Peitschenstriemen.

Der Mégan und die Mégana erwarteten mich am Scheitelpunkt des Hufeisentisches. Aus der Ferne hatte ich das Herrscherpaar schon oft gesehen. Doch so nahe war ich ihnen noch nie gekommen. Die graue Beamtenkleidung ließ sie beide glanzlos und nüchtern erscheinen, zwei achtzigjährige Menschen mit verwitterten Gesichtern. Das weiße Haar unserer Herrscherin wurde mit einem Kupferreif straff nach hinten gehalten, ihre Haut war so hell gepudert, dass ihre braunen Augen schwarz wirkten. Der Mégan war ein sehniger, immer noch kräftiger Greis mit tiefen Furchen neben den Mundwinkeln. Er trommelte mit den Fingern ungeduldig auf dem Tisch herum.

»Höchste Mutter«, begrüßte ich die beiden tonlos. »Höchster Vater ...«

Ich wollte mich verbeugen, aber die Mégana gab mir nur einen Wink, und ich gehorchte und trat in die Mitte des Hufeisens.

»Zeugin Moreno«, wandte sich die Mégana an meine Mutter. »Wie alt ist sie genau?«

»Siebzehn Jahre und zehn Tage, Höchste Schwester. Wie Ihr wisst, sollte sie vorgestern mit Tian Labranako verbunden werden.«

Der Mégan verschränkte die Arme und lehnte sich zurück. »Soweit ich gehört habe, ist sie nicht so hässlich, dass sie ihr Gesicht verbergen müsste.«

»Sie ist in Trauer, Höchster Bruder«, erwiderte Manja anstelle meiner Eltern. Die Miene meiner Mutter blieb völlig ausdruckslos, aber ich konnte mir denken, dass sie Manja am liebsten geohrfeigt hätte. Und auch mir wurde heiß. Manja wollte mich nur schützen, aber natürlich bewirkte sie damit das

Gegenteil. Jeder wusste, dass der Mégan wie ein Jagdhund war. Beim geringsten Hauch eines Verdachts nahm er die Fährte auf. Und meine klanglose Stimme hatte ihn sicher ohnehin schon neugierig gemacht.

»Hier ist kein Ort für Trauerschleier. Nimm ihn ab, Mädchen.«

»Höchster Bruder!« Selten hatte meine Mutter so freundlich und so verbindlich gewirkt. »Bitte erinnere dich an unser Gesuch von heute Morgen, dem ihr beide stattgegeben habt. Bis wir allein mit euch über die ... die Erkrankung unserer Tochter sprechen können, bitten wir nochmals um strengste Vertraulichkeit. Das habt ihr uns zugesichert, als ihr uns und Canda als Zeugen geladen habt.«

So verschieden die Herrscher in ihrem Wesen und Temperament waren, ihr absoluter Gleichklang war so deutlich spürbar wie die Schwingung einer Gitarrensaite an der Fingerkuppe. In einer Sekunde hatten sie sich entschlossen.

»Geh, Mädchen«, sagte die Mégana freundlich zu mir. »Warte im Konferenzsaal. Wir entscheiden später, ob wir deine Aussage noch brauchen.«

Meine Eltern konnten ihre Erleichterung kaum verbergen. Aber ich rührte mich nicht. Wenn ich gehorchte, hatte ich keine Chance mehr, Einfluss zu nehmen. Wie eine Spielfigur würde ich am Rand stehen und jede Entscheidung akzeptieren müssen, die andere für Tian und mich treffen würden.

Ich räusperte mich, und als ich endlich ein Wort herausbrachte, war es, als würde ich meinen Eltern hinterrücks ein Messer in den Rücken stoßen.

»Mit Verlaub, aber ich ... möchte nicht gehen. Niemand steht Tian näher als ich. Auch meine Zukunft und die meiner Familie hängt davon ab, ob er gerettet werden kann. Ich muss hierbleiben, Höchste Herrscher.«

TEIL I: DIE STADT

Der Mégan hob die linke Augenbraue. »Ich will jedem, der etwas zu diesem Fall zu sagen hat, ins Gesicht sehen.«

Meine Mutter schüttelte kaum merklich den Kopf. Unter dem Schleier glühte mein Gesicht vor Scham, ich bekam kaum noch Luft. Meine Hände zitterten, als ich den Saum ergriff und das federleichte Grau nach hinten streifte. Es war schlimmer, als sich vor Fremden nackt auszuziehen. Entsetztes Flüstern wallte auf. *Zumindest an diese Reaktion bin ich inzwischen gewöhnt,* dachte ich bitter.

»Bevor ihr fragt: Sie ist es wirklich«, sagte meine Mutter. »Wir verbürgen uns dafür, dass dieses Mädchen unsere Tochter Canda ist. Auch wenn sie im Augenblick... verändert wirkt.«

Das Flüstern verstummte abrupt, vermutlich auf ein Zeichen der Herrscher. Als ich endlich wagte, den Kopf wieder zu heben, blickte ich in angewiderte und erschrockene Mienen. All diese Menschen hatten mich vor zwei Tagen noch lachend begrüßt, umarmt, mich Schwester, Tochter und Freundin genannt.

Vater starrte demonstrativ an mir vorbei. Für die Schande, die ich ihm nun zufügte, würde er mich lange nicht mehr ansehen – vielleicht nie wieder.

»Du musst Tian wirklich sehr lieben«, bemerkte die Mégana sanft.

Um ein Haar wäre meine beherrschte Fassade zusammengebrochen. »Mehr als mein Leben, Höchste Mutter«, brachte ich mit erstickter Stimme heraus. »Ihr müsst ihn finden und retten, ich bitte Euch!«

Die Mégana lächelte, Fältchen tanzten um ihre Augen und ich begriff, dass ich zwar mein Strahlen verloren, aber eben ihr Herz gewonnen hatte.

»Wir tun alles, was in unserer Macht steht. Und nun beantworte die Fragen für das Protokoll: Tian Labranako ist also dein Versprochener?«

»Seit Geburt an, Höchste Mutter. Und mehr als das: Er ist mein Freund, mein Geliebter, mein Vertrauter – er ist die zweite Hälfte meines Herzens.«

Ein Schreiber, der etwas abseits saß, begann mit einem Füller auf Papier zu kratzen.

»Wann hast du ihn zum letzten Mal gesehen?«

»Am Abend, bevor wir uns zu unserer Zeremoniennacht verabschiedet haben.«

»Was hat er gesagt und getan?«, übernahm der Mégan das Wort. Es war der barsche Ton eines Verhörs. Mein Mund wurde auf der Stelle trocken. Aber der Teil von mir, der in Zahlen und Strategien dachte, begriff, was zu tun war. Die Mégana und der Mégan waren wie Feuer und Stein. Ich hatte das Wohlwollen des Feuers, jetzt musste ich zeigen, dass ich die nüchterne Faktensprache des Steins beherrschte.

»Er hat mich zum Abschied umarmt, Höchster Vater, vor der Tür des Prunkzimmers.«

»Benahm er sich anders als gewöhnlich?«

»Er schien nur etwas zerstreut zu sein. Ich schob es aber auf die bevorstehende Zeremonie. Er war schon seit einigen Tagen nachdenklicher als sonst. Vielleicht... wusste er bereits, dass er in Gefahr war.«

»Warum hast du nicht sofort mit deinen Eltern über diesen Verdacht gesprochen?«

»Es war kein Verdacht, mir wird der mögliche Zusammenhang erst jetzt bewusst, im Rückblick.«

Der Mégan schnaubte spöttisch. »Du hast also nicht gespürt, woran er in den vergangenen Tagen dachte? Und du hast die Stirn, hier zu behaupten, dass ihr zwei Teile eines Herzens seid? Wie kann das sein, wenn du nicht einmal seine einfachsten Gefühle teilst?« Das Schlimme war, dass er recht hatte. Ja, ich hatte versagt, ich hätte spüren müssen, dass mein Geliebter

TEIL 1: DIE STADT

Angst hatte. Jetzt musste ich doch die aufsteigenden Tränen unterdrücken.

»Es ist nicht Candas Schuld, höchster Bruder«, warf meine Mutter ein. »Tian hat sich ihr mit Absicht verschlossen.«

»Das sind Unterstellungen!«, rief Oné. »Vergiss nicht, du bist heute als Zeugin hier, nicht als Richterin, Isané!«

»Stattgegeben«, sagte der Mégan trocken. »Was genau hat er zum Abschied gesagt, Canda?«

»›Schlaf tief und traumlos‹«, antwortete ich wahrheitsgemäß. »Aber vorher denk an mich, wenn du den Mitternachtswein trinkst.‹«

»Mitternachtswein? Was soll das sein?«

»Eine Art privater Zeremonie, Höchster Vater. In letzter Zeit saßen Tian und ich ab und zu auf dem Dach. Wir redeten und tranken Wein, den Tian mitgebracht hatte. Er liebte den Geschmack von Zillagewürz. In der Nacht vor der Verbindung wollten wir beide von dem Wein trinken. Es...« Ich musste krampfhaft schlucken, um weitersprechen zu können. »Es... sollte das Zeichen unseres Versprechens sein.«

»Aha. Und worüber habt ihr geredet?«

»Tian... sprach über seine Vorfahren. Damals, als sie noch auf den Perlinseln lebten. Er erklärte mir, wie sie mit Hilfe der Sterne navigierten und in ferne Länder reisten.«

»Hat er angedeutet, dass er dorthinwollte?«

Ich schüttelte erstaunt den Kopf. Es war eine seltsame Frage. »Natürlich nicht! Warum sollte er?«

»Die Fragen stelle ich! Sonst hat er nichts gesagt?«

Meine Mutter warf mir einen warnenden Blick zu.

»Er sagte: ›Möge kein Traum deinen Schlaf stören.‹«

Der Mégan kniff die Augen zusammen. In dem kalten Licht des Saales wirkten sie so schwarz und tot wie Onyx-Steine. »Und? Hast du geträumt?«

Mit einem Mal war es im Raum so still, dass sogar das kaum wahrnehmbare Surren der Klimaanlage unangenehm laut klang.

»Ich ... habe im Schlaf wirre Bilder gesehen.«

»Was für Bilder?«

»Gesichter und Stimmen. Aber ich erwachte bald, weil ich spürte, dass Tian etwas zugestoßen war. Und ich bin sicher, die Bilder waren keine Träume – sondern der Widerhall von Tians Leid. Er muss genau um diese Zeit entführt worden sein.« Es war die Erklärung, die meine Mutter mir eingeschärft hatte, aber sie fühlte sich absolut wahr an. Und vielleicht glaubte mir der Mégan deshalb. »Gut. Nimm bei den anderen Zeugen Platz.«

Tians Verwandte rückten von mir ab, sein jüngster Bruder, der mich schon seit Monaten liebevoll Schwesterchen nannte, starrte mich an wie einen Geist.

»Oné und Manja Labranako?«, wandte sich der Mégan an Tians Eltern. »Seid ihr bereit?«

Die beiden waren totenblass geworden, aber sie standen auf und nickten. »Wir sind bereit, Höchster Bruder«, sagten sie wie aus einem Mund.

»Bringt ihn herein!«, befahl der Mégan.

Wachen setzten sich in Bewegung und öffneten eine Seitentür. Ein Scharren kam von draußen, dann erschienen zwei Mitglieder der berüchtigten Gefängnisgarde. Hochgewachsene Männer in grauen Uniformen, Niedere von Geburt, aber für ihre Dienste im Kerker geeignet. Sie schleiften einen kraftlosen, halbnackten Körper über die Schwelle. Der Geruch von ungewaschener Haut, Angst und Eisen füllte den Raum. Einige Labranakos hielten sich parfümierte Taschentücher vor das Gesicht.

Ich spürte kaum, wie ich aufsprang, ich konnte nur das Unfassbare anstarren, den Schrei schon in der Kehle.

TEIL I: DIE STADT

Tian! Sein Kopf hing vornüber wie bei einer Puppe. Seine roten, wirren Locken hingen ihm tief ins Gesicht, um seinen Hals wanden sich rote Schlangenornamente. Ich wollte zu ihm stürzen, ihn umarmen, ihn stützen, sein Gesicht mit Küssen bedecken. Aber ich verharrte wie gelähmt im Schock. *Keine Verbindung! So nahe und ich spüre ihn nicht! Ist er tot?*

»Runter mit ihm«, befahl der Mégan.

Die Männer der Garde stießen Tian grob zu Boden. Er lebte! Er stürzte auf Hände und Knie und stöhnte auf. »Was soll das?«, schrie ich. »Wie behandelt ihr euren eigenen Sohn?« Ich wollte losrennen, aber Tians älterer Bruder sprang auf und hielt mich zurück.

»Canda, beherrsche dich!« Der Befehl meiner Mutter war scharf wie ein Peitschenhieb.

Die Labranakos wandten alle peinlich berührt die Blicke ab. Und ich wusste es auch selbst: Noch nie in der Geschichte unserer Familie hatte eine Moreno sich so vergessen. Auf ein Nicken meines Vaters und einen Wink des Mégan trat ein Gardist zu mir. Ein riesiger schwarzhaariger Mann mit einer Narbe, die seine Wange teilte und ein ständiges schiefes Grinsen in sein Gesicht zerrte. »Ihr missachtet das Gericht, Herrin«, sagte er leise. »Zwingt mich nicht dazu, Euch hinausführen zu müssen.«

Tian rührte sich nicht, nur seine Arme zitterten vor Anstrengung. Seine Stirn berührte fast den Boden, so kraftlos war er. Auch um seine Handgelenke wand sich der traditionelle Hochzeitsschmuck, die roten Korallenschlangen der Familie Labranako. Sie schienen zu schwimmen, aber es war nur mein Tränenschleier. Manja verzog den Mund und wandte so angewidert die Augen ab, als könnte sie den Anblick ihres eigenen Sohnes nicht ertragen. Bisher hatte ich sie bedingungslos geliebt, aber in diesem Moment hasste ich sie.

»Weiter«, befahl der Mégan ruhig.

Ein Gardist packte Tian grob am Haar und ... riss seinen Kopf zurück!

Ich presste mir die Hand auf den Mund, so schrecklich war das, was ich dort sah: ein verzerrtes Gesicht, blau und grün geschlagen und völlig verschwollen. Getrocknetes Blut klebte am Kinn, eine alte Narbe am Mund ... *die Tian nicht hat*! Und braune Augen, angstvoll aufgerissen. Nicht grün, wie die von Tian.

»*Das* haben Minas Moreno und die Wächter am Morgen des Hochzeitstages also gesehen«, bemerkte der Mégan. Er blickte auf die Aufzeichnungen, die vor ihm lagen. »Dieser Mann lag anstelle von Tian auf dem Prunkbett, das Gesicht in den Kissen verborgen, betäubt von Schlafmitteln. So wie Tians Brüder und Freunde. Wir sollten also alle getäuscht werden. Und wie gut die Täuschung funktioniert, sehen wir daran, dass sogar Canda auf diese Maskerade hereingefallen ist.«

Meine Knie gaben nach, zitternd setzte ich mich hin. Ich fühlte mich beschämt und betrogen – von Manja, von den Labranakos, aber auch von den Méganes, die genau wussten, was sie mir zum Zweck der Beweisführung gerade angetan hatten.

»Sein Name ist Jenn«, erklärte der Gardist mit dem Narbengrinsen. »Niederer aus dem dritten Ring. Er handelt mit Wasser.«

»Du weißt, warum du hier bist, Jenn?«, fragte der Herrscher.

Der Junge hatte Angst, aber erstaunlicherweise schien er trotz seiner niedrigen Stellung so etwas wie Stolz zu besitzen, denn er kam schwankend auf die Beine, obwohl es ihm Schmerzen bereitete. Dort, wo Bäche von Schweiß an seiner Brust entlanggelaufen waren, zeigten sich Streifen heller Haut und Sommersprossen. Der Bronzeton war also nur Farbe, vermutlich mit Goldpartikeln durchmischt, die den typischen Sonnenteint der Labranakos vortäuschten.

»Ja, Höchster Herrscher«, brachte er mühsam und verwaschen heraus. »Mir wird unterstellt, ich sei an einem Verbrechen beteiligt. Das bin ich aber nicht!«

»Du behauptest, du hast nichts mit Tian Labranakos Verschwinden zu tun?«

»Ich kenne doch überhaupt keinen Tian! Und wenn mir Eure Garde alle Knochen bricht, ich bin unschuldig. Es war der Kerl im Mantel – er hat mich reingelegt.«

»Welcher Kerl im Mantel?«

Trotz allem tat der Junge mir leid. Als er Hilfe suchend zu mir blickte, vermutlich, weil ich die Einzige war, die über seinen Anblick entsetzt gewesen war, schaute ich nicht weg. Aber er und ich wussten, dass seine Chancen, mit heiler Haut davonzukommen, gleich null waren.

»Ich bin Händler!«, rief Jenn. »Vor zehn Tagen kam einer zu mir, der mir Wasser abkaufte. Er trug einen gelben Mantel mit Kapuze und sagte mir keinen Namen, sein Gesicht hatte er hinter einem Tuch verborgen«, aber ich hab trotzdem gesehen, dass er einer aus dem inneren Ring ist. Nach ein paar Tagen kam er wieder. Ich sollte Dinge für ihn einkaufen. Er wollte mir so viel Geld nicht auf dem Markt geben, also habe ich ihm gesagt, wo ich lebe. Dachte, er würde keinen Fuß in die Gegend setzen, aber er kam dorthin. Und er scherte sich nicht darum, in der Unterkunft eines Niederen zu sitzen.«

»Was solltest du für ihn kaufen?«

»Alles Mögliche – Decken, ein Mittel gegen Schlangengift, Proviant, vierzig Ellen dünnes Seil und einen weißen Sonnenmantel, wie man ihn für die Wüste braucht.«

Zum ersten Mal seit meiner grauenhaften Brautnacht war ich erleichtert. Seile für Fesseln? Und unter einem Mantel konnte man einen Entführten verbergen. Es waren Gegenstände für eine Reise, nicht für einen Mord.

»Und wie bist du dann in das Prunkzimmer gekommen, Jenn?«, wollte der Herrscher wissen.

Wieder irrte Jenns Blick für einen Moment zu mir, als würde er Halt suchen.

»Weiß nicht«, murmelte er. »Es war mitten in der Nacht, ich lag schon auf meiner Pritsche. Es klopfte – und kaum hatte ich die Tür aufgemacht, da hatte der Kerl mich schon an der Gurgel. Ich war viel zu überrascht, um mich zu wehren – und ich weiß, welche Strafe darauf steht, einen der Höheren auch nur anzufassen. Der Mantelmann drückte mir ein Messer an die Kehle. Er sagte, ich soll trinken, Wein, das konnte ich riechen, schwerer Wein. Er roch so ähnlich wie der Weihrauch, den man beim Gebet anzündet. Ich hatte Angst, dass es Gift ist, aber er zwang mich dazu. Es schmeckte süß und gleichzeitig bitter – das Kräutergewürz darin war Zillawurzel.«

Der Mégan warf mir einen düsteren Blick zu. Aber auch so begann mein Herz schneller zu schlagen. Genauso hatte der Mitternachtswein geschmeckt.

»Dann kippte ich weg«, fuhr Jenn fort. »Als ich das nächste Mal wach wurde ... lag ich in einem riesigen Bett in einem Palastzimmer. Meine Haare waren bis zu den Schultern abgeschnitten, jemand hatte mir rote Schlangen auf die Haut gemalt, und ein paar Wächter brüllten mich an. Das ist alles, was ich weiß, ich schwöre es bei den Geistern meiner Ahnen und dem Blut meiner Mutter.«

Manja sackte auf den Stuhl, als hätte sie einen Hieb erhalten. Oné setzte sich neben sie und legte ihr den Arm um die Schultern.

»Nun, damit sind die Beweise für Tians Schuld so gut wie vollständig«, sagte die Mégana.

TEIL 1: DIE STADT

Ich hörte die Worte, aber ich brauchte mehrere Sekunden, um wirklich zu begreifen. Sie verurteilten meinen Geliebten! Wie aus weiter Ferne hörte ich die trockene Stimme des Mégan, sah, wie Manja sich vergeblich bemühte, ihre Tränen zu verbergen, und die maskenhaft sachlichen Mienen meiner Eltern.

»…Tians Lehrer hat im Gefängnis die Zeichnungen auf der Haut des Gefangenen begutachtet und bestätigt, dass Tian sie ausgeführt hat. Und der Wein, den Canda Moreno Mitternachtswein nennt, war mit Bithrium versetzt, dem Gift der Felsviper. Tödlich in einer Wunde. Mit Wein oder Wasser vermischt und getrunken ist es ein Betäubungsmittel, sehr stark und in hoher Dosis sehr lange wirkend. Nimmt man zu viel davon, erwacht man erst nach zwei Tagen wieder. Tian brachte seine Brüder dazu, ihre Gläser in einem Zug zu leeren. Nur er trank keinen Schluck. Er wollte also sicher sein, dass niemand vor dem Mittag zu sich kommt. Und für den Fall, dass jemand im Prunkzimmer nach dem Rechten sieht, sorgte er mit sehr viel Sorgfalt dafür, dass sein Platzhalter so echt wie möglich wirkte. Tian Labranako hat Ghan ohne schriftliche Erlaubnis verlassen, was an sich schon strafbar ist. Die nächtlichen Gespräche über Navigation und ferne Länder, die er mit Canda Moreno auf dem Dach führte, deuten darauf hin, dass er seine Flucht schon länger plante. Darüber hinaus hat er die Verbindung mit seiner Versprochenen heimtückisch und vorsätzlich veruntreut. Eine harte Wahrheit für beide Familien. Und eine dunkle Stunde für unsere Stadt. Über die Höhe der Entschädigungszahlung an die Familie Moreno wird verhandelt werden, sobald alle Ansprüche erfasst und beziffert sind. Die Sitzung für die Labranakos ist für heute beendet.«

»Das ist alles nicht wahr!« Endlich hatte ich meine Stimme wiedergefunden.

»Canda!«, zischte mein Vater. »Setz dich und schweig!«

Aber nichts und niemand hätte mich jetzt noch zum Schweigen gebracht. »Warum sollte Tian seine ganze Zukunft wegwerfen? Er wurde Opfer eines Verbrechens!«

»Das Opfer des Verbrechens bist du, Canda«, sagte die Mégana bedauernd. »Aber die Familie Labranako wird alles tun, um dieses Unrecht ihres Sohnes an dir wiedergutzumachen.«

»Wie könnt Ihr das glauben?«, rief ich Tians Eltern zu. »Kein Mensch mit Verstand würde die Stadt freiwillig verlassen. Und Tian hat unsere Verbindung nicht veruntreut. Eher würde er sterben. Ihr könnt Euren Sohn nicht im Stich lassen!«

»Wir haben nur zwei Söhne«, erwiderte Oné mit gebrochener Stimme. »Einst hatten wir einen dritten. Aber er hat beschlossen, uns in Schande zu verlassen. Und damit ist es, als hätte er nie gelebt. Weiter gibt es nichts zu sagen.«

Ketten klirrten, als Jenn fortgeschleppt wurde. Stuhlbeine kratzten über den Boden, teurer roter Stoff raschelte, polierte Lederschuhe scharrten eilig über Stein. Bisher hatte ich mich geborgen gefühlt in meiner Stadt, meiner Familie, mit all den Regeln, die mich einhüllten wie ein sicherer Kokon, aber jetzt hatte ich das Gefühl, unter Verrückten zu sein. Als sei ich ein Geist geworden, mieden Tians Verwandte meinen Anblick, während sie aus dem Raum hasteten. Sogar Manja ging in weitem Bogen um den Tisch herum, die geröteten Augen starr auf die Tür gerichtet, so als wollte sie möglichst viel Abstand zu mir halten. Innerhalb von zehn Sekunden waren meine Eltern und ich mit den Herrschern allein. Meine Schritte hallten überlaut in dem leeren Raum, als ich in das Hufeisenrund rannte. Direkt vor den Herrschern blieb ich stehen.

»Bitte, Höchste Eltern. Ich kenne ihn besser als jeder andere und ich verbürge meine Seele für seine Unschuld. Sucht ihn und holt ihn zurück und Ihr werdet sehen...«

Meine Mutter stand abrupt auf. »Verzeiht, Höchste Schwester, Höchster Bruder. Seit ihr diese... Sache zugestoßen ist, handelt sie sehr unkontrolliert und impulsiv.«

Der Mégan beugte sich vor und stützte die Ellenbogen auf den Tisch. Und dann überraschte mich der steinerne Herrscher. »Nein, lass sie sprechen, Isané. Krank oder nicht – sie ist eine Tochter der Stadt, ihre Stimme zählt. Du glaubst immer noch an ein Verbrechen? Trotz der Beweise?«

»Beweise können lügen, höchster Vater. Aber selbst wenn Tian all das getan hat, muss er dafür Gründe gehabt haben. Vielleicht musste er es so aussehen lassen, als wäre er heimlich gegangen, um... uns zu schützen.«

»Seltsam nur, dass niemand eine Lösegeldforderung gestellt hat. Welcher Entführer verschwindet ohne eine Nachricht mit einer Geisel in die Wüste?«

Fieberhaft suchte ich nach Verbindungen, nach Gründen und Erklärungen.

»Vielleicht geht es um etwas Kostbareres als Lösegeld. Was, wenn er entführt wurde, um Informationen über das Zentrum zu erhalten?«

Das Schlimme war, dass meine eigenen Worte sofort Bilder in mir wach riefen. Jenns zugerichtetes Gesicht überlagerte die Züge meines Liebsten.

Zum ersten Mal blitzte so etwas wie Interesse in den kalten Onyxaugen des Mégan auf. »Nehmen wir an, wir verfolgen deine Fährte. Was schätzt du, wie viel würde es kosten, Tian aus Feindeshand zu befreien?«

Ich musste nicht schätzen. Ich kannte jede Zahl in dieser Stadt, jedes Gehalt, jeden Sold, jeden Handelspreis. Es war, als könnte sich mein Geist in eine Kammer zurückziehen, während mein Verstand ganz von allein Zahlen addierte. Ich rechnete den beiden Herrschern den Lohn für bewaffnete Männer, Spurensucher, Material und Spezialisten vor. »Im schlimmsten Fall – wenn wir ihn aus den Händen bewaffneter Entführer befreien müssen – siebenhundertzwanzig Magamar«, schloss ich. »Falls wir ihn nur finden müssen, hundertsechzig.«

»Das ist immer noch viel Geld.«

»Nichts kommt Ghan teurer, als uns beide im Stich zu lassen. Unsere Familien haben unsere Ausbildung finanziert, über siebzehntausend Magamar für jeden von uns. In Zukunft hätten wir ein Vielfaches davon für die Stadt erworben. Die Verschwendung der Talente kostet auf die Jahre gerechnet also weitaus mehr als Tians Rettung.«

»Strategisch und mathematisch denkst du zwar logisch«, bemerkte der Mégan. »Und trotzdem höchst irrational. Du gehst nämlich davon aus, dass du nach seiner Rückkehr noch in der Lage sein wirst, wieder an seiner Seite zu stehen. Er hat dich aber verlassen. Und das hätte er nicht getan, wenn er dich lieben würde, wie du behauptest.« Es war ein Schlag, der mir die Luft für jedes weitere Wort nahm. Der Mégan lächelte fein und so frostig, dass jede Sympathie für ihn erlosch. Noch gestern hätte ich nicht gewagt, dem Höchsten Herrscher etwas anderes als Respekt und Ehrfurcht entgegenzubringen. Aber ich musste mich sehr verändert haben, denn jetzt hätte ich ihm am liebsten dieses herablassende Lächeln aus dem Gesicht geschlagen.

»Beantworte mir noch eine Frage«, fuhr der Herrscher fort. »Was, wenn deine Verfassung so bleibt und du keine Zukunft mit ihm hast? Würdest du dann auch noch alles dafür geben, ihn zurückzuholen?«

Ich wusste, was ich sagen musste, auch wenn sich alles in mir sträubte. Aber es gelang mir tatsächlich, so sachlich wie meine

Mutter in ihrer Richterposition zu antworten. »Selbst wenn Tian eine andere heiratet, ist das immer noch besser für die Zukunft unserer Stadt, als uns beide zu verlieren. Ja, auch dann würde ich alles dafür geben.«

Der Herrscher beugte sich vor. Seine Fingerspitzen ruhten aneinander. Durch das Pergament seiner Haut schimmerten die blauen Adern auf den Handrücken. Der alte Mann war niemand, der seine Makel unter Schminke und Puder versteckte. »Und wie hoch wäre dieses ›Alles‹ denn genau?«, fragte er lauernd.

Meine Mutter holte Luft, als wollte sie ihn unterbrechen, aber die Mégana war schneller. »Bei allen Sternen, genug jetzt, Liebster!« Ihre Sanftheit war wie ein warmer Wind in der Kälte des Raums. »Du siehst doch, dass sie erschöpft und verzweifelt ist. Und sie liebt den Jungen so sehr, dass sie sogar ihre Seele dafür geben würde.«

Der Mégan lachte trocken auf und ließ sich in seinen Sessel zurücksinken. Sein Körper verlor die raubtierhafte Spannung, und ich fühlte mich, als hätte mich ein Löwe aus seinen Krallen gelassen. »Meine Gemahlin versteht das Leid der Liebe offenbar weitaus besser als ich.«

Der sarkastische Unterton war kaum zu überhören. Ich wunderte mich über den leichten Missklang zwischen den Herrschern, aber wahrscheinlich bildete ich ihn mir nur ein.

»Wir werden deine Argumente prüfen, Canda«, sagte die Mégana freundlich.

»Danke, Höchste Mutter!«

Die Mégana betrachtete mich besorgt. »Komm mit, Kind«, sagte sie sanft. »Lass uns endlich sehen, wie wir dir helfen können!«

Das vierte Licht

Am Arm des Protokollanten ging die Mégana zur linken Seite des Gerichtssaales. Dorthin, wo ein Podest mit vier Kerzen stand. Die Dochte waren noch weiß und unberührt.

Die Herrscherin hob den Zedernholzstab auf, der bei den Kerzen lag, und entzündete die in Harz getauchte Spitze. »Hier! Zünde die Kerzen an! Wir müssen prüfen, ob das Ritual, mit dem du deine Brautnacht eröffnet hast, korrekt ausgeführt wurde.«

Das hatte ich erwartet, meine Mutter hatte mich darauf vorbereitet. Für das Protokoll musste festgehalten werden, dass ich mich richtig verhalten und meinen Zustand nicht selbst verschuldet hatte. Ich nahm also den Zedernholzstab, atmete durch und schloss die Augen.

Jedes Kind erlernte diese älteste Zeremonie so früh, dass wir sie alle blind durchführen konnten, noch bevor wir es beherrschten, mit Messer und Gabel zu essen. Natürlich glaubten wir nicht mehr an Geister und höhere Mächte wie unsere Ahnen, aber das Ritual gab uns immer noch das Gefühl von Tradition und Zusammenhalt.

In Gedanken kehrte ich zurück in das Prunkzimmer. Noch war der Raum in Abendrot getaucht, meine Freundinnen und meine Schwester noch nicht nackt, noch ohne die blauen Zeichen auf der Haut. Lächelnd saßen sie auf dem riesigen Bett, ließen die Beine baumeln und sahen mir dabei zu, wie ich mit dem brennenden Zedernstab zum Podest mit den Kerzen ging. Etwas abseits auf einem Tischchen stand die Flasche Mitternachtswein. Sonne verwandelte das Rot darin in Lavaleuchten. Mein Herz glühte bei diesem Anblick, und mir war, als wäre Mitternacht schon vorbei und Tian und ich verbunden für immer.

»Für diese Nacht meiner Verwandlung von Einheit zu Zweiheit rufe ich dich, dunkle Schwester Zahl. Erscheine!« Ganz von selbst fand die Zedernholzspitze den Docht der ersten Kerze. Er fing sofort Feuer, das charakteristische Knistern verriet es mir.

»Und ich rufe dich, heller Bruder, der nie vergisst, stehe mir auch in Zweiheit stets zur Seite!«

Die zweite Flamme. Ich konnte die Wärme fühlen, erinnerte mich an jede Einzelheit, wie es meine Gabe war. An Anib, die ihrer Schwester zuflüsterte, dass sie in ihrer Hochzeitsnacht ganz bestimmt keine Brüder an ihrer Seite haben wollte, und Zabina, die darüber kicherte. Und an Vida, die Zabina in die Seite stieß und »Scht!« machte, obwohl sie selbst lachen musste. Ich glaubte das Flüstern meiner Mädchen wie Echos in meinem Kopf zu hören, so laut, dass es mich fast aus dem Takt brachte. Oder waren es andere Stimmen? *Konzentrier dich!* Aber als ich die Augen öffnete, war das Flüstern immer noch da. So, wie Tian das Meeresrauschen beschrieben hatte: Immer im Hintergrund. Anders als der Wind.

»Ich rufe meinen stillen Bruder, den Wegesucher, der weiter sieht als andere«, sprach ich lauter. »Erscheine in dieser Nacht, in der ich meinen Gefährten wähle für immer...« Das Zedernholzstäbchen zitterte in meiner Hand, so nervös war ich plötzlich. In meinem Rücken konnte ich die Blicke spüren. Ich atmete tief durch. *Nur noch die letzte, Canda.* »... und meine goldene Schwester Glanz«, schloss ich die Anrufung, »die mich mit ihrem Lächeln begleitet, mit Tanz und Klang und Anmut, und die mich mit leichtem Schritt die Schwelle zur Kammer aller Herzen überschreiten lässt. Erscheine und bleibe!«

Die vierte Flamme knisterte, offenbar war der Docht feucht geworden. *Bitte nicht ausgehen!*, flehte ich. Aber die vierte Kerze tat mir den Gefallen nicht. Ihr Feuer blieb lächerlich klein, kaum vorhanden, nicht mehr als ein Lichttropfen am Docht. Und dann verlosch sie einfach. Das Blut schoss mir in die Wangen. Ich hob den Stab, um es ein zweites Mal zu versuchen, doch die Mégana winkte ab. »Das genügt.« Ich nickte verzagt und blies die Flamme am Holzstab aus. Es war gespenstisch, dass ausgerechnet die vierte Kerze, die mir immer die liebste war, nicht mehr brannte. *Fast so, als wollte auch sie mir zeigen, was ich verloren habe.*

Die Mégana runzelte die Stirn. »Ist in deiner Brautnacht auch eine der Kerzen erloschen?«

»Nein, Höchste Mutter!«

»Bist du sicher?«

»Meine Schwester kann es bezeugen. Alle vier Lichter brannten.«

Es wurde seltsam still. Sogar die Fliege hatte aufgehört zu summen. Die Mégana musterte mich prüfend. Ihr Lächeln war verschwunden. Gestützt auf ihren Silberstock ging sie mit kleinen Schritten zurück zum Tisch. Bis auf das Tock-Tock auf dem Marmor war es im Raum ruhig. Mein Vater war kreideweiß geworden. Meine Mutter starrte ohne zu blinzeln in die Flammen, in ihren Augen war etwas Verlorenes, Fernes, das ich an ihr nicht kannte. Als sie krampfhaft schluckte, traten die Sehnen an ihrem Hals zu deutlich hervor.

Ich hatte nichts zu verbergen, nichts falsch gemacht. Und trotzdem fühlte ich mich schuldig, als ich bei den Kerzen zurückblieb. Das fehlende vierte Licht wirkte wie eine tote Stelle. *Vielleicht habe ich meinen Glanz verloren, als Tian ging,* dachte ich. *Wie soll ich ohne ihn auch lächeln?*

Der Mégan brach das Schweigen. »Auch wenn ihre Schönheit verloren ist, könnten ihre anderen Talente für Ghan noch gute Dienste leisten.«

Ich zuckte zusammen. »Verloren?«, flüsterte ich. »Aber ...«

»Niemals!«, zischte mein Vater. Plötzlich flirrte die Luft, als wäre sie elektrisch aufgeladen. »Unsere Tochter wird Ghan auf die Weise dienen, die das Gesetz für sie vorgesehen hat.«

Meine Mutter stand ruckartig auf.

»Mein Mann hat recht, Höchster Bruder.« Sie ging um den Tisch herum und legte mir die Hand auf die Schulter. Es war eine besitzergreifende Geste. Ich unterstand immer noch meinen Eltern. Seit gestern vergaß ich das immer wieder. »Hier geht Familienrecht vor Stadtrecht. Gesetzbuch von Ghan, Paragraph 14 B.«

Das Gesetz der Verwaisten? Ich schnappte nach Luft, und trotzdem hatte ich plötzlich das Gefühl, zu ersticken. *Das kann nicht sein. Niemals würden sie mir das antun.*

Aber wie so oft in diesen Tagen irrte ich mich auch diesmal.

»Das bedeutet also, ihr schickt sie ins Haus der Verwaisten«, stellte der Mégan fest. »Tja, schade um deine restlichen Talente, Canda.«

Ich dachte, ich wäre schon so tief gefallen, wie es nur ging, aber jetzt begriff ich, dass ich noch nicht am Grund angekommen war. Bilder meiner Zukunft flatterten davon, trudelten ins Nichts. Nur ein Bild blieb übrig: Ich, einsam und unvollständig vor mich hin vegetierend im Haus der gestrandeten Einzelnen. Bis ich starb. Jetzt wusste ich, was Manja gemeint hatte, als sie sagte, ich wäre besser tot.

»Ich gehe dort nicht hin!«, stieß ich hervor. »Ich bin keine Verwaiste!«

»Juristisch gesehen bist du es«, antwortete meine Mutter. Das Schlimme war, dass das stimmte. Und die alte Canda hätte ebenso gedacht und argumentiert wie sie. Ich konnte jedes Gesetz im Schlaf mit den schärfsten Argumenten verteidigen – auch dieses.

»Diener!« Schritte hallten hinter mir und mein Vater sagte die letzten Worte, die ich bis heute aus seinem Mund gehört habe: »Ich dürft sie festhalten und sie auch gegen ihren Willen in das Haus der Verwaisten bringen.«

Aber ich wehrte mich so sehr, dass die beiden Männer Schwierigkeiten hatten, mich zu bändigen. Ich hörte erst auf, mich gegen den Griff zu stemmen, als meine Mutter ihre Hände fest um mein Gesicht schloss. Zum ersten Mal in meinem Leben sah ich ihre Augen vor Tränen glänzen. »Canda!«, wisperte sie mir zu. »Zwing uns nicht dazu, dir auch noch Fesseln anzulegen wie einer Wahnsinnigen. Du hast alles für Tian getan, was in deiner Macht stand. Und wir sind deine Eltern und tun jetzt das, was für die Familie und dich am besten ist!«

Hätte ich gewusst, dass es unser letzter Abschied sein würde, ich hätte ihr nicht geantwortet, dass sie eine Verräterin war, dass sie mich nie geliebt haben konnte und dass ich sie hasste. Und ich weiß bis heute nicht, woher ich die Kraft nahm, mich aus dem Griff der Diener zu winden. Ich rannte zur Mégana, die immer noch auf ihren Stock gestützt neben dem Tisch stand, ergriff die Hand der alten Frau, umklammerte die trockenen, dünnen Finger. »Lasst nicht zu, dass sie mich lebendig begraben«, flehte ich sie an. »Ich bin keine Verwaiste, Höchste Mutter!«

»Nehmt sie mit«, befahl meine Mutter mit zitternder Stimme.

Ich hielt den Blick der Mégana fest, so lange es ging. »Gebt Tian und mich nicht auf«, flüsterte ich immer wieder. »Ich bitte Euch!«

»So leid es mir tut, vor dem Familiengesetz endet unsere Macht«, antwortete sie. Aber bevor sie meine Hand losließ, flüsterte sie mir zu: »Ghan gibt niemanden auf!«

Das Haus der Gespenster

Eine zukünftige Mégana musste ihr Reich kennen, das hatte meine Mutter mir eingeschärft, seit ich sprechen konnte. Angeblich wanderten die Méganes sogar manchmal unerkannt in der Stadt herum. Ich hatte noch nie in meinem Leben den innersten Kreis und die oberen Stockwerke und Dächer verlassen, trotzdem kannte ich Ghan so gut, dass ich auf dem Stadtplan den Weg von jedem beliebigen Punkt der Stadt zu einem anderen hätte einzeichnen können, ohne den Stift auch nur einmal abzusetzen. Aber als die beiden Leibwächter meiner Eltern mich einige Stunden später durch ein Mauertor aus dem innersten Kreis hinausführten, kam es mir vor, als würde ich eine fremde Stadt betreten.

Das Haus der Verwaisten befand sich im zweiten Ring – auf ebener Erde. So tief unten war ich noch nie in meinem Leben gewesen. Meine Welt waren die Spitzen der Hochhäuser, die Dächer und Gärten unter Sonnensegeln. Der Horizont, den ich jederzeit aus einem Fenster sehen konnte. Jetzt betrat ich zum ersten Mal wirklichen Boden. Rötlicher Staub wirbelte bei jedem unserer Schritt auf. In den Gassen war es beängstigend eng, schattig und düster. Jeder Flur im Haus meiner Familie war breiter. Und ganz oben zwischen den Kronen der hohen Häuser schwebte wie ein letzter Gruß meines verlorenen Lebens ein schmaler Streifen Himmel, orangerot leuchtend und unendlich fern.

Auf dem Stadtplan war das Haus der Verwaisten nur als schraffiertes Rechteck eingezeichnet. Die Rückseite war bereits Teil der dritten Ringmauer. Ich war erschrocken, wie düster und heruntergekommen der Bau von außen wirkte. Er musste noch aus der Zeit stammen, als Ghan nur aus zwei Ringen bestand und die Mauer, an die das Gebäude sich lehnte, die äußerste Stadtmauer gewesen war. Vielleicht waren deshalb die Fenster kaum mehr als schmale Scharten. Über dem Tor aus schwarzem Holz prangte ein verwitterter Schriftzug:

Tritt ein und lasse alles zurück.
In Gnade leuchte dir Bruder Mond, der große Einzelne am Firmament.

Als hätte der jüngere Wächter gespürt, dass ich den Impuls hatte, mich einfach umzudrehen und zu fliehen, legte er mir respektvoll, aber nachdrücklich die Hand auf die Schulter. Leute blieben stehen und starrten uns hinterher: Zwei Leibwächter mit entsicherten Schusswaffen und dazwischen eine verschleierte Gestalt, die vom Dunkel hinter der Schwelle verschluckt wurde.

*

Der Übergang vom schattigen Abendlicht in die Düsternis, von Lärm in absolute Stille war ein Schock. Als hätte ich mit dem Schritt über die Schwelle zwei meiner Sinne verloren. *Und das ist erst der Anfang*, schoss es mir durch den Kopf. Die Panik drohte mich wieder zu übermannen. Doch ich rief mir die Worte der Mégana ins Gedächtnis. Sie würde mich nicht im Stich lassen. Vielleicht würde sie meine Eltern überzeugen, dass ich nicht hierbleiben durfte. Zumindest war das die einzige Hoffnung, die ich noch hatte.

Erst nach einigen Schritten hatten sich meine Augen an das Halbdunkel gewöhnt und ich erkannte einen rechteckigen Raum aus schwarzem Marmor. Ein kleines Öllicht, das an einer Kette herabhing, spendete etwas Helligkeit. Unsere Schritte bekamen ein Echo. Der Platz war umfasst von Galerien. Auf jedem Stockwerk gab es eine, von der aus man auf den zentralen Platz des Hauses herabschauen konnte. Die Brüstungen aus dunklem poliertem Holz waren alle gleich. Es war wie in einen Doppelspiegel zu schauen, in dem sich alles endlos vervielfältigte. Bis zum heutigen Tag hätte ich jeden Eid geschworen, dass es keine Gespenster gab, aber beim Anblick der Menschen, die sich über die Brüstungen beugten, war ich mir nicht mehr so sicher. Alle trugen schwarze unförmige Kleidung. Ihre ernsten Gesichter waren so blass, als hätten sie seit Jahren die Sonne nicht gesehen, was vermutlich sogar stimmte. *Als hätte ich die Schwelle zu einem Totenhaus übertreten*, dachte ich mit einem Frösteln. Rasch senkte ich den Blick.

An der Stirnseite des Platzes hielten die Wächter an. »Die Verwalterin wird Euch gleich hier abholen«, brummte der Ältere. Er schluckte und räusperte sich. Ich kannte ihn seit meiner Geburt, seine Gegenwart war für mich so selbstverständlich gewesen wie das Vorhandensein von Stühlen und Tischen. Aber nun kam es mir so vor, als sähe ich ihn zum ersten Mal. Er musste schon fünfzig sein und hatte ein breites, grimmiges Gesicht mit buschigen Brauen. Narben zeichneten seine Hände und seine rechte Wange. Jetzt wurde mir bewusst, dass ich ihn nie gefragt hatte, woher sie stammten.

Als wären die Standesgrenzen an diesem Ort aufgehoben, berührte er mit einer erstaunlich zarten, bedauernden Geste meine Hand. Seine Finger, die seit vielen Jahrzehnten Tag für Tag die Waffe umfasst hielten, waren schwielig und hart wie Holz. »Es tut mir unendlich leid für Euch, Canda«, sagte er leise. »Lebt wohl.«

»Danke«, war alles, was ich mit erstickter Stimme herausbrachte. Er nickte niedergeschlagen, und dann schritten die beiden Leibwächter davon, stumm beobachtet von den Gespenstern der oberen Stockwerke.

»Willkommen.«

Die Verwalterin musste die Kunst beherrschen, völlig lautlos heranzuschweben. Oder vielleicht hatte sie schon die ganze Zeit vor einer der ebenholzfarbenen Türen gestanden, mit ihrem schwarzen Gewand eins mit den Schatten. Sie war zierlich, fast einen Kopf kleiner als ich. Ihr graues Haar fiel zu einem langen Zopf geflochten über ihre linke Schulter. Und sie lächelte wohl nur selten, kein Fältchen störte die ledrige Glätte ihrer Haut. Sie nahm meine Hände in ihre, eine Vertraulichkeit, die seltsam plump und unpassend wirkte.

»Mein Beileid zu deinem Verlust.« Sie flüsterte, als dürfte kein Laut die Grabesstille hier stören. »Hat man dir schon gesagt, wer ich bin?«

»Die … Verwalterin«, erwiderte ich ebenso leise.

»Ja, und außerdem bin ich deine Großtante Maram. Mein Mann starb an einer Krankheit, als wir beide fünfundvierzig Jahre alt waren, lange vor deiner Geburt. Damals war es nicht mehr möglich für mich, einen neuen, passenden Partner zu finden. So kam ich hierher.«

In Gedanken durchforstete ich die alten Fotografien, die meine Schwester und ich als Kinder heimlich aus Schubladen geholt hatten. Und tatsächlich erinnerte ich mich vage an das Bild einer schwarzhaarigen Frau auf einem Foto. Sie war ebenso zierlich wie Maram, allerdings hatte sie auf dem Foto gelacht. Als ich meine Mutter einmal gefragt hatte, wer die fröhliche Frau war, hatte ich die Antwort bekommen, sie sei schon vor langer Zeit gestorben. *Wie ich*, dachte ich.

»Ich freue mich, Euch kennenzulernen, Großtante Maram.« Und wie es sich vor einer älteren Verwandten gehörte, beugte ich zum Zeichen des Respekts den Nacken. Sie strich mir über das Haar und streifte dabei den Schleier ab. »Den brauchst du nicht mehr. Hier gibt es keine Geheimnisse.«

Ein erschrecktes Murmeln echote in den Galerien. Ich fand es grausam, mich vor diesen Fremden bloßzustellen, aber sicher war sich die Alte dessen gar nicht bewusst. Offenbar war sie gewarnt worden, sie seufzte nur. »Ein Jammer, dass du deinen Partner so jung verloren hast. Du hattest alles noch vor dir.« *Und es gibt wohl die Abmachung, nicht zu sehen, was mit mir passiert ist.* »Eine so junge Bewohnerin gab es hier noch nie«, plauderte sie weiter. »Die meisten sind viel älter, wenn sie herkommen. Sie verbringen hier nur ihre letzten Jahre.« Sie umfasste mit einer genau abgezirkelten Geste die Menschen an den Balustraden. Einige wandten sich ab und flohen in die Dunkelheit. Türen schlugen so laut zu, als wollten die Gespenster mich aussperren. Vielleicht brachte ich die Erinnerung an bessere Tage zurück.

»Komm mit. Ich zeige dir dein Zimmer.«

Mit lautlosen Schritten setzte sie sich in Bewegung und ließ meine Hand dabei nicht los. Irgendwo unter ihrem schwarzen Gewand klirrten Schlüssel. Es war, als würde ich an der Seite einer mechanischen Aufziehpuppe quälend langsam dahintrippeln. Schrittchen für Schrittchen hielt sie auf eine halb verborgene, schmale Treppe zu. Ebenso langsam krochen wir in das erste Stockwerk hinauf, umrundeten eine Galerie. Wie im Erdgeschoss reihten sich auch hier schwarze Türen auf. Die meisten standen offen, dahinter sah man leere Kammern, in jeder ein kahles Bett, ein Tisch, ein Wasserkrug.

Im dritten Stock blieb Tante Maram vor einer Tür stehen, holte umständlich einen kleinen Schlüsselbund hervor und schloss auf. »Dein neues Reich«, sagte sie munter.

Sie schritt in die Mitte des Raumes und strich sich das lange

Gewand glatt – mit einer Geste, die so langsam und abgezirkelt war, dass ich fröstelte. Wie viele dieser Gesten strukturierten ihre Tage?

Das Bett war mit einfachem steingrauem Stoff bezogen. Zusammengefaltete schwarze Kleidung lag darauf für mich bereit. Aber auch hier kein Fenster, keine Regale, keine Bücher, nur auf dem Tisch lag eine Ledermappe voller Papiere. Und daneben ein lackiertes Podest mit drei roten Kerzen. Dort, wo die vierte sein müsste, prangte nur ein kreisrundes Loch. Die Wände schienen mich zu erdrücken, ich schnappte nach Luft und hatte trotzdem das Gefühl, zu ersticken. *Wo ist mein viertes Licht?* Maram zwang mich mit sanfter Gewalt, mich auf das Bett zu setzen, und eilte zum Wasserkrug. Mit einem vollen Glas kam sie zurück. »Armes Kind. Genauso ging es mir auch, als ich hier ankam. Du wirst lernen, als Einzelne zu leben. Die erste Zeit ist es zwar so, als müsste man ohne die Hälfte seiner Sinne und Gliedmaßen zurechtkommen. Aber es ist nicht das Ende des Lebens, auch wenn es dir im Augenblick so erscheint.« Das winzige Zucken der Mundwinkel mochte ein Lächeln sein. Ich schauderte beim Gedanken an eine solche Zukunft: Zur Maske erstarrt in einem Mausoleum der lebenden Toten, in denen nur noch das Echo von Erinnerungen hallte.

Das Glas klapperte gegen meine Zähne, als ich trank. Ich bemerkte kaum, dass Maram flink die Knöpfe meines Kleides öffnete. »Kein Wunder, dass du keine Luft bekommst, das ist viel zu eng! Zieh dich aus, hier habe ich Kleidung in deiner Größe bereitgelegt. Deine Mutter ließ mir ausrichten, du trägst am liebsten Hosen.«

Im Augenblick blieb mir nichts anderes übrig, als ihr zu gehorchen. Zögernd gab ich ihr das Glas zurück und streifte mein Kleid ab. Nun stand ich nur noch im dünnen Unterkleid da, sandfarbene Seide, die sich bis zu den Knien um meine Oberschenkel schmiegte.

»Alles!«, befahl sie. Alles in mir wollte sich auflehnen, aber ich zwang mich dazu, auch das letzte Stück meiner alten Welt abzustreifen. Ich fror, als die Seide von meinem Körper glitt. Nackt stand ich da, doch Maram gab mir die neue Kleidung nicht. Brüsk wandte sie sich ab und nestelte an dem schwarzen Hemd herum. »Es ist nicht so schlimm, wie du vermutest«, erzählte sie ungerührt weiter. »Wären wir von niederem Stand, würde man solche wie uns töten. In anderen Städten töten sie sogar die Hohen, die verwaist zurückbleiben, hat man mir erzählt. Wir müssen also dankbar sein. Unsere Familien schenken uns das Leben und sind bereit, unseren Aufenthalt hier zu bezahlen, obwohl wir für die Stadt kaum noch Nutzen haben. Unser Lebenssinn besteht darin, uns dankbar zu zeigen und so viel wir noch können, an unsere Familien und die Stadt zurückzugeben. Es ist ein Privileg. Das einzige, das uns bleibt. Du hast immer noch dein hervorragendes Gedächtnis und kannst mit Zahlen umgehen, wirst also in der Verwaltung arbeiten. Wir müssen ja schließlich genau belegen, dass wir nicht mehr Geld verbrauchen, als unsere Familien bereit sind zu zahlen. Außerdem musst du deinen Verstand beschäftigen, sonst beginnst du nachts mehr und mehr zu träumen und dann verlierst du ihn.« Vielsagend senkte sie die Stimme und flüsterte: »Träume führen in den Wahnsinn. Solche haben wir hier auch – tragische Schicksale.«

Ich ließ mich wieder aufs Bett sinken und krallte meine Hände in die Matratze. So ließ es sich besser aushalten.

Maram seufzte tief. »Tja, wir sind wie abgetrennte Glieder. Und du hast natürlich noch mehr verloren als jeder hier.« Mit einer so verschämten Geste, als würde sie auf etwas unendlich Peinliches deuten, zeigte sie auf mein Gesicht.

Das heißt wohl, ich bin doppelt so nutzlos, dachte ich. *Und dass ich nackt hier herumsitzen muss, soll mir das zeigen.* Bisher hatte ich keine Gefühle gegenüber der alten Frau gehabt – weder Ab- noch Zuneigung, jetzt aber wusste ich ganz sicher, dass ich sie nicht mochte. »Ich will mit meiner Familie sprechen!«

Maram seufzte und legte den Kopf schief. »Oh, hat man dir gar nicht gesagt, dass es keinen weiteren Abschied mehr geben wird? Du wirst sie leider nie wiedersehen. Tut mir leid, Kind, du gehörst nicht mehr zu ihrer Welt.« Beiläufig pflückte sie eine Staubfluse von dem Hemd, aber aus den Augenwinkeln lauerte sie auf eine Reaktion von mir. »Natürlich verstehe ich deine Angst und deinen Kummer«, setzte sie hinzu. »Verlassen zu werden, muss tausendmal schlimmer schmerzen, als den Partner durch den Tod zu verlieren.«

Es war ein wohlüberlegter Hieb. Und ich verstand, dass auch meine Entschleierung keine Gedankenlosigkeit gewesen war. *Hexe. Du genießt es also, unter dem Mäntelchen deines Mitleids Macht über mich zu haben wie über ein gefangenes Tier.* Aber so demütigend es war, den Sticheleien dieser alten Harpyie nackt ausgeliefert zu sein, ich blieb beherrscht.

»Man soll nicht alles glauben, was die Leute sagen. Ich wurde nicht verlassen.«

»So?« Maram nahm die Ledermappe vom Tisch und klappte sie auf. Papier raschelte. Sie hob ein Formular hoch und las vor: »*Nach Rücksprache mit weiteren Zeugen wurde der Fall Tian Labranako amtlich beglaubigt durch die Unterschrift der Méganes ad acta gelegt. Ergebnis der Untersuchungen: Tian Labranako hat die Stadt unehrenhaft heimlich verlassen, um sich der Verbindung mit Canda Moreno zu entziehen.*« Beim Blick in mein Gesicht lächelte sie zum ersten Mal wie eine Katze, die eben eine Maus verschluckt hatte. »Lies es selbst, wenn du mir nicht glaubst«, setzte sie mit süffisantem Mitleid hinzu.

TEIL I: DIE STADT

Ich musste mich beherrschen, ihr das Blatt nicht aus der Hand zu reißen. Hastig überflog ich die Zeilen. »Ich muss mit meinen Eltern sprechen.« Meine Stimme echote in der kahlen Kammer.

Maram lachte – vermutlich zum ersten Mal seit Jahren. Es klang wie Mäusescharren auf Holz. »Wie stellst du dir das vor?«

»Ich kenne die Gesetze. Niemand kann mir verbieten, Nachrichten aus dem Haus der Verwaisten zu schicken.«

Maram schnalzte tadelnd mit der Zunge und reichte mir einen Stapel zusammengehefteter Papiere. »Das mag schon sein. Aber Leute wie du haben dieses Recht leider verwirkt.«

Eben noch hatte ich gefroren, aber jetzt schoss mir eine heiße Welle durch das Zwerchfell. Das, was Maram mir nun in die Hand drückte, war ein Gerichtsurteil. Es roch stechend nach frischem Siegellack und musste in aller Eile erstellt worden sein. Das Datum stammte von heute, die Zeit: vor drei Stunden! Also knapp zwei Stunden, nachdem ich abgeführt worden war.

In dem Urteil wurde ich für schuldig befunden, mein Talent unehrenhaft verloren zu haben, indem ich die Rituale in meiner Brautnacht falsch ausführte und missachtete. Als Hauptzeugin war Vida aufgeführt. Sie schwor, die vierte Kerze sei beim Ritual durch meine Unachtsamkeit ausgegangen. Und meine Freundinnen bestätigten mit ihrer Unterschrift, dass ich die Zeichnungen auf ihrer Haut zu nachlässig ausgeführt hätte. Der Urteilsspruch, der mich für immer verdammte, war unterschrieben und amtlich beglaubigt. Durch die höchste Richterzweiheit der Metropole Ghan.

Meine Eltern.

Das Summen in meinem Kopf schwoll an, Stimmen, die wirr durcheinanderredeten. »Aber das ... das sind alles Lügen!«, flüsterte ich.

»Ja, Schuld schmerzt lange, wie ein Brandmal«, sagte Maram

mit funkelnden Augen. »Verständlich, dass du sie nicht wahrhaben willst. Aber es ist ohnehin nicht mehr wichtig. Hier zählen deine Sünden nicht mehr.« Sie nahm mir das Urteil ab, legte es in die Mappe zurück und schlug sie mit Schwung zu. Ein Stück Papier rutschte heraus und blieb an der Kante des Schreibtischs liegen, federleicht, schwebend zwischen Fallen und Halt.

Maram beugte sich dicht zu mir. Ihr maskenhaftes Gesicht schwebte vor meinem. »Ich würde dir gerne einige Freiheiten lassen. Und wenn du tust, was ich dir sage, wird es nicht nötig sein, dich einzusperren und festzubinden.« So klebrig-freundlich hatte noch keine Drohung geklungen, die ich in meinem Leben gehört hatte. *Weg von hier!*, zischelten die Stimmen, als läge ich in einem Schlangennest. *Sie hat die Schlüssel. Spring ihr ins Gesicht und lauf!*

Offenbar wartete sie auf eine Antwort. Ich konnte nicht halb so gut lügen wie Vida, also wich ich ihrem Harpyienblick aus. Das schwebende Blatt verlor seine Balance und segelte auf den Boden. Ich starrte auf die Kostenaufstellung, die nun zu meinen Füßen lag. Alles war aufgelistet – jährliche Aufwendungen für meine Kleidung, Seife, Wasser, Essen. Ein Sonderposten für Medizin, Schlafmittel für traumlosen Schlaf in sehr hoher Dosierung. Mit Stempel bestätigt für die nächsten… dreißig Jahre. »*Die Kosten trägt die Familie Labranako. Nach Ablauf der Garantiefrist Wiedervorlage vor Gericht*«, stand dort in der steilen Handschrift meines Vaters.

Tians Eltern zahlen für mich? Ich verstand überhaupt nichts mehr. Aber unter dem Urteil prangten die Unterschriften – und als Bestätigung… das Siegel der Méganes. Jetzt war es endgültig: Auch die Mégana hatte mich verraten. Ich war vom Himmel gefallen wie ein verglühender Stern. Und ebenso unwiderruflich.

TEIL 1: DIE STADT

So ist es also, wenn man nichts mehr zu verlieren hat, dachte ich benommen. Und eine wütende, verzweifelte Stimme in meinem Inneren schluchzte und schrie: *Aber wenn ich schon sterbe, dann ganz bestimmt nicht in dieser Gruft.*

Ich weiß bis heute nicht, warum ich es tat. Die Canda, die ich bisher gewesen war, hätte sich eher aus dem Fenster gestürzt, als gegen ein Gesetz zu verstoßen. Aber nun beobachtete sie voller Entsetzen, wie das nackte Mädchen vom Bett hochschoss, das Hemd aus den Händen der alten Frau riss und den Stoff über deren Kopf zurrte. Maram war viel zu überrascht, um sich zu wehren, und ich war stärker als sie, viel stärker. Wir fielen zusammen auf den Boden und ich umschlang ihren dürren Körper mit den Beinen und hielt sie unten. Ihre welken Hände flatterten wie fahle Motten auf dem Ärmel, den ich wie einen Knebel um ihren Mund festzurrte. Ein Wimmern drang aus der schwarzen Stoffmaske, die sich über Nase und Augen spannte. Plötzlich hörten Marams Mottenhände auf zu flattern, sie verlor halb das Bewusstsein. *Bist du verrückt? Erstick sie nicht, fessle sie und nimm die Schlüssel!* Erschrocken ließ ich die Schlinge los und sprang auf. An die folgenden Minuten erinnere ich mich wie in einem Traum, in dem ich mir dabei zusah, wie ich ein Hemd in Stücke riss und die Alte knebelte und fesselte, sie aufs Bett wuchtete und an einen Bettpfosten band, damit sie nicht zur Tür kommen konnte. In fliegender Hast zog ich die schwarze Kleidung über – weite Hosen und ein unförmiges Hemd. Mein Zeremonienkleid und das Unterkleid stieß ich mit dem Fuß unter das Bett. Dann nahm ich Marams Schlüsselbund und stürzte zur Tür. Seltsamerweise waren es nur sieben Schlüssel. Der kleinste gehörte zu meiner Kammer. Ohne mich umzusehen, zog ich die Tür hinter mir zu, schloss ab – und lief.

Das Haus der Gespenster

Es war Abend. Die Gespenster hatten sich in ihre Kammern zurückgezogen; mit etwas Glück würde niemand vor morgen früh bemerken, dass Maram verschwunden war. Aber die erste Enttäuschung wartete schon an der Eingangstür auf mich: Die Tür war von innen verriegelt und keiner der Schlüssel passte.

Denk logisch!, redete ich mir zu, während meine ganze Haut vor Panik kribbelte. *Maram muss den Schlüssel zu einer Ausgangstür haben! Vielleicht gibt es einen Hinterausgang?* Die Faust fest um den Schlüsselbund geschlossen, huschte ich barfuß die Galerien entlang. Es war hoffnungslos. Keine Seitentüren, keine weiteren Gänge. Schwer atmend landete ich wieder dort, wo Maram mich vorhin abgeholt hatte. Aber auf der Karte war das Haus doch größer gewesen, viel größer! Das winzige Licht, das von einer dünnen Kette von der Decke auf Augenhöhe herunterhing, beschien den schwarzen Marmor. Links und rechts von mir gähnten offene Kammern wie Münder, die darauf warteten, die Unglücklichen zu verschlingen. Nur eine einzige Tür in der Mitte der Stirnseite war geschlossen. Das metallische Glänzen der Klinke fing meine Aufmerksamkeit. Alle anderen Klinken waren dunkel angelaufen, aber diese hier war durch tausend Berührungen poliert, als würde jemand sie täglich benutzen: Maram, die wie ein Geist vor mir aufgetaucht war – weil sie aus dieser Kammer getreten war? Lebte sie hier, genau gegenüber der Eingangstür? Ich rannte zu dem Licht und hakte die kleine Laterne von der Kette los. Mit zitternden Händen probierte ich dann die Schlüssel durch. Und tatsächlich: Der letzte, der Schlüssel meiner eigenen Kammer, rastete so leicht im Schloss ein, als würde er von selbst hineinfinden. Beinahe hätte ich gelacht: Natürlich hatte Maram als Verwalterin den einzigen Schlüssel, der jede Kammertür öffnen konnte. Die Tür schwang lautlos auf. Ich fürchtete schon, auch noch eines der Gespenster niederschlagen und fesseln zu müssen, aber hier gab es nur Regale und Akten und einen Schreibtisch, der fast an das Bett stieß. Ich schloss hinter mir ab. Einige Minuten lehnte ich mich nur keuchend gegen die Tür und schloss die Augen.

Ich muss verrückt sein, echote es in meinem Kopf. *Sie werden mich finden und dann werde ich den Rest meines Lebens nie wieder die Sonne sehen.*

Irgendwo kratzte etwas hinter der Wand, vielleicht eine Ratte – oder Insekten, die sich in die Kühle von Mauerwerk flüchteten.

Staub brachte mich zum Husten, als ich Schublade für Schublade durchwühlte und die Regale auf der Suche nach Geheimfächern leerte. Es musste hier irgendwo einen Anhaltspunkt geben, einen Plan – oder den Schlüssel zum Ausgang! Aber ich fand nur endlose Abrechnungen, die sich wie Rechtfertigungen für jeden Atemzug lasen. Dutzende Namen, unter denen das Siegel der Méganes prangte. Und darunter die Unterschriften meiner Eltern, als wäre eine Verhandlung vorangegangen. An manche Abrechnungen waren weitere Dokumente angeheftet: So etwas wie Kaufverträge mit fremdartigen Namen, die ich noch nie gehört hatte, Siegel fremder Städte, unterschrieben mit dunkelbrauner Tinte. Nein, es schienen wohl eher Mietverträge zu sein, Zeiten waren angefügt. Und wieder hatten meine Eltern unterschrieben. Ich warf die Papiere zurück und suchte weiter.

Immerhin stöberte ich auch eine kleine Taschenlampe und ein Messer auf. Es diente zwar zum Öffnen von Briefen, aber es war besser als nichts. *Wofür?*, höhnte mein Verstand. *Um die Kreaturen der Wüste damit zu töten?* Trotzdem wickelte ich meine Beute in das Stück Stoff, das einige alte Bücher schützte, und band es mir wie einen Geldgürtel um die Taille. Ein paar Münzen, die ich ebenfalls hineingestopft hatte, fielen heraus. Ich ging auf die Knie und sammelte das Geld wieder ein. Mein Blick fiel in das unterste leere Regalfach, aus dem ich die Schublade herausgerissen hatte. Ich leuchtete in die Öffnung und hätte am liebsten einen Triumphschrei ausgestoßen. Ein Türschloss! Es war so gut versteckt wie das Schloss zum Mörderwinkel des goldenen Saals zu Hause. Und Marams größter Schlüssel passte.

*

Ein schmaler Teil des Schrankes schwang mit einem leisen Knarzen wie eine Tür nach innen. Staubiger Kellergeruch wehte mir entgegen. Abgestandene Luft und der Dunst von Schweiß und ungewaschener Kleidung. Ich stand vor einem langen Gang, der zu einer Treppe führte. Ich hatte also recht gehabt, als ich die Abmessungen des Hauses im Kopf berechnet hatte. Hier ging es zum hinteren Trakt des Gebäudes. Das Licht der Taschenlampe warf schwankende Schatten, während ich die Stufen hinaufhetzte. *Das müssen Geheimgänge sein, die früher zur Stadtmauer führten. Oder Verteidigungsgänge, durch die heißes Öl zu den Scharten geschafft wurde. Vielleicht führen sie heute zu Vorratsräumen, Kleiderkammern oder…*

»Maram? Was machst du denn…«

Hätte ich nicht zufällig nach links geschaut, wäre ich genau gegen die Gestalt geprallt, die von einem Stuhl aufsprang. Bei meinem Anblick riss sie die Augen auf. Ihr empörter Schrei setzte sich als Echo durch die Gänge fort. Und ging in ein schrilles mechanisches Kreischen über, eine Alarmklingel, so laut, dass sie jeden Gedanken zerriss. Wie in einem Albtraum, in dem ich sah, aber nicht hörte, nahm ich wahr, wie sich die kräftige Frau ohne Zögern auf mich stürzte. Mit einem Satz wich ich ihr aus, stolperte und schlug lang hin. Den Schmerz

TEIL 1: DIE STADT

des Aufpralls spürte ich kaum, nur die Hände, die sich in meinen Nacken krallten, das Knie zwischen meinen Schulterblättern. Ich warf mich mit aller Kraft herum. Meine Faust mit den Schlüsseln schnellte nach oben. Die Frau zuckte zurück, als sie die Metallzinken auf ihre Augen zuschießen sah. Und in diesem Moment trat ich zu. Meine Ferse traf ihre Hüfte und schleuderte sie zurück. Sie stieß gegen ihren Stuhl und stürzte, ihr Mund aufgerissen zu einem Schrei, den ich in dem Alarmgeheul nicht hörte. Ich rappelte mich hoch und rannte, gehetzt vom Schrillen, das mir den Schädel auseinanderzusägen schien. Durch den Alarm hindurch glaubte ich Rufe zu hören, zu spüren, wie der Boden unter stampfenden Füßen bebte. Der abgestandene Geruch wurde immer schlimmer, Hitze trieb mir den Schweiß aus den Poren. Aber ich konnte nicht zurück. Der einzige Weg nach vorn war ein schmaler Durchgang. Mit einem Satz sprang ich über eine Schwelle – und schlitterte über viel zu glatten Boden. Keuchend und mit den Armen rudernd fand ich mein Gleichgewicht. Es war eine Art Zwischenboden und er endete an verwitterten Mauersteinen. Am Rand lag altes Holz aufgeschichtet, drei Stühle standen herum, eingesponnen in Kokons aus Spinnweben. *Ich bin an der Stadtmauer!* Aber kein Ausgang.

Der Alarm verstummte abrupt. »Da ist sie langgelaufen!«, brüllte jemand da draußen.

Der Kegel meiner Taschenlampe huschte im Zickzack über das Mauerwerk. Und fand eine Scharte. *Drei Meter Höhe. Zwei Mauerstücke darunter fehlen, genug Halt für eine Hand und einen Fuß?*

Und als das Licht zu den Stühlen und dem Holzstapel zurückhuschte, begann mein Verstand zu rennen wie ein Tier, das man von der Kette gelassen hatte.

Es war nicht ganz einfach, die Stühle zu verkeilen und

mich an der Konstruktion hochzuziehen. Sie schwankte und knackte – das wahnwitzige Kunststück eines verrückten Akrobaten, der sich gleich den Hals brechen würde.

Ich weiß nicht, wie ich es schaffte, aber ich gewann zwei Meter, bevor meine Verfolger in den Raum stürzten.

»Holt sie da runter! Sofort!«

Ich sah mich nicht um, schob mir die Taschenlampe zwischen die Zähne und stieß mich ab. Meine Fingernägel kratzten über Mauerwerk, aber ich schaffte es, in den Spalt zu greifen. Mein Fuß fand Halt. Nur noch zwei Handbreit! Unter mir fiel die Stuhlkonstruktion um. Das Gepolter echote im Raum.

»Eine Leiter, schnell!«

Meine Zähne schmerzten, so fest biss ich auf die Taschenlampe, ich keuchte und fluchte in Gedanken, während ich mich mit zitternden Muskeln hochzog – bis ich auf dem Vorsprung der Scharte saß wie auf einem Fensterbrett.

»Komm runter, Mädchen, sonst wird es nur noch schlimmer für dich!«

Eher breche ich mir den Hals, dachte ich grimmig. Nur aus den Augenwinkeln konnte ich die Gruppe schwarz gekleideter Gestalten sehen – und eine Frau, die mit einer Leiter unter dem Arm in den Raum rannte.

Mein Atem hallte in meinen Ohren und ich betete, dass die Scharte nicht vergittert war. Ich tastete über schmutzverkrustetes Glas – und ein weiteres Schlüsselloch. Meine Hände zitterten, als ich nach dem richtigen Schlüssel suchte. *Nimm den blanken Schlüssel, den scheint Maram nie zu benutzen*, flüsterte mir meine Stimme ein. Wenigstens mein drittes Talent, das mir dabei half, die richtigen Wege zu finden, ließ mich nicht im Stich. Es knirschte, als das Fenster aus seiner Verankerung schwang. Panzerglas, so dick wie ein Backstein. Keuchend zog ich mich hoch. Es war dunkel geworden, die staubige Straße

TEIL I: DIE STADT

unter mir war leer. Unendlich weit unten lehnten schäbige Marktstände wie müde Bettler an der Mauer. Ich fädelte die Beine durch die Scharte. Sie war so eng, dass ich mich nur seitlich hindurchschieben konnte. Meine lädierten Rippen schmerzten, als ich mich rückwärts nach draußen schob, den Blick auf die Gespenster gerichtet, die Beine draußen in der noch warmen Abendluft. Die Taschenlampe rutschte mir aus dem Mund. Im Fallen fing ihr Licht zwei Gespenster ein, die eben die Leiter an die Wand lehnten. Dann kam die Lampe auf dem Boden auf, sprang zurück und blieb schräg an die Wand gelehnt liegen. Das Licht brach sich in zerkratztem... Glas? Ich zögerte nur eine Sekunde, aber die Zeit schwang in diesem Herzschlag wie eine Ewigkeit. Der Boden bestand tatsächlich aus Glas. Und darunter, wie unter Wasser, Menschen! Die meisten waren älter oder schon Greise. War das eine Station für Sterbende? Nein, sie wirkten eher wie Menschen, die dem Traumwahnsinn verfallen waren. Wie Ertrinkende wanden sie sich auf kargen Lagern, nicht mehr als Matratzen. Manche schrien, aufgeschreckt durch den Lärm und das Licht, unhörbar unter Glas, Wahnsinnige, die nicht bei sich waren. Wie bei Schlafwandlern irrten ihre Blicke. Im Bruchteil dieser Ewigkeit entdeckte ich eine junge Frau, kaum älter als zwanzig, deren langes Kastanienhaar sich über den Boden breitete wie ein Fächer. Sie schrie nicht, ihre Augen waren geschlossen und in ihrem Gesicht nichts außer einer stumpfen Verzweiflung.

Träume führen in den Wahnsinn, hörte ich Maram sagen. *Solche haben wir hier auch – tragische Schicksale.*

»Ich habe sie!« Eine Hand krallte sich in meinen Ärmel. Das Mädchen unter Glas öffnete die Augen. Ihr leerer Blick fand meinen. Und es war, als würde ich in ein grauenvolles Spiegelbild blicken.

Es war dieser Schreck, der mir die Kräfte verlieh. Mit einem Schrei stieß ich die Frau, die mich gepackt hatte, grob zurück. Sie verlor das Gleichgewicht, rutschte ab, aber sie ließ mich nicht los. Mein Arm wurde mit einem Ruck nach unten gezogen, aber ich verhakte mich in der Scharte und biss die Zähne zusammen. Stoff riss, dann war mein Arm frei. Ich robbte weiter zurück, zappelte und strampelte, damit das Gewicht meiner Beine mich nachzog – und rutschte endlich ins Freie.

Einen Atemzug lang verlor ich jedes Gefühl für oben und unten. Stoff bremste meinen Fall und riss, Holz splitterte, ein reißender Schmerz zuckte durch meinen Knöchel. Ich brach durch das Dach des Marktstandes und landete in etwas, das sich anfühlte wie glitschig nasser Samt. Der betäubend süße Duft von Farin-Früchten stieg mir in die Nase. Als Kind hatte ich den goldgelben, zuckrigen Saft geliebt. Jetzt durchweichte er meine Kleidung, klebrig und ekelhaft. Ein angeketteter Hund kläffte mich an. Ich wälzte mich von dem Stand, schlitterte über heruntergefallene Früchte nach draußen und lief humpelnd davon, so schnell ich konnte.

Ringe

Die Gespenster verschwendeten keine Sekunde. Schon nach wenigen Minuten ertönte jenseits der Mauer eine schrille Alarmglocke, dann noch eine. Es würde nicht mehr lange dauern, bis sie auch im dritten Ring Alarm schlagen würden.

Ich flüchtete an Ständen entlang, durch Gassen, die mir auf dem Papier so vertraut und in Wirklichkeit eine fremde Welt waren. Der Knöchel tat bei jedem Schritt mehr weh, aber eine schlimmere Verletzung schien es nicht zu sein. Sobald ich Schritte hörte, versteckte ich mich hinter Mauern und Ecken, wartete Ewigkeiten, beäugt nur von mageren, streunenden Hunden.

Hier, im dritten Ring, gab es kein Glas, Eisen und Stahl, nur Holz und Lehm und altertümliche Karren. Es roch nach Sand und Schmutz. Und an manchen Stellen nach fauligem Obst und Verfall. Irgendwo stritten sich Leute vor einem Haus, bellten Hunde, quietschten Karren. In der Nähe ragte als einziger Fixpunkt für die Orientierung die gemauerte Spitze eines alten Aussichtsturmes auf. Das hieß, ich befand mich ganz in der Nähe des Tuchmarktes. Und der war nur noch eine Viertelmeile vom nächsten Stadttor entfernt, das in den vierten Ring führte.

In der Ferne erklang immer noch der Alarm, aber zu meiner unendlichen Erleichterung war mir offenbar niemand gefolgt. Als das Seitenstechen zu schlimm wurde, verkroch ich mich unter einem Marktkarren, der in einer Seitenstraße stand. Der Boden war uneben, voller Sand und Schmutz. Es stank wie in einem Zoo nach Tieren und Schweiß. Ich zitterte noch immer, Seitenstechen machte mir das Atmen schwer und meine Füße waren wund vom ungewohnten Rennen über Sand und Steine. Aber im Moment war ich nur glücklich, ausruhen zu können – hier, wo der Nachtwind mich daran erinnerte, dass ich immer noch zu den Lebenden gehörte. Für einige kostbare Momente war ich in Sicherheit. Mit dieser Erkenntnis kam die Erschöpfung. Ich lehnte mich an das Holzrad und schloss die Augen. *Nur zehn Sekunden. Nur bis das Seitenstechen aufhört.* Und dann musste ich es irgendwie schaffen, in den vierten Ring und dann aus der Stadt zu kommen. Zumindest dafür war es nützlich, dass ich mein Strahlen, meinen Glanz verloren hatte. Vielleicht konnte ich verbergen, eine Hohe zu sein.

Wunderbare Idee, spottete meine innere Stimme. *Und dann? Gehst du mit deinem kleinen Brieföffner in die Wildnis, zu den Bestien, den Mördern, den Stürmen?*

Doch bei der Erinnerung an Tians Stimme zog sich mein Herz zusammen wie ein verwundetes Wesen. »*Folge mir.*« Und nur für einen Herzschlag lang ließ ich den Gedanken zu, der so verboten war, dass ich es nicht einmal gewagt hätte, die Worte stumm mit den Lippen zu formen: *Was, wenn es nicht nur ein bedeutungsloser Traum war? Sondern ... eine Botschaft?*

*

»Hier drunter sitzt jemand!«

Laternenschein streifte mein Knie. Ich warf mich herum und krabbelte auf Händen und Knien unter dem Wagen hervor. Mitten in eine Gruppe von Gestalten, die mit Laternen und Seilen bewaffnet waren. Diesmal blieb keine Zeit für Angst, und noch weniger Zeit dafür, mir Gedanken um meinen Knöchel zu machen. Ich rappelte mich auf, bevor sie überhaupt begriffen, was geschah. Aber noch bevor ich um die nächste Ecke war, brach der Tumult los. »Das ist das Mädchen!«

TEIL I: DIE STADT

»Festhalten! Flüchtling aus dem zweiten Ring!« Plötzlich erschien mir Ghan wie ein lebendiges Wesen, vernetzt und atmend, keine Berührung blieb unbemerkt. Noch gestern hätte diese Erkenntnis mich beruhigt und stolz gemacht. Die Rufe hallten wie Echos in meinen Ohren, meine Sohlen schlugen hart auf sandigen Boden, jeder Sprung ein Stechen in meinem geschwollenen Fußgelenk. Lange würde ich die Verfolgungsjagd nicht durchhalten.

Zum Tuchmarkt! Dort gibt es mehr Verstecke als im Wohnviertel. Ich taumelte um die Ecke und riss mit voller Wucht einen Mann zu Boden. Sein schnapsumwehtes Fluchen folgte mir noch, als ich längst in der nächsten Straße war. Meine Schritte knirschten auf Sand und Stein – aber da war noch etwas, ein schneller, schleichender Gang und ein Schatten in meinem Augenwinkel. Bevor ich begriff, schnellte schon eine Gestalt auf mich zu. Der Zusammenprall brachte mich fast zu Fall. Staub nebelte uns ein, der Kerl versuchte mich zu fassen zu bekommen, aber meine Haut und meine Kleidung waren noch glitschig vom Saft der Früchte. Er wollte mir den Arm um die Kehle legen, aber bevor er mich richtig packen konnte, bohrte ich mein Kinn in seinen Unterarm und meine Zähne bekamen Haut zu fassen. Es knirschte, so fest biss ich zu. *Das bin ich nicht*, dachte ich voller Entsetzen. Aber gleichzeitig riss ich instinktiv den Arm hoch und schlug mit aller Kraft zu. Meine Faust traf etwas, das knackte. Dann war ich frei.

Der Tuchmarkt war eines der alten Gebäude, die im Laufe der Jahrhunderte wie Bienenstöcke aus Stein Schicht für Schicht gewachsen waren. Ein Labyrinth aus Läden, Färberkammern und Lagerräumen. In den Färberkammern wurde heute nur noch Stoff für die Prunkgewänder für das Zentrum verarbeitet. Ein teurer Luxus in einer Stadt, in der Wasser aus großen Tiefen hochgepumpt werden musste.

Ich tauchte in die Gassen und schlüpfte zwischen frisch gefärbten Stoffbahnen hindurch, die an Leinen quer über die Höfe gespannt waren. *Zwei Höfe noch, drei,* zählte ich in Gedanken, *wenn ich es aus der Färberei schaffe, bin ich beim Durchgang zu den Lagern und kann mich verstecken.*

Doch als ich keuchend um die Ecke bog, merkte ich, dass das Labyrinth auf dem Stadtplan sich von der Wirklichkeit unterschied. Kein Durchgang zur nächsten Gasse! Der Weg endete in einem kleinen Hof. Und aus einer Seitentür traten gerade zwei Männer mit Taschenlampen. Ich bremste schlitternd ab und presste mich an die Wand. Noch hatten sie mich nicht entdeckt. Hastig zog ich mich zurück – doch dann hörte ich hinter mir Schritte. Schwere plumpe Schritte von einer ganzen Gruppe von Verfolgern. Vor Enttäuschung hätte ich am liebsten geheult, aber der Teil von mir, der immer noch nicht aufgeben wollte, suchte nach einem Ausweg. *Nach oben? Klettern? Über das Dach?*

Etwas landete neben mir, lautlos und katzenhaft geschmeidig. Ein Arm umschlang meine Taille, eine Hand presste sich so grob auf meinen Mund, dass meine Lippen schmerzhaft fest gegen meine Zähne gedrückt wurden. Mit einem Ruck wurde ich hochgehoben und nach hinten gerissen. Stein streifte meine Schulter, dann fielen wir beide zu Boden, Körper an Körper. Staub kratzte in meinen Augen. Als ich wieder blinzeln konnte, erkannte ich, dass wir in einer Nische lagen, die ich vorhin im Schatten nicht gesehen hatte.

»Habt ihr sie gefunden?«, rief jemand.

»Noch nicht, aber sie muss hier langgelaufen sein.«

Fackelschein tastete sich wie ein schnüffelnder Hund um die Ecke, leckte über den Ellenbogen des Kerls, der mich gefangen hielt. Seine Hand drückte auch gegen meine Nase, ich bekam nur wenig Luft. Ich schielte zu dem Arm. Neben dem blutigen

TEIL 1: DIE STADT

Abdruck meiner Zähne prangten Kratzer wie von Tierkrallen auf seinem Handgelenk. Der Verrückte aus dem Konferenzsaal!

»Holt die Hunde«, befahl jemand draußen. »Vielleicht hat sie sich hinter dem Zollhaus verkrochen.«

Das Licht wanderte weiter. Sandalen knirschten an der Nische vorbei.

»Ein Mucks und ich liefere dich den Kerlen aus. Verstanden?« Die Hand löste sich. Ich rang noch nach Luft, da war er schon aufgesprungen, packte mein Handgelenk und zog mich grob auf die Beine. Er war stark, viel stärker als ich, und bei seiner Berührung bekam ich eine Gänsehaut – eine von der Art, die man verspürt, wenn man sich einbildet, im Dunkeln Schritte zu hören.

Er zog mich mit sich, geduckt huschten wir um die Ecke, in Sichtweite der Gruppe, die nun am Ende der Gasse stand. Ich konnte nicht nachdenken, viel zu sehr war ich damit beschäftigt, nicht umzuknicken. An einer Treppe stolperte ich und er riss mich rücksichtslos wieder hoch. »Spring!«, befahl er an einer Mauer und versetzte mir einen Stoß. Es war nicht tief. Doch als ich hinter der kleinen Mauer aufkam und der Schmerz wieder durch meinen Knöchel schoss, war plötzlich Hundegebell ganz nah. Der Verrückte landete neben mir, packte mich am Arm und stieß mich zu einer niedrigen Tür. »Da rein. Und rühr dich nicht!«

Die Tür klappte zu, ein Schlüssel drehte sich von außen im Schloss. Dunkelheit schloss mich ein, nur durch einen Spalt in der Tür fiel Streiflicht. *Er hat mich eingesperrt! Und woher hat er den Schlüssel?* Ich war ihm wie ein Tier in die Falle gegangen. Warum hatte ich nicht versucht, ihm gleich zu entwischen? *Sehr klug, Canda,* höhnte die Stimme, die mich neuerdings immer begleitete. *Dann hätten dich die anderen schon längst.*

»He! Stehen bleiben!« Das Hundegebell wurde lauter.

Ich drückte meine Wange an die Tür und spähte durch den Spalt. Gerade noch rechtzeitig, um zu sehen, wie zwei sandfarbene Hunde den Verrückten bellend anfielen. Ich war sicher, sie würden ihn zerfleischen.

Doch zu meiner Überraschung lachte er und streckte die Hand nach dem größeren Hund aus. Zähne schnappten spielerisch in die Luft, Ruten wedelten. Die Tiere, eben noch Bestien, verwandelten sich in freundliche, unterwürfige Wesen, die den Verrückten umtänzelten. »Seid ihr blind?«, rief er zwei Männern entgegen, die mit Seilen und Stöcken bewaffnet auf ihn zu rannten. »Ich bin es!« Er hob den Arm, um den Strahl der Taschenlampe abzuschirmen. Sein seltsames vielfarbiges Haar leuchtete im Streiflicht auf.

»Amad!« Der Mann senkte die Lampe sofort. »Was machst du denn hier?«

»Dasselbe wie ihr.«

»Hast du sie erwischt?«

»Das Biest hat *mich* erwischt«, antwortete mein Entführer. »Schau mich an – und dann hat sie mich auch noch gebissen – führt sich auf wie ein tollwütiger Hund.«

Ich wich hastig zurück und tastete mich zur Rückwand der Kammer. Nur noch dumpf hörte ich die Stimmen.

»Wo hast du sie gefunden?«

»In der Färberkammer versteckt. Ist völlig durchgedreht, als ich sie aufgestöbert habe. Ich konnte sie nicht halten.«

Der Hundeführer lachte rau auf. »Das will ja bei dir was heißen. Deshalb haben die Hunde sie also hier gerochen. Schade, ich dachte schon, jetzt hätten wir die goldene Ratte.«

Meine Zehen stießen gegen Holz – ein Fass ... mehrere Fässer, sie reihten sich an der Wand auf. Es roch metallisch nach Färbersud und abgestandenem Wasser.

TEIL 1: DIE STADT

»Versucht euer Glück, ich habe genug von ihr. Sie ist dort über die Mauer und in Richtung Norden gerannt!«

Meine Hände griffen in etwas Zähflüssiges, Nasses, glitten dann über Mauerstein. Aber keine Tür. Das Licht einer Taschenlampe streifte meine Hände. Sie waren blau von dem Färbemittel, in das ich gegriffen hatte. Und wie Höhlenmalereien prangten meine blauen Handabdrücke nun am Stein. Ich fuhr herum. Mein Herz raste so sehr, dass ich mir einbildete, der Echoschlag müsste die Flüssigkeit in den Fässern zum Pulsieren bringen.

Der Kerl, der offenbar Amad hieß, stand im Raum. Mir war klar, dass er die Tür hinter sich wieder abgeschlossen hatte.

Blut floss aus seiner Nase, über Oberlippe und Kinn, und als er sich jetzt mit einer unwilligen Geste über den Mund wischte und ausspuckte, blieb ein roter Streifen auf seiner Wange zurück wie eine Kriegsbemalung aus alter Zeit. Mein Fausthieb hatte gesessen, vielleicht hatte ich ihm sogar die Nase gebrochen. *Und dafür bringt er dich um, Canda.* Obwohl es lächerlich war, tastete ich nach meiner armseligen Waffe, aber der Brieföffner war verschwunden. Vielleicht hatte ich ihn verloren, aber ich glaubte eher, dass der Kerl ihn mir abgenommen hatte.

Ich schrie auf, als er blitzschnell in die Mitte der Kammer sprang. Aber er stürzte sich nicht auf mich, sondern beugte sich hinunter und griff nach einem Eisenring am Boden. Im Streiflicht erschienen die Kratzer an seinem Arm wie Wunden. Mit Schwung zog er am Ring. Eine Klapptür im Boden tat sich auf.

»Los, du zuerst!«

Ich schüttelte den Kopf. »Wer bist du?«

»Der Mann, der dich diese Treppe hinunterstößt, wenn du nicht freiwillig gehst.« An der Hand, die die Taschenlampe hielt, traten die Knöchel weiß hervor. »Beweg dich, Prinzessin! Oder willst du zurück in den Kerker der Verwaisten?«

Tu, was er sagt, hier oben hast du keine Chance gegen ihn. Und obwohl es widersinnig war, machte die Tatsache, dass er Marams Reich als Kerker bezeichnete, es mir leichter.

Es war keine schäbige Stiege, wie ich erwartet hatte, sondern eine Steintreppe, blank und ohne ein Körnchen Staub. Sie führte in ein längliches, in Seitenkammern unterteiltes Gewölbe. Jetzt wusste ich wieder, wo wir waren. Und mir sank der Mut. Genauso gut hätte ich in eine Gruft hintersteigen können. Wir betraten die alten Zisternen. Noch vor hundert Jahren war hier das Wasserreservoir der Stadt gewesen. Heute, im Zeitalter der Pumpen und Leitungen, wurden die Felsgewölbe nur noch als Lagerräume genutzt, die meisten standen leer. Zu meiner Überraschung führte der Weg noch tiefer in die Zisternen. Kammern verzweigten sich zu einem Labyrinth, sorgfältig wasserdicht verputzte Mauern leiteten uns wie Mäuse durch ein Labyrinth. »Wohin bringst du mich?«

Natürlich antwortete er nicht. Meine Gedanken überschlugen sich, eine neue Panikwelle stieg in mir auf. Ich hatte von Mädchenhändlern gehört, die Schönheiten entführten und an die Herren fremder Städte verkauften. *Eine Schönheit wie dich?*, höhnte meine Stimme.

An einer Stelle war die Mauer beschädigt. Der Kerl wuchtete einige lose Mauersteine beiseite.

»Los, da rein!«

Ich zögerte, aber als er meinen Arm packen wollte, wich ich ihm aus und gehorchte. Der schmale Gang war nur auf Händen und Knien passierbar. Die Taschenlampe erlosch. Unter meinen Händen raue Scharten und Rillen wie von Steinmetzwerkzeug, jemand hatte diesen Geheimgang nur ganz grob in den Fels gehauen. Es wurde steiler, Staub stieg mir in die Nase,

TEIL I: DIE STADT

Mörtelbrocken und Backsteine schürften mir die Handflächen auf, während ich hustend nach oben kroch. Der Gang endete in einem breiten Schacht.

Ein dumpfer Knall vibrierte als Echo in meinem Zwerchfell, durch ein staubvernebeltes Rechteck drang Flammenschein. Mein Begleiter hatte einen Stein aus der Mauer vor uns gestoßen und hangelte sich katzenhaft flink durch den Spalt nach draußen. Ich spähte in den Raum dahinter.

Aber dort draußen warteten keine Menschenhändler. In der Mitte eines ... Kellers? ... flackerte auf dem zerbrochenen hüfthohen Rest einer alten Wassertonne ein einsames Kerzenlicht. Der Lehmboden war schartig und alt, zerklüftet von Schatten. Aber er roch nicht nach Erde und Staub, sondern nach ... Lilien.

Blutfeuer

»Höchste Mutter!« Mein Flüstern klang wie das Echo von Mäusescharren.

Es war so paradox, die alte Frau hier zu sehen – in einen groben Umhang gehüllt, ohne ihren Mann, losgelöst von allem, was zu ihr gehörte.

Diesmal lächelte die Mégana nicht. »Komm her!«

Mit weichen Knien schlüpfte ich in den Keller. Trotz allem schämte ich mich, der Höchsten Herrscherin so schmutzig und abgerissen gegenüberzustehen.

»Wie kannst du es wagen, zu fliehen? Hatte ich dir nicht gesagt, Ghan gibt niemanden auf?«

Ich hätte Angst vor ihrem Zorn haben sollen, aber offenbar veränderte es alles, wenn man von Hunden und Kopfgeldjägern durch die halbe Stadt gehetzt wurde.

»Ghan hat mich aber aufgegeben!«, brach es aus mir heraus. »Und Tian ebenfalls. Ihr selbst habt sein und mein Urteil besiegelt!«

»Die höchste Richterzweiheit hatte nun mal eindeutige Beweise für deinen Schuldspruch«, kam es hart zurück. »Und du schuldest dem Urteil Gehorsam.«

»Das Urteil gründet auf Lügen!«

»Du schreist mich an? *Mich?*« Ihr Zorn war wie eine Hitzewelle, die mich versengte. »Sei froh, dass ich dich für diese Lästerung nicht lebendig in der Wüste begraben lasse. Habe ich dir erlaubt zu gehen?«

Ich begriff erst nicht, dass der letzte Satz nicht an mich gerichtet war, denn immer noch fixierte sie mich. Aber dann antwortete der Jäger: »Ich sollte sie finden und zu Euch bringen. Mein Auftrag ist erfüllt.«

Ich hielt unwillkürlich die Luft an. Abgesehen davon, dass er der Mégana widersprach, machte er jetzt tatsächlich Anstalten, sich ohne Erlaubnis einfach umzudrehen und zu gehen!

»Du bleibst, Amadar. Oder du wirst morgen deine Zunge eigenhändig an die Falken verfüttern.«

Amad-Ar? Amad, mein Sklave? Diese alte Formel kannte ich nur aus Geschichtsbüchern, aus den Zeiten des großen Chaos. Dieser Kerl, der mir gedroht hatte, mich niederzuschlagen, war also noch weniger wert als ein niederer Diener! Jetzt verstand ich gar nichts mehr – jeder Hohe hätte ihm für seine Unverschämtheit eigenhändig die Zunge herausgeschnitten, aber die Höchste Herrscherin duldete seine Verfehlung.

Er blieb, angespannt wie ein Tier, das fliehen wollte und nicht konnte. *Nun, offenbar habe ich neuerdings mit den Niederen noch mehr gemeinsam als die Hässlichkeit,* dachte ich bitter. *Wir sind beide Gefangene.* Ich hasste die Mégana dafür, dass sie Amadar nicht hinausgeschickt hatte und mir dadurch zeigte, auf welcher Stufe ich inzwischen stand. Aber ihm war es offenbar ebenso unangenehm. Unsere Blicke berührten sich und trennten sich sofort wieder, als hätten wir uns daran verbrannt.

»Jetzt zu dir«, wandte sich die Mégana wieder mit aller Schärfe an mich. »Du scheinst nicht zu begreifen, dass ich die Einzige bin, der noch etwas an dir liegt. Ich komme sogar hierher – allein! Selbst der Mégan weiß nicht, dass ich hier bin. Du solltest also mehr als dankbar sein.«

»Dafür, dass Ihr mich abführen lasst?«

»Das ist nicht meine Aufgabe. So leid es mir um dein Schicksal tut: Andere werden dich finden und zum Haus der Verwaisten zurückbringen.«

Wie zufällig streifte ihr Blick Amadar. Mir wurde kalt. Ich hatte also richtig vermutet, er war ein Menschenjäger.

»Oh Canda!«, fuhr die Herrscherin etwas freundlicher fort. »Ich hätte versucht, deine Eltern zu überzeugen, dass du wenigstens mir noch dienen darfst. Als Namenlose zwar, und im Verborgenen, aber mit den Talenten, die du noch besitzt. Doch jetzt hast du dir auch noch diese letzte Chance auf ein würdiges Dasein genommen.«

»Dann lasst mich gehen!« Der Ruf brach aus mir heraus. Und selbst jetzt fühlte es sich noch wie ein Frevel an, die Herrscherin so respektlos anzusprechen.

»Hast du den Verstand verloren? Wieso sollte ich so etwas Verrücktes tun?«

»Weil es für Euch jetzt ohnehin gleichgültig ist, ob ich lebe oder sterbe. Für die Stadt habe ich keinen Nutzen mehr.«

»Du bist immer noch eine Tochter Ghans und verdienst unseren Schutz.«

»Schutz?« Beinahe hätte ich gelacht. »Und deshalb lasst ihr zu, dass ein Sklave eine Hohe Tochter anfasst?«

Beim Wort Sklave holte Amadar scharf durch die Nase Luft und seine Hände schlossen sich zu Fäusten. Nun, weshalb auch immer er mich hasste – jetzt hatte er wenigstens Grund dazu.

»Ich musste ihm erlauben, dich zu berühren, um dich vor den Häschern in Sicherheit zu bringen«, erwiderte die Mégana ruhig. »Und sieh dich an: Ich kann dich doch nicht deinem Schicksal überlassen.«

»Das habt Ihr längst getan.«

Die Züge der Herrscherin verhärteten sich. Ich war sicher, sie würde jetzt ihren menschlichen Bluthund auf mich hetzen, aber zu meiner Überraschung musterte sie mich nur so erstaunt, als würde sie mich zum ersten Mal wirklich wahrnehmen. »Und wie weiter, Canda? Glaubst du wirklich, du

TEIL 1: DIE STADT

könntest in der Wüste allein überleben? Amadar, was meinst du?«

Ich war fassungslos. Sie fragte einen Sklaven um Rat?

Der Kerl schüttelte den Kopf. »Sie würde nicht einmal bis zum nächsten Wasserlager kommen.«

Ich galt bei meiner Familie seit jeher als die Ruhige, Vernünftige – aber jetzt schäumte mein Blut hoch.

»Ich bin eine Moreno! Die Wüste ist meine Heimat. Meine Vorfahren jagten dort mit Pfeil und Bogen. Unsere Zelte waren mit den Fellen von Wüstenlöwen ausgelegt und unsere Feinde fürchteten uns so sehr, dass sie lieber starben, als uns nach einem Kampf verletzt in die Hände zu fallen.«

Er zuckte gleichgültig mit den Schultern. »Vor hundert Jahren vielleicht. Da wart ihr noch die Wölfe der Wüste. Heute dagegen seid ihr ... Städter.«

Es klang so verächtlich, als würde er »Versager« meinen.

»Wie kannst du es wagen, meine Familie zu beleidigen!«

»Habe ich das? Ich nenne die Dinge nur beim Namen. Im Windschatten des eisernen Turms ist es einfach, mutig zu sein. Aber die richtige Wüste ohne den Schutz der Stadt ist etwas anderes. Die Kreaturen fragen nicht danach, ob sie das Fleisch einer Moreno oder eines namenlosen Nomaden verschlingen. Und in den Wüstenbergen lauern Wesen, die das Blut der Schlafenden trinken und nur ihre leeren Hüllen zurücklassen ...«

»Soll mich dieser Aberglaube etwa einschüchtern?« Ich hob das Kinn und wandte mich an die Mégana. »Und selbst wenn es so wäre, ich sterbe lieber unter den Sternen, als unter Glas zu verenden wie eine gefangene Fliege!«

Die Mégana überraschte mich mit einem leisen Lachen. »So hätte ich dich ja gar nicht eingeschätzt, Canda«, sagte sie nach einer Weile. »Du machst deinen Vorfahren alle Ehre.

Aber ich verstehe dich besser, als du denkst: Als ich noch so jung war, hätte ich mich auch niemals brechen lassen wie ein Stück Holz. Und ich wäre auch eher gestorben, als aufzugeben.« Ein schmerzlicher Zug ließ ihr Gesicht weicher wirken, und mir schien, als blickte sie weit in eine Vergangenheit voller Krieg und Chaos. Zum ersten Mal flackerte wieder so etwas wie Hoffnung in meiner Brust auf. *Pack sie an dieser Stelle! Das ist deine Verbindung zu ihr!*

»Dann wisst Ihr ja am besten, worum ich Euch wirklich bitte. Oder hättet Ihr Euch als junges Mädchen in ein solches Schicksal ergeben?«

Die Mégana lächelte schmal. Ihr Mund war eingefallen und faltig und hier, in dem flackernden Licht, sah sie den Gespenstern im Haus der Verwaisten erschreckend ähnlich.

»Kluges Mädchen. Aber ich weiß genau, was du wirklich vorhast. Dir geht es nicht um dich, das ist nicht deine Art. Du bist für andere mutiger als für dich selbst, habe ich recht? Wenn Tian tot wäre, würdest du dein Leben demütig und gehorsam im Haus der Verwaisten beschließen. Aber du hoffst, ihn zu finden.«

»Ihr selbst habt vor Gericht gesagt, dass Ihr Euch vorstellen könnt, er sei das Opfer eines Verbrechens geworden.«

Sie seufzte und schüttelte den Kopf. »Das war, bevor wir wussten, was mit dir geschehen ist. Das verändert alles. Alles.« Es klang traurig und ich wagte nicht, nachzufragen, während sie auf die Kerze starrte. »Armes Kind. Und du glaubst immer noch an seine Unschuld.«

»Was meint Ihr damit?«

Die Mégana zögerte, als hätte sie zu viel gesagt. »Der Mégan würde nicht billigen, was ich hier tue«, sagte sie mehr zu sich selbst als zu mir. »Aber an deiner Stelle würde ich auch wissen wollen, was geschehen ist, so schrecklich es auch ist.

Und ich glaube, du bist immer noch stark genug, um es zu ertragen. Komm zur Flamme!«

Sie betrat die kleine, zitternde Insel aus Helligkeit. Ich humpelte ebenfalls zur Kerze. Irgendwo in der Ferne echote ein Hall, vielleicht eine Tür, die zuschlug. Die Mégana lauschte einen angespannten Moment, und mir wurde klar, dass sie tatsächlich heimlich hier war und jede Minute zählte. Wann würde der Mégan spüren, dass seine andere Hälfte ihm nicht nahe war?

»Ich habe nicht viel Zeit, Canda. Du weißt doch noch, was man dir über die Gaben beigebracht hat?«

Seltsamerweise kam mir als Erstes die alte Legende in den Sinn, die manche Ammen ihren Schützlingen erzählten, wenn diese noch an eine verborgene Welt voller Magie glaubten. Von geisterhaften Wesen, die uns von Geburt an begleiteten und uns mit Gaben beschenkten. Aber die abergläubische Zeit der Ammenmärchen war für mich längst vorbei.

»Sie sind die Pfeiler unserer Macht«, antwortete ich. »Jeder Höchstgeborene besitzt sie. Die, die vom Schicksal besonders beschenkt wurden, haben vier Gaben, wie Tian und ich. Früher, in den Anfangszeiten, hatte jeder vier, aber diese Statistik hat sich in den vergangenen Jahrzehnten geändert. Seit fünfzehn Jahren werden die meisten der Höchsten und Hohen mit zwei, höchstens drei Gaben geboren. Es gibt Missgeburten, die nur eine besitzen, aber selbst eine einzelne ist und bleibt das Merkmal der hohen Geburt. Sie erhebt uns über die gewöhnlichen Menschen und die Barbaren außerhalb der Stadt.«

»Ja, sie sind unser wertvollstes Gut. Und was wertvoll ist, ist in Gefahr, missbraucht oder zerstört zu werden. Früher, lange vor dem großen Chaos, schadeten Menschen einander, indem sie die Talente ihrer Gegner zerstörten. Nimm einem feindlichen Befehlshaber seine Gabe, strategisch zu denken, und du wirst ihn besiegen.«

»Wie soll das möglich sein?«

»Unsere Ahnen beherrschten die Kriegskunst, ihre Feinde auf diese Weise zu schwächen. Die Dokumente über solche Verbrechen sind nach der Neuordnung vernichtet worden. Noch zu Zeiten meines Großvaters wäre für ein solches Verbrechen die ganze Sippe des Täters ausgelöscht worden. Heute ist das Geheimnis verloren, niemand kann mehr auf die Gaben von anderen Menschen zugreifen. Es gibt nur eine einzige Ausnahme: In einer Zweiheit kann es geschehen – wie man an dir sieht. Deine vierte und größte Gabe wurde ausgelöscht. Für immer.« Das zu hören, fühlte sich immer noch an wie ein Schlag in den Magen. Ihre Stimme bekam einen dunkleren, weicheren Klang, wie die einer Mutter, die ihr Kind tröstet. »Das ist die Schattenseite der Liebe, Canda: Diejenigen, die wir am meisten lieben, haben leider auch die Macht, uns am schlimmsten zu verletzen.«

»Tian soll mir das angetan haben?« Es war so abwegig, dass ich nicht einmal zornig werden konnte.

»Wer sonst, Canda? Wir sind mächtiger als die gewöhnlichen Menschen. Ghan herrscht über die Wüste, die Berge, die Küste und alle ihre Schätze. Wir haben die besten Söldner aus allen Ländern, keiner unseres eigenen Blutes muss sein Leben noch für unsere Siege opfern. Herrscher fremder Länder kaufen unseren Rat und Strategien und bezahlen ihr Leben lang in Gold dafür. Wir sind unbesiegbar, aber dort, wo wir lieben, sind wir auch verletzlicher, denn anders als die Gewöhnlichen haben wir als Zweiheiten Zugang zum Geist unseres Partners.«

Ich trat einen Schritt zurück, riss mich los von ihrer Sanftheit. »Er war es nicht!«

»Aber wer sollte es sonst gewesen sein, Canda?«

»Ich weiß es nicht… Spione, Feinde der Stadt, Verschwö-

rer…« Auf meiner Haut konnte ich den kalten Aquamarinblick des Jägers spüren. In seiner Haltung lag eine Spannung, die mich beunruhigte. *Warum darf er hier sein? Warum hört ein Sklave das, was nur für die Ohren des innersten Kreises bestimmt ist?*
Die Mégana schüttelte den Kopf. »Unmöglich. Niemand konnte dir so nahe kommen wie dein Versprochener. Durch deine Liebe warst du für ihn eine geöffnete Tür. Er ist hindurchgegangen und hat das Kostbarste zerstört, was du hattest. Nur deshalb ist er geflohen. Alle Indizien sprechen dafür. Leider.«

Meine Fingernägel gruben sich in meine Handflächen, so fest ballte ich die Hände zu Fäusten. »Dann… müssen seine Entführer einen Weg gefunden haben, dieses Verbrechen zu begehen und falsche Fährten zu legen. Warum sollte Tian mir so etwas Grässliches antun?«

Die Mégana hob in einer bedauernden Geste die Schultern.

Jetzt verstand ich zumindest, was zu meinem Schuldspruch geführt hatte: Es war ein gerichtlicher Vergleich, ein Handel. Wir waren keine Barbaren und es gab längst keine Blutrache und keine Sippenhaft mehr. Solange ich offiziell selbst die Schuld an dem Verlust meines Glanzes trug, würde man Tian und die Labranakos nicht zur Rechenschaft ziehen. Dazu war die Machtbalance zu kostbar, gerade jetzt, in den Zeiten, in denen das Verhältnis der Mächtigen angespannt war und Bündnisse wichtiger denn je. Die Tatsache, dass die Labranakos für mein Leben im Haus der Verwaisten zahlten, war nur der geringste Teil der Buße. Es würde sie Generationen kosten, für dieses vermeintliche Verbrechen ihres Sohnes zu sühnen. Und meine Familie würde sie nicht billig davonkommen lassen.

Eine Moreno weint nicht, hörte ich meine Mutter sagen. Aber diesmal nützte das Gebet unserer Familie nicht.

Die Mégana hob ihre knochige Greisenhand und strich mir mit einer liebevollen Geste eine Träne von der Wange. Ich konnte die alte kreisrunde Brandnarbe auf ihrem Handteller sehen, niemand wusste genau, woher die Verletzung stammte. Normalerweise verbarg sie diesen Makel unter Handschuhen. »Ach, Kind«, sagte sie mit zärtlichem Bedauern. »Ich weiß, die Wahrheit ist grausam. Und ich verstehe dich besser, als du denkst, denn auch ich habe geliebt, als ich jung war, mit ganzem Herzen.« Ich wunderte mich über den bitteren Klang in ihrer Stimme. Natürlich sprach sie vom Mégan, auch wenn es schwer vorstellbar war, dass das Herrscherpaar irgendwann einmal jung gewesen war. Und es war zumindest nicht offiziell bekannt, dass sie sich auch in Liebe gefunden hatten.

Aus dem Augenwinkel fiel mir auf, wie der Jäger hastig den Blick abwandte und verharrte, angespannt, wie versteinert, doch innerlich vibrierend von einem Zorn, den er zu verbergen suchte.

»Aber wir verstehen nicht immer, was diejenigen, die wir lieben, tun«, fuhr die Mégana mit harter Stimme fort. »Vor allem nicht in eurem Alter.«

Ich schüttelte heftig den Kopf. »Lasst mich gehen, ich bitte Euch!«

»Du glaubst immer noch an ihn?«

Ich hielt ihrem Blick stand, wütend, verzweifelt, aber so entschlossen, dass sie erstaunt die Brauen hob. Die Flammen flackerten und irrlichterten als zuckende Goldpunkte in ihren Augen. Und plötzlich lachte sie auf. »Du ahnst ja nicht, *wie* sehr du mich an mich selbst erinnerst! Na schön, Canda Moreno: Mach mir ein Angebot! Was bekomme ich, wenn ich einfach wieder gehe und vergesse, mit dir gesprochen zu haben?«

Nur zu gern hätte ich mich jetzt irgendwo abgestützt, so weich wurden meine Knie. Sie dachte tatsächlich darüber nach!

Irgendwo echote ein Knarren, eine zweite Klapptür am Ende des Raums öffnete sich. Fackelschein zeichnete eine Treppe aus dem Schatten.

»Höchste Herrin!«, mahnte ein Wächter.

»Meine Zeit läuft ab«, sagte die Mégana. »Also?«

Endlich fand ich meine Stimme wieder. »Ihr bekommt den Beweis für Tians Unschuld.«

»Das ist alles?«

»Und ich bringe euch die Antwort, was wirklich mit meinem vierten Licht geschehen ist. Wie es sein konnte, dass es zerstört wurde. Und Tian wird zurückkehren und seinen Platz in der Stadt einnehmen. Ein Sohn Ghans wird nicht verloren sein.«

»Aber was wirst du tun, wenn du herausfindest, dass Tian so schuldig ist, wie wir glauben?«

Alles in mir sträubte sich dagegen, es auszusprechen. *Du musst!*, drängte meine kluge Stimme. *Es ist der einzige Weg hinaus. Sonst wird ihr Bluthund dich in deinen Kerker zurückschleppen.*

»Dann bringe ich ihn zurück, damit er vor Gericht gestellt wird.«

Endlich nickte die Mégana. »So kommen wir ins Geschäft. Deinen Dolch!«

Wieder war ich irritiert, weil sie mich bei diesem Befehl ansah – aber auch diesmal reagierte der Sklave. Er schüttelte den Kopf. »Das ist keine Waffe für ...«

Die Mégana unterbrach ihn mit einer warnenden Geste. Diesmal, das spürte ich, würde es keine leere Drohung sein, ihn zu bestrafen. Die Adern an seiner Stirn traten hervor, aber er zog in widerstrebendem Gehorsam eine schmale Waffe hervor. *Und am liebsten würde er der Mégana damit die Kehle durchschneiden.*

»Gib ihr die Waffe!«, befahl die Herrscherin.

Seine Lippen waren ein schmaler Strich, als er auf mich zutrat. Einen Augenblick lang hatte ich Angst, dass er mich angreifen würde, aber er hielt mir die Waffe hin und ich ergriff sie zögernd. Obwohl er sie in der Hand gehalten hatte, war der Griff kalt. Er bestand komplett aus einem schwarzen Material, glatt wie Elfenbein, aber er war viel leichter. Die Klinge war matt, schon im Halbdunkel war sie kaum zu erkennen. *Der Dolch eines Attentäters*, dachte ich mit einem Schaudern, *unsichtbar im Dunkeln, verrät sich nicht durch das Glänzen der Klinge*. Meine Finger kribbelten, am liebsten hätte ich die Waffe fortgeschleudert.

»Der Dolch ist nur ein Geschenk auf Zeit«, sagte die Mégana. »Du versprichst mir, dass du ihn mir wiederbringst. Versprich mir außerdem, dass du mir nach deiner Rückkehr mit deinen verbliebenen Talenten dienen wirst. Nur mir. Solange ich es will. Bedingungslos. Das ist mein Preis. Und...« Sie senkte die Stimme, »...*wenn* Tian schuldig ist, wirst *du* es sein, die ihn mit diesem Dolch töten wird.«

Ich hatte mich getäuscht, als ich die alte Frau für den weicheren, freundlicheren Teil der Höchsten Zweiheit hielt. Der Mégan war in seiner Härte berechenbar, seine Frau dagegen hatte zwei Seiten, das erkannte ich jetzt. Die der gütigen, gebrechlichen Greisin – und das Feuer, das jeden zu Asche verbrannte, der sich ihm in den Weg stellte.

»Blut um Blut, so fordert es unser Gesetz«, fügte sie hinzu. »Ohne dieses Versprechen und die Zusage, dass deine Gaben in Zukunft nur mir dienen, lasse ich dich nicht gehen.«

Ich hatte einen gefährlichen Weg beschritten. *Was, wenn...*, flüsterte es in meinem Kopf. *Wenn ich ihn finde und zurückbringe und ihn doch nicht mehr lieben darf? Was, wenn ich seine Unschuld nicht beweisen kann, weil seine Entführer zu klug sind, um Beweise zu hinterlassen?*

Es war, als würde ich über den Glasboden balancieren, der unter mir knackte, kurz davor, zu brechen.

Jedes Wenn gehört dem Morgen, antwortete die vernünftige Gedankenstimme. *Hier geht es um das Jetzt – und um dich. Und du musst jetzt erst einmal raus aus der Stadt!*

Wie heute im Gerichtssaal machte ich innerlich wieder einen Schritt zur Seite, in einen geheimen Mörderwinkel, der nur mir gehörte. »Ich gebe Euch mein Wort darauf!«

Es war verrückt. Ich, Canda Moreno, einstige Hoffnung Ghans, spielte ein doppeltes Spiel mit der Herrscherin. Ich versuchte nicht auf Amadar zu achten. Wieder hatte ich das unbehagliche Gefühl, dass er durch mich hindurchsah, in jeden Winkel, sogar dorthin, wo die Lügen sich zusammenkauerten.

Aber die Mégana nickte. »Dann ist es abgemacht, Canda. Amadar, du stehst dafür ein, dass sie zurückkommt. Stirbt sie da draußen, dann stirbst du auch. Und für dich wird es weitaus unangenehmer sein.«

Unter anderen Umständen wäre es eine Genugtuung gewesen, zu sehen, wie seine arrogante Maske in Fassungslosigkeit und Empörung zerfiel. Aber im Moment hatte ich viel zu sehr damit zu kämpfen, nicht selbst den Boden unter den Füßen zu verlieren. Wie dumm war ich gewesen zu denken, dass sie mich allein gehen ließ.

Amadar schüttelte den Kopf. »Ich unterstehe dem Mégan – und er wird es niemals dulden!«

Nie hätte ich der alten Frau so viel Schnelligkeit zugetraut. Sie schoss herum wie eine Schlange. Ich erschrak vor dem Hass in ihrer Miene. »Mach nicht den Fehler, mir noch einmal zu widersprechen«, sagte sie gefährlich leise. »Und jetzt verschwinde.«

Was hat er getan, dass sie ihn so sehr verachtet?

Amadars und mein Blick trafen sich, und seltsamerweise

fühlte ich mich, als säßen wir beide in derselben Falle. Seine Kiefer mahlten und das Licht der Kerze ließ die Schatten auf seinem Gesicht tief und ihn noch hässlicher wirken. Er fluchte mit zusammengebissenen Zähnen, drehte sich auf dem Absatz um und ging mit großen Schritten zur Treppe. Sein Schatten flackerte über die Wand, dann fiel die Tür zu. Die Herrscherin und ich blieben im Schein der Kerze zurück.

Endlich fand ich meine Sprache wieder. »Lasst mich allein gehen, Höchste Mutter! Nicht mit ihm, nicht mit Amadar...«

»Fordere meine Geduld nicht heraus. Amadar ist unser bester Fährtensucher und der treueste Sklave, den wir haben.«

»Er... er benimmt sich nicht wie ein Sklave, am allerwenigsten mir gegenüber. Ich kann ihm nicht trauen!«

Sie lächelte schmal, ohne einen Funken Wärme. »Er ist der Einzige, dem du trauen kannst, und er wird dir gehorchen, weil ich es ihm befehle. Jeder Tropfen seines Blutes ist an uns verschuldet. Und glaube mir: Du brauchst ihn. Nur er kann einen Menschen aufspüren, der nicht gefunden werden will. Ob es dir gefällt oder nicht – ohne ihn setzt du keinen Fuß aus der Stadt.«

»Aber der Mégan, Höchste Mutter«, beharrte ich. »Ihr seid eine Zweiheit, Ihr könnt solche Entscheidungen doch nicht allein treffen!«

Dieser Einwand schien sie zu amüsieren. »Kann ich nicht? Nun, manchmal tue ich es einfach. Du würdest es verstehen, wenn du so lange eine Zweiheit wärst wie der Mégan und ich.« Sie trat näher zu mir, so nah, dass der Lilienduft mir fast Übelkeit verursachte. »Du magst viel verloren haben, aber du bist immer noch eine Tochter Ghans und wirst es immer sein. Du glaubst an unsere Gesetze, deren Teil du immer noch bist. Und ich weiß, du wirst alles dafür geben, dich deines Standes und der Stadt wieder würdig zu erweisen. Dann wirst du nie wieder in das Haus der Verwaisten zurückkehren müssen. Dafür werde ich sorgen. Das ist *mein* Versprechen.« Ich musste schlucken. Sie war wirklich wie das Feuer. Weich, nicht fassbar, doch was sie berührte, veränderte sich für immer oder flammte in neuer Hoffnung auf. Als sie nun zu mir trat und mir ihre Hand auf die Wange legte, war es, als würde mich diese Geste mit Sehnsucht versengen, so sehr wünschte ich mir trotz allem, keine Ausgestoßene mehr zu sein. »Ich warte auf dich, Tochter.« Es war verrückt, aber trotz allem gab es immer noch einen Teil in mir, der erleichtert war, dass es immer noch ein Oben und Unten gab und dass die Gesetze meiner Welt noch galten – sogar für einen gefallenen Stern wie mich. »Und jetzt versprich mir, dass du dich an unseren Pakt hältst.«

»Ich habe euch doch bereits mein Wort gegeben!«

Sie lächelte wieder ihr schmales, eingefallenes Altfrauenlächeln. Ich sah jedes Fältchen, jede Verwüstung, die das Alter in ihrem Gesicht angerichtet hatte. Aber dahinter glaubte ich das kämpferische, listige Mädchen hindurchschimmern zu sehen, das sie lange vor meiner Geburt gewesen war.

»Worte sind doch nur Wind und Tinte nur gefärbtes Wasser.« Sie streckte mir die Hand hin. An ihrem Zeigefinger glänzte ein Silberring in Form einer Schlange, die sich in drei Windungen um den Finger schloss. »Gib mir ein richtiges Versprechen!«

Ihre zerbrechlichen Finger schlossen sich sanft um meine, eine Berührung, die mich mit Scheu und Unbehagen erfüllte. Plötzlich drückte sie zu. Ein Stechen durchfuhr meine Hand. Erschrocken entriss ich ihr die Rechte und starrte auf meinen Handteller – Blut quoll aus einem Stich und wurde zu einem Strom auf meiner blau gefärbten Haut. Das Rot verästelte sich in den Linien meiner Hand und in den gerade erst verheilenden Schnitten, die ich vor Gericht unter den Handschuhen verborgen hatte. *Wie ein Stammbaum*, dachte ich benommen. Aber was hätte meine Urahnin, Tana Blauhand, dazu gesagt, mich hier zu sehen?

»Diesen Ring habe ich von meiner Großmutter geerbt.« Die Mégana zeigte mir, dass der silberne Schwanz der Ringschlange in einer scharfen Spitze endete. »Und sie hatte ihn von ihrem Großvater bekommen. Er erinnert mich daran, nicht zu vergessen, was ein Versprechen wirklich ist. In grauer Vorzeit haben wir keine Verträge aufgesetzt. Unsere Unterschrift war unser Blut, unser Leben. Wenn du dein Versprechen wirklich ernst meinst, lösche die Flamme damit!«

Aus schmalen Augen beobachtete sie mich und diesmal erinnerte das Lauernde in ihrem Blick mich an ihren Mann. *Stein und Feuer*, dachte ich. *Lava, die alles versengt.*

Unsere Ahnen wussten offenbar viel über die Herzen von Lügnern. Es war einfacher, viel einfacher mit Worten. Aber irgendwo dort draußen war Tian, sein Leben in meiner Hand. Und hier, auf der anderen Seite, gab es nur ein Mädchen mit leerem Blick, gefangen unter Glas. *Du wirst einen Weg finden*, flüsterte es in mir. *Du wirst den Sklaven loswerden, und niemand kann dich zwingen, den Dolch gegen Tian zu erheben.*

Und während ich langsam die Hand über die Kerze streckte, gab ich mir auch selbst ein heimliches Versprechen: Was auch geschah, niemals, das schwor ich mir, würde dieser Dolch Tians Haut auch nur berühren. Die aufsteigende Hitze umfloss meine Faust. Blut sammelte sich in einem immer größer werdenden Tropfen an meinem kleinen Finger – und fiel. Der Docht fauchte auf, Dunkelheit fiel über uns wie ein schwarzes Fangtuch.

»Gut«, sagte die Mégana. »Dann viel Glück, Tochter Ghans. Geh und komme bald zurück. Und denke daran: Deine vierte

TEIL I: DIE STADT

Gabe wurde zerstört, das macht deinen Geist verwundbar. Also hüte dich vor deinen Träumen. Sie sind das erste Zeichen, dass du den Verstand verlierst.«

Talisman

Bisher waren Träume wie Schatten gewesen, die ich noch im Schlaf von mir schieben konnte, so, wie ich es als Kind gelernt hatte. Niemals hatten Ärzte mir viele Schlafmittel geben müssen. Träume waren für mich flirrende, verrückte Bilder ohne Bedeutung, Echos des Tages. Aber diesmal drängte diese Scheinwelt mit solcher Wucht in meine Seele, dass ich mitten im Traum hochschrak. Vor mir schwebte noch das Traumbild: ein schmaler, hübscher Junge, vielleicht dreizehn Jahre alt, mit blondem Haar und fast goldenen Bernsteinaugen. Er wirkte verzweifelt, blass, wie verwundet. Aber er war weit fort von mir, wie hinter milchigem Glas gefangen. Ich kannte ihn nicht, und dennoch kam er mir auf seltsame Weise vertraut vor – ich suchte nach diesem Bezug, so wie man einen Namen sucht, der einem auf der Zunge liegt, aber ich fand ihn nicht. Der Junge rief mir etwas zu. Nein, er rief nicht, er ... bellte?

Ich blinzelte mit sandverklebten Wimpern. Im Schein einer Taschenlampe blitzten gelbe Zähne auf. Ein halb blinder alter Hund bellte mich an. Seine Augen waren matte, verschleierte Scheiben. Kalter Kerzenrauch lag in der Luft und vor mir stand Amadar, den Hund an der Leine.

»Wir müssen aufbrechen. Hier!«

Zusammengeknüllter Stoff traf mich. Geruch nach fremder, ungewaschener Haut stieg mir in die Nase. Es musste einige Zeit vergangen sein, seit ich an die Wand gelehnt eingeschlafen war. Der Saft der Farin-Früchte war getrocknet, meine Kleidung umgab mich wie ein Panzer aus steif gewordenem Stoff.

»Steh auf, Prinzessin! Wir haben nicht viel Zeit.«

»Nenn mich nicht Prinzessin.«

»Herrin werde ich dich jedenfalls nicht nennen«, gab er ebenso barsch zurück. Der Hund begann zu knurren, als wäre die Abneigung zwischen uns ein elektrisches Feld. Für einen irrealen Moment bildete ich mir ein, dass Amadar und der feindselige Hund ein einziges Wesen waren. Wieder fühlte ich diese Kälte und Gefahr, die von Amadar ausging, und ich hasste es, dass mein Herz wieder zu flattern begann und ich am liebsten geflohen wäre. *Ich muss ihn loswerden. Ich muss ihm davonlaufen – sobald ich kann. Er darf Tian nicht vor mir finden.* Aber mit den Hunden konnte es schwierig werden.

»Ich dachte, du bist der beste Sucher der Méganes?«, bemerkte ich. »Wozu brauchst du dann die Hilfe eines alten Hundes?«

»Die Hunde wittern die Wüstenlöwen. Und im Notfall sorgen sie dafür, dass wir nicht verhungern.«

»Ach? Du willst mich zwingen, Hunde zu essen?«

»Kommt darauf an, wie lange du durchhältst.« Mit einem Kinnrucken deutete er auf meinen Knöchel. »Pausen können wir uns nämlich nicht leisten. Dein Liebster hat einen Vorsprung.«

Ich biss die Zähne zusammen und schob mich an der Wand hoch. Jeder Muskel tat weh, aber der Knöchel war nicht mehr so stark geschwollen. Ich konnte ziemlich gut auftreten. Also nickte ich.

»Und kannst du reiten?«

»Das wäre ja wohl sinnlos«, erwiderte ich kühl. »Die Jagd gehört nicht zu meinen Gaben.«

»Da ist Tian dir gegenüber also im Vorteil.«

Amadar hatte also Erkundungen eingeholt. Tians hellstes Licht war der weite Blick des Eroberers. Er erfasste Gebiete und Grenzen auf den Landkarten so intuitiv wie ich die Zahlen. Und einige hatte er sogar selbst ausgelotet: Seine Eltern hatten viel Geld für die Lizenz bezahlt, die es ihm erlaubte, ein paarmal im Jahr die Stadt zu verlassen und mit anderen Hohen auf die Jagd zu gehen. »Ja, er kann reiten.«

»Dann wirst du es auch lernen müssen. Da drüben steht ein Eimer mit Wasser zum Waschen. Die Kleidung sollte dir passen.«

Voller Ekel betrachtete ich das Kleiderbündel zu meinen Füßen. Der helle Stoff war an einigen Stellen gelblich und verschlissen und – das Schlimmste – er roch speckig, nach Tierfell und fremder, verschwitzter Haut.

»Ich will frische Kleidung. Die hier hat jemand vor mir getragen.«

Amadar zuckte mit den Schultern. »Die Tracht gehört einer Hundemagd, es ist gut, wenn die Tiere ihren Geruch in der Nase haben, so bleiben sie ruhig und verraten dich nicht.«

»Ich soll die Kleidung einer *Niedersten* tragen?«

»Willst du etwa als Canda Moreno durch das Tor spazieren? Sei dankbar, dass das Mädchen dir die Sachen als Tarnung überlässt, die Niedersten haben nicht viel zu verschenken.«

»Du meinst, ein paar Lumpen verbergen, was ich bin? Im mittleren Ring kann ich vielleicht untertauchen, aber sobald wir in den äußersten Ring kommen, sind wir bei den Niedersten – und auch Barbaren laufen dort herum. Ich werde auffallen wie ein blaues Pferd. Glaubst du, die Leute da draußen sind blind?

»In gewisser Weise sind wir das alle«, konterte er ungerührt. »Wir sehen, was wir erwarten. Und solange du nicht hinkst und dein Gesicht verschleierst wie die Nomaden, werden alle nur eine einfache Hundeführerin sehen, die mich in die Wüste begleitet.«

TEIL I: DIE STADT

Er deutete mein zweifelndes Schweigen als Zustimmung. »Bevor du nach oben gehst...« Er deutete auf den Dolch, der neben mir auf dem Boden lag, »...schneide dir die Haare ab.«

»Ich soll *was*?«

Sein spöttisches Grinsen brachte mein Blut sofort wieder zum Kochen. »Hält Ungeziefer fern. Nicht meine Regeln, sondern die der Wüste. Glaubst du wirklich, dein Tian wird den Unterschied sehen? Abgesehen davon, dass er dich auch mit langem Haar kaum noch erkennen wird – deine Schönheit hast du doch ohnehin schon verloren.«

»Aber im Gegensatz zu dir kann ich tatsächlich noch hässlicher werden, *Amad-Ar!*«, zischte ich.

Immerhin hatte ich ebenso gut getroffen wie er. Kränkung und Zorn wallten so jäh in seiner Miene auf, dass ich für einen Augenblick einen völlig Fremden sah. »Wage es nie wieder, mir Befehle zu erteilen, Sklave«, setzte ich leise, aber drohend hinzu. »Und schon gar nicht, mich zu beleidigen!«

Wir fixierten einander, ein stilles Kräftemessen. Wieder fiel mir auf, wie irritierend seine Augen waren. Das Licht schien sich auf seltsame Art darin zu brechen wie in Wasser – oder in Glas. Und da war dieser seltsame Blick, der mich frösteln ließ. Amadar sah mich und sah mich nicht – wie ein Blinder.

»Ich weiß, dass du es hasst, ein Sklave zu sein, und dass du lieber Scherben essen würdest, als auch nur im selben Raum mit mir zu sein«, setzte ich kühl, aber etwas freundlicher hinzu. »Und du kannst mir glauben, du bist der letzte Mensch, mit dem ich in die Wüste will. So gesehen haben wir also beide keine Wahl und müssen sehen, wie wir zurechtkommen.«

Er verzog den Mund zu einer verächtlichen Grimasse. »Meine neue Herrin versucht, streng, aber gerecht zu sein. Also schön. Und da du eine Moreno bist, kannst du mir ja sicher auch noch etwas über die Wüste beibringen?«

»Zumindest weiß ich viel darüber«, erwiderte ich würdevoll. »Jede Meile, die vermessen wurde, jede Höhe jedes Berges, jede Zahl.«

Er lachte trocken auf. »Das wird dir nichts nützen. Das Einzige, was du wirklich wissen musst: Die Wüste kennt keine Herren, nur Sklaven. Sobald wir die Stadt verlassen, gehören wir ihr ganz und gar. Sie schält dir die Haut von deiner Seele, legt jedes Geheimnis, jeden Gedanken frei, bis du nackt und schutzlos bist. Es ist ihre Entscheidung, ob sie dich ziehen lässt oder dich verschlingt. Sobald wir einen Fuß in den Sand setzen, sind wir beide gleich: ihr Treibwild, ihr Spielzeug und ihre Gefangenen, nichts weiter. Also: Wenn du wirklich so klug bist, wie die Mégana behauptet, lässt du deine Adelsallüren in der Stadt zurück und hörst einfach auf mich, Canda Langhaar!«

Er warf mir die Taschenlampe zu. Ich fing sie reflexartig auf und musste mich beherrschen, sie ihm nicht hinterherzuwerfen. Hundekrallen klapperten auf der Treppe, dann war ich wieder allein.

»Arroganter Idiot«, murmelte ich. Ich ging zum Wassereimer und wusch mir Gesicht und Hände. Es war entwürdigend, mich wie eine Hundemagd waschen zu müssen. Schmutzige Bäche flossen auf den Boden. Doch die blaue Farbe ging nicht von den Händen ab. Natürlich dachte ich nicht daran, auch nur eine Strähne abzuschneiden. Auch wenn das Haar seine Goldlichter verloren hatte und matt und ohne Leben war, es war immer noch mein Schmuck, den Tian so liebte. Mit den Fingern entwirrte ich es und flocht es zu einem hüftlangen Zopf. Dann streifte ich die schmutzstarre Tracht des Verwaistenhauses ab. Blaue Flecken und Schrammen bedeckten meinen Körper – und dort, wo der Wächter mich in meiner Brautnacht mit der Faust getroffen hatte, verfärbte sich der Bluterguss bereits ins Grüngelbe.

TEIL 1: DIE STADT

Ich hielt die Luft an, als ich die Kleidungsstücke voller Ekel überstreifte: eine grob gewebte, schlichte Tunika und lange, weite Hosen – dazu eine Art Schal. Der Stoff kratzte auf der Haut, es gab keine Schnallen oder Knöpfe. Der einfache Gürtel musste geknotet werden – und als ich nach einer Möglichkeit suchte, Marams Schlüsselbund und den Dolch zu verstauen, entdeckte ich neben dem Eimer einen abgewetzten Ledergurt mit drei Köchertaschen, von denen nur eine die Form einer Klinge hatte. Die Scheide für den schwarzen Dolch.

*

Ergraute Schnauzen hoben sich witternd, als ich durch die schmale Tür am Ende der Treppe trat. Vierundzwanzig sandgelbe Augenpaare verfolgten aufmerksam jede meiner Bewegungen. Der Geruch nach Hundezwinger war erstickend dicht. Es war noch Nacht, nur ein kleines Öllicht erhellte einen schäbigen Raum. Wüstensand schabte unter meinen Sohlen, vielleicht war er durch die Ritzen in den fadenscheinigen Fenstern hineingeweht worden. Amadar war gerade dabei, zwei weitere Hunde von eisernen Haken an einer Wand loszubinden. Beim Aufrichten entdeckte er mich. Seine Miene versteinerte beim Anblick meines Zopfes. Er drehte sich auf dem Absatz um und verließ mit den Hunden den Raum.

»Herrin?« Das Mädchen wagte kaum, mich anzusehen. Sicher war es die Hundemagd, der ich die zerschlissene Tracht verdankte, denn sie trug eine noch schäbigere. Sie war zwar ebenso groß wie ich, aber sie war eine Barbarin, sehr braun gebrannt und trotzdem farblos, mit den ängstlichen Augen der Niedersten. Neben ihr strahlte ich sogar in meiner Verfassung noch so hell wie eine Sonne.

»Ich soll Euch helfen. Erlaubt Ihr, dass ich Euren Knöchel verbinde?«

»Ich erlaube es. Wie heißt du?«

»Smila«, antwortete sie kaum hörbar.

Sie kniete sich flink vor mich hin und begutachtete meinen Fuß, bevor sie Bandagen und ein breites Lederband hervorholte und einen Stützverband anlegte. Dann zog sie mir leichte Lederschuhe über.

»So werdet Ihr auch im weichen Sand gut laufen können. Versucht zu gehen!«

Es war wie Zauberei – mit der Bandage konnte ich auftreten, ohne dass es schmerzte. Smila deutete auf ihre Wange. »Wenn Ihr verzeiht, Herrin: Eure Haut ist heller und strahlender als unsere, ein Sud aus Nussschalen wird sie dunkel färben. Aber dafür...«, sie schluckte, »müsste ich Euer Gesicht berühren.«

»Tu, was notwendig ist.«

Es kostete sie offenbar trotzdem Überwindung, dieses Tabu zu brechen. Sie atmete schnell, an ihren zitternden Fingerspitzen konnte ich fast fühlen, wie ihr ängstliches Herz raste, als sie mir eilig die braune Farbe auf Wangen und Stirn strich. Jetzt teilte ich Jenns Schicksal. *Und ich hoffe, wir werden eines Tages darüber lachen, Tian.* Der Gedanke gab mir einen Stich und ich war froh, die Augen schließen zu können, damit Smila sie mit schwarzer Schminke umranden konnte. Die Schminke duftete nach Zimt und einem Harzöl und überlagerte sogar den Geruch der Kleider. Smilas Bewegungen waren trotz der Eile respektvoll und zart. Für ein paar gestohlene Sekunden gab ich mich der Illusion hin, zu Hause zu sein – in meinem Zimmer, wo meine Dienerin mich für ein Fest herrichtete. Kummer und Heimweh wurden zu einem dumpfen, dunklen Pochen in meinem Bauch.

TEIL I: DIE STADT

»Hast du eine Sondergenehmigung, in den dritten Ring zu dürfen?«, fragte ich in die Stille.

»Wir sind im vierten Ring, Herrin, nicht weit vom Bluttor.« Ich riss die Augen wieder auf. *Wir sind heute Nacht unter der Stadtmauer hindurchgekrochen?*

»Stammst du aus diesem Bezirk?«

»Oh nein! Ich bin eine *Tamrar* – aus einem der ältesten Stammesdörfer am Fuß der Berge.«

Also hatte ich sie richtig eingeschätzt. Eine Barbarin von außerhalb.

»Dann bist du als Saisonarbeiterin hier?«

Wieder ein hastiges Kopfschütteln. »In jeder Generation hat einer aus meiner Familie das Recht, für die alten Jagdhunde der Méganes zu sorgen. Mein Großvater hat dieses Vorrecht verdient. Er rettete einen Hund der Mégana auf der Jagd vor einem Wüstenlöwen. Er selbst starb dabei. Er wäre stolz auf meinen Posten. Nichts ist der Mégana kostbarer als ihre Jagdhunde.«

Das glaubt sie tatsächlich, dachte ich. *Und auch sie wird eher sterben, als gegen Gesetz und Willen der Mégans zu handeln.*

Das Mädchen führte mir umso deutlicher vor Augen, wie wenig sich mein Begleiter wie ein Diener benahm.

»Und... Amadar? Stammt er auch aus deinem Dorf?«

Die Vorstellung schien sie zu amüsieren. »Oh nein, Herrin!«

»Woher dann?«

»Man sagt, er kommt von weither, einem Land mit weißem kaltem Sand, der sich in der Sonne in Wasser verwandelt. Und er war in einem Krieg. Mehr weiß ich nicht von ihm. Er... spricht nicht viel. Aber die Hunde gehorchen ihm besser als mir. Manche sagen, er kann auch mit anderen Tieren reden – ohne Worte, ohne Befehle, so wie die Weisen sich mit Geistern unterhalten.«

Smila wischte sich die Hände an einem Lappen ab – ihre Haut war durch die Farbe kaum dunkler geworden, und als sie mir nun ihre Hand hinstreckte, musste ich genau hinsehen: Auf ihrem Handteller lag ein blank poliertes Stück dunkler Wurzel an einem dünnen Lederhalsband. Eingefasst war es in eine Kupferplatte.

»Das fehlt noch, Herrin.«

Man erkannte noch ein geschnitztes Löwengesicht, aber Smila musste das Amulett oft in der Hand gehabt haben, denn die Tierfratze war fast ganz abgerieben.

Ich schüttelte den Kopf. »Ich trage kein Amulett. Das ist Aberglaube.«

Ihre Augen wurden groß. »In der Wüste braucht man doch Schutz, Herrin. Im Sand lauern Geister und sie sind hungrig nach...«

»Es gibt keine Geister.«

Sie zuckte bei dieser Zurechtweisung zusammen und wurde rot. »Ja, Herrin, natürlich habt Ihr recht«, murmelte sie. »Aber... es ist nur... alle *Tamrar* tragen solche Amulette. Es ist ein Teil unserer Tracht. Wer keines trägt, fällt auf.«

Sie argumentierte geschickt, das musste man ihr lassen.

»Na schön, dann leg es mir an.« Sie atmete auf und band mir das Amulett um.

Dann steckte sie mein Haar hoch und knüpfte den Schal um meinen Kopf in Windeseile so fest, dass kein Härchen mehr darunter hervorschaute. »Und dieses Ende des Tuchs legt Ihr über Nase und Mund, Herrin. So wie ich es mache! Bei einem Sturm könnt Ihr so trotzdem atmen.« Mit gemischten Gefühlen machte ich es ihr nach, bis bei mir auch nur noch die Augen zwischen hellem Stoff hervorschauten. Ich war überrascht, wie wohl es mir tat, mein Gesicht wieder verbergen zu dürfen. Trotz Smilas Verschleierung konnte ich erkennen, dass

TEIL I: DIE STADT

sie ein flüchtiges Lächeln wagte, und ihre blitzenden Augen zeigten einen diebischen Stolz über meine Verwandlung, der mich erschreckte.

*

Hier im vierten Ring war der Himmel wieder nah, kaum ein Gebäude war höher als ein Stockwerk. Die meisten Häuser bestanden aus baufälligem Material, das von den Schutthalden der anderen Bezirke stammte. Nur die Prachtstraße aus Marmor, die vom dritten zum vierten Tor führte, glänzte im Mondlicht. Diener lebten direkt neben der Straße in kleinen Zelten, bereit, jederzeit dafür zu sorgen, dass jeder Hohe, der die Stadt verlassen wollte, über blank gefegten polierten Marmor schritt.

Unser Weg führte allerdings ganz woandershin: In das »Blutviertel«. Von dort stammte das Fleisch für die inneren Bezirke, die Herden der Nomaden wurden direkt dorthin getrieben. Und auch die Beute von den Jagdzügen der Hohen wurde dort zerteilt und gehäutet. An der Straße lagen abgenagte Knochen. Der Geruch nach fauligem Fleisch machte mir das Atmen schwer.

Der von einem Esel gezogene Holzkarren, auf dessen Ladefläche ich mit Amadar und fünf Hunden saß, rumpelte über Straßen, die eher Trampelpfaden glichen. Schäbige Zelte von Saisonarbeitern waren halb unter angewehtem Sand begraben, streunende Hunde folgten neugierig unserem Karren. Bei jedem Schlagloch wurde die graue Hündin, die Smila neben mich gesetzt hatte, gegen meine Schulter geworfen. Links von mir gluckerte Wasser in zwei großen Trinkbeuteln mit Trageriemen. Amadar hatte außerdem Waffen dabei. Ein Kurzgewehr und ein säbelartiges, gebogenes Messer, das er am Gürtel trug.

»Wir gehen durch das Schandtor, nicht wahr?«, flüsterte ich. Er antwortete nicht. Nur die alte Hündin wandte den Kopf. Im Mondlicht waren ihre Augen blassgolden leuchtende Scheiben.

Amadar stoppte den Karren in Sichtweite des schmalsten Tores. Es war kaum breiter als ein Mann – und am leichtesten zu verschließen: Über dieser Lücke in der Stadtmauer war zwischen Stahlschienen ein Felsquader als Sperrblock aufgehängt. Der Wächter konnte den Mechanismus betätigen, der den Block löste und den Eingang fest verschloss.

»Du wartest hier mit den Hunden«, flüsterte mir Amad zu. »Und wenn du zum Tor kommst, lass dir kein Hinken anmerken!«

Ich schluckte, folgte ihm mit weichen Knien vom Karren und nahm die Lederleinen in die Rechte. Auf einen Wink von Amadar blieben die Tiere gehorsam neben mir sitzen.

Amadar trat zu der Torwache und händigte einem Mann einige Papiere aus. Die beiden entfernten sich zu einem Unterstand. Von ihrem Gespräch schnappte ich nur Fetzen auf: »Anweisung der Méganes«, »Jagdhunde«, »Verkauf« und »Smila«. Der Wächter nahm einen Zettel, wandte sich zu mir um und musterte mich prüfend aus zusammengekniffenen Augen. Sekunden, die mir wie eine schreckliche Ewigkeit vorkamen. Vielleicht verglich er mich mit einem Steckbrief? Gleich würde er mir befehlen, das Tuch vom Mund zu nehmen. *Das geht nicht gut. Diese Maskerade funktioniert niemals.*

»He, komm her!«

Ich wusste es.

Nur ich bemerkte, dass Amadar den Hunden ein Zeichen gab – und sie gehorchten ihm und trotteten auf den Wächter zu. Ich konnte nur mitgehen. Verzweifelt zählte ich die Daten des Sperrblocks auf. *Vierundzwanzig Schienen, acht Schar-*

TEIL I: DIE STADT

niere, ein Kugellager mit eintausendachthundertdreißig Stahlkugeln, Durchmesser jeder Kugel vier Komma sieben fünf Zentimeter, Lastverteilung...

Fell streifte meine Fingerknöchel. Die alte Hündin, die an der langen Leine hinter mir hergelaufen war, tauchte plötzlich unter meine linke Faust, und ohne nachzudenken öffnete ich die Hand und streichelte ihr über den Nacken.

Die vertraute Geste schien das Misstrauen des Wächters zu zerstreuen, von einer Sekunde auf die andere verlor er jegliches Interesse an mir und stempelte die Papiere ab. Als wir das Tor durchschritten – nacheinander, weil es für zwei Leute zu schmal war, schielte ich verstohlen nach oben. An der Unterseite des Sperrblocks prangte eine in den Stein gemeißelte Frauenfratze mit aufgerissenem Maul – eine Todesdämonin aus alter Zeit, wie ich aus Büchern wusste. *Und das Letzte, was ein Verurteilter vor seiner Hinrichtung sieht.*

Teil II:
Wüstenwind

Der Gesang der Toten

Der Wind traf mich wie eine sandige Faust, die mich zurück in die Stadt stoßen wollte. Stoff knatterte, ich musste mich mit meinem ganzen Gewicht gegen diese Kraft stemmen. Hinter uns fiel das Tor zu. Amadar nahm mir die Hunde ab – nur die alte Hündin ließ er bei mir. Sie blieb dicht an meiner Seite, als ich die ersten Schritte machte, unbeholfen in dem rutschenden Sand. Nie hätte ich gedacht, dass mich die Zuneigung eines alten Hundes einmal fast zum Weinen bringen würde, so wertvoll erschien sie mir. Ich wühlte die Finger in das kurze Fell und schritt weiter. Noch nie war mir der Himmel so groß und bedrohlich erschienen. Von den Dachterrassen aus hatte ich die Weite geliebt, jetzt erschreckte sie mich nur noch. Und obwohl ich es hätte besser wissen sollen, wandte ich den Kopf.

Gegen den Nachthimmel erhoben sich die Galgen und Pfähle auf dem Richtplatz vor der Stadtmauer wie Relikte aus einer barbarischen Zeit. Wie oft hatte ich zugeschaut, wie meine Eltern ihre doppelte Unterschrift unter Todesurteile setzten? Aber der Tod auf Papier war etwas ganz anderes als die beiden Gestalten, die sich selbst jetzt noch gegen die Fesseln zu stemmen schienen.

Tians Wächter waren mit einer Gewehrsalve hingerichtet worden. Und es musste ein schneller Gerichtsprozess gewesen sein. Man hatte ihnen nicht einmal Zeit gelassen, die weiße Tracht der Verurteilten anzulegen. Selbst im Mondlicht konnte ich erkennen, dass sie noch ihre schwarzen Anzüge trugen. Die ehemals weißen Hemden hingen in Fetzen. Verkrustetes Blut färbte den Stoff. Der größere Mann, der mich vor Tians

Prunkzimmer mit der Faust niedergeschlagen hatte, hing vornüber, als würde er nur schlafen, und schwankte im Wind hin und her. *Es ist deine Schuld*, schien er hasserfüllt zu flüstern.

Keuchend warf ich mich dem Wind entgegen und stolperte weiter – den rachsüchtigen Blick der Toten im Nacken. Meine Lunge stach, aber erst als ich Amadar eingeholt hatte, wagte ich, langsamer zu werden.

»Hör nicht auf die Toten«, sagte Amadar, ohne sich nach mir umzusehen.

»Tote reden nicht!«, stieß ich atemlos hervor.

Im Mondschatten waren seine Augen nur dunkle Flecken. »Du hast recht. Reden ist nicht ihre Stärke. Meist singen sie. Hör nicht hin und denke nicht an sie. Sie folgen den Erinnerungen an sie so gierig wie halb verhungerte Hunde einer Blutspur. Ihnen bleibt nichts anderes als das.«

Ich schluckte. Es war leichter, über solchen Aberglauben zu lachen, wenn der Wind einem nicht mit Flüsterstimmen um die Ohren pfiff.

Amadar wandte sich nach Osten und löste die Leinen seiner Tiere. »Beeilen wir uns. Solange es noch kühl ist, schaffen wir größere Strecken.« Die Hunde schnellten in die Richtung, die er ihnen wies, davon, helle Schemen, die mit den Sandwirbeln tanzten.

Ich zögerte trotzdem. In der Ferne färbte ein erster Schein von Morgenrot den Sand. Sehnsucht schnürte mir die Kehle zu, als ich mit meinem ganzen Herzen nach Tian tastete, versuchte, eine Schwingung aufzufangen, eine Ahnung, wohin er gegangen war. Vergeblich. So niederschmetternd es war: Die Mégana hatte recht. Zumindest im Augenblick brauchte ich ihren Sucher tatsächlich, um Tians Spur zu finden.

Umzudrehen wagte ich mich nicht mehr, also nahm ich das Amulett und drehte die spiegelnde Seite zu mir. In dem winzigen Kupferspiegel erinnerten die Zentrumstürme hinter mir an ein Bündel glänzender Pfeile, die aufrecht in den Sand gesteckt worden waren. Die Toten waren nur noch winzige Vogelscheuchen. Der Wind spielte mit den Sandwirbeln und meinen Ängsten, denn für einen Augenblick bildete ich mir ein, zwei Schatten zu sehen, die sich von den Pfählen lösten und an meine Fersen hefteten.

*

Ich war aufgewachsen mit der Überzeugung, ein Teil der Wüste zu sein und sie zu lieben. Auf Familienfesten hatten wir Morenos die Heldentaten unserer Vorfahren und ihr Leben unter dem Sternenhimmel besungen. Aber offenbar war ich nur die erbärmliche Karikatur einer Moreno, denn schon eine Stunde nach Sonnenaufgang brachten mich die Hitze und das endlose flimmernde Gelb zum Verzweifeln. Jeder Atemzug fühlte sich an, als würde ich mit dem Kopf in einem Ofen stecken. In der Hitze verschmolzen Sand und Himmel zu einer flimmernden Fläche. Mehr als einmal musste ich auf allen vieren kriechen, um eine steile Düne überhaupt zu bewältigen. Schlangenspuren säumten wie Sandschmuck die Dünenkämme, weiße Spinnen und langbeinige Käfer huschten über losen Sand.

Die alte Hündin, die ich von der Leine gelassen hatte, blieb bei mir und sah sich alle paar Schritte nach mir um. Ich klammerte mich an diesen Blick, um nicht vor Angst alle Kraft zu verlieren. Meine Füße waren wund, die Bandage scheuerte, die Lippen wurden trocken und sprangen auf. Amadar hatte nicht gelogen: Die Wüste schälte alle Sicherheiten von mir ab, bis ich nackt und verletzlich zurückblieb.

Wir rasteten nur wenige Minuten im Schatten einiger Dornenbüsche. Ich aß Trockenobst und trank von dem Wasser, das heißer war als mein ausgedörrter Mund. Mein Gesicht brannte trotz der schützenden Tücher, die Helligkeit versengte meine Augen, bis ich fast blind war. Mehr als einmal fiel ich hin und wäre am liebsten nie wieder aufgestanden, aber der Gedanke an Tian brachte mich wieder auf die Beine. Zumindest war ich ihm nun näher als in den letzten Tagen. Hier war er ebenfalls gelaufen, ebenso verzweifelt und getrennt von allem, was er liebte.

Und außerdem – ich wäre lieber vor Erschöpfung gestorben, als vor Amadar aufzugeben.

*

Als der Himmel sich am Horizont hellorange färbte, kamen die ersten flachen Erhebungen in Sicht: Vorläufer der Berge, die sich immer noch in unendlicher Ferne abzeichneten. Geröll mischte sich mit Sand, verkrüppelte Tamariskenbäumchen klammerten sich zwischen blank gefegten Felsplatten fest.

Kleine Steine und trockene Zweige drückten sich durch meine dünnen Ledersohlen. Aber erst als unter meinem Fuß etwas knackte und ich mir den vermeintlichen Zweig genauer ansah, ahnte ich, wo wir waren. Ich taumelte zurück – nur um auf einen weiteren morschen Knochen zu treten, der unter meinem Gewicht brach. Vor mir lag ein zerbrochener Unterkiefer, mit Zähnen, abgeschliffen von Wind und Sand, abgerundete Knochensplitter ragten aus dem Sand, porös und weiß gebleicht vom Alter.

»He!« Mein entsetzter Ruf ließ Amadar innehalten. »Das sind die Sandgräber von den alten Schlachtfeldern!«

Amadar drehte sich um. »Und?«

»Wir müssen einen Bogen darum machen!«

»Und Zeit verlieren? Wir sind ohnehin schon zu langsam.« Er ging weiter.

»Halt!«

»Ausgerechnet du hast Angst vor ein paar alten Knochen?«, spottete er. »Ich dachte, euereins ist so stolz darauf, nicht abergläubisch zu sein?«

»Es ist eine Gedenkstätte! Wo du herkommst, mag es anders sein, aber wir treten das Andenken an unsere Ahnen nicht mit Füßen!«

»So? Deinen Liebsten hat es nicht gestört, über Leichen zu gehen! Und eure Stadt ist auf den Knochen eurer Feinde erbaut. Bisher hat dich das noch nie gekümmert, warum also jetzt?«

Immerhin lenkte mein Zorn auf ihn mich von der Müdigkeit ab. »Woher willst du wissen, dass Tian hier entlanggegangen ist?«

Er blitzte mir über die Schulter ein wölfisches Jägerlächeln zu, das mir einen Schauer über den Rücken jagte. »Ich wittere es. Kaltes Blut, kaltes Herz, eine blaue Spur in der Hitze. Oder zeigt dir eure untrennbare Verbindung einen anderen Weg? Ich lasse mich gern führen, wenn du es besser kannst!«

Ich stellte mir vor, wie ich meine Faust ballte und in das arrogante Gesicht schlug. Aber ich hatte kaum noch Kraft, mich auf den Beinen zu halten.

»Mach den Umweg, wenn du willst«, rief Amadar über den Graben von Gebeinen und Erinnerungen. »Aber halte den Dolch bereit, denn jenseits der Grabfelder wirst du eher auf Löwen und menschliche Raubtiere treffen als hier. Aber wenn du es schaffst, treffen wir uns nordöstlich am nächsten Wasserlager – falls du schnell genug bist. Wie du die Himmelsrichtung anhand der Sonne und der Dünen findest, hast du ja sicher aus deinen Büchern gelernt.«

TEIL II: WÜSTENWIND

Er setzte seinen Weg fort.

»He! *Dein* Leben hängt davon ab, dass du mich nicht aus den Augen lässt!«

»Überschätze nicht, wie wichtig mir mein Leben ist«, rief er, ohne sich auch nur umzudrehen.

Das Schlimme war: Ich glaubte ihm. Er würde mich tatsächlich allein zurücklassen. Und zu allem Überfluss ließ mich die graue Hündin, das einzige Wesen, das seit meiner Flucht freundlich zu mir gewesen war, im Stich und trabte Amadar hinterher.

»Das wirst du bereuen«, presste ich verzweifelt zwischen zusammengepressten Zähnen hervor. »Dafür wird dich die Mégana töten!« Aber er hörte es längst nicht mehr.

Ich erinnere mich kaum, wie ich es schaffte, Schritt für Schritt vorwärtszugehen, krampfhaft bemüht, zwischen den Knochen über die Sandinseln zu balancieren. Mehr als hundert Jahre waren sie alt, zusammengetragen auf diesem Grabfeld nach der letzten großen Schlacht um unsere Stadt, dem großen Chaos. Bei jedem Schritt entschuldigte ich mich flüsternd für den Frevel. Ein halber Schädel war mit einem glatten Hieb gespalten worden, vielleicht hatte er einem Urahnen von mir gehört. *Sieh uns an, Tochter*, schienen die Toten zu wispern.

Im Sand der zermahlenen Knochen lagen auch Speerspitzen und zerbrochene, stumpfe Splitter, vielleicht von Klingen. Eine verwitterte Pfeilspitze fiel mir auf. Ich blieb stehen und hob das Relikt auf. Erstaunlich glattes Material, kein Stein, und seltsamerweise schien es kühler zu sein als die Umgebung. Etwas zitterte in meinem Inneren bei dieser Berührung. Ich musste schlucken, so schwer wurde mir ums Herz, eine Trauer, so tief und groß, als käme sie nicht nur aus meinem Inneren allein.

»Was ist jetzt?« Amadar war stehen geblieben. Der Wind

verwirbelte sein Haar und ließ seinen Sonnenmantel flattern. Vor dem gleißenden Himmel wirkte er wie ein Krieger, auferstanden vom Schlachtfeld.

Ich biss die Zähne zusammen und richtete mich auf, doch dann, kurz vor einer Anhöhe, verließ mich jede Kraft, ich stolperte und fiel auf Hände und Knie. Meine Hündin bellte und trabte zu mir zurück. Und obwohl ich wütend auf sie sein wollte, umarmte ich sie und drückte mein Gesicht in ihr Fell. Amadar stöhnte auf, dann kam auch er zu mir. Keine Spur von Müdigkeit war in seinen Bewegungen. Er streckte mir die Hand hin, um mich hochzuziehen, aber ich ignorierte sie.

»Wie weit ist es noch bis zur Station?«

»Tja, wenn ich allein unterwegs wäre, wären wir längst da. In deinem Tempo schaffen wir es im besten Fall vor Mitternacht.«

Noch mindestens zwei Stunden! Mein Körper gab endgültig nach und ich sackte zu Boden. Die Hündin leckte mir über die Hände. Amadar ging vor mir in die Hocke.

»Noch können wir umkehren. Du weißt es ebenso gut wie ich: Tian ist uns so weit voraus, dass wir ihn kaum noch einholen werden. Zumindest nicht mit einer fußlahmen Stadtprinzessin, die noch nie in ihrem Leben weiter marschiert ist als vier Marmorgänge bis zum nächsten Tanzsaal.«

Das ist also dein Plan?, dachte ich nur. *Mich zu hetzen wie ein Stück Wild, bis ich aufgebe und winselnd zurück nach Hause krieche?*

»Eine Moreno gibt niemals auf!« Ich wünschte, ich hätte nicht so kläglich geklungen.

Er stützte die Ellenbogen auf die Knie und fuhr sich mit einer Hand ungeduldig durch das Haar. »Für die Moreno bist du doch längst schon so tot wie diese Knochen.«

»Das ist nicht wahr!«

»Nicht? Glaub mir, wenn es den Zielen der Familie nützen würde, würde jeder von ihnen dir sogar ein Messer in die Brust jagen. Warum bist du immer noch besessen von dieser Fata Morgana, deine Macht wiederzuerlangen?«

Ich richtete mich auf. »Du weißt nicht, was du redest! Und es geht nicht um Macht.«

»Ach ja, stimmt, um eure große unsterbliche Liebe! Du glaubst im Ernst, dieser Labranako-Prinz liebt dich?«

»Einem Sklaven steht es nicht zu, über uns zu urteilen!«

Amadar lachte und zog die linke Augenbraue hoch. »Ah, endlich fällt die hochwohlgeborene Maske und wir hören die wahre Stimme der zarten Liebenden. Naja, zumindest die Stimme des Mädchens, das sich einbildet zu lieben, nur weil sie einem Kerl durch die Wüste hinterherstolpert.«

»Bastard!«, zischte ich.

Er zuckte nur mit den Schultern. »Immerhin ein Bastard, der begriffen hat, dass Wut dich am schnellsten wieder aufstehen lässt.«

Ich hatte tatsächlich nicht gemerkt, dass ich aufgesprungen war.

Inzwischen war es so dunkel, dass unsere Schatten mit dem Untergrund verschmolzen. Die Schädel schienen erwartungsvoll zu grinsen. Aber es war sicher nur eine Täuschung der Dämmerung.

Ich richtete mich auf und klopfte den Staub von der Kleidung. »Wir kehren nicht um.«

»Wie du willst.« Amadar schritt zu einem Dornstrauch und zückte das lange, gebogene Messer. Mit wenigen Hieben hatte er ein Stück Ast abgehauen und von Dornen befreit. »Hier!«

»Was soll ich damit?«

»Du hinkst schon wieder, jedes Raubtier wird dich für ein leichtes Abendessen halten. Außerdem ist er eine gute Waffe.

Ab jetzt müssen wir auf der Hut sein, man sieht nicht mehr weit genug. Halte dich weg von den Felsen und von unübersichtlichen Stellen. Am besten gehe dicht hinter mir und achte auf die Hunde.« Er pfiff den Tieren und die Meute drängte sich gehorsam um uns.

Mein Stolz wollte mir verbieten, den Stock zu nehmen, aber Tian gewann nichts, wenn ich zu langsam war. Also stützte ich mich darauf und folgte Amadar. Der Weg führte nach einer Weile leicht bergauf, zwischen sandverschütteten Plateaufelsen und Dornbüschen. Unbehaglich sah ich mich immer wieder um. Zumindest Löwen schienen nicht in der Nähe zu sein: Meine Hündin schnüffelte unbekümmert neben mir her. An einer Erhebung, auf der sich Felsen aufschichteten, fegte sie aber plötzlich ein Stück den Abhang hoch und stöberte im Geröll, vielleicht auf der Spur nach einer Eidechse.

»Graue!«, rief ich ihr leise hinterher. »Lass das, komm her!«

Die Hündin wedelte nur mit dem Schwanz und begann zu graben. Dann zuckte sie zusammen und jaulte auf. Ich konnte gerade noch sehen, wie das Tier nach oben gerissen wurde, als hätte eine unsichtbare Hand sie am linken Vorderlauf gepackt. Aber es war keine Hand, sondern eine Schlinge, die den Hund zu einem Querast eines Dornstrauches hochzog, wo er wie ein Fisch zappelte. Das Jaulen schnitt mir ins Herz. Ich hörte zwar noch Amadars warnenden Ruf, aber da kämpfte ich mich schon durch Sand und Geröll bergauf. Eine Sekunde bevor ich das Fangseil durchschneiden konnte, stieß mein Knöchel gegen einen federnden Widerstand, der so plötzlich nachgab, dass ich lang hinschlug. Ich schrie auf, weil ich im Halbdunkel dachte, eine Schlange würde sich vor mir entlangschlängeln, aber es war ein Stück dünnes Seil, das unsichtbar unter dem Sand getarnt gewesen war. Nun peitschte es in einer Sandfontäne nach oben und verschwand über eine flache Felskuppe.

TEIL II: WÜSTENWIND

Eine zweite Falle! Knirschendes Schieben ertönte, gefolgt von einem Poltern, das den Boden erschütterte, und einer Lawine von Geröll, die mir entgegenrutschte. Amadar rief etwas, aber mein Verstand war nicht in der Lage, die Worte zu sortieren. Und noch viel weniger, mich auch nur einen Millimeter zu bewegen.

In Büchern hatte ich über die Kreaturen gelesen, nur war das hier kein Lehrbild, und trotz der anbrechenden Dunkelheit konnte ich jede Einzelheit erschreckend deutlich erkennen. Halb wälzte das Wesen sich, halb fiel es im Geröllregen über die Kuppe. Sehnige Gliedmaßen schlugen Fächer von Sand in die Luft, dann wuchtete sich das Ungeheuer mit einem dumpfen, ächzenden Laut auf die Beine und schüttelte sich. Sand rieselte von dem Kopf, kantig und hohläugig wie ein Totenschädel, erschreckend menschenähnlich und doch länglich wie ein Raubtierkopf – als hätte ein verrückter Wissenschaftler eine Chimäre geschaffen. Es hatte kein Fell, sondern lederne faltige Haut, einen langen Hals und den steil abfallenden Rücken einer Hyäne. Die Beine waren kräftig und krallenbewehrt – und die Hinterläufe gebogen. Als es sich aus der geduckten Haltung des Schüttelns aufrichtete, stockte mir der Atem. *Einhundertvierundsechzig Zentimeter Schultermaß, vielleicht sogar einhundertsechsundsechzig!*

Erst dachte ich, die Kreatur würde sich auf die Hündin stürzen, aber dann wandte sie den hässlichen Schädel – und entdeckte mich am Fuß des Geröllhaufens. Sie fauchte, vor Speichel schimmernde Häute dehnten sich zwischen den Kiefern. *Vierundsiebzig Zähne,* ratterte es in meinem Kopf. *Sprungweite sechs Meter...* Die Kreatur schnellte los. Es war der Moment, der mich endgültig aus der Zeit katapultierte. Vermutlich schrie ich, denn meine Kehle schmerzte, ganz von selbst schnellte mein Stock herum und krachte seitlich gegen den Schädel. Zähne klackten in der Luft zusammen. Ich rappelte mich auf und floh. Die Landschaft huschte an mir vorbei und trotzdem bewegte ich mich unendlich langsam. Aus dem Augenwinkel sah ich Amadar mit gezücktem Messer auf das Ungeheuer losstürzen. Sand regnete auf mich, dann traf mich ein Stoß von hinten, Stoff riss. Es ruckte, als mir der Schal vom Kopf gerissen wurde. Der Himmel trudelte über mir, als ich mich überschlug und im Sand landete. Amadar war neben mir, in der Dämmerung wirkten er und die Kreatur wie Schattenrisse. Amadar bewegte sich blitzschnell und geschmeidig, zwei Raubtiere, die sich umkreisten, bis die Kreatur zustieß. Ein Sprung und er wich der Bestie aus, das gebogene Messer sirrte durch die Luft und verbiss sich in lederne Haut. Ein Fauchen ging mir durch Mark und Bein und vermischte sich mit dem panischen Jaulen der Hündin. Amadar sprang geschmeidig zurück und entging einer schlagenden Klaue, an der mein Schal wie ein zerfetztes Banner flatterte. Das Wesen warf sich herum. Es duckte sich – und sprang im selben Augenblick, als ein Schuss mein Gehör völlig auslöschte und nur noch ein schrilles Summen in meinem Kopf zurückließ. Wie in einem Stummfilm sah ich, wie sich die Kreatur in der Luft überschlug. Sie starb noch im Sprung, fiel schlenkernd wie eine Lumpenpuppe und schlitterte in einer Sandwolke genau auf mich zu. Ein Arm legte sich um meine Taille und riss mich zur Seite, bevor der Kadaver mich unter sich begraben konnte. Schlagartig waren meine Sinne wieder da und die Zeit begann zu rasen. Meine arme Hündin winselte und zappelte in rasender Angst – und wenige Meter hinter ihr sah ich ein zweites Ledergesicht mit gebleckten Zähnen auftauchen. Die Vernunft befahl mir, den Hund zu opfern und zu fliehen, so schnell ich konnte, und zu hoffen, dass die Kreatur lange genug mit dieser Beute beschäftigt sein würde. Aber mein Herz

TEIL II: WÜSTENWIND

war anderer Meinung. Ich wand mich aus Amadars Griff und riss den schwarzen Dolch aus der Scheide.

Vor der Bestie erreichte ich den Dornstrauch, durchtrennte das Seil. Schwer sackte die Hündin in meine Arme. Ich drückte den mageren Körper schützend an mich und schlitterte hangabwärts. Ein Luftzug streifte meine Schläfe, dann holte mich ein Ruck am Kopf von den Beinen. Der Hund glitt mir aus den Armen und überschlug sich. *Das war's*, kreischte es in meinem Kopf. *Das Biest hat dich an den Haaren gepackt.*

Ein zweiter Schuss zerriss die Luft. Klebriges schwarzes Blut malte eine Fontäne in die Luft. Ein fauchender, schrecklich menschlicher Schmerzensschrei erklang. Meine Kopfhaut brannte so mörderisch, dass vor meinen Augen Lichtblitze tanzten. Aber wieder reagierte mein Körper von selbst, der Dolch fand meinen Zopf, durchtrennte ihn, bevor die angeschossene Kreatur mich mit ihrem letzten Prankenschlag erreichen konnte. Amadars Hunde sprangen über mich hinweg, verbissen sich in die Kreatur und brachten sie endgültig zu Fall. Amadar landete neben mir, packte meine Hand, und ich ließ mich auf die Beine ziehen, rannte, so schnell ich konnte. Er sprintete in Richtung eines flachen Plateaus, einunddreißig Schritte hinter dem Baum. Hinter mir hörte ich Knurren und Jaulen, Schaben und Steinschlag, aber ich wagte mich nicht umzuschauen. Amadar ließ mich los, riss sich das Gepäck vom Rücken, fischte blitzschnell eine Metallflasche heraus und riss den Korken mit den Zähnen heraus. Harzig riechende Flüssigkeit ergoss sich auf den Stein, Amadar zog einen Kreis um uns, dann schnippte ein Funke auf und Flammen loderten um uns hoch. Amadar pfiff – Sekunden später sprangen vier Hunde durch die Flammenwand und landeten hechelnd in unserem Bannkreis. Es stank nach versengtem Fell, aber die Tiere waren unverletzt. Meine Hündin war nicht dabei. Ich brach in Tränen aus. Ein kehliger Schrei ertönte von der anderen Seite der Flammenwand, und noch ein zweiter, tieferer. *Oh Sterne am Himmel, wie viele von ihnen sind noch da?* Amadar lud durch und schoss. Das Echo hallte in der Wüste, irgendwo in der Ferne stoben Vögel auf. Ich kauerte mich auf den Boden, zitternd, die Arme um die Knie geschlungen. Durch die Flammen hindurch schimmerten die Fratzen zweier Kreaturen. Sie kamen heran, wichen vor dem Feuer zurück, umrundeten es in größerer Entfernung. »Bleib in der Mitte«, flüsterte Amadar. »Kannst du schießen?«

»Es gehört nicht...«

»Jetzt sag nicht, das ist nicht deine Gabe! Du hast mit dem Stock gut getroffen, da wirst du es auch schaffen, aus der Nähe zu zielen.«

Metall wurde in meine zitternden Hände geschoben. Ein Revolver.

»Entsichern mit dem kleinen Hebel. Und halte sie mit beiden Händen fest, halte deine Arme gespannt, aber streck sie nicht ganz durch, wenn du schießt. Und schieße nur, wenn sie versuchen, das Feuer zu überwinden.« Er ließ sich hinter mir nieder, sodass wir Rücken an Rücken saßen, und obwohl mir bei der Berührung ein kalter Schauer über die Haut rieselte, war ich zum ersten Mal froh über seine Nähe.

Grünes Feuer

Das grünliche Feuer brannte erstaunlich lange, ohne an Kraft zu verlieren. Der Wind war stärker geworden und ließ es tanzen und fauchen. Die Hunde, die anfangs hin und her gelaufen waren, standen still und hechelten. Die Kreaturen umrundeten den Bannkreis, aber sie blieben in sicherer Entfernung. Seit die Nacht angebrochen war, erinnerten die Ledergesichter hinter den züngelnden Flammen noch mehr an Totenschädel. Meine Hände waren fast schon gefühllos, so fest umklammerte ich die Waffe.

»Wie lange wird das Feuer noch brennen?«, flüsterte ich.

»Bis die Sonne ganz aufgegangen ist, hoffe ich«, gab Amadar zurück. »Dann werden sie sich zurückziehen. Licht verletzt ihre Haut. Schon das Feuer ist zu hell für sie. Wie konntest du nur dem Hund hinterherlaufen? Selbst wenn man kein Jäger ist, weiß man, dass eine Falle Gefahr bedeutet.«

Leider hatte er recht. *Eine Moreno denkt voraus?* Nun, ich hatte Hund und Dolch verloren – und fast mein Leben. Verstohlen wischte ich mir über die Augen. Zum Glück sah Amadar nicht, dass ich immer noch heulte. *Eine Moreno weint auch nicht um einen alten, nutzlosen Hund.*

»Deine Rettungsaktion hätte dich beinahe das Leben gekostet!«, murmelte Amadar.

»Tja, dann treffe ich ja mindestens so kluge Entscheidungen wie du«, gab ich mit kläglichem Trotz zurück. »Wir gehen über das Gräberfeld, weil es angeblich so sicher ist? Und wenn du schon Tians Fährte findest – wieso fällt dir dann nicht auf, dass Kreaturen in der Nähe sind?«

»Tja, Kreaturen sind wie die Wüste, sie riechen nach Stein und Sand, nicht einmal Hunde können sie wittern. Und diese Gegend meiden sie – aber offenbar wollte jemand, dass sie hier sind, und hat sie von fern angelockt. Jemand, der sich viel Mühe gegeben hat, Verfolger aus dem Weg zu räumen.«

Immerhin zeigt das, dass Tian noch lebt! Warum sollten seine Entführer uns sonst abhängen wollen?

»Was machen wir jetzt?«, brachte ich mit erstickter Stimme heraus.

»Fürs Erste nicht einschlafen«, antwortete Amadar. »Wir wissen nicht, wie viele noch da draußen sind. Also warten wir ab, bis sie sich vor der Sonne verkriechen müssen.«

Eine Kreatur wagte sich so nahe ans Feuer, dass ich ein Glimmen in den hohlen Augenhöhlen erkennen konnte. Sie starrte mich durch die Flammen an, Geifer tropfte von den Fängen. Noch nie war ich so angesehen worden. *Beute. Muskeln, Knochenmark, Haut.* Unwillkürlich drückte ich mich fester gegen Amadars Rücken. In meinen Händen zitterte die Waffe. Als ich sie hob und zielte, zog das Ungeheuer sich fauchend zurück.

Meine erste ruhmreiche Nacht in der Wüste, dachte ich voller Bitterkeit. *Meine Ahnen wären stolz auf mich.* Es war weinerlich und unangemessen, aber noch nie hatte ich mich so nach einem weichen Bett und Seidenlaken gesehnt, nach den klimatisierten Räumen, die nach Rosen dufteten. Aber noch tausendmal mehr sehnte ich mich nach Geborgenheit, nach Vidas weichen Armen und sogar nach meiner Mutter, die mich wiegte und tröstete, so wie sie es einmal gemacht hatte, als ich noch sehr klein gewesen war und sie einige Minuten ihre Rolle als strenge Richterin vergessen hatte.

Und meine ganze Brust schmerzte vor Sehnsucht, Tians Lippen auf den meinen zu spüren, warm und lächelnd. »Alles wird gut, mein schöner Stern«, würde er mir zuflüstern. Ich formte die Worte stumm mit den Lippen und mein Herz brannte wie eine einzige Wunde von Verlust und Kummer.

Ich vergewisserte mich, dass die Bestie weit genug weg war, dann wagte ich einen Blick zu den Sternen, unabsichtlich berührte ich dabei mit dem Kopf Amadars Schulter und wir zuckten beide zusammen.

»Träum nicht in den Himmel, konzentrier dich«, knurrte er. Obwohl es heiß war, nahm ich wieder die bedrohliche Kälte seiner Nähe wahr. Hastig rückte ich ein Stück von ihm ab. »Ich habe nur die Sterne um Schutz gebeten.«

»Die Sterne.« Er schnaubte. »Narben des Himmels. Sie beschützen niemanden mehr. Früher waren sie heiß und verzehrend, aber jetzt ist ihr Glanz kalt und erloschen – so wie eure Herzen.«

Ich schluckte krampfhaft. »Was weißt du schon von unseren Herzen?«

»Offenbar mehr als du von deinem hochwohlgeborenen Liebsten. Glaubst du wirklich, dass dein Kerl all das hier wert ist? Wenn du mich fragst...«

»Es fragt dich aber niemand!« Fast war ich dankbar, wieder wütend werden zu können, es betäubte meine Verzweiflung und mein wundes Herz.

»Und wage es nicht noch einmal, so abfällig über ihn zu sprechen.«

»Tue ich das? Mal ehrlich, Eure Hoheit, im Angesicht der Wüste und Auge in Auge mit diesen Bestien, die uns zum Fressen gern haben: Bist du tatsächlich immer noch der Meinung, du kennst Tian Labranako?«

»Ich erwarte nicht, dass jemand wie du begreift, wer wir sind. Du verstehst nicht, was eine Zweiheit ist.«

»Tja, halte mich für sentimental, aber nur so als Vermutung:

Zweiheit oder nicht – jemanden, den ich liebe, liefere ich nicht den Kreaturen aus.«

»Du hast ja nicht einmal eine Versprochene. Woher willst also ausgerechnet *du* wissen, was Liebe ist?«

Er lachte leise auf. »Und du weißt es? Oder kannst du nur nicht allein sein?«

»Langsam verstehe ich, warum Schwester Tod die Einzige ist, die dich küssen will«, sagte ich. »Hast du überhaupt ein Herz?«

Die Hunde schreckten hoch und starrten uns an, als hätte ein unhörbarer Schrei sie aufgeschreckt. Obwohl wir uns nicht mehr berührten, konnte ich spüren, wie Amadar sich verhärtete.

»Wozu sollte ich ein Herz brauchen? Es stört nur bei der Jagd.« Es klang bitter. Auch ohne mich umzusehen, spürte ich, dass er nun in den Himmel blickte. Es war seltsam, aber meine Wut war so schnell verflogen, wie sie gekommen war. Und ich weiß nicht, was mich dazu brachte, die Frage auszusprechen. »Aber du hast doch schon einmal jemanden geliebt? Jeder Mensch liebt doch! Irgendetwas oder irgendwen.«

Kühle schien meinen Nacken hochzukriechen und im Bannkreis war es gespenstisch still geworden. Die Hunde starrten mich aus Flammenaugen an. Nur jenseits des Feuerrings wisperte und sang die Wüste unbeirrt weiter mit den Totenstimmen.

»Früher liebte ich die Sterne«, antwortete Amadar. »Sie sind schon lange erloschen. Aber bis dahin ... waren sie frei.«

Einer der Hunde zog die Lefzen zurück und knurrte. Draußen verharrten die Kreaturen kurz, bevor sie ihre ruhelosen Runden um das Feuer wieder aufnahmen. Plötzlich hatte ich das Gefühl, mit dem Rücken an kaltem Glas zu stehen, nur dass sich diesmal hinter mir nicht das malerische Panorama

TEIL II: WÜSTENWIND

der Wüste erstreckte, sondern ein Abgrund, schwarz, gierig wie das Maul einer Kreatur und unendlich tief. Ich umklammerte den Revolver, als würde nur er mich davor bewahren, den Halt zu verlieren und zu fallen, durch das hauchfeine Glas, mitten in den mahlenden Sog schlafender Geheimnisse und Worte, die niemals geweckt werden durften.

Ring und Schlange

Jemand fächelte mir kühle Luft ins Gesicht und Puderstaub kitzelte meine Wangen. *Zu Hause!*, dachte ich. *Aber warum habe ich solchen Durst?* Meine Zunge war geschwollen und trocken wie ein Stück Leder, und als ich den Mund bewegte, tat es weh. Trockene Lippenhaut sprang auf und ich schmeckte Blut.

Das brachte mich zurück in die Realität. Die Kühle war nur der Morgenwind, der mir Sand ins Gesicht blies. Der Revolver war fort, meine Hand krampfte sich in struppiges, aber weiches… Fell? Aber es war nicht die Graue, wie ich gehofft hatte, sondern mein eigenes Haar. Besser gesagt: das, was davon übrig war – das zerfranste Ende meines ehemals so langen Zopfes. Von dem Feuer zeugte nur noch ein rußiger Ring und ich lag halb verdurstet auf Fels. Erschrocken rappelte ich mich auf die Beine. Kein Hund weit und breit – nur zerwühlter Knochensand am Fuß des Felsplateaus – morgenrosa überstrahlt von der aufgehenden Sonne. Und etwas weiter der Kadaver einer Kreatur, eingefallen, wie mumifiziert, die faltige Haut von derselben Farbe wie der Sand. Zerzauste schwarze Aasvögel hopsten in der Nähe herum, aber keiner von ihnen schlug den Schnabel in den Kadaver. Mein schwarzer Dolch lag ein Stück weiter halb im Sand vergraben.

Mir war schwindelig vor Durst, ich schlitterte mehr als ich kletterte von dem flachen Plateau, landete im Sand – und atmete auf. Die Hunde waren noch da. Sie hatten sich unter den Tamariskenbaum zurückgezogen und verspeisten dort einen Wüstenwaran, den sie wohl erbeutet hatten. Ich huschte in weitem Bogen an ihnen vorbei und nahm den Dolch an mich.

TEIL II: WÜSTENWIND

Obwohl ich die Waffe nicht mochte, war ich froh, sie wiedergefunden zu haben. Amadar entdeckte ich am Fuß des Geröllhaufens.

Halb von mir abgewandt kniete er auf einem Bein im Sand. Den Ellenbogen auf das aufgestellte Knie gestützt, betrachtete er etwas, das vor ihm lag. Ich wollte ihn schon rufen, aber eine seltsame Scheu hielt mich davon ab. Die Art, wie er dort kniete, rührte etwas in mir an: der gebeugte Nacken, die Hand, die nun über den Sand strich, unendlich behutsam, als würde er ein lebendes Wesen berühren, das er nicht aufwecken wollte. Seine Schultern sanken herab, als würde das Gewicht eines großen Kummers auf ihnen lasten. Sein geheimer Schmerz berührte mich mehr, als ich zugeben wollte. Es war, als hätte er einen dunklen Ton angeschlagen, der auch in mir etwas zum Schwingen brachte.

Er holte etwas aus seiner Gürteltasche und legte es offenbar in den Sand vor sich. An der Bewegung seines Armes konnte ich erahnen, dass er sich dann mit dem Ärmel über die Augen fuhr. *Weint er?* Ich wusste nicht, warum mich diese Vorstellung so erschreckte. Ich wollte mich schon hastig zurückziehen, aber er stand auf und drehte sich zu mir um. Er suchte nicht mit dem Blick, er *fand* meinen. Seine Lippen waren ein wutbleicher Strich. Aber trotzdem erhaschte ich für eine flüchtige Sekunde auch einen Blick auf einen ganz anderen Amadar. Traurig und gequält von einem geheimen Kummer – und erschreckend jung. Ich hatte schon vergessen, dass er kaum älter war als ich. Seltsamerweise kam er mir nicht mehr so hässlich vor. *Wäre ich eine Niedere, würde ich ihm vielleicht sogar zulächeln,* dachte ich erstaunt. *Und vielleicht würde er mein Lächeln erwidern.*

Aber der Augenblick verging, Wut überschattete seine Züge und er war wieder der Bluthund, sarkastisch und hasserfüllt.

»Spionierst du mir hinterher?«

Ich schluckte. »Ich bin aufgewacht und habe dich gesucht.«

»Schön, jetzt hast du mich ja gefunden.« Mit großen Schritten kam er auf mich zu und warf mir im Vorübergehen den fast leeren Wasserbeutel zu. »Ein paar Schlucke sind noch drin. Nimm sie dir, das muss für die nächsten Stunden reichen. Ich sehe mir noch die Falle an, dann brechen wir auf.«

Aber das Zittern war noch in mir, die fremde Trauer, die in mir selbst einen Widerhall fand. »Was hast du da gerade gemacht?«

»Spuren geprüft, was sonst?« So sehr mich seine barsche Art kränkte, es war immerhin interessant, zu erfahren, *wie* gut er lügen konnte. Um ein Haar hätte ich tatsächlich vergessen, dass ich vor ihm auf der Hut sein musste. »Es wird nicht die letzte Falle sein, die dein Liebster uns gestellt hat«, setzte er hinzu. Ohne sich umzusehen, überquerte er den Geröllberg und kletterte den Abhang hoch. Ich zögerte, ihm zu folgen. Wie ein Echo aus meinem alten Leben hallte in mir ein Leitspruch der Morenos: *Setze alles daran, deinen Feind kennenzulernen. Wenn er eine Schwäche hat, eine Sehnsucht, eine Liebe, einen Schmerz, finde es heraus!*

Ich machte einen Schritt zur Seite, dann noch einen, und schließlich, als Amadar sich nicht umdrehte, huschte ich zu der Stelle, an der er eben noch gekniet hatte. Neben der Kuhle, die sein Knie in den Sand gegraben hatte, lagen Knochensplitter – und ein zerbrochener Unterarmschoner, wie ihn Krieger aus alten Zeiten getragen hatten. Vom einst glänzenden Kupfer war nur noch ein mattes verwittertes Grün übrig, zerfressen und durchbrochen wie Spitze. Daneben war der Sand glatt und scheinbar unberührt. Aber ich erinnerte mich nur zu gut an ein Ritual aus grauer Vorzeit. *Wenn du fortgehst, gib der Wüste ein Versprechen, dass du wiederkehrst. Schenk ihr etwas,*

TEIL II: WÜSTENWIND

dann schenkt sie dir Schutz. Ich kämmte mit den Fingern hastig durch den Sand, brachte Splitter und rostige Helmstücke zum Vorschein – und plötzlich fing sich ein kleiner Gegenstand an meinem Zeigefinger. Ohne Amadar aus den Augen zu lassen, erfühlte ich einen Ring, zu glatt, um ein altes Fundstück zu sein. Rasch ließ ich ihn in einem der Lederköcher an meinem Gürtel verschwinden und strich den Sand wieder glatt.

*

Jemand hatte die Höhle zu einer Falle für die Kreaturen gemacht. Der flache Eingang war mit Stöcken und Steinen verschlossen gewesen. Der Zug am Seil hatte eine Kettenreaktion losgelöst, Sperren hatten sich gelöst, Steine waren ins Rutschen gekommen, hatten die Stöcke weggeschlagen und die Geröllawine ausgelöst. Amadar hob eine geschnitzte Windorgel auf, die zerbrochen zwischen den Steinen lag.

»Damit wurden sie also angelockt. Der Klang trägt weit und imitiert den Ruf einer verwundeten Kreatur. Und der Fallensteller wusste, dass seine Verfolger mit Suchhunden unterwegs sein würden, und hat deshalb ein Stück Schlangenfleisch als Köder für die Baumfalle ausgelegt. Tja, wir hatten gestern Glück, dass du so langsam warst. Hättest du die Falle bei Tageslicht ausgelöst, wären die Kreaturen in der Höhle geblieben.«

»Das wäre natürlich wirklich schlimm gewesen!«

Er ignorierte meinen Sarkasmus. »Ja, weil wir nicht gewusst hätten, dass sie in der Nähe sind. Die Hunde wittern sie ja nicht und sie können sich lautlos bewegen. Sogar ich spüre ihre Anwesenheit erst, wenn sie schon sehr nah sind. Nach Anbruch der Nacht wären sie aus den Tiefen der Höhle gekrochen und hätten unsere Spur aufgenommen. Im schlimmsten

Fall wären sie uns bis zur nächsten Station gefolgt und hätten uns im Schlaf heimgesucht. Tja, der zweite Teil deiner Seele kennt sich wirklich gut mit Fallen aus.«

»Tian war es nicht!«

Er zuckte mit den Schultern. »Wir können ja wetten. Ich freue mich schon auf dein Gesicht.«

Idiot, hätte ich beinahe gerufen. Amadar sammelte die Seile ein, rollte sie auf und verstaute sie in seinem Gepäck. Als Amadar nicht hinsah, nahm ich die Taschenlampe und spähte in die Höhle. *Warst du hier, Tian?*, flüsterte ich in Gedanken. Aber ich spürte nichts. Keinen Hauch meines Geliebten, nicht einmal einen Abglanz des Widerwillens, den er dabei empfunden haben musste, als er gezwungen wurde, über die Knochen unserer Ahnen zu laufen.

Trotzdem schlüpfte ich in die Höhle. Mir war schwindelig, meine Zunge war trocken und rau, ich konnte kaum schlucken. Der letzte Rest Wasser und die Handvoll getrockneter Farin-Früchte hatten mich nur daran erinnert, wie ausgedörrt und hungrig ich war. Der Geruch von Lagerfeuer und Rauchfleisch stieg mir in die Nase und machte es noch schlimmer. Drinnen konnte ich mich aufrichten, der Raum wurde zu einer weitläufigen Höhlenkammer. Ganz am Ende verengte sie sich zu einem Loch, hinter dem nur Dunkelheit gähnte. Direkt davor fiel durch einen Spalt in der felsigen Decke ein Vorhang dünner Fäden von Sonnenlicht. Eine Barriere für die Kreaturen, sollten sie sich in das Dunkel zurückgezogen haben. Eingesperrt hatten sie hier drin getobt. Ihre Spuren auf dem Boden waren zwar verweht, der hauchfeine Sand war eine unberührte pudrige Decke ohne jede Spur. Aber ihre Krallenspuren an den Wänden wirkten wie eine weiße, fremdartige Schrift. In einer Nische entdeckte ich eine halb verwehte, erloschene Feuerstelle. Irgendjemand war also noch vor den Kreaturen hier gewesen.

TEIL II: WÜSTENWIND

Zu meinen Füßen lag etwas, das eine Leiter gewesen sein musste, auch sie war sandüberweht und gebrochen unter dem Gewicht von Klauen und riesigen Raubtierkörpern.

Der Lichtfleck der Taschenlampe kroch über die Trümmer und weiter nach oben über speckigen Stein, verräuchert von uralten Lagerfeuern. Und dann wäre mir fast die Taschenlampe aus den Händen gefallen.

Oberhalb einer weiteren Nische, die wohl schon anderen Reisenden als Schlafstelle gedient hatte, hingen Fetzen von Leder und Fasermatten herab. Es wirkte, als hätte jemand die Wände seiner Schlafstelle vor langer Zeit sorgfältig verkleidet. Die Kreaturen mussten die Verhüllung in ihrer Raserei abgerissen haben. Und darunter wölbte sich... *der Himmel der Morenos?*

Im wandernden Licht erwachten die blauen Höhlenzeichnungen zu gespenstischem Leben. Es war ein Schlachtengemälde, auf rauem Fels verewigt, Kriegerinnen und Krieger mit Pfeil und Bogen, fliegende Äxte – all die kultischen Bilder, die ich meinen Mädchen auf die Haut gezeichnet hatte!

Eine glühende Welle von Heimweh erfasste mich, ballte sich in meiner Kehle zu einem heißen, schmerzhaften Knoten. Und dann entdeckte ich Symbole, die ich nicht kannte, ungelenke, wütende Zeichnungen. Fratzen, Chaos und... *ein Fluss? Mitten in der Wüste?* Wellenlinien, kein Zweifel. Krieger standen dicht gedrängt. Ihre Lanzen ragten in den Himmel. »Was bedeutet das?«, flüsterte ich. Uralter Atem umwehte mich, und ich bildete mir ein, das Flüstern meiner Ahnen zu hören, aber ihre Antwort konnte ich nicht verstehen. Ich leuchtete zwischen zwei Fetzen – und entdeckte blaue Sterne, allerdings ohne das gütige Auge, das ich zu zeichnen gelernt hatte. Und noch ein weiteres verstörendes Bild hatte ich nie zuvor gesehen. Meine Haut war rau vor

Ring und Schlange

Gänsehaut und mein Durst vergessen. *Die Schlachtfelder? Die Kämpfe im großen Chaos?*

Aber hier wurde keine ruhmreiche Schlacht dargestellt, sondern ein Gemetzel. Sterbende wanden sich in Seen aus blauem Blut. Eine Art Bogen schien die Sterbenden und die Toten von anderen Menschen zu trennen, eine gewölbte Haut, dünn wie die einer Seifenblase. Etwas weiter rechts von ihr befanden sich mit groben Strichen gezogene Käfige, in denen Menschen eingesperrt waren. Die Besiegten. Aber ihr Aussehen glich keiner Beschreibung aus meinen Geschichtsbüchern. Sie trugen Helme, die in Masken übergingen. So wurden die Gesichter auf unheimliche Weise ausdruckslos und völlig gleich.

Ich kenne doch alle Zeichen, die Geschichte meiner Familie – und das hier gehört nicht dazu. Aber es war unsere Farbe, das besondere Schattenblau, das nach geheimen Rezepturen gemischt wurde, die nur die Ältesten jeder Generation hüteten. Niemand außer den Morenos durfte diese Farbe verwenden, auf dieses Sakrileg stand die Todesstrafe. Und jeder Strich dieser Malerei zeigte unseren Stil und den unnachahmlichen Schwung, die Details, die wir jahrelang im Unterricht erlernten. Selbst wenn ein Fremder die Farbe gestohlen hätte, die Zeichnung selbst hätte ihn dennoch verraten. Vielleicht stammten die Motive ja aus ältester Zeit und waren Geschichten, die meine abergläubischen Ahnen ihren Nachkommen erzählt hatten und die nicht einmal mehr in der Stadt überliefert waren? Aber dann fing der Lichtkegel eine Darstellung ein, die mich endgültig verstörte: Hinter den Käfigen knieten fünf Kriegerinnen und Krieger meiner Stadt. Gefesselt und mit gesenkten Köpfen, als würden sie ihr Schicksal erwarten. Und – ich konnte nicht fassen, was ich da sah – eine von ihnen war der weibliche Teil der ersten Herrscher-Zweiheit unserer Stadt, Tana Blauhand. Und ihr Gefährte, Khelid Wolfsherz, und zwei andere Krieger richteten die Pfeile auf sie. Die Härchen an meinen Armen stellten sich auf, so kalt war es mit einem Mal.

»Wo bleibst du?« Amadars Stimme hallte um mich herum. Sein Schatten fiel in die Höhle.

Reflexartig schaltete ich die Taschenlampe aus und sprang auf. »Ich komme schon!«, rief ich viel zu laut. Als hätte meine Stimme irgendwo in der Ferne Steinschlag ausgelöst, prasselte es. Ein Keuchen und Röcheln echote in der Höhle. Es wurde lauter und schien von allen Seiten zu kommen. Aber ich wusste, es war der schwarze Schlund – irgendetwas scharrte darin, kam näher. Mit weichen Knien zog ich mich rückwärts zurück in Richtung Höhleneingang und rettete mich mit einem Satz ins schützende Sonnenlicht. Ein paar Sekunden später zeichnete sich etwas Helles im flachen Schlund des Eingangs ab, eine verstaubte vierbeinige Gestalt trottete in die Sonne und schüttelte sich. Eine Wolke von Spinnweben und Staub flimmerte wie ein Heiligenschein in der Sonne, ein schlaffer Schlangenkörper schlenkerte in dem Hundemaul herum. »Graue!«, schrie ich. Meine tapfere alte Hündin ließ die erbeutete Schlange aus ihrem Maul fallen, nieste und schenkte mir ein hechelndes, verschmitztes Hundelächeln. Meine Mutter hätte mich gescholten, froh zu sein, dass ein alter, nutzloser Hund noch lebte. Aber diesmal waren mir meine strengen Stimmen egal. Ich stürzte zu der Hündin und umarmte sie. Mit einer Zunge, an der noch Schlangenschuppen klebten, leckte sie über meine Hände. Ihr Fell war kühl und roch muffig nach Staub und alten Knochen. Ihre Gegenwart drängte die Gespenster der Höhle zurück. »Erst so dumm, in die Falle zu laufen, und dann so leichtsinnig, dich im Versteck der Bestien zu verkriechen«, schalt ich sie. »Du hättest es verdient, im Maul der Kreatur zu landen, weißt du das? Und denk nicht, dein Schlangengeschenk macht das wieder gut!« Ich konnte nicht anders, als zu weinen – bis ich merkte, dass ich gar nicht weinte, sondern vor Erleichterung lachte! Zum ersten Mal seit Ewigkeiten, so kam es mir vor. Ungewohnt und fremd fühlte es sich an, richtig und doch verboten. Im Stillen bat ich Tian um Verzeihung.

Amadar runzelte die Stirn, als würde ihn irgendetwas an mir irritieren, aber dann driftete sein Blick wieder durch mich hindurch, in einen Winkel meiner Seele, den ich selbst nicht kannte. »Nimm die Schlange mit«, murmelte er und schulterte das Gepäck. Dann reichte er mir seinen Sonnenmantel. »Hier, zieh die Kapuze über, ohne Tuch über dem Gesicht schaffst du es keine Stunde mehr in der Sonne.«

Dornenkreise

Das, was Amadar als »Station« bezeichnete, war eine winzige Barbarensiedlung, die von Dornenhecken umgeben war. Der Wind hatte Sandmauern daran aufgeschichtet. Vier solche Dornenwälle bildeten Kreise um das Hüttenzentrum, eine armselige Karikatur der Stadt mit ihren Festungsringen. Außerhalb der Wälle spendeten altersschwache Bäume Schatten. Ziegen und anderes Vieh dösten in der Hitze, an einem Seilgatter waren Pferde angebunden. Ein Hirte erhob sich im Schatten und kam uns entgegen. An seinem Gürtel steckte eine Steinschleuder, deren Schlinge bei jedem Schritt hin und her schaukelte. Als Barbar war er ohnehin unglaublich hässlich, aber zu allem Überfluss verriet sein Gesicht, dass er sich geprügelt hatte, eine Wange war blauviolett verfärbt und die Lippe angeschwollen. Amadar reichte ihm die Schlange und wechselte einige Worte mit ihm. »Wir bleiben nicht lange«, wandte er sich dann an mich. »In der größten Hütte kannst du dich ausruhen. Für die Schlange bekommen wir Wasser.«

Die Hütte hatte anstelle der Tür einen Ledervorhang. Im ersten Moment war ich völlig blind, als ich eintrat, so dunkel war es darin. Stechender Geruch nach Ziege hüllte mich ein. Langsam schälten sich die Umrisse heraus. Ein dürrer Greis saß auf einer verschlissenen Matte, vor sich einen Metalltopf, der auf drei Steinen ruhte. Zwischen den Steinen flimmerte Glut. »Du bist also das Mädchen aus Tamrar?«, krächzte der Alte mir entgegen. Neuigkeiten flogen hier offenbar von Hütte zu Hütte. Ich nickte nur. »Setz dich. Ich soll dir was zu trinken geben.«

Mit einem Ächzen hob er einen kleinen Tonkrug hoch und reichte ihn mir. Das Wasser war lauwarm und sandig, aber noch nie hatte etwas so gut geschmeckt. Der Alte beobachtete mich misstrauisch aus zusammengekniffenen Augen. Beunruhigt fragte ich mich, ob er vielleicht einen Steckbrief von mir gesehen hatte, aber das war natürlich unmöglich.

»Will deinen Stamm ja nicht beleidigen, Mädchen. Aber sogar unter der Kapuze sieht man, dass du für eine Tamrar zu hübsch bist. Auch wenn du so dreckig und verrupft bist.«

Dann bin ich ja beruhigt, dachte ich verstimmt. *Ich habe meine wichtigste Gabe verloren, aber für die Barbaren bin ich immer noch schön genug.*

Er grinste. »Willst nicht reden, was? Versteh ich. Weißt du, ich bin alt, aber ich erkenne immer noch Unglück, wenn ich es sehe.«

»Was soll das heißen?«

»Ah, sie hat ihre Zunge noch! Kannst es ruhig sagen, Mädchen. Deine Familie hat dich an den Kerl mit den Falkenaugen verkauft, ja? Hübsche Weiber bringen an der Küste viel Geld.«

»Ich bin keine Sklavin. Und niemand verkauft mich, alter Mann!«

Mein barscher Tonfall schien ihn zu wundern. Aber gleich darauf ging sein Husten in ein heiseres Lachen über. »Schön für dich. Schade für uns. Für meine Enkel könnte ich eine Frau gebrauchen, ist verdammt einsam für zwei junge Männer am Rand der Knochenfelder. Wir sind reich, viele Ziegen, Pferde – und Wasser haben wir auch. Du könntest wie eine Prinzessin leben.«

Erst dachte ich, er wollte einen Scherz machen, aber dann verstand ich, dass es ein ernst gemeintes Angebot war.

»Ich ... bin schon einem anderen versprochen«, murmelte ich.

TEIL II: WÜSTENWIND

»Ach, dem Kerl da draußen? Ist das ein richtiges Versprechen oder teilst du nur sein Lager?«

»Suli, es reicht!« Eine knochige braunhäutige Barbarin stand mit der enthäuteten Schlange an der Tür. »Nimm's ihm nicht übel, Mädchen. Unter Ziegen und Schlangen verlernt man die Höflichkeit, das gilt leider auch für meinen alten Vater.« Ich machte den Mund wieder zu und schluckte meine empörte Antwort hinunter. »Wir sehen hier meist nur Sklavenkarawanen und Reisende von der Küste, die diese Route nehmen«, erzählte die Frau. »Die Städter hüten sich vor den alten Schädelfeldern und brauchen die Dienste unserer Station nicht. Wenn sie verreisen, was ohnehin nur alle Leben vorkommt, haben sie eigene Eskorten und Pferde. Ist auch gut so. Hoher Besuch bringt nur Unruhe.« Sie deutete mit einem mürrischen Wink auf den Hirten, der draußen immer noch mit Amadar sprach. Dann klappte sie das Türleder zu und legte das Schlangenfleisch in den Topf. Es zischte, als würde das Reptil zu neuem Leben erwachen.

Plötzlich war mein Mund wieder so trocken wie zuvor. »Also war vor Kurzem jemand aus der Stadt hier?« *Und er hat sich mit dem Hirten geprügelt?* Es sah Tian nicht ähnlich, aber wenn er sich gewehrt hatte ...

»Kann man wohl sagen«, mischte sich der Alte wieder ein. »Besuch aus Ghan ist seltener als Kreaturen in unserer Gegend, aber neuerdings geschehen wohl alle Wunder zur gleichen Zeit.«

»Dein Begleiter hat mir gesagt, ihr seid von Kreaturen angegriffen worden«, sagte die Frau besorgt. »Gut, dass ihr uns warnt.«

»War ein junger Mann dabei?«, sprudelte ich hervor. »So alt wie ich. Mit bronzefarbener Haut und rotem, lockigem Haar?«

Meine Gastgeberin und ihr Vater sahen sich ratlos an. »Er hat hellgrüne Augen«, setzte ich hinzu. »Er trägt rote Schlangenzeichnungen an den Handgelenken und am Nacken. Und vielleicht... hatte er einen Wüstenmantel an. Möglicherweise waren mehrere Männer bei ihm. Und vielleicht...«, ich schluckte, »...war er sogar gefesselt.«

Der Alte bekam schmale Augen und musterte mich mit ganz neuem Interesse. »Nein. Hier war vorgestern nur 'ne junge Frau – so alt wie du, aber eine Städterin. Eine von den echten, die in den hohen Türmen geboren wurden, nicht die, die nur zum Arbeiten in die Stadt dürfen. Und die – oh ja, die hatte 'nen weißen Mantel. Brauchte sie auch, war selbst so hell wie 'ne Wüstenlilie. Wäre sonst an der Sonne verbrannt wie ein Blütenblatt in der Glut.«

Der Fremde hat Jenn beauftragt, einen weißen Wüstenmantel zu kaufen! In meinem Kopf überschlugen sich die Gedanken. Gehörte das Mädchen zu den Entführern? Aber so auffällig weiße Haut war ein eindeutiges Merkmal der Familie Siman. Tian von einer der Höchsten Familien entführt? Das war völlig absurd. Außerdem kannte ich alle Siman-Mädchen in meinem Alter. Keine einzige von ihnen hatte eine Lizenz, die Stadt zu verlassen – abgesehen davon, dass meine Eltern sofort davon erfahren hätten, wenn ein Siman-Mädchen verschwunden wäre. Vermutlich war es der Frau einfach gelungen, sich vor den Barbaren als Hohe auszugeben. Sie sahen ja selten genug Städter.

Der Alte hustete rasselnd und fuhr dann fort: »Unseren zwei Jungen hat sie den Kopf verdreht, die Stadthexe. Haben ihr Wasser geschenkt und sich wegen ihr sogar geprügelt – nur darum, wer ihr aufs Pferd helfen darf.« Er lachte. »Kein Wunder, so eine Schönheit wie sie hat man hier noch nie gesehen: so strahlend wie die Sonne selbst.« Mir gab es einen Stich, so traurig und bitter wurde ich mit einem Mal. Und so neidisch auf eine Fremde, die ich nicht kannte und von der ich

TEIL II: WÜSTENWIND

nur wusste, dass *ihr* Leben weiterging und ihr Lächeln und ihre Schönheit die Menschen weiterhin betören würden.

»Für solche Frauen wurden Morde begangen und Kriege entfacht.« Der Alte seufzte versonnen. Seine verwelkten Fäuste öffneten und schlossen sich, als würde er sich wehmütig an einstige Lieben und Kämpfe erinnern. »Wäre ich jünger, ich wäre meinem Bruder wohl auch für eine wie sie an die Gurgel gegangen!«

»Suli«, tadelte ihn seine Tochter. »Sprich nicht so, du ziehst uns das Unglück ins Haus.«

Aber der Alte schloss die Augen und sprach weiter. »Sie hat gesungen, als sie weggeritten ist. Hab nie was Schöneres gehört.« Er summte mit dünner, brüchiger Stimme eine fremdartige Melodie. Ich kannte das Lied nicht, es war keines aus der Stadt, und trotzdem war es, als hätte ich diese seltsamen, schrägen Tonfolgen schon einmal gehört, vielleicht in einem Traum. Wehmut schwang darin mit, eine Sehnsucht und Verlorenheit, die mich an Tian denken ließ und mich traurig machte. Der Alte dagegen lächelte und sein Gesicht schien wieder jung zu werden, als würde der Abglanz der Fremden ihn einhüllen.

»Und hat diese strahlende Schönheit auch gesagt, was sie in der Wüste will?«, unterbrach ich ihn barscher als beabsichtigt. »Kein Städter ist jemals allein unterwegs. Und schon gar nicht außerhalb Ghans.«

Der Greis öffnete die Augen wieder. Es schmerzte, wie schnell mein Anblick sein Lächeln auslöschte und ihn wieder alt werden ließ. *Immer noch eifersüchtig auf die Schönheit einer Fremden, Prinzessin?* Ich hätte schwören können, dass das höhnische Echo wie Amadars Stimme klang.

Der Alte winkte ab. »Niemand hat sie begleitet. Sie hat ein Pferd von uns genommen. Wir mussten es ihr ohne Geld überlassen – Städter haben ja Anrecht auf freien Tribut. Wir leben ja schließlich auf ihrem Land. Aber naja, seien wir ehrlich: Die zwei Jungs hätten ihr das Pferd ohnehin für ihr Lächeln geschenkt. Und wieso hätten wir sie fragen sollen, wohin sie will? Den Seelenverkäufern hinterherzuschnüffeln bringt nur Unglück.«

»Seelenverkäufer? Warum nennst du… sie so?« Beinahe hätte ich *uns* gesagt.

»Da fragst du noch? Weil sie Dämonen sind! Man darf sich in ihnen nicht täuschen. Sie mögen schön sein, aber sie sind gefährlich wie Diamantvipern. Funkelnd und verführerisch, aber umso giftiger.« Er seufzte tief und stocherte im Topf herum. Der Duft von gebratenem Fleisch stieg auf. »Trotzdem: Ich werde das Mädchen in meinen Träumen sehen, solange ich lebe«, murmelte er wehmütig. »Auch wenn ich den Sternen gedankt habe, als sie endlich weitergezogen ist.«

»Die Bewohner Ghans sind ganz sicher keine Dämonen«, wandte ich ein.

Die Frau lachte trocken und hart auf. »Wurdest du in einer Höhle von Eidechsen großgezogen? Jeder weiß, dass sie keine Menschen sind. Wenn du nicht aufpasst, suchen sie dich im Schlaf heim und fressen deine Träume. Und mit den Träumen deine Seele. Und dann bist du nichts weiter als eine Menschenhülle, die weiteratmet und deren Herz schlägt.«

Ich weiß nicht, warum mich die Worte dieser Barbaren so betroffen machten. Verstohlen sah ich mich in der schäbigen Hütte um und versuchte, mit den Augen dieser Menschen auf meine Stadt zu schauen. Unsere Macht als Zweiheiten und unser Leben zwischen Glas und Stahl, mit schwebenden Hydraulik-Aufzügen und Wasserleitungen, musste ihnen vermutlich wie Magie vorkommen. Und natürlich waren wir keine gewöhnlichen Menschen. *Aber Dämonen und Seelenfresser?*

»Wart ihr denn schon einmal in der Stadt?«

TEIL II: WÜSTENWIND

»Davor mögen uns die Sterne bewahren.«

»Woher wollt ihr dann wissen, dass diese Schauergeschichten wahr sind?«

»Ich weiß genug!«, wies die Frau mich zurecht. »Sie sind unmenschlich reich, strahlend und unbesiegbar, aber sie kämpfen nie selbst. Sie sitzen nur in ihrer Zitadelle wie Köcherspinnen, die auf ihre Beute lauern. Und da müssen sie ja nie lange warten. Man sagt, sogar Könige und Heerführer aus den fernsten Ländern klopfen als Bittsteller an ihre goldenen Türen, bereit, ihre Armeen und ihre Seelen für eine Rache oder Macht zu verkaufen. Leid und Kriege werden in den Türmen Ghans geboren!«

Ich erinnerte mich an die Gäste, die ich manchmal von den Fenstern aus beobachtet hatte. Ausländische Reisende in fremdartigen Gewändern, die ehrfürchtig das Zentrum betraten und staunend zu den Türmen hochblickten. »Natürlich holen sich viele Rat bei den Mächtigen Ghans«, erklärte ich. »Das ist nur klug – wi… die Menschen Ghans blicken auf eine lange, ruhmreiche Geschichte zurück. Sie sind mächtig und weise und verfügen über die besten Strategien.«

»Willst du dich mit mir streiten, Mädchen?«, blaffte mich die Frau an. »Ich mag noch nie in der Stadt gewesen sein, aber ich habe Männer und Frauen über die Schädelfelder wandern gesehen, Soldaten, Söldner – und auch Reiche mit Dienern und Eskorten. Sie gingen als Bittsteller zur Stadt, und als sie ein paar Tage später zurückkamen, waren sie andere geworden, ein kalter Glanz in den Augen wie bei Raubtieren. Aasvögel folgten ihnen und Geister hefteten sich an ihre Fersen. Wenn ich solche Gäste bewirte, träume ich tagelang von Kriegen und Tod, als wären die Schlachtfelder wieder bevölkert. Mehr weiß ich auch nicht darüber, und der Mond ist mein Zeuge, mehr will ich von diesem Zauber auch nicht wissen. Also höre auf zu fragen oder ich jage dich aus meinem Haus und deinen Freund gleich mit!«

Es war still geworden, der Alte und die Frau starrten mich misstrauisch an und warteten wohl auf eine Antwort. Erst jetzt bemerkte ich, dass ich nervös mit dem Ring vom Schlachtfeld spielte. Er rutschte auf meinen kleinen Finger. Rasch streifte ich ihn wieder ab.

»Ich streite mich nicht! Ich war nur neugierig.«

Sie stutzten beide ein wenig, als hätten sie von mir eine andere Antwort erwartet.

»Ich habe noch eine Frage«, sagte ich in die angespannte Stille. »Im Zentrum der alten Schlachtfelder gibt es eine Höhle, die bewohnt zu sein scheint. Wisst ihr etwas darüber?«

»Die Höhle der Träume?«, krächzte der Greis. »Sie ist ein Ort der Geister. Manchmal kommen Traumdeuter von der Küste dorthin und sprechen mit ihnen, aber leben würde dort niemand. Mein Großvater war einmal drin. Er hat erzählt, dass die Geister dort Zeichen hinterlassen haben. Hat nie wieder gut geträumt, nachdem er dort war.«

»Ja, es gibt dort tatsächlich Malereien an den Wänden«, rief ich. »Was erzählt man sich hier darüber?«

Sie runzelten beide die Stirn, als wäre meine Frage ungehörig oder seltsam. »Hörst du nicht zu?«, meinte der Alte dann. »Die Höhle ist kein Menschenwerk, die blauen Zeichen sind Geisterschrift. Kein Mensch weiß, was sie zu bedeuten haben, und wenn man seine Seele behalten will, dann fragt man nicht danach. Neugier lockt die Wesen aus der dunklen Welt an.«

Selten war ich so enttäuscht gewesen. Wenigstens eine Legende musste doch existieren? In der Stadt hatte ich gelernt, dass nichts verloren ging. Die Geschichten von Völkern glichen Sandgebäuden – der Wind mochte sie zerreiben und in alle Winde zerstreuen, aber die einzelnen Fragmente blieben existent.

»Warum willst du das alles überhaupt wissen?«, schnappte die Frau.

Zum Glück kam genau in diesem Augenblick ein etwa vierzehnjähriger, kräftiger Junge herein, vermutlich der zweite Enkel des Greises. Die Faust seines Bruders hatte seine Nase punktgenau getroffen. Die Fremde musste ihnen wirklich den Verstand geraubt haben. »Alles fertig, Mutter«, nuschelte er. Aber er starrte bei diesen Worten mich an. Sein Blick glitt neugierig zu Smilas Löwenamulett.

»Bist 'ne Magische? Eine, die Träume lesen kann?«

»Wozu soll das gut sein?«, rutschte es mir heraus.

Die drei starrten mich an, als hätte ich gefragt, ob die tote Schlange im Topf tanzen konnte. Mein Gesicht brannte noch mehr als ohnehin schon, so rot wurde ich. Der Schmutz, der Sonnenbrand und die Kapuze mochten eine gute Tarnung sein, aber der Alte war längst misstrauisch. Und Worte reichten offenbar auch, um mich als Hohe zu verraten.

»Weißt du, was komisch ist, Mädchen?«, sagte der Alte jetzt auch prompt. »Nicht nur, dass du die Städter verteidigst – du siehst irgendwie anders aus als wir, du bist unhöflich und weißt nicht, was sich Gastgebern gegenüber gehört. Du setzt die Kapuze nicht ab und für das Wasser hast du dich nicht mal bedankt! Und auch sonst redest du überhaupt nicht wie eine Tamrar.«

»Wir brechen auf!« Diesmal rettete mich Amadars Ruf vor Erklärungen. Hastig rappelte ich mich auf und verließ die Hütte.

Am innersten Dornenwall warteten zwei gesattelte und bepackte Wüstenpferde. Es waren langbeinige, knochige Tiere, grau wie altes Holz. »Steig auf«, rief mir Amadar zu. »Wenn du nicht weißt, wie, mach es mir einfach nach.« Er zog sich mit Schwung auf den Pferderücken.

Zaghaft streichelte ich den Hals des kleineren Pferdes. Ich kannte das Stockmaß dieser Tiere, wusste, dass sie sieben Tage ohne Wasser auskamen und wie viel sie auf dem Tiermarkt in der Stadt kosteten. Aber ich hatte nicht gewusst, dass sich ihr Fell so rau wie vertrocknete Rinde anfühlte und dass eine zusätzliche Nickhaut ihre Augen vor Sonne und Sand schützte, was ihnen das unheimliche Aussehen von Blinden gab. Mein Pferd war offenbar keine freundliche Berührung gewohnt. Drohend legte es die Ohren an und schnappte nach mir.

Die Blicke der Barbaren brannten in meinem Rücken. Sie hatten sich vor der Hütte aufgereiht und beobachteten mich. Der Greis stützte sich auf einen Stock, ich hätte schwören können, es war ein krummer Knochen. »He, und du bist sicher, dass du sie nicht hierlassen kannst?«, krächzte er Amadar zu. »Sie ist zwar eingebildet und unverschämt, aber noch jung – und sie gefällt meinen Jungs. Ich geb' dir einen Armreif aus Kupfer für sie!«

Amadar rückte das Gepäck hinter sich zurecht. »Nur einen? An der Küste kriege ich vier. Immerhin hat sie noch alle Zähne.«

Ich schnappte empört nach Luft. Aber der Greis kam mir mit einer Antwort zuvor. »Na gut, zwei!«

Amadar schüttelte den Kopf. »Ich habe es doch schon deinem Enkel erklärt, alter Mann. Ich kann sie nicht verkaufen, weil sie mir nicht gehört. Sie ist eine Freie, so wie ihr. Und selbst wenn es anders wäre – glaubt mir, *diesen* Handel würdet ihr bald bereuen.«

»Das wirst *du* noch bereuen«, flüsterte ich zwischen zusammengebissenen Zähnen. Aber zu meiner Überraschung zuckten Amadars Mundwinkel. Er verbiss sich tatsächlich ein Lachen! »Besser, du steigst auf und wir verschwinden«, raunte er mir zu. »Sie glauben mir kein Wort. Gib ihnen noch zehn Sekunden und sie kommen auf dumme Gedanken.«

Ich packte nervös den hölzernen Sattelrand und hangelte mit dem Fuß nach der ledernen Schlaufe mit einer Holzhülse, die als Steigbügel diente. Aber dann fiel mir auf, dass etwas fehlte. »Wo sind die Hunde?«

»Eingetauscht gegen die Pferde«, erwiderte Amadar.

Ich musste mich beherrschen, um ruhig zu bleiben. »Du hast meinen Hund verschachert?«

»Du meinst wohl den Hund der Mégana. Was soll ich sonst mit ihm machen? Tausch ist die Währung der Wüste.«

Diesmal war es mir völlig gleichgültig, was die Barbaren von mir dachten. Ich ließ das Pferd stehen und kehrte um. Ziegen stoben meckernd auseinander, als ich mitten zwischen ihnen hindurchrannte – zurück zu den Hütten. »Graue«, rief ich. Ein Bellen antwortete mir. Ich fand sie hinter der zweiten Hütte, festgebunden mit einem Ziegenstrick.

»Warte!« Amadar war vom Pferd gesprungen und mir gefolgt. »Was soll das?«

»Das solltest *du* mir erklären!«

»Was gibt es da zu erklären? Die Mégana hat uns ihre alten Hunde als Zahlmittel mitgegeben – drei Hunde gegen zwei Pferde, das ist der Wüstenpreis, und ein Hund für Wasser und Proviant.«

»Und du behauptest, *ich* habe kein Herz?«

Er hob in echter Ratlosigkeit die Brauen. »Die Hunde sind alt. Wie sollen sie mit den Pferden mithalten? Sie kosten uns nur Zeit.«

»Ich habe die Graue nicht gerettet, um sie jetzt im Stich zu lassen.«

»Im Stich? Immerhin hat sie es hier besser als in dem dunklen, staubigen Verschlag in der Stadt.«

Ich sparte mir eine unfreundliche Antwort, löste den Knoten und ließ den Hund frei. Die Graue drückte sich an mein Bein und ich strich ihr über den Nacken.

Amadar sah aus, als würde er mich liebend gerne an den Haaren zum Pferd zurückschleifen. »Warum zum Henker ist dir der Hund so wichtig?«

»Weil ich niemanden zurücklasse, der mir am Herzen liegt!«

Ich machte mich schon auf seinen Spott gefasst, aber offensichtlich machte ihn meine Antwort sprachlos. Vermutlich hielt er mich für unglaublich dumm. *Und meine Eltern würden ihm beipflichten.*

Er stöhnte auf und fuhr sich mit einer hektischen Geste durch das Haar.

»Und wie sollen wir mit ihr so schnell vorankommen, dass wir Tian einholen, Canda Hundeherz? Willst du dir den Hund wie einen Schal um den Hals binden?«

»Ich nehme sie vor mir auf den Sattel.«

»Sagt die Frau, die noch nicht einmal reiten kann!«

»…zu dem Sklaven, der meinen Befehlen zu gehorchen hat, *Amad-Ar*!« Schlagartig schien die Luft abzukühlen. Er wurde blass. Seine Kiefermuskeln traten hervor, und seine Haltung bekam eine Spannung, als müsste er sich beherrschen, mir nicht an die Kehle zu gehen.

»Verstehe«, sagte er gefährlich leise. »Tja dann: Viel Spaß beim Verhandeln!«

Jemand packte meinen Oberarm und riss mich grob herum. »He!«, schrie ich. Der Junge mit der zerschlagenen Nase ließ mich zwar los, aber er baute sich so dicht vor mir auf, dass der Gestank nach Ziege und Schweiß mich fast zum Würgen brachte.

Amadar ging seelenruhig zu den Pferden zurück und drehte sich nicht einmal um.

TEIL II: WÜSTENWIND

Der zweite Bruder war ebenfalls aufgetaucht und musterte mich so ungeniert, als wäre ich eine Ziege, deren Wert er schätzte. »Du bindest den Hund meines Bruders los?«, fragte er drohend. »Diebe mögen wir hier aber gar nicht!«

Hilfe suchend sah ich mich nach der Frau um, aber sie machte keine Anstalten, ihre Söhne zur Ordnung zu rufen. »Mit den Hunden habe ich nichts zu tun, Mädchen.« Damit wandte sie sich ab und verschwand mit dem Greis zusammen in der Hütte. Sogar ich verstand, dass ich jetzt in Schwierigkeiten war.

»Ich bin keine Diebin«, sagte ich zu dem Älteren.

»Nicht? Dann willst du meinem Bruder die Hündin also abkaufen? Was gibst du ihm dafür?« Sein Grinsen machte ihn nicht hübscher. Die schöne Fremde hatte ihn auch einen Schneidezahn gekostet. Über seine Schulter hinweg konnte ich beobachten, wie Amadar aufs Pferd stieg und mit meinem Reittier im Schlepptau in Richtung Wüste ritt. Langsam bekam ich doch Angst.

Nase und sein Bruder warteten mit verschränkten Armen und drohenden Gewittermienen auf eine Antwort. Die Stille war zum Schneiden dicht; die Luft flirrte vor unausgesprochenen Begierden und Gedanken. »Für'n Kuss wird's vielleicht billiger«, sagte der Ältere prompt.

Ich richtete mich auf, obwohl meine Knie weich waren. »Was ich euch für den Hund biete?«, sagte ich mit aller Autorität der Morenos. »Ruhigen Schlaf! Es stimmt nämlich: Ich *bin* eine Magische – und wenn ich will, kann ich euch Träume schicken, die euch vor Angst schreien lassen. Aber meine Macht reicht noch weiter: Auf meinen Befehl hin werden Dämonen der Wüste euer Blut saugen, bis ihr schwächer und schwächer werdet. Und schließlich werden eure leeren Hüllen im Sand verdorren, während eure Seele in alle Ewigkeit rastlos und verloren durch die Wüste irren.« *Jetzt klinge ich schon wie Amadar.* »Wenn ihr also klug seid, gebt mir den Hund zurück, dann sorge ich dafür, dass ihr verschont bleibt.«

Dem Jüngeren war das Grinsen vergangen. Der Ältere ließ sich leider nicht so leicht einschüchtern. »Meinen Bruder kannst du vielleicht für dumm verkaufen, aber mich nicht!«, knurrte er. »Handel bleibt Handel. Wir haben für den Hund was gegeben, er gehört uns, dafür kannst du uns nichts anhexen. Verfluchen könntest du uns nur, wenn wir ihn dir gestohlen hätten. Was für 'ne Magische bist du eigentlich, dass du das nicht weißt?«

Mir wurde siedend heiß. »Tja, schade«, sagte ich mit gespielter Leichtigkeit. »Aber ihr müsst zugeben, einen Versuch war es wert. Die Trottel aus Tamrar hätten mir geglaubt. Aber ihr seid klüger. Das hätte ich wissen müssen.«

Der Ältere war eitel genug, um auf diese Schmeichelei hereinzufallen. Er legte den Kopf zurück – bei meiner Größe seine einzige Möglichkeit, mit einer Mischung aus Triumph und zufriedener Verachtung auf mich herabzublicken. Nase dagegen wirkte nur gekränkt. *Jetzt bleibt nur noch ein Weg: Er ist der schwächere der Brüder, der Ältere verspottet ihn, also versprich ihm das, was er sich am meisten wünscht.*

Ich seufzte, als müsste ich mich geschlagen geben. »Also gut.« Ich nahm das Band, an dem das Amulett hing, zwischen Daumen und Zeigefinger und zwirbelte es. Der Löwenkopf drehte sich, das Kupfer ließ Sonnenreflexe über das Jungengesicht wirbeln. »Ich gebe dir mein Amulett. Es beschützt dich vor den Geistern und gibt dir mehr Macht und Stärke, als ein sterblicher Mensch besitzen kann. Mit ihm wirst du jedem Gegner überlegen sein. Allerdings kann nur ein Löwenherz diese magische Kraft beherrschen. Ich würde es nicht jedem anvertrauen, aber du bist stark genug dafür.«

TEIL II: WÜSTENWIND

Es verblüffte mich selbst, welche Wirkung meine Worte hatten. Der Junge war sprachlos, er riss die Augen auf – und dann überraschte er mich so sehr, dass mir jedes weitere Wort im Hals stecken blieb: Seine ganze grimmige Fassade fiel in sich zusammen. Schmerzliche Sehnsucht machte seinen Blick offen und weich, und plötzlich war er nur noch ein unglücklicher Vierzehnjähriger, der sich nichts so sehr wünschte wie ein anderes Leben. Ich schämte mich für meine Lügen, so nackt und verletzlich stand er nun vor mir. Hastig griff er nach dem flirrenden Versprechen. Doch sein Bruder war schneller. Er packte das Amulett und riss es mir mit einem Ruck vom Hals. »Idiot!«, brüllte er und lachte dröhnend. »Ist ja klar, dass du blöd genug bist, auf diese Lügnerin hereinzufallen. Keine Magische gibt ihren Zauber weg. Sie ist 'ne Betrügerin, die auch noch so tut, als wär sie eine Tamrar. Ich wette, sie ist 'ne Taschendiebin, die irgendwo abgehauen ist.« *Und das heißt, sie gehört dem, der sie findet – Strandgut der Wüste.* Das sagte er nicht, aber ich glaubte die Worte zu hören. Er warf das Amulett dem Bruder zu. »Da, nimm das wertlose Ding und spiel damit, Dummkopf. Und dich holen wir jetzt mal von deinem hohen Ross, du Lügnerin!«

Er packte mich, sein Grinsen war ganz nah an meinen Lippen. Ich wehrte mich mit aller Kraft gegen diesen erzwungenen Kuss. Fell streifte meine Hand, als die Graue sprang und sich in seinen Unterarm verbiss. Der Kerl ließ mich los und taumelte fluchend zurück. Aber blitzschnell holte er mit der Faust aus und schlug meiner Grauen mit aller Kraft gegen die Schnauze. Ein schrilles Jaulen erklang. »Lass sie!«, brüllte ich. Der Jüngere stürzte sich auf mich. Und dann war alles nur noch ein Chaos von Knurren und Geschrei. Staub nahm mir die Sicht und brannte in meiner Lunge. Ich wehrte mich mit Händen und Füßen. Der Junge hatte Pech: Ich war größer als er und die Panik verlieh mir Kräfte. Aber noch während ich mich aus dem Griff wand, wurde mir klar, dass ich wirklich verrückt wurde: sein Gesicht war vor Wut und Enttäuschung verzerrt – und neben ihm glaubte ich zwei Schatten zu sehen. Sie schienen sich ihm zuzuneigen, als wollten sie ihm etwas zuflüstern. Sein Ausdruck veränderte sich, seine Augen wurden dunkler, Mordlust blitzte darin auf. Der metallische Geruch von nassen Messerklingen schien die Luft zu füllen. Mit einem Schrei riss ich mich los, drehte mich um und floh. Das heißt, ich wollte fliehen, aber eine Pferdeschulter bremste mich – eine Wand aus rauem Fell und zuckenden Muskeln. Ein Arm legte sich um meine Mitte, drückte mir alle Luft aus der Lunge, der Boden schnellte davon. Und bevor ich wusste, wie mir geschah, saß ich auf dem Pferderücken und sah die Brüder kleiner und kleiner werden. Jetzt, mit vor Verblüffung offenen Mündern, wirkten sie wie Zwillinge. Dann stürzten sie uns hinterher, hoben im Rennen Steine auf und griffen nach ihren Schleudern. »Festhalten«, befahl Amadar. Der Griff um meinen Körper verstärkte sich, das Pferd streckte sich im Galopp und setzte mit einem Sprung über einen niedrigen Dornenwall. Mir blieb nichts anderes übrig, als mich an Amadar festzuklammern. Die Hecken rasten an uns vorbei. Dornen kratzten über meine Füße, als das Pferd sich in die Kurve legte, schnaubend den Wall umrundete – und durch ein Tor schoss. Ziegen flohen vor dem stampfenden Hufschlag. Rufe gellten hinter uns. Steine pfiffen knapp an uns vorbei. Amadar beugte sich vor und drückte mich weiter nach unten, als wollte er mich schützen. Meine Wange lag an seinem Schlüsselbein, schwarzer Stoff, rau und warm von seiner Haut. Unter meinem linken Arm spürte ich seinen gespannten Nacken und sein Haar, das über meine Hand geweht wurde. Es war wie Hitze und Kälte zugleich.

TEIL II: WÜSTENWIND

Das zweite Tor flog vorbei, das dritte, dann preschte das Pferd in die grelle Wüste hinaus – mitten in eine Gruppe von Pferden, die vorher noch angebunden gewesen waren. Unser zweites Pferd stand schwer bepackt bei ihnen. Auf Amadars Ruf hin galoppierte es aus dem Stand los. Die anderen Pferde folgten uns. Im nächsten Augenblick donnerten wir inmitten dieser kleinen Herde wie auf einem fliegenden Teppich aus aufgewirbeltem Sand dahin.

Herren und Diener

Empörtes Gebrüll begleitete uns noch eine Weile, aber die Wurfgeschosse erreichten uns nicht mehr und schließlich blieben auch die Rufe zurück, wurden leiser und verhallten ganz. Nur der Wind lief noch mit uns um die Wette, riss an Haaren und Kleidung. Die Graue rannte keuchend und mit hängender Zunge neben uns – aber bald schon konnte sie mit den Pferden nicht mehr mithalten. Nach etwa einer Meile fiel sie zurück und verschwand hinter einem der flachen Hügel, die wir wie im Flug hinter uns ließen. »Halt an!«, rief ich Amadar zu.

Das Pferd stemmte die Vorderbeine ohne jede Vorwarnung in den Boden und bremste so jäh, dass ich erschrocken aufschrie. Hätte Amadar mich nicht festgehalten, ich wäre kopfüber vom Pferd gestürzt. Die anderen Pferde bockten und verfielen in holprigen Trab, kamen schließlich zum Stehen.

»Glaubst du mir jetzt, dass der Hund nicht zu gebrauchen ist?«, fuhr Amadar mich an.

»Das wolltest du mir beweisen? Und darum lieferst du mich diesen Kerlen aus?«

»Ausgeliefert?« Er lachte auf. »Du wolltest den Hund doch haben. Also war es deine Sache, mit seinen Besitzern zu verhandeln. Ich bin dein Sucher, nicht dein verdammter Lakai!«

»Du wusstest genau, dass sie nicht nur verhandeln wollten!«, schrie ich.

»Ja. Und ich hatte dich gewarnt, oder nicht? Zumindest weißt du jetzt, dass du es hier nicht mit gesichtslosen Dienern zu tun hast – sondern mit Menschen. Menschen mit gieri-

TEIL II: WÜSTENWIND

gen Herzen und lockeren Fäusten. Und auch wenn du sie für Wilde hältst, denken und fühlen sie nicht anders als du. Sie sind zu klug, um auf Lügen hereinzufallen, auch wenn sie aus dem Mund einer Hohen kommen. Sie haben ihren Stolz, genau wie du und ich. Und wer mit ihren Hoffnungen spielt, muss ein schnelles Pferd haben – und am besten schon einen Fuß im Steigbügel.«

»Du verteidigst sie?«

»Ich erinnere dich nur daran, dass es Regeln gibt. Du bist nicht mehr in der Stadt und deine Wahrheit ist nicht das Gesetz für alle anderen. Also hör endlich auf, die Herrin zu spielen. Hier draußen bist du es nicht! Hier ist ein Handel einfach nur ein Handel und eine Lüge eine Lüge.«

»Aber ein Befehl ist immer noch ein Befehl. Die Mégana hat dir befohlen, mich zu beschützen.«

»Ich soll dich lebendig bei ihr abliefern. Von unverletzt hat niemand etwas gesagt.«

Das verschlug mir die Sprache. Ein Windstoß fauchte uns an, vielfarbige Strähnen strichen über meine linke Wange wie tastende Finger. Die Berührung entfachte einen Schauer von Funken auf meiner Haut. In diesem unwirklichen Moment wurde mir bewusst, dass wir immer noch umschlungen auf dem Pferd saßen und er so nah war, dass sein Atem kühl über meine Wange strich. Unter meiner Hand spürte ich sein Herz schlagen – kraftvoll, empört und so schnell wie meines. Dann kam das Erschrecken, das ich immer in seiner Nähe spürte, ein warnender Ruf in meinem Inneren.

»Lass mich runter!«

Er zuckte ebenso zurück wie ich und ließ los, als hätte er sich an mir verbrannt. Ich rutschte vom Sattel. Meine Knie waren so weich, dass ich einknickte. Schwer atmend richtete ich mich auf. Die Pferde scheuten und trabten ein Stück davon, nur Amadars Reittier stand still. Erst jetzt fiel mir auf, dass er ohne Zaum und Zügel ritt.

Er verzog den Mund zu einem arroganten Lächeln. »Sieh es als Lektion. Jetzt hast du zumindest eine Ahnung davon, wie es sich anfühlt, eine atmende Ware zu sein und jede Gewalt über dein Schicksal zu verlieren.«

»Ich weiß, wie es sich anfühlt. Ich war im Haus der Verwaisten gefangen, schon vergessen? Ich wurde wie ein Stück Wild durch die Straßen gejagt – auch von dir!«

Seine Augen waren dunkel wie ein Gewitterhimmel. »Und warum lernst du nichts daraus, *Canda-Ara*?«

Sklavin. Das traf härter als der Fausthieb des toten Wächters. Noch nie in meinem Leben war ich so beleidigt worden. Meine Hand griff ganz von selbst nach dem Dolch, aber die Lederscheide war leer.

Amadar sprang mit einem geschmeidigen Schwung vom Pferderücken und kam auf mich zu. Ich sah das Schnappen seines Handgelenks kaum. Es wirkte, als hätte er meinen Dolch herbeigezaubert.

Mein Zorn verflog so schnell, wie er gekommen war, und mit einem Mal war ich nur noch erschrocken über mich selbst und meine Unbeherrschtheit. Amadar las die Bestürzung in meiner Miene. »Ich habe dich doch davor gewarnt, auf die Toten zu hören. Hast du ihr Flüstern nicht gehört? Sie würden alles tun für ein paar Tropfen lebendiges Blut.«

Er hielt mir die Waffe immer noch hin. Mir blieb nichts anderes übrig, als sie an mich zu nehmen, aber meine Hand zitterte dabei. Der Griff war kalt wie das Wasser aus dem tiefsten Fels. Die Spitze zeigte auf Amadars Herz, und für eine Sekunde lang hatte ich den verrückten Gedanken, dass er mich absichtlich in Versuchung brachte und sogar hoffte, dass ich zustoßen würde. »Und jetzt?«, fragte er voller Verachtung.

TEIL II: WÜSTENWIND

»Mutig genug, mich mit einem Sklavennamen anzureden, aber zu feige, eine richtige Herrin zu sein? In der Stadt ist man doch schnell dabei, anderen das Herz zu durchbohren oder ihnen die Hand abzuhacken. Hast du mit deinem Glanz auch deinen Mut verloren? Oder«, schloss er mit kalter Verachtung, »ist Mut einfach nicht deine Gabe, Canda Blauhand?«

Ich zuckte zusammen, als er mich mit dem geheimen Namen meiner Urahnin ansprach. *Woher kennt er ihn?*

Tu es! Töte ihn! Jetzt ist es noch nicht zu spät! Ich kannte diese Stimme nicht. Ich wusste nur, sie gehörte nicht mir – sie war ängstlich und hoch, wie die eines Kindes, und unendlich fremd.

Sei still!, dachte ich erschrocken. Ich zwang mich dazu, logisch zu denken, ruhig zu werden. *Dreh jetzt nicht durch.* Die Namensgleichheit war natürlich Zufall – ich hatte immer noch Reste der blauen Farbe an meinen Händen. Woher sollte ein Außenstehender auch Dinge wissen, die nur innerhalb meiner Familie weitergegeben wurden und die nicht einmal Tian jemals erfahren würde? Plötzlich war ich nur noch erschöpft und traurig – und unendlich müde davon, eine Härte zu zeigen, die mir so fremd war, als hätte jemand anderes sie mir aufgebürdet. Und ob ich wollte oder nicht: Amadar hatte recht gehabt. Auf eine verdrehte Weise war ich tatsächlich mit diesem Verrückten verbunden. Wir hatten beide das Kostbarste verloren, was wir hatten: er seine Freiheit – und ich einen Jungen mit rotem Haar. Ich senkte den Dolch und schob ihn zurück in die Lederscheide. Als ich die Waffe losließ, war es, als würde eine Last von mir abfallen.

Amadar holte tief Luft und schüttelte den Kopf. »Wie konnte ich nur denken, dass eine Hohe irgendetwas von dem versteht, was ich sage«, murmelte er. Es überraschte mich, wie enttäuscht er klang.

»Ich ... verstehe sehr gut, *Amad.*« Irgendwo zwischen einer

Nacht in einem Feuerring und einer Schlägerei mit zwei Männern hatte ich vergessen, was es hieß, eine Moreno zu sein. Noch nie in der Geschichte meiner Familie hatte sich einer von uns bei einem Niederen entschuldigt. Meine Ahnen hätten mich für dieses Zugeständnis gesteinigt. Aber trotzdem fühlte es sich richtig an.

Ich hatte nicht gedacht, dass ich Amad jemals aus der Fassung bringen könnte. Alle Feindseligkeit fiel von ihm ab – und plötzlich war er nur ein völlig überraschter junger Mann mit klaren Zügen und Augen, in denen sich die Wüste und der Himmel spiegelten. Gegen meinen Willen war ich fasziniert.

Eis, dachte ich. *So muss gefrorenes Wasser aussehen. Oder erstarrter Schmerz?*

»Was ist mit dir passiert? Wie bist du in unsere Stadt gekommen?«

»Was willst du hören? Eine rührselige Geschichte von einer tragischen Liebe, einem Verrat, einer Rache? Oder lieber eine Heldenballade?«

»Die Wahrheit würde mir genügen.«

Er lachte sarkastisch auf. »Wessen Wahrheit? Eure?«

Es war erstaunlich, wie mühelos er es schaffte, meinen Zorn wieder zu entfachen. »Du erträgst es nicht, dass ich dich Sklave nenne, aber du beschimpfst mich – und alle von meinem Stand gleich dazu!«, brach es aus mir heraus. »Du willst *mir* Lektionen erteilen und hasst mich einfach nur dafür, dass ich eine Moreno bin. Ich werde verrückt vor Angst um Tian, aber du machst dich über mein Leid lustig und verurteilst unsere Liebe. Wer beleidigt hier eigentlich wen, Amad?« Und obwohl meine Stimme zitterte, hob ich das Kinn und fügte leise hinzu: »Ich bin tief gefallen, aber noch bin ich nicht am Grund zerschellt. Und ich habe immer noch meinen Stolz – so wie du.« Es war eine Genugtuung zu sehen, dass er meinem Blick nicht standhalten konnte. »Was ist *deine* Wahrheit?«, beharrte ich. »Meine kennst du nämlich schon – du weißt alles über mein Unglück, und ich hatte nicht die Wahl, ob ich dir davon erzählen will oder nicht. Ich dagegen reise mit einem Fremden. Und wenn ich aufhören soll, die Herrin zu spielen, wie du es nennst, dann hör auch auf, mein Richter zu sein. Wenn wir Seite an Seite gehen, dann will ich wissen, wer du bist!«

Zum ersten Mal sah er wirklich mich an – verwundert, als er würde er mich erst jetzt wahrnehmen, und mit einem erstaunten Respekt, der mich verwirrte. Ich konnte mir denken, dass ich einen erbärmlichen Anblick bot: ein halb verdurstetes, schmutziges Mädchen in Lumpen, mit zerfranstem Haar und Lippen, die so trocken und rissig waren, dass ein Lächeln genügen würde, um sie wieder zum Bluten zu bringen. *Mit anderen Worten: eine todunglückliche, verzweifelte Verrückte, die gegen alle Regeln erleichtert ist, nicht mehr befehlen zu müssen.* Wenn meine Eltern mich nicht schon verstoßen hätten – jetzt würden sie es auf jeden Fall tun. Verlegen strich ich mir über die Stirn und zog die Kapuze, die beim Ritt nach hinten gerutscht war, wieder über mein Haar. Staub und Sand rieselten. Im selben Moment ärgerte ich mich schon über mich selbst. *Warum macht es dir etwas aus, wenn er dich hässlich findet?*

Amad räusperte sich. »Wenn dir die Wahrheit so wichtig ist, fang bei dir selbst an«, erwiderte er heiser. »Lass mich reden, wenn wir Leuten begegnen. Du kannst nämlich nicht gut lügen.«

Im Gegensatz zu dir? »Das muss ich auch nicht! Es ist nicht meine Gabe. Und jetzt weich mir nicht aus, sondern gib mir eine Antwort! Woher kommst du?«

Er schwieg. »Die Hundemagd sagte, du stammst aus einem Land, in dem Schnee fällt«, bohrte ich weiter. »Und du hast in einem Krieg gekämpft?«

Er nickte widerwillig. »Dem schlimmsten von allen.«

»Und seitdem musst du den Méganes dienen?«

Amad schwieg lange. »Ich meine es ernst, Canda«, sagte er dann so leise, als fürchte er, dass der Wind uns belauschen könnte. »Die Mégana konntest du vielleicht einmal täuschen, weil es über ihre Vorstellung geht, dass eine Tochter der Stadt ihr nicht bis zum letzten Tropfen Blut ergeben sein könnte. Aber glaubst du wirklich, du kannst sie um dein Versprechen betrügen?«

Ich lernte an diesem Tag tatsächlich eine Lektion: Er war keiner von uns, aber er besaß auch eine Gabe, die ebenso stark war wie jede einzelne von den unseren: Er konnte mit den Augen anderer sehen. Und er hatte mich schon in dem Augenblick durchschaut, als ich selbst nur ahnte, dass ich der Stadt nicht mehr ganz gehörte. *Trotzdem hat er vor der Mégana geschwiegen.*

Ich wich nicht zurück, als er sich zu mir beugte, so nah, dass ich wieder seinen Duft von Rauch und Wüstenwind wahrnehmen konnte. »Unterschätze deine Herrscher nicht, Canda«, raunte er mir zu. »Das haben schon Mächtigere als du getan.«

Die verächtlichen Worte der Frau kamen mir in den Sinn. *»Sogar Könige und Heerführer aus den fernsten Ländern klopfen als Bittsteller an ihre goldenen Türen, bereit, ihre Seelen für eine Rache oder Macht zu verkaufen.«*

»Sprichst du von dir? Worum ging es bei *deinem* Handel mit der Mégana?«

»Woher willst du wissen, dass ich gehandelt habe?«

»Offenbar bist du ja kein Sklave – aber frei bist du auch nicht.«

»Bist *du* es?«, fragte er ernst.

Nie hätte ich zugegeben, dass mir diese Frage einen Stich gab. »Lenk nicht ab, um mich geht es hier nicht. Die Mégana sagte, dein Blut ist an sie verschuldet.«

»So wie deins.«

Eben noch hatte ich gedacht, wir hätten die Rollen getauscht, aber mühelos hatte er es geschafft, wieder in die Position desjenigen zu kommen, der mich in die Enge trieb. Heftig schüttelte ich den Kopf. »Hör auf. Das... das ist etwas ganz anderes!«

»Wirklich, Canda?«, fragte er so sanft, dass ich fröstelte.

Ich wollte widersprechen, aber die Stichwunde in meiner Handfläche schien wieder zu pochen. Rasch schob ich meine Faust tief in die Köchertasche, aber die Erinnerung an mein Blut, das in die Flamme fiel, ließ sich nicht so einfach wegdrängen. Amads Stimme war nur noch ein Raunen im Wind. »Selbst wenn du Tian seine Tat verzeihst, mir im Schlaf den Dolch ins Herz jagst und mit ihm ans Ende der Welt fliehst, sie werden euch finden und dich zwingen, dein Versprechen einzulösen.«

»Das brauchen sie nicht. Weil Tian unschuldig ist.«

»Wenn du da so sicher bist – warum wolltest du unbedingt alleine in die Wüste gehen? Und warum hältst du mich für deinen Feind, statt froh zu sein, dass ein Sucher an deiner Seite ist?«

Dazu fiel mir keine Antwort ein. Und das erschreckte mich fast noch mehr als Amads Worte. Die Graue hatte uns eingeholt. Sie kam hechelnd zu mir und suchte nach meiner Hand, aber ich konnte mich nicht rühren.

»Hat die Mégana dir befohlen, Tian zu töten?« Ich schämte mich dafür, dass meine Stimme fast versagte.

»Ihn zu töten ist *deine* Aufgabe«, erwiderte er ruhig. »Meine ist es, dich zur Mégana zurückzubringen. Und das muss ich, Canda Löwenseele, koste es, was es wolle.«

Es war keine Drohung, nicht einmal eine Warnung. Vielmehr hatte ich den Eindruck, dass etwas Hoffnungsloses in seinem Tonfall mitschwang.

Lass dich nicht von ihm einwickeln, zischte die ängstliche Stimme in mir. *Traue ihm nicht!*

»Warum, Amad? Du könntest doch fliehen und mich zurücklassen. Dann wäre wenigstens einer von uns frei.«

Er lächelte schmerzlich. »Das wäre so einfach, nicht wahr? Aber bei einem Versprechen, das mit Blut besiegelt wird, geht es immer um Leben und Tod.«

»Eben war dir dein Leben noch sehr wenig wert.«

Sein Lächeln verschwand. Er biss die Zähne zusammen und schwieg. Der Wind hielt inne, als hätte die Zeit ausgeatmet. Aber mein Herz schlug immer noch und der Ring drückte mit jedem Pochen schmerzhaft gegen meine Fingerknöchel. Ich stutzte. Und plötzlich brauchte ich seine Antwort nicht mehr. *Geht es etwa gar nicht um* dein *Leben, Amad?*

»*Wozu sollte ich ein Herz brauchen?*«, hörte ich seine Worte. »*Es stört nur bei der Jagd.*« Er war wirklich ein viel besserer Lügner als ich. Aber der Ring erzählte etwas völlig anderes. Mühelos war er vorhin auf meinen kleinen Finger gerutscht, genau passend. Weil er für den Ringfinger einer Frau gemacht war? Einer, die kleiner und zierlicher war als ich, ein Mädchen mit schmalen Händen. Amad hatte also einem Mädchen versprochen, zurückzukehren. Meine Mutter wäre stolz auf mich gewesen – vielleicht hielt ich die Schwäche meines Gegners in meiner Hand. Aber im Augenblick war ich mir nicht einmal mehr sicher, ob wir Gegner waren. *Die Mégana ist klug. Sie weiß, dass Liebende zu allem fähig sind, wenn es um das Leben der Geliebten geht.*

Der Schatten eines Vogels huschte über das Pferd und machte es nervös. Ein Falkenschrei durchschnitt das spinnwebenfeine Band, das zwischen Amad und mir entstanden war. Brüsk wandte Amad sich ab und schnallte eine Decke vom Sattel. Plötzlich war er wieder der abweisende Sucher. »Wenn wir noch mehr Zeit verlieren, holen uns die Brüder mit einem gemütlichen Spaziergang ein. Um den Hund musst du dich selbst kümmern. Ich helfe Dieben nicht dabei, ihre Beute wegzuschleppen.«

Ich atmete durch, um mein rasendes Herz zur Ruhe zu bringen. »Ich bin also eine Diebin? Und die Pferde hast du ehrlich ertauscht?« Es gelang mir immerhin, spöttisch zu klingen.

Amad ging zu meinem Pferd, verschob Gurte und Gepäck und zurrte die Decke fest, bis eine Art zweiter Sattel entstand, auf dem die Hündin genug Halt finden würde. »Ich wollte nur, dass die Hirten uns nicht verfolgen können. Sonst hätte ich mich möglicherweise noch um dich prügeln müssen. Die Pferde werden bald dorthin zurücklaufen, wo sie Wasser bekommen. Tja, wie du in den Sattel kommst, weißt du. Jetzt musst du nur noch lernen, dich im Galopp auf dem Pferderücken zu halten.«

»Was ist, wenn ich falle?«

Amad hielt inne und senkte den Kopf. Als er tief ausatmete, sanken seine Schultern herab, als würde eine viel zu schwere Last auf ihnen ruhen. Gedankenverloren strich er dem Pferd über den Hals, eine freundliche Geste, die nicht zu seiner Härte passte. Natürlich verstand er, was meine Frage bedeutete. *Sind wir Gefährten? Reden wir von nun an miteinander? Hassen wir einander nicht mehr?*

Aber er schwieg und wandte mir weiter den Rücken zu. *Feigling*, dachte ich grimmig. *Heute reichst du mir die Hand, warnst mich vor der Mégana, und morgen bist du wieder der Bluthund, der mich verachtet?* Seltsamerweise war ich diesmal nicht wütend oder gekränkt. Nur so enttäuscht, dass mir die Tränen in die Augen stiegen.

Doch jetzt war er es, der mich überraschte. Langsam drehte er sich zu mir um. »Wenn du fällst«, antwortete er mit einer Aufrichtigkeit, die mich völlig entwaffnete, »fange ich dich auf.«

Rabenhaar

Tian hatte mir oft mit leuchtenden Augen erzählt, dass Reiten wie Fliegen sei. Aber in Wirklichkeit fühlte es sich an, wie auf einer Gerölllawine rasend schnell talabwärts zu rutschen, ohne Halt und ohne jede Chance, das Gleichgewicht zu halten. Die Graue hielt sich auf dem Pferderücken besser als ich. Meine Beine schmerzten und die Innenseiten meiner Knie scheuerten sich am hölzernen Sattel wund. Aber ich biss die Zähne zusammen und stand aufrecht wie Amad in den Holzbügeln, während die Pferde vorwärtsstürmten, ohne müde zu werden. Längst zog die Landschaft nur noch wie ein Fiebertraum an mir vorbei. Sand und Geröllhügel wurden zu Stein und Granitklippen und nach einem weiteren Tag jagten wir an den ersten Ausläufern des südwestlichen Berggürtels bergauf. Sobald der Weg zu steil zum Reiten wurde, stiegen wir ab und Amad ließ die Pferde vorauslaufen. Ich staunte, dass sie wie Ziegen klettern konnten. Für uns war es, als müssten wir über ein Feld aus Messern balancieren. Der Fels hatte zwar die zarte Pastellfarbe von hellen Rosen, aber er war hart, an vielen Stellen gebrochen, als hätten Blitze den Berg gespalten und glasscharfe Bruchkanten und Spitzen hinterlassen. Wenn wir ein solches Splitterfeld hinter uns gebracht hatten, hielt ich nach Luft ringend inne und blickte über die Schulter zurück in den Abgrund: Weit unter uns erstreckte sich die Wüste. Mein ganzes Leben lang hatte ich sie durch Fenster betrachtet. Aber noch nie hatte ich sie so gesehen wie jetzt: ein goldenes Land, dessen Schönheit ich zum ersten Mal mit dem Herzen spürte. Meine Spuren waren längst verweht, aber ein Teil von mir war

TEIL II: WÜSTENWIND

immer noch dort unten, fühlte den Knochensand unter den Füßen, schmeckte den Wind und die Gefahr und las die vergängliche Schrift, die Schlangen und Wüstenkäfer auf den Dünen hinterließen.

Seltsamerweise fiel mir in diesen Tagen nicht auf, dass der Horizont leer war und meine Stadt sich nicht als Silhouette in der Ferne erhob.

*

Trotz allem war es ein angespannter Friede, den Amad und ich geschlossen hatten. Vor allem mir fiel es nicht leicht. Zum ersten Mal in meinem Leben gab es kein Oben und Unten, kein sicheres Wegenetz aus Gesetzen und Konventionen. Wenn ich Worte finden wollte, bewegte ich mich im Niemandsland, also schwieg ich lieber und auch Amad hielt Abstand. Aber wenn der Weg mir zu steil wurde, holte er zu mir auf und streckte mir die Hand hin. Und ich ergriff sie, obwohl ich bei seiner Berührung immer noch fröstelte, als würde sich etwas in mir gegen seine Nähe sträuben. Verstohlen betrachtete ich ihn oft von der Seite. *Eine Moreno muss ihre Feinde kennen*, redete ich mir ein. Aber es war nicht die ganze Wahrheit. Seit ich ahnte, dass auch Amad ein Herz hatte, das um jemanden bangte, fielen mir Dinge an ihm auf, die mich auf seltsame Weise berührten: die Art, wie er seinem Pferd im Vorbeigehen nur scheinbar beiläufig mit den Fingern durch die Mähne fuhr. Die Tatsache, dass er meine Graue an einem scharfkantigen Felsspalt auf die Arme nahm und sie sicher über das nächste Messerfeld trug. Und obwohl er dabei fluchte und mir an den Kopf warf, dass wir ohne sie schneller wären, entging mir nicht, dass er beinahe lächelte, als sie ihm über die Wange leckte.

In solchen Momenten tastete ich nach dem Ring. Er war

schwarz und glatt, wie der Dolch. Feine Silberintarsien in Form von drei Wellenlinien waren darin eingearbeitet. Ich versuchte mir das Mädchen, dem er gehörte, vorzustellen. War Amad wegen ihr im Konferenzraum gewesen? Sicher war sie eine Geisel, eine Gefangene der Mégan. In meiner Fantasie war sie zierlich und hübsch – mit verzweifelten Augen, vielleicht so blau wie die ihres Geliebten. Und seltsamerweise glaubte ich, dass sie eine schöne Stimme hatte und mit ihrem Gesang alle Herzen gewann.

*

Am vierten Tag erreichten wir eine Ebene, die wie eine breite Straße zwischen steilen Felswänden nach Süden führte. Immer noch suchte ich nach Hinweisen und Spuren – einer Feuerstelle, Resten eines Lagers – Zeichen, die Tian an die Wände gekratzt oder geschrieben hatte, aber die Landschaft wirkte so unberührt, als wären wir die ersten Menschen. »Ab hier können wir wieder reiten.« Amads Worte hallten von dem rosenfarbenen Stein wider. »Schau lieber nicht nach oben, wenn du ruhig schlafen willst.« Natürlich hob ich den Blick und wünschte sofort, ich hätte es nicht getan. An den oberen Kanten der Felsschluchten türmten sich Felsbrocken und Steine. Bizarre Formationen, die zum Teil nur auf schmalen Felsspitzen ruhten, als könnte schon ein Windhauch sie aus der Balance bringen. »Bist du sicher, dass das der richtige Weg ist?«

Amads Augen blitzten spöttisch auf. »Hast du etwa Angst? Wir müssen nur schnell genug sein. Was aber vermutlich auch nichts nützt, falls jemand plant, uns mit Felsbrocken zu erschlagen.«

»Sehr witzig!«

Amad griff in die Mähne seines Pferdes und zog sich mühelos auf dessen Rücken. Es war mir immer noch ein Rätsel, wie er es ohne Zaum lenkte und dazu brachte, ihm zu gehorchen. Meines versuchte mich jedes Mal wieder an den Felswänden abzustreifen. »Es hilft außerdem, sich ganz am Rand des Weges zu halten«, rief Amad mir über die Schulter zu. »Die Felskante hat einen Überhang, wenn Steine herunterkommen, verfehlen sie dich.«

Eine Herde von unsichtbaren Pferden schien uns zu begleiten, als mit dem ersten Galoppschlag die Echos erwachten. Ab und zu prasselten kleine Steine an den Schluchtwänden herunter und ich krallte mich fester in die Mähne, drückte mich an die Graue und betete zu allen Weisen mathematischer Wahrscheinlichkeitsrechnungen, dass das Echo keine Felslawine auslöste.

*

Wenn jemand vor uns diesen Weg genommen hatte, hatte er seine Spuren auch hier gut verwischt. Ich fand keine Zeichen, dafür lernte ich in diesen Tagen, wie man aus Gestrüpp und kargem Buschholz ein Feuer entfachte und die Echsen häutete, die die Graue jagte. Wir rösteten die Reptilien über der Glut, im Ohr die Schreie der Falken, die über uns kreisten, die scharfen Augen auf unsere Beute gerichtet. Nachts lagerten wir unter Felsvorsprüngen.

In den klimatisierten Räumen der Stadt, in der Sicherheit von Bibliotheken und Schulzimmern war es so einfach gewesen, über Ängste erhaben zu sein. Aber jetzt erschreckte mich auch das kleinste Geräusch. Manchmal knurrte meine Hündin in die Dunkelheit, ohne dass ich wusste, warum. Dann verkroch ich mich tief unter den Sonnenmantel und umklammerte den Dolch. Aber er bewahrte mich nicht vor den Schatten und dem Klagegesang, den der Wind den Felsharfen weit über uns entlockte. In meinem Kopf verschmolzen die Laute mit den Figuren aus der Höhle, sterbende Menschen auf dem Schlachtfeld, die ihren letzten Schmerz hinausheulten. Die Einzigen, die schwiegen, waren die gefesselten Kriegerinnen, darunter meine Ahnin, die kniend ihre Hinrichtung erwartete. Immer noch suchte ich in meinem Gedächtnis nach Fragmenten meiner Familiengeschichte, die ich vielleicht vergessen hatte. Aber ich wusste, es war unmöglich: Niemals, niemals würde ein Mitglied der Familie Moreno seinesgleichen töten und niemals hätte ein Teil einer Zweiheit die Waffen gegen den anderen Teil seiner eigenen Seele erhoben. Tana Blauhand starb nicht im Krieg, sie wusch sich die blaue Kriegsbemalung von den Händen und wurde die erste Mégana unserer Stadt. Nie wieder nahm sie eine Waffe in die Hand. Und nur an einem einzigen Festtag im Leben tragen wir Morenos seither die Farbe unserer Geschichte auf der Haut: in der Nacht vor unserer Zweiwerdung. *Und doch steht es am Fels anders geschrieben.* Ich schüttelte den Kopf und multiplizierte Primzahlen, bis ich vor Erschöpfung in den Schlaf glitt. Aber dort retteten mich auch meine Zahlen nicht mehr.

Ich hatte mir eingebildet, dass ich wusste, was Träume sind und wie man sie mit Vernunft vertrieb. Die ersten Nächte war es mir noch gelungen, sie mit Distanz zu betrachten, wie flackernde Bilder eines Stummfilms. Aber in der siebten Nacht träumte ich nicht mehr, ich *war!* ...

... in meiner Stadt.

Ich rannte durch endlose Flure, verwirbelte den Duft von Rosenwasser und Räucherwerk. »Ich bin es!«, *schrie ich.* »Ich bin hier!« *Meine Füße waren nackt und schlugen hart auf Marmor. Sand rieselte aus meinem Haar. Andere Geräusche hallten in der Nähe. Schnelle Kinderfüße und Kichern.* »Eins, zwei, drei, vier,

TEIL II: WÜSTENWIND

Sternenzauber, Sonnentier!« Das war ein Kinderreim, an den ich lange nicht gedacht hatte. Aber jetzt war alles wieder da: Der Tag, an dem Tian und ich weggelaufen waren und uns in einem baufälligen Turm versteckt hatten. Er war zugemauert, aber vor Tians Entdeckergeist war kein geheimer Weg und Winkel sicher. Hand in Hand waren wir über ein Dach balanciert und durch die Lücke zwischen zwei Mauersteinen geschlüpft. »…fünf, sechs, sieben, in Tibris frisst man Fliegen«, rief ein kleiner Junge. »Acht, neun, zehn, um Canda ist's gescheh'n! Hab dich! Gewonnen!« Ein empörter Aufschrei. »Du hast heimlich geschaut!«

Mit brennender Lunge rannte ich um die Ecke – und da sah ich uns, sechs Jahre alt, zwei Kinder mit glühenden Gesichtern, völlig außer Atem. Tians weiche, sanfte Züge erkannte ich sofort, aber ich hatte vergessen, wie hübsch ich schon als Mädchen gewesen war, wie fröhlich und strahlend – ein einziger Glanz, der alle Herzen eroberte. Und schon damals hatte ich Tian geliebt. Die Augen meiner Kindergestalt leuchteten, als der Junge, der damals noch einen ganzen Kopf kleiner war, sie herumwirbelte. Sie balgten sich und kreischten. Und dann jagten sie den Flur entlang zum nächsten Spiel.

»Wartet!« Aber natürlich hörten sie mich nicht. Ich war ein Geist aus einer anderen Zeit. Die Kinder entwischten mir, ich sah nur noch wehende lange Mädchenhaare, in denen Spinnweben hingen, um die Ecke verschwinden, hörte immer ferneres Lachen und das Quietschen einer Tür.

Da war sie schon: Die schweren goldenen Flügel schlossen sich gerade. In letzter Sekunde schlüpfte ich hindurch.

Es war der Prunkraum.

Die Kinder waren Vergangenheit. Tian war erwachsen, er saß im Schneidersitz auf dem Bett, mit dem Rücken zu mir. Mit einem Aufschrei stürzte ich zu ihm, kroch über das Prunkbett und umarmte ihn von hinten, schmiegte meine Nase in die Wölbung seines

Halses, sog seinen Duft nach Meer und warmer Haut ein, weinte und lachte und wiegte ihn. »Den Sternen sei Dank!«*, flüsterte ich.* »*Ich habe dich gesucht. Wo hattest du dich versteckt?*« *Er drehte sich um und zog mich in die Arme. Ohne Atem zu holen, fiel ich in seinen Kuss, schmeckte das Salz meiner Tränen und war völlig überwältigt von einer Leidenschaft, die mich verwirrte. Noch nie hatte Tian mich so geküsst, wild und fordernd, fast wütend. Ich sank zurück, Seide raschelte unter mir, und sein warmer Körper schmiegte sich an mich, seine Hand strich über meine Hüfte.* Ganz anders, dachte ich benommen. *Aber ich umklammerte ihn, fuhr mit den Händen über seinen Rücken, zu seinem Nacken – und griff in glattes, langes Haar. Im Kuss riss ich die Augen auf.*

Es war ein fremder Mann.

Bevor ich mich losmachen konnte, lösten sich seine Lippen schon von meinen. Ich blickte in ein schmales Gesicht von der strengen, perfekten Schönheit einer Statue. Das schräge Licht brach sich in seinen Augen, grau wie Rauchquarz, aber mit einem Goldschimmer darin. Das glatte, lange Haar hatte den bläulichen Glanz von Rabenfedern.

»*Endlich hast du mich gefunden*«*, flüsterte er.*

Er lächelte mir zärtlich zu.

Dann stieß er mir meinen eigenen Dolch ins Herz.

Nur ein Traum! Wach auf! Ich war sicher, dass ich es laut schrie, aber im Traum rang ich nur stumm nach Luft und starrte fassungslos auf die Wunde.

Der Rabenmann war fort und ich musste vom Bett gerutscht sein. Keuchend krümmte ich mich auf dem Glasboden. Mit jedem Herzschlag pulste ein Schwall Blut aus der Wunde. Es war nicht rot, sondern klar wie Wasser. Und ich spürte keinen Schmerz, nur das Pochen dieser entsetzlichen Leere, dort, wo mein halbes verwaistes

Herz zuckte und sich wand. Unter mir schlugen Hände gegen das Glas.

»Canda, wach auf!« Es war die ängstliche junge Stimme, die ich schon kannte, und jetzt war ich mir sicher, dass sie nicht von einem Mädchen stammte. Der Junge stand hinter mir, ich spürte seine Nähe genau. Mein ganzer Körper war Gänsehaut, ich wagte nicht, über die Schulter zu sehen. Die Verrückten unter Glas riefen etwas. Leider verstand ich sie nicht, ihr Ruf war ein Echo, in dem sich mehrere Stimmen mischten…

…wie das vielstimmige Heulen des Windes, der um die Felskronen strich. Nach Luft ringend und zitternd saß ich auf meinem Lager und presste mit aller Kraft die Hände auf mein Herz, um die Blutung zu stillen. Aber ich hatte keine Wunde – und mein Dolch steckte immer noch an meinem Gürtel. Immer noch fröstelte ich, als würde der Junge mit der ängstlichen Stimme direkt hinter mir stehen. Ein Windhauch wehte mir ins Gesicht, Ascheflocken fingen sich in meinem Mund. Sie schmeckten bitter nach Tod und Verlust. Ich hustete und spuckte sie aus. Ich musste lange geschlafen haben, die Glut der Feuerstelle war erloschen, aber Morgen war es noch nicht. Ich fuhr herum, die Hand am Dolch, aber niemand war hier. Und trotzdem spürte ich die Gegenwart so deutlich wie meinen eigenen Herzschlag.

»Graue!« Das Echo suchte den Hund und fand ihn nicht.

Irgendwo raschelten Federn, ein scharfer Flügelschlag ließ mich zusammenzucken. Ich hätte jeden Eid geschworen, dass es ein Rabe war, aber als ich aufsprang, verhallte ein schriller Ruf in der Nacht. *Es war nur ein Falke*, beruhigte ich mich. *Er hat mich beobachtet – deshalb habe ich mir eingebildet, dass jemand hinter mir steht.* Aber ich war allein.

Das brachte den nächsten Schreck: *Ganz allein!*

Amads Lager war leer, und auch der Rucksack, der neben dem Feuer gelegen hatte, war verschwunden. *Er hat mich im Stich gelassen, ohne Wasser und...*

»Canda?«

Ich fuhr herum und wusste nicht, ob ich Amad schlagen und beschimpfen oder erleichtert sein sollte.

»Pirschst du dich immer an wie ein Geist? Oder warst du gerade dabei, dich davonzuschleichen?«

»Weder noch. Was ist los?«

Nur langsam gewöhnten sich meine Augen an das Sternenlicht, aber ich konnte erkennen, dass er den Rucksack geschultert hatte. »Wo zum Henker warst du?«, brach es aus mir heraus. »Warum nimmst du das Gepäck mit? Und wo ist der Hund?«

Sogar im Sternenlicht konnte ich die Bestürzung in seiner Miene erkennen. »Du hast im Ernst geglaubt, ich würde dich hier zurücklassen?«

»Was würdest du denken, wenn ich samt Gepäck verschwunden wäre!«

»Das Logische: dass du wohl einen Grund haben wirst. In der Nähe gab es Steinschlag und ich wollte nach den Pferden sehen. Den Rucksack habe ich mitgenommen, falls ich Seile und Licht brauche. Und deine Graue hat darauf bestanden, mir dabei vor den Füßen herumzustolpern. Ich habe sie bei den Pferden gelassen.«

»Warum hast du mich nicht geweckt!«

»Weil du geschlafen hast wie eine Tote. Nicht einmal das Donnern der Steine hat dich gestört und du hast... Was ist los?«

Ich konnte nicht antworten. Ich war erstarrt, lauschte, kaum fähig, Atem zu holen. Jedes Härchen an meinem Nacken stellte sich auf, Flüstern in meinem Kopf mit fremder, angsterfüllter

Stimme. »*Canda! Sieh genau hin!*« Die Gegenwart, ich spürte sie wieder, dichter bei mir, fast Haut an Haut.

»Amad?« Meine Worte waren ein kaum verständliches, ersticktes Flüstern. »Hier ... hier ist jemand! Direkt bei mir!« Und plötzlich fügte sich die Stimme zu einem Gesicht aus einem anderem Traum – vor Tagen, als ich nach meiner Flucht unter einem Karren weggedämmert war: *ein dreizehnjähriger Junge mit blondem Haar und Bernsteinaugen.* Es war verrückt, aber ich hätte jeden Eid geschworen, dass er hier war, körperlos, unsichtbar. Und er hatte noch größere Angst als ich. *Vor mir?*

Amad musterte mich so beunruhigt, als würde er überlegen, ob ich nun endgültig den Verstand verlor. »Hier ist niemand außer uns.« Er berührte vorsichtig meinen Arm, als wollte er mich vor einem Fall bewahren – oder aus einem Traum wecken. »Canda, ist wirklich nichts passiert? Du zitterst ja!«

Beinahe hätte ich aus Verzweiflung gelacht. »Was soll passiert sein? Ich verliere nur den Verstand!« Ich wollte mich abwenden, aber ich konnte nicht – Amad hielt mein Handgelenk umfasst, nicht grob oder fest, sondern so behutsam, dass es fast eine Liebkosung war.

»So schlimm geträumt, dass du immer noch mit einem Fuß in der anderen Welt bist?« Die Sanftheit, mit er nun sprach, brachte mich endgültig aus der Balance.

»Ich weiß nicht«, flüsterte ich. »Es ist ja keine andere Welt. Träume bedeuten überhaupt nichts, aber dieser ...« Das Zittern erfasste mich ganz, ohne dass ich es verhindern konnte. Meine Knie gaben nach – und dann lagen Amads Arme um mich, bewahrten mich davor, auch den letzten Halt zu verlieren.

Ein Teil von mir schrie danach, mich sofort loszumachen und so weit zu laufen, wie ich konnte. Aber es gab einen anderen Teil, der verharrte. Wie in Trance spürte ich Amads Nähe nach, die mein Herz zum Stolpern brachte, suchte die

Wärme seines Körpers, den Duft seiner Haut, fremd und doch auf beunruhigende Weise vertraut.

»Niemand wird verrückt, nur weil er träumt«, sagte Amad.

»Ich offenbar schon!«, gab ich leise zurück.

Diesmal konnte ich sein Lächeln fast spüren, gefangen in seinem Atemhauch an meiner Schläfe. »Alle Menschen träumen und das hat nichts mit Wahnsinn zu tun. Ich verspreche es dir!«

Zumindest mussten Träume sehr verletzlich machen, denn ich schloss die Augen und vergrub mein Gesicht an seiner Schulter. Und noch etwas Seltsames geschah: Obwohl Amad mich in die Arme genommen hatte, zuckte er nun ein wenig zurück. Aber dann, so zögernd, als würde er sich selbst nicht ganz trauen, schloss er vorsichtig seine Arme fester um mich, zog mich an sich, so dicht, dass ich seinen Herzschlag spüren konnte. Mir wurde schwindelig, als er mir über das Haar strich, mit einer Sanftheit, die ich nicht an ihm kannte. Es war nur ein Moment, aber zum ersten Mal seit Ewigkeiten fühlte ich mich tatsächlich in Sicherheit. Was oder wen ich mir auch immer eingebildet hatte – es war fort, als hätte Amad es aus meiner Nähe vertrieben. Seine Fingerspitzen strichen über meinen Nacken und lösten einen Funkenschauer aus Empfindungen aus, ganz anders, als ich es von Tians Berührungen kannte…

Tian! Das brachte mich in die Wirklichkeit zurück. *Bei allen Sternen, was tust du da?* Ich riss mich los und brachte ein paar Schritte zwischen uns. Hastig wischte ich mir mit dem Handrücken die Tränen vom Gesicht. Ein paar Sekunden standen wir einander nur gegenüber, atemlos wie zwei Fremde, die etwas Verbotenes geteilt hatten. Amad fing sich als Erster. »Du solltest lieber Angst vor Steinschlag und Fallen haben als vor Albträumen«, sagte er mit belegter Stimme. Er ging mit großen Schritten an mir vorbei und ließ sich neben dem toten

Feuer nieder. »Wir sollten noch etwas schlafen. Morgen verlassen wir den Schluchtenweg und reiten talabwärts.«

Es klang so bemüht sachlich, als wollte er wieder einen Abstand zwischen uns bringen.

Mit weichen Knien ließ ich mich auf dem Felsen nieder. Verwirrt und auf eine andere Art zittrig schlang ich die Arme um meine Beine. Immer noch hallten die Empfindungen in mir nach, und gleichzeitig schämte ich mich unendlich dafür, wenn ich an Tian dachte. Ich musste verrückt sein, einen anderen Mann zu umarmen. Und noch verrückter, weil mein Körper immer noch darauf reagierte, immer noch Amads Arme spürte, seinen Herzschlag und den Funkenflug der fremden Haut. *Sei vernünftig!*, schalt ich mich. *Du bist nur verwirrt und schwach.*

»Träumst du auch?«, fragte ich. »Ich meine ... Albträume?«

Amad streckte sich aus und schob sich den Rucksack unter den Kopf.

»Jede einzelne Nacht. Sobald ich die Augen schließe. Und oft genug sogar mit offenen Augen.« Mit seinem Spott konnte ich inzwischen umgehen, mit seiner Aufrichtigkeit nicht. Und auch nicht mit dem Dunklen, Ungesagten, das in seiner Antwort mitschwang. Auch wenn wir so taten, als sei nichts geschehen: Die Nähe verband uns immer noch, hob die Unterschiede auf, machte uns einfach nur zu zwei Menschen unter einem Sternenhimmel. Trotzdem wagte ich nicht zu fragen, wen er vor sich sah, wenn er die Augen schloss. Verstohlen musterte ich ihn. Seine Haltung hatte die träge Spannung einer ruhenden Raubkatze. Ich schluckte und wandte schnell den Blick ab. »Und wie vertreibst du solche Träume?«

Die Frage schien ihn zu amüsieren. »Was glaubst du, Canda Nachtgespenst? Gar nicht! Wenn du sie fortjagst, sind sie wie gekränkte Gäste. Sie hämmern nur noch lauter an deine Türen und zertrümmern sie schließlich. Ich kann dir nur einen Rat geben: Lass sie herein. Betrachte sie, höre ihnen zu. Sie können dir nichts anhaben, solange du ihnen nicht glaubst. Sie sind die Lügen, die die Nacht uns ins Ohr flüstert.«

Jetzt musste ich lächeln. »Glaubt man das in deinem Land? Kommst du aus Suvrael?«

»Warum?«

»Dort liegt das ganze Jahr Schnee. Oder sind es die Eiseninseln. Oder Grauland?«

Er setzte sich ruckartig auf, stützte die Arme nur scheinbar locker auf die Knie. »Mein Land kennst du nicht.«

»Ich kenne alle Länder, die jemals bereist wurden.«

»Ach wirklich? Du bist doch nie aus deiner Stadt herausgekommen. Soweit ich weiß, braucht ihr sogar eine Sondererlaubnis der Herrscher, um zwei Meilen in die Wüste zur Jagd zu reiten. Vom fremden Ländern ganz zu schweigen.«

»Aber wir haben Bücher. Die größte Bibliothek…«

»Tinte und Papier, aha. Da, wo ich herkomme, liest man nicht, man sieht lieber mit eigenen Augen. Bücher sind von Menschen geschrieben, die vielleicht die Wahrheit sagen, vielleicht aber auch nicht. Und so oder so leihst du dir die Augen eines Fremden, statt dich auf deine eigenen zu verlassen.«

Ich hatte tatsächlich vergessen, wie verschieden wir waren. Es war nicht nur die Entfernung von Stand und Familie, wir lebten auf völlig unterschiedlichen Kontinenten.

»Keine Bücher?«, sagte ich fassungslos. »Aber wenn ihr nicht schreibt und lest, wisst ihr doch überhaupt nichts von der Welt!«

»Und du weißt etwas davon?«, spottete er. »Dann lies mir mal vor, was da oben geschrieben steht!«

»Was meinst du?«

»Was schon, Papierverschlingerin? Das nachtblaue Buch mit Sternenschrift.«

Ich stutzte, überrascht von diesem Bild des Himmels, das mich trotz allem fast wieder zum Lächeln gebracht hätte. »Das ist leicht! Mit dem bloßen Auge erkennt man dreitausendvierhundertzwanzig Sterne. Aber auf unseren Himmelskarten haben unsere Astronomen insgesamt dreihundertvierundsiebzigtausend verzeichnet, also genau… einhundertneunkommadreimal so viele. Der helle Stern dort im Norden ist Nummer fünfhundertsechzehn, vierhundertsiebzig Milliarden Jahre alt.«

Amad war alles andere als beeindruckt. »Nummer fünfhundertsechzehn?«, murmelte er fassungslos. Er ließ sich zurückfallen und verschränkte die Arme hinter dem Kopf. »Deine Fünfhundertsechzehn ist Prinzessin Meda. Sie war schön wie ein Schneefalter und herrschte über das Land hinter dem Onyxfluss. Du siehst ihn am Himmel – das dunkle Band ohne Sterne. Seine Wasser waren schwarz und wellenlos, und wer hineinblickte, sah die Wahrheit, genauso gut oder grausam, wie sie wirklich war. Wer diesen Fluss überqueren wollte, ließ nichts zurück oder verlor alles, sogar sich selbst. Es gab kaum Menschen, die genug Mut hatten, aber die wenigen, die es wagten und die vom schwarzen Wasser nicht verschlungen wurden, empfing Meda auf der anderen Seite, stolz und leuchtend wie der Mond. Sie half ihnen aus dem Fluss und küsste ihnen die Augenlider.«

Bei Tag hätte ich über solche Märchen vielleicht nur mitleidig gelächelt, aber hier, im fahlen Licht der Nacht, zog Amads Erzählung mich gegen meinen Willen in den Bann. Oder vielleicht war es nur seine Stimme. Sie klang nicht weich und lächelnd wie die von Tian, sondern fast wütend, rau und voller Wehmut. »Als die Menschen die Augen wieder aufschlugen, sahen sie, was andere nicht sahen: den Schmetterling, der noch in seinem Kokon schlief, das gebrochene Herz in der Brust eines Mannes, die Träume, die niemand zu träumen wagte – und andere, die zu oft geträumt wurden, sodass sie verblichen waren wie alte Spitze. Sie waren Medas Menschen geworden, konnten durch Träume reisen, Feuer ohne Glut und Liebe ohne Küsse entfachen, Kriege ohne Waffen und Lachen ohne Stimme. Der Tod war ihnen fern.«

Die Bilder hallten in der Stille nach wie farbige Klänge. Das fremdartige Märchen hatte nichts mit den Legenden unserer Stadt gemeinsam, und nichts mit den Geschichten, die Tian mir ins Ohr geraunt hatte. Es ähnelte einem Traum, aber einem, den man nicht vergessen wollte.

Amad bemerkte nicht, dass ich ihn von der Seite betrachtete, er war weit fort, irgendwo in Medas Reich.

»Meda verschenkte also Unsterblichkeit?«

»Oh nein, Unsterblichkeit ist etwas für Menschen!« Amad sagte es so gedankenverloren, als wäre es das Selbstverständlichste der Welt.

»Medas Volk war stark, aber auch verletzlich. Wenn Medas Menschen starben, dann starb ein Teil der Welt mit ihnen, unwiderruflich. Aber wenn sie kämpften, unerkannt unter ihren Masken aus Metall, dann kämpften sie für alles Schöne und Hässliche, das nie vergehen sollte. Und selbst als Gefangene in den Käfigen von Menschen, so nieder und verräterisch, dass sie ihre Geschwister ermordeten, verloren sie niemals Medas Glanz und ihr fühlendes Herz.«

Masken. Käfige und Menschen, die ihre Geschwister ermordeten. Es war, als würde ich mit einem Schlag erwachen. Die beängstigenden Zeichnungen aus der Höhle standen gestochen scharf vor mir. Warum glichen sich die blauen Symbole in der Höhle und Amads Beschreibung so sehr?

Zufall!, redete ich mir ein. *Amad kann nichts über meine Familie wissen.* Vielleicht hatte er die Zeichnungen in der Höhle gesehen und sich die Geschichte ausgedacht.

TEIL II: WÜSTENWIND

Glaubst du das wirklich?, wisperte die ängstliche Stimme. *Die Zeichnungen waren verborgen, bis die Kreaturen sie enthüllt haben – und Amad war nicht in der Höhle, der Sand war unberührt. Und glaubst du, er nannte dich ohne Grund Canda Blauhand?*

»Alles nur Märchen«, sagte ich hastig. »Das ist kein Wissen, es ist nicht real.« Ich konnte nicht anders, als mich in die Sicherheit der Vernunft zu flüchten.

»Real ist also nur, was dir deine Talente zeigen?«, sagte Amad. »Dein Gedächtnis und dein Sinn für Mathematik? Wie beschränkt musst du sein, die Welt nur durch solche Augen betrachten zu können?«

Schlagartig hatte sich die Stimmung verändert. Es schien kälter geworden zu sein. Amad sprang auf und klopfte sich wütend den Staub von den Ärmeln. »Hast du dich noch nie gefragt, wie für dich der Himmel ohne deine Gaben aussehen würde?«

Seine heftige Reaktion überraschte mich und schüchterte mich ein. »Warum sollte ich darüber nachdenken?«, erwiderte ich vorsichtig. »Ich sehe den Himmel mit meinen Augen, weil meine Gaben zu mir gehören, von Geburt an. Sie machen mich zu dem, was ich bin, sie *sind* ich ...«

Ich stockte. *Aber was bin ich noch ohne meinen Glanz?* Jetzt hätte ich Amad am liebsten geschlagen, dafür, dass er mich in diese Falle gelockt hatte und mich offenbar mit voller Absicht verletzte. Wie hatte ich jemals glauben können, dass wir einander nahe waren?

»Dann träum weiter unter deinen dreitausendvierhundertzwanzig Sternen, Prinzessin Moreno.«

»Wo gehst du hin?«

Er wandte sich nicht einmal um. »Hundertsiebzehn Schritte nach Nordosten, um es in deiner Sprache zu sagen. In meiner heißt das: weit genug weg von dir!«

Spur aus Gold und Kupfer

Amad war schon dabei, die Pferde zu satteln, als ich ihn morgens fand. Er sah mich nicht an, während er den Sattelgurt meines Reittieres festzog. Ich schluckte und stieg ebenso schweigend auf. Heute erschien er mir fremder denn je.

In der Nacht hatte ich nicht mehr gewagt, einzuschlafen. Immer noch konnte ich mir keinen Reim auf unser Gespräch machen. Es blieb nur das unbehagliche Gefühl, dass die Malereien in der Höhle mehr über die Morenos erzählten, als ich in der Stadt gelernt hatte. *Und dass Amad mehr darüber weiß, als er mir sagt.*

Unser Weg aus der Schlucht führte über einen steilen Pfad zu den Kronen der Klippen. Bald ritten wir in Sichtweite gezackter Schluchtenränder auf felsigen, leicht abfallenden Ebenen in Richtung Südwesten. Amad suchte wie immer die Umgebung ab, als würde er nach etwas ganz Bestimmtem Ausschau halten. Ich entdeckte nichts Ungewöhnliches – nur erstaunlich geometrische Formationen roter Nadelfelsen rechts von uns. *Niemandsland*, dachte ich bedrückt. *Das nur zu neuen Abgründen führt.*

»Bist du sicher, dass Tian hier entlanggegangen ist?«

Amad gab mir keine Antwort.

»Haben dir deine Albträume heute die Sprache verschlagen? Sag mir, wohin wir gehen!«

Ein düsterer Blick traf mich. »Erst einmal noch eine halbe Meile zur Falkenschlucht, dort gibt es Wasser. Es ist nur ein Rinnsal, vor Urzeiten war es ein Wasserfall. Aber es reicht, um die Pferde zu tränken.«

»Und dann?«

»Wohin die Fährte führt: In einer Meile strikt nach Süden. Es gibt einen Serpentinenweg, der uns zu den Ausläufern der Kreideberge führt. Und von dort reiten wir in die Wälder.«

Amad verlagerte nur ein wenig sein Gewicht und sein Pferd trabte los. *Als ob er vor mir wegläuft*, dachte ich grimmig. Nun, so einfach würde ich es ihm nicht machen. Aber es war wie verhext: Mein Pferd gehorchte mir nicht, als würde es einem anderen stummen Befehl gehorchen. Es stellte sich stur und wich nach links aus – dorthin, wo eben noch Amad an meiner Seite geritten war. Dornige Äste streiften mein Knie, Gestrüpp, das sich an einen mannshohen Findling klammerte. Ich wollte das Tier schon verärgert antreiben, als ich stutzte. Plötzlich war mein Mund noch trockener und meine Hände krampften sich um die Zügel.

Auf den ersten Blick hätte man die schimmernden Fäden für ein Bündel von Spinnweben in den Zweigen halten können, aber ich begriff sofort, dass ich nicht die Einzige war, die sich geweigert hatte, sich das lange Haar für einen Wüstenmarsch abzuschneiden. *Also doch?*, schoss es mir durch den Kopf. *Die Frau gehört zu den Entführern?*

Wie hatte der Alte die Reisende beschrieben? *Strahlend wie die Sonne selbst.* Fast konnte ich sie sehen wie eine flirrende Fata Morgana in der heißen Luft: eine Schönheit mit weißer Lilienhaut und, wie ich jetzt wusste, lichtblondem Haar. Lachend ritt sie hier vorbei, auf dem Pferd, das die Hirtenbrüder ihr überlassen hatten, der Wind spielte mit den Strähnen; eine streifte die Zweige. Aber nein, das Bild des Zufalls stimmte nicht: Die Strähne war um einen abgebrochenen Zweig geknotet worden – zusammen mit einer kürzeren Locke von ganz anderer Farbe. *Kupferrot!* Ganz von selbst entfachte sich das Lächeln in meinem Gesicht, schoss das Blut in meine

Wangen. Meine Fingerspitzen kribbelten, als ich das Ästchen aus dem Gestrüpp fischte. Die Berührung von Tians Haar weckte in mir ein Echo, dann überspülte die Vertrautheit jäh jeden Teil von mir, verband mich mit dem zweiten Teil meiner Seele. Das rote, pulsierende Glühen füllte mich aus und brachte mich zum Strahlen, durchströmte mich wie eine Welle aus Lava, die nicht verbrannte, nur wärmte. Erst jetzt spürte ich, *wie* leer ich gewesen war. Der Wind wurde zu Tians Umarmung, seinem Duft nach Meer und Weite, zu seiner Stimme, die mir ins Ohr raunte. *Folge mir, mein Stern!* Als ich die Augen schloss, stand mein Geliebter vor mir: geschunden und schwach, aber immer noch entschlossen genug, um mir eine Nachricht zu hinterlassen, eine Spur aus Gold und Kupfer, die mir sagte, wohin seine Entführer ihn brachten. *Die Entführer, zu denen ein blondes Mädchen mit lilienweißer Haut gehört.*

*

Meine Wangen waren heiß, mein Herz raste immer noch, als ich zu Amad aufgeholt hatte. Den Zweig barg ich in meiner Hand. Ich wagte nicht, Amad anzusehen, aus Angst, mich zu verraten, als würde ich noch von einem verbotenen Kuss glühen. Aber nach einer Weile befühlte ich verstohlen den Fund. Das blonde Haar hatte eine ganz andere Struktur als das von Tian. Es war fein und so glatt, dass der Haarknoten fast von selbst aufging.

Die Pferde legten die Ohren an und duckten sich vor dem Wind, der immer stärker wurde. Amad beobachtete die Staubwirbel, bizarre Tänzerinnen, die der Wind über die schräge Ebene wehte. Links trudelte ein Falke in einem Fallwind über der Schlucht und fing sich nur mit Mühe wieder. Noch bevor ich Amad fluchen hörte, wusste ich, dass etwas nicht stimmte.

TEIL II: WÜSTENWIND

Ich streifte das Haar vom Zweig, ließ das Stückchen Holz hastig fallen und wollte meinen Fund einstecken. Aber dazu kam ich nicht mehr. Eine Windfaust beförderte mich fast aus dem Sattel. Mein Pferd machte einen Satz, warf den Kopf panisch hoch und zerrte an den Zügeln. Die Graue prallte gegen mich und sprang – und das Haarbündel rutschte aus meiner Hand. Gold- und Kupferfäden vermischten sich mit flatterndem Mähnenhaar und trudelten einzeln in der Luft davon.

Die Pferde tänzelten, gingen seitwärts. Mühsam rang ich nach Luft und bekam keine. Noch nie hatte ich einen solchen seltsamen Sturm erlebt. Als hätte sich alles umgekehrt, sogen Windwirbel alle Luft aus meiner Lunge, der Druck in meinen Ohren wurde unerträglich und ließ mich alles nur noch wie durch Watte hören. Amad packte meine Zügel, zwang beide Pferde umzukehren und trieb sie zurück in die Richtung, aus der wir gekommen waren. Knie an Knie preschten wir dahin. Mähnenhaar schnitt in meine Finger. Nur aus den Augenwinkeln konnte ich erkennen, wie Amad den Rucksack nach vorne riss und etwas daraus hervorzerrte. Ich erschrak, als im nächsten Moment ein Seil um mein Handgelenk lag, eine Doppelschlinge, die er mit einem Ruck festzurrte. Bevor ich reagieren konnte, ließ Amad meine Zügel los und verdoppelte sein Tempo. Er ließ mich zurück und hetzte sein Pferd in gestrecktem Galopp auf die roten Felsnadeln zu, die wir vor einer Weile hinter uns gelassen hatten. Kurz vor den Felsen sprang er noch im Lauf vom Pferd und rettete sich mit dem losen Seilende zwischen die Felsnadeln. In letzter Sekunde: Der Himmel hörte auf, nur Atem zu holen und begann zu brüllen. Entwurzelte Sträucher fegten über die Ebene. Eine Wand aus Luft traf mich von der Seite mit einer Wucht, die mein Pferd von den Beinen holte und mich aus dem Sattel schlug. Der Aufprall war hart, ich überschlug mich, aber ich spürte mein eigenes Gewicht kaum. Wind kroch unter mich, hob mich an. Kaum vierzig Schritte hinter mir gähnte ein Abgrund, und ich rutschte auf ihn zu wie eine Feder, die jemand über einen Tischrand pusten wollte. Ich schrie, ohne dass ich mich selbst hörte. Dann ruckte das Seil, schnitt in mein Handgelenk und hielt mich, ein lächerlich dünnes Band zwischen mir und dem Tod. Mein Pferd hatte weniger Glück. Voller Entsetzen musste ich mitansehen, wie es versuchte, auf die Beine zu kommen und sein linkes Vorderbein dabei nur schlimmer in den Zügeln verhedderte. Es stürzte wieder, kam voller Panik halb hoch, wurde vom Wind gefällt und davongetrieben wie ein Spielball – bis es von einer letzten gewaltigen Sturmbö über die Kante gerissen wurde. Das Letzte, was ich von ihm sah, war ein Hinterhuf, der verzweifelt in die Luft schlug. Mein Seil ruckte, zog mich, Fels schrappte über meine Knie. Und endlich begann ich zu kämpfen. Roter, bitterer Sand füllte meinen Mund und brachte mich zum Husten. Halb blind ließ ich mich weiterziehen, kroch weiter, stemmte Zehen und Knie gegen die Felsfalten des Bodens. Im wirbelnden Sand konnte ich das Seil erkennen, das Amad an einem Felsen befestigt hatte, seine Beine, die er gegen Stein stemmte, sein vor Anstrengung verzerrtes Gesicht, als er mich Hand über Hand heranzog.

Mit einem letzten Ruck entriss er mich der Windfaust. Wir schlugen beide lang hin und krochen zwischen die Felsen. »Weiter! Bleib dicht am Boden!« Obwohl Amad mir ins Ohr schrie, klang er körperlos. Der Himmel hatte sich verdunkelt wie bei einer Sonnenfinsternis. Irgendwo im Halbdunkel sah ich voller Erleichterung die goldenen Augen der Grauen aufleuchten, wie in einem Stummfilm bellte sie lautlos im Tosen des Sturms. Auf Knien und Ellenbogen robbte ich zwischen die Felsen, in ein erstaunlich geometrisches Labyrinth.

Der Sturmwind drehte abrupt. Wie ein Raubtier, das unsere

TEIL II: WÜSTENWIND

Spur wieder aufgenommen hatte, drängte er nun mit voller Wucht zwischen die Felsnadeln.

Mein Arm rutschte ins Leere. Entsetzt fing ich mich und krallte mich in die Steinkante unter meinem Schlüsselbein. Unter mir: senkrechter Abgrund. Mir wurde schwindelig und übel vor Entsetzen. Durch Wolken, die wie verirrte Geister mindestens dreißig Meter unter mir trieben, erahnte ich Ebenen und Hügel, die mit blassgrünem Moos bewachsen waren – nur dass das Moos Bäume waren. *Wir haben keine Chance mehr*, schrie es in meinem Kopf. Verzweifelt versuchte ich zurückzukriechen – aber der Wind schob mich unbarmherzig auf den Abgrund zu. Es war Amad, der mich am Gürtel packte und zurückhielt.

Er stemmte sich mit dem Rücken gegen eine Felsnadel, um die Taille ein Seil, und zog mit der freien Hand etwas aus dem Rucksack. Einen metallisch glänzenden Zylinder mit einem Lederband am Ende, das er mit den Zähnen abriss. Es roch scharf nach Verbranntem, Funken trafen wie Nadelstiche meine Haut. Amad schleuderte den Zylinder über mich hinweg in den Abgrund, dann warf er sich über mich und drückte mich zu Boden, schützte meinen Kopf mit seinen Armen. An meiner Schläfe konnte ich seinen Atem fühlen, erstaunlich ruhig, als würde die Gefahr sein Blut kühl werden lassen. Durch das Tosen hörte ich einen scharfen Knall, unter mir gab es einen Ruck, als würde der Fels selbst sich aufbäumen. *Sprengstoff? Aber was...*

Dann holte der Wind zum letzten Schlag aus – die Graue wurde neben uns über die Kante gefegt und verschwand, als hätte jemand sie weggeschnippt. Ich konnte nicht einmal schreien. Wie eine Katze krallte ich mich an Amads Arm fest. Schmerzhaft drückte sich die Felskante in meine Rippen – rieb Sand auf meiner Haut. Amads Gewicht schob mich weiter, unaufhaltsam. Ein letzter Windstoß, ein Kippen – und alles kehrte sich um. Der Sog der Tiefe riss uns steil nach unten. Keine Luft mehr in der Lunge, kein Halt. Meine Füße schlugen verzweifelt ins Nichts, als gäbe es immer noch eine Chance, Halt zu finden. Fels und Himmel wechselten rasend schnell wie Blitzlichtaufnahmen. Zehntelsekunden Ewigkeiten, während meine Gedanken sich überschlugen. *Wie lange werde ich fallen? Werde ich den Aufprall spüren? Bitte lass mich nicht leiden, bitte…*

Ein Ruck ließ mich aufkeuchen. Amads Arme lagen wie Eisenklammern um meinen Körper. Benommen rang ich nach Atem. Wir fielen nicht mehr! Die Zeit hatte angehalten, wir waren in der Luft erstarrt, nein, wir hingen – an Amads dünnem Seil über der Unendlichkeit und drehten uns. Über uns kreiselte der Sturmhimmel.

»Lass mich los!«, schrie Amad mir zu.

»Nein!« Mein Schrei gellte so schrill wie ein Falkenruf in der Schlucht.

Amad lockerte seinen Griff! Ich sackte nach unten, mein Bauch ein einziger kochender See aus Entsetzen. »Bist du verrückt?«, kreischte ich.

Amad griff mit einer Hand zu dem Rucksack, zog ihn von seiner rechten Schulter herunter und warf ihn in die Tiefe. Und dann… ließ er mich ganz los!

Ich sackte noch tiefer, klammerte mich an ihn, umschlang seine Beine mit meinen. Unter mir gähnte das Tal wie ein gieriger Schlund.

»Spring endlich!«, brüllte er. »Vertrau mir!«

Lieber sterbe ich, schrie eine panische Stimme in meinem Kopf. *Ach nein: Ich sterbe ja sowieso!*

Amad fluchte, zückte sein Messer und – kappte das Seil über seinem Kopf, das uns beide hielt, mit einem entschiedenen Ruck.

TEIL II: WÜSTENWIND

Mein Schrei schien zurückzubleiben, während die Zeit weiterraste und einen Schwarm elektrischer Motten in meinem Bauch aufscheuchte. Ich presste die Lider zusammen. *Das war's – wie viele Sekunden falle ich? Wie viele Sekunden dauert der Schmerz, wie viele…*

Etwas krachte, ein Ruck brachte uns ins Trudeln wie Stoffpuppen im Orkan. Und dann: ein anderes, dunkleres Rot hinter meinen Lidern, Amad, der mich noch im Fallen grob von sich stieß, schwebende Ewigkeiten in kompletter Orientierungslosigkeit und dann: ein mörderischer Aufschlag, der meinen Körper zusammendrückte, als wäre ich viermal so schwer. Sinken und Zurückfedern in einer Staubwolke, die nach Fischgräten und Salz roch und fernes Winseln, das in meinem Kopf zu absoluter Stille verhallte.

*

Eine kalte Hand strich über meine Stirn. *Also bin ich nicht tot?*, dachte ich benommen. Irgendwo über mir heulte der Sturm noch mit derselben Wut, aber hier war es windstill. Meine Finger waren verhakt in dicke Schnüre und immer noch roch es nach fauligem Trockenfisch. Vorsichtig öffnete ich die Augen. Über mir war ein Auge aus Sturm und schwarzen Wolken. Umrahmt wurde es von verstaubten Mosaiken, die geometrischen Muster konnte man noch erahnen, Rauten und Kreise. *Ein Kuppeldach? Aber da war kein Gebäude…*

Doch es gab keinen Zweifel: Über mir gähnte ein Sprengloch. Und fünf Meter über diesem Loch schwang das abgeschnittene Seilende im Wind und schlug gegen Felsen. Komischerweise rieselte kein Staub durch die Öffnung, fegte kein Wind hindurch. *Als sei der Sturm tatsächlich ein Raubtier, das da oben immer noch unsere Fährte sucht. Aber wohin haben wir uns geflüchtet?* Mein Herz raste, aber alles in mir war so taub und fremd, als wäre ich gar nicht in meinem Körper. Benommen wandte ich den Kopf. Amad kniete neben mir, jetzt zog er die Hand zurück, als hätte ich ihn ertappt. *Neue Kratzer an seinem Unterarm?*, dachte ich verwundert. *Nicht von mir. So dünne Krallen habe ich nicht. Von mir stammen die Abdrücke der Fingernägel.*

»Nichts gebrochen?«, fragte er heiser.

Mir wurde schwindelig, als ich mich benommen aufsetzte. Kein Knochen schien am richtigen Platz zu sein, aber ich konnte mich bewegen.

»Nein.« Es war, als würde jemand anderes mit meiner Stimme sprechen, während ich neben mir stand und mich selbst beobachtete. *Schock*, dachte ich. *Nur der Schock. Werde nicht ohnmächtig!*

»Glück gehabt.« Amad sah zu dem Loch hoch, fluchte wieder in seiner fremden Sprache und stand auf.

Ich setzte mich auf. »He! Moment! Wo sind wir hier? Wo kommt das alles her? Da war doch nur der Abgrund.«

Amad wandte sich wieder zu mir um. Die Graue humpelte schwanzwedelnd auf ihn zu und er streichelte ihr den Kopf. Seine Hand zitterte ein wenig. Jetzt erst fiel mir auf, dass er aschgrau im Gesicht war. »Manchmal ist das, was man sieht, nicht die einzige Wirklichkeit«, murmelte er dann.

Das kann nicht sein. Ich falle noch. Ich träume.

Andererseits: Die Kühle in diesem Raum war sehr real, und auch der Berg von… *Fischernetzen?* Blinzelnd sah ich mich um. Vor langer Zeit war der Raum sicher ein Festsaal gewesen, aus den Wänden ragten verrostete Halterungen für unzählige Kerzenleuchter. Aber heute wurde er wohl nur noch als Lagerraum genutzt. In der Ecke reihten sich Taschen und Rucksäcke und an der Wand lehnten Waffen – Stöcke mit Spitzen und Widerhaken am oberen Ende.

TEIL II: WÜSTENWIND

Der Boden schien unter mir zu schwanken, als ich vom Netzberg kroch. »Setz dich lieber wieder hin und atme erst einmal durch«, sagte Amad besorgt. Er wollte mich am Arm fassen, aber ich wehrte ihn mit einem groben Schlag ab und kam auf die Beine. »Du sagst mir nie wieder, was ich zu tun habe!«, stieß ich hervor. »Du verfluchter Lügner! Du hast mich einfach losgelassen!«

Er nickte ernst. »Manchmal muss man jemanden fallen lassen, um ihn aufzufangen.«

»Soll ich jetzt lachen?«

Er schluckte schwer und schüttelte den Kopf. »Nein«, sagte er mit dem Anflug von Sanftheit, der die Nacht wieder zu mir brachte. »Wir hatten nur keine Sekunde länger Zeit, und ich wollte, dass du als Erste fällst. Der Netzberg hätte dich allein weicher aufgefangen als mit meinem Gewicht. Wir hatten Glück, dass er höher war, als er von oben aussah, aber wir hätten uns zusammen das Genick brechen können.«

Ich machte ein paar schwankende Schritte und streckte die Hand nach einer der langen Hakenstangen aus, die sich an der Wand reihten. Aus irgendeinem Grund musste ich mich vergewissern, dass sie real waren.

»Finger weg!«, donnerte eine raue, sehr dunkle Stimme. Ich zuckte zurück. Ein Kerl mit schwarzem Bart und ebenso buschigen Brauen kam mit großen Schritten auf uns zu. Er trug eine abgeschabte und an den Taschen ausgebeulte Weste und Hosen aus verschlissenem Leder. Im Gehen entsicherte er ein Schrotgewehr und riss es hoch. »Weg von unseren Harpunen, ihr Diebe, na los!«

Ich musste noch im Schock sein, die Zeit rutschte mir wieder weg. Ich erinnerte mich nicht daran, dass Amad einen Schritt vor mich gemacht hatte. Aber nun stand er mit dem Rücken zu mir. Der Rucksack mit den Waffen lag irgendwo im

Raum, aber sein Revolver steckte hinten in seinem Gürtel. Der Bärtige blieb vor uns stehen. Scharfer Tabakgeruch strömte von ihm aus. »Was habt ihr hier zu suchen!«

Ich hätte Angst haben sollen, aber es war, als hätte ich dieses Gefühl bei meinem Sturz verloren. Mir war nur schwindelig und ich hörte alles wie durch Watte. Immer noch schien der Abgrund unter mir zu klaffen, sah ich mein Pferd fallen, fühlte den Sog, der mich nach unten riss.

»Ich bin Amad. Und das ist meine Schwester. Sie... spricht nicht viel. Wir kommen aus Tamrar, Wüstengebiet. Dort herrscht Dürre, unser ganzes Vieh ist verdurstet, es gibt für Monate kein Wasser für Mensch und Tier. Deshalb mussten wir das Dorf verlassen und sind unterwegs nach Süden. Wir wollen es als Saisonarbeiter in den Perlfabriken versuchen.«

»Da seid ihr aber genau auf dem falschen Weg.« Hinter dem Bärtigen kamen noch zwei Männer in den Raum und blickten mit offenen Mündern zu dem Loch in der Decke und dann zu uns.

»Ja, völlig falscher Weg«, bestätigte Amad. »Wir sind schon nach Süden abgebogen, aber dann kam der Sturm und hätte uns fast umgebracht. Uns blieb nichts anderes übrig, als nach Westen zu fliehen. Und... naja, eure Netze haben uns das Leben gerettet.«

»Hungerleider, die unser Lager in Trümmer legen«, sagte einer der anderen Kerle abfällig. »Na danke! Schmeißen wir sie raus, bevor sie hier noch mehr Schaden anrichten.«

Der dritte Mann musterte uns grimmig. »Von da oben kommt ihr? Aus den Geisterbergen? Das ist doch 'ne Lüge. Kein Mensch kann lebendig durch das Dämonenland spazieren!«

Der Bärtige spuckte einen Batzen Kautabak auf den Boden, ohne das Gewehr zu senken. »Es sei denn, sie sind selber Dämonen«, knurrte er. Unwillkürlich drängte ich mich näher zu Amad. Diesmal war ich mir ganz sicher: Es waren die zwei Schatten, die mich verfolgten, seit wir die Stadt verlassen hatten. Sie waren fast durchsichtig und flüchtig wie schwarzer Rauch und niemand außer mir schien sie zu sehen. Nun beugten sie sich zu dem Bärtigen, als würden sie ihm etwas ins Ohr flüstern. Er bekam schmale Augen, ein kaltes Licht entzündete sich darin. »Werden wir ja sehen«, murmelte er. »Dämonen bluten nicht.« Sein Finger rutschte zum Abzug – genau in dem Moment, in dem Amad zur Waffe griff. Immer noch war ich zu benommen, um die Gefahr wirklich zu spüren. Ich sah nur wie in einem Film vor mir, was gleich geschehen würde: wie Amad seinen Revolver nach vorne riss und schneller abfeuerte als der Bärtige seine Waffe. Wie der Schuss aus dem Gewehr ins Leere ging, während der Mann nach hinten geschleudert wurde, sein Blut ein roter Regen, der auf staubigen Boden traf...

»Dämonen? Spinnst du, Perem?« Eine kleine, knochige Faust packte den Gewehrlauf und riss ihn hoch. Ein hübsches Koboldgesicht mit blitzenden grauen Augen wandte sich uns zu. Die junge Frau war zierlich, sie ging mir kaum bis zur Schulter, aber sie war sicher schon zwanzig. Schwarzes, kurzes Haar stand von ihrem Kopf ab. Wie die Männer trug sie auch eine Weste mit vielen Taschen und Hosen. »Und Diebe?« Sie lachte. »Seid ihr betrunken, Jungs? Bisschen viel Aufwand, um ein paar alte Harpunen zu stehlen, meint ihr nicht? Und die Kleine sieht aus, als hätten die Dämonen sie rückwärts durch die Dornenhecken gezogen. Die zwei sind nur knapp einer Windsbraut entwischt und ihr führt euch auf wie die Barbaren.«

Erstaunlicherweise ließ die gefährliche Spannung im Raum schlagartig nach. Die geisterhaften Schatten der getöteten

Leibwächter verwehten wie Rauch. Der Bärtige senkte das Gewehr und sicherte es.

Amads Hand löste sich nur zögernd vom Revolver. »Wir fallen euch nicht zur Last«, sagte er. »Sobald wir unsere Sachen zusammengesucht haben, reisen wir heute noch weiter.«

»Das wollen wir hoffen«, knurrte einer der Männer.

Das Mädchen warf ihm einen tadelnden Blick zu.

»Ihr bleibt zumindest, bis ihr eure Knochen wieder zusammengesammelt habt«, bestimmte sie. »Wenn Enou auch anderer Meinung ist, gut. Aber bei mir seid ihr willkommen.« Das Mädchen drängte sich einfach an Amad vorbei und streckte mir eine Hand mit schwarz geränderten Fingernägeln hin. Dann entschied sie wohl, dass ich zu langsam reagierte, packte meine Rechte und schüttelte sie. »Soso, du sagst also nicht viel?« Sie grinste mich an. »Macht nichts. Die anderen behaupten, ich rede genug für uns alle. Ich bin Juniper. Perem ist mein Zwillingsbruder, ihn habt ihr ja gleich richtig kennengelernt.« Mit dem Daumen deutete sie über die Schulter auf den Bärtigen. »Das da hinten sind Enou und Loth, sie kommen aus dem Dorf Kahalo, wie wir alle. Wir sind nämlich auch Saisonarbeiter. Allerdings nicht auf dem Weg nach Süden, sondern nach Tibris, in drei Tagen beginnt dort die Fangsaison für die Haie. Sag mal, Schöne, hast du auch einen Namen oder seid ihr in Tamrar so arm, dass sich zwei Geschwister nur einen leisten können?«

Sie war ungestüm und fremdartig, aber ich mochte sie sofort. Gerne hätte ich ihr Lächeln erwidert, aber ihre Stimme wurde zu einem Echo, grelle Lichtpunkte tanzten vor meinen Augen. Der Schock holte mich ein. Der Raum begann sich um mich zu drehen.

»Sie heißt Smila«, echote Amads Antwort in meinem Kopf.

Juniper lachte. »Ach, immerhin zwei Namen, aber nur eine Zunge?«

TEIL II: WÜSTENWIND

Die Lichtpunkte wurden zu grellen Blitzen und meine Kopfhaut wurde erst heiß und dann kalt. »Hoppla«, hörte ich Juniper in weiter Ferne ausrufen, während alles um mich herum dunkel wurde. »Na, ich schätze, du gehst heute nirgendwohin, kleine Schwester!«

Teil III:
Grüne Wasser

Der Palast der Fischer

Es tat unendlich gut, dass Vida bei mir war, mir das Haar aus der Stirn strich und mit einem feuchten Tuch meine Lider kühlte. Im Hintergrund murmelten Dienerinnen, schleiften geschäftige Schritte. *Zu Hause*, dachte ich erleichtert. *Mein armes stürzendes Pferd – nur ein Traum. Und auch der Mann, der nach Wüstenfeuern duftet, hat mich nicht auf seinen Armen durch den staubigen Palast der Fischer getragen.* Und das Wichtigste: Ich spürte Tian wie einen zweiten Herzschlag, einen sachten Widerhall unserer Verbindung.

Ich lächelte, ohne die Augen zu öffnen.

»Na endlich!«, sagte Vida. »Guten Morgen – obwohl es ja schon Abend ist.« Das Tuch hob sich von meinen Lidern. »Du weißt schon, dass du blind werden kannst, wenn du deine Augen nicht besser vor der Sonne schützt?«

»Vida«, murmelte ich. »Ich habe furchtbar geträumt.«

»Glaub ich dir gerne, Schöne. Aber falls deine Windsbraut Vida hieß, würde ich sie lieber nicht rufen. Sonst kommt sie noch zurück.«

Die Dienerinnen verstießen gegen jede Regel – sie lachten einfach! Ich riss die Augen auf. Es war, als würde mich das Schicksal höhnisch auslachen. *Reingelegt. Weiter weg von zu Hause könnte ich nicht sein.*

Ich lag in einem achteckigen, von Säulen durchbrochenen Erkersaal. Das Abendrot tauchte den Raum in weiches Licht, aber den Verfall konnte es nicht kaschieren. In den glaslosen Bogenfenstern hingen Scherbenreste. Ranken und Flechten krallten sich an die Streben.

TEIL III: GRÜNE WASSER

Frauen lächelten mich freundlich an. Ich sah Zahnlücken und gelbliche Zähne, kurz geschnittenes Haar, das bei manchen schon grau war. Und dieses Mädchen, Juniper, saß neben mir und klemmte gerade das feuchte Tuch hinter den Henkel eines Wasserkruges.

»Gut geschlafen?«, fragte sie munter. »Hast immer noch deine Zunge verschluckt, was? Naja, zumindest siehst du nicht mehr aus wie der Tod. Dein Bruder hatte ja tatsächlich vor, dich noch heute weiterzutreiben, wir konnten ihn kaum davon überzeugen, über Nacht hierzubleiben, statt euch im Dunkeln den Hals im Gebirge zu brechen. Wenn er mit eurem Vieh so rücksichtsvoll umgeht wie mit dir, ist es kein Wunder, dass eure Ziegen lieber verrecken.«

Ich war zu verwirrt, um darauf zu antworten. Mein Kopf wusste, dass ich in der Fremde war – aber mein Herz fühlte sich merkwürdigerweise immer noch zu Hause.

»Was ist das für ein Gebäude?«, flüsterte ich. »Warum ist es jetzt nicht unsichtbar?«

»Ich vermute mal, damit wir uns nicht die Köpfe an den Mauern einrennen«, antwortete eine Rothaarige trocken. »Warum sollte die alte Kirche denn unsichtbar sein? Das hast du wohl geträumt.«

Kirche? Ja, das passte. Und ich liege nicht auf einem Bett, sondern auf einem Block aus Onyx, früher war der Stein ein Altar.

»Wo ist Amad?«

»Dein Bruder macht sich bei den Männern nützlich. Wer unseren Lagerraum demoliert, hat was gutzumachen.«

Alle starrten mich erwartungsvoll an. Offenbar war ich nun an der Reihe. Mir schoss das Blut in die Wangen. Ich konnte mich nur verraten. »Ich ... ich muss gehen.« Ich setzte mich auf, aber dann fiel mir auf, dass ich nackt war. Erschrocken zog ich die Wolldecke bis zum Hals hoch. »Wo sind meine Kleider?«

»Du meinst deine zerfetzten Lumpen?« Juniper winkte ab. »Die waren nicht mehr zu gebrauchen. Dein Gürtel mit den Taschen liegt beim Fenster, aber alles andere haben wir verbrannt, für den Fall, dass noch Windmagie drinhängt.«

»Verbrannt?«, rief ich entsetzt. »Meine Sachen? Aber...«

Juniper grinste. »Vor uns brauchst du dich nicht zu schämen. Und wenn du nackt zum Abendessen auftauchst, bleibt mehr für uns, die Männer vergessen dann, dass sie etwas essen wollten.«

»Hör auf, du Schandmaul«, rief eine grauhaarige Frau. Sie hatte das gutmütige Gesicht einer dicken, zufriedenen Katze, Falten zerklüfteten ihre Augenwinkel und Wangen. »Glaub ihr kein Wort, Mädchen. Bei uns muss niemand nackt herumlaufen. Und du musst nirgendwohin, solange du noch völlig benommen bist.« Sie streckte ihre Hand aus und strich mir liebevoll über die Wange. Ich hätte zurückzucken müssen, aber ich tat es nicht, so sehr vermisste ich meine Familie plötzlich, so ausgehungert war ich nach Freundlichkeit, nach Menschen, zu denen ich gehörte. »Arme Kleine. Hast einen harten Weg hinter dir, hm? Du bist ja nur noch Rippen und Haut – halb verhungert. Im Schlaf hast du nach dieser Vida gerufen, und nach Anib und Zabina. Sind das deine Schwestern?«

Jetzt konnte ich nicht verbergen, dass mir die Tränen in die Augen stiegen. Ich nickte einfach und schmiegte mich in die Liebkosung der Frau wie ein Kind, das Schutz sucht. Ich musste tatsächlich in einer anderen Wirklichkeit gelandet sein. Von der stolzen Stadtprinzessin war nichts mehr übrig. *Aber wer bin ich dann?*

Der Bann war gebrochen. Die Frauen drängten zu mir, Hände streichelten mich tröstend, sie zogen mir sanft die Decke weg und halfen mir auf die Beine. Hosen aus weichem braunem Leder wurden mir in die Hand gedrückt, jemand

TEIL III: GRÜNE WASSER

holte aus einem Rucksack eine Art Hemd – und die Katzenfrau half mir in eine Weste aus festem grünem Stoff und vielen Taschen, wie sie auch die anderen trugen. »Danke«, flüsterte ich mit erstickter Stimme. Sie lächelten und nickten. »Du bist nicht allein mit diesem Kummer«, tröstete mich die Katzenfrau. »Wir kennen das nur zu gut. Wir haben alle Heimweh, wenn wir den Herbst über am Meer sein müssen. Manche weinen jede Nacht, weil sie sich nach ihren Familien sehnen. Naja, alle außer Juniper. Die kann es ja nicht erwarten, von zu Hause wegzukommen.«

»Zeigt mir einen hübschen Jungen in unserem Dorf und ich bleibe«, erwiderte Juniper mit einem Koboldgrinsen.

»Als ob dir einer reichen würde!«, spottete die Rothaarige. »Wenn du so viele Haie an Land ziehen würdest wie Liebhaber auf dein Lager, wären wir am Ende der Saison reich.«

Juniper zwinkerte mir zu. »Wer nimmt das bissige Fischmaul, wenn er sich stattdessen einen weichen Mund zum Küssen fangen kann?«

Die Frauen empörten sich lachend, schalten sie. Spöttische Worte flogen hin und her, und nebenbei reichte Juniper mir den Wasserkrug, zückte einen Hornkamm und begann mein Haar zu entwirren. Es war ungewohnt, in einer Gruppe von Gewöhnlichen nicht im Mittelpunkt zu stehen.

Nach und nach löste sich die Gruppe auf, die Frauen gingen zu ihren Lagern, nahmen Messer, Schnüre, Schuhe mit und verließen den Raum. Schließlich blieben nur noch Juniper und ich zurück.

Ich trank den letzten Schluck Wasser und sah mich verstohlen um. Der Altarraum war mir immer noch auf merkwürdige Weise vertraut. *Und da wäre noch die Tatsache, dass es ihn gar nicht geben darf.*

Juniper zerrte den Kamm durch mein Haar. Ich zuckte zusammen, aber ich verbiss mir eine Beschwerde. Sie war keine Dienerin und sie meinte es nur gut mit mir.

»Hat ein Kojote deinen Zopf durchgenagt?«, fragte Juniper. »Keine Strähne hat die gleiche Länge.«

»Es war… eine Art Unfall.«

Sie schnaubte unwillig. »Du redest wirklich nicht gerne, hm?«

Ich biss mir auf die Unterlippe. Hatte ich sie irgendwie beleidigt? Aber sie drückte mir nur den Kamm in die Hand. »Mach es besser selbst, Uma sagt immer, ich reiße den Leuten nur die Haare aus.« Sie sprang von dem Altar und ging mit federnden Schritten zum Fenster. Die Graue hatte es sich dort in einer Nische bequem gemacht. Juniper klopfte ihr die Seite und der Hund wedelte mit dem Schwanz. »Feinen Hund hast du da! Er hat eine Felsviper erledigt. Die alte Kirche ist ein Schlangennest. Sie kommen aus den Bergen und verkriechen sich überall im Gemäuer – und oft genug auch unter den Fischernetzen. Ihr hattet Glück, dass keine euch gebissen hat, als ihr im Lager gelandet seid.« Sie hob meinen Gürtel auf und warf ihn mir zu. Zum Glück war mein Dolch noch da. Und rasch fühlte ich nach dem Ring und war beruhigt. »Mit der Hündin könntet ihr gutes Geld machen. Apotheker und Ärzte zahlen nicht schlecht für das Gift von Sandvipern.« Juniper kam zu mir und reichte mir einen Stock, der in einer kleinen hölzernen Gabel endete. »Hier! Bevor du irgendwas anfasst, klopfe mit dem Stock darauf. Das scheucht die Biester auf. Und falls dir doch mal eine zu nahe kommt, halte sie dir mit der Holzgabel vom Hals.«

Immer noch irritierte sie mich mit ihrer direkten, fast groben Art, aber ich wagte ein Lächeln, das uns sofort verband. »Danke«, sagte ich und nahm den Stock. Er war glatt gerieben und lag gut in der Hand. Juniper musterte mich zufrieden.

»Umas Hosen sind dir etwas zu kurz, aber das macht nichts. Jetzt siehst du aus wie eine von uns.« Ich musste schwer schlucken. *Ich bin doch immer noch Canda Moreno*, dachte ich. *Oder nicht?* Verstohlen fühlte ich nach der frisch verheilten Wunde in meiner Handfläche, dort, wo die Mégana mich verletzt hatte. Im Augenblick war das die einzige Bestätigung, dass meine Wirklichkeit immer noch existierte.

»Schade, dass wir so knapp mit Wasser sind«, fuhr Juniper fort. »Die paar Wasserleitungen, die hier noch funktioniert hatten, spucken in diesem Jahr nur Dreck aus. Aber ich würde zu gern sehen, ob du unter der braunen Schale so eine schöne helle Haut hast wie dein Bruder.«

»Was ist das für eine Kirche?«, fragte ich ausweichend. »Wem gehört sie?

»Na, keinem – oder dem, der sich hier hochwagt. Und das sind nur Leute aus unserem Dorf.«

»Aber wer hat das alles erbaut?«

»Keine Ahnung. Jedenfalls hatten die Leute eine Schwäche für Adlernester, so hoch wie das Gebäude am Berg hängt. Für uns ist es praktisch – keine Menschenseele verirrt sich hierher. Naja, es sei denn, jemand fällt vom Himmel wie ihr. Im Spätherbst lassen wir unser Fischerzeug hier und holen es ab, wenn wir im nächsten Spätsommer wieder zum Meer wandern. Erspart uns viel Schlepperei.«

Die Graue gähnte herzhaft, streckte sich und trottete leicht humpelnd zu mir.

»Richtet ihr eure Hunde extra auf Schlangenfang ab?«, wollte Juniper wissen. Fieberhaft überlegte ich, was die glaubwürdigste Antwort war. »Ja, in unserer Gegend gibt es viele Sandvipern.« Und weil das offensichtlich nicht reichte, fügte ich auf gut Glück hinzu: »Amad kennt sich mit Hunden aus.« *Was ja nicht gelogen ist.*

Juniper legte den Kopf schief und verschränkte die Arme. »Nur mit Hunden?«, fragte sie listig.

»Was meinst du?«

Sie grinste. »Bist du blind, weil er dein Bruder ist? Ich habe selten einen so gut aussehenden Kerl wie ihn gesehen. Er hat einen schönen, schweigsamen Mund, der trotzdem viel erzählt. Auch von Leid und Schmerz. Aber ich wette, wenn er mal lächelt, rennen ihm nicht nur die Vierbeiner nach. Küsst er gut?«

Mir schoss das Blut in die Wangen. »Ich... woher soll ich das wissen? Ich bin seine Schwester.«

»Na und? Er wird doch wohl schon ein paar deiner Freundinnen geküsst haben – und sag mir jetzt nur nicht, dass die Mädchen in eurem Dorf nicht über so etwas reden.«

Darauf fiel mir keine Antwort ein. Juniper war anders als alle Frauen, die ich kannte, es schien, als würde sie in sich selbst schweben, losgelöst, ohne die Sicherheit von Regeln und Gesetzen, die ihr ihren Platz in der Welt gaben.

»Bei uns sind eben andere Dinge üblich als bei euch.« Ich hoffte, das würde das Thema beenden – aber Juniper war keine meiner Dienerinnen, die ich mit einem Stirnrunzeln oder einem tadelnden Blick zum Schweigen bringen konnte. Ihre Neugier flammte jetzt erst richtig auf.

»Sag schon, hat Amad eine Freundin? Oder«, ihre Augen bekamen einen schelmischen Glanz, »ist es mehr als eine?«

Chaos, dachte ich entsetzt. *Wie kann sie als Unvollständige ohne Ordnung leben, ohne verrückt zu werden?*

»Warum fragst du ihn nicht selbst?«

»Du meinst, es geht mich nichts an, ja? Keine Sorge, ich komme ihm schon nicht zu nahe. Sonst verprügelst du mich noch.« Sie deutete feixend auf den Stock, den ich umklammerte, als wollte ich mich gegen einen Angriff schützen. »Du bist gar nicht so harmlos, wie du tust«, stellte sie fest. »Und eifersüchtig bist du auch.«

Hastig senkte ich das Holz. »Warum sollte ich eifersüchtig sein? Und was meinen Bruder angeht, ja er hat… ein Mädchen.«

»Und du hast auch jemanden?«

»Ja«, erwiderte ich aus vollem Herzen. »Wir sind einander versprochen. Von Geburt an. Und wir bleiben bis zum Tod verbunden.«

»Klingt ja nach einer Menge Spaß«, sagte Juniper trocken. »Meine Güte, ihr müsst ja vor Langeweile dahinsiechen wie eure Ziegen bei Dürre!«

Ich holte schon Luft für eine empörte Erwiderung, aber dann wurde mir bewusst, was ich hier versuchte: einer Frau, die keine Zweiheit kannte, das Wesen der Liebe zu erklären.

Juniper lachte. »Schau mich nicht an, als wolltest du mich fressen! War doch nur ein Witz! Ganz schön schnell gekränkt bist du.« Sie schlug mir freundschaftlich auf die Schulter. »Ich wollte dich nicht beleidigen. Für mich wäre so ein Bund aus Eisen und Stein ja nichts, aber jeder, wie er mag und wie es ihn glücklich macht. Also, sind wir wieder Freunde?«

Es war seltsam: Juniper war fremdartig und laut und schüchterte mich mit ihrer Respektlosigkeit und ihrem rauen Lachen ein – und trotzdem nickte ich zögernd.

»Freunde«, sagte ich leise. Und obwohl Anib und Zabina entsetzt gewesen wären, fühlte es sich nicht nach einer Lüge an. Juniper begann zu strahlen. »Du bist komisch, weißt du?«, rief sie gut gelaunt. »Aber du gefällst mir. Komm mit! Ich muss noch zu den Vogelfallen.«

*

Es war unwirklich, mit klopfendem Herzen durch dieses Relikt lang vergangener Dynastien zu wandern. Der Verfall schluckte jedes Echo, das früher die Gänge durchwandert hatte. Die Architektur dieses Schneckenhauslabyrinths hatte keine Ähnlichkeit mit den klar strukturierten Gemächern Ghans. Die Flure und Wege, die von Stockwerk zu Stockwerk führten, waren treppenlose gebogene Spiralen. Und trotzdem kam es mir mit jedem Schritt so vor, als hätte ich diese Flure schon einmal durchwandert. Kein Zirkel, keine Kurve war Augenmaß, alles ließ sich in Formeln und Amplituden zergliedern, die sich in bestechender Logik vor mir auffächerten wie wunderschöne, fragile Gebilde aus Gleichungen und Zahlen.

»Warte hier!« Juniper blieb vor einem Giebelfenster stehen und kletterte hinaus. Der Hund bellte auf – dann fegte er davon, vermutlich auf der Spur einer Schlange. Ich blieb zurück, mit dem flauen Gefühl, Schritte und Atemzüge wahrzunehmen, die längst Vergangenheit waren. Wenn ich die Augen schloss, konnte ich mir einbilden, im Freien zu stehen. Es roch nach Berg und Weite. *Aber sicher hat es hier geduftet. Nach... Sandelholz und Lavendel.*

Ich wagte mich ein Stück weiter, ging den gewundenen Flur entlang. Unter Schmutz und Staubkrusten erahnte ich uralte Fresken. Im Vorübergehen strich ich mit den Fingerspitzen über ein verstaubtes Männergesicht, dessen Augen nur noch leere Löcher waren. *Amethyste*, dachte ich. *Sie sind vor langer Zeit gestohlen worden, vielleicht haben Junipers Ahnen sie zu Geld gemacht. Dieses Gesicht hatte einst violette Juwelenaugen. Aber woher weiß ich das?*

Hinter mir sprang Juniper durch das Fenster wieder in den Raum. Die schwarzen Flügel eines großen Vogels zuckten noch, aber sein Kopf pendelte leblos hin und her. Juniper löste einen Holzbügel, der dem Tier das Genick gebrochen hatte, und legte die Beute auf den Boden. »Styxmöwen. Schmecken wie Schuhsohlen, aber sie sind besser als nichts. He, wo willst du denn hin?«

»Nach oben. Ich will mich umsehen.«

»Die Türen, die wir mit weißen Kreuzen markiert haben, sind tabu«, rief sie mir hinterher. »Die alte Kirche ist nämlich ein hinterhältiges Monstrum, das Besucher hasst. Wenn du einen falschen Schritt machst, lässt sie dich durch morsche Böden in den Abgrund fallen.«

*

Tatsächlich prangte über fast jeder Tür ein weißes Kreidekreuz. Dahinter fehlte der Boden zum Teil völlig – und schon meine Nähe brachte Staub zum Rieseln. Ich hätte Angst haben müssen, aber immer noch war es, als würde ich mich in einem Traum bewegen, den ich schon viele Male geträumt hatte. Ich rannte fast, unter meinen Sohlen kühler, zerkratzter Marmor. Der Weg endete in einer Sackgasse, einer Kammer mit nur einem Fenster. In der Ferne erblickte ich einen diesigen Streifen von dunklem Grünblau – vielleicht das Meer? Ich lehnte mich aus dem Fenster und spähte an den Wänden entlang, versuchte das Gebäude zu erfassen. Die Kirche hatte eine seltsame Architektur: einige große Erkersäle, umrahmt von einem Wabenwerk kleiner Räume, das Dächermeer fächerte sich am Fels auf wie eine Ansammlung von Pilzen an einem Stamm. Schräg unter mir balancierte Juniper flink wie eine Seiltänzerin auf einer Abbruchkante entlang zu einer Falle, in der noch eine Möwe mit einem lahmen Flügel zappelte. Nur wenige Zentimeter rechts von Juniper ging es Hunderte von Metern in den Abgrund. Mir wurde schon beim Zusehen flau im Magen, aber das Mädchen schien nicht einmal schneller zu atmen.

Lauer Abendwind spielte in meinem Haar. Unter meinem Fenster zog sich der Rest einer steinernen Balustrade an der Außenmauer entlang. Und wieder war da so etwas wie ein Kribbeln der Erwartung, als würde ich mich Schritt für Schritt in das Erinnern zurücktasten. Jetzt hätte ich viel dafür gegeben, meine verrückten Stimmen zu hören, aber seit gestern Nacht schwiegen sie, als hätte etwas sie vertrieben. Ich zögerte, aber schließlich nahm ich meinen Mut zusammen und kletterte nach draußen. Mit dem Gesicht zur Mauer schob ich mich weiter um den Erker herum. Steine fehlten im Mauerwerk, scharfe Bruchkanten und Steinchen bohrten sich in meine Sohlen. Oft klopfte ich erst mit dem Schlangenstock auf eine Stelle, um die Festigkeit zu prüfen, berechnete die Gewichtsverteilung pro Quadratzentimeter, bevor ich mich weiterwagte. Die Balustrade führte an schmalen Fenstern vorbei. Die Kammern, die sich dahinter reihten, mussten Schlafräume gewesen sein – sie erinnerten mich an die Zellen im Haus der Verwaisten. Nur dass die Waschbecken hier ehemals aus Malachit und die Betten aus Steinblöcken bestanden hatten, Trümmer lagen noch herum. Am Ende der Balustrade erreichte ich ein zerbrochenes Rundfenster. Auch auf dem Fensterbrett prangte ein weißes Kreuz.

Das Wiedererkennen war so deutlich, als hätte ich eine alte Fotografie hervorgekramt, die ich als Kind oft betrachtet hatte. Vorsichtig strich ich mit dem Zeigefinger über einen Scheibensplitter, der am Fenster wie ein einzelner Zahn hervorstand. Die Staubkruste ließ sich leicht abreiben. Zum Vorschein kam strahlend gelbes Glas, das im Abendrot glühte wie der Mitternachtswein. Und plötzlich wusste ich, was mich hergeführt hatte. Jetzt raste mein Herz, als hätte ich Fieber. »Tian? Bist du hier?«, flüsterte ich in den Raum.

Etwas erwachte in mir und antwortete ohne Stimme, lockte

mich, zog mich mit aller Sehnsucht weiter. Trockene Flechten federten unter meinen Füßen, als ich mich in den Raum gleiten ließ. Ein Stein löste sich vom Fensterstock, schlug auf, barst irgendwo in der Tiefe.

»Smila?« Junipers besorgter Ruf drang von draußen herein.
»Alles in Ordnung«, schrie ich.

Der Raum war eine Ruine – eine Lawine aus Backsteinen hatte die einzige Tür vor langer Zeit verschüttet, ein dürrer Baum wuchs schräg durch ein Loch in der Decke. Dahinter stand ein großes, unversehrtes Marmorbecken an der Wand. Der Wasserhahn musste schon vor langer Zeit abgebrochen sein. Und Tians Gegenwart war zum Greifen nah. Vorsichtig tastete ich mich dicht an der Mauer entlang, bis ich das Becken erreichte. Wie früher, als wir uns versteckt hatten, suchte ich nach Tian, flüsterte seinen Namen. Aber niemand hatte diesen Raum betreten, nur Mäusespuren schrieben Geschichten in den fingerdicken Staub. Und trotzdem: Tian *war* hier, so nah, dass ich fast verrückt wurde.

Ein Haufen vertrockneter Blätter lag im Becken. Ich vergewisserte mich mit dem Stock, dass keine Schlange sich darunter verkrochen hatte, kletterte hinein und sprang zur Wand. Der erste, vorsichtige Schlag mit einem Stück Backstein sprengte eine verkalkte dünne Platte ab. Der zweite Schlag traf fester, der dritte ließ Kalk und Schmutz regnen. Aber die Enttäuschung kam ebenso schnell. Die Wand klang an keiner Stelle hohl, es gab keine geheime Tür, nur ein altes Wandbild. Beziehungsweise Fragmente davon. Noch halb unter uraltem Sediment von Schlamm und Schmutz verborgen war ein grüner Edelstein in die Wand eingefügt. Es war die Iris eines Auges, der Freskomaler hatte darüber den launischen Schwung einer schmalen Braue perfekt ausgeführt. Die Zeit hatte den größten Teil des Freskos zerfressen, das Gesicht war nicht mehr erkennbar, der zweite Smaragd fehlte. Aber auch ohne die gezeichnete Frau zu sehen, wusste ich, dass ihre Schönheit so stechend und klar wie die Sonne war, dass sie mit einem Lächeln Herzen gewann und Männer für sie Kriege begonnen hätten. Ein weißer Schwung zeichnete die Linie von Haaren neben der Braue nach. Die Farbe war ausgebleicht, früher musste es lichtgoldenes Blond gewesen sein. Es war gespenstisch. Ich hatte Tian gesucht und dieses Mädchen gefunden. *Eine Botschaft? Soll es mir zeigen, wem die Entführerin ähnelt?* Aber dafür müsste Tian das Bild gesehen haben – und er war doch nicht hier gewesen, sondern wurde in den Süden gebracht.

Ich bearbeitete die Wand weiter mit dem Stein, dann versuchte ich die Krusten von altem Schmutz mit dem Stock abzukratzen. Schließlich machte ich mit bloßen Händen weiter, wischte mit Fingern und Ärmeln. Eine bestickte Borte kam zum Vorschein, der Saum eines ehemals grünblauen Gewandes, ein verblichener Flügelärmel, kaum noch erkennbar, aber trotzdem traf es mich wie ein Schlag.

Ich stolperte ein paar Schritte zurück und sackte auf den Beckenrand. Aus der Entfernung fügten sich die Bruchstücke zu einem Bild. Das Fresko stellte ein Mädchen in einem Mantelkleid dar. *Mein antiker Hochzeitsmantel.*

Wenn ich nicht schon gesessen hätte, jetzt hätten meine Beine mich nicht mehr gehalten.

In den Händen trug die Fremde eine verkrustete graue Scheibe, es wirkte, als hielte sie einen verschatteten Mond. Ihre blasse Hand ragte aus dem Ärmel hervor, ein Handgelenk war erkennbar – und auf dem Unterarm ein rundes Symbol, das leider zu verwaschen war, um Einzelheiten zu erkennen. Es erinnerte an eine Wüstenblume. Die Farbe war zu einem zarten Grau verblasst, aber ich hätte schwören können, dass es früher blau gewesen war. *Morenoblau?*

TEIL III: GRÜNE WASSER

»Wer bist du?«, flüsterte ich. Die Schönheit blickte hochmütig auf mich herab und schien mich zu verspotten. Und obwohl es widersinnig war, verschmolzen in meiner Vorstellung die Entführerin und dieses Abbild zu einer Person. Meine Hand schmerzte, so fest drückten sich die Bruchkanten des Backsteins in meine Finger.

»Du bekommst ihn nicht«, zischte ich. »Ich werde dich finden. Und wenn du Tian etwas angetan hast, bringe ich dich um!«

So?, schien der Smaragdblick zu antworten. *Träum weiter von deinen Sternen, hässliche farblose Kröte!*

Ich sprang auf, holte aus und schmetterte den Steinbrocken mit aller Kraft gegen die Wand. Werfen war eindeutig nicht meine Gabe, und der Brocken war zu schwer, er traf nicht das Auge, sondern den Rand des Mondes. Es knackte wie eine Eierschale.

»Was zum Henker treibst du da oben?«, schrie Juniper. »Komm sofort runter!«

Die Wand schien ächzend Atem zu holen. Irgendwo tief im Stein klackte und knirschte es, rostige Mechanik setzte sich in Gang. Ein fernes Grollen ertönte, Plätschern – und dann veränderte sich die Wand vor meinen Augen. Dunkle Schlieren erschienen darauf, wuchsen wie Anthrazitfinger in Richtung Boden. Es gurgelte und stank nach uralter Fäulnis, kalte, schlammige Nässe füllte das Becken und kroch zwischen meine Zehen. Erschrocken kletterte ich auf den Brunnenrand.

Schwall um Schwall spuckte die Wand das schmutzige Wasser aus, das Rinnsal strömte durch alte Ritzen und Bruchkanten wie aus einem Leck, es kroch durch den Zerfall, spülte Mörtel davon, wurde schließlich klarer. Ich hatte wohl eine alte Wasserleitung erwischt, vielleicht hatte ich mit dem Stein ein Ventil zerschlagen. Ich holte Luft und erhob mich, wankte zu der Mondscheibe, suchte nach der Gegenwart, die spürbar wie ein Atemhauch war, zum Greifen nah.

»Smila?« Juniper tauchte am Fenster auf. »Spinnst du, hier reinzuklettern? Hast du das weiße Kreuz nicht gesehen und ...« Dann klappte ihr vor Verblüffung der Mund auf. Jetzt vergaß auch sie alle Vorsicht. Blitzschnell kletterte sie ins Zimmer und huschte an der Wand entlang. In der nächsten Sekunde schöpfte sie sich schon Wasser ins Gesicht. »Wahnsinn!«, rief sie aus. »Eiskalt – das ist eine Leitung zu einer Bergquelle. Und ich dachte, wir hätten alle Wasserleitungen freigelegt. Wie zum Henker hast du diesen fließenden Schatz gefunden? Hast du einer Wassernymphe ein Lebensjahr verkauft?«

Ich schluckte und fand mühsam meine Fassung wieder. »Ich ... dachte, ich hätte den Hund bellen gehört. Und dann habe ich den Smaragd entdeckt und bin reingeklettert. Ich wollte ihn aus der Wand schlagen – und dabei kam plötzlich Wasser.« Dafür, dass ich kein Talent fürs Lügen hatte, war es nicht die schlechteste Erklärung.

»Dann bist du also nur vom Glück geküsst.« Juniper stieg lachend in das Becken, das bereits bis zum Rand gefüllt war. Blätter und Schlammwasser schwappten über den Rand. Sie watete zum Spiegel und zog einen Metallhaken aus einer ihrer Taschen. »Nein!«, schrie ich entsetzt, aber sie hatte schon ausgeholt und die Spitze in das Smaragdauge geschlagen. Es war, als müsste ich beobachten, wie ein Mensch verletzt wird. Es knirschte hässlich, als Juniper den Edelstein aus dem zerstörten Bild hebelte. »Was soll das Geschrei?«, sagte sie. »Keine Sorge, der Stein ist heil. Hier, bei uns gehört jedem das, was er findet.« Ich fing die kleine Smaragdscheibe auf, sie war flach geschliffen und nur so groß wie eine Iris. Das Fresko war nicht nur blind geworden, es hatte kein Leben mehr, war nur noch eine Fläche aus farbigen Strichen und Formen. Wasser rann aus dem Schlagloch, löste den Putz und begann das Bild endgültig zu zerstören. Jede Verbindung war abgerissen. Ich fühlte mich so beraubt, als hätte Juniper das Mädchen verjagt und mir eine Antwort gestohlen, die ich beinahe bekommen hätte.

»Komm! Runter mit dem Staub!«, rief Juniper. Sie packte mich an der Weste und riss mich einfach ins Becken. Sandiges Wasser und nasses Laub fingen sich in meinem Mund, empört tauchte ich wieder auf, hustend und spuckend. Sandwolken bauschten sich im Wasser – der letzte Gruß der Wüste. Wasser rann zwischen meine Lippen, fand meine Zunge. Und dann konnte ich auch nicht mehr widerstehen. Ich schöpfte das eisige Nass von der Wand und trank in gierigen Zügen, obwohl die Kälte an den Zähnen schmerzte. Nach den Tagen in der Wüste war ich vertrocknet wie eine Wüstenmumie, aber mit jedem Schluck strömte wieder Leben in meinen Körper. Eine Bewegung ließ mich zurückprallen. Der Mond war ein alter fleckiger Spiegel. Das Wasser hatte ihn freigespült, und obwohl ein Spinnennetz aus Rissen den Einschlag meines Steines umgab, sah ich mich selbst. Es war ein Schock, schlimmer noch als der am Morgen meines Hochzeitstages. Die Haut war schmutzig braunschwarz, gestreift von Schmutzschlieren und den Resten der Farbe, die die Hundemagd mir ins Gesicht gerieben hatte. Die schrägen Wüstenaugen hatten rote Ränder und stachen viel zu weiß und zu groß aus der Fratze hervor. In wirren, verfilzten Büscheln klebte das Haar an Hals und Schultern. Aber als ich fassungslos den Kopf schüttelte, tat das Wesen es mir nach. Jetzt war ich nur noch wütend auf mein Schicksal. Ich steckte den Smaragd ein, schälte mir die nasse Weste vom Körper und schrubbte mir damit den Schmutz vom Gesicht und den Händen.

Juniper betrachtete mich im Spiegel. Das Splitternetz erzeugte die Illusion, dass sie fünf Augen hatte, die mich alle fragend musterten.

»Besser?«, fragte sie nach einer Weile.

»Nein! Es wird nie wieder gut.«

»Dachte ich mir. Was ist nur mit dir passiert? Verrätst du mir, warum ihr beide auf der Flucht seid?«

»Wie kommst du darauf?«

Behutsam umfasste sie mein Handgelenk und schob meinen nassen Ärmel nach oben. »Das sind doch Fesselspuren. Hat man euer Dorf überfallen und wollte euch als Sklaven verschleppen?«

»Nein. Das war nur Amads Seil, es hat mich im Sturm vor dem Absturz gerettet.«

»Und das hier?« Sie drehte meine Handfläche zum Spiegel. »Schnitte von Scherben. Und auf dem Handteller hast du einen kaum verheilten Stich. Hast du versucht, ein Messer abzuwehren? Und auch dein Bruder hat Kratzer an den Armen.«

Der Boden unter mir schien nun wirklich brüchig zu werden. Und noch etwas beunruhigte mich. Die letzten Reste der blauen Farbe hatte ich eben von den Händen gewaschen, aber die Schnitte und die Stichwunde hatten das Blau für immer angenommen – hässliche Tätowierungen. Das Versprechen an die Mégana, unwiderruflich in meiner Haut festgeschrieben.

»Und was ist mit der Farbe?«, sagte Juniper, als hätte sie meine Gedanken gehört. »Blau ist die Farbe der Traumdeuter. Aber wie kommst du dazu?«

Ich entzog ihr meine Hand, drückte die Fäuste in meine Achselhöhlen. »Frag besser Amad, wenn du etwas über uns wissen willst. Er gefällt dir doch – so hast du Gelegenheit, mit ihm zu reden.«

Eine Splitterkante verdoppelte Junipers Spiegellächeln. »Weißt du, genau das mag ich an dir: Du bist stachelig wie eine Bergdistel und verstellst dich nicht, ob aus Arroganz oder Dummheit, weiß ich noch nicht. Umso mehr will ich wissen, wer du wirklich bist, Rätselmädchen. Das Komische ist, Amad glaube ich jedes Wort, das er sagt. Aber dir nicht. Keine Wüstenfrau läuft mit langen Haaren herum, das weiß sogar ein Bergolm wie ich.«

»Denk, was du willst.«

Juniper lachte ohne jeden Groll. »Na schön, jedem seine Wahrheit. Aber nur so als Hinweis: Menschen wegzustoßen, lockt sie nur zurück zu dir. Wenn ich wollte, dass du mir glaubst, ohne weiterzufragen, würde ich dich füttern und dich nicht vom Napf wegbeißen. Ich wäre freundlich zu dir, ich würde deinen Blick suchen, statt ihm auszuweichen. Ich würde nicht auf Fragen warten, sondern als Erste sprechen und dir erzählen, was du hören willst.« Sie hob die Hand und strich mir sanft eine Locke hinter das Ohr. Trotz allem tat mir die Berührung wohl, und für einen Moment wünschte ich mir nichts so sehr, als ihr alles erzählen zu können. »Und ich würde dir nahekommen«, sagte sie sanft. »Ich wäre weich und distanzlos wie das Wasser, wie zufällig würde ich deine Hand berühren, während ich erzähle, deine Schläfe mit den Lippen streifen, wenn du zweifelst, dich umarmen. Berührungen sind wie Wellen, die die Vernunft ertränken. Und nichts beruhigt Menschen mehr, als wenn du ihr Herz dazu bringst, ihr Misstrauen zu übertönen.«

»Was soll das sein? Eine Lektion im Lügen?«

Juniper zwinkerte mir verschmitzt zu. »Eher eine Lektion, wie Menschen ticken. Vielleicht kannst du sie ja gebrauchen, Distelzunge. Du verlässt dich nämlich zu sehr auf deinen Bruder, aber manchmal ist es klüger, selbst zu wissen, wie man mit Menschen umgeht, die viel zu neugierig sind – so wie ich.«

Sie watete aus dem Becken und hangelte sich zu dem Fenster. Ich folgte ihr nicht sofort. Das Abendlicht wechselte schon von Rot zu einem matten Zwielicht. Immer noch spülte das Wasser Fetzen von Putz von den Wänden. Das Mädchen mit den Smaragdaugen war ausgelöscht. Aber mein fremdes Spiegelbild starrte mich an, bleich und verzweifelt, mit Augen voller Sehnsucht. *Wer du wirklich bist.* Junipers Worte hallten in mir nach. Ich schnaubte und griff zu meinem Dolch. Nun, wie eine Moreno sah ich wirklich nicht mehr aus. Aber die jämmerliche Gestalt im Spiegel würde ich keine Sekunde länger sein.

Windsbraut

Auf einen Blick erfasste ich, dass dreiunddreißig Fischer in dem Lagerraum versammelt waren. Alles wurde für die Abreise am nächsten Morgen vorbereitet: Netze wurden geflickt und Harpunen mit Drahtschlingen zu Bündeln zusammengezurrt. Aber alle hörten mit ihrer Arbeit auf und wandten sich mir zu, als ich mit Juniper und dem Hund den Lagerraum betrat. Es war wie ein Abglanz der alten Zeiten, als die Gewöhnlichen meiner bloßen Gegenwart so wenig widerstehen konnten wie Motten einem gleißenden Licht. Aber diesmal war es nicht mein Glanz, nur der Zufall, dass ich auf Wasser gestoßen war.

»Hier ist ja endlich unsere Wasserfee!«, rief die Katzenfrau prompt. »Oh, und sie hat sich von einem Schlammspringer in eine blitzblanke Forelle verwandelt.«

»Eher in eine Windhexe«, berichtigte Juniper und zupfte an meinen Locken. Sie hatte nicht ganz unrecht. Mit dem Dolch hatte ich die verfilzten Strähnen knapp unter den Ohren abgeschnitten und mit Junipers Kamm entwirrt. Aber beim Trocknen hatten sich meine ehemals hüftlangen Wellen in eine Aura wilder Locken verwandelt.

Wasser musste auch hier sehr kostbar sein. Die Frauen klopften mir auf die Schultern und auch die Männer nickten mir anerkennend zu. Sogar Perem, der mich erst mit offenem Mund anstarrte wie eine Fata Morgana, rang sich ein knappes Nicken ab.

Ich suchte in der Menge nach Amad, aber ich fand ihn nicht. »Er kommt gleich zurück«, sagte Juniper. »Iss was, du verhungerte Heuschrecke. Kost und Logis hast du für euch beide dreifach verdient.« Die Fischer hatten wenig Respekt vor der einstigen Pracht des Saales. In den Marmorboden war ein Loch geschlagen worden, das Feuer glomm darin zwischen drei Marmorbrocken, die als Stütze für einen großen Topf dienten. Juniper hatte nicht gelogen. Das Möwenfleisch schmeckte wie gekochtes Leder, aber ich schlang es herunter, als wäre es ein Ghanesisches Festmahl. »Hier, das habe ich vorhin ganz vergessen.« Juniper drückte mir ein kleines Päckchen in die Hand. »Dein Hund hat es erbeutet, also gehört es dir.« Jetzt verging mir der Appetit. Es war ungegerbte, glatte Schlangenhaut, die ein glitschiges Schmatzen von sich gab, als ich sie auseinanderklappte. Darin fand ich zwei gebogene Zähne, an denen noch rosige Giftdrüsen hingen, säuberlich aus dem Vipernkopf herausgetrennt.

»Das ist doch kostbar!«

Juniper zuckte mit den Schultern. »Mach es irgendwo zu Geld und trink einen Wein auf mich.« So ekelhaft die glitschige Schlangenhaut auch war – zum zweiten Mal machte Junipers Großzügigkeit mich sprachlos.

»Nein, du hast mir heute schon etwas geschenkt, dann schenke ich dir jetzt die Beute der Grauen.«

Aber Juniper schüttelte den Kopf. »Wenn du darauf bestehst, gib mir einen Zahn, aber der andere ist für dich. Freunde teilen«, fügte sie vielsagend hinzu. Ich konnte nicht anders, als ihr Lächeln zu erwidern.

Die Graue sprang auf und lief zur Tür. »Sag ich doch, nicht nur die Hunde laufen ihm nach«, raunte Juniper mir zu. Einige Frauen drehten sich zu Amad um, der eben den Raum betrat. *Zeit für ein paar Antworten, Amad*, dachte ich. Aber als ich ihn sah, machte mein Herz einen Satz und ich vergaß jede Frage. Offenbar war auch seine Kleidung verbrannt worden, er trug nun schwarze Hosen, die betonten, wie lang und muskulös seine Beine waren. Ein dunkelgraues Hemd mit langen Ärmeln verbarg die Kratzer an seinen Handgelenken und ließ sein seltsames Haar heller erscheinen, als es war. Und nicht nur das Haar. Er hatte sich den Schmutz vom Gesicht gewaschen. Aber im Gegensatz zu meiner Haut, die sonnengebräunt oder noch rot vom Sonnenbrand war, wirkte seine, als hätten wir niemals die Wüste in praller Sonne überquert. Zwischen den Männern stach er hervor wie ein heller Falke zwischen Krähen.

Mühelos wuchtete er einen voll bepackten Rucksack von seiner Schulter und sprach mit dem Mann, den Juniper bei unserer Ankunft als Enou angesprochen hatte. Die beiden lachten miteinander. Ich staunte nicht schlecht. Dafür, dass Enou uns gestern noch am liebsten aus der Kirche gejagt hätte, war er jetzt erstaunlich freundlich. Amad und er wirkten, als seien sie Freunde geworden, und auch die anderen Fischer schienen ihn zu mögen. Und auch ich konnte den Blick nicht von seinem Lachen wenden. *So kenne ich ihn nicht*, dachte ich. *So…*

Amad klopfte dem Hund die Seite und wandte sich mir zu. Wie immer suchte er nicht nach mir. Inmitten der Menge fand er mich mit einem einzigen Blick. Sein Lachen erstarb so abrupt, als hätte ihn jemand geohrfeigt. Die Graue stupste seine Hand, aber er stand nur da und betrachtete mich so erstaunt, als hätte er jemand anderen erwartet. Ich hob herausfordernd das Kinn und strich mir das Haar aus der Stirn. *Und wen, Amad? Die hilflose Stadtprinzessin? Die gibt es nicht mehr.* Aber zu meiner Überraschung lag kein Spott in seinem Blick und auch keine Abneigung. Im Gegenteil. Für einige flirrende Sekunden war etwas ganz anderes zwischen uns. In einer anderen Zeit, an einem anderen Ort hätten wir einander zugelächelt. Sein Blick war wie eine Berührung, und als er die Brauen hob und ein kurzes, anerkennendes Nicken andeutete, wurde ich tatsächlich rot. Der Augenblick verging so schnell, wie er gekommen war. Schlagartig schien Amad wieder einzufallen, wer wir waren. Seine Miene verfinsterte sich. Er hob ein paar leere Wasserschläuche auf und verließ mit schnellen Schritten den Raum, als würde er vor mir flüchten.

Ich sprang auf.

»Habt ihr Streit?«, fragte Juniper verdutzt.

»Noch nicht«, murmelte ich und rannte los.

Ich holte ihn auf dem Weg zu den Wabenkammern ein. »Warte! Du schuldest mir ein paar Erklärungen!«

Amad fuhr herum. »Schon interessant. Kaum läufst du wieder auf Palastboden, hast du wieder den Kommandoton einer Prinzessin.«

Im Licht einer kleinen Laterne, die den Weg beleuchtete, wirkten seine Augen noch umschatteter als sonst und seine Züge so scharf geschnitten wie bei einem Raubtier. Am meisten aber traf mich sein Blick, kalte blaue Glut.

»Was ist los mit dir, Amad? Warum bist du so wütend auf mich?«

»Warum? Wegen dir verlieren wir Zeit. Offenbar hast du es nicht mehr eilig, Tian zu finden. Stattdessen spazierst du in baufälligen Kammern herum und lässt dich als Wassersucherin feiern.«

»Und wenn ich nicht gerade an einem Seil über dem Abgrund hänge, versuche ich immer noch zu begreifen, wo wir sind! Das hier darf es nicht geben. Und trotzdem ist es da.«

»Oh, wir machen Fortschritte? Die Frau der großen Gaben beginnt tatsächlich ihren eigenen Augen zu trauen. Sag bloß, du wirst noch abergläubisch wie die Barbaren.«

Jetzt hatte er mich so weit, dass ich ihm am liebsten die Gabel des Schlangenstocks an die Kehle gesetzt hätte. »Mach dich nicht über mich lustig! Warum wusstest du von diesem Ort?«

»Weil es meine Aufgabe ist. Schon vergessen, wer ich bin? Der beste Sucher der Méganes. Genau dafür wurde ich dir an die Seite gestellt: Weil ich jedes Versteck kenne, jeden Fuchsbau, jede Höhle und jeden Palast, in den sich jemand verkriechen könnte. So gut getarnt er auch sein mag.«

»Du hast heute gesagt, dass meine Wirklichkeit nicht die einzige ist. Und dafür will ich eine Erklärung.«

Das schien ihn fast zu amüsieren. »Die Welt hat nun mal mehr Gesetze, als deine Formeln dir sagen. Kannst du durch die Ringmauern eurer Stadt sehen? Nein? Und trotzdem gibt es die Bezirke dahinter. Um dennoch durch Mauern zu sehen, braucht es eine besondere Gabe. Tja, und du hast sie nicht.«

Es war kein gutes Gefühl, zu begreifen, dass meine Welt nicht alles war, was ich kannte. Und die Vorstellung, dass die Méganes und meine strengen Richtereltern davon wussten und vielleicht sogar die Kirche kannten, machte mich wütend und unsicher zugleich. Hatte irgendjemand mir in meinem Leben die ganze Wahrheit gesagt?

»Gehörte die Kirche früher meiner Familie?« *Habe ich deshalb das Gefühl, durch Erinnerungen zu laufen?*

»Frag doch deine Bücher!«

»Spar dir deinen Sarkasmus!«

»Selbst wenn ich es wüsste, deine Familiengeschichte interessiert mich nicht. Glaub mir, eine Moreno reicht mir vollkommen: du!«

Ich war enttäuscht, zu sehr hallte der kurze Moment der Nähe noch in mir nach. Aber trotzdem ließ ich mich nicht provozieren.

»Im Brunnenzimmer war ein Bild an der Wand«, sagte ich mit fester Stimme. »Ein Mädchen, so alt wie ich, und den

Insignien meiner Familie nach zu urteilen war sie eine Moreno.«

Er hob den Blick und sah mir direkt in die Augen. »Vielleicht war es ja dein Spiegelbild?«, sagte er leise. Ich wusste nicht, warum ich erschrak.

»*Trau ihm nicht.*« Der blonde Junge war seit gestern Nacht verschwunden, aber ich wusste, genau das hätte er mir nun zugeflüstert.

Jetzt erst bemerkte ich, dass ich die Hand in der Köchertasche vergraben hatte und die Smaragd-Iris nervös zwischen meinen Fingern rieb. »Woher weißt du, dass in dem Zimmer ein Spiegel hängt?«

»Ich habe mit den Männern den Boden abgestützt und Wasser geholt, für die Reise morgen. Aber ein Bild habe ich nicht gesehen.«

»Es kann nicht mein Spiegelbild gewesen sein. Es sei denn, ich hätte plötzlich blondes Haar und grüne Augen.« Ich holte die Smaragdscheibe hervor. Im Licht einer Laterne funkelte sie wie ein flacher Tropfen aus grünem Wasser.

Ich bildete mir ein, dass ein Schatten von Schmerz über Amads Miene huschte, aber vermutlich erzeugte nur das Flackern der Flamme diesen Effekt. Im schrägen Licht erschien er mir fremder denn je. Helle Strähnen schimmerten neben braunen und schwarzen. Ich wusste nicht, warum ich ausgerechnet jetzt an Tians Kupferlocken denken musste, sein sanftes Gesicht. Und warum ich es mit Amads Zügen verglich. Ich hätte ihn gerne wieder hässlich genannt, aber Juniper musste mich mit ihren Worten verhext haben, denn ich betrachtete seinen Mund und fragte mich, ob seine Geliebte ihn oft geküsst hatte. *Reiß dich zusammen,* schalt ich mich.

»Amad, sag mir die Wahrheit. War Tian hier?«

»Glaubst du, ich führe dich nach Süden, wenn er genau vor

unserer Nase hierher abgebogen wäre? Wenn du mir schon nicht traust, glaube wenigstens der Logik.«

Ich biss mir auf die Unterlippe. Er hatte recht. Es gab keine Spur von Tian und kein Fischer hatte ihn und seine Entführer gesehen.

»Aber... warum ist er mir hier nahe?«

Amad atmete tief aus, aber die Spannung wich nicht aus seiner Haltung. *Als wäre ich diejenige, vor der er sich in Acht nehmen muss.*

»Vielleicht, weil deine Sehnsucht dir Nähe vorgaukelt?« Es überraschte mich, dass seine Züge bei diesen Worten weicher wurden. Eben noch war er zornig gewesen, aber jetzt sah ich einen Abglanz des jungen Mannes, der mir gestern Nacht Sternenmärchen erzählt hatte. Er trat auf mich zu, seine Hände legten sich auf meine Schultern, und ich war so überrascht, dass ich nicht zurückwich. »Du solltest es doch am besten wissen, Canda Zweiheit. Wenn man liebt, bildet man sich sogar ein, den Geliebten neben sich atmen zu hören, selbst wenn er Hunderte von Meilen entfernt ist.« Plötzlich kam es mir lächerlich vor, ihm zu misstrauen. Es ging auch um das Leben seiner Geliebten. Warum sollte er lügen? »Merkst du nicht, was du tust, Canda?«, sagte er eindringlich. »Du lässt dich verwirren und verlierst den Weg aus den Augen. Und wenn du mich fragst«, er senkte die Stimme, »ist es genau das, was Tian bezweckt.«

*

Ich ging nicht zurück zu den Fischern, sondern verkroch mich mit der Grauen in eine Nische im hintersten Teil des Altarraums. Das Gespräch hatte mich mehr verstört, als ich zugeben wollte. Irgendetwas stimmte nicht, wie ein einzelner falscher Ton in einem Musikstück. Und das Schlimmste war, dass auch

Tians Widerhall verschwunden war, als hätte ich ihn mir tatsächlich nur eingebildet.

Nur am Rand nahm ich wahr, wie Juniper und ein paar andere in den Raum kamen und ihre Lager herrichteten. Ich drehte mich zur Wand und stellte mich schlafend. Stunde um Stunde wehrte ich mich gegen den Schlaf, denn auch wenn die Träume Lügner waren, fürchtete ich mich vor dem Rabenmann. Aber er suchte mich nicht heim, das Einzige, was ich sah...

...war endloser Rauch, durch den ich völlig orientierungslos watete. Er duftete nach Sandelholz und Lavendel. Als ich die Hand ausstreckte, verdichtete er sich. Meine Fingerspitzen stießen gegen milchige Kühle. Hauchdünnes konkav gebogenes Glas, das sofort die Wärme meiner Fingerspitzen annahm. »Tian? Bist du hier?« Mein Ruf brachte das Glas zum Vibrieren, etwas kam dahinter in Bewegung: Etwas Wolkiges, in dem ich Umrisse erkannte. Auf der anderen Seite waren... Menschen. Schemenhaft erahnte ich ihre Silhouetten, nur eine war näher und deutlicher zu erkennen: Es war weder Tian noch der blonde Junge mit der ängstlichen Stimme. Sondern eine schlanke Frau, die sich im Schlaf zusammenkauerte. Jetzt hämmerte ich mit den Fäusten gegen die Glashaut. Sie gab nach, ohne zu brechen, und meine Schläge hinterließen Abdrücke aus blauem Licht, die wie Höhlenzeichnungen aus einer anderen Welt wirkten. Die Frau erwachte und schreckte hoch. Sie sprang auf wie eine Schlafwandlerin, drehte sich, als würde sie nicht wissen, wie sie an diesen Ort gekommen war. Dann entdeckte sie mich und taumelte mir entgegen. Beim letzten Schritt stürzte sie, fiel gegen die Haut aus Glas, ihr schneller Atem beschlug an der Scheibe. Ich wollte zurückweichen, aber ich war so erstarrt, wie es nur im Traum möglich ist.

Gut, das reicht!, *befahl ich mir.* Denk an etwas Logisches, das hilft beim Aufwachen. Denk an die Wüste, den Sand – wie viele Sandkörner passen in eine Hand?

»*Grober Sand, Durchmesser eines Korns zwei Millimeter*«, *flüsterte ich.* »*Bei einem Gewicht von...*«

Aber das Traumgespenst hielt mich in seinem Bann. Blaue Augen starrten mich an, schwarzes Haar fiel der jungen Frau wirr in das Gesicht und floss über die Brüste. Sie trug so etwas wie einen Lederharnisch, ein Kleidungsstück, das ich nur aus Geschichtsbüchern kannte.

»*... das macht neunzig Sandkörnchen in einem Gramm...*«, *flüsterte ich weiter.*

Ihr Gesicht war herzförmig, ihre Lippen hatten die Farbe von reifen Kirschen, verzweifelt formte sie Worte, die ich nicht hörte.

»*... bei einer Handvoll Sand, die fünfundsechzig Gramm Sand entspricht, ergibt das...*«

Das Mädchen hauchte das Glas an. Wie eine Besessene begann sie Zahlen zu schreiben.

»*... insgesamt... fünftausendachthundertfünfzig Sandkörner. Bei der Korngröße eins Komma fünfundzwanzig Millimeter sind es dreihundertsiebzigtausend in einem Gramm, das macht...*«

Und während ich noch versuchte, mich an den Zahlen in die wirkliche Welt zurückzuhangeln, las ich die Botschaft ihres Atemhauchs, meine Zahlen, die sie gleichzeitig mit meinen Worten niederschrieb! Als ich verstummte, zögerte sie kurz – dann brachte sie meine Rechnung zu Ende:

= 24 050 000

Die Summe der Körner stimmte. Und sie hatte nicht länger für die Rechnung gebraucht als ich. Sie lächelte mir verzweifelt zu und legte die Hand an die Scheibe, genau dorthin, wo noch ein blauer Abdruck von meinem Faustschlag glomm. Ich würgte an einem trockenen Schlucken. »Du und ich – wir haben beide dieselbe Gabe?«

Sie schüttelte den Kopf, hauchte an eine andere Stelle und schrieb:
1 + 1 = 1
»Was meinst du damit? Schreib mir Worte auf!«
Sie hörte mich, aber sie ging nicht darauf ein, sondern versuchte sich mit Gesten begreiflich zu machen. Ihre Bewegungen bekamen etwas Hektisches, Verzweifeltes. Sterne blinkten über ihr – aber es waren nur zwei, die unheilvoll glommen wie zwei Augen. Das Mädchen krümmte sich und kroch von mir fort, zurück in den Rauch, der sie verbarg, als müsste sie sich in Sicherheit bringen.
»Warte!«, *schrie ich.*

»Warte!«, wimmerte ich. Aber jetzt, als ich mich zum ersten Mal in meinem Leben an einen Traum klammerte, entglitt er mir wie Sand, der durch ein Sieb rieselt. Mein Arm war eingeschlafen, der zerklüftete Marmorboden drückte in meine Schulter und meine Wange. Ich war wach, mein Herz raste – und das Mädchen war fort, obwohl sie immer noch irgendwo in mir nachhallte. Nur die zwei Sterne glommen immer noch, obwohl es im Altarraum keinen Sternenhimmel gab. Über mich beugte sich etwas Dunkles. Dort, wo das Gesicht sein musste, erahnte ich die zwei kalten Punkte, die ich für Sterne gehalten hatte.

Mit einem Keuchen schoss ich hoch, die Dolchklinge schnellte unsichtbar in der Dunkelheit nach oben – und wurde von einem harten Griff um mein Handgelenk gebremst.

»Bist du verrückt? Ich bin es!« Eine kleine Taschenlampe klickte Amads besorgte Züge herbei. Jetzt erst schüttelte ich die letzten Schleier des Schlafs ab. Ich musste das Glimmen seiner Augen geträumt haben.

»Was suchst du hier? Und warum starrst du mich im Schlaf an?«

»He, was soll das Gebrüll?« Am anderen Ende des Saals

setzte sich Juniper gähnend auf. Eine weitere Taschenlampe ging an. Unwilliges Gemurmel erklang, verschlafene Gesichter wandten sich uns zu.

»Meine Schwester hatte nur einen Albtraum«, antwortete Amad in die Runde. Und leise sagte er zu mir: »Du hast geschrien. Ich wollte dich nur wecken.«

Ich riss mich los und kroch zurück. Immer noch hatte ich Gänsehaut, und diesmal wusste ich ganz sicher, dass ich mir nichts einbildete. Das schwarzhaarige Mädchen war immer noch bei mir. *Und... es hat Angst vor dir, Amad.*

Sein Griff wurde lockerer, aber er ließ mein Handgelenk nicht los. Ein Schauer durchfuhr die Haut, als er mit dem Daumen zart darüberstrich. Und dann fühlte ich mich, als würde ich zum ersten Mal durch Mauern blicken.

Bei Amads Berührung verlosch die Gegenwart des Mädchens wie eine Flamme in einem kalten Windstoß. Und gestern war dasselbe passiert: Der blonde Junge mit den Bernsteinaugen war in meiner Nähe gewesen, bis Amad mich berührt hatte. *Der Junge ist vor dir geflüchtet, Amad. Du vertreibst meine Stimmen. Und deine Nähe nimmt mir auch die Verbindung zu Tian.* Die nächste Erkenntnis schmeckte so ernüchternd wie ein Schluck sauer gewordener Wein. »Berührungen sind wie weiche Wellen, die die Vernunft ertränken.« Junipers Lektion klang nun wie Hohn. »*Nichts beruhigt Menschen mehr, als wenn du ihr Herz dazu bringst, ihr Misstrauen zu übertönen.*«

Es kränkte mich unendlich, dass Amad nur deswegen meine Nähe gesucht hatte. Ich hätte auf meine Stimmen hören sollen. Sie hatten mich oft genug vor ihm gewarnt. Wie in Trance entzog ich Amad meinen Arm. Mit einem Mal fror ich nur noch.

»Alles in Ordnung?«, fragte Juniper von ihrem Lager.

»Ja. Ich habe nur geträumt.« Ich steckte den Dolch wieder ein, legte mich zurück und wandte mich ab, krümmte mich zusammen und vergrub mich ganz in mich, dorthin, wo nur mein rasender Herzschlag und diese schreckliche Leere waren. Im Rücken spürte ich eine Weile noch Amads prüfenden Blick wie die Fingerspitzen einer kalten Hand, dann stand er auf und ging zu seinem eigenen Lager zurück.

Lektionen

Die Kolonne brach vor Sonnenaufgang auf. Aus einer Bodenklappe im untersten Teil der Kirche wurden das Gepäck und Mann für Mann mehr als zehn Meter tief abgeseilt. Die Fesseln schnitten tief unter meinen Armen ein. Mit weichen Knien landete ich auf dem schmalen Vorsprung, nicht einmal breit genug für einen Esel. Im Gänsemarsch setzten wir behutsam einen Schritt vor den anderen, eine Hand am Seil, das am Berg mit Haken an den Stein geschlagen war. Rechts von mir gähnte der Abgrund. Geröll löste sich unter meinen Zehen und fiel echoschlagend ins Tal. Mir brach der Schweiß aus. Juniper, die hinter mir ging, legte mir die Hand auf die Schulter. »Ruhig Blut. Einfach immer nur einen Fuß vor den anderen. Sing von mir aus einen Kinderreim, nur denk nicht an die Tiefe.«

Der Vorsprung führte waagrecht im Bogen um ein Stück Berg herum, dann ging er in einen zerklüfteten Steingarten über. Wie Spinnweben spannten sich Seile über kleine Schluchten. Amad war vorausgelaufen und erwartete die Kolonne bereits an einer Hängebrücke. Das Harpunenbündel, das er für die Fischer getragen hatte, lehnte an der Brücke und Amad kramte noch in seinem Rucksack herum. *Was hast du darin? Nur Proviant?* Wenn man einmal durch Mauern geblickt hatte, das lernte ich an diesem Morgen, konnte man nie wieder blind sein. Aber noch mehr als das Misstrauen machte mir meine Enttäuschung zu schaffen. Wir waren uns nahegekommen, so nahe, dass ich selbst jetzt seine Umarmung nicht vergessen konnte. Ich hatte ihm vertraut – und völlig vergessen, dass er

Lektionen

nicht auf meiner Seite war, sondern immer noch im Auftrag der Méganes handelte.

Abschiedsrufe füllten das Tal, dann begannen die Fischer die schwankende Brücke zu betreten. Sie bestand aus faserigen Seilen und einem Laufsteg aus wetterzerfressenen Holzbrettern. In der Tiefe glitzerte ein Fluss wie ein silbernes Grinsen, das darauf wartete, jeden Fallenden zu verschlingen. Mir wurde das Herz schwer, als die Frauen mich zum letzten Mal umarmten. Amad schulterte seinen Rucksack. Es kostete mich Überwindung, zu ihm zu gehen, aber im Moment hatte ich keine Wahl. Ohne Tians Ruf war ich wieder so orientierungslos wie beim Verlassen der Stadt. *Und ich Idiotin erzähle ihm sogar von Tians Verbindung!*

Juniper trat zu uns. »Zu schade, dass sich unsere Wege trennen. Ich hätte gerne mit dir getanzt, Amad.«

»Und ich mit dir«, erwiderte Amad mit einem Lächeln, das mich traf wie ein Stich. Er winkte Enou und Perem zu und ging voraus, fort von der Brücke, bergauf nach Süden. Ich packte die Graue am Nackenfell, damit sie ihm nicht hinterherrannte. Es war wohl zu fest, der Hund jaulte auf.

»Ist schon komisch, Schöne«, bemerkte Juniper mit einem Augenzwinkern. »Es gibt viele Arten, auf jemanden wütend zu sein, aber nur eine, die eindeutig nicht für Brüder reserviert ist.«

Wenn du wüsstest, dachte ich niedergeschlagen.

»Viel Erfolg bei der Jagd«, erwiderte ich ebenso vielsagend. »Was auch immer du an Land ziehst.«

Juniper lachte so schallend, dass das Echo im Tal widerhallte. »Schon verstanden. Wenn ich die Nase noch einmal in deine Angelegenheiten stecke, beißt du sie mir ab.« Jetzt musste ich trotz allem lächeln. Ich erwiderte ihre Umarmung aus ganzem Herzen, obwohl ich am liebsten geweint hätte beim Gedanken, sie nie wiederzusehen.

»Wenn dir mal wieder jemand eine Windsbraut auf den Hals schickt, helfe ich dir gerne aus der Patsche«, rief sie mir im Weggehen zu. »Falls mich bis dahin nicht der Hai frisst.«

*

Schweigend kämpften Amad und ich uns bergauf, im Bogen zurück zu den Plateaus, über die wir zurück auf den Talweg nach Süden kommen würden. Jeder Schritt fühlte sich falsch an, aber im Augenblick blieb mir nichts anderes übrig, als ihm zu folgen. Das Geröll trug uns immer wieder ein Stück talabwärts, als würden wir über ein gekörntes Tuch laufen, das jemand in Richtung Tal zog.

»Noch zehn Meter bis zum nächsten Plateau«, rief Amad mir über die Schulter zu. Im selben Moment rutschte der Boden unter mir weg, ich landete auf Knien und Händen, Staub brachte mich zum Husten. Ich fand keinen Halt mehr und riss die Graue mit. Amad streifte den Rucksack ab, riss ein Seil heraus, überall klapperten und klackten die Steine. Meine Handflächen brannten, aber kurz bevor Amad mich erreichte, gelang es mir, einen Fuß gegen einen kleinen Felsen zu stemmen, der wie ein Zahn aus dem Grau ragte. Ich fing das Seil auf, das Amad mir zuwarf. Im Schlepptau ließ ich mich nach oben ziehen. Die Hündin kämpfte an meiner Seite und ich half ihr, so gut es ging, mit einer Hand. Oben fiel der Rucksack um und rutschte uns ein Stück entgegen. Geröll sprang uns an, und ich ließ die Graue für einen Moment los, um mein Gesicht mit dem Arm zu schützen. Als ich mich das nächste Mal nach ihr umsah, rutschte sie unter dem Steingetrommel an einer besonders steilen Stelle wieder bergab. Im ersten Impuls wollte ich meinen sicheren Stand aufgeben und ihr folgen, aber dann begriff ich, dass es eine Chance war. Vielleicht die einzige. »Amad?«, rief ich. »Kannst du sie holen? Ich rutsche sonst ab.«

Amad fluchte, aber er machte sich noch einmal auf den Weg.

So schnell ich konnte, kroch ich zum Rucksack und durchsuchte ihn mit fieberhafter Hast. Ich erfühlte Seile, Proviant, einige kleine Holzkisten und eine kleine bauchige Flasche, die mit Fischleder bezogen war, eindeutig ein Geschenk der Fischer. Aber erst als ich sie fand, wusste ich, wonach ich gesucht hatte. Drei Zweige. Amad hatte sie mit Draht umwickelt, damit das Haar sich nicht lösen konnte. Die Berührung des Haars brachte die Verbindung zu Tian wieder zurück: ein Funkenschlag in meiner Seele. Amad mochte Tians Spur tatsächlich wittern wie ein Jagdhund. Ich dagegen fühlte sie: als Zupfen an meiner Seele mit sehnenden, verzweifelten Fingern. Sie führte nach Westen.

»Glaubst du, ich führe dich nach Süden, wenn er genau vor unserer Nase abgebogen wäre?«

Amads Beteuerungen echoten wie höhnischer Steinschlag. Nicht einmal von meinen Eltern hatte ich mich so verraten gefühlt.

»Du lässt dich verwirren und verlierst deinen Weg aus den Augen.«

»Glaube deinen Träumen kein Wort. Sie sind die Lügen, die die Nacht dir ins Ohr flüstert.«

»Der Lügner bist du, Amad«, flüsterte ich.

Jetzt bekam alles einen ganz neuen Sinn. Die Tatsache, dass Amad in der Wüste versucht hatte, mich zum Aufgeben zu bringen. Seine nächtliche Abwesenheit und seine ständige Spurensuche. Aber Spuren war es nicht, wonach er Ausschau gehalten hatte, sondern Hilferufe und Wegzeichen von Tian. Er hatte sie gefunden und vor mir versteckt. *Aber warum führt er mich absichtlich in die falsche Richtung?*

Mit grausamer Logik fügte sich der letzte Mosaikstein zum Bild. Vielleicht war ich nicht die Einzige, die ein falsches Spiel mit der Mégana spielte. Gestern, als ich Amad das Fresko des Mädchens beschrieben hatte, blondes Haar und grüne Augen, war tatsächlich ein Schatten auf sein Gesicht gefallen. *Seine Geliebte gehört zu den Entführern. Er will sie entwischen lassen. Oder...* die Angst verschlug mir endgültig den Atem... *hat er selbst etwas mit der Entführung zu tun? Bin ich Teil eines ganz anderen Spiels?*

Ich warf Tians Zeichen zurück in den Rucksack, als hätte ich mich daran verbrannt, und kroch weg, Sekunden bevor Amad zu mir hochblickte.

Die Zeit verschwamm, denn im nächsten Moment leckte die Graue über meine Hände und Amad ließ sich neben mich ins Geröll fallen und klopfte sich den Staub von der Kleidung. »Irre ich mich oder ist das immer noch *dein* Hund?«, sagte er verärgert. »Das nächste Mal darfst du ihn selbst den Berg hochzerren.«

Ich hätte lügen müssen, meinen Schock überspielen, aber ich brachte kein Wort heraus. Jeder Luftzug schmeckte wie Staub und Galle, und ich hasste mich dafür, dass mir plötzlich die Tränen über das Gesicht liefen.

»Canda?« Für die Sorge in seiner Miene hätte ich ihm den Dolch mitten ins Herz stoßen können.

»Mein... Fuß. Verstaucht.« Meine Stimme war nur ein Krächzen. Ich beugte mich nach vorne und tastete meinen Knöchel ab, um ihm nicht ins Gesicht sehen zu müssen.

»Ist etwas gebrochen?«

Ich schüttelte den Kopf.

»Komm, ich bringe dich hoch zum Plateau, da kannst du dich ausruhen.« Er legte den Arm um meine Taille und zog mich hoch. Seine Nähe war, als würde ich versengt. Aber während ich auf die Beine kam und hoffte, dass er auf mein vorgetäuschtes Humpeln hereinfallen würde, geschah etwas Seltsames mit mir. Es war, als würde ich mit jedem Schritt, den ich auf das Plateau zuging, eine alte Haut abstreifen wie eine Schlange. Eine kalte, gefährliche Ruhe ergriff mich.

Denk nach, befahl ich mir. *Zu den Entführern kann er nicht gehören, das hätten die Méganes herausgefunden.* Viel wahrscheinlicher war, dass er nichts davon wusste und dass die Mégana ihn sehr bewusst ausgewählt hatte. Sie war eine kluge Frau, die wusste, dass Liebende zu allem fähig waren – und verratene Liebende noch mehr. Was hatte er vor einigen Tagen gesagt? Dass ich mein Blut ebenso verpfändet hatte wie er. Musste er der Mégana mit seinem Blut versprechen, seine blonde Geliebte zu töten? Ich konnte mir vorstellen, wie das Angebot lautete: Wenn er sie für ihr Verbrechen tötete, blieben ihr die Folter und ein weitaus langsamerer Tod erspart. Aber offenbar hatte die Herrscherin unterschätzt, wie stark die Liebe eines Sklaven sein konnte.

Ich kannte die Logik meiner Stadt nur zu gut: Fliehen und mich zurücklassen konnte er nicht, die Méganes ließen niemanden ohne Pfand gehen. Vermutlich hatten sie Menschen, die ihm wichtig waren, gefangen genommen. Und wenn er nicht zurückkehrte, bedeutete das für sie einen grausamen Tod. Kehrte Amad nach vergeblicher Suche ohne Tian zurück, nur mit mir, dann würde er zwar sterben, aber seine blonde Schönheit könnte entkommen.

Zu dem Preis, dass ich Tian dadurch verliere.

»Nimm den Dolch und töte ihn«, flüsterte der Wind. *»Er hat es verdient. Niemand betrügt eine Moreno. Niemand nimmt ihr alles, was sie je liebte!«*

Amad ließ mich auf den Boden der Plateaustufe gleiten und holte den Rucksack. Ich packte einen Stein, überlegte es mir aber anders. Es war zu gefährlich, ihn niederzuschlagen. Er war stärker und schneller. Ich hatte ihn gegen die Kreaturen kämpfen sehen. Und außerdem sträubte sich trotz allem alles in mir, ihn wirklich zu verletzen. Nein, dank meiner Grauen hatte ich ein besseres Mittel. *Bithrium. Gift der Sandnatter.* Wie hatte es bei Jenns Verhör geheißen? *»Nimmt man zu viel davon, erwacht man erst nach zwei Tagen wieder.«*

»Gibst du mir bitte das Wasser?«, fragte ich. »Ich habe Durst.«

Amad kam mit dem Rucksack zurück und reichte mir die Flasche. Dann beugte er sich über den Rucksack und kramte darin herum. Rasch leerte ich fast die ganze Flasche im Geröll aus, nur einen Schluck ließ ich darin.

»Was hast du da an deinen Handgelenken?«, fragte ich.

»Die alten Narben? Die stammen aus einem Kampf im Krieg. Tja, und diese Bisswunde – das warst du.«

»Das meine ich nicht, ich meine die neuen Kratzer. Sie sind doch höchstens zwei Tage alt.«

Schlangenhaut klebte an meinen Fingern. Das Viperngift war silbrig und trüb. Ich drückte die Giftdrüse aus und ließ den Zahn unauffällig zwischen die Steine fallen.

Amad zuckte mit den Schultern. »Dornengestrüpp.«

Erstaunlich, dass er diesmal nicht log. Tian hatte seine Zeichen in Dornbüschen versteckt. Amad drehte sich um und reichte mir eine Lederbandage. »Hier, damit müsste es gehen. Hast du Schmerzen?«

Ich wischte mir mit der Hand über den Mund, als hätte ich eben getrunken, und schüttelte den Kopf. »Nur wenn ich auftrete.«

Ich drückte ihm die Flasche in die Hand und achtete darauf, dass sich unsere Finger dabei wie zufällig etwas zu lange berührten. *Mit deinen Waffen kann ich auch kämpfen*, dachte ich.

Lektionen

»Ich wollte es nicht wahrhaben, aber du hattest recht.« Mein Lächeln gelang mir erstaunlich gut. »Ich habe mich von meiner Liebe und meiner Sehnsucht verwirren lassen. Ohne dich würde ich Tian niemals finden.«

Es war eine Genugtuung, zu sehen, dass er schlucken musste. *Doch noch einen Rest von Gewissen, Bluthund?* Und wie erhofft, rettete er sich vor einer Antwort, indem er die Flasche an die Lippen setzte und den letzten Schluck nahm. Jetzt musste ich nur noch warten, bis das Gift wirkte.

Aber dann wurde mir klar, dass ich ihn unterschätzt hatte. Er spürte sofort, dass etwas nicht stimmte, er zog die Brauen zusammen und sah die Flasche an. Panik flatterte in mir hoch. Wenn er es jetzt durchschaute, hatte er noch genug Zeit, mich niederzuschlagen und zu fesseln. *Und wenn er begreift, dass ich ihn durchschaut habe, wird er mich vielleicht trotz allem töten.*

Er wandte sich mir zu. *Verwirre ihn!*, schrie es in mir. *Lenk ihn ab, gewinne Zeit, egal wie.* Es war nur noch ein Wimpernschlag vom Ahnen zum Begreifen. Aber diese Zeit gab ich ihm nicht. Ich umfasste sein Gesicht mit den Händen – und küsste ihn. Er holte überrascht Luft und erstarrte. Die Flasche fiel klappernd auf den Fels. *Was tue ich da? Das wird nicht funktionieren.*

Aber dann war ich es, die völlig überrumpelt war. Amad zog mich an sich und erwiderte meinen Kuss mit einer Leidenschaft und Verzweiflung, die mir den Atem nahm. Es war nicht der besitzergreifende Kuss des Rabenmannes aus dem Traum – und auch nicht Tians Weichheit. Meine Panik zerstob und etwas anderes riss mich davon, kalt und heiß zugleich. Plötzlich gab es nur noch seine Lippen, kühl und rau. Sie schmeckten nach Wüstenwind und Sonne und unter meinen Fingern spürte ich die Bögen seiner Wangen. Dann wurden seine Arme in einem Atemzug schwer, der Griff um meinen Körper lockerte sich. Unsere Lippen lösten sich, er holte mühsam Luft. In seinen Augen glomm die hilflose Wut eines Raubtiers, das begriff, in eine Falle gelaufen zu sein. »Du... du hast...« Aber es war zu spät. Sein Körper verlor jede Spannung, er sank in sich zusammen und glitt mir aus den Armen. Ich ließ ihn los und sprang keuchend auf. Ich schmeckte noch seinen Mund, die Glut seines Kusses – und die raue Kühle seiner Lippen. Ich versuchte den Hass wiederzufinden, aber ich war nur völlig durcheinander und so benommen, dass ich beim Zurückweichen stolperte und fiel. *Das Bithriumgift*, redete ich mir ein. *Es muss noch etwas an seinen Lippen gewesen sein.* Schutzlos lag er vor mir auf dem Fels, den Kopf zur Seite gedreht, in seiner Miene noch der bittere Abglanz des Verstehens. Ich hätte triumphieren müssen, aber dieser Sieg schmeckte nur nach Asche und Verrat. Ja, ich war zornig, dass er mich hintergangen hatte. Sogar zornig darüber, dass er meinen Kuss erwidert hatte – natürlich nur, um meine Stimmen zu vertreiben. Und ich war unendlich wütend und enttäuscht, dass er bereit war, mich und Tian für eine Frau zu opfern. Aber gleichzeitig verstand ein Teil von mir nur zu gut, wozu man fähig war, wenn man liebte. Und da war noch etwas. Trotz allem, was vorgefallen war, war ich traurig.

»*Töte ihn endlich*«, raunte es direkt in meinem Ohr. »*Es ist so einfach: Stich ihm den Dolch ins Herz oder stoße ihn in den Abgrund.*« Eine Sekunde fühlte es sich tatsächlich so an, als wären es noch meine eigenen Gedanken. Aber dann schüttelte ich den Kopf.

»Haltet verdammt noch mal endlich die Klappe«, zischte ich den Schatten der toten Wächter zu.

Dornenschlange

Eine Mörderin war ich nicht und auch als Diebin musste ich noch einiges lernen. Ich haderte eine ganze Weile damit, Amad so schutzlos zurückzulassen. Schließlich breitete ich den Sonnenmantel über den liegenden Körper und ließ ihm die Hälfte der Vorräte da, und auch ein Messer. Der Schatten eines Falken kreuzte meinen Weg, bis ich die Hängebrücke erreichte. Ich band mir die Graue wie einen zweiten Rucksack an den Körper, damit ich die Hände freihatte, und wagte mich auf die Brücke. Die Bretter gaben unter den Seilen nach, schwankend kam die Brücke in Bewegung, aber das Gewicht des Hundes und der Rucksack waren ein gutes Gegengewicht und verliehen meinen Schritten Festigkeit. Die Graue jaulte und winselte. Diesmal beherzigte ich Junipers Rat.

»Ein, zwei, drei, vier, Sternenzauber, Sonnentier«, murmelte ich den alten Kinderreim vor mich hin. »...fünf, sechs, sieben, im Kerker frisst man Fliegen.«

Ich stutzte und erwiderte das Lächeln des silbernen Flusses weit unter mir. In dem Traum, den ich vor zwei Tagen geträumt hatte, war der Vers verändert gewesen: »*In Tibris* frisst man Fliegen.« Das hatte Tians Kindergestalt aus dem Traum gesungen. Ich hätte sofort auf meine Träume hören sollen. Sie zeigten mir den richtigen Weg.

Am Ende der Brücke holte ich Amads langes Messer hervor und säbelte die dicken Seile durch, an denen die Brücke befestigt war. Ich beobachtete, wie die Brücke davonschwang und mit einem Echoklappern am gegenüberliegenden Ende der Schlucht am Fels zerschellte, und war gleichzeitig erleich-

TEIL III: GRÜNE WASSER

tert und traurig darüber, dass ich damit die letzte Verbindung zwischen mir und Amad gekappt hatte.

*

Doch so einfach war es nicht, das stellte ich in den nächsten Tagen fest. Ich schlief kaum, und wenn ich doch einmal wegdämmerte, träumte ich nicht von Tian und mathematischen Mädchen, sondern immer wieder von Amads Kuss. Ich schreckte mit klopfendem Herzen hoch und wusste nicht, was mich mehr aus der Fassung brachte: Die Tatsache, dass ich im Traum den Kuss erwidert hatte – mit meinem ganzen Herzen – oder die Furcht, dass er mich trotz allem einholen könnte. In diesen Tagen verstand ich mich selbst nicht, also hörte ich auf zu schlafen, ich ruhte mich nur in kurzem Dämmerschlaf aus und hetzte weiter talabwärts. Ich hätte auch mit geschlossenen Augen wandern können, einer der Zweige, den ich ständig in der Faust hielt, schien mich wie eine Wünschelrute in Richtung Meer zu führen. Je tiefer ich ins Tal kam, desto öfter blieb ich staunend stehen, trank das ungewohnte Grün, die Farben von Blüten, die ich aus den Gewächshäusern nicht kannte, und sog den kühlen, fremden Duft nach Morgennebel und feuchten Blättern ein. Immer mehr Menschen begegneten mir, abgerissene Gestalten, die geflicktes Werkzeug mit sich schleppten. Wir wanderten an mit Brennnesseln gesäumten, rostigen Eisenbahngleisen entlang.

»Auch unterwegs nach Tibris?«, rief mir ein Mann zu, alt und so verkrümmt wie eine lebende Wurzel, ächzend unter schwerem Gepäck. »Komm, lauf ein Stück mit mir!«

»Du willst, dass ich dir tragen helfe?«

Aber er winkte mit einer welken Hand ab. »Deine Gesellschaft hilft mir genug. Solange du mit dem Gewehr und dem

Hund an meiner Seite läufst, traut sich keiner, mir mein Gepäck zu stehlen.«

»Tut mir leid, ich habe es eilig, alter Mann.«

Der Alte grinste listig. »Kannst du nicht rechnen? Die schnellste Art, von hier aus nach Tibris zu kommen, ist der Zug. Und der kommt nie vor Mitternacht. Ob du mit mir läufst oder Stunden an der Station wartest, kommt aufs Gleiche raus.«

Ja, rechnen konnte ich. Und der Alte tat mir leid. Also ging ich zu ihm hinüber.

»Kosta«, stellte er sich im Gehen vor. »Muschelputzer, seit sechzig Jahren schon. Ein Vermögen in Perlen ist in dieser Zeit durch meine Hände gegangen. Aber ich kann mir nicht mal ein Jahresquartier in Tibris leisten, also krieche ich einmal im Jahr aus dem Staubloch, in dem ich lebe. Tja, manche gewinnen, manche verlieren. Und du gehörst wohl zu denen, die gewinnen.« Er deutete auf mein Kurzgewehr. »Bist zum Menschenhafen unterwegs, stimmt's?«

Ich stutzte. Aus meinen Büchern kannte ich Tibris als Stadt der drei Häfen. Sie reihten sich wie Perlen einer Kette an der Küste auf: Perlenhafen, Handelshafen, Fanghafen. »Schon möglich«, antwortete ich.

Kosta nickte zufrieden. »Du tarnst dich gut als Wanderarbeiterin, aber ich erkenne einen von euch, wenn ich ihn sehe. An der Haltung und am Blick. Aber keine Sorge, ich sage es keinem, wirst deinen Grund haben, nicht in eurer Tracht unterwegs zu sein. Du bist noch verdammt jung für das Geschäft, ich vermute, deine Familie verkauft schon seit Generationen Sklaven. Und du hast es von klein auf gelernt und sollst dir jetzt im größten Menschenhafen der Küste deinen ersten Rang verdienen, was?« Mein Schweigen deutete er als Zustimmung. »Wusst ich's doch«, murmelte er und seufzte. »Naja, es ist dir nicht zu verübeln. Die einzige Art, noch wirklich zu Geld zu kommen. Die goldenen Zeiten der Welt sind längst vorbei, die Hunde streiten sich nur noch um die Reste. Wie heißt du, junge Herrin?«

»Sklavenhändler nennen ihre Namen nie«, erwiderte ich vorsichtig. Ein rasselndes Lachen war die Antwort. »Ist auch schlauer. Nicht alle Ketten halten für immer.«

In meinem Kopf sprangen die Gedanken durcheinander. Menschenhandel? In Tibris? Von einem vierten Hafen hatte ich nichts gelesen. War der Sklavenmarkt der Grund, warum Tian dorthin entführt wurde? *Soll er über das Meer gebracht werden, in ein anderes Land, außerhalb der Reichweite von Ghan?*, dachte ich beunruhigt. *Wie viel ist ein Labranako-Prinz wert? Und für wen?*

*

Die Zugstation, die wir erst mitten in der Nacht erreichten, war ein vergilbtes flaches Gebäude, umlagert von Trauben von Menschen, die ihre Lager auf der Erde aufgeschlagen hatten. Rußige Feuer brannten überall, müde Augen begafften uns, als Kosta sich ächzend auf dem Boden niederließ. Auch mir tat jeder Knochen weh, die letzten paar Meilen hatte ich ihm so viel Gepäck abgenommen, wie ich tragen konnte. Ich hielt nach Juniper und den anderen Ausschau, fand sie aber nicht. Und seltsamerweise waren hier nur ältere oder alte Wanderarbeiter zu sehen, keine jungen Gesichter.

Zeit zum Verschnaufen blieb nicht. Die Leute kamen in Bewegung, noch bevor ich das ferne Grollen und Rattern hörte. Feuer wurden hastig gelöscht, Taschen und Säcke geschultert, alle kamen auf die Beine. Der Zug tauchte aus dem Dunkel auf wie eine zischende, weißen Rauch fauchende Schlange mit einem Dornenpanzer. Erst auf den zweiten Blick erkannte ich, dass diese Panzerstacheln die Silhouetten von Menschen waren. Sie hockten auf dem Dach des Waggons, hingen sogar an den Seiten. Gestank nach Schweiß und fettiger Kleidung schlug mir entgegen und vermischte sich mit dem ohrenbetäubenden Kreischen der Bremsen. Die Meute stürzte los. »Schläfst du, junge Herrin?«, krächzte Kosta und versetzte mir einen Stoß. »Der Zug wartet nicht.« Das Gefährt bremste nur ab und wurde langsamer, aber es hielt nicht an. Jetzt war ich im Vorteil, die Graue zu haben. Die Leute wichen ihr ängstlich aus und ich erkannte mich selbst nicht wieder, ich schob und kämpfte mit Knien und Ellenbogen, und dabei zerrte ich, so gut es ging, Kosta hinter mir her. Trotzdem schafften wir es erst beim letzten Waggon, zu den Gleisen zu gelangen. Ich riss Kosta das Gepäck aus den Armen und warf es hinauf, dann packte ich im Laufen die Graue und wuchtete sie nach oben. Kosta klammerte sich mit einer Hand an einem Waggonriegel fest, er schnaufte und keuchte, aber er stolperte nicht. »Nicht loslassen, ich helfe dir gleich«, rief ich im Laufen. Ich holte Schwung und sprang, erwischte den Rand der Ladeplattform und stemmte mich mit aller Kraft hoch. Leute schauten mir gelangweilt zu und rührten sich nicht. Erst als ich einen Fuß auf den Waggonboden bekam, streckten sich mir plötzlich Hände entgegen und zogen mich hinein. Offenbar teilte diese Schwelle die Menschen in »die da draußen« und »drinnen bei uns«. Ich kroch zur Öffnung zurück und packte Kostas dürren Arm. Und sobald ich ihn bis zum Rand hochgezerrt hatte, halfen auch ihm schwielige Hände auf die Plattform. Dann saßen wir Körper an Körper in dem vor Hitze wabernden Waggon. »Was für ein Glück, dass ich dich getroffen hab«, krächzte Kosta. »Aber bei allen Perlen des Meeres, das schaffe ich kein weiteres Jahr.«

TEIL III: GRÜNE WASSER

Ich verstand schon bald, warum die meisten Menschen lieber auf dem Dach im Wind saßen. Trotz der offenen Tür war es im Waggon so heiß, dass das Atmen schwerfiel, nur Kosta schaffte es, an sein Gepäck gedrückt in der Ecke des Waggons tief und fest zu schlafen. »Wie lange fahren wir noch?«, fragte ich in die Runde.

»Sonn'aufgang«, gab jemand mürrisch zur Antwort.

Es gelang mir nicht, zu schlafen, zu sehr knirschte und rüttelte der Boden unter mir, als würde das morsche Holz jeden Moment durchbrechen. Im Dunkel des Waggons suchte mich nicht der Rabenmann heim, sondern ein anderer Albtraum: Amad, den ich schutzlos und unbewaffnet auf dem Fels zurückgelassen hatte. Ich versuchte, nicht an ihn zu denken, aber im Geiste verfolgte mich sein letzter Blick und ich fühlte mich elend und schuldig. Und noch etwas ließ mich nicht los, obwohl ich es niemals zugegeben hätte: seine Lippen auf meinen, kühl und doch wie Lava. Sobald ich die Augen schloss, war alles wieder da und mein Herz raste, als läge ich immer noch in seinen Armen. Und das Verrückteste war: Ich sehnte mich so sehr danach, dass ich mir sogar einbildete, seinen Duft wahrzunehmen.

Gegen Morgen hielt ich es nicht länger aus. Ich ließ Kosta die Graue da, stieg über Beine und liegende Körper und erklomm eine schmale Eisenleiter zum Dach. Auch dort fand ich mich zwischen sitzenden und liegenden Leuten wieder. Sie hatten sich Tücher vor Mund und Nase gelegt, um den Wind abzuhalten. »Endlich eine Abwechslung!«, sagte eine Frau mit einer Reibeisenstimme. »Setz dich und sing uns was vor. Irgendein Lied, das wir nicht schon tausendmal gehört haben.«

Sogar die, die eben noch gelegen hatten, setzten sich auf und wandten sich mir zu. *Na wunderbar. Schon wieder im Mittel-*

punkt der Aufmerksamkeit. Diesmal nicht wegen Wasser, sondern wegen Langeweile.

»Ich ... kann nicht singen.«

»Du hast doch eine Stimme. Oder bilde ich mir ein, dass du mit uns redest?«

»Aber Singen ist ... es ist nicht meine Gabe.«

Die Leute starrten mich verdutzt an, dann brachen sie in raues Gelächter aus, das der Fahrtwind mit dem Rauch der Lokomotive davontrug.

»Gabe? Wer braucht denn dafür eine Gabe? Wie bringst du denn kleine Kinder zum Schlafen?«

»*Sie rechnet ihnen Sternenzahlen vor.*« Ich konnte Amads spöttische Antwort fast hören.

»Na los!«, forderte eine fast zahnlose Arbeiterin rüde. »Wenn du hier oben bleiben willst, musst du was bieten.«

Nur das Rattern des Zuges durchbrach die Stille wie mechanisches Gekicher. Was sollte ich singen? Die Hymne unserer Stadt? Die Balladen von den fünf Familien und der Erbauung Ghans? Ich schüttelte wieder den Kopf.

Die Stimmung schlug so deutlich um, als hätte uns ein kalter Wind gestreift. Die Leute waren still geworden, Reibeisenstimme musterte meine Waffe und den Rucksack, den ich nicht im Waggon zurücklassen wollte. Und auch ohne dass ich das Gezische der Wächterschatten hörte, wusste ich, was sie ihr einflüsterten. »Wer so unhöflich ist, der sollte zu Fuß gehen«, knurrte die Frau. Ich wollte zurückgehen, aber zwei Männer standen auf und versperrten mir den Rückweg. Der Boden raste unter uns dahin und direkt neben den Schienen ging es in die Tiefe. Niemals würde ich einen Sturz überleben. Ich überlegte, wie schnell ich nach dem Gewehr greifen konnte. *Mit dem ich noch nie geschossen habe. Und was dann? Alle mit der Waffe in Schach halten, bis wir in Tibris sind?*

TEIL III: GRÜNE WASSER

»Lasst sie«, meldete sich eine Alte zu Wort. Sie hockte abseits von den anderen, am hintersten Ende des Waggons. Der Bann der toten Wächter brach wie zerspringendes Glas. Die Leute blinzelten und rieben sich die Augen. Reibeisenstimme, die schon dabei gewesen war, aufzustehen, plumpste zurück und zog ihr Tuch enger um die Schultern, als würde sie frösteln.

»Verstehst du keinen Spaß mehr, Manoa?«, knurrte ein Mann, bevor er sich wieder hinsetzte.

Die Alte antwortete nicht. Sie war dick und wirkte auf den ersten Blick wie ein lebender Tuchballen, so üppig war sie mit einem dünnen grau glänzenden Stoff umwickelt. Über dem Stück Tuch, das Mund und Nase schützte, sahen indigoblaue, weit aufgerissene Augen mich bohrend und starr an. »Wer bist du, ich habe deine Stimme noch nie gehört.«

Ich hoffte, niemand würde bemerken, wie erleichtert ich klang. »Smila.«

Sie schüttelte unwillig den Kopf. »Nach deinem Namen habe ich nicht gefragt. Komm her!«

Kein Zweifel, wer hier auf dem Dach die Anführerin war. Die Leute rückten beiseite und machten mir eine schmale Schneise frei, durch die ich auf dem vibrierenden Untergrund zum Rand des Daches balancieren konnte. Sie befahl mir mit einem Nicken, mich vor sie zu setzen. Immer noch schlug mir das Herz bis zum Hals. »Danke, Manoa«, sagte ich leise. »Ich ... singe wirklich so hässlich wie ein Pfau und habe keine Lust, ausgelacht zu werden.«

Aber statt mir eine Antwort zu geben, streckte sie nur die Hände aus. Kostbare Ringe blitzten in der ersten Ahnung der Morgendämmerung auf. Ringe einer Mégana, nussgroße Rubine und ein Rosendiamant. Aber es wirkte, als würden die Juwelen eine Totenhand schmücken. Erst erschrak ich über die unzähligen blauen Adern auf graublauer Haut, aber dann erkannte ich, dass es Tätowierungen waren. Schichten um Schichten, die sich überlagerten; Muster, die sich durchdrangen und ergänzten. Ranken und Dornen, Wellen und Punkte und in manchen Mustern glaubte ich Fratzen zu sehen. Juniper hatte gesagt, Blau sei die Farbe der Traumdeuter. Offenbar wurden diese Leute für ihre Dienste gut bezahlt. »Du liest Träume?«, fragte ich.

Die Alte zupfte das Tuch vor ihrem Gesicht herunter. Es war ein verstörender Anblick. Ihre wulstigen Lippen waren indigoblau, von der Nase bis über ihr ganzes Doppelkinn zogen sich die Ornamente.

»Die Menschen haben doch keine richtigen Träume mehr«, antwortete sie abfällig. »Nur noch Hoffnungen und Wünsche, die zu Staub zerfallen, wenn das Tageslicht darauffällt. Niemand träumt mehr mit offenen Augen, nur die Toten auf den Schädelfeldern blicken noch in den Himmel auf der Suche nach dem Gedanken, der die Welt verändert. Aber wer bist du?«

Ihre starren Augen rollten nach hinten und verschwanden. Zurück blieben matte silbrige Scheiben. Sie war blind. Das, was ich für blaue Augen gehalten hatte, waren nur Tätowierungen auf ihren Lidern. Ich war bestürzt, dass ich mich hatte täuschen lassen.

»Lass dich mal ansehen, Fremde.«

Ich hielt still, als sie mein Gesicht berührte. Ihre trockenen Finger waren rau wie Hundepfoten, strichen über meine Wangen, meine Stirn, die Lider. Aus den Augenwinkeln konnte ich erkennen, dass auch in ihren Handflächen Augen eintätowiert waren. Sie strich über mein Haar und an meinen Armen entlang. Unter den Tüchern klirrte schweres Gold von Armbändern. Ich fragte mich, warum eine so reiche Frau wie eine Arbeiterin in die Stadt fahren musste. »Du bist noch sehr jung«, murmelte sie. An meinen Händen hielt sie inne. Verwunderung spiegelte sich in ihren Zügen. Lange befühlte sie das blaue Stichmal auf meiner Handfläche.

»Du hast etwas verloren«, murmelte sie. »Und in der Sklavenstadt hoffst du es wiederzufinden. Sei vorsichtig, Sehnsucht kann dich verschlingen, deine Seele, alles, was du bist. Denn du kämpfst um ein Leben, das deines ist und doch nicht deins.« Und nach einer Pause, in der sie zu zögern schien, setzte sie hinzu: »Du bist nicht allein, ihr seid ... drei.«

Neben mir konnte ich die Wächterschatten als kaltes Flackern wahrnehmen. Ich dachte, die vergangenen Tage hätten mich gelehrt, mich nicht mehr auf meine Welt zu verlassen, aber Manoas Worte schockierten mich dennoch, gaben mir das Gefühl, nackt und durchschaubar zu sein, als würde ich aus Glas bestehen. *Zufall!*, redete ich mir ein. *Irgendein Schaustellertrick, den ich noch nicht durchschaue.* Ich entzog ihr meine Hand. »Jeder Mensch hat irgendetwas verloren und sucht es. Was soll ich mit diesen Sätzen anfangen, Traumdeuterin?«

»Sag du es mir. Was erzählen deine Träume? Was siehst du, wenn du das Land der Schläfer durchwanderst?«

Sie schloss die Augen und wartete auf eine Antwort. Es war unheimlich, dass ihre blauen Lidzeichnungen mich anzustarren schienen.

Ich zögerte. In Gedanken sah ich meine strenge Richtermutter und Manja. Wenn sie mich sehen würden, hier, mit einer Frau, der ich Träume erzählte! Das allein hätte genügt, um Tians Familie daran zweifeln zu lassen, ob ich die richtige Braut für ihren Sohn war. Verstohlen sah ich mich um, aber die Leute auf dem Dach waren ein Stück abgerückt und kümmerten sich nicht um uns. Gespräche über Träume galten offenbar als etwas Privates.

Dornenschlange

Es kostete mich trotzdem Überwindung, Manoas Frage zu beantworten. »Von ... Menschen«, begann ich. »Von einem schwarzhaarigen Mädchen mit Kirschlippen. Sie steht hinter Glas. Aber es ist dünn und biegsam. Es leuchtet blau, wenn ich dagegenschlage, aber es bricht nicht.«

Manoa verzog den Indigomund zu einem gelangweilten Lächeln. »Dafür brauchst du keine Traumdeuterin, das könnte dir jeder hier auf dem Dach erklären. Die blauen Grenzen, das sind die Seelenhäute der Welt, viele träumen von ihnen. Sie umgeben uns und alles, was ist. Sie können verletzt werden und Narben tragen, sie bergen oder trennen. Aber zerstören kann man sie nicht.«

Wie durchsichtige Mauern?, dachte ich unbehaglich. Ich hatte den Verdacht, dass Amad sehr gut wusste, wovon Manoa sprach.

»Und wer ist das Mädchen, das ich hinter dieser Haut gesehen habe?«

Manoa zuckte mit den Schultern. »Ein böser Geist vielleicht, der dich liebend gern verschlingen würde. Ein Dämon, der die Gestalt einer Ahnin angenommen hat, um dich anzulocken? Was auch immer es ist, es ist böse, aber es kann unsere Wirklichkeit nicht betreten. Niemand mit einem Herzschlag kann diese gläsernen Grenzen überschreiten, aber sie können auf andere Weise Schaden anrichten.«

»Das heißt aber, ich könnte mit dem Mädchen aus meinem Traum sprechen?«

Manoa beugte sich vor, griff erstaunlich zielsicher nach meiner Hand und drehte die Handfläche nach oben. »Wusste ich es doch«, sagte sie spöttisch. »Glaubst du, ich durchschaue dich nicht? Du versuchst mir ins Handwerk zu pfuschen, viele denken, sie könnten sich meinen Lohn sparen und selbst mit den Geistern reden, indem sie sich blaue Farbe in eine Wunde schmieren. Hat wohl nicht funktioniert.« Sie lachte rau auf und ließ meine Hand angewidert los. »Was hast du gehofft? Eine Verstorbene aus deiner Familie wiederzusehen und ihre letzte Botschaft zu hören? Oder glaubst du, deine Traumgestalt war ein guter Geist, der dir Reichtum schenkt oder die wahre Liebe? Nein, Dummkopf, Geister dulden nur einen in ihrer Nähe: mich. Dir rate ich: Wende den Blick ab, wenn du das nächste Mal von ihnen träumst. Und fasse niemals wieder im Traum eine Seelenhaut an, wenn dir dein Leben lieb ist.«

»Der Fleck, das war ein Unfall in einer Färberei. Ich pfusche niemandem ins Handwerk.«

»Ach ja? Und mit den Schatten aus der Jenseitswelt hast du nur zufällig zu tun?« Mit ihrem dicken Zeigefinger stach sie in die Luft, rechts und links von mir. »Die zwei Kerle in schwarzen Anzügen, die dir an den Hacken hängen, was willst du mit ihnen?«

Mir klappte der Mund auf. »Du siehst sie also wirklich?«

»Ich bin blind in dieser Wirklichkeit der Welt, aber ich sehe das, was *dahinter* ist«, wies sie mich streng zurecht. »Es sind zwei Männer, einer groß und muskulös, der andere kleiner und drahtig. Und beide so schlecht gelaunt wie Stiere, denen jemand eine glühende Nadel in den Hintern gestochen hat. Und sie versuchen die Leute um dich herum dazu zu bringen, dass sie dir Schaden zufügen. Nicht wahr?«

Ich nickte, obwohl sie das sicher nicht sah. »Sie waren Wächter und wurden hingerichtet. Sie geben mir wohl die Schuld und bringen mich seitdem in Schwierigkeiten.«

»Typisch«, knurrte Manoa. »Die Geister aus der Traumwelt sind schon nicht einfach zu bändigen, aber die Schatten nachtragender toter Menschen sind noch lästiger.«

»Sind die Schatten denn keine Geister?«

Manoa winkte ab. »Nein, wo denkst du hin! Tote sind einfach nur Tote – Echos aus dem Leben, die ein Eigenleben entwickelt haben, weil sie etwas erledigen wollen, eine Rache, eine letzte Botschaft. Danach verlöschen sie wie Rauch. Schatten eben! Die Geister hinter den blauen Grenzen sind dagegen eigene Wesen, so wie wir Menschen, die meisten sind nicht gut auf uns Menschen zu sprechen, deshalb nennen wir sie auch Dämonen. Und sie verlöschen nicht. Sie sterben.« Sie lächelte. »Zumindest sagen die Überlieferungen, dass sie sterben können.«

»Weißt du, wie ich die Wächterschatten loswerden kann?«

Manoa wiegte den Kopf und schnalzte mit der Zunge. »Wenn du zwei Wölfe an dich kettest, hast du nur die Wahl, sie zu füttern oder dich auffressen zu lassen. Mit Toten spaßt man nicht. Sie als Einzige können die Weltenhaut durchdringen wie Rauch ein Tuch. Und auch deine Haut, wenn du nicht aufpasst!«

Ich gab mir gar keine Mühe, meine Enttäuschung zu verbergen. »Kannst du mir nicht helfen oder willst du es nicht?«

Sie lachte rasselnd auf und hustete. »Du bist daran gewöhnt, dass man dir zu Hilfe kommt, wenn du es befiehlst, hm? Aber kannst du mich bezahlen? Nein, Hungermädchen, meine Dienste sind teuer, nicht einmal ein Sklavenpreis für dich würde genug bringen. Nur die Reichsten können sich meine Dienste leisten. Aber ich bin kein Geizhals, ich schenke dir zwei Dinge, die dir nützlich sein werden. Weil du mich zum Lachen gebracht und mir die Langeweile auf dieser öden Fahrt vertrieben hast.« Armreife klimperten, während sie unter ihrem grauen Gewand nach etwas suchte. Sie streckte mir eine Münze hin. »Hier, für den Zerberus des Zuges. Wenn du für die Fahrt nicht bezahlst, kommst du schneller in die Sklavenstadt, als dir lieb ist. Nur leider wirst du dir dann nicht aussuchen können, wo du arbeitest. Und einen Lohn wirst du auch nicht bekommen, Menschenhändler schreiben immer nur an – mit Peitschenkerben auf deinem Rücken.« Ich zögerte, aber dann überwand ich meinen Stolz und nahm die Münze an mich. Ihr zu danken, brachte ich allerdings nicht fertig.

»Wo hast du das gelernt?«, wollte ich wissen. »Dieses Sehen, meine ich.«

Die Frage schien sie zu amüsieren. Die Augen klappten auf, Silber starrte ohne ein Zwinkern. »Wo hast du atmen gelernt?«, gab sie zurück. »Ich bin eine Sehende von Geburt an – in der alten Sprache der Geister nannte man meine Familie ›Hautwanderer‹. Aber damit sind nicht Menschenhäute gemeint, wie du dir denken kannst. Naja, auch diese Kunst beherrschen manche Menschen, aber das waren andere als wir. Man behauptet, vor Urzeiten konnten meine Vorfahren die Seelenhäute der Welt sogar durchschreiten. Aber das ist nur ein Märchen. Nein, wir sind gekettet an diesen Teil unserer Welt, die alles verliert: jede Schönheit, jeden Wert und Glanz.«

Ich blickte auf die Gleise, die hinter Manoa wie ein endloses Band dahinratterten, sah das Juwelengrün der Pflanzen und die Berge, schlafende Riesen mit faltiger blasser Haut. Einer von ihnen trug eine rot glühende Krone: die Sonne, die im Osten aufging, ein warmes Strahlen, das mich bis ins Zwerchfell durchrieselte. »Wie kommst du darauf?«, fragte ich. »Die Welt ist schön!«

Manoa seufzte. »Wirklich? Nun, ich sehe etwas anderes. Jahr um Jahr wird sie fadenscheiniger, sie blutet aus. Und ebenso die Städte, die einst prächtig waren und heute nur noch riesige Sklavenmärkte sind. Nichts Neues entsteht, es wird nur das Alte wiederholt und ausgeschlachtet. Und die Menschen sind wie Sterne, die schon vor langer Zeit verglüht sind.«

Ich wollte aufbegehren und Manoa von der Pracht und Perfektion Ghans erzählen. Und von Menschen, die strahlten und mit ihren Gaben Wunder schufen. Aber sie würde es nicht verstehen.

Ich rieb mir über die Gänsehaut an meinen Armen, der Wind war kühl. Aber das allein war es nicht. *Sterne, die verlöschen.* Etwas Ähnliches hatte Amad gesagt, als wir von den Kreaturen umzingelt gewesen waren. Und noch etwas beunruhigte mich: die Höhlenmalerei. Dort gab es die Zeichnung einer gebogenen Linie, die wie die Haut einer Seifenblase das Schlachtfeld trennte. Hatten meine Ahnen damit eine Weltenhaut dargestellt? Ich hoffte, meine Stimme würde mich nicht verraten, so zittrig fühlte ich mich. »Eine Frage noch, Manoa. Weißt du etwas über eine Familie Moreno?«

Manoa tippte ohne zu zögern gegen den Rosendiamanten. »Reiche Herren, gute Kunden. Talentierte Geschäftsleute, knallhart, aber sie halten ihre Abmachungen ein, solange man nach ihren Regeln spielt. Noch nie von ihnen gehört, Mädchen? Sie leben irgendwo hinter den Bergen. Ich verhandle nur mit ihren Boten.«

Die Frage war dumm gewesen, natürlich kannte sicher jeder in Tibris eine der wichtigsten und reichsten Familien des Landes. Aber ich stutzte trotzdem. »Welche Dienste benötigen sie von einer Traumdeuterin?«

Manoa schüttelte den Kopf. »Meine Kunden schätzen meine Verschwiegenheit. Warum willst du das alles wissen?«

»Ich... hatte irgendwo gehört, ihre Vorfahren wären ebenfalls Traumdeuter gewesen.«

Manoa blinzelte verdutzt, dann brach sie in Gelächter aus. »Davon wüsste ich. Hat dir das derselbe Lügner erzählt, der dir versprochen hat, du könntest mit Geistern sprechen? Nein.« Sie zog sich das Tuch wieder über die Nase. Das Gespräch schien für sie wohl beendet zu sein.

»Was ist mit meinem zweiten Geschenk?«

TEIL III: GRÜNE WASSER

»Finde es selbst heraus.« Unwillig deutete sie nach Westen. »Begrüße mit den anderen das Meer. Dann wirst du schon sehen, was ich dir mitgebe.« Hinter uns begannen einige Frauen zu singen, ein einfaches Lied, schräg klang es, weil viele die Töne nicht trafen. Manoa setzte sich ächzend zurecht und begann mit tiefer, knarzender Stimme den Refrain mitzubrummen. Aber obwohl die Menschen hier ohne jede Gabe sangen, berührte es mich: Das Lied erzählte von der Sonne, die ihren Geliebten verloren hatte. Jeden Tag wanderte sie über die Berge in den Himmel, um ihn zu suchen.

Ich biss mir auf die Unterlippe und umschloss den Zweig mit den Fingern. *Tian, meine Sonne*, dachte ich. *Und Canda: sein Stern.*

Ich versuchte mir Tian vorzustellen, sein Lächeln und seinen weichen Kuss, doch auch hier verfolgte mich Amad wie ein Fluch, den ich nicht abschütteln konnte.

Ich drehte mich um und schaute nach vorne. Und vergaß sogar Amad. Ich hatte über das Meer gelesen, sogar Bilder gesehen von Fangbooten und Wellen. Aber nichts davon hatte mich auf diese Weite vorbereitet. Der Wind brannte in meinen Augen und riss mir den Atem aus dem Mund, aber ich konnte mich nicht abwenden. Bis zum Horizont erstreckte sich ein unendlicher Malachitspiegel, eine Wüste aus grünem Wasser mit einem Muster aus wandernden Wellendünen. Der Wind war kühl und trug einen fremden Geschmack von Salz und Weite mit sich.

Das Rattern des Zuges vermischte sich mit dem Gesang. Eine weitere Strophe von der Sonne, die abends erschöpft von der Suche dem Meer entgegensank – und dort ihren Geliebten entdeckte: ihr Spiegelbild, das sie küsste und mit ihm verschmolz. Ich ertappte mich dabei, wie ich mitsummte, dann, ganz vorsichtig, fing ich ein paar Worte des Refrains auf. Er war einfach wie ein Kinderlied:

»Findest niemals, was du suchst,
irrst du auf dem Land umher,
Alles, was dein Herz ersehnt,
schenkt dir nur das grüne Meer.«

Ich sang mit all diesen Menschen, ebenso stolpernd und ohne jede Gabe, erst nur flüsternd und dann etwas lauter. Meine Stimme vermischte sich mit denen der anderen. Es war ein seltsames Geschenk, das Manoa mir machte: Mich selbst zu vergessen.

Ich war getrennt von den Menschen und doch Teil von ihnen, eine Verbindung auf Zeit, brüchig und filigran wie ein Glasnetz, und dennoch trug es mich. *Vielleicht fühlen so die gewöhnlichen Menschen?*, dachte ich. Ich betrachtete jedes Gesicht und merkte, dass sie mir nicht mehr barbarisch und farblos vorkamen. Es fehlte ihnen ein greller Glanz, ja, dafür waren sie unstet wie flackernde Flammen und unberechenbar, und sie bargen eine Schönheit, die ich bei meinen Dienern niemals bemerkt hatte: Falten, die wie Linien auf verwitterten Landkarten wirkten und von Lebenswegen erzählten. Gebräunte Hände, die die flatternden Tücher im Wind festhielten, Gesten, die jedes Wort unterstrichen, gebeugte, aber starke Rücken, die sich unter zerschlissenem Stoff abzeichneten. Und Augen voller Geschichten, die vielleicht niemand jemals hören würde.

Gewinner und Verlierer

Der Zug fuhr in ein ummauertes und vergittertes Areal ein, das an einen Gefängnishof erinnerte. Lokomotivendampf füllte zischend den Hof und verflog und enthüllte Männer mit Gewehren. Ich half Kosta aus dem Waggon. »Na, willst du nicht gleich zu deinesgleichen gehen?«, fragte der Alte und deutete nach vorne. Jetzt wusste ich, was er mit »Tracht« gemeint hatte. Im vorderen Zugteil waren Gefangene transportiert worden. Sie trugen Handfesseln und wurden von Menschen begleitet, die wie eine Uniform alle hellgraue Kleidung trugen, weite Hosen und uniformähnliche taillierte Jacken. Sie erinnerten an die Uniformen der Gefängnisgarde der Mégan. Voller Unbehagen dachte ich an die Männer zurück, die Jenn in den Gerichtssaal geschleppt hatten.

Mit kühlen, sachlichen Befehlen dirigierten die Menschenhändler die Sklaven in Richtung eines Tores, über dem eine Kette hing. Ich reckte den Hals und wusste nicht, ob ich enttäuscht oder erleichtert sein sollte. *Vierundfünfzig Gefangene, davon vierzehn Frauen, aber Tian ist nicht darunter.*

»Rechnest du schon deinen Gewinn aus, junge Herrin?« Kosta grinste mit drei Zähnen und streckte mir seine Rechte hin. Sechzig Jahre Kampf gegen widerspenstige, verschlossene Muscheln hatten ihm einen schmerzhaft starken Handschlag beschert. »Danke fürs Geleit«, krächzte er. »Vielleicht begegnen wir uns ja mal wieder. Naja, oder vielleicht lieber nicht, was?« Er ruckte mit dem Kinn in Richtung der Sklavenhändler, machte auf dem Absatz kehrt und ging gebeugt unter der Last seines Gepäcks zu einem anderen Tor. Eines, über dem eine Muschel befestigt war. Über den restlichen Durchgängen, vor denen sich nun Schlangen bildeten, entdeckte ich ein Haigebiss und eine ausgewaschene Lederbörse. *Fanghafen und Handelshafen.* Jedes der Tore führte also von dieser Auffangstation in einen anderen Hafen.

»Los, los, nicht trödeln!«, rief ein Mann mit einem Papierstapel in seinen Händen. Seine Gewitterstirn war Furcht einflößend und seine Finger schwarz von Stempelfarbe. »Ja, du mit dem Hund. Her zu mir. Du hast noch nicht bezahlt.«

Jetzt tat es mir leid, Manoa nicht gedankt zu haben. Dieser Mann sah nicht so aus, als könnte ich mir den Eintritt in die Stadt mit Möwenfleisch oder ein paar Patronen erkaufen. »Und der Hund? Der kostet extra!«

Ich holte schon Luft, aber jemand anderes kam mir zuvor. »Schreib's auf meine Rechnung, Tomno! Und fass ihr Gepäck nicht an, verstanden? Wenn du ihr doch was abnimmst – ich sehe es, das weißt du.«

Manoa. Mochte der Himmel wissen, wie sie erkennen konnte, dass ich es war. Offenbar zitterte ganz Tibris vor ihr. Der Mann steckte meine Münze hastig ein, schnappte den Stift, der hinter seinem Ohr klemmte, und machte ein Häkchen auf einer Liste.

»Name?«, brummte er.

»Smila.« Ich schielte über seine Schulter und war maßlos überrascht. Aber jetzt ergab Manoas Verbindung zu meiner Familie tatsächlich einen Sinn. Manoa trug zwar keine Uniform wie die Sklavenhändler, aber ihr Tuch war vom selben Grau. Und sie ging auf einen Stock gestützt auf das Sklaventor zu. Nun, Traumdeuterei allein machte sie wohl nicht reich. Es war ein seltsamer Gedanke, dass Diener meiner Familie von ihr nach Ghan verkauft worden waren.

»Zu wem gehörst du?«, bellte der Mann.

»Ich ... bin allein hier.«

»Das seh ich! Aber bei wem arbeitest du? Welche Truppe? Welcher Hafen? Ich kann nicht einfach jeden Hungerleider reinlassen.«

»Zu der Haifängergruppe aus Kahalo«, antwortete ich zögernd. »Juniper und Perem und ... ihre Leute.«

Ich betete inständig, dass er mich nicht nach Nachnamen fragen würde, aber der Kerl schien zu wissen, wen ich meinte.

»Zu denen?«, fragte er ungläubig. »Und was willst mit dem Hund? Ist das ein Haiköder?« Er lachte über seinen eigenen Witz und wurde sofort wieder ernst. »Im Ernst, wozu taugst du?« Er tippte mit dem Stift auf seine Liste. »Ich muss hier irgendwas eintragen. Also: Fangboot?«

»Nein.«

»Haie häuten? Motoren reparieren?«

Jedes Mal wenn ich wieder den Kopf schüttelte, wurde er genervter.

»Na wunderbar, also auch nicht. Jedes Jahr kommen nutzlosere Leute hierher. Die Stadt geht vor die Hunde. Vor die Hunde!«

»Juniper will mich für die Netze haben. Und ich kann rechnen.«

Er winkte angewidert ab. »Damit bewirb dich am Menschenhafen. Da kannst du Goldstücke für die feinen zweibeinigen Raubfische aus fremden Ländern zählen, die sich gar nicht genug Sklavenfleisch in den Schlund stopfen können. Im Fanghafen brauchen sie Hände, an denen noch alle Finger dran sind, Köpfe haben die selber. Jedenfalls solange sie Glück haben.« Er deutete mit dem Daumen über die Schulter auf das Haifischgebiss. Dann stempelte er einen roten Zettel ab und reichte ihn mir. »Hier, den Lohnzettel gibst du am Ende der Saison wieder ab. Melde dich in den Fängerbaracken beim Hafenvorsteher, der vermietet dir ein Quartier. Und lern die Regeln: Keine Schwarzmarktgeschäfte, auf Diebstahl und Körperverletzung steht Sklaverei, auf Streit Stadtverbot, und wer nach Sonnenuntergang noch auf den Stegen ist, zahlt Strafe und verbringt einen Tag im Gefängnis.« Mit einer verächtlichen Geste winkte er mich endlich durch.

Hinter den Toren führten steile Treppen bergab in die verschiedenen Bezirke.

Jetzt, als ich die ganze Stadt unter mir sah, verstand ich, was Manoa gemeint hatte. Meine Bücher erzählten von einer blühenden bunten Handelsstadt mit prächtigen weißen Gebäuden. Von siebzig Silberbrücken, gekrönt von Skulpturen und Gaslaternen, die die Stadt nachts in ein magisches, verwunschenes Land verwandelten. Sie erzählten von endlosen Muschelfeldern und exotischen Märkten mit Handelswaren aus aller Welt. Von Palästen mit Fenstervorhängen aus echten Rosenperlen.

Nun, es mussten sehr alte Bücher sein oder ein anderes Tibris. Dieses hier bestand hauptsächlich aus Slums. Ein ganzes Heer von zusammengezimmerten Baracken kesselte die grünen Hafenbögen ein. Nur im ersten der Häfen ganz rechts unter mir – dem Handelshafen – erhob sich noch eine gemauerte Altstadt auf einem kleinen Hügel, gekrönt von einem Leuchtturm. Er hatte Lücken in den Mauern und wirkte fadenscheinig.

»Los, weitergehen, nicht gaffen«, drängte eine Frau hinter mir.

Der Fanghafen, den ich kurz darauf mit einer Gruppe von Tagelöhnern betrat, stank nach Abwasser und Fisch. So wie bei uns der Sand jedes Stück Land in Besitz zu nehmen versuchte, so streckte hier das Meer seine nassen Finger in die Stadt, es schwappte unter den Stegen, die bei Flut sicher unter

Wasser standen. Nur ein paar verrostete Laternenpfähle in der Form von schlanken Seejungfrauen verrieten noch etwas von der einstigen Pracht. Ich überquerte zusammengeflickte Holzbrücken, die bedenklich knarrten. *Wann ist die Stadt zugrunde gegangen?*, fragte ich mich erschüttert.

Unauffällig blieb ich zurück. Einen Moment dachte ich darüber nach, nach Juniper zu suchen, aber sicher war sie noch nicht in der Stadt. Und die Zeit drängte für Tian. Vielleicht wurde er gerade auf ein Sklavenschiff gebracht.

Ich zerknüllte den roten Zettel und warf ihn von der Brücke. Das grüne Wasser schäumte auf, ein knochiges Ungeheuer mit breitem, zahnlosem Fischmaul schnappte nach dem Papier und tauchte wieder ab. Ich konnte die Graue gerade noch abhalten, dem Fisch hinterherzuspringen, mit zitternden Knien zog ich sie zurück, dann schlug ich den Weg zum Sklavenhafen ein.

*

Ich ging mit hoch erhobenem Kopf und strengem Blick, schnellen Schrittes, als hätte ich ein Ziel. Es funktionierte. Viele Leute sahen mir nach – einer jungen Frau mit einem Hund und einem Gewehr im Gepäck, aber niemand wagte es, mich anzusprechen.

Der Menschenhafen war moderner als die anderen. Blockartige, niedrige Lagerbaracken umfassten ihn, vermutlich Quartiere der Sklaven. Am Berg ragten neue Gebäude hervor, schwer bewacht und teuer, aber geschmacklos mit weißen Statuen von Menschen verziert. Sicher die Domizile der Händler, die mit diesen steinernen Symbolen auf ihre Handelsgüter hinwiesen.

Im Eilschritt überquerte ich zwei Märkte. Es roch nach Teer

und schwerem Parfüm. Alle zwei Meter ragte ein Podest mit einem Pfosten und einer Handschellenhalterung aus dem Boden. Viele waren leer, an einigen waren jedoch Sklaven ausgestellt. Unter Sonnensegeln warteten besonders hellhäutige Menschen auf Käufer, ich sah bildschöne Frauen und schmächtige Kinder, kaum zehn Jahre alt, atmende Ware. Es schnitt mir ins Herz, sie gefesselt zu sehen.

Im Hafen warteten zwei schwarze Transportschiffe auf ihre Ladung. Aus irgendeinem Grund waren ihre bauchigen Rümpfe bis zur Wasserlinie mit spitzen Metallstacheln bestückt. Nervös ließ ich die drei Zweige mit Tians Haar immer wieder durch meine Hand gleiten, aber erst als ich bei den Schiffen ankam, hatte ich Gewissheit: Tian war niemals in diesem Hafen gewesen. Und niemand hatte ihn gesehen. »Komm morgen früh noch einmal auf den Markt«, riet mir eine Händlerin. »Der nächste Transport mit den Schiffen läuft erst morgen nach Sonnenaufgang aus. Vorher kommt noch eine neue Ladung mit dem nächsten Zug. Vielleicht findest du bei dieser Lieferung, was du suchst.«

*

Ich suchte zwischen den Baracken am Perlhafen, wo sich leere Muschelschalen aufhäuften, und am Fanghafen, wo Fischer Netze flickten und magere Katzen über sonnenheiße Wellblechdächer flitzten, um Heringe von den Trockenleinen zu stehlen. Und auch im Handelshafen ließ mich jeder Schimmer von Bronzehaut und jede Frau mit blondem Haar zusammenzucken und mein Herz rasen. Aber egal, wie oft ich den glattesten der drei Zweige in der Hand drehte, die Spur, die in manchen Straßen so deutlich war, dass ich Tian schon zu sehen glaubte, führte ins Leere. Erst nach Stunden, als die

TEIL III: GRÜNE WASSER

Graue nur noch hechelnd und erschöpft hinter mir hertrottete, hielt ich inne, frierend, enttäuscht und wütend. Die Nacht brach an und schon seit einiger Zeit windete es immer stärker. Der Wind fegte Wasser über die Stege. Boote kehrten zurück, um dem Unwetter zu entfliehen, das jeden Augenblick losbrechen konnte. Eine Glocke schlug an, die Menschen begannen fluchtartig die Stege und Brücken zu verlassen. Und als ein Mann mich von einem Fenster aus anschnauzte, was ich immer noch auf der Straße zu suchen hatte, begriff ich, dass ich die Sperrstunde schon verpasst hatte.

Knoblauchgetränkte Luft schlug mir entgegen, als ich mich ein wenig später in ein Wirtshaus flüchtete. Ausgestopfte Haiköpfe mit Glasaugen zierten die Wand. Darunter spielte eine Gruppe von Männern konzentriert und mürrisch Karten. Arm waren sie nicht. Ihre Kleidung war edel und von ausländischem Schnitt, Münzen und zerknitterte Geldscheine türmten sich vor ihnen. Nun, Geld würde ich brauchen, der Proviant war aufgebraucht und ich würde meinen Schlafplatz bezahlen müssen. *Vielleicht eine Chance?*, dachte ich. *Wer spielt, der wettet auch.*

»Was willst du?«, fragte die Wirtin. »Eine Unterkunft habe ich nicht mehr frei. Die Händler aus Grauland haben das ganze Haus gemietet.« Ihre Augen waren freundlich, aber sie versuchte nervös abzuschätzen, was Hund und Waffe zu bedeuten hatten.

»Ich will nur eine Suppe essen.«

Ihr Ton wurde sofort harscher. »Aha, auf der Flucht vor der Nachtpatrouille.« Sie hielt mir die Hand hin. »Ein Tibraner, dann kannst du eine Weile hier sitzen, zumindest, bis der Sturm vorbei ist. Gezahlt wird im Voraus.«

»Du bekommst dein Geld schon«, sagte ich mit fester Stimme. »Nachdem ich gegessen habe.«

Die Frau schüttelte mit einer Grimasse des Mitleids den Kopf. »Kein Geld, kein Sitzplatz, keine Suppe.«

Ich zögerte. Die Fenster klapperten im Wind, Sprühwasser wurde gegen die Scheiben geweht.

»Wird's bald?«, fragte die Frau. Sie wischte sich genervt die Hände an der Schürze ab. Mir fiel auf, dass ihren Unterarm eine verblasste grüne Welle schmückte.

Eine Tätowierung. Es war nur eine Idee im Hinterkopf. *Das Blau der Traumdeuter? Es hat dir schon einmal geholfen.*

»Gehst du immer so mit Manoas Leuten um?« Ich zog die Hand hervor und zeigte ihr den blauen Stich auf meiner Handfläche. »Sie hat mich hergeschickt. Und jeder weiß, dass sie ihre Rechnungen bezahlt, nicht wahr?«

Ich hatte richtig vermutet: Das Zeichen und der Name der Alten verfehlten ihre Wirkung nicht. Die Wirtin schnaubte, aber sie knickte sofort ein. »Na schön«, sagte sie betont mürrisch. »Aber den Hund musst du hinter dem Haus anbinden und die Waffen lässt du unter dem Tisch. Sonst kannst du gleich wieder gehen.«

Wenig später saß ich am Spieltisch der Männer und löffelte einen fettigen Sud mit weißen, weichen Fleischbrocken, die nach Zitronen, beißender Schärfe und Salz schmeckten. Ein paar Fleischstücke und die Brotkanten steckte ich für die Graue ein. Verstohlen schielte ich nach rechts. Ich kannte das Kartenspiel nicht. Aber meine Gabe für Mathematik erwachte wie ein Hund, der nur darauf gewartet hatte, dass ich ihn rief. *Sechsundachtzig Einzelkarten. Jede Karte hat eine Dicke von null Komma sechs Millimetern.* Ich wartete, bis die Wirtin in das Nebenzimmer gegangen war, in dem gelärmt und gelacht wurde, dann rückte ich zu den Männern hinüber und lächelte ihnen zu. »Das Spiel scheint euch zu langweilen. Wie wäre es mit einer Wette?«

TEIL III: GRÜNE WASSER

Die sechs waren so vertieft gewesen, dass sie mich noch gar nicht bemerkt hatten. Aber offenbar gefiel ihnen, was sie sahen.

»Kommt darauf an, ob sich der Einsatz lohnt«, antwortete der Jüngste mit einem Grinsen. Er war ein hübscher Kerl mit zerzaustem Haar. Er trug einen teuren Ring am Finger und hatte offenbar schon getrunken.

»Um Knöpfe wette ich mit Leuten wie euch sicher nicht«, antwortete ich. »Eine Chance für jeden. Ihr greift euch einen Teil der Karten und ich sage euch, wie viele ihr in der Hand habt. Zähle ich schneller als ihr, schuldet ihr mir euren Einsatz. Einmal daneben und der Edelstein gehört dem, der gegen mich gewonnen hat.« Ich holte die Smaragdscheibe hervor und legte sie auf den Tisch. Hätte ich einen zappelnden Hai zwischen die Karten geworfen, wäre der Effekt kaum besser gewesen.

»Wo hat jemand wie du denn so etwas Kostbares her?«, fragte ein älterer Mann. »Hast du einer Hexe ein Auge gestohlen?«

»Bisher hat sie es nicht zurückverlangt«, sagte ich leichthin. »Also, wollt ihr wetten oder nicht?«

»Gefährliches Spiel«, sagte der Jüngste warnend. Er warf einen Geldschein auf den Tisch und griff nach den Karten. »Du weißt schon, dass du gegen Kaufleute antrittst? Wir können zählen, bevor wir sprechen können.«

Ich lächelte nur. Es war so einfach, dass ich fast ein wenig enttäuscht war. Nach der ersten Runde verschärfte ich die Wette, nahm die Zahlen auf den Karten hinzu und wettete, dass ich sie schneller addieren konnte als jeder Kaufmann. Jemand stellte mir einen Becher Wein hin. Er schmeckte sauer, aber er ging schnell ins Blut. Unter dem Applaus der Zuschauer, die sich inzwischen um den Tisch versammelt hatten, wettete ich schließlich um die Anzahl von Fischgräten auf den Tellern und Haifischzähnen an den aufgehängten Jagdtrophäen. Und bemerkte nicht, wie es am Tisch immer stiller wurde. Der junge Kerl stürzte seinen Wein hinunter und knallte den Becher auf den Tisch. »Du betrügst doch! Kein Mensch kann das, was du kannst!«

»Reg dich nicht auf, Tole«, versuchte ihn der Ältere zu beruhigen. »Das ist nur Spielerglück.«

»Erzähl mir nichts!« Der junge Kaufmann stieß ihn so heftig von sich, dass er fast den Tisch umriss. Mit einem Scheppern fiel der Krug um, Wein ergoss sich über die Spielkarten. »Wo hast du diese Fähigkeit her?«, herrschte er mich an. »Es stimmt also, was man sich am Hafen erzählt.«

Schlagartig wurde ich nüchtern. *Die toten Wächter.* Fast hatte ich sie erwartet. Sie flackerten neben dem jungen Kaufmann auf wie schwarze Flammen.

»Und den Dämonenpakt sollen wir jetzt auch noch bezahlen?«, schrie der Kaufmann.

»Haut ab«, zischte ich den Wächterschatten zu. »Lasst mich endlich in Ruhe!«

Aber es war zu spät. Der junge Kaufmann griff sich eines der Messer und wollte sich auf mich stürzen. Seine Kameraden fuhren auf und packten ihn erschrocken an Ärmeln und Jacke. Ich hatte keine Wahl. Ich schoss hoch, sprang auf den Tisch und machte, dass ich wegkam. Immerhin war ich noch geistesgegenwärtig genug, um die Smaragdscheibe und eine Handvoll Geldscheine zu packen. Das Messer blitzte neben mir auf und landete in einem Hackbrett, das die Wirtin gegen den Mann schwang. »Kein Blut in meinem Haus!«, brüllte sie und schlug mit der Rückseite des Brettes zu. »Polizei!«, schrie jemand. Stühle fielen krachend um, Teller zerbrachen, die Prügelei war in vollem Gange. Jemand packte meine Jacke und wollte mich grob zur Seite reißen. Mit der geballten Faust wirbelte ich herum und holte aus.

»Versuch's und ich stoße dich zurück ins Haifischbecken!«, zischte Juniper mir zu. Sie schubste mich zur Tür. Mit einem gezielten Hieb mit ihrer Harpunenstange brachte sie einen Angreifer zum Stolpern.

»Die Graue!«, rief ich. »Und der Rucksack.«

»Hast du keine anderen Probleme!« Juniper schrie halb und halb lachte sie. Hinter ihr fiel ein Haifischkopf von der Wand und landete in einem Teller Suppe. »Wir holen das Zeug später, los, raus hier!«

Draußen holte mich der Sturmwind beinahe von den Füßen. Hand in Hand kämpften wir uns über Brücken und Stege. Schwer atmend hielten wir ein paar Straßen weiter unter einem windgeschützten tiefen Vordach einer anderen Kaschemme an. Licht fiel durch die Scheiben und tauchte Junipers Gesicht in geblichen Schein. Und etwas weiter, auf einer Brücke, funzelte kaltes Gaslicht vor sich hin.

»Ein richtiger Spieler sollte nicht nur wissen, wie man gewinnt, sondern vor allem, wie man verliert«, stieß Juniper atemlos hervor. »Gewinne züchten Feinde. Wenn du klug wärst, hättest du sie wenigstens ein paar Münzen zurückgewinnen lassen.«

Obwohl mir der Schreck noch in den Knochen saß, war ich so froh, sie zu sehen, dass ich ihr einfach um den Hals fiel. Lachend erwiderte sie die Umarmung, dann musterte sie mich von oben bis unten. »Meine Güte, wenn dir nicht gerade eine Windsbraut auf den Fersen ist, schaffst du es, dass irgendwelche netten, harmlosen Kerle mit Waffen auf dich losgehen. Wie kriegst du das nur immer hin?«

»Muss wohl ein Fluch sein.«

Sie lachte, als hätte ich einen Witz gemacht. »Ich dachte, ich sehe nicht recht, als du vorhin am Fanghafen vorbeispaziert bist. Wir kamen gerade vom Fangtag zurück – und da dachte ich, gehe ich dir mal nach und schaue, wo du kurz vor der Sperrstunde noch hinwillst. Und sieh an: das harmlose Mädchen zockt wie ein Geier um Geld.«

»Wieso seid ihr schon in der Stadt? Auf dem Zug habe ich euch nicht gesehen.«

Juniper schnaubte empört auf. »Mit dieser Greisenschaukel fahren wir ja auch nicht! Der Zug ist die längere Strecke, nur für die Sklaven, die möglichst unversehrt ankommen sollen, und die Alten, die den steilen Abstieg durch die Berge nicht mehr schaffen. Machst es dir gerne gemütlich, Schöne, hm?«

Die längere Strecke? Der Wein kreiste noch in meinem Kopf, aber die Angst, dass Amad mich doch einholen könnte, ernüchterte mich auf der Stelle. Und gleichzeitig hoffte ich, dass er tatsächlich unversehrt aus der Bewusstlosigkeit aufgewacht war.

»Und wo hast du deinen schönen ›Bruder‹ gelassen?«, fragte Juniper, als hätte sie meine Gedanken gelesen.

»Ich bin allein hier. Und Amad...« Ich zögerte. »Er ist nicht mein Bruder, Juniper. Genauso wenig, wie ich ein Dorfmädchen bin.«

Juniper verzog das Gesicht zu einer ironischen Grimasse. »Erzähl mir was Neues. Ich bin Perem ja auch nicht aus dem Gesicht geschnitten, aber ihr seht euch so ähnlich wie ein Krake einem Barrakuda. Und alles andere hast du mir schon mit deinem ersten Händeschütteln verraten.« Sie hob ihre Linke. Sie war vernarbt und voller Schwielen, die Nägel waren kurz und abgeschliffen und hatte schwarze Ränder. »*So* sehen Hände aus, die seit vielen Jahren arbeiten. Mir ist gleich aufgefallen, dass deine Hände zu glatt sind, zu perfekt. Und der Händedruck hat es mir bestätigt. Keine Schwielen und nicht besonders viel Kraft in der Hand. Du hast noch nie Steine geschleppt und nach Wasser gegraben. Deine einzigen Narben sind so frisch, dass sie kaum verheilt sind. Und in deinen Gürteltaschen sind ein Ring und ein Schlüsselbund. Muss ein edles Dorf sein, in dem die Ziegenställe Schlösser haben.« Juniper hatte also meine Taschen durchsucht, während ich bewusstlos war. »Du bist sicher eine reiche Tochter, die durchgebrannt ist. Vielleicht, weil du den Falschen heiraten solltest? Oder weil du dich verbotenerweise in den Richtigen verliebt hast?«

Ich schluckte. »Nahe dran.«

Ihre grauen Augen blitzten voller Triumph auf. Sie deutete eine Verbeugung an wie ein Jahrmarktzauberer, dem ein Kunststück gelungen war.

»Und wie heißt du wirklich? Du reagierst nämlich nicht schnell genug, wenn man dich Smila nennt.«

Ich zögerte, aber dann gab ich mir einen Ruck. »Canda«, sagte ich. »Warum hast du nichts gesagt und so getan, als würdest du uns glauben?«

»Junipers Gesetz«, erwiderte sie leichthin. »Man sollte immer wissen, was man sagt. Aber man sollte nicht immer alles sagen, was man weiß. Nur weil alle denken, dass ich nicht weiter denke als bis zum nächsten Tanz, muss das ja nicht der Wahrheit entsprechen. Aber es ist gut, wenn andere mich so sehen. Umso mehr erzählen sie mir – bewusst oder unbewusst.«

Eine Moreno berechnet Chancen, blickt voraus und spricht als Letzte. Niemals lässt sie sich in die Karten schauen. Juniper hätte unserem Familienkodex alle Ehre gemacht. Ich gab es ungern zu, aber auf eine Tochter wie sie wäre meine Mutter sicher stolz gewesen. Amad hatte recht gehabt. Ich sah nur durch meine eigenen Augen – durch die Beschränkungen meines Standes, meiner Besonderheit, die mich so deutlich von den Gewöhnlichen unterschied, dass ich ihnen nichts zutraute. Aber jeder Tag außerhalb von Ghan lehrte mich, wie sehr ich mich täuschte. Wir unterschieden uns viel weniger, als meine Lehrer und meine Eltern mir von Kindheit an eingebläut hatten.

»Gute Lektion.«

»Tja, aber jetzt weiß ich immer noch nicht, was mit deinem Amad passiert ist.«

»Er ist nicht *mein* Amad! Er...« Ich verstummte.

Juniper zog die Brauen hoch. »Getrennte Wege, hm? Tja, auch Eisen und Stein können brechen.«

Es war beruhigend, dass Juniper nicht alles erschließen konnte. »Nein, sie brechen nicht. Es war keine Lüge, als ich dir sagte, dass ich jemanden liebe. Mehr als mein Leben, bis zu unserem Tod. Aber es ist nicht Amad, er sollte mir nur bei der Suche helfen. Der Mann, den ich finden muss, heißt Tian, er muss hier in der Stadt sein, vielleicht wurde er als Sklave verschleppt. Er hat Bronzehaut und Haar wie Kupfer. Hier, das hat er mir in den Bergen als Zeichen dagelassen, bevor wir zu euch kamen.« Ich öffnete die Faust und hielt ihr die drei Zweige hin. Vom größten Zweig hatte sich Tians Kupferlocke unter der Drahtfixierung halb gelöst und wand sich im Wind.

Juniper sprang zurück, als hätte sie einen elektrischen Schlag erhalten.

»Canda!«, kreischte sie entsetzt auf. Ihre Harpune klapperte gegen die Hauswand. Juniper packte meine Hand so grob, dass ich aufschrie. Mit einer Drehung zwang sie mich, die Zweige auf das Fensterbrett fallen zu lassen. »Was soll das?«, rief ich. Aber es wurde noch schlimmer: Ein Feuerzeug schnappte blitzschnell auf, dann erhellte eine Stichflamme Junipers Gesicht. Tians Zeichen krümmten sich in ihren Drahtfesseln, Funken knisterten, Rauch stieg auf, der nach verbranntem Haar stank. »Warum hast du das gemacht!«, stieß ich hervor. »Das gehört mir!«

Ein Windstoß fauchte über Stege und Dächer und verging,

als hätte jemand eine Flamme ausgepustet. Von einer Sekunde auf die andere war es windstill und leise wie in einer Totenkammer. Juniper war so weiß wie der Mond. Und sie starrte mich mit weit aufgerissenen Augen an, als hätte ich mich in ein Ungeheuer verwandelt. Sie packte mich am Kragen und drückte mich grob gegen die Wand, knochige Fäuste bohrten sich schmerzhaft hart in meinen Hals. »Was wolltest du damit machen? Den Tod verkaufen?«

Mein entgeistertes Gesicht sprach wohl Bände. Jetzt klappte ihr der Mund auf. »Du weißt es nicht?«, rief sie aus. Sie ließ mich los und stieß mich zur Seite.

»Du spielst mit Magie herum und hast keine Ahnung, dass du den Tod in den Händen hältst? Die ganze Stadt könntest du damit dem Erdboden gleichmachen!«

Jetzt verstand ich gar nichts mehr. »Mit Tians Haar?«

»Womit denn sonst?« Junipers Stimme überschlug sich. »In den Geisterbergen, in denen ihr herumgeklettert seid, gehören Haar und Wind zusammen wie hier Wasser und Fische. Was glaubst du, weshalb Wüstenfrauen nur kurze Haare tragen oder es ganz scheren! Langes Haar, das im Wind davongetragen wird und sich in Zweigen der Geisterberge verfängt, ist das einzige Seil, das eine Windsbraut fesseln kann. Sie verfängt sich im Haar und wird immer wütender. Solange das Haar festhängt, ist alles gut, aber wenn es sich wieder vom Zweig löst, dann gute Nacht. Ihr habt es ja erlebt. Und jetzt schleppst du dieses Dämonenzeug in die Stadt? Wo ein Sturm eine ganze Flotte vernichten kann? Darauf steht die Todesstrafe – und du kannst mir glauben, dass es kein angenehmer Tod ist.« Ich lachte schon längst nicht mehr über Aberglauben, aber jetzt wurde mir vor Entsetzen so kalt, dass ich zitterte. Plötzlich wusste ich, woher der Wind gekommen war – das kleine Stück Locke hatte gereicht, um ihn zu entfesseln.

Und ich war es, die das Haar in den Bergen ganz vom Zweig gestreift hat. Im Geiste sah ich mein armes Pferd in die Schlucht stürzen, spürte den Sturm, der uns in die Tiefe fegen wollte. Es war meine Schuld gewesen, dass wir die Tiere und fast unser Leben verloren hatten. *Und die Zweige waren keine Wegzeichen, sondern Fallen*, schoss es mir durch den Kopf. *Jemand wollte uns damit töten.*

Juniper musterte mich misstrauisch. »Du wolltest die Windfänger wirklich nicht verkaufen – an jemanden, der die Flotte seines Konkurrenten auf hoher See mattsetzen will? Oder an die Kriegstreiber, die im Menschenhafen Geschäfte für die Lords der anderen Länder machen?«

»Juniper, ich bin es! Ich will nur Tian finden! Ich hatte keine Ahnung...«

»... und deshalb fixierst du die Haare mit Draht am Windfänger. Klar.«

»Das war... jemand anderes, ich habe ihm die Zweige gestohlen.«

Sie schien immer noch mit sich zu kämpfen. Ihre Harpune lag locker in ihrer Hand, aber ich wusste nur zu gut, wie schnell sie damit war. »Schwöre beim Blut deiner Mutter«, herrschte sie mich an.

Ich war enttäuscht. Freundschaften, die nur auf Freiwilligkeit beruhten, waren offenbar zerbrechlich. »Hätte ich dir die Zweige sonst gezeigt, Juniper? Und wenn ich Dämonenkräfte entfesseln könnte, würde der Kerl mit dem Messer längst bei den Müllfischen im Kanal schwimmen, meinst du nicht?«

Ich war erstaunt, dass sie tatsächlich nervös zum Wasser blickte. »Aber der Kaufmann hatte recht«, sagte sie. »Niemand kann so mit Zahlen umgehen, ich habe dir eine Weile zugesehen. Ich weiß nicht, wie du es machst, aber etwas ist faul daran. Sehr faul. Es geht nicht mit rechten Dingen zu.«

TEIL III: GRÜNE WASSER

»Es ist nur eine Gabe, nichts weiter.«

»Nur eine Gabe? Am Menschenhafen würden sie für jemanden mit so einer ›Gabe‹ dein Gewicht in Gold zahlen. Und wer weiß, vielleicht hast ja wirklich einen Handel dafür gemacht, wie der Kaufmann vermutet? Man sagt, ein Pakt mit Dämonen verleiht solche Fähigkeiten, die sonst kein Mensch hat.«

Das reichte. Ich schulterte den Rucksack. »Denk, was du willst, Juniper. Ich werde mich nicht rechtfertigen für das, was ich bin. Ich dachte, wir wären Freunde!«

»Wo gehst du hin?«

»Die Graue holen und dann suche ich mir einen Schlafplatz. Es ist Sperrstunde, oder nicht?«

Ich sah mich nicht um, als ich zur Brücke zurückging. Ich hatte befürchtet, dass mit den Zweigen meine Verbindung zu Tian zu Asche zerfallen war, aber er war immer noch ein Teil von mir, nur war der Kontakt schwächer geworden, spinnwebfeine Fäden, aber immer noch spürbar. Zumindest das war tröstlich.

Ich war nicht die einzige Nachtschwärmerin. Auf der Holzbrücke befand sich eine Frau, vielleicht war sie eben aus einem Gasthaus gekommen, zumindest war sie festlich gekleidet. Sie saß am Scheitelpunkt der Brücke auf dem Boden, die Hände neben sich aufgestützt, die Beine ließ sie über die Brückenkante baumeln – aber ich sah ihre Füße nicht, ihr langes Kleid hing fast bis zum Wasser. Im fahlen Licht der Gaslampe wirkte es grau und edel, mit einer Struktur wie raues Schleifpapier. Die Fingernägel hatte sie dunkel lackiert, und obwohl sie noch jung zu sein schien, war ihr glattes Haar, das ihr über den Rücken fiel, ebenfalls schon grau.

»Jetzt sei doch nicht eingeschnappt!«, rief Juniper mir hinterher. »Bleib schon stehen, Sturkopf.«

Die Nachtschwärmerin zuckte zusammen. Offenbar hatte

sie mich jetzt erst bemerkt. Sie fror, ihre Lippen schimmerten bläulich und an den Armen hatte sie Gänsehaut. Als sie erkannte, dass ich kein Kontrolleur war, nickte sie mir zum Gruß zu, aber ihr Lächeln war traurig, es erreichte ihre Augen nicht. Sie waren groß und dunkel, aber sie wirkten seltsam matt. *Sie hat Kummer*, dachte ich und erwiderte ihren Gruß.

Juniper fluchte, ihre Sohlen schlugen auf Holz – und dann streifte etwas an mir vorbei, ein kleiner, scharfer Luftzug. Die Harpune traf die Nachtschwärmerin eine Sekunde, bevor ich die Brückenmitte erreicht hatte. Ich war es, die entsetzt aufschrie. Die graue Frau gab keinen Laut von sich, sie bäumte sich stumm auf, aber in ihrem Gesicht war immer noch das starre Lächeln zu sehen.

Ich war schon auf sie zugestürzt, um ihr zu helfen, als Juniper schnell wie ein Schatten an mir vorbeiwitschte. »Zurück!«, zischte sie mir zu und packte die Harpune. Es knirschte, als die Frau hineinbiss, dann katapultierte sie sich mit einer schlangengleichen Verrenkung von der Brücke. Das, was eben noch Stoff gewesen war, entpuppte sich nun als graue Fischhaut, rau und matt wie Sandpapier. Wasser überspülte es, dann war das Wesen schon untergetaucht. Nur ein schäumender Wellenbug, der sich rasend schnell entfernte, zeugte noch davon, dass sich das Wesen ins freie Meer flüchtete.

Ich schnappte immer noch keuchend nach Luft, Juniper dagegen war so ruhig, als hätte sie nur eine Katze weggescheucht. Seelenruhig holte sie etwas Helles aus dem Schaft der Harpune. »Hier! Ein Glücksbringer.« Sie reichte mir das weiße Ding. Es war ein kleiner dreieckiger Haifischzahn. »Hänge ihn dir um den Hals. Ihre Zähne hättest du im nächsten Augenblick sowieso dort gehabt.«

»Das kann doch kein Hai gewesen sein!«

»Schrei nicht so herum, sonst ruft noch jemand die Nachtpatrouille.«

»Aber ... das Ding hatte die Gestalt einer Frau.«

Juniper hob gelangweilt die Schultern. »Was denkst du denn, was Haie so machen? Sie imitieren ihre Beute. Das ist ja das Schlimme an ihnen. Was glaubst du, weshalb es die Sperrstunden auf den Stegen gibt? Seit ein paar Jahren kommen die dreistesten von diesen Biestern direkt in die Stadt, um sich ihr Abendessen zu holen. Oben in der Altstadt ist es noch relativ sicher, aber hier unten bei den Brücken sollte man seine Harpune immer dabeihaben. Das hier war zum Glück nur ein kleines Exemplar. Aber du würdest dich wundern, wie lange sie es an der Luft aushalten.«

Ich musste mich am Brückenpfosten abstützen, so schwach fühlte ich mich.

»Diese Ungeheuer fangt ihr?«, fragte ich tonlos.

»Wenn es uns gelingt, denn leider sind sie schlau, die Ratten des Meeres. Sie fressen die Küste leer, wenn sie auf ihrer Wanderroute vorbeiziehen. Deshalb werden wir angeheuert – um sie zu dezimieren, damit die einheimischen Fischer noch ein Auskommen haben. Es gab schon Hungerjahre wegen ihnen. Ihr Fleisch ist leider ungenießbar.«

»Warum hast du mich nicht sofort gewarnt?«

»Erstens musste ich warten, dass sie sich zu dir umdreht. Die Rückenhaut hätte mir nur die Harpunenspitze verbogen. Und zweitens wollte ich sehen, ob du tatsächlich keine Ahnung hast. Und ja, jetzt glaube ich dir sogar, dass du nichts von den Windsbräuten wusstest. Bist du in einer Schmuckschatulle aufgewachsen? Das würde erklären, dass du dich bei den normalsten Dingen anstellst wie der erste Mensch.«

Normalste Dinge. Nun, dazu hätte ich ihr einiges erzählen können.

»Ich komme aus Ghan«, sagte ich. »Und dort ist ... so ziemlich alles anders.«

»Glaube ich dir sofort, Schöne. Von einem Dorf mit diesem Namen habe ich zwar noch nie was gehört, aber sehr gefährlich scheint das Leben dort nicht zu sein.«

»Es ist eine Stadt! Die größte in fünf Ländern. Wie kannst du sie nicht kennen?«

Juniper zuckte mit den Schultern. »Na schön, dann eben eine Stadt, das erklärt die Schlüssel.« Sie schüttelte lachend den Kopf. »Spaziert einer grauen Dame direkt in die Arme und grüßt sie noch freundlich! Ich freue mich schon auf Umas Gesicht, wenn ich ihr das erzähle. Komm, holen wir deinen Hund, und dann schauen wir, was im Handelshafen los ist.« Sie zwinkerte mir verschwörerisch zu. »Die Sperrstunde gilt nur für die, die nicht die richtigen Wege kennen. Und du schuldest mir jetzt erst mal einen Wein.«

Meerestanz

Juniper hatte die Graue und mein Gepäck bei der Wirtin ausgelöst und mich über versteckte Wege zu den Baracken im Fanghafen geführt, wo ihre Gruppe ihr Quartier hatte. Die Fangboote dümpelten wie schlafende Fische an kleinen Bootsanlegern, und im Laternenlicht flickten ein paar Fischer riesige Löcher in den Netzen, die zwischen den Baracken aufgespannt waren. »Heute hatten die meisten Fischer Pech«, erklärte Juniper. »Auch unser Boot ist fast leer ausgegangen. Nur sieben kleine Haie. Schlechte Zahl, schlechtes Omen.« Sie verstaute mein Gepäck, dann winkte sie mir zu, ihr zu folgen.

Den Tag über hatte ich mir den Plan aller vier Häfen bis in die letzte Gasse eingeprägt, aber in dieser Nacht lernte ich mit Juniper noch ein anderes Tibris kennen. Je weiter wir über versteckte Treppen und durch Hinterhöfe hinauf in den alten Wohnteil des Handelshafens kamen, desto mehr Menschen begegneten uns. In der Nähe des Leuchtturms waren die Gassen mit Papierlaternen beleuchtet, die einen Heiligenschein von Motten trugen. Gitarrenklänge und Trommeln vermischten sich mit Klatschen und Lachen. Schon der Geruch nach Branntwein machte fast trunken. Und plötzlich standen Juniper und ich am Rande eines kleinen Festes in einem Innenhof. *Hundertvierundsiebzig Leute*, konstatierte eine besorgte Stimme in mir. *Die Hälfte völlig betrunken. Vierzehn Messer…*

Aber der Duft nach gegrilltem Fischfleisch und Knoblauch ließ mir das Wasser im Mund zusammenlaufen. »Auf einen guten Fang – auf unsere Geheimisse, und auf die Freundschaft!« Juniper drückte mir einen Weinbecher aus Perlmutt in die Hand. *Freundschaft*. Ich wusste nicht, warum mich das Wort plötzlich so traurig machte. *»Wenn du fällst, dann fange ich dich auf.«*

War alles, was Amad gesagt und getan hatte, eine Lüge gewesen?

»Mach nicht so ein Gesicht«, schalt mich Juniper. »Heute wirst du diesen Tian nicht mehr finden. Wenn er verschleppt wurde, musst du bei den Lagern der Sklavenhändler suchen. Morgen sage ich dir, bei wem du nachfragen kannst. Aber heute trinkst du mit mir – und zwar auf uns! Also?«

»Auf die Freundschaft«, antwortete ich und lächelte ihr aus ganzem Herzen zu. Dieser Wein war schwer und süß wie Honig. Ich schloss die Augen und spürte darin dem Aroma von Tians Mitternachtswein nach. Dann ließ ich mit klopfendem Herzen den Blick über die tanzende Menge schweifen. Der Tanz war Wildheit und Willkür, sprühend, aber ohne Perfektion und Form. Und plötzlich blühte etwas in mir auf – etwas Weiches, Wehmütiges. *Weißt du noch?*, flüsterte die Stimme des ängstlichen blonden Jungen sanft. *Zabina und Anib? Ihr wart wie Schwestern.* Es schien hundert Jahre her zu sein, dass ich die besten Tänzerinnen Ghans bewundert hatte, elegant und so perfekt, dass niemand in meiner Stadt einen Sinn darin sah, selbst zu tanzen und sich vor ihnen zu blamieren.

»Komm!« Juniper fasste mich einfach an der Hand und zog mich mitten in die Menge. Die Graue bellte auf, der Perlmuttbecher rollte über den Boden, dann wurde ich zwischen Seide und Leinenstoff, fliegendem Haar und fremdem Atem herumgestoßen. Juniper legte mir die Arme um die Taille, drückte sich gegen meinen Rücken. Ich spürte die schlangengleichen Bewegungen. Vergeblich versuchte ich mich loszumachen. »Juniper, ich kann nicht tanzen!«, schrie ich gegen die Musik an.

TEIL III: GRÜNE WASSER

»Klar, rechnen kannst du ja auch nicht! Komm schon, nur einen Tanz, für mich! Vielleicht ist es das letzte Mal in meinem Leben.«

Ich wollte protestieren, aber plötzlich fühlte ich sie nicht mehr, weil ich mich im selben Takt bewegte. Ich tanzte wohl – ohne dass ich es wollte. Juniper ließ mich los und wie menschliches Strandgut in einem Meer aus Körpern wurde ich davongetragen, allein und haltlos. Aber seltsamerweise machte es mir heute keine Angst. Ich war allein inmitten der Tanzenden – und trotzdem nicht einsam. Und ich weiß nicht, warum, aber ausgerechnet jetzt musste ich an Amad denken. Ich kam aus dem Takt. Irgendwo schrien Menschen meinen Namen und ich erstarrte, erschrocken darüber, dass mich jemand hier kannte. Aber es waren nur meine verrückten Stimmen. Ich presste die Hände auf die Ohren, aber das Flüstern und Rufen war so durcheinander, dass ich nur Fetzen verstand. *Ganz nah!... Hier!*

Und dann spürte ich es auch. Ein Zittern in meiner Brust, kalt und heiß zugleich, ein Sog, eine Spur, unwiderstehlich und so stark, dass meine Beine ihr ganz von selbst folgten wie ein Schlafwandler dem Traum. Tian war hier – so nah, dass ich ihn fast schon sah!

Die Spur zog mich zu einem überdachten Durchgang zwischen zwei Häusern und von dort aus zu dem winzigen versteckten Marktplatz, über den ich heute schon einmal gelaufen war. In der Mitte ragte die verwitterte Brunnenskulptur auf – ein springender Fisch, der Wasser spuckte. Menschen umstanden den Brunnen in einer Traube. Mit offenen Mündern, verzückt wie Verliebte, starrten sie alle in eine Richtung. Niemand beachtete mich, niemand stieß mich fort, weil ich mich vorbeidrängte, bis ich an den Brunnenrand stieß.

Tian!, wollte ich schreien. Aber dann schwieg ich und stand nur da.

Er war es nicht.

Es war *sie*. Amads Geliebte.

Sie stand mit dem Rücken zu mir, aber ich hätte sie unter Tausenden erkannt. Sie trug ein viel zu schlichtes rostrotes Reisekleid, doch obwohl der Stoff schon zerschlissen war, ließ das Kleid ihre Schönheit umso greller wirken. Weiße Haut leuchtete wie die Sonne durch Herbstblätter und ihr Haar wallte wie ein Wasserfall. Barfuß wiegte sie sich ohne Musik, nur im Takt des Klatschens, in einem langsamen Tanz. Offenbar war ich nicht die Einzige, die Geld brauchte: Münzen fielen wie Sternschnuppen in den Brunnen, sanken in das knietiefe Wasser, in dem sie tanzte, glänzten unter ihren schlanken Füßen und schienen doch nur dafür da zu sein, ihren Glanz zurückzuwerfen. Ein Händler zog sich einen Goldring vom Finger und warf ihn ihr zu. Sie fing ihn auf, ohne dem Schenker mehr als ein kurzes Nicken zu gönnen. Es war ein Wiedererkennen mit jeder Faser meines Seins: die Anmut, die Neigung des Halses, die Bewegung der Arme, sogar die Art, wie ihr langes Haar auf ihrem Rücken und ihren Schultern tanzte. Es war, als würde ich mich von hinten in einem Spiegel betrachten, in dem ich anders aussah – und doch dieselbe war.

Das gehört mir!, wollte ich schreien, aber kein Ton kam über meine Lippen.

Das gehörte dir, korrigierte mich meine nüchterne, gnadenlose Stimme. *Und niemals wieder wirst du solche Schönheit und Anmut besitzen – und auch nicht den Glanz, der jeden Raum erstrahlen lässt und alle Herzen gewinnt. Fort für immer.*

Das Mädchen tanzte weiter, ohne die Perfektion der wahren Gabe, aber dafür mit all dem Glanz, der Anmut, der Schönheit, die vor einigen Tagen noch mir gehört hatte. Ich hörte ihr Lachen, ein wenig rau, aber unwiderstehlich – Männer bekamen sehnsuchtsvolle Augen und einen entrückten Blick. Mit

TEIL III: GRÜNE WASSER

einer Drehung wirbelte sie herum. Mitten im Schwung entdeckte sie mich und erstarrte. Rostroter Stoff bauschte sich und fiel, zeichnete ihre Brüste nach, ihre Hüften, dann stand sie nur da, mit erhobenen Armen, eine Skulptur perfekter Anmut. Für eine gefrorene Ewigkeit starrten wir einander an, während die Zuschauer applaudierten, weil sie ihr Erschrecken für eine Schlusspose hielten.

Ich weiß nicht, was ich erwartet hatte. Mein Gesicht? Nein, es hatte natürlich keine Ähnlichkeit mit mir. Es war oval und schmal, hohe Wangenknochen gaben ihm etwas Weiches, Katzenhaftes. Ihre Augen waren smaragdgrün wie ein Meer voller Geheimnisse und Versprechen. Die Lippen hatten einen launischen Schwung und schienen sogar jetzt lächeln zu wollen. Und das Verrückte war: Hätte sie mir zugelächelt, ich hätte nicht widerstehen können, das Lächeln zu erwidern. *So wie früher die Menschen mir nicht widerstehen konnten.* Und mit einem Mal begriff ich, dass Tian nicht das Einzige war, was mir geraubt worden war. Meine wichtigste Gabe war nicht zerstört worden – und am allerwenigsten von Tian. Sie war gestohlen worden. Die Diebin stand vor mir. Und sie hatte mich sofort erkannt.

Ihre Arme fielen herab, die Augen wurden schmal vor Zorn, die perfekten Züge bekamen die kalte Schönheit einer Klinge. Mit katzenhaft geschmeidigen Bewegungen raffte sie Münzen und Schmuck zusammen und schnappte sich einen weißen Sonnenmantel, der am Rand des Brunnens lag. Dann sprang sie über den Brunnenrand und tauchte wie ein rotgoldener Fisch im Meer der Leiber unter.

Mein Schock wich jäher Wut. Ich spürte nicht, wie ich Menschen anrempelte, hörte nicht, wie ich angeschrien wurde, während ich mich mit Knien und Ellenbogen durch die Menge kämpfte.

Ich war im Nachteil – meine Schönheit bahnte ihr den Weg, Menschen wichen vor ihr zurück und starrten ihr hinterher, standen mir im Weg wie Schlafwandler. Ein rostrotes Stück Stoff flatterte und verschwand um die Ecke. *Sie will im Labyrinth der Altstadt verschwinden.* Ich bog nach rechts ab, hetzte durch einen Hinterhof. In einer Ecke lag ein Stapel altes Holz, Skelette von getäfelten Räumen, Stöcke und Leisten, die meisten zerbrochen. Es klapperte, als ich im Laufen einen Stock aus dem Trümmerhaufen riss und weiterrannte. Die ferne Musik blieb endgültig hinter mir zurück und immer lauter hörte ich meinen eigenen keuchenden Atem. Ich passte sie punktgenau in der nächsten Gasse ab. Sie stürmte um die Ecke – und prallte zurück. Sogar jetzt war ihre Anmut so groß, dass es wehtat, sie anzusehen. Sie reagierte schnell. Bevor ich sie mit dem Stock zu Fall bringen konnte, schnellte sie wie eine Katze vom Boden, krallte sich in das Mauerwerk eines baufälligen Hauses – und kletterte blitzschnell daran hoch zu einer Mauer. Ich sah nur noch ihr Haar im Mondschein aufleuchten, als sie sprang, dann war sie fort. Ich fluchte. Aber sie hatte die Rechnung ohne mein Gedächtnis gemacht. *Drei Möglichkeiten, vier Quergassen, zwei Richtungen. Vierzehn Sekunden!*

Das nächste Mal schnitt ich ihr den Weg kurz vor dem Leuchtturm ab. Sie war wendig, aber nicht schnell genug für mich. Sie versuchte zu flüchten, aber ich erreichte sie fast und stieß ihr den Stock zwischen die Füße. Sie stolperte und schlug lang hin. Ihr Schmerzensschrei war erschütternd. Und während ich mich noch über die Heftigkeit ihrer Reaktion wunderte, begriff ich, was sie bezweckte. »He!«, rief jemand. »Was ist da los?« Am Fuß der Treppe, die zum Leuchtturm führte, tauchten zwei Männer auf.

»Hilfe!«, stieß sie hervor. »Sie ist verrückt, sie will mich umbringen!« Die Mienen der Männer sprachen Bände. Es war erbärmlich und genial. Eine Schönheit litt Todesangst. Und eine wilde, vor Wut schäumende Wahnsinnige – also ich – jagte sie mit einem Stock.

Die Männer begannen zu brüllen und stürzten los. Sie rappelte sich erstaunlich schnell auf und war mit einem Satz an der Turmtreppe. Bevor sie davonschoss, blitzte sie mir noch ein bösartiges, triumphierendes Lächeln zu.

»Miststück!«, presste ich zwischen den Zähnen hervor. Aber leider nützte es nichts, ich war in Schwierigkeiten. *Und lange dauert es nicht mehr, bis die Wächterschatten wieder ihren Spaß haben.*

Folge ihr auf die Treppe!, befahl meine sachliche Stimme. *Da hast du wenigstens die bessere Position.*

Die Männer waren betrunken, ihre stampfenden Schritte brachten die Holzstufen des alten Leuchtturmes zum Schwingen. Einer erwischte mich am Hosenbein und brachte mich zu Fall. Ich trat zu und entwischte nur mit knapper Not einer Faust. Ich rannte keuchend weiter bis zu den Resten einer alten Tür. Ein langes blondes Haar hing daran. Die Diebin war also hindurchgeschlüpft.

Ich riss einen morschen Balken, der nur noch an einem Nagel hing, ab, und schleuderte ihn den Männern zwischen die Füße. Es war mein Vorteil, dass sie angetrunken waren, der erste stolperte und riss den zweiten mit. Polternd stürzten sie auf die Treppe hinunter. Das gab mir sicher eine Minute Vorsprung.

Und oben sitzt die Schöne in der Falle. Es sei denn, sie kann fliegen. Schnaubend stürzte ich in den obersten Raum. Ich war überrascht, als ich Meer schimmern sah, und den Vollmond, der wie ein Auge am Himmel stand. Der Leuchtturm war wirklich Stückwerk, Stürme und Meeresgischt hatten den Mörtel zerfressen, Lücken klafften in den Wänden. Die

Blonde hatte sich in den Schatten eines Winkels geflüchtet. Sie wollte zur Seite ausweichen, aber ich stieß den Stock in die Wand und trieb sie zurück.

»Diebin«, schleuderte ich ihr entgegen. »Wo ist Tian?«

Sie starrte mich nur aus aufgerissenen Augen an, den Rücken gegen die Wand gepresst wie ein Tier, das ein Jäger in die Enge getrieben hat. Aber eine Sekunde später lernte ich eine neue Lektion: Ich war es, die wie ein Schaf in die Falle gelaufen war.

Ihre Bewegung war so schnell, dass ich sie kaum wahrnahm. Etwas zischte durch die Luft, traf mich mit voller Wucht gegen die Brust und schleuderte mich nach hinten. Greller Schmerz nahm mir die Sicht und die Luft. Über mir pendelte ein riesiger Eisenhaken an einem Seil. Irgendein Teil analysierte ganz sachlich, was geschehen war. Amads Geliebte hatte mich herankommen lassen. Und dann hinter ihrem Rücken ein Seil gelöst, das über eine Seilwinde zu einem schweren Haken führte. *Das ist kein Stadtmädchen*, dachte ich noch, während ich auf die Beine kam. *Sie bewegt sich wie eine Kämpferin.*

Sie schrie auf, als ich sie mit dem Stock erwischte, aber noch im Fallen federte sie über die Hände hoch und katapultierte sich mit einer Drehung des Köpers in die Luft. Der Tritt kam so schnell, dass ich ihn kaum spürte, er tat nicht einmal weh – aber die Kraft warf mich wie von selbst nach hinten. Eine Eisenstange schnitt mir in die Kniekehlen, eine lächerlich nutzlose Absperrung, die das fehlende Fensterbrett ersetzen sollte. Ich weiß nicht, wie es mir noch im Fallen gelang, nach der Absperrung zu greifen. Fingernägel kratzten über Rost und ich erwischte auch einen abgebrochenen Mauerstein. Ein mörderisch harter Ruck im Schultergelenk trieb mir die Tränen in die Augen. Jetzt hing ich an den Händen an der Außenseite des Turms, unter mir nur noch die Tiefe und das Meer, und versuchte mit den Füßen Halt im Mauerwerk zu finden. Wie in einem Albtraum sah ich, wie die Diebin sich nach meinem Stock bückte und ihn aufreizend langsam aufhob. *Sie wird mich töten*, kreischte es in mir. Aber aus meiner Kehle kam nur ein Wimmern. Krampfhaft versuchte ich mich hochzuziehen, meine Muskeln brannten.

Sie trat an den Abgrund und beugte sich vor.

»Nein!«, brachte ich endlich hervor.

Sie zögerte tatsächlich, eine Ewigkeit, in der mein Blut laut wie Sturmtosen in meinen Ohren rauschte und meine ganze Haut ein Meer von heißen Panikstichen war. Ihr blondes Haar fiel über die rostige Stange, verfing sich in der rauen Struktur. Wenn ich die Kraft gehabt hätte, ich hätte mich in dieses Haar gekrallt und sie wenigstens mit in den Abgrund gerissen.

Das Mondlicht spiegelte sich in ihren Augen. Tränen glänzten darin.

»Es tut mir so leid«, flüsterte sie mit erstickter Stimme. »Verzeiht mir!«

Dann versetzte sie mir den letzten Stoß.

Komischerweise war es, als würde ich stillstehen und jemand würde die Welt von mir wegziehen. Ich spürte den Schmerz nur wie ein fernes Echo und die Panik wie etwas Fremdes, das mich aus meinem eigenen Körper schlug. Das Gesicht meiner Mörderin wurde kleiner und kleiner. Und zersplitterte in kalten, flüssigen Marmor.

Der Aufprall holte mich aus der Taubheit des Schocks zurück. Salz brannte in meiner Nase und meinen aufgerissenen Augen, aber ich sah nur mondverschleierte Dunkelheit. Kälte kroch unter meine Kleidung, jede Bewegung war unendlich schwer und das Pochen in meinem Kopf so laut wie dumpfe Paukenschläge auf einem Sklavenschiff. Ich krümmte mich unter Wasser, strampelte, aber ich war eingeschlossen wie eine

Fliege im Honig und jede Bewegung ließ mich tiefer sinken. Krampfhaft versuchte ich die Luft anzuhalten, aber mein Körper reagierte von selbst und schnappte verzweifelt nach Atem. Salz auf meiner Zunge, schneidende Kälte in meiner Lunge, und während ich kämpfte und reflexartig versuchte, das Wasser auszuhusten, wurde die Dunkelheit zu Schwärze.

Es war sehen und nicht sehen. Im Takt meines rasenden Herzens pulsierte alles um mich herum, Wasserhäute – oder Schleier? Hinter einem von ihnen schwebte ein hochgewachsener Mann mit feinen, intelligenten Zügen. Er war nicht alt, aber trotzdem war sein Haar schon grau. Sein Gesicht war hager und freundlich, mit schmalen Brauen, die noch dunkel waren. Und hier, an der Schwelle des Todes, kamen auch andere Traumgestalten zu mir: das Mädchen mit den roten Lippen und der ängstliche Junge. Er war tatsächlich blond und schmal, höchstens dreizehn Jahre alt. Hinter den Schleiern trieben die Gestalten um mich herum im Wasser, aufrecht, traurig und ernst. Der blonde Junge senkte den Kopf.

Etwas Raues schabte über meine Wange und holte mich zurück. Schlagartig wurde mir bewusst, dass ich noch lebte. *Noch.* Wasserwirbel trafen mich von einem anderen Körper, etwas sehr Lebendiges strich an mir vorbei. *Haut, so rau wie Sandpapier*, schrie es in meinem Kopf. Dann packte mich etwas schmerzhaft zwischen den Schulterblättern und riss mich nach oben.

Der Schädelhafen

Mein Körper war so schwer, als hätte man mir Marmorplatten auf den Rücken geladen. Alles brannte – meine Haut, der Nachtwind, und mein Mund vor Salz und Kälte. Schwall um Schwall presste ich mit einem Würgen Wasser aus Nase und Mund, bis endlich wieder Luft in meine Lunge strömte. Ich weiß nicht, wie lange ich immer wieder nach Atem rang. Nie hatte die Luft süßer geschmeckt.

Meine Traumgestalten waren verschwunden, als hätte das Meer sie statt meiner verschluckt.

Den Kopf zu heben, kostete zu viel Mühe, aber ich schaffte es, mich auf den Rücken zu wälzen. Der Mond trug einen Schleier aus langem Wolkenhaar und schien mich höhnisch anzulächeln wie meine Mörderin. Meine Zähne klapperten im Schock. Plötzlich war alles wieder da – der Angriff, der Schlag mit dem Stock, die Kälte. Und die Haie.

Aber wie war ich hierhergekommen? Links von mir erahnte ich die Silhouette des Leuchtturms und der Stadt, weit entfernt. Hier, wo ich lag, gab es nur noch Fels, der an der Seekante steil in die Tiefe abfiel. Die Haie strichen so nah daran entlang, dass ich das schabende Geräusch von Sandpapierhaut an Stein hören konnte. Schwanzflossen schlugen nervös auf, Wasser spritzte. Wieder glaubte ich die raue Fischhaut an meiner zu spüren und die Hilflosigkeit, den Raubtieren unter Wasser ausgeliefert zu sein. *Und wenn sie an Land kommen…*

Das schlug mich endgültig zurück ins Leben. Ich drehte mich auf den Bauch und versuchte auf Ellenbogen und Knien fortzukriechen, nur weg vom Wasser. Aber es war zu spät. Ich starrte auf bloße Füße, lange Beine in dunklen Hosen, sicher Haihaut, die wie Kleidung wirkte. Mein Atem rasselte in einem Schrei, der keiner war. Das Wesen packte mich an der Weste und zog mich in eine kniende Position hoch. Jetzt blieb mir sogar der Atem im Hals stecken. Das waren nicht die matten Augen eines Raubfischs. Diese hier funkelten voller Zorn im fernen Licht von Gaslaternen.

»Du verdammte, hinterhältige Hexe!« Amad riss mich endgültig auf die Beine. Im ersten Moment wusste ich nicht, ob ich erleichtert sein oder mich fürchten sollte. Und bizarrerweise gab es irgendwo in einem Winkel meiner Seele noch ein ganz anderes Echo – die Freude darüber, ihn wiederzusehen.

Raue Kiesel schabten über meine Füße und Knöchel, Amad schleppte mich ein Stück bergauf, weg von der Gefahr, dorthin, wo Fels in Kiesstrand überging. Meine Beine schienen mir nicht zu gehören, ich knickte um und fiel, kam wieder hoch. Dann verlor ich allen Halt und sackte auf den Kieselsteinen zusammen. Amad ließ sich neben mich fallen und starrte auf die Haifischflossen, die wie dunkle Messer durch nachtgraue Seidenwellen schnitten. Sein Ärmel und sein Hemd hingen in Fetzen, Haizähne, scharf wie Rasiermesser, hatten den Stoff säuberlich durchschnitten. Er spuckte wütend aus und wischte sich das nasse Haar aus der Stirn. »Was ist los? Zunge verschluckt, Canda Giftmischerin?«

»Wie ... wie konntest du so schnell hier sein?«, stammelte ich.

Er schnaubte. »Viele Wege führen nach Tibris, da musst du dir schon etwas Besseres einfallen lassen, als eine Brücke hinter dir zu kappen. Und wenn du schon schmierige Tricks mit Gift versuchst, solltest du dich vergewissern, dass du es nicht mit einem verweichlichten Stadtjungen zu tun hast, den ein Tropfen Schlangengift tagelang außer Gefecht setzt.«

TEIL III: GRÜNE WASSER

Ich würgte an einem Husten, meine Lunge brannte noch.

»Stimmt, mit schmierigen Tricks kennst du dich besser aus als ich.« Meine Stimme war ein raues Krächzen. »Vielleicht bin ich hinterhältig, aber du bist ein Verräter und Lügner! Du kennst die Entführerin, und die ganze Zeit über hast du mich in die Irre geführt, damit sie fliehen kann.«

Zwei Haie kletterten an Land. Der eine hatte die harmlose Gestalt eines sechsjährigen Kindes, der andere war eine graue Dame, eisern, schön und kalt. Sie starrten uns aus glanzlosen Augen an, doch sie wagten sich nicht vor, als würden sie vor Amad Respekt haben.

Meine Stimme war heiser, als hätte ich schon die ganze Zeit geschrien.

»Ich war dumm genug, dir zu glauben. Du wolltest Tian opfern, um deine Geliebte zu retten. Mich wolltest du dazu bringen, aufzugeben und ohne Tian in die Stadt zurückzukehren. Und dafür hast du mich mit deinen Berührungen und Geschichten eingelullt, hast jeden Zweifel zum Schweigen gebracht und meine Angst und Einsamkeit ausgenutzt.« Jedes Wort schmeckte bitterer.

»Und andere lächeln süß und küssen ihre Opfer, bevor sie sie vergiften«, erwiderte Amad genauso hart.

»Du hast dich ja nicht gerade gewehrt«, fauchte ich.

Heute glommen Amads Augen wirklich. Vor Wut. Mit einem Satz sprang er auf. »Dann sind wir ja quitt. Zumindest, was das betrifft.« Er wollte sich umdrehen und gehen, aber ich kam auf die Beine und riss ihn grob zurück.

»Du schuldest mir immer noch Antworten, Amad!«

Sein verächtliches Lachen war wie eine Ohrfeige. »Dir schuldet immer jemand etwas, Prinzessin, nicht wahr?«

»Allerdings. Meine Gabe zum Beispiel! Sie wurde nicht zerstört, deine Geliebte hat sie mir gestohlen!«

Amad erstarrte. Immer noch krallte ich mich in Amads Ärmel, ließ ihn nicht gehen, spürte die Angespanntheit, die Drohung, die von ihm ausging, und hielt ihr stand. Die Nacht schien zu pulsieren und wie damals am Lagerfeuer fühlte ich mich wie am Rand eines Abgrunds.

Eure Chance, Wächterschatten, dachte ich bitter. *Es braucht nur ein Flüstern und er ertränkt mich, bevor die Haie mich fressen können.* Aber komischerweise war ich zu betäubt, um wirklich Angst zu haben. *Vielleicht ist das so, wenn man die Schwelle des Todes betreten hat.*

»Lass mich los, Canda.« Ein Befehl wie ein Knurren, bedrohlich und leise. Seine Hände waren zu Fäusten geballt, die weißen Knöchel schienen im Mondlicht zu leuchten.

»Nicht bevor du mir die Wahrheit sagst! Denkst du im Ernst, du kommst damit durch? Selbst wenn du mich reingelegt hättest und wir ohne Tian nach Ghan zurückgekehrt wären, glaubst du, du kannst deine Liebste vor dem Zorn der Mégan retten?«

»Meine Liebste.« Er schnaubte verächtlich und wand sich mühelos aus meinem Griff. Manchmal vergaß ich, wie stark er war.

»Wer ist sie?«, rief ich. »Auch eine Kriegsgefangene? Hat sie dich verraten? Und wenn ja, warum willst du sie retten? Oder steckst du selbst in Tians Entführung mit drin?«

»Tians Entführung«, sagte er fast amüsiert. »Als ob es darum ginge.«

»Worum geht es dann?«, schrie ich.

In Mondlicht war sein kaltes Lächeln eine Sichelklinge. »Fragen wir meine *Liebste* doch selbst!«

*

TEIL III: GRÜNE WASSER

Er wartete nicht auf mich, und meine Hand lag am Dolch, während ich ihm hinterherstolperte. Jetzt hätte ich mir die Graue an der Seite gewünscht, aber sie war bei Juniper, und wahrscheinlich – hoffentlich – suchten sie mich schon. Ich schwankte und mir war schwindelig, sobald ich zwinkerte, war da wieder der Schock des Fallens. *Vielleicht ist das alles nur ein Albtraum*, dachte ich benommen. *Bitte lass mich aufwachen.* Aber diese Nacht tat mir den Gefallen nicht.

Wir kletterten über Felsen und wateten durch knietiefes Meerwasser. Schlammspringer und Krabben flohen vor uns ins Wasser und bei jedem Geräusch zuckte ich zusammen, weil ich fürchtete, es könnte ein Hai sein. Dann lief Amad so schnell bergauf, dass ich Mühe hatte, ihm zu folgen. Achthundertvierunddreißig Schritte hinter der Stadt blieb er zwischen zwei Felsen stehen. Von der Treppe aus hatte ich diese Stelle der Küste nicht gesehen, zu gut war sie hinter einem Wall aus Felszähnen verborgen. Von hier oben wirkte die kleine Bucht wie ein Lächeln aus Asche. Das Fackellicht brachte Schlieren von Meeresnebel zum Leuchten, an Land aber wurde jedes Licht fast verschluckt: schwarz der Strand, schwarz die Reihe kleiner Hügel entlang der Wasserlinie, sogar im Wasser selbst trieb eine Dunkelheit, die tiefer war als die Nacht. Dann begriff ich, dass es tatsächlich Asche war, und die Hügel waren die Reste alter Scheiterhaufen. An einigen Felsen waren Schädel befestigt – geschmückt mit Lederbändern und Muscheln. Meine Knie wurden so weich, dass ich mich an dem Felsen abstützte. »Ist das ein... Hinrichtungsplatz?« *Bitte nicht!*

»Es ist das Ende der Welt«, antwortete Amad. »Der Schädelhafen. Von hier aus treten die Menschen von Tibris die letzte Reise an. Sie werden verbrannt, damit die Haie sie nicht holen. Siehst du die kleinen Holzboote? Viele Leute schicken die Knochen ihrer Verstorbenen mit der kalten Strömung über das Meer, in das Land des weißen Himmels, so nennen sie es. Nur Sklaven haben kein Recht auf ein Bootsgrab oder eine Ruhestätte am Fels.«

Aber Tian ist nicht auf diesem Friedhof, er lebt, dachte ich verzweifelt. *Ich spüre ihn doch!*

Wen spürst du? Ihn oder die Diebin?, flüsterte meine sachliche Stimme so leise, als müsste sie sich vor Amad verbergen. *Zweimal hat dich der Weg nur zu ihr geführt.*

Ich brachte die nächste Frage kaum über die Lippen. »Soll das heißen, Tian ist tot?«

»Noch nicht«, antwortete Amad trocken. »Aber den Dolch hast du ja schon in der Hand.« Er deutete mit einem Rucken des Kinns zum linken Rand der Bucht. Ein schwarzes Schiff wartete dort, hochwandig und bis zur Reling gespickt mit nach unten gebogenen, zum Teil abgebrochenen Metalldornen. Eine Windsbraut hätte es mit einem beiläufigen Hüsteln versenken können, so schäbig und geflickt war es. Die Seile, die es hielten, waren straff gespannt, als würde eine Strömung an dem Schiff ziehen. Das Ächzen der Spanten trieb zu uns herüber. Eine Gruppe von Menschen ging gerade an Bord. Gestalten in abgerissenen Mänteln, manche hatten Kapuzen und Mützen über die Stirnen gezogen, die Köpfe hielten sie gesenkt. Eisen klirrte. *Sklaven? Ein Transport mitten in der Nacht?* Nur zwei von ihnen trugen keine Fesseln, vielleicht waren es Menschenhändler. Der kleinere war kahl und hüllte sich in eine Jacke, der größere, schlankere hatte sich die Kapuze eines langen Mantels über den Kopf gezogen. Sie blieben stehen, als würden sie auf jemanden warten.

Kein Tian weit und breit. Aber dafür wieder: sie!

Ich erkannte sie auf Anhieb, jeder Schritt, jede Bewegung war mein Spiegelbild. Sie hatte sich den Wüstenmantel übergeworfen und rannte, so schnell sie konnte, zum Ablegeplatz.

TEIL III: GRÜNE WASSER

Der Wind verwirbelte ihr helles Haar. Inmitten der Asche strahlte sie wie eine Geistergestalt. Pfiffe durchschnitten die Luft, die ersten Seile fielen ins Wasser und wurden an Bord eingeholt.

»Sie flieht aufs Schiff!« Ich wollte losstürzen, aber Amad packte mich am Arm und hielt mich mit eisernem Griff zurück. »Sieh hin!«

Im selben Moment entdeckten die wartenden Gestalten die Diebin. Der Größere ließ den anderen stehen und stürzte ihr entgegen. Die Kapuze rutschte ihm im Lauf vom Haar. Wenn Amad nicht gewesen wäre, jetzt hätte ich mich nicht mehr auf den Beinen halten können.

Ich hatte vergessen, wie Tian aussah, wenige Tage außerhalb von Ghan hatten genügt, um mich blind zu machen für unsere Schönheit. Im Licht von Schiffslaternen sah ich meinen Versprochenen mit den Augen einer Gewöhnlichen, geblendet von dem Glanz und der Perfektion, ein fremder, vertrauter Mann, so strahlend und schön, dass es mir den Atem nahm. *Bronze und Kupfer.* Tians Haar war zwar kurz geschoren, die Locken verschwunden, was ihn älter, erwachsener aussehen ließ. Aber seine Haltung, sein Stolz – und die Lippen, weich und so vertraut, dass ich sie fast auf meinen spüren konnte, waren noch die des Jungen, den ich schon mein ganzes Leben lang liebte.

Er blieb stehen, breitete die Arme aus, und die Diebin warf sich in diese Umarmung, die mir gehörte. Und ich konnte nur dastehen, mit dem Gefühl, dass ich wieder ertrank, diesmal unwiderruflich.

Hand in Hand rannten sie zu dem zweiten Mann, Münzen blitzten im Fackelschein auf, die Blonde zahlte mit ihrem Tanzgeld für die Passage, dann eilten sie zu den Sklaven auf das Schiff, im letzten Moment, als das letzte Seil fiel, der Steg eingeklappt wurde. Der Kerl, der das Geld genommen hatte, blieb im Hafen zurück und holte die Seile ein. Die Strömung sog das Schiff aus dem Hafen, ohne dass ein Ruder sich bewegte.

Und Tian umfasste das Gesicht der Diebin zärtlich mit den Händen, er lächelte und dann ... küsste er sie.

Die Zeit blieb stehen, der Hafen verschwand und zurück blieb nur das erstarrte Bild der beiden. Ein Kuss wie eine Klinge, die alles durchtrennte, was mich je mit der Welt verbunden hatte. *Er ist nicht entführt worden. Er hat mich verlassen. Er küsst eine andere.*

Irgendjemand gab einen schrecklichen Laut von sich, ein verwundetes Tier, das seinen Schmerz durch eine zu enge Kehle presste. Eine Hand umfasste meine Schulter, eine Stütze, die mich jedoch nicht rettete. Nichts konnte mich retten. Ich fiel wieder dem grünen Marmor entgegen. Meine Mörderin entfernte sich – trieb immer weiter im Meeresnebel davon, in den Armen des Verräters, den ich geliebt hatte. Und ich zerschellte.

*

Ich erinnerte mich kaum an meine Amme, die mich anstelle meiner Mutter umsorgt hatte. Ihre Gestalt war nur ein Schemen aus weichem Stoff und Hautduft, aber ihre Stimme und ihre Märchen waren mir so gegenwärtig, als hätte sie mich nie verlassen. Ihre Geschichten erzählten von schönen Wüstenfrauen, von bösen Geistern und vom guten Tod. In den Märchen hieß es, die Toten wanderten durch eine schwarze, sternenbestickte Wüste. Sie lösten sich im Wind auf, mit jedem Schritt ein wenig mehr, sie wurden leichter und leichter, verwehten, bis nur noch ihre Skelette über schwarze Dünen wanderten, und schließlich zerrieb der gnädige Wind auch die

TEIL III: GRÜNE WASSER

Knochen, und die Menschen wurden zu nichts. Erlöst, ohne Gedächtnis, ohne Schmerz und Vergangenheit. Partikel in der Ewigkeit, Teile von etwas Neuem – der Todeswüste, die auf neue Wanderer wartete.

Diese Geschichte war eine Lüge.

Ich war tot. Aber nichts war leicht und ich war immer noch da. Ich fühlte schärfer als je zuvor. Taugras brannte an meiner Stirn, so zusammengekrümmt kauerte ich auf dem Boden. In meinem Kopf echoten wie ein höhnischer Gesang im Kinderliedtakt immer die gleichen Sätze: *Niemand hat ihn entführt. Er hat mich verlassen.*

Plötzlich bekamen so viele Dinge einen Sinn. Tians Abschiedsworte und seine Zerstreutheit in den Tagen vor unserer Verbindung. Und die Fallen und Windfänger. Tians Locken und ihre blonden Strähnen. Es war ein Bund, der mit dem Blut der Verfolger besiegelt werden sollte, stärker als ein mit Tinte unterzeichneter Vertrag zwischen zwei Familien, und stärker als siebzehn Jahre mit mir.

»Canda, hol Atem«, sagte eine besorgte, sanfte Stimme. Ich gehorchte und das war ein Fehler. Der Schmerz flutete mit dem Atem in meinen Körper. Und die einzige Möglichkeit, ihn zu ertragen, war der Zorn. Ich richtete mich auf. Die Wächterschatten flackerten in meinen Augenwinkeln, aber heute brauchte ich ihre Einflüsterungen nicht.

»Ich werde sie einholen«, stieß ich hervor. »Sie werden dafür bezahlen. Beide.«

»Und wofür willst du sie bestrafen?«, erwiderte Amad ernst. »Dafür, dass sie sich lieben? Dass sie sich den Gesetzen eurer Stadt nicht beugen wollen?«

Liebe? Wie aus der Ferne nahm ich wahr, wie ich hochschnellte.

»Du stehst also immer noch auf ihrer Seite«, presste ich hervor. »Aber sie haben kein Recht, zu lieben! Und kein Recht, mich zu opfern. Deine blonde Diebin hat mir alles gestohlen, was ich hatte. Meine Schönheit – und ihn.«

»Erstens ist es nicht meine Diebin, wir sind kein Paar und waren es nie. Und zweitens hat jeder dir gesagt, dass er dich verlassen hat«, erwiderte Amad mit dieser Sanftheit, für die ich ihn am liebsten geohrfeigt hätte. »Nur du allein hast an eine Entführung geglaubt. Und diese Frau soll ihn dir also gestohlen haben?« Er schüttelte den Kopf. »Du redest wie ein Sklavenhändler. Ist Tian eine teure Vase, die man irgendwo mitgehen lässt?«

»Du hältst mir Predigten?«, fauchte ich ihn an. »Du? Erklär mir lieber, wie es möglich ist, dass jemand die Gabe eines anderen stiehlt!«

Er zögerte, sein Blick schweifte zum Meer. Unter der Wasseroberfläche zogen leuchtende Fische ihre Bahn, Funken im Ascheschwarz. Ein weißer Raubvogel glitt im Fackelschein über der Oberfläche dahin, vielleicht war es ein Fischadler. Aber bevor er zustoßen konnte, wurde er selbst zur Beute: Ein Hai schoss nach oben, schnappte den Raubvogel und riss ihn mit sich in die Tiefe. Ich schauderte.

»Ich weiß nur eines: dass man Menschen nicht stehlen kann«, sagte Amad leise. »Sie sind frei, zu denken und zu lieben. Und niemand hat deine Schönheit gestohlen, Canda. Weil sie nie dein Besitz war.«

Fast war ich ihm dankbar, dass ich ihn für diese Worte hassen konnte. Es linderte den Kummer und den Schock und ließ den Schmerz zu einem schwarzen, klebrigen Pochen schmelzen, kälter und erträglicher.

»Das ist nicht wahr. Wenn ich die Diebin anschaue, dann ist es, als würde ich mich selbst sehen. Sie hat meinen Glanz, mein Lächeln, sogar meine Bewegungen.«

»Dann weißt du doch, wer sie in Wirklichkeit ist, Canda! Tief im Herzen kennst du die Antwort längst.«

Sieh hin! Ich erinnerte mich an den blonden Jungen, seine drängenden Worte.

Ich schüttelte den Kopf und wich zurück. »Ich weiß nicht, wovon du redest!«

»Weil du es nicht wissen willst.«

Amad trat vor und packte mich bei den Schultern. Seine Finger gruben sich in meine Haut. In mir schrien meine Stimmen vor Entsetzen auf – aber irgendetwas in mir hatte den verrückten Impuls, ihn einfach zu umarmen und mich aus diesem Albtraum in die Sicherheit seiner Nähe zu flüchten.

»Was hast du noch zu verlieren?«, beschwor mich Amad. »Schließ die Augen, schau hin. Manche Wahrheiten sieht man am deutlichsten durch geschlossene Lider.«

Wie Manoa? Ich schüttelte erschrocken den Kopf und wand mich grob aus seinem Griff. Gras schnitt über meine Füße und der Wind wehte mir das Haar ins Gesicht, als ich davonrannte.

»Du schreist doch ständig nach der Wahrheit, tapfere Moreno?«, rief Amad mir nach. »Und jetzt bist du zu feige dazu, sie bei dir selbst zu suchen? Du warst mutiger, als du mich geküsst hast, Canda Hasenherz.«

Schwer atmend blieb ich stehen, mit geballten Fäusten. Ich hatte doch noch etwas zu verlieren, das war eine interessante Entdeckung. Meinen Stolz. Und es stimmte. Niemand auf der Welt hatte weniger zu verlieren als ich. Die Augen zu schließen, war wie ein Sinken in absolute Einsamkeit. Und dennoch – da waren sie. Und diesmal war ich froh, dass ich meine Traumgestalten nicht an der Schwelle des Todes verloren hatte.

»*Weißt du noch?*«, flüsterte der ängstliche Junge. »*Wie Tian sich vor deiner Brautnacht verabschiedet hat? Und wie er dich dabei angesehen hat – dich und deinen Glanz?*«

»*Es ist der Weg, der dich führt*«, sagte die sachliche Stimme. Sie gehörte, das erkannte ich nun, dem grauhaarigen schlanken Mann. Er stand hinter der Glashaut und bewegte die Lippen nicht, aber trotzdem hörte ich ihn.

»*1+1=1*«, schrieb das mathematische Mädchen.

Weil wir... eins sind?, dachte ich.

»*Die Sterne haben dir vier Geschwister geschenkt, kleine Prinzessin*«, murmelte meine Amme. »*Sie wurden nicht von deiner Mutter geboren und dennoch sind sie dir näher als Geschwister von Familienblut. In deiner Geburtsstunde kamen sie mit dir auf die Welt, geboren im Reich der Geister aus Sternenstaub und Himmelslicht. Und bei deinem ersten Atemzug sanken sie zu dir herab. Bis zum Tod begleiten sie dich, unsichtbar, aber immer mit dir verbunden. Sie sprechen in den Träumen zu dir und schenken dir ihre Gaben, sie küssen dich und segnen deine Schritte, sie warnen dich vor Gefahr, sie helfen dir und beschützen dich. Sie sind deine Stimmen der Vernunft, Stimmen der Liebe, der Warnung und des Trostes. Ehre sie gut und höre auf sie!*«

Es war die Geschichte, die jedes Kind in der Stadt kannte und die als Erwachsener niemand mehr erzählte, weil sie als Aberglaube verpönt war. Auch ich hatte sie als Kind geliebt und als Erwachsene gehorsam belächelt. »*Du bist nicht allein*«, hallte Manoas Stimme in meinem Kopf. »*Ihr seid... drei.*« Und sie hatte nicht mich und die Wächterschatten damit gemeint.

Ich riss die Augen auf und blinzelte zum Himmel. Jetzt wusste ich, was Amad in jener Nacht gemeint hatte, in der ich vom Rabenmann geträumt hatte. Ich sah den Himmel wirklich nicht durch meine Augen – sondern mit den Augen des Mädchens mit den Kirschlippen, das nur in Zahlen dachte und sprach.

Dann gab es noch den blonden Jungen, der so viel Angst

hatte, weil er nichts vergessen konnte und deshalb in allem, was geschah, alle Möglichkeiten sah, auch die schlimmsten.

Und den grauhaarigen Mann, der mir mit kühler Sachlichkeit half, immer einen Weg zu finden, so aussichtslos die Lage auch schien.

»Schwester Zahl«, flüsterte ich in den Wind. »Bruder Erinnerung. Bruder Wegesucher ...«

Und Schwester Glanz. Doch sie konnte Manoa nicht sehen.

Was hatte Schwester Glanz gesagt, bevor sie mich in die Tiefe stieß? *»Verzeiht mir.«* Sie hatte also zu den anderen drei gesprochen, nicht zu mir.

Ich drehte mich langsam um. »Aber sie ... sie kann nicht selbst meine Gabe sein! Wenn diese Märchen wirklich wahr wären, dann ... wäre sie gar kein Teil von mir, sondern wirklich ein eigenes Wesen.« *So wie Manoa es mir auch erzählt hat.* »Aber sie wäre ein Geist in einer anderen Wirklichkeit. Kein Mädchen, das mich niederschlagen kann!«

»Vielleicht bist in ihrer Wirklichkeit *du* der Geist«, erwiderte Amad. »Es kommt immer darauf an, auf welcher Seite einer Mauer man steht.«

Er hatte wieder diesen blinden Blick, der mir heute mehr Angst denn je machte. Während ich versuchte, einfach nur zu atmen, fanden sich Puzzlestücke zum Bild: Tian, der mich im Traum ebenso ansah wie Amad jetzt – als wäre da jemand anderes, hinter mir. Und seine zärtlichen Worte: *»Folge mir, mein Stern.«* Es war keine Botschaft an mich gewesen. Tian hatte nicht mich gemeint, sondern die andere gesehen. *Und sie war es, die er geliebt hat. Von Anfang an.* Wenn ich noch Tränen gehabt hätte, ich hätte geweint. Ich war nicht nur einmal, sondern doppelt verraten und verlassen worden. Und die Verbundenheit, die ich spürte – war die zu meiner verlorenen Gabe. An dieser unsichtbaren Nabelschnur entlang hatten meine drei anderen Geschwister mich geführt. Erst jetzt fiel mir auf, was die ganze Zeit offensichtlich gewesen war: Amad hatte nicht mich geführt, unauffällig hatte er sich an mir orientiert, bis zu dem Zeitpunkt, an dem er mich vom Weg abbringen wollte.

Es kostete mich allen Mut, zu Amad zurückzugehen. Mehr denn je spürte ich die Gefahr und Kälte, die von ihm ausging, aber jetzt wusste ich, dass es meine Geschwister waren, die vor ihm zurückwichen. Amads Fokus änderte sich mit einem Wimpernschlag. Vielleicht war es das erste Mal, dass wir einander wirklich sahen. *Aber wen sieht er denn?*, dachte ich verzagt. *Wer bin ich überhaupt, wenn meine Gaben gar kein Teil von mir sind? Und wer ist Amad, wenn meine Geschwister ihn so sehr fürchten, dass sie in seiner Nähe verstummen?*

Amads Hemd war getrocknet, der Wind ließ die Fetzen seines Ärmels flattern. Eine blutige Spur zeichnete sich an seinem Unterarm ab. Ritzungen von Haizähnen, die ihn nur gestreift und sich weiter unten an seinem Lederband verfangen hatten. Es war fast ganz durchtrennt. Amad wehrte mich nicht ab, als ich ihn am Handgelenk fasste und das Band abriss. Wie ich vermutet hatte, war darunter eine Tätowierung verborgen. Ein Zeichen wie ein Siegel, rund, mit verschlungenen Symbolen wie Blütenblätter.

»Das Blau der Traumdeuter«, sagte ich heiser. »Du gehörst zu ihnen. Du siehst durch die Seelenhäute der Welt, deshalb hat die Mégana dich mit mir auf die Reise geschickt. Du belauschst meine anderen Gaben, die mich zu Schwester Glanz führen. Sie haben mich das Fresko meiner Ahnin finden lassen, weil sie auch blonde Haare hatte – wie Schwester Glanz. Und vielleicht wollten sie mir auch das Mal der Traumdeuter zeigen, damit ich verstehe, wer du bist. Und ... es war kein Zufall, dass wir uns zum ersten Mal im Konferenzraum getroffen haben, nicht wahr? Du solltest für die Mégan überprüfen, ob eine meiner Gaben verschwunden ist.«

Er schluckte schwer und sah wieder aufs Meer. Aber sein Schweigen war Antwort genug.

Die Vorstellung, dass die Gaben zerstört werden konnten, wie es in früherer Zeit geschehen war, machte mir Angst. *Wie tötet man Geister?*, dachte ich. *Aber Schwester Glanz ist kein Geist mehr, sie hat einen Körper, sie ist real.*

»Wie kann das geschehen?«, rief ich verzweifelt. »Wie können unsere Gaben zu Menschen werden und uns verlassen?«

»Sie sind keine Menschen«, murmelte Amad. »Nicht in unserer Wirklichkeit, hier sind sie körperlos und können sich nicht manifestieren.«

»Und doch ist es passiert! Aber Tian ist ganz sicher kein Traumdeuter, wie konnte er meine Schwester also überhaupt sehen?«

»Genau das wollen die Mégan herausfinden. Um jeden Preis. Und deshalb brauchen sie beide: Tian und vor allem deine Schwester.«

»Ghan gibt niemanden auf.« Die Worte der Mégana bekamen den Klang eines Todesurteils. Ich hatte mir eingebildet, die Fäden in der Hand zu haben, in Wirklichkeit war ich die Marionette. Die Demütigung schmeckte bitter. »Hat es der Mégana Spaß gemacht, die Verständnisvolle zu spielen, die mich großzügig gehen ließ? Etwas Besseres als meine Flucht aus dem Haus der Verwaisten hätte ihr doch gar nicht passieren können. Und wenn meine Geisterschwester überhaupt nicht deine Geliebte ist, warum riskierst du dein Leben, um Tian und ihr zur Flucht zu verhelfen?«

Amad holte durch die Nase scharf Luft. Sogar im Mondlicht konnte ich erkennen, wie sich seine Miene verschloss. »Du weißt schon mehr, als du wissen darfst, Canda«, erwiderte er kaum hörbar. »Zuviel für die Méganes.« Es war eine Warnung, das verstand ich sehr gut. Aber so einfach wollte ich es ihm nicht machen.

»Schwester Glanz ist nicht deine Geliebte. Aber du *hast* einen Pakt mit den Méganes geschlossen und jemandem ein Versprechen gegeben, zurückzukehren.« Ich holte den Ring hervor. Die Silberintarsien leuchteten im Mondlicht auf. Sogar im Halbdunkel konnte man erkennen, wie blass Amad wurde. Er biss sich auf die Unterlippe. »Wer ist es, Amad? Wessen Leben ist das Pfand für dein Versprechen?«

»Ich habe dir alles gesagt, was ich dir sagen kann, und mehr als das«, erwiderte er heiser. Seine Hände waren immer noch zu Fäusten geballt. »Lass die beiden gehen, Canda! Was erwartet Tian, wenn er zurückkehrt? Verzeihen? Ein Platz in der Stadt an der Seite der Hohen?« Er schüttelte den Kopf. »Oh nein, du kennst die Gesetze Ghans besser als ein Fremder wie ich. Und deine Schwester wird nicht darauf hoffen können, im Haus der Verwaisten lebendig begraben zu werden. Sie wird sterben, schreiend, und nichts wird sie retten.«

Obwohl ich Schwester Glanz hasste, gab mir dieser Gedanke einen Stich. »Was kümmert es dich?«, rief ich. »Warum liegt dir so viel daran, sie zu retten?«

Er hob den Arm mit der Tätowierung. »Ein Traumdeuter steht nun einmal auf der Seite der Geister. Den Méganes ist das Leben der Lichter nichts wert, mir schon. Und es geht nicht nur um eine deiner vier Gaben. Die anderen drei sind immer noch mit deiner Schwester verbunden. Wird sie getötet, dann sterben auch sie. Oder glaubst du, die Méganes werden deine Schwester schonen, nur damit die anderen am Leben bleiben?«

Unwillkürlich zog ich die Hände an die Brust, als könnte ich die drei schützen. *Schwester Zahl*, dachte ich entsetzt. Bei der Vorstellung, ihr könnte etwas zustoßen, war mir zum Weinen zumute. *Deshalb fürchten sie Amad. Weil er sie sieht und mich zurückbringen soll. Er ist dazu gezwungen, ihr Kopfjäger zu sein, obwohl er sie retten will.*

»Aber Schwester Glanz wollte mich töten – aber dann wären meine anderen Lichter doch mit mir gestorben. Und sie selbst doch auch?«

Amad schüttelte den Kopf. »Ihr Leben ist nicht an dich gebunden. Wenn du stirbst, verlassen sie dich nur und ... verlieren einander.«

Dann hat sie darum gebeten, dass sie ihr verzeihen, von ihr verlassen zu werden.

»Ich verstehe, wie verletzt du bist, Canda. Aber was ändert es an deinem Schicksal, wenn du sie gehen lässt?« Amads Stimme hatte wieder diese beschwörende Sanftheit, und diesmal brachte sie mich fast zum Weinen. »Du hast Tian doch längst verloren, nun rette wenigstens deine Lichter. Und ...«, seine Stimme wurde leiser, bittend, »... rette dich selbst. Die Mégana hält ihre Versprechen, im Schlechten, aber auch im Guten. Wenn du ohne Tian zurückkehrst, kannst du in deiner Stadt leben und der Mégana mit deinen Gaben dienen. Du ... musst nur alles vergessen, was du nun weißt, und nie wieder ein Wort darüber verlieren. Wenn die Méganes erfahren, dass du das Geheimnis der Lichter kennst, dann ...«

»... stirbst du.« Es war dieser Moment, als mir wirklich bewusst wurde, wie viel Amad für mich aufs Spiel setzte.

Oh ja, ich kannte die Gesetze der Stadt. Wenn ich mit Schwester Glanz zurückkehrte und mit ihr meine Gaben starben, wäre ich in Ghan nichts mehr wert. Weder für die Mégana noch für meine Familie. Und warum sollten die Méganes jemanden wie mich dann noch am Leben lassen? Als Hohe, die wenigstens noch drei von vier Gaben besaß, war ich dagegen wertvoller als manch andere, die weniger Lichter hatten. Und war meine Stadt nicht immer noch mein Zuhause? Trotz allem?

»Ja, ich habe gelogen«, sagte Amad leise. »Für die Lichter, aber ... es geht längst nicht mehr nur um sie oder um meinen Pakt.« Ich bildete mir ein, dass seine Züge im Mondlicht weicher wurden. »Glaub es oder nicht, aber es ist so: Zuerst sah ich in dir nur eine arrogante, herzlose Stadtprinzessin, die die Welt nur durch die Augen ihrer Gaben betrachten konnte, so wie all die Menschen im Zentrum deiner Stadt. Aber jetzt sehe ich ... ein Mädchen, das sein Leben aufs Spiel setzt, um einen alten Hund zu retten, eine Frau mit dem Herzen eines Wüstenlöwen – und ich will sie um keinen Preis der Welt leiden und sterben sehen.«

Seine Worte berührten mich, lösten etwas in mir aus, das nichts mit dem dunklen Schmerz zu tun hatte, den ich um Tians Verrat litt. Es war, als hätte die Nacht mehr Glanz und Licht bekommen. Noch nie war ich so verwirrt gewesen. Niedergeschlagen und verraten, völlig am Boden. Und gleichzeitig so froh, dass der Mann, den ich vor Kurzem noch so sehr gehasst hatte, bei mir war.

Trau ihm nicht!, flüsterte es in mir. *Vergiss nicht, wer er ist.* Aber heute hörte ich nicht auf das, was ich als Moreno noch gedacht hätte. Ich wehrte mich nicht, als er zu mir trat und mich in seine Arme zog. Ich ließ mich in diese Nähe fallen, die mir schon so vertraut war, dass ich erst jetzt merkte, dass ich sie vermisst hatte. Es war seltsam: Wir standen auf verschiedenen Seiten, wir täuschten und belogen einander, aber dennoch waren wir verbunden. *Der einzige Mensch, den ich noch habe, ist ein Sklave der Méganes. Und trotzdem ist er es, der mich aufgefangen hat und mir Geheimnisse anvertraut, die ihn das Leben kosten können.* Noch nie, so wurde mir bewusst, hatte jemand mir ein größeres Geschenk gemacht.

»Siehst du meine ... Lichter? Die ganze Zeit?«

Er schien zu überlegen, ob er auch dieses Geheimnis preisgeben sollte, aber dann nickte er zögernd, ich spürte die Bewegung. »Ein Mädchen, ein blonder Junge und ein Mann«, flüsterte er mir ins Ohr.

»Wie existieren sie?«

»Gewöhnlich sind sie wie im Schlaf und glauben, dass sie nur träumen.«

Ich lehnte meine Wange an Amads Schulter, schloss die Augen und stellte mir meine Stadt vor, so wie sie wirklich war: Menschen, die zwei, drei oder vier Gaben hatten – sie lebten umgeben und begleitet von diesem Heer unsichtbarer Geister, die mit ihnen verbunden waren, Tag und Nacht. Stimmen, die man nur in Gedanken hörte, pulsierende Häute aus Glas. *Fünftausendeinhundertvierundsiebzig Bewohner des inneren Rings*, rechnete Schwester Zahl. *Zwei bis vier Gaben pro Person, das macht durchschnittlich mindestens fünfzehntausendfünfhundertzweiundzwanzig Lichter, die unsichtbar mit den Menschen leben.* Der Gedanke machte mir Angst und faszinierte mich zugleich.

»Deine Lichter sind erwacht, vielleicht durch den Schmerz der zerrissenen Verbindung«, fuhr Amad flüsternd fort. »Sie versuchen sich vor mir zu verbergen. Weit hinter den Schleiern. Sie haben alles gehört, was ich gesagt habe, aber sie trauen mir nicht.« Es klang traurig.

Vorsichtig entzog ich mich Amads Umarmung und blickte über das Meer. Der Nebel hatte das Schiff längst verschluckt. »Sie leben hinter Häuten aus Glas«, sagte ich. »Die angeblich niemand durchschreiten kann.« *Nur die Toten*, erinnerte ich mich an Manoas Worte.

Amad seufzte. »Wer weiß, vielleicht ist es ja möglich – einmal in hundert Jahren. Aber wir werden das Rätsel nicht lösen.

Bitte, Canda, du weißt nun, was auf dem Spiel steht. Lass Tian und deine Schwester gehen.«

Eines lernte ich über mich: Wer auch immer ich ohne meine wichtigste Gabe war, eine Frau, die einfach umkehrte und sich in ihr Schicksal ergab, war ich nicht. Ich konnte nicht an den Ort zurückkehren, an dem ich wie eine Blinde gelebt hatte, eingesponnen in einen Kokon aus Lügen. Trotzdem kostete es mich viel, den Kopf zu schütteln, so sehr kam ich mir nun wie eine Verräterin vor. »Tut mir leid, ich … kann nicht.«

Amad sah aus, als hätte ich ihm einen Schlag versetzt. »Was willst du denn noch? Rache? Die wirst du nicht bekommen!«

»Um Rache geht es nicht! Ich gebe dir mein Wort, dass du deinen Pakt erfüllen wirst. Und meine Lichter werden nicht sterben. Aber noch ist es mein Leben, und ich entscheide, wann ich aufgebe. Und vielleicht … gibt es einen anderen Weg.«

Diesmal fürchtete ich mich nicht, als die Wächter neben Amad aufflackerten.

»Glaubst du etwa, dass du deine Gabe zurückholen kannst?«, rief er. »Willst du ihr ein Hundehalsband umlegen und sie zu den anderen dreien zurückzerren?«

»Mach dich nicht über mich lustig!«

»Und du mach keinen Fehler, Canda Heißblut. Du bekommst sie nicht zurück. Niemals!«

Trotz allem schmerzten diese Worte. »Ob du es glaubst oder nicht, das hat sogar eine Stadtprinzessin wie ich inzwischen verstanden. Und die Lektion war hart genug. Aber ich lasse nicht zu, dass ein Mann, mit dem ich so lange verbunden war, mich feige mitten in der Nacht verlässt.« Amad schüttelte den Kopf und wollte schon widersprechen, aber ich kam ihm zuvor. »Gerade du müsstest es doch verstehen. Ich dachte immer, ich sei frei, aber in Wirklichkeit entscheiden andere für mich, seit meiner Geburt. Vielleicht ist das hier die einzige Entscheidung, die ich jemals selbst treffen kann: Niemand – niemand! – zerstört mein Leben, ohne mir dafür in die Augen zu sehen und mir zu sagen, warum. Tian nicht. Und am allerwenigsten meine Schwester. Ich muss sie finden und erfahren, was geschehen ist! Und ich gehe – auch ohne dich.«

Meine Stimme kippte, und jetzt war ich doch drauf und dran, zu weinen. Bevor Amad es sehen konnte, wich ich ihm aus und ging an ihm vorbei. Ich schritt mitten durch einen Wächterschatten, eine Wand aus Flüstern und Kälte. »Verschwindet endlich und lasst mich in Ruhe!« Mein Befehl schreckte sie auf. Harte Gesichtszüge schimmerten im Mondlicht. In dieser Nacht lernte ich, dass man mit diesen Wölfen in ihrer eigenen Sprache sprechen muss, ohne Angst, mit Entschlossenheit im Herzen, die Hand am Dolch. Denn sie gehorchten und folgten mir nicht.

Ich wartete darauf, dass Amad mich zurückrief, aber er schwieg und ließ mich gehen.

Teil IV:
Medasland

Eisenhaut

»Du willst *wohin*?« Dort fahren nicht einmal Fangboote.«

»Aber Schiffe! Tian ist vor ein paar Stunden dort an Bord gegangen.« Ich musste durchatmen und das Bild des Kusses vertreiben, bevor mir wieder die Tränen kamen. Immer noch fror ich, als hätte der Schock jede Wärme aus meinem Körper gesaugt. Juniper legte den Arm um meine Schultern und rieb meinen Oberarm. Meine Hündin hatte mich gefunden, und Juniper, die der Grauen gefolgt war, hatte mich zu ihrem Lager in einer Baracke im Fanghafen geführt. In der Hütte roch es nach Brackwasser und altem Leinen, Feldbetten reihten sich an den Wänden auf. Schlafatem vermischte sich mit dem Wellenschlag von draußen zu einem gleichmäßigen Rauschen.

»Es tut mir leid, dass dieser Tian in die Fänge der Menschenhändler geraten ist«, sagte Juniper so sanft, als würde sie ein Kind trösten.

Wenn du wüsstest, in wessen Fängen er ist, dachte ich niedergeschlagen.

»Und ich nehme dir nicht gerne die Hoffnung, zu gut weiß ich selbst, wie es ist, Menschen zu verlieren, die man liebt. Unser halbes Dorf ist verwaist, und die meisten können nicht einmal an Gräbern trauern, weil das Meer die Toten nicht wieder hergibt. Aber auch wenn es dir das Herz bricht, für deinen Liebsten ist es zu spät. Vom Schädelhafen aus gibt es für Leute wie ihn kein Zurück. Die einzigen Schiffe, die du auf der Straße der Asche findest, sind abgewrackte Sklavenschiffe. Sie haben keinen Kapitän, die Strömung bringt die Fracht in die Verbannung zu neuen Herren oder…« Juniper verstummte abrupt.

TEIL IV: MEDASLAND

… oder sie gehen unter und enden bei den Haien, ergänzte ich in Gedanken. Die Graue fing meine Angst auf, drängte sich an mich und leckte mir über die Hände.

»Meine Güte, du zitterst ja schon wieder«, sagte Juniper besorgt. »Was ist nur mit dir passiert? Bist du wirklich nicht überfallen worden?«

»Es ist nicht zu spät«, stieß ich hervor. »Ich brauche nur ein Boot, ein schnelles Motorboot, und du weißt bestimmt, wo ich eines bekommen kann. Ich habe den Smaragd – und ich kann noch Geld besorgen.«

»Du meinst wohl, den Leuten Geld mit Wettspielchen abknöpfen, Dämonenbraut? Aber selbst wenn dir jemand ein Boot verkauft, wirst du damit nicht weit kommen. Erstens kannst du nicht damit fahren, Sandkind, und zweitens bräuchtest du für diese Strecke schon ein gepanzertes Schiff. Und dafür bekommst du keine Mannschaft.«

»Keine Chance«, sagte auch Perem, als ich der Gruppe bei Sonnenaufgang mein Anliegen erklärte. Die Frauen, die mich vor Kurzem mit Umarmungen und überraschtem Lachen begrüßt hatten, schüttelten ebenfalls die Köpfe.

»Lass es, Kind«, riet mir die rothaarige Uma. »Es wäre Selbstmord, auf der Straße aus Asche zu fahren. Und ins Land der Toten kommst du noch früh genug.«

Hinter den Baracken machten sich die ersten Fischer bereit. Befehle gellten über das Wasser. Das Röhren von Motoren vermischte sich mit den Möwenschreien.

»Tut mir ja leid, dass dein Freund bei den Verbannten ist, aber wir können nichts für ihn tun«, sagte Perem. »Und wahrscheinlich hat er es sich ja auch selbst zuzuschreiben. Die Einzigen, die im Schädelhafen auf Schiffe gebracht werden, sind verurteilte Verbrecher und Spieler, die dumm genug waren, ihr Leben als Einsatz zu verpfänden.«

»Er ist kein Verbrecher!«

Juniper legte mir die Hand auf den Arm, aber Perem und die anderen schüttelten bereits die Köpfe.

»Geh zurück zu deinem Bruder, sucht euch Arbeit im Hafen«, sagte nun auch Uma. »Was passiert ist, ist passiert. Die Trauer geht vorbei und das Leben geht weiter.« Sie schulterte ihre Harpune. Auf dieses Zeichen hin griffen die anderen ebenfalls zu ihrem Werkzeug und setzten sich in Bewegung. Ich konnte nichts mehr sagen, zu krampfhaft musste ich die Tränen der Enttäuschung unterdrücken.

»Tut mir leid, kleine Schwester«, sagte Juniper bedauernd. »Ich würde dir so gerne helfen, das weißt du.«

Ich schluckte schwer. »Ist schon gut. Lass deine Truppe nicht warten.«

Als Perem Juniper ein ungeduldiges Zeichen zum Aufbruch gab, zuckte sie entschuldigend mit den Schultern und folgte den anderen. Die Truppe begann damit, Netze und Eimer mit blutigen Fischstücken im Fangboot zu verstauen. Als der Wind jäh drehte, roch es stechend nach Motoröl und Fisch.

Ich suchte nach dem Rat von Bruder Wegesucher, aber meine Geschwister schwiegen, als hätte ich nur von ihnen geträumt. Das Meer schlug gegen Schiffsrümpfe und erinnerte mich daran, dass Tian und meine Schwester sich mit jeder Sekunde weiter von mir entfernten.

»Kein Glück gehabt?«

Ich fuhr herum. Jetzt war klar, warum meine Geschwister schwiegen. Amad stand zwischen den straff gespannten Metallseilen, an denen Haihäute trockneten. Ich hatte einen düsteren, zornigen Mann erwartet, der alles daransetzen würde, mich nach Ghan zurückzubringen. Aber er überraschte mich mit einem schiefen Lächeln. Und offenbar hatte auch er eine Entscheidung getroffen: Über der Schulter trug er ein prall gefülltes Netzbündel, in der Hand zwei Stöcke mit Metallspitzen.

Nie hätte ich zugegeben, wie glücklich und erleichtert ich war, dass er hier war und dass er mich nicht hasste. Er ließ das Bündel zu Boden fallen und begrüßte die Graue. Auch heute berührte mich die Freundlichkeit in diesen Gesten.

»Willst du mich im Netz in die Stadt zurückschleppen?«, fragte ich.

Er grinste. »Würde ich, wenn es bei dir etwas bringen würde. Aber bevor du mir wieder wegläufst und dich umbringen lässt, begleite ich dich lieber. Du hast ja ohnehin den Schädel eines Steinbrechers und lässt dich nicht von deinem Weg abbringen. Aber wenn wir Tian einholen wollen, sollten wir uns beeilen.«

»Das habe ich schon einmal gehört. Ist es auch diesmal ein Trick? Wie wir wissen, bist du ein besserer Lügner als ich.«

Die Morgensonne ließ seine Augen leuchten. »Unterschätze nie den Wert eines Lügners, wenn du es mit Geistern zu tun hast. Sie sind Meister der Täuschung. Das weiß ja niemand besser als Canda Dreilicht.«

Es war seltsam, dass sogar Gemeinheiten ein sicherer Halt sein konnten. »Lügen kann ich selbst. Und meine Lichter kennen den Weg. Also, warum sollte ich dich mitnehmen?«

»Oh, die Prinzessin überlegt, ob sie mich mitnimmt? Gut, ich gebe dir ein paar Gründe: Erstens bist du zur Abwechslung mir etwas schuldig. Oder wie oft muss man einer Moreno das Leben retten, bevor sie Danke sagt? Zweitens habe ich immer noch ein Versprechen zu erfüllen. Ich muss dich lebendig zurückbringen, nicht das, was Haie von dir übrig lassen. Drittens habe ich ein Boot, im Gegensatz zu dir, im Grunde müsstest du mich also darum bitten, dass ich *dich* mitnehme...«

»Du hast ein Boot? Woher?«

»Aus dem Perlhafen. Und viertens... brauchst du mich.«

Ich hätte nicht gedacht, dass ich nach dieser Nacht jemals wieder lachen würde. »Arroganz ist wohl auch eine Gabe.«

»Arrogant ist, wer seine Gegner unterschätzt.« Einer der zwei Stöcke wirbelte durch die Luft. Reflexartig fing ich ihn auf, geschickt, wie ich dachte, aber als Amad auf mich zuschnellte und ich seinen Schlag parieren wollte, entwaffnete er mich so beschämend schnell, dass ich empört aufschrie. Zu rühren wagte ich mich nicht, die Spitze seines Stocks wies auf meine Kehle. »Erste Lektion über deine Schwester«, sagte er ernst. »Wenn sie dich wirklich so nahe herankommen lässt, dass ihr euch in die Augen sehen könnt, dann nur, um dir das Genick zu brechen. Es sei denn, du lernst, schneller zu sein als sie.« Er senkte den Stock und stützte ihn neben sich auf. »Du hast dich wirklich dafür entschieden?«

»Ja!«

Er schien etwas sagen zu wollen, aber dann nickte er so resigniert, als würde er sich ergeben. »Also gut: Ich sorge dafür, dass wir über das Meer kommen, und du tust alles dafür, dich nicht umbringen zu lassen?«

Ich schluckte. »Unter einer Bedingung. Keine Lügen mehr.«

»Keine Lügen, kein Diebstahl.« Er streckte mir die Hand hin. »Gib mir den Ring zurück, Elster.«

Ich biss mir ertappt auf die Unterlippe, aber dann holte ich den schwarzen Ring mit den silbernen Wellen hervor. Als ich ihn in seine Hand legte, berührten sich unsere Finger. Wir zögerten beide einen Augenblick zu lange und mein Herz schlug plötzlich bis zum Hals. »Wer ist sie?«, rutschte es mir heraus. »Das Mädchen, das du liebst, meine ich. Meine Schwester ist es ja nicht. Aber es gibt doch jemanden.« Ein Schatten fiel über sein Gesicht, er zog die Hand zurück und barg den Ring in seiner Faust. »Wie heißt sie?« Er schwieg und sah auf das Meer hinaus, als könnte er mir nicht länger in die Augen schauen.

»Ydrinn«, sagte er schließlich mit belegter Stimme. Plötzlich war die Fremde nicht nur eine Ahnung, ein Verdacht, sie war fühlender, atmender Mensch. Eine Frau, die in Amads Armen lag, die er geküsst hatte. Ich wusste nicht, warum dieser Gedanke so schmerzte. *Neidisch auf fremdes Glück, Canda?*

»Ist sie ... eine Sklavin?«

Sein Lächeln war traurig, wie erloschen. »Das ist sie. So sehr, dass sie sich selbst nicht mehr gehört.« Ich musste an das Mädchen unter Glas im Haus der Verwaisten denken. Ihr langes braunes Haar, das bis zum Boden fiel, der irrende, verzweifelte Blick.

Ein Pfiff ließ uns beide zusammenzucken. Juniper war vom Boot gesprungen und kam auf uns zu.

»Du bist in der Stadt? Na, die Überraschung hat sich deine *Schwester* ja lange aufgehoben!« Obwohl sie lachte, bemerkte ich sehr wohl den fragenden, leicht verärgerten Blick in meine Richtung.

»Ich dachte, du wolltest Perlen in einer Fabrik zählen?«, wandte sie sich dann an Amad.

»Dort wäre ich auch, wenn ich dir nicht immer noch einen Tanz schulden würde«, erwiderte Amad, aber diesmal bemerkte ich, dass sein Lächeln ihn Mühe kostete. Und vielleicht war es das, was mich endgültig für ihn einnahm: sein verwundetes Herz und die Angst um seine Geliebte, die ich so deutlich spürte wie meinen eigenen Schmerz.

Juniper stutzte, dann lachte sie ihr raues Lachen und umarmte ihn. Und dann konnte ich wieder nur darüber staunen, wie leicht Amad Menschen für sich gewann. Innerhalb von Sekunden war er von den Fischern umringt, die ihn begrüßten wie einen lange vermissten Freund.

»Deine Schwester hat schon erzählt, ihr sucht ein Schiff«, sagte Enou. »Muss ja ein wichtiger Freund sein.«

Amad nickte. »Den Freund müssen wir finden, ein Schiff haben wir.«

»Ach ja?« Uma riss die Augen auf. »Wer vermietet denn einer Landratte wie dir ein Schiff?«

»Naja, Schiff ist übertrieben, aber immerhin ein großes Transportboot aus dem Perlhafen. Und es ist geliehen, nicht gemietet, es wird die nächsten zwei Wochen nicht gebraucht, und der Kerl, dem es gehört, pokert gerne. Er gibt es mir für eine Beteiligung an einem Gewinn, den ich noch verdienen muss.« Die Fischer starrten Amad an, als hätte er verkündet, dass er unter Wasser atmen konnte. Dann scheuchte brüllendes Gelächter die Möwen auf. »In einem Transporter wollt ihr auf die Straße aus Asche?«, spottete Perem.

Amad ließ sich nicht beeindrucken. Er warf mir nur einen kurzen Blick zu und – zwinkerte mir zu.

»Allerdings. Aber wir brauchen einen dritten Mann an Bord, der im Notfall einen Motor reparieren kann und schnell mit der Harpune ist. Ich bezahle gut dafür.«

»Tote brauchen kein Geld«, sagte Uma spöttisch. »Abgesehen davon, dass ein Hungerleider wie du kein Geld hat: Die Strömung vor der nächsten Küste ist das Revier der Eisenhaie. Die Sorte kann man sich nur mit den großen Schiffen vom Leib halten und selbst das gelingt nicht immer. Sie sind Ungeheuer – und das Schlimmste ist: sie denken und sie zeigen dir nie eine verwundbare Stelle, der Himmel weiß, ob sie überhaupt eine haben. Und sie springen nur auf lebende Köder an, wenn du verstehst, was ich meine. Ohne Dornenschiff erreichst du dein Ziel nicht.«

Amad zuckte mit den Schultern. »Ich sage, das Transportboot reicht.«

TEIL IV: MEDASLAND

»*Du* willst uns was erzählen?« Perem spuckte seinen Kautabak aus und verschränkte die Arme. »Kann mich nicht erinnern, dass du'n Fischer bist.«

»Bin ich auch nicht. Genauso wenig wie ihr. Wir sind Jäger. Ich habe in meinem Leben schon mehr Raubtiere getötet, als ich zählen kann – so wie ihr auch. Und je schlauer die Beute, desto besser müssen wir sie kennen, um sie zu täuschen. Und alles, was wir dafür brauchen, habe ich hier.«

Ich hatte erwartet, dass Amad es sich bei der Truppe spätestens jetzt verscherzt hatte, aber das letzte Gelächter verstummte, als Amad das Netzbündel von der Schulter wuchtete und auf dem Boden aufklappte. »Die beste Waffe – außer eurem Verstand und eurem Wissen natürlich.«

Die trockene Haihaut wirkte in der Morgensonne steingrau und stumpf.

Uma runzelte die Stirn. »Wo hast du die her? Gestohlen? Die Häute gehören der Stadt. Jeder Fischer muss sie abgeben, wenn er die Pauschale für seine erlegten Tiere bekommen will.«

Amad hob die Haut auf. Metallschnallen klapperten. Jetzt sah man, dass das Fischleder zu einer Weste verarbeitet war. »Und warum müsst ihr sie abgeben? Weil die Stadt die Häute ans Militär verkauft. Weder Messer noch Geschosse können das Leder durchdringen. So eine Weste bringt einiges ein – weit mehr als das, was ihr pro Hai bekommt. Die Stadt macht damit einen guten Gewinn, aber den eigentlichen Preis zahlt ihr: Die Soldaten fremder Länder sind dank eurer Hilfe geschützt, während zwischen einem Haimaul und eurem Leben nur eure eigene Haut steht. Prämie und Stadtverordnung hin oder her, wäre es nicht besser, wenn ihr ein paar Häute selbst verwenden würdet? Was gegen Gewehrkugeln schützt, taugt auch als Schutz gegen Zähne.«

Ein Zischen und Murmeln ging durch die Gruppe. Ich hielt die Luft an.

Das war's. Noch ein Wort und sie werfen ihn ins Meer. Niemand lässt sich gerne sagen, dass er sich ausbeuten lässt, selbst wenn es stimmt.

Sogar Enou war nun gekränkt. »Wie wir fischen, ist immer noch unsere Sache«, knurrte er. »Wenn du meinst, ein paar Haihäute schützen euch so gut wie ein Dornenschiff: viel Spaß, Wüstenwurm!«

»Wir müssen uns nicht gegen Bisse schützen. Weil sie uns nicht angreifen werden«, erwiderte Amad ruhig. »Hört zu!«

Es war fast gespenstisch, wie leicht er sie gefangen nehmen konnte. Als wäre er plötzlich das Zentrum eines Kreises, wandten sich ihm nach und nach alle zu. Verschränkte Arme lösten sich, aufeinandergepresste Lippen verloren die Härte, Münder klappten verblüfft auf, protestierten aber nicht. Und sogar ich ertappte mich dabei, wie ich ihm fasziniert zuhörte, völlig gefangen von seiner Stimme und seinen Gesten, während mein Verstand mir sagte, dass diese verrückte Strategie unmöglich funktionieren konnte. Und doch – aus seinem Mund klang der Plan bestechend logisch. Als er geendet hatte, war die Stille zum Greifen dicht. Dann schüttelte Perem den Kopf. »Du bist verrückt.« Niemand wagte Perem zu widersprechen, aber Amads Worte hatten ihre Wirkung nicht verfehlt. Hände spielten nervös mit den Harpunen, schnelle Blicke wurden getauscht, und in den Augen hatte Amad Lichter entzündet – Sehnsucht, Abenteuerlust. Und die Frage: »Was wäre, wenn...?«

Aber es war Juniper, die als Erste den Bann brach. Sie trat zu Amad und baute sich vor ihm auf. Vor ihm wirkte sie zierlich und zerbrechlich, aber ihre Augen funkelten wie poliertes Eisen. »Wie viel zahlst du für die Passage?«

»Wie viel Geld bringt ein Eisenhai ein?«, erwiderte Amad. »So viel wie euer Verdienst von fünf Jahren? Oder zehn? Diese Beute ist so selten und Haut und Fleisch so kostbar, dass der Fänger den Preis festsetzen kann. Apotheker zahlen dafür ein Vermögen – und Stadtherren und Könige noch mehr.«

Juniper lachte auf. »Jagst du Löwen auch mit Löwenhäuten?«

Amad zuckte mit den Schultern. »Risiko«, antwortete er mit dieser hypnotischen Samtstimme, die alle in den Bann zog. »Du kannst alles verlieren – oder gewinnen. Deine Wahl.« Ich hatte eine Gänsehaut, aber plötzlich verspürte auch ich einen Anflug dieser flirrenden Sehnsucht nach Wagnis und neuen Horizonten. *Menschenfänger*, dachte ich halb fasziniert, halb beunruhigt.

Perem zog seine Schwester am Arm zurück. »Bist du verrückt, darüber auch nur nachzudenken? Wir haben noch nie auf diese Weise gefischt. Warum sollten wir jetzt damit anfangen?«

Juniper entzog ihm sanft, aber entschlossen ihren Arm. »Vielleicht bin ich verrückt. Und vielleicht geht es ja gerade darum: Etwas anders zu machen als bisher. Seit Generationen nehmen wir es hin, dass die Stadt mit unserem Blut Geld verdient, und zahlen jedes Jahr mit weiteren Toten. Vielleicht wird es einfach Zeit für eine neue Art der Jagd?«

Perem schnaubte. »Vielleicht hat der Kerl dir ja einfach nur den Kopf verdreht.«

Junipers Augen wurden schmal und auch die Frauen zischten empört auf. Aber zu meiner Überraschung beherrschte sich Juniper. »Und wer hat dir den Kopf verdreht?«, meinte sie nur trocken. »Deine Geliebte namens Feigheit? Wenn es funktioniert, haben wir in drei Tagen so viel Geld, dass wir unseren Kopf nicht mehr hinhalten müssen.«

»Nein, weil du keinen Kopf mehr haben wirst!«

»Ich riskiere ihn ohnehin jeden Tag. Und wofür?«

»Wofür?«, donnerte Perem. »Für die Familien, für die Alten, die nicht mehr für sich selbst sorgen können, für unser Dorf. Und du kennst die Regeln, Juniper: Niemand verlässt die Truppe. Wir fischen alle zusammen oder gar nicht. Und keiner von uns steigt so gut wie unbewaffnet auf ein Transportboot!«

*

Wir hatten die Geschwister im Streit zurückgelassen. Aber als ich das Boot sah, konnte ich Perems Zorn verstehen. Es lag ganz am Rand des Perlhafens, umgeben von einem Saum von Algenschaum. Mir sank der Mut. Das Boot war ein langes, flaches Gebilde mit einem halb verrosteten Motor und einem Notsegel, das schon bessere Zeiten gesehen hatte. Über Auslegerstangen war zudem noch eine größere Transportfläche mit dem Hauptboot verbunden. Metallnetze und Eisendornen schützten den Spalt zwischen den zwei Bootsteilen. Ein hoher Galgen mit einem Flaschenzug war am Rand befestigt. Amad sprang an Bord und natürlich folgte ihm die Graue wie ein treuer Gefolgsmann. Ich blieb stehen. »Du hast dem Besitzer des Bootes wirklich einen Eisenhai versprochen?«

»Alles hat seinen Preis.«

»Was machen wir ohne den dritten Mann?«

»Während der Überfahrt noch weniger schlafen. Und du musst umso schneller lernen, eine Jägerin zu sein.« Amad grinste, als er sah, wie ich nach Luft schnappte.

Ich ergriff seine ausgestreckte Hand nicht. Das Wasser gluckste gegen die viel zu niedrige Bordwand und es hörte sich an wie gieriges, schmatzendes Gekicher. Jetzt war mir endgültig übel.

TEIL IV: MEDASLAND

»Noch können wir umkehren«, fügte Amad vielsagend hinzu.
»Wäre das Vernünftigste.«
Das würde dir so passen. Ich schüttelte den Kopf, nahm meinen ganzen Mut zusammen und sprang über den Graben aus Wasser. Der Motor röhrte auf und erstarb, aber bevor er noch einmal starten konnte, landete jemand neben mir auf dem Boot. Ein Bündel schlug dumpf auf den Planken auf, Seile prasselten, Harpunen rollten mir vor die Füße. Juniper richtete sich auf und rang nach Luft. Sie war aschgrau im Gesicht und ihre Augen waren gerötet, ich konnte mir vorstellen, welchen Kampf sie mit ihrer Truppe geführt hatte. Mit einem Ruck öffnete sie das Bündel und zerrte vier grob gegerbte Häute heraus. »Von unserem ersten Fang«, japste sie. »Je mehr wir haben, desto besser. Und jetzt wirf den Motor an, Amad! Dafür, dass ich meinen eigenen Leuten die Prämie für vier Haie gestohlen habe, ziehen sie mir das Fell über die Ohren.«

Straße aus Asche

Der Meeresnebel entstand an der Scheide zwischen kaltem und warmem Wasser, eine Wand aus Weiß, die zu Geistergestalten verwirbelte, als das Boot in die Strömung einfädelte. Der Motor verstummte. Schwarze Ascheflocken klebten am Bootsrand und trudelten an der Wasseroberfläche. Und dazwischen leuchteten golden die phosphoreszierenden Fische, die uns neugierig folgten. Noch nie in meinem Leben war ich so froh gewesen, dass Juniper an meiner Seite war. Und noch nie hatte ich solche Angst gehabt. Die Planken unter meinen Füßen fühlten sich an wie eine dünne Membran, die jederzeit reißen konnte. Und mein Kopf rechnete unbarmherzig Wassertropfen zu Kubikmetern um – und multiplizierte Kubikmeter zu unendlichen schwarzen Tiefen unter meinen Füßen. In jeder Welle glaubte ich eine graue Flosse zu entdecken, in jeder Nebelspur Gestalten, die auf das Boot krochen. Aber das war noch nicht das Schlimmste: Ich hatte mir eingeredet, dass meine Liebe zu Tian in der Nacht am Schädelhafen zu einem Kokon erstarrt war, in dem nur noch etwas Dunkles, Zorniges darauf wartete, ans Tageslicht zu kommen. Aber jetzt quälte mich die Erinnerung an die schönen Stunden mit Tian wie die Fata Morgana eines Sees einen Verdurstenden. Zum ersten Mal verfluchte ich Bruder Erinnerung. Ich war elend und fiebrig, und obwohl ich versuchte, stark zu sein, war mein Innerstes ein sturmgepeitschtes Meer, in dem ich hilflos hin und her geworfen wurde: von kältestem Hass in glühendste Sehnsucht. Juniper behandelte mich, als wäre ich aus Glas, aber Amad kannte keine Rücksicht. Unbarmherzig scheuchte er mich hoch und zeigte mir, wie man die leuchtenden Köderfische mit der Harpune erbeutete. Er führte meine Hand, erklärte mir jede Drehung, jeden Schwung, und ich verstand sehr wohl, dass er mich lehrte, schnell zu sein und auf die kleinste Bewegung zu reagieren ohne nachzudenken. »Dafür, dass es nicht deine Gabe ist, habe ich schon Schlimmeres gesehen«, bemerkte er einmal. »Und jetzt stell dir vor, meine Harpune ist *ihr* Messer.«

»Nicht schlecht«, rief Juniper, als es mir gelang, Amads Angriff zu parieren und ihn fast aus dem Gleichgewicht zu bringen. Vielleicht war ich doch noch eine Moreno, denn je mehr blaue Flecken ich davontrug, desto verbissener kämpfte ich. Amad setzte den Stock auf. Schwer atmend senkte ich meine Waffe und hob das Kinn, stolz, mit rasendem Herzen und schmerzenden Händen. Amad lobte mich nicht. Aber zum ersten Mal verbiss er sich einen ironischen Kommentar.

*

Die Kampflust und das Feuer in meinen Adern erloschen, sobald ich die Augen schloss. Nachts suchte ich nach meinen Geschwistern. Stattdessen...

... spürte ich Tians Arme und seinen Kuss, hörte sein quälend zärtliches Flüstern an meinem Ohr. Ich stieß ihn von mir – und erkannte, dass er mein einziger Halt gewesen war. Mit einem verzweifelten Schrei rutschte ich über den Rand des Bootes. Das Wasser umfing mich in einer neuen, kälteren Umarmung. Und da waren sie, meine Lichter! Stumm betrachteten wir einander, getrennt und doch verbunden. »Warum kann ich mit euch nicht sprechen?«, rief ich. »Wie können wir uns begegnen?« Der blonde Junge blieb stumm. »Wohin gehen sie?«, wandte ich mich an Bruder Wegesucher. »Wie konnte meine Schwester uns verlassen?« Bruder Wege-

sucher hauchte an das Glas, das uns trennte, und zeichnete ... Flügel? Krallen, einen Vogelkörper. Der Schnabel war lang und kräftig. »Rabe«, flüsterte ich. »Der ... Rabenmann?« Mit einem Schaudern erinnerte ich mich an ihn, an seinen Kuss – und den Dolch in meinem Herzen. »Hat er ihnen geholfen?« Das Meer wurde zu dem grünen Marmor eines Prunkraums. Meine Geschwister veränderten sich, verschmolzen zu anderen Gestalten – Tian, der mich anlächelte, obwohl der Rabenmann hinter ihm stand und ihm ein Messer an die Kehle hielt. Die Waffe bestand aus schwarzem Metall, die Klinge hatte die Form einer Rabenfeder. »Mein schönster Stern«, sagte Tian zärtlich. Dann ruckte das Messer, durchschnitt den Schrei, der Körper zuckte und fiel. Der Rabenmann stieg über Tians Leichnam und trat auf mich zu, mit einem Lächeln voller Liebe, Blut an der Klinge und an seiner Hand.

Nach Luft ringend schreckte ich hoch. Nie hätte ich gedacht, dass ich erleichtert sein würde, auf einem ungesicherten Boot mitten im schwarzen Ozean zu treiben, in der Nase den Geruch nach Fischblut und Salz. Über mir, ganz oben am Flaschenzug, hing der Holzkäfig mit der Grauen – in Sicherheit vor den Haien.

Juniper hielt Wache, aufrecht, lauernd, eingehüllt in das Haileder, Seile und Waffen in Greifweite. »Du schläfst wohl nie gut, kleine Schwester«, wisperte sie. Auf allen vieren kroch sie zu mir herüber. Aus der Nähe konnte man erkennen, dass sie sich die Haihaut mit dünnen Seilen um den Körper gebunden hatte. »Wenn du schon wach bist, kannst du auch eine Weile aufpassen. Ich bin müde.«

Ich rang immer noch nach Luft. Der Schreck hallte in mir nach. Das Bild des Rabenmannes schien noch vor mir zu schweben. Suchend sah ich mich nach Amad um und war beruhigt. Er saß auf dem anderen Bootsteil am Steuer. Im Nebel war er nur als Schemen zu erkennen. Ich fröstelte, so sehr glich er in seiner Haltung den Wesen, auf die wir warteten. *»Wenn du unter Raubtieren bist, werde zu einem von ihnen«*, erinnerte ich mich an seine Worte. *»Höre mit ihren Ohren, sieh mit ihren Augen und sprich in ihrer Sprache, das ist deine stärkste Waffe.«*

Etwas Raues strich schabend unter dem Boot entlang. Ich krallte die Finger in meine Haihaut und zog sie enger um mich. Aber nicht einmal die Tatsache, dass ich unter dieser Tarnung auch noch die Soldatenweste trug, beruhigte mich. Der Spalt zwischen den beiden Bootsteilen war nicht mehr durch Metalldornen geschützt und gähnte mir entgegen.

»Angst, Dämonenmädchen?«, zog Juniper mich auf. »Das war doch nur ein Stück Holz. Noch sind wir nicht im Küstengebiet.«

»Das weiß ich. Und ich bin keine Dämonin.«

»Natürlich nicht. Die können nämlich schwimmen.« Juniper gähnte und streckte sich lang auf den Planken aus. »Keine Sorge, der Hai, der dir an den Kragen will, muss erst an mir vorbei.«

»Fürchtest du dich nie?«

»Doch. Die ganze Zeit.« Es klang nicht scherzhaft, seit wir Tibris verlassen hatten, war Juniper verändert, ernster und nachdenklicher. Und oft fiel mir auf, dass sie jede Bewegung von Amad beobachtete – mit einem seltsam entrückten Ausdruck, der mir nicht gefiel. »Am meisten fürchte ich mich davor, dass sich kein Hai blicken lässt«, fuhr sie fort. »Du kannst dir ja vorstellen, was mein Bruder mit mir macht, wenn ich ohne Beute zurückkomme. Und recht hätte er.«

»Tut es dir leid, dass du mitgekommen bist?«

»Nein«, antwortete sie so leise, dass Amad sie nicht hören konnte. »Keine Sekunde.«

»Aber du hast dich dafür mit deiner Truppe und deinem Bruder zerstritten.«

Juniper seufzte. »Ja, schlimm genug. Aber jeder Name hat nun mal seinen Preis.«

»Ein Name?«

Sie setzte sich auf. In ihren grauen Augen irrten Goldfunken – Spiegelungen der phosphoreszierenden Fische, die sogar durch den Nebel schimmerten. »Kennst du das Gefühl, nach einem Namen zu suchen, der dir auf der Zunge liegt? Er ist zum Greifen nahe, aber du bekommst ihn nicht zu fassen und wirst fast wahnsinnig dabei, darüber nachzugrübeln. Ich habe nach etwas gesucht, seit ich meinem ersten Hai begegnet bin. Nur hätte ich dir nicht sagen können, was es war. Aber als Amad am Hafen auftauchte, da… hatte ich plötzlich die Antwort, was mich die ganzen Jahre über verfolgt hat: der Widerspruch.« Im Licht des mondgetränkten Nebels wirkte ihr Lächeln gespenstisch. Ich bildete mir ein, die Wächterschatten hinter ihr wahrzunehmen, aber es war sicher nur das schwarze Wasser, das durch den Nebel schimmerte. »Wir fangen *Fische*«, flüsterte Juniper. »Seit Generationen wandern die Leute aus meinem Dorf an die Küste und fischen auf dieselbe Art: mit Ködern und Netzen. Und warum? Weil das, was noch meine Urgroßeltern fingen, tatsächlich nur Fische im Meer waren: gewöhnliche Haie, Makrelen, Heringe. Bei den Haien genügte es, sie mit Ködern anzulocken, mit den Harpunen zuzustoßen und die Beute mit Netzen aus dem Wasser zu ziehen. Ihre Haut war verwundbar, ihr Fleisch genießbar, es war Teil unserer Bezahlung. Aber dann ist irgendetwas passiert. Wie ein… Schnitt, der alles in ein Davor und Danach teilte. Ab diesem Zeitpunkt haben sich Raubfische fast so schnell vermehrt wie die Sklavenquartiere. Sie verändern sich, auch in ihrem Verhalten, und seit einigen Jahren kommen sie sogar an Land. Sie

TEIL IV: MEDASLAND

sind Mischwesen geworden, die es nur in Fabeln und Märchen geben darf. Aber kein Märchen meiner Vorfahren erzählt von Haien, die Menschengestalt annehmen können. Irgendetwas muss passiert sein, verstehst du? Tiere wurden zu Wandelgestalten. Nur wir bleiben dieselben, erstarrt in dem, was wir immer schon taten. Wir benehmen uns wie Blinde, die nicht sehen, dass die Welt eine andere geworden ist, und machen weiter wie bisher. Das ist der Widerspruch. Niemand, nicht einmal ich, kam auf den Gedanken, uns anzupassen, neue Strategien zu finden. Stattdessen wird das Fischen immer gefährlicher und wir verlieren jedes Jahr mehr Leute ans Meer. Und dann kommt Amad und nennt uns *Jäger*. Als er das sagte, habe ich mich gefühlt wie das Opfer eines Zauberkünstlers, das endlich durchschaut, welcher Trick hinter dem steckt, was es für Magie hielt. Wir müssen aufhören zu fischen und stattdessen jagen – und die Strategien dafür liegen so nahe! Aber niemand hatte diese Idee. Und genau deshalb ist Perem so wütend geworden. Es ist, als hätte Amad Licht in einem dunklen Raum angezündet. Nur dass uns bis dahin gar nicht klar gewesen war, dass wir im Dunkeln sitzen.« Sie strich nachdenklich über ihre Tarnhaut. »Und deshalb muss ich hier sein, selbst wenn Perem nie wieder ein Wort mit mir spricht. Weil nur hier etwas geschieht: etwas Neues.«

Ich schluckte und starrte in den Nebel. *Ein Schnitt. Ein Vorher und ein Nachher. Wie der Krieg, das große Chaos, auf dem unsere Stadt gründet?*

»Früher gab es in Tibris noch keine Slums und keinen Sklavenhafen«, murmelte ich. »Ich habe gelesen, man nannte sie die silberne Stadt.«

Juniper nickte. »Mein Großvater hat mir noch von den Silberbrücken erzählt. Es gab Arbeiter und Diener, aber niemals war ein Menschenleben weniger wert als Geld. Die Stadt zerfällt, die Menschen verarmen, nur der Sklavenhandel blüht wie eine Algenpest...« Sie verstummte abrupt und zog die Brauen zusammen.

»Was ist?«

»Ich wundere mich nur wieder. Du weißt wirklich überhaupt nichts. Du kommst aus einer Stadt, die es nicht gibt. Dort ist alles anders. Du findest Wasser und zauberst mit Zahlen. Auch wenn du es nicht zugibst, könnte ich schwören, du hast den Dämonen deine Gaben im Tausch gegen deine Seele abgekauft. Und Amad... er hat etwas, das jeden Menschen anzieht, und wenn er mit mir spricht, dann...« Ihre Stimme wurde weich und sehnsüchtig, so viel Ungesagtes schwang darin nach, dass ich aufhorchte. »Manchmal denke ich, ihr seid beide Wesen aus einem anderen Element, die Menschengestalt angenommen haben.«

Aus einem anderen Element. Vor wenigen Wochen hätte ich genauso gedacht: Ich, die Hohe, erhaben über die Gewöhnlichen. Und Juniper, die Barbarin, die mit meinesgleichen so wenig gemeinsam hatte wie Lehm mit Gold. *Aber was wäre ich ohne Gaben? Die gewöhnlichste von allen? Vielleicht würde ich nicht einmal Juniper auffallen.*

»Siehst du im Nebel schon Gespenster?«, erwiderte ich. »Wir sind nur Reisende, die es in die Fremde verschlagen hat. Amad ist ein Jäger, und er liebt ein Mädchen, zu dem er zurückkehren wird.« Sooft ich es auch wiederholte – es wurde nicht besser. Im Gegenteil. Auch jetzt sank meine Laune und ich fühlte mich, als hätte ich etwas Kostbares verloren.

Juniper zog die linke Augenbraue hoch und wurde wieder zu meiner übermütigen Freundin mit der scharfen Zunge. »Scheint dir ja sehr wichtig zu sein, dass ich es nicht vergesse. Dabei interessiert ihn seine Liebste doch längst nicht mehr. Falls die Geschichte nicht ohnehin ein Märchen ist.«

»Das hoffst du wohl, Juniper?« Es sollte scherzhaft klingen, aber es kam schärfer als beabsichtigt. Was war nur mit mir los?

»Ich?« Junipers Lachen wurde vom Nebel fast verschluckt. »Du scheinst doch eine bessere Lügnerin zu sein, als ich dachte.«

»Kannst du auch so reden, dass ich es verstehe?«

»Komm schon, du Liebende aus Eisen und Stein. Dein Geliebter hat also Bronzehaar?« Sie schüttelte den Kopf und senkte die Stimme, damit Amad auch wirklich kein Wort hörte. »Ich sehe etwas ganz anderes. Du bekommst Haizähne, wenn du siehst, wie Amad und ich zusammen lachen. Sobald er in deiner Nähe ist, vergisst du deinen Kummer. Er ist der beste Kämpfer, den ich je gesehen habe, aber ausgerechnet dir gelingt es, ihn aus dem Gleichgewicht zu bringen – warum wohl? Weil sein Herz nicht beim Kampf ist, sondern ganz woanders. Ach ja, und: Er beobachtet dich, während du schläfst.«

Ich war so überrascht, dass es mir die Sprache verschlug. Aber dann fiel mir wieder ein, wen Amad wirklich ansah. Trotzdem wurde ich rot.

»Ich bekomme keine Haizähne!«

Juniper grinste wie eine Fledermaus und stieß mir in die Seite. »Das sind die Schlimmsten. Die Eifersüchtigen mit den gierigen gelben Augen, die sich selbst belügen.«

»Das ist genauso verrückt wie deine Vermutung, ich hätte eine Seele zu verkaufen!«

»Hast du nicht? Jeder weiß, dass viele Reisende nur deshalb in die Wüste gehen. Man sagt, die Traumdeuter weisen ihnen den Weg zu den Dämonenhöhlen. Manche sagen sogar, die Dämonen sind ziemlich praktische Wesen und nehmen auch Geld statt Seelen. *Du* warst in der Wüste. Und wir beide wissen, was du dort im Tausch erhalten hast. Falls du nicht ohnehin zu ihnen gehörst.«

Mit Unbehagen erinnerte ich mich an das, was die Barbaren an der Wasserstation in der Wüste erzählt hatten: von Heerführern und Söldnern, die über die Schädelstätte nach Ghan reisten und verändert zurückkehrten.

»Warum erzählst du mir nicht einfach die Wahrheit?«, fragte Juniper. »Dafür sind Freunde doch da. Oder muss ich dir auch noch erklären, was eine Freundin ist? Du hattest doch welche in Ghan?«

»Natürlich!«

»Und würdest du wenigstens ihnen erzählen, was du mir verschweigst?«

Ich machte den Mund wieder zu und schluckte. Wenn ich an Anib und Zabina dachte, fühlte ich mich ihnen immer noch so nahe wie Schwestern. Aber dann stellte ich mir vor, was sie sagen würden, wenn ich ihnen ohne Gaben entgegentreten würde, ohne Status, in abgerissener Fischerkleidung, in eine Haihaut gewickelt und voller Narben und Schrammen. Und wenn ich ihnen erzählen würde, dass mein Herz für Menschen wie Juniper schlug.

»Nein«, antwortete ich leise.

»Schade«, sagte Juniper mit echtem Bedauern. Sie berührte mit der Spitze ihres Zeigefingers mein Brustbein. »Man braucht doch jemanden, der die Melodie des eigenen Herzens kennt – und auch die dunklen, misstönenden Klänge darin. Ist schon verrückt, nicht wahr? Um herauszufinden, wem wir vertrauen können, müssen wir erst riskieren, dass jemand unsere verletzlichste Stelle treffen kann wie wir den Hai mit einer Harpune.«

Darauf fiel mir keine Antwort ein. Seltsamerweise wurde ich nur traurig.

Die Graue bellte in ihrem schwebenden Käfig dumpf auf. Mitten auf der Transportfläche lag unberührt der Haufen von

Fischködern. Aber als mein Blick zu meinem Hund schweifte, erstarrte ich. Ein schlanker Raubvogel landete direkt über dem Käfig auf dem Galgen des Flaschenzugs, vielleicht ein Falke oder ein Bussard. Ich erwartete, dass er sich ein Stück von den Fischködern schnappen wollte, aber er erhob sich nach wenigen Sekunden fast lautlos in die Luft und wurde vom Nebel verschluckt. Juniper seufzte.

»Wie du willst, verwandel dich ruhig in einen stummen Fisch. Aber egal, was du mir weismachen willst: Du bist kein gewöhnlicher Mensch, vielleicht warst du es nie. Und Amad ist wie… ein wiedergefundener Name.«

*

Unser Gespräch hatte mich aufgewühlt und verfolgte mich noch, als Juniper längst schlief. Und auch das, was sie über Amad gesagt hatte, ließ mir keine Ruhe. Schließlich hielt ich es nicht mehr auf meinem Posten aus. Amad rückte nicht von mir ab, als ich mich neben ihn setzte, so dicht, dass wir Arm an Arm saßen. Es war die Nähe von Trainingspartnern, die mir auch heute Sicherheit gab. *Wir haben einen Pakt*, redete ich mir zu. *Wir teilen Geheimnisse, das ist alles. Und wer kämpft, kommt sich nahe.*

»Kannst du nicht schlafen?«

Ich schüttelte den Kopf. »Amad? Wenn Lichter einen Menschen verlassen können, können sie sich auch mit anderen Menschen verbinden? Vielleicht auch nur für eine gewisse Zeit? Wie… Gäste? Oder Weggefährten?«

»Frag deine Bücher, Papierverschlingerin.«

Beinahe hätte ich gelächelt. »Das ist keine Antwort.«

»Weil ich keine Antwort darauf habe, Canda.«

»Wenn nicht du, wer dann? Erinnerst du dich an unseren Pakt? Keine Lügen mehr!«

»Wir haben einen Pakt?«, sagte er ironisch. »Wenn ich lügen wollte, würde ich dir erzählen, dass du gegen deine Schwester eine echte Chance hast.« Er wandte den Kopf und schenkte mir ein schiefes Lächeln. Sein Haar legte einen Mondschatten über seinen rechten Wangenbogen, aber die fahle Helligkeit der Nebelnacht zeichnete die Linie seiner Lippen nach. *Die Lippen, die ich geküsst habe – und die Ydrinn gehören.* Es war widersinnig und verrückt, aber in diesem Augenblick wünschte ich, ich wüsste ihren Namen nicht.

»Worüber denkst du nach?«

»Über ... Bücher«, sagte ich hastig. »Und ... Juniper glaubt an ein Ereignis, das alles verändert hat, vor langer Zeit. Und vielleicht ist Ghan auch ein Teil davon – die Kriege, die Zeit des großen Chaos. Meine Familienlegenden erzählen, dass es die Kreaturen seit Anbeginn der Wüste gab. Doch meine Amme hat nie über sie gesprochen und das einzige Buch in der Bibliothek, das sie wissenschaftlich beschreibt, wurde erst vor neunzig Jahren geschrieben. Ich habe mich nie darüber gewundert, wie sehr die Köpfe der Kreaturen Menschenschädeln gleichen. Was, wenn sie Wandelgestalten sind wie die Haie, und ein Zeichen dafür, dass tatsächlich etwas geschehen ist, das die ganze Welt in ein Davor und Danach auseinanderbrechen ließ? Vielleicht ist nichts wahr, was in unseren Büchern steht. Und was, wenn ... unsere Lichter uns verlassen, um anderen Menschen zu folgen? Vielleicht bin ich nicht die Einzige, deren Gabe eigene Wege geht.«

Vielleicht sind manche Lichter sogar ebenso käuflich wie Menschen, setzte ich in Gedanken hinzu. *Oder sie sind machtgierig wie die Eroberer aus alten Zeiten. Oder sie lieben Kriege in fernen Ländern. Und vielleicht ...* alles in mir sträubte sich gegen den Gedanken... *wissen die Méganes davon, lassen sie gehen – oder schicken sie sogar fort?*

»Die Antwort findest du wohl nur in Ghan«, erwiderte Amad.

Ich war fast erleichtert, dass er mich zum Lachen brachte. »Netter Versuch.«

Er lächelte. »Ich weiß nur, dass Lichter nach ihren eigenen Gesetzen leben und kein Mensch voraussagen kann, was sie als Nächstes tun. Und es gibt für alles ein Davor und ein Danach, für jedes Land, jede Stadt, jedes Leben. Das Messer, das diesen Schnitt führt, kann zwei Namen haben: es kann Ja oder Nein heißen.«

Ein Platschen in der Nähe ließ uns beide innehalten. Die Graue knurrte.

»Sind wir schon in der Nähe der Küste?«

Ein schattiges Nicken. »Sie folgen uns schon seit einer halben Stunde. Aber noch warten sie ab. Was ist los?«

»Nichts, ich friere nur«, log ich.

»Keine Angst«, sagte er sanft. »Wir sind ihnen zu nahe, um in Gefahr zu sein. Hätten sie uns erkannt, hätten sie längst angegriffen.« Zu meiner Überraschung legte er den Arm um mich, und ich wehrte mich nicht, viel zu verlockend war seine Nähe. »Versuchst du meine Lichter zu vertreiben?«

»Das muss ich nicht versuchen, das tue ich ohnehin. Nein, hier sind wir nur zwei Leute, die im selben Boot sitzen.« Bizarrerweise kam mir genau jetzt eine von Amads Jagdlektionen in den Sinn: *Lass den Gegner herankommen und verrate dich nicht, ehe du seinen Atem auf deiner Haut spürst.* Eine Warnung meiner Lichter, es widerstrebte ihnen, dass ich Amad so nahe kam. Doch heute wünschte ich sie mir weit fort.

»Wer hat dir so viel über das Jagen beigebracht?«

Er seufzte und betrachtete das Nebelmeer. »Alle und keiner. Jeder, der mir im Leben begegnet ist. Im Grunde ist die Lektion ganz einfach: Warte ab, beobachte und finde die verwundbare Stelle. Jeder hat sie, so unscheinbar und gut verborgen sie auch sein mag. Und glaube dabei immer deinem eigenen Gefühl mehr als den Worten anderer.«

»Wie kommt es, dass du gleichzeitig Traumdeuter und Jäger bist?«

»Weil es ein- und dasselbe ist. Finde das Zentrum einer Zitadelle und die Stadt gehört dir, zerstöre die Mitte des Spinnennetzes, löse zwei gefesselte Hände. Finde die Wunde in einer Weltenhaut – oder die weiche Stelle über dem Herzen eines Hais. Auch die gefährlichsten Raubtiere kannst du mit einer Nadel töten – wenn du nahe genug an sie herankommst. Und jeder Zauber lässt sich mit einer sachten Berührung lösen, wenn du die richtige Stelle findest.«

»Immer wenn ich etwas von dir wissen will, weichst du mir aus. Mit einem Märchen oder einer Lektion.«

»Vielleicht will ich ja nur eine gute Jägerin aus dir machen?«

»Lenk nicht ab. Was war der Schnitt in *deinem* Leben?« Aus irgendeinem Grund brachte ich es nicht fertig, *euer Leben* zu sagen. »Der Tag, an dem du in die Gewalt der Mégan geraten bist? Das Danach kenne ich, aber was war davor?«

Amad wurde ernst und schluckte. Das Ruder ächzte unter dem Druck der Strömung, die immer schneller wurde. Wir waren wohl tatsächlich in Küstennähe, denn irgendwo in der Ferne erklang das Tuckern eines Schiffsmotors.

»Der Schnitt?«, sagte Amad schließlich mit rauer Stimme. »Das war der Moment, in dem ich eine Entscheidung getroffen habe. Für mich und tausend andere. Sie folgten mir in einen Kampf, der sich als Hinterhalt herausstellte. Viele starben, einige wenige konnten fliehen. Die anderen wurden zu Sklaven. Sie leiden und verfluchen mich, aber am meisten verfluche ich mich selbst. Es ist meine Schuld, weil ich Ja statt Nein sagte, als jemand um Hilfe bat, dem ich vertraute.«

Die Bitterkeit in seiner Stimme erschütterte mich. Wieder war es ihm gelungen, keine Details zu verraten, keine Namen und kein Land. Aber zum ersten Mal verstand ich das Dunkle, Kalte, das ihn umgab. Gefrorener Schmerz und eine Schuld, so tief, dass er immer noch fiel.

»Soldaten folgten dir? Für einen Heerführer bist du viel zu jung.«

Gedankenverloren strich er über meinen Arm, dort, wo das Haileder verrutscht war. Die Berührung schickte einen Funkenflug über meine Haut. »Ich war nicht ihr Anführer. Ich war der, dem sie zuhörten.«

»Aber du warst doch selbst Opfer des Hinterhalts.«

»Spricht mich das frei? Ich war derjenige, der glaubte. Und ich habe die anderen überzeugt. Tja, diese Lektion haben wir ja beide gelernt: Trau niemandem, keinem Freund, keinem Vertrauten, nicht einmal jemandem, den du liebst.«

Der jähe Schmerz um Tian hatte nur darauf gelauert, wieder hervorzukommen. *Trau deinem Versprochenen nicht, und auch nicht deiner Familie.*

Wir sprachen kein Wort mehr, auch dann nicht, als ich meinen Kopf an Amads Schulter lehnte und er mich näher an sich zog. Und gegen jede Vernunft schmiegte ich mich an ihn, schloss die Augen. Die Umarmung gehörte mir nicht und vielleicht war sie deshalb so schön und schmerzlich zugleich.

»Wird Ydrinn dir verzeihen?«

»Ich weiß es nicht, Canda Löwenherz.«

»Ist sie…schön?« Ich weiß nicht, warum mir diese Frage herausrutschte. Amad biss sich auf die Unterlippe und sah zum Himmel. Als er nach einer langen Pause antwortete, war sein Atem in meinem Haar eine weiche, warme Berührung, die ein Kribbeln über meinen Nacken flirren ließ. »Schön? Ich sage ja, sie würde Nein sagen. Wir sind so verschieden wie Sonne und Mond, die sich nie begegnen können, aber wenn wir uns küssen, wird die Nacht zum Tag und der Tag bekommt einen Sternenglanz.« Die traurige Zärtlichkeit in seiner Stimme drückte mich nieder. *Natürlich, weil ich Tian verloren habe.*

»Ruh dich aus, wenn du willst«, sagte Amad mit belegter Stimme. »Ich halte Wache, ich kann ohnehin nicht schlafen.«

Starr blickte er an mir vorbei in den Nebel. Aber als ich mich auf den Planken zusammengerollt hatte und durch einen winzigen Spalt meiner Lider zu ihm spähte, ruhte sein Blick tatsächlich auf mir, und in seinen Zügen leuchtete eine so schmerzliche Sehnsucht, dass ich verwirrter war als je zuvor.

Lektionen

Eine Hand lag auf meinem Mund, eine warme Brust drückte sich an meinen Rücken, und an meinem Ohr kitzelte ein Flüstern, so leise, dass nur ich es hörte. »Sie sind hier, Canda. Rühr dich nicht.«

Auf der Stelle war ich so wach, als hätte ich eine Ohrfeige bekommen, und ebenso schockstarr. Amad ließ mich nicht los, Körper an Körper kauerten wir am Rand der Transportfläche.

Es waren sieben Gestalten im Morgenlicht. Hände lagen auf dem Bootsrand, aus dem Wasser ragten schon menschliche Oberkörper. *Bitte lass Amad und Juniper recht haben*, flehte ich im Stillen. *Haie zerfleischen ihresgleichen nicht.*

Eine graue Dame zog sich direkt neben uns aus dem Wasser, so nah, dass ich die Spitzen scharfer Zähne hinter der Imitation weicher Menschenlippen erkennen konnte. *Revolvergebiss*, schoss es mir durch den Kopf, *nachrückende Zähne, dreitausend in einem Haileben*. Zum ersten Mal war ich froh um die Haihaut, die mich schützte. Juniper und Amad hatten mit ihrer Strategie recht behalten. Es waren keine Eisenhaie. Noch nicht.

Die Dame beachtete mich nicht weiter, sie wälzte sich achtlos an mir vorbei und strich dicht an meinem Oberschenkel entlang. Durch meine Tarnung hindurch konnte ich die Kälte des Fischkörpers fühlen. Juniper saß aufrecht unter dem Galgen, ebenso ruhig, ein Hai unter Haien in Wandelgestalt. Gut verborgen lag ihre Hand an einem Messer. *Stoßt nur zu, wenn ihr die Stelle seht und sie beim ersten Versuch treffen könnt*, hallten mir Amads Worte im Ohr. Aber es waren nicht diese Haie, auf die wir warteten. Sie waren nur die Vorhut. Diejenigen, die auch tote Köder fraßen.

Auf den Händen glitt die graue Dame über das Deck wie eine eidechsenschnelle Meerjungfrau. Sie schlug die Zähne in einen Fisch und warf sich wieder ins Meer. Zwei rostige Dornen am Bug brachen. Das Knacken war wie ein Startschuss. Plötzlich schwankte das Boot, kochte und schäumte das Wasser, als die anderen sich um die Köder rissen. In der Mitte unseres Gefährts, dort, wo wir mit den Dornen auch das Metallnetz aus dem Spalt zwischen den zwei Bootsteilen entfernt hatten, peitschten Flossen. Dann waren sie fort und ich war fassungslos, dass sie uns tatsächlich für ihresgleichen gehalten hatten.

»Das war der Anfang«, flüsterte Amad. »Jetzt weiß der Eiserne, dass es auf dieser Haiinsel etwas zu holen gibt. Nun sind wir an der Reihe, ihn anzulocken und ihm den letzten Köder streitig zu machen.« Er ruckte an dem verborgenen Seil, oben am Flaschenzug fiel eine Seitenklappe vom Käfig. Die Graue stemmte sich gegen die Kette, die sie davor bewahrte, ins Freie zu springen. Im selben Moment wurde das Wasser still wie ein Spiegel, die Haie waren abgetaucht, als hätte etwas sie verscheucht. Nur das Hundegebell zerriss die Nacht. Irgendwo rauschte es, als würde ein großer Körper die Wasseroberfläche durchbrechen und wieder abtauchen.

»Hängt die Graue wirklich hoch genug?«, wisperte ich.

»Ich opfere nie den Köder«, antwortete Amad trocken. »Bereit?«

Nein!, hätte ich am liebsten geschrien. Aber da war Juniper schon im Wasser und tauchte unter das Boot, die Führungsleine ruckte nach rechts und straffte sich. Amad ließ mich los. Es gab kaum eine Welle, als er ins Wasser glitt. Ich blieb allein zurück, starr, in die Planken gekrallt, darauf wartend, dass ein Fischrücken auftauchte, weiß, undurchdringlich wie Granit und so kostbar wie Diamant. Ein schrilles Geräusch, als würde Metall auf Metall kratzen, jagte meinen Puls hoch. Das Schiff ruckte, drehte sich halb in der Strömung. Stille folgte, in der mein Atem wie Donner klang. Die Angst schnürte mich ein wie eine dritte Haut aus Feuer und Kälte.

Dann explodierte das Wasser. Ich hatte alles erwartet, nur nicht, dass Eisenhaie sprangen. Eine Welle warf mich hart zur Seite. Aus dem Augenwinkel sah ich den glänzenden Körper durch die Luft schnellen. *Länge drei Meter dreizehn... Sprunghöhe zwei Meter vier, Galgenhöhe zweisechzig...*

Das schnappende Maul verfehlte den Käfig der Grauen um sechsundfünfzig Zentimeter. Der Körper fiel dumpf auf die Planken, bog und verwandelte sich. Hände stützten sich ab, ein muskulöser Körper zuckte nass und salzweiß. Jetzt verstand ich, was diese Wesen so gefährlich machte: Im gleißenden Nebel war der helle Körper so gut wie unsichtbar. Und die anderen Haie krochen, aber dieser hier gebrauchte seine Beine. *Und im schlimmsten Fall klettert er im Schutz des Nebels an Bordwänden hoch wie ein gedungener Mörder.*

Meine Haut war ein einziges elektrisches Surren, aber ich folgte wie in Trance dem Plan. Die Welt schien stumm geworden zu sein, ich hörte nur mein rasendes Herz, während ich dem Eisenhai entgegenkroch.

Ein lippenloses Männergesicht wandte sich mir zu, weiß und ebenmäßig, mit stumpfen, seelenlosen Perlmuttaugen.

Ein Teil von mir erstarrte vor Entsetzen. Aber ich lernte, dass ein Plan einen großen Unterschied machte. Es war, als könnte ich meine Angst in eine Kammer verbannen und die Tür schließen. *Sie jagen meist allein und dulden keine anderen neben sich. Aber wer es gewohnt ist, überlegen zu sein, lässt sich selten dazu herab, zu kämpfen.* Er wartete nur, die Arme aufgestützt, den Nacken gebeugt in einer Drohgeste, die seine einzige verletzliche Stelle verbarg. *Zurück*, befahl ich mir. *Reagiere, wie er es erwartet, weiche dem Stärkeren aus.*

Ich musste mir auf die Lippen beißen, um nicht zu schreien, als ich mich in das Wasser gleiten ließ, dort, wo das Sicherungsseil wartete und die Harpune verborgen war. Wasser kroch unter meine Tarnhaut, so kalt, dass es stach. Unter mir schwarze Unendlichkeit. Der Strick, den ich mir um die Taille zurrte, schnitt beruhigend fest ein. Der Eiserne verharrte immer noch in der Drohgebärde. Für eine Sekunde dachte ich, er hätte mich als Beute erkannt, aber dann fing der Köder wieder seine Aufmerksamkeit.

Noch nie hatte ich meine Hündin so erlebt. Am liebsten wäre sie dem Eisernen an die Gurgel gesprungen. Ihre Zähne blitzten. *Du bist der verrückteste Wüstenhund von allen*, dachte ich. Und in diesem Moment war ich stolz auf meine Graue, die viel furchtloser war als ich.

Bitte lass den Hai nicht klettern, flehte ich im Stillen. Ich stemmte mich gegen die Bordwand und brachte die Harpune in Position. Der Eiserne richtete sich nicht auf, wie ich gehofft hatte, er kroch blitzschnell auf allen vieren zum Galgen. Amad stemmte sich direkt neben ihm aus dem Wasser, ohne Harpune. Ich sah nur das Blitzen des Messers, das er sich an den Unterarm gebunden hatte, aber er zückte es nicht, er glitt nur zwischen den Eisernen und den Galgenmast – und beugte den Rücken in einer Drohgeste. *Tue das, was dein Gegner nicht erwartet.* Das Wesen war tatsächlich irritiert. Und dann staunte ich nur noch. Es war ein Tanz, in dem Amad sich völlig verwandelte. Jede Bewegung, jede Geste war ein Spiegelbild der Wandelgestalten, schlangengleich, angriffslustig. Er reizte den Hai gerade genug, dass er den Hund vergaß, dirigierte ihn fast wie ein Marionettenspieler zum Graben. Der Eiserne verlor seine Menschengestalt, der schlagende Schwanz fegte über mich hinweg. Nur für den Bruchteil einer Sekunde sah ich die verletzliche Stelle, dort, wo Amad und Juniper sie vermutet hatten: eine pochende, transparente Membran direkt unter den Kiemen, wo die Panzerhaut zusammenwuchs wie ein Mantelkragen. *Jetzt!*, schrie es in mir, aber das Tier war zu schnell. Amad warf sich herum und schnellte mit einem Kopfsprung in den Spalt zwischen den zwei Bootsteilen – genau vor dem Maul des Haies. Das Raubtier ruckte herum, glitt – wie beabsichtigt – über den Wasserspalt. Genau dorthin, wo Junipers Harpune von unten zustieß.

Ich zuckte zusammen, als wäre ich selbst getroffen. Tian hatte mir oft von der Jagd erzählt, und ich hatte mir ausgemalt, dass sie ruhmreich war und erregend. Ein Triumph. Aber hier, im Morgenlicht, hatte sie etwas erschreckend Nüchternes, Rohes. Es war kein Kampf, kein Kräftemessen, nur ein Sieg. Der riesige weiße Körper bäumte sich nicht auf, er erzitterte nur, als hätte er einen elektrischen Schlag erhalten, die Schwanzflosse klatschte einige Male zuckend gegen den Mast, dann blieb der Fisch schräg über dem Spalt liegen. Rotes Wasser schäumte auf, als Juniper neben ihrer Beute aus dem Wasser hochschoss, atemlos, mit blauen Lippen und blitzenden Augen.

Das Seil an meiner Taille ruckte, meine Beine kribbelten, als ein jäher Sog an ihnen zerrte, so als würde das Meer Atem holen. Dann schoss etwas auf der anderen Seite aus dem Wasser. Meerwasser regnete auf das Schiff, der weiße Schatten verschmolz mit dem Himmel, und trotzdem erkannte ich jede Einzelheit. Ich hatte keine Angst um die Graue, ich starrte nur die verletzliche Stelle des zweiten Hais an. Und plötzlich war es, als würde mich eine Welle von Fieber erfassen. Mein Körper reagierte ganz von selbst: meine Hand, die zupackte, das Seil das mir den Atem nahm – ein Ruck in meiner Schulter, als ich zustieß und die Harpune davonflirrte wie ein weiterer

Raubfisch. Aber nur Amads Harpune traf, meine verfehlte das Ziel um sieben Millimeter und zerbrach an der Eisenhaut. Der Fisch erschlaffte noch im Sprung und fiel in einer perfekten Parabelkurve, *dessen Endpunkt zweiundfünfzig Zentimeter vor mir liegt!*

Für Angst blieb keine Zeit, nicht einmal für einen Gedanken. Die Zeit zerfiel in eine Abfolge von Details. der Aufprall, das Schlittern, das schleifende Geräusch auf Holz. Fischhaut, die glitzerte wie Salzkristalle. Zähne, die Rillen in die nassen Planken gruben. Das Seil, das zu surren schien, als ich es spannte und mich unter den Bootsrand krümmte. Und dann das hässliche Geräusch, als es halb zerschnitten wurde, halb zerriss, während mich eine kalte raue Masse unter Wasser drückte – ohne Halt und Sicherung. Salz brannte in meiner Nase und meinem Rachen. Meine Nägel kratzten über schartige Muscheln, die den Bootsrumpf überwucherten, und ich krallte mich fest wie eine Katze, zog mich zur Seite und nach oben, bis zwei Hände meine Handgelenke packten und mich an Deck zogen. Seine raue Haut hatte den Hai gebremst, er lag noch zu drei Vierteln im Boot, nur der Kopf hing mit offenem Maul ins Wasser, mein Seil zwischen den Zähnen. »Gut ausgewichen«, sagte Amad atemlos. »Aber das nächste Mal zielst du besser!«

*

Wir feierten keinen Sieg, wir lauerten und warteten, aber kein weiterer Hai ließ sich blicken. Mir war übel vom Schlingern des Bootes, das immer stärker wurde. Juniper und Amad hatten die kostbare Fracht hastig mit Seilen gesichert und verzurrt. Regen hatte eingesetzt, Wind peitschte das Wasser und stieß uns in immer tiefere Wellentäler – und ganz plötzlich krachte das Boot gegen etwas, das wie ein warziger hellgrauer

Rücken wirkte. Die Wucht warf uns herum, das Schiff bockte und schabte über Stein, bis die Welle es wieder davonzog.

»Klippen!«, schrie Juniper. »Verdammt!«

Der Motor röhrte auf, dann lenkte sie das Boot von den Felsen in tieferes Wasser. Gewittersonne ließ die nassen Häute unserer Beute glitzern wie Juwelen. Eine Bö verpasste dem Meer eine Gänsehaut, der Nebel riss endgültig auf und gab den Blick frei auf eine schartige Küste, weißgrau und schwarz gefleckt wie das Fell einer riesigen Raubkatze. Klippenzähne ragten aus schäumenden Strudeln – und zwischen diesen Zähnen hingen die Skelette gestrandeter Schiffe. Unzählige mannsgroße schwarze Boote thronten wie Skulpturen auf den Spitzen von Klippen – die Totenboote mit den Knochen Verstorbener aus dem Schädelhafen, die ihre letzte Reise hierhergeführt hatte. Die Ebbe hatte die Boote schwebend auf Felsspitzen zurückgelassen. Möwen kreisten über der bizarren Szenerie.

»Keine Chance«, rief Juniper. »Anlanden unmöglich.«

»Fahr nach links«, schrie Amad gegen den Wind an. »Bei den flacheren Klippen springen wir ab!«

Na wunderbar. Zwei Haie erlegt – und dann vor der Küste gestrandet.

»Was ist mit eurem Anteil?«, rief Juniper.

»Falls wir nicht zurückkommen, gehört er dir. Los!« Amad gab mir einen Wink und ich rappelte mich mechanisch auf. Mit klammen, vor Kälte tauben Händen suchte ich unser Gepäck zusammen. Juniper dirigierte das Boot im Bogen um ein Klippenfeld. Mein Magen rebellierte bei dem Geschaukel, aber tatsächlich kamen abgeschrägte Felsen in Sicht, die Juniper seitwärts ansteuerte. Amad holte den Käfig herunter, ließ die Graue frei und warf sie über den schwankenden Wasserspalt auf eine muschelpockige Schräge. Dann sprang er selbst.

Lektionen

Ich zögerte. »Schnell, Canda!«, drängte Juniper. »Ich muss weg vom Stein!« Es stank nach verbranntem Benzin, der Motor röhrte, als sie das Boot in der Strömung so auf Linie hielt, dass es für kurze Zeit auf der Stelle stand. Es blieb keine Zeit für einen Abschied, nicht einmal für Angst. Nur für einige Sekunden trafen sich unsere Blicke, dann verzog Juniper den Mund zu einem Lächeln, in dem alles lag: unser Abschied, der vielleicht endgültig war, ihre Furcht um mich und ihre Zuneigung, die mir das Herz schwer machte. Sie fehlte mir jetzt schon so sehr, dass es schmerzte.

»Worauf wartet ihr!«, rief Amad.

Ich riss mich los und nahm Anlauf. Das Wippen der nächsten Welle katapultierte mich in die Luft. *Ich werde mir alle Knochen brechen.* Aber ich landete in Amads Armen. Wir fielen beide auf den Felsen, der Aufprall presste mir die Luft aus den Lungen. Muscheln knackten unter mir, aber die Haihaut schützte mich.

Das Boot drehte schwerfällig eine schäumende Kurve und kämpfte sich gegen die Strömung aufs offene Meer. Von Weitem winkte uns Juniper ein letztes Mal zu, dann nahm sie Kurs auf Tibris. Wir blieben zurück in diesem Skulpturengarten des Todes. Amad schulterte den Rucksack. Mit einem geschmeidigen Satz landete er auf dem nächsten Felsen und zerrte ein schwarzes Totenboot herunter. Ich fürchtete schon, Knochen darin zu entdecken, aber es war leer. Es bot genug Platz für die Graue und das Gepäck. »Wir müssen die Strömung nutzen. Halte dich daran fest und lass dich ziehen«, befahl Amad mir. »Wenn du auf Felsen triffst, stütz dich ab und laufe, wenn du kannst!«

Im selben Moment überspülte schon eine Woge den Stein und nahm das Boot und uns mit. Ich weiß nicht, wie oft ich fluchte, weil ich gegen den Bootsrumpf stieß und mir die

TEIL IV: MEDASLAND

Schienbeine an Felsen aufschürfte. Aber der wahnwitzige Plan funktionierte. Wir drifteten von Felsen zu Felsen, in immer flacheres Wasser, und irgendwann schleppte ich mich an einen sandigen Strand, der mit schwarzen Wellenmustern aus Aschebändern gezeichnet war. Keuchend blieb ich liegen. Raben landeten in der Nähe, hüpften neugierig auf mich zu und flüchteten krächzend, als ich mich regte. Die Graue schüttelte sich, warf einen Schleier aus Tropfen von sich und jagte den Vögeln hinterher.

Benommen betrachtete ich meine Hände. Ich spürte sie nicht mehr, meine Fingernägel waren blau, aber als ich den Aschesand berührte, durchzuckte es mich wie eine heiße Welle. Es war ein Wiedererkennen mit jeder Faser meines Seins. Ich kannte die Felsen, die Buchten, diesen Himmel. *Nein, nicht ich, meine Geschwister kennen sie.* Und meine Schwester Glanz schien so nah, dass ich den Kopf hochriss. Aber sie war nicht hier, stattdessen entdeckte ich ein Dutzend bewaffneter Männer. Am Ende der Bucht trieben sie eine Kolonne schwankender Gestalten vorwärts. Bei den Sklavenhändlern in Tibris hatte ich es für Zufall gehalten, dass die Uniformen an die Gefängnisgarde aus Ghan erinnerten, aber hier war es eindeutig: Die Männer trugen Uniformen unserer bewaffneten Kräfte. *Jenseits der Grenzen unseres Einflussgebietes?* Auf den zweiten Blick erkannte ich, dass die Uniformen zusammengeflickt waren und schlecht saßen. »Söldnersoldaten, die die Verbannten einsammeln«, flüsterte Amad. »Jedenfalls die, die hier angeschwemmt wurden. Eine Patrouille sucht sicher noch die Flüchtenden. Das Dornenschiff muss ganz in der Nähe gestrandet sein.«

»Wo ist die Graue hin?«, flüsterte ich.

»Zwischen die Felsen gelaufen, weg von der Kolonne. Sie findet uns wieder, keine Sorge.«

Ein Schuss ließ mich zusammenzucken, Splitter des Totenbootes flogen mir um die Ohren. Einer der Söldner war stehen geblieben und zielte mit einem Gewehr auf uns. Amads Hand lag auf meinem Rücken und drückte mich in den Sand. »Zurück in unser Element, Haimädchen«, sagte er völlig ruhig. »Sie suchen keine Fische, nur menschliches Strandgut, das jedem gehört.«

Ich robbte zurück, so schnell ich konnte. Der Söldner feuerte noch einmal. Eine Wasserfontäne spritzte neben Amad auf. »Hör auf, die Fische zu belästigen, Blindauge!« Höhnisches Gelächter hallte durch die Luft, dann waren wir hinter dem Boot und schoben uns hinter diesem Sichtschutz durch das knietiefe Wasser. Die Streitworte der Soldaten verhallten, nur das Rabenkrächzen begleitete uns und erinnerte mich wie ein dunkles Omen an meine Träume.

Plünderer

Das Dornenschiff lag eine Meile weiter auf der Seite wie ein stacheliges Ungeheuer, das sich noch mit letzter Kraft an Land geschleppt hatte. Immer noch starb es, stöhnend und klagend, mit Spanten, die sich bogen und brachen, wenn das Meerwasser durch die Lecks strömte. An den Klippen fächerte sich donnernde Brandung zu schäumenden Fingern auf, die versuchten, nach dem Schiff zu greifen. Kaum eine halbe Meile dahinter erhob sich die Nebelwand. Im Sand zeugten frische Spuren davon, wohin sich die Verbannten davongeschleppt hatten. Die Flut hatte die Spuren noch nicht erreicht. Ich spürte meine Schwester so nahe wie vor wenigen Tagen beim Schädelhafen. Mit geschlossenen Augen hätte ich ihrer Spur folgen können.

»Sie sind in die andere Richtung bergauf gegangen!«

Ich wartete nicht auf Amad, sondern rannte los.

Ich hatte mir eingebildet zu wissen, was Kälte ist. Aber dieser Wind schnitt mit Messerklingen und meine nasse Kleidung verwandelte sich in einen schabenden, starren Panzer. Ich taumelte mehr, als ich lief, und als ich zum dritten Mal anhielt und nach Luft rang wie eine Ertrinkende, hob Amad mich kurzerhand hoch und trug mich den Steilweg zwischen den Uferfelsen hinauf. Über seine Schulter hinweg sah ich auf die Küste. Die Soldaten hatten die Verbannten, nun holten sich Plünderer ihren Teil. Zerlumpte Gestalten ballten sich um das Schiff, Äxte bissen Löcher in den Rumpf. Seile und Segel wurden heruntergeschnitten. Ich schauderte. Und für einen unbehaglichen Moment bildete ich mir ein, dass zwei der Gestalten flackerten wie Rauch.

Amad setzte mich vor einem schmalen Felsspalt ab. »Geh voraus!«

Ich wollte protestieren, dass der Weg im Bogen nach Osten bergauf führte, aber meine Lippen waren gefühllos und wie gelähmt. Amad schüttelte den Kopf, als hätte er meine Gedanken gehört. »Willst du Tian und seine Geliebte in Gestalt eines Todesschattens verfolgen?«, fragte er lakonisch. »Glaub mir: Die Kälte tötet schneller als die Hitze.«

Nur ein Körper passte durch den Spalt, aber dahinter führte ein Gang in eine flache, niedrige Höhle, deren Wände im hinteren Teil erstaunlicherweise zu einer glatten Kammer gemeißelt waren. Vielleicht war es ein Unterschlupf von Plünderern. In einer Kuhle im sandigen Boden befanden sich die Reste einer Feuerstelle. Einige Zweige und ein halb verkohltes Stück Holz lagen noch darin. Ein Luftzug zeigte, dass die Kammer einen Abzug im Fels hatte. Amad warf den Rucksack neben die Feuerstelle und griff zu seinem Messer und dem Kurzgewehr.

»Wo gehst du hin?«

»Dafür sorgen, dass wir in den nächsten Tagen nicht erfrieren. Hier, der Revolver ist in seiner Schutzhülle trocken geblieben. Geh nicht raus, was du auch hörst. Und falls ein Soldat auftaucht, frage nicht, schieß!«

Die nasse Kleidung klebte an meiner durchweichten Haut, während ich auf den Gang starrte, die entsicherte Waffe in meinen tauben Händen. Erst jetzt merkte ich, wie erschöpft ich war. Ohne Amad spürte ich meine Geschwister so nah, als würden sie sich an mich schmiegen. Ihr Flüstern verstand ich nicht, aber ich fing ihr Drängen auf, ihre Furcht, ihre stumme Warnung vor meinem Weggefährten. »Ich weiß«, murmelte ich ihnen zu. »Aber ihr irrt euch!«

Nach vierundachtzig Minuten begann ich mir Sorgen um

Amad zu machen. Der Wind heulte draußen, ein Prasseln und Klappern setzte ein, als würde es Knochen regnen. Es war so laut, dass mich eine Bewegung im Gang völlig überraschte. Mein Finger zuckte schon am Abzug, aber der Schatten, der in meinen Unterschlupf glitt, war kein Mensch. Der Kopf einer Möwe schlenkerte leblos, ein Flügel schleifte über Sand. Die Graue ließ ihre Beute fallen und zeigte mir ein Beifall heischendes Hundelächeln. Hinter ihr erschien Amad, in eine Wolke aus Kälte und einen schwarzen geflickten Mantel gehüllt, unter dem Arm einen Packen Segeltuch. Ich erschrak über die blutige Schramme, die wie ein roter Halbmond auf seinem Wangenbogen prangte. »Was ist passiert?«

Er zuckte nur gleichgültig mit den Schultern. »Plünderer teilen nicht gern.« Er entleerte das Bündel neben dem Feuer. Angerostete Konserven rollten in den Sand. In den zerfetzen Resten des Segels waren zudem schwarze Lederstiefel eingewickelt, Decken, ein Filzhemd und eine Jacke, außerdem ein Pullover aus grauer Wolle. »Mit den Haihäuten kommen wir nicht weit. Zieh das hier an!«

»Sind das Soldatenstiefel?«

»Sie werden dir zu groß sein, aber wenn du deine Zehen behalten willst...«

»Du hast doch niemanden dafür umgebracht?«

Er hob nur die linke Augenbraue. »Ich sorge dafür, dass *du* nicht umgebracht wirst, du stellst keine Fragen. Zieh dich um, in den nassen Sachen holst du dir den Tod, Wüstenblume.«

Ich schluckte und nahm die Sachen mit einem unbehaglichen Kribbeln an mich. Fast erwartete ich, Einschusslöcher im Stoff zu finden, aber er war unversehrt. Amad zückte ein Feuerzeug und kniete sich neben die Kuhle im Boden.

»Wozu willst du Feuer machen? Wir müssen weiter!«

»Nicht jetzt.«

»Das entscheide immer noch ich!«

»Kannst du gerne. Aber vorher habe ich ein Rätsel für dich, Mädchen, das alles weiß: Was ist das?« Er warf mir etwas zu, das wie ein rund geschliffener Bergkristall aussah, allerdings war er mehr als faustgroß. Im Reflex fing ich ihn auf und war überrascht, wie glatt er war, schmerzhaft kalt und nass. Doch als ich ihn trocken reiben wollte, wurde er nur nasser und begann zu tropfen. Amad verbiss sich ein Lachen. Endlich begriff ich. *Gefrorenes Wasser!* »Ist das ... Eis?«, fragte ich fassungslos.

Amad nickte. »Hagel. Schön, aber gefährlich, wenn er so groß ist.«

Ich rannte an ihm vorbei und blickte mit offenem Mund auf einen flirrenden Wasserfall aus gefrorenen Kristallkugeln. Sie fielen vom Himmel, zersprangen knackend und prasselnd auf den Felsen, zerschlugen Sträucher und tanzten bergab. Das Trommeln war beängstigend laut. Und trotzdem konnte ich nur staunen, völlig gefangen genommen von der Gewalt und Schönheit des Schauspiels.

»Juniper hat Glück, dass sie dem Sturm davongefahren ist«, sagte Amad hinter mir. »Er zieht über die Uferberge hinweg ins Landesinnere.«

Dorthin, wo Tian ist, dachte ich.

*

Ich war froh, die Fischhaut und die salzgetränkten Sachen abzustreifen. Die neue Kleidung roch nach Wolle, Teer und Schießpulver, aber die Wärme tat gut. Ich hatte ganz selbstverständlich erwartet, dass Amad mich nicht beobachtete, während ich mich umzog, aber als ich mich umwandte, merkte ich, dass er mir die ganze Zeit über zugesehen hatte. Mir schoss das Blut in die Wangen. »Genug gesehen?«, schnappte ich.

»Blaue Flecken und Schrammen.«

»Ist das alles, worauf du gestarrt hast?«

Er lächelte wie ein Dieb. »Du glaubst, da gibt es noch mehr zu sehen?«

Seine Worte machten mich verlegen – und trotzdem hätten sie beinahe ein Lächeln auf meinem Gesicht entfacht. Und diesmal, da war ich mir sicher, suchte er mit seinem Blick nicht nach meinen Geschwistern.

»Was... siehst du jetzt?« Die Stimmung veränderte sich schlagartig. Ich erschrak, so schnell verschwand alles Weiche aus seinem Ausdruck. Seine Augen wirkten noch umschatteter als sonst, die Wunde und der schwarze Mantelkragen verliehen ihm die düstere Aura eines Soldaten. *Eines traurigen Soldaten, der auf der Hut ist,* dachte ich.

»Ich sehe eine Jägerin«, murmelte er nach einer langen Pause.

Ich weiß nicht, warum mich diese sachliche Antwort so enttäuschte. »Das bin ich nicht. Ich habe den Hai nicht getroffen.«

»Wer beim ersten Mal trifft, wiegt sich nur in falscher Sicherheit. Du hast die schwächste Stelle gefunden – darauf kommt es an. Und es war nicht ›nichts‹! Erinnere dich! Weißt du noch, wie du deinen ersten guten Schlag gegen mich gesetzt hast?«

So oft hatte ich Tian gelauscht, aber jetzt, als Amad unsere letzten Stunden noch einmal zum Leben erweckte, begriff ich, wie farblos die Geschichten in Ghan gewesen waren – Abenteuer fremder Menschen, makellose, übermenschliche Helden mit perfekten Strategien, die niemals nur aus Glück überlebten. Aber Tian hatte diese Geschichten geliebt, als wären sie echte Abenteuer. *Weil wir es beide nicht besser wussten,* dachte ich. *Wir haben in einem Kokon aus Marmor gelebt, jeder zu bunte Traum betäubt von Schlafmitteln! So fern von allem, was Leben und Atmen und Lachen ist.*

Und noch etwas war anders: Diesmal war es auch meine Geschichte. Immer öfter unterbrach ich Amad und erzählte eine Begebenheit neu, mit meinen Augen. Während draußen die Welt unter Eis begraben wurde, verwoben sich unsere zwei Wege zu einem, füllte sich jedes Wort mit Leben und Farben – schöner, als sie tatsächlich gewesen waren, aber umso kostbarer. Ich schmeckte das Meersalz und den Sandwind, durchlebte den Sturz in die Bergkirche und die Prügelei im Gasthaus, und jede Gefahr glomm wie ein wärmendes Feuer – auch dann noch, als wir längst verstummt waren und das wirkliche Feuer fast verloschen war.

Der Sturm ließ nicht nach, der Hagel vermischte sich mit Donnerschlägen. Das Knochengetrommel war wie eine einschläfernde Melodie. Die Reste der Möwe und die leeren Konserven lagen im Sand. Amad und ich waren eng zusammengerückt und fingen die letzte Wärme. Die alte Graue schlief schon seit Stunden an mich gedrängt, ihr Kopf lag schwer und warm auf meinem Oberschenkel, sie winselte manchmal, als würde sie träumen. Ihre Hinterpfote zuckte im Schlaf. *Meine Alte*, dachte ich liebevoll. *Schrecken der Schlangen, Möwen und Haie.*

»Wie lange wird der Hagelsturm noch dauern?«

»So lange, bis das Lösegeld bezahlt ist. Hast du es so eilig, wieder in die Kälte zu kommen?«

»Sie laufen uns sonst davon.«

»Wir holen sie ein! Der Sturm wird sie aufhalten. Wenn er ihnen nicht sogar die Knochen bricht, falls sie keinen Unterschlupf finden.«

Ich wusste nicht, was schlimmer war: Die Vorstellung, dass Tian verletzt wurde, oder das Bild, wie die beiden in einem anderen Unterschlupf ausharrten, eng umschlungen.

»Was meinst du mit Lösegeld?«

Amad warf mir einen Seitenblick zu. »Du kennst die Geschichte von dem Mann, der die Sterne stahl, nicht?«

»Ist das eine Frage oder ein Witz?«

Er lachte leise, ich konnte es mehr spüren als hören. »Weder noch. Hör zu!«

Diesmal verstand ich genau, was Juniper für Amad empfand. Seine Stimme trug mich hinauf zum höchsten Berg in Medas Land, zu einem Mann, der reicher als alle anderen sein wollte. Ich stieg mit ihm in den Himmel, stahl Stern für Stern und floh mit der Beute in die tiefste Höhle. Ich hörte seinen enttäuschten Schrei, als er entdeckte, dass Sternenglanz kein Gold ist, nur Licht. Aber er ließ die Sterne nicht frei, zu groß war sein Zorn. »Der Mond versprach ihm Reichtum«, raunte Amad mir ins Ohr. »Ein Lösegeld, tausendmal kostbarer als Gold. Und als der Mann unter den großen, leeren Himmel trat, löste der Mond sein Versprechen ein. Er warf Perlen und Diamanten vom Himmel, so kostbar und groß, dass der Mann erschlagen wurde. Nichts blieb von ihm als Blut und zerbrochene Knochen. Der Mond verwandelte die Juwelen zu Eis, so kalt wie das Herz des gierigen Mannes. Sie schmolzen zu Wasser, das Wasser versickerte und floss in Höhlen, und schließlich erreichte es die Sterne, schwoll zu einem Fluss an und trug sie aus den Höhlen in die Nacht, wo sie auf den Mondstrahlen in ihre Heimat zurückkehrten.«

Die Milchstraße, war mein letzter Gedanke. Ich erinnerte mich daran, dass ich immer gewusst hatte, wie viele Sterne sie barg, aber zum ersten Mal in meinem Leben fiel mir eine Zahl nicht ein.

*

Plünderer

Diesmal hatte ich nicht geträumt, mein Schlaf war weich wie Samt, durch den kein Bild schimmerte, und als ich nun die Augen aufschlug, war es um mich so dunkel, dass ich mich fragte, ob ich wirklich wach war. Ich erinnerte mich, dass ich noch im Wegdämmern Amads Stimme gehört hatte. Draußen rauschte nur noch Regen und an meiner Wange waren Wärme und... ein Herzschlag. Sofort war ich hellwach und mein Herz raste. Im Schlaf hatte ich mich an Amad geschmiegt, meine Wange lag an seiner Halsbeuge. Seine Lippen waren so nah, dass sein Atem über meine Haut strich. Die Dunkelheit war wie ein eigener Raum, zeitlos und unwirklich, als würde nichts, was darin geschah, mehr gelten als ein Traum. Und dieser Raum schien leer zu sein – keine Stimmen, keine Lichter. Noch nie war ich so allein gewesen und noch nie so froh darüber. Das Einzige, was mir hier nahe war: die Wärme von Amads Haut, sein Duft nach Wüste und Feuer. Und ein Kuss voller Verrat und Leidenschaft, an den sich mein Mund mit solcher Intensität erinnerte, dass mir heiß wurde.

Ich wusste nicht, warum ich gerade jetzt an die Jagdlektionen denken musste, an die verwundbaren Stellen, die es zu finden oder zu schützen galt. Und hier, im Dunkeln, konnte ich mir eingestehen, was ich vor mir selbst am sorgfältigsten verborgen hatte.

Meine Finger strichen über rauen Mantelstoff, fanden die Stelle, an der der Kragen zusammenfand, schoben sich darunter und berührten Haut. Und dann konnte ich nicht mehr widerstehen, obwohl ich wusste, dass ich diese Sekunden einer fremden Liebenden stahl.

Amads Lippen waren ein wenig rau, aber sie gaben meinem Mund in einer Weichheit nach, die mich schwindelig machte. Ich schloss die Augen und fand hinter meinen Lidern eine andere Art der Dunkelheit – leuchtend wie die Fische im Meer.

TEIL IV: MEDASLAND

Es fiel mir so schwer, mich von diesen Lippen zu lösen, dass ich fast übersah, wie sehr ich mich getäuscht hatte.

Er schlief nicht. Seine Hand lag auf meiner Wange, sein Daumen strich sacht über meinen Mundwinkel. Selbst im Dunkeln glaubte ich den Aquamaringlanz seiner Augen zu erkennen. »Canda«, flüsterte er so zärtlich, dass es wie ein Kuss war. Dann zog er mich an sich. Und ich verlor alles: jede Erinnerung, jede Zahl, jeden Namen.

Es war anders, ganz anders als unsere Umarmung auf dem Berg, zart und doch voller Leidenschaft. Wir umschlangen uns wie Ertrinkende, die sich nicht davor fürchteten, immer tiefer zu sinken. Und wir sanken – schwerelos, Haut an Haut, in einem warmen Strom von Licht, das unsere Hände und Lippen auf der Haut des anderen entzündeten. Ich spürte seinen Atem, als wäre es meiner, unseren Herzschlag und unsere Lippen, die sich aneinander festsogen, zärtlich und wild, und so verzweifelt, als könnte diese Wirklichkeit so jäh verglühen wie eine Blume in der Glut. Ich wühlte meine Finger in sein glattes Haar und drängte mich an ihn, spürte seine Hand, die unter meinen Pullover geglitten war. Und dann verharrte die Hand, im selben Moment, als ich meine Lippen von den seinen löste, atemlos, mit pochendem Blut und einer jähen Traurigkeit, die ich erst verstand, als er mich behutsam losließ und sich aufsetzte. Sein Schattenriss ragte neben mir auf. Alles in mir wollte ihn umarmen, aber ich wagte es nicht. Wir waren längst nicht mehr allein. Die Namen kehrten zurück und auch alles andere.

»Ydrinn, ich weiß«, brachte ich mit erstickter Stimme hervor. »Hast du ...«

»Hör auf!« Es klang gequält und heiser vor Verzweiflung. Und ja, Juniper hatte recht, ich war eifersüchtig. Schlimmer noch: Ich war eine Diebin mit gierigen gelben Augen, die nichts wieder hergeben wollte, was sie einmal gestohlen hatte. »Du hast meinen Kuss erwidert!«, sagte ich. »Und mehr als das, wir waren wie...« *Eine Zweiheit?* Es klang falsch, zu sachlich. *Eine Flamme*, dachte ich, *ein Tanz, ein Lied.* »Wie... wie kannst du mich *so* küssen, wenn du eine andere liebst?«

Er holte scharf Luft. »Du liebst Tian, oder nicht? Und trotzdem...«

Wie immer traf er genau die wunde Stelle. *Hast du wirklich Liebeskummer, wenn du dich schon dem Nächsten an den Hals wirfst? Und wie kannst du Tian verurteilen, wenn du selbst nicht besser bist?* Das hatte Amad nicht gesagt, aber ich bildete mir ein, die Vorwürfe zu hören. Aber vielleicht waren es nur meine eigenen Gedanken. Und trotzdem – unsere Nähe zitterte im Raum noch nach wie eine verklingende Melodie. *Nie habe ich Tian so geküsst. Niemals war es... das.*

»Liebst du Ydrinn? Ja oder nein, Amad?«

»Ja«, sagte er mit belegter Stimme. »Und du hast mir versprochen, ihr Leben zu retten. Vergiss das niemals, Canda Moreno.«

Das fühlte sich fast so gut an, wie von einem sterbenden Hai unter Wasser gedrückt zu werden. Ich schloss die Augen, weil ich nicht einmal seinen Schattenriss mehr ertragen konnte. »Verschwinde«, flüsterte ich. Ich hörte keinen Schritt, aber als ich die Augen wieder öffnete, war ich allein.

*

Die Soldatenstiefel waren nur ein wenig zu groß, sie trugen mich sicher durch die Nacht und den nächsten Tag, aus dem Gebirge in ein zerklüftetes Land von rauer Schönheit. Ein schwerer, wolkenverhangener Gewitterhimmel drückte auf hagelzerzauste Bäume. Überall schmolz noch das Kristall. Bäche von Schmelzwasser versickerten in Spalten und Furchen. Und das Plätschern vermischte sich mit dem Flüstern meiner Geschwister, das immer lauter wurde und mich Stunde für Stunde weitertrieb. Während ich wie eine Schlafwandlerin der Spur meiner Schwester folgte, spürte ich nur grenzenlose Verwirrung und eine bange Traurigkeit. Noch nie war ich so durcheinander gewesen. Amad war niedergeschlagen, er wich meinem Blick aus, und die Graue blieb dicht bei mir, als hätte sie sich bei diesem Zerwürfnis auf meine Seite geschlagen.

In der Ferne tauchten immer wieder Kolonnen und Lager auf. Rauch stieg am Horizont auf und manchmal trug der Wind Geschützdonner zu uns.

»Welcher Krieg wird hier geführt?«, fragte ich Amad, als wir rasteten.

»Das ist noch kein Krieg, es sind Trainingslager. Hier lernen die Verbannten zu kämpfen. Die Eroberungskriege finden anderswo statt, im Norden und jenseits der Grenzen von Tibris – aber du weißt ja, wer die Ausbilder und Soldaten bezahlt.«

Eine ganze Welt hatte sich verändert, seit ich von zu Hause fortgegangen war. Denn heute war ich nicht stolz darauf, mir die Antwort geben zu können.

Wie oft hatten Tian und ich in der Bibliothek gesessen und die weißen Flächen auf Landkarten mit Vermutungen ausgemalt? Unbekanntes Land, wo keine Handelspartner saßen, keine Verbündeten in Regierungssitzen und keine befreundeten Völker. »Länder, die man nicht kennt, sind wie Bücher, die man noch nicht gelesen hat, und Schatztruhen, die nur darauf warten, geöffnet zu werden.« Das hatte Tian in der Bibliothek gesagt. »Und eines Tages werden wir sie öffnen, mein Stern!« Ich erinnerte mich daran, dass ich ihn in solchen Momenten für das Leuchten seiner Begeisterung besonders geliebt hatte. Aber jetzt fror ich nur vor Unbehagen. Bruder Erinnerung ließ mich auch heute nicht im Stich. Wort für Wort rief er mir ins Gedächtnis, was die Mégana über die Macht Ghans gesagt hatte: »*Wir haben die besten Söldner aus allen Ländern, keiner unseres eigenen Blutes muss sein Leben noch für unsere Siege opfern. Herrscher fremder Länder kaufen unseren Rat und Strategien und bezahlen ihr Leben lang in Gold dafür.*«

Mein Vater hatte uns Hohe immer Ratgeber genannt. Strategen und Partner für unsere Verbündeten. Die Frau an der Wasserstation in der Wüste hatte ganz andere Worte gefunden: »*Sie sitzen nur in ihrer Zitadelle wie Köcherspinnen, die auf ihre Beute lauern. Leid und Kriege werden in den Türmen Ghans geboren!*«

Damals, als ich noch eine Hohe war und die Wüstenfrau nur eine Barbarin, hatte ich es als Beleidigung verstanden. Aber jetzt erinnerte ich mich an die Slums, an den alten Arbeiter Kosta und an Manoa, die mit Sklaven und Träumen handelte, als sei das kein Widerspruch, und wunderte mich nicht darüber, wie sehr die einstige Silberstadt Tibris mich an das gestrandete Schiff erinnerte, das Plünderern zum Opfer gefallen war.

Verstohlen musterte ich Amad von der Seite, das scharfe Profil mit der leicht gebogenen Nase, die Haarsträhne, die seinen Wangenbogen nachzeichnete. Sein Atem war klirrend weiß und sein Haar fing sich im Mantelkragen, den er bis zu den Wangen hochgeklappt hatte.

Wie fühlt es sich an, die Uniform des Feindes zu tragen?, dachte ich beklommen.

Hand in Hand

Als würden wir der Kälte entgegenlaufen, brach unter meinen Sohlen Eis auf Pfützen; Hagelkörner, die nicht geschmolzen waren, häuften sich in Spalten und auf frosterstarrten Wiesen. Ich fand keine Ruhe mehr, die meiste Zeit rannte ich wie eine Besessene mit Seitenstechen und brennenden Lungen. Oft war ich sicher, hinter der nächsten Biegung meine Schwester zu entdecken. Aber als ich sie und meinen Versprochenen wirklich fand, hätte ich sie beinahe nicht erkannt. Sie liefen an einer halb zerfallenen Hütte in einem flachen Tal vorbei. Soldatenmäntel verhüllten sie. Meine Schwester hatte ihr Haar unter einer Wollmütze verborgen. Hand in Hand kämpften sie sich durch frostkaltes kniehohes Gras die nächste steilere Anhöhe hinauf.

Ich hatte vergessen zu atmen, so groß war der Schock, als mir klar wurde, dass ich am Ziel war. Ich hatte erwartet, dass meine Geschwister meine Gedanken übertönen würden, aber jetzt verstummte jede Ahnung von Flüstern.

Amad gab mir ein Zeichen. Ich verstand und nickte. *Überrasche den Gegner von zwei Seiten.* Auch diesmal war es gut, einen Plan zu haben, es bewahrte mich davor, die Fassung zu verlieren. Wie Löwen auf der Pirsch trennten wir uns und rannten geduckt weiter, halb verborgen von Sträuchern. Am tiefsten Punkt des Tals sanken meine Stiefel bis zu den Knöcheln in sumpfigen Untergrund ein, in Spalten gurgelte Wasser, als würden unterirdische Bäche durch löchriges Gestein rauschen. Von hier unten wirkte der Rand der Anhöhe wie eine scharfe Kante, die den Himmel vom Land trennte. Wolken ballten sich, als würde ein Sturm aufziehen. Ein Windstoß wälzte sich über das Gras, riss meiner Schwester die Mütze vom Kopf. Ihr Haar wand sich wie ein Kranz aus goldenen Schlangen. Dann hatten die beiden die Himmelslinie erreicht. Vögel flatterten im Tal auf. Ich wollte die Graue packen, damit sie nicht bellte – da fuhr meine Schwester herum, als hätte sie einen Ruf gehört. Auch Tian war stehen geblieben.

Wenn es einen Schnitt in meinem Leben gab, dann war es dieser: Der Anblick zweier Liebender, blendend schön und strahlend vor schwarzen Wolkenstrudeln. Zwei Menschen, die allein gegen die Welt standen.

An meinem Hochzeitsmorgen hatte ich befürchtet, Tian würde mich nicht erkennen. Nun, auch da hatte ich mich getäuscht.

»Canda!« Der Wind übertönte seine Stimme, ich sah nur die Bewegung seiner Lippen. Er starrte mich an wie einen Geist. *Hat dir deine blonde Hexe nicht gesagt, wer euch aus Ghan gefolgt ist?*, dachte ich bitter. *Sicher hat sie mich mit keinem Wort erwähnt. Und ihren Mordversuch auch nicht.*

Immer noch konnte ich in ihm lesen wie in einem Buch. Im Bruchteil eines Augenblicks begriff er alles: dass die Kreaturen und Windsbräute mich hätten zermalmen können. Er sah meinen Schmerz, den Verrat und meine ganze Enttäuschung. Sie spiegelten sich in seinen Zügen, als wären wir immer noch verbunden. Paradoxerweise wallte eine jähe, heiße Sehnsucht in mir auf, während meine Hand am Dolch lag. Mein Gesicht wurde kalt vor Tränen. *Wärst du fähig, ihn zu töten?*, flüsterte es in mir. Ich kannte die Antwort nicht.

Meine Schwester war weniger sentimental. Sie erfasste die Situation mit einem Blick und entdeckte Amad. Sofort ließ sie Tians Hand los und riss einen Revolver hoch. »Nein!« Auch diesen Schrei von Tian spürte ich nur wie eine Interferenz im

Wind. Er fiel meiner Schwester in den Arm. Im Heulen des aufziehenden Sturms spielte sich die Szene wie ein Stummfilm vor mir ab. Ein heftiger Kampf, ein Streit, bis Tian meiner Schwester grob den Revolver entriss und sich wieder mir zuwandte. Und dann wurde meine Welt ein weiteres Mal völlig aus den Angeln gehoben, und alles, woran ich felsenfest glaubte, zerbrach: Die Frau, die Tian liebte, zückte ein Messer und riss es hoch. Für einen irrealen Moment war ich sicher, in einem Traum zu sein – nur dass es diesmal nicht der Rabenmann war, der Tian töten wollte.

Noch während mein Schrei in meiner Kehle brannte, zerriss ein Schuss die Luft, blitzte die Klinge auf und zuckte durch die Luft davon. Blondes Haar flog, als Schwester Glanz stürzte, aus der Balance gebracht von der Wucht des Geschosses, das ihr die Waffe aus der Hand geschlagen hatte. Amad senkte den Revolver und sprintete los. Tian stürzte neben dem Mädchen in die Knie, umfasste ihr Gesicht mit verzweifelter Zärtlichkeit, half ihr auf.

Nur ich sah, wie sie dabei einen Stein aufhob.

»Tian, weg von ihr!«, brüllte ich – zu spät. Der Schlag fällte ihn hinterrücks, ohne einen Schmerzensschrei sackte er auf die Knie und kippte vornüber. Meine Schwester umklammerte ihn und zerrte den Bewusstlosen zur Himmelslinie. Meine Lungen stachen, fast hatte ich sie erreicht, aber Amad war schneller. Er stieß sich ab und riss meine Schwester zu Boden. Tian fiel wie eine Puppe, schlug hart auf und rollte ein Stück bergab, bis sein Kopf gegen einen Felsbrocken prallte. Ich kam zu spät, um es zu verhindern. Im Laufen hob ich den Revolver auf. Und dann wurde mir klar, dass ich niemals allein gegen meine Schwester bestehen könnte. Ich hörte nur die dumpfen Schläge, zu schnell waren die Hiebe. Amad und sie kämpften. Das Messer blitzte in ihrer Hand. Ich hatte nicht gesehen, wann sie es aufgehoben hatte. Sie erwischte Amad mit einem Tritt gegen die Brust, der ihn zurückwarf. Er rollte sich ab und nutzte den Schwung, um dem nächsten Schlag auszuweichen. Es krachte, als er ihr den Gewehrkolben gegen das Handgelenk schlug und sie entwaffnete. Amad pflückte das Messer aus der Luft und verharrte.

Schwer atmend stand sie da, ohne Waffen, das Gesicht schmerzverzerrt, und hielt sich den verletzten Arm. Keuchend kam ich neben Amad an, gefolgt von der Grauen. Wie eine Front standen wir ihr gegenüber, hinter uns Tian. Sie presste die Lippen zusammen, dann warf sie einen verzweifelten Blick über die Schulter. Der Wind jagte ihr die Tränen schräg über die Wangen. »Verräter!«, fauchte sie Amad zu.

Ich rannte gleichzeitig mit ihr los. Ihr Haar wehte über meine ausgestreckte Hand, aber sie entglitt mir und… flog davon? Nein, sie fiel! Zwei Arme schlossen sich um meine Taille und rissen mich zurück. Steine lösten sich unter meinen Sohlen und prasselten von der äußersten Kante eines scharf gezogenen Abgrunds. Dann konnte ich nur noch zusehen, wie meine Schwester fünf Meter unter mir auf glattes schwarzes Glas auftraf. Die Angst, sie sterben zu sehen, durchzuckte mich wie ein Schlag. Aber meine Schwester versank, ihr Haar verlosch wie ein weißgoldenes Flackern. *Wasser?*

Es war tatsächlich ein Fluss, der kaum floss, das Einzige, was sich bewegte, waren die Spiegelungen jagender Wolken. Ich wartete darauf, dass sie wieder auftauchte, aber sie blieb verschwunden. Immerhin hatte ich nun die Antwort, wozu ich fähig war – und wozu nicht. »Du musst sie retten«, keuchte ich. »Amad, du kannst schwimmen, hol sie raus, bitte!«

»Sie schwimmt besser als ich.« Er deutete nach links.

Hundertvier Meter in elf Sekunden? Es war absolut unmöglich, kein Mensch konnte so schnell tauchen, schon gar nicht mit einem verletzten Arm. Aber sie war am anderen Ufer, dort, wo Bäume aus dem Wasser ragten, überschwemmt von Schmelzwasser, so weit fort von uns, als wäre ihr Verschwinden und Wiederauftauchen ein Zaubertrick gewesen. Zierlich wie eine nasse Katze stand sie dort, bebend, unendlich schön in ihrer Verzweiflung. Plötzlich krümmte sie sich und weinte, dass es sie schüttelte. *Sie weint um den Mann, den sie ermorden wollte?*, dachte ich fassungslos. Und trotzdem – ihr Leid schnitt mir ins Herz, und für einen Moment fühlte ich mich beschämt, so als wären Amad und ich die Jäger, gnadenlose Raubtiere, die sie hetzten, bis sie starb. Sie wandte sich um und floh. Dann brach der Himmel wie ein morsches Fass.

*

Der Regensturm hatte vergeblich versucht, auch den letzten Rest des Daches von dem alten Steinhaus, in das wir uns geflüchtet hatten, herunterzuwaschen. Ich hatte nicht protestiert, als Amad Tian an einen Eisenring neben dem halb zerfallenen Kamin gefesselt hatte. Noch war er bewusstlos. Die Platzwunde am Hinterkopf hatte aufgehört zu bluten, aber an der Schläfe prangte ein hässlicher Riss. Amad lehnte an den Resten der wetterzerfressenen Tür, die Arme verschränkt, und beobachtete mit finsterer Miene, wie ich Tians Wunde behutsam mit einem nassen Stück Tuch reinigte. Draußen rauschte nur noch Nieselregen. Mir war unbehaglich zumute, mit beiden Männern in einem Raum zu sein. Amad machte mich nervöser als Tian. Sein vielfarbiges Haar klebte nass und dunkel an seiner Stirn und ließ seine Haut noch heller wirken. Im Gegensatz dazu kam mir Tians Gesicht vor wie das eines Fremden, weich und hübsch, aber ohne Schärfe und den düsteren Glanz, der mein Herz sogar jetzt schneller schlagen ließ. *Die beiden sind wie Schatten und Licht*, dachte ich beklommen. Dort, wo Amad stand, war die Nacht, dunkler und kälter.

Seit wir den Bewusstlosen hergebracht hatten, hatte Amad noch kein Wort gesagt. Ich fragte mich, ob er Tians Lichter studierte. *Die Leidenschaft des Eroberers,* zählte ich im Stillen auf. *Das Talent für Stadtplanung, die Analytik des Entscheiders, der Blick für Paragrafen und Regeltexte.* Heute versuchte ich mir Gesichter dazu vorzustellen.

»Was du auch tust, lass ihn nicht frei«, sagte Amad plötzlich in die Stille. Er wandte sich brüsk ab und verschwand nach draußen. *Als könnte er unseren Anblick nicht ertragen.*

Tian kam zu sich, er hustete, seine Arme zitterten, so schwach war er, als er versuchte, sich zu befreien. Aber erst als die Graue knurrte, begriff er wohl, dass er gefangen war. Als er zu mir aufblickte, sah ich nur fassungslose Überraschung. Mir galt sie diesmal nicht. »Kallas«, stieß er hervor. Die Sorge in seiner Stimme verletzte mich mehr als ein Hieb. *So heißt sie also,* dachte ich. *Na wunderbar, nach Ydrinn schon der zweite Name, den ich lieber nie gehört hätte.* »Wo ist sie?«, flüsterte Tian.

Da, wo sie hingehört – auf dem Grund des Flusses. Diese Gemeinheit lag mir schon auf der Zunge. »Fort«, sagte ich stattdessen. »Nachdem sie dich niedergeschlagen hat. Und – ach ja – vorher wollte sie dir noch ein Messer zwischen die Rippen jagen.«

Wenn ich erwartet hatte, ihn demütig und verängstigt zu sehen, wurde ich nun enttäuscht. Der Blick, der mich traf, sprühte vor Zorn. »Du lügst!

Der Ärger schmeckte wie ein Mundvoll Galle. »Du weißt, dass Lügen nicht meine Gabe ist«, gab ich trocken zurück. »Und du kennst mich lange genug, um zu merken, wenn ich es doch versuchen würde. Schon als wir Kinder waren, konnte ich dir nichts vormachen, erinnerst du dich?« Dieser Hieb saß.

»Tja, jetzt weißt du wenigstens, wie es sich anfühlt, von jemandem, den man liebt, verraten zu werden«, setzte ich nach.

Nun, ich war vielleicht nicht fähig, einen Menschen zu töten oder mit einem Dolch zu verletzen, aber mit Worten traf ich umso besser.

Tian wurde noch blasser. Er schüttelte den Kopf, aber auch ich kannte ihn lange genug.

»Warum bist du hier, Canda?« Seine Stimme hatte eine Kälte und Härte, die jedoch neu für mich war. »Wollen die Mégan ein Zeichen setzen? Die stolze Moreno-Prinzessin nimmt persönlich Rache und führt den Deserteur im Triumphmarsch in Ketten nach Ghan zurück?«

Jetzt hätte ich gute Lust gehabt, mit der Faust auszuholen. »Du wagst zu fragen, warum ich hier bin?« Die Graue duckte sich und wich ein Stück zurück. »Du weißt genau, was du mir genommen hast! Und ich habe dich geliebt!«

»Hast du das?«, gab er leise zurück. »Wirklich? Oder war es nicht doch eher die Macht, die wir beide in den Händen hielten? Hättest du mich geliebt, wenn deine Familie es dir nicht befohlen hätte? Und wenn unsere Unterschriften nicht auf einem siebzigseitigen Vertrag prangen würden?«

Er war gefesselt, verletzt und ausgeliefert. In einem anderen Leben hätte ich fair und vernünftig reagiert, aber vielleicht war ich ja noch nie eine freundliche Person gewesen. Meine Finger gruben sich so fest in seine Kehle, dass er aufkeuchte. Ich spürte eine grimmige Genugtuung, als ich nun doch Angst in seinen Augen aufflackern sah. »Ich *habe* dich geliebt!«, zischte ich. »Und wir hatten uns geschworen, eine Seele zu sein. Aber jetzt habe ich nur noch drei Gaben, meine vierte hat versucht, mich zu ertränken wie eine räudige Katze. Mein Versprochener hat mich an unserem Hochzeitstag verlassen – mit Rate-mal-wem. Und hintergangen hat er mich offenbar schon länger. Und abgesehen davon, dass du Bastard keinen Funken Reue zeigst, schuldest du mir wenigstens eine Antwort auf meine Frage: Warum, Tian?«

Er schluckte schwer, aber er wäre nicht Tian Labranako gewesen, wenn er mir nicht weiterhin ins Gesicht geschaut hätte. Seine grünen Augen blitzten vor Wut und Verzweiflung. Noch nie hatte er mich so hasserfüllt angesehen. *Ich bin sein Feind*, dachte ich. Ich hatte hart sein wollen, aber jetzt saß mir doch ein Kloß in meiner Kehle. Ich ließ ihn los. Ich hatte zu fest zugepackt, meine Fingernägel hatten tiefe Abdrücke in seiner Haut hinterlassen. Jetzt schämte ich mich dafür, mich so vergessen zu haben. »Warum?«, wiederholte ich leiser. »Was ist passiert? Wann haben wir aufgehört, Freunde zu sein?«

Ein gequälter Ausdruck huschte über seine Miene. »Selbst wenn ich es dir erkläre, du würdest es nicht verstehen, Canda«, brach es aus ihm heraus. »Du bist eine Moreno, du bist stolz darauf, und dein ganzes Leben gründet auf Macht. Du hast dich nie wie eine Gefangene deiner Familie und deines Schicksals gefühlt. Und du weißt nicht, wie es ist, dich nach etwas, das du niemals haben kannst, zu sehnen. Du warst glücklich mit deinem Leben. Ich dagegen… war ein Gefangener, seit dem Tag meiner Geburt. Seit ich denken kann, versuche ich einen Fluchtweg zu finden, schon als Kind, erinnerst du dich nicht?«

Ich hätte jeden Eid geschworen, dass ich Tian nur noch abgrundtief hasste, aber in diesem Moment war alles wieder da: unsere Kindheit in Palasträumen, die Spiele und das Lachen – unsere geheimsten Gedanken, die wir als Freunde geteilt hatten wie Schätze, die wir vor anderen gut verbergen mussten.

»Du weißt gar nicht, wie oft ich wirklich weggelaufen bin und zurückgeholt wurde, meine Eltern vertuschten es. Ärzte verschrieben mir noch mehr Schlafmittel und versuchten mir die Träume auszutreiben, aber ich ließ mich nicht einschläfern, ich lernte nur, mich besser zu verstellen, aber ich ... war ein anderer!«

»Warum hast du mir nie etwas gesagt?«

»Einer Moreno wie dir? Du wärst die Erste gewesen, die mich verurteilt hätte.« Diesmal war ich nicht stolz darauf, aber wir kannten einander wirklich gut.

»Es gibt so viel mehr, als wir wissen«, fuhr er hastig fort. »Es ist uns verboten, es zu sehen, weil die Méganes es Aberglaube nennen. Aber ich ... träumte, Canda, ich suchte nach den Bildern der Nacht. Und bald träumte ich auch mit offenen Augen. Ich war oft heimlich im vierten Ring unter den Barbaren, ich lernte von ihnen, hörte ihre Geschichten – und sie waren um so viel wahrer als alles, was in unseren Büchern stand. Ich wusste, *das* ist das Leben! Und bei unserem ersten Kuss – da *geschah es*. Es war, als wäre ich plötzlich aufgewacht, zum ersten Mal in meinem Leben. Alles war so klar, jedes Geräusch und jede Farbe, jeder Gedanke. Und Kallas war da – in deinen Augen! Ich erkannte, dass ich sie schon so lange liebte, wie ich lebte. Aber bisher hatte ich sie nur in deiner Anmut, deinem Glanz, deinem Lächeln erahnen können.« Er blickte an mir vorbei. Selbst jetzt schien ihr Glanz noch in seinen Augen zu reflektieren. »Und nachts, in meinem Traum, kam sie zu mir. Sie hatte Augen wie grüner Samt und Haar wie Sonnenstrahlen. Begegnen konnten wir uns nur im Traum. Aber dann ... gab es diese Nacht auf dem Dach, als du und ich zum ersten Mal den Mitternachtswein tranken. Du bist eingeschlafen, an meiner Schulter. Und da konnte sie zu mir sprechen, mit deinen Lippen.«

Ich fröstelte bei dieser Vorstellung.

»Sie sagte, sie liebt mich«, fuhr er fort. »Schon ihr ganzes Leben lang habe sie darauf gewartet, dass ich sie endlich wahrnehme. Und sie sagte, wir sind frei, wir können gehen. Sie kann sich von dir lösen und mich fortbringen.«

»Deshalb hast du mich immer nur mit geschlossenen Augen umarmt«, sagte ich mit erstickter Stimme. »Um dir vorzustellen, es ist sie! Und seit diesem Abend hast du mich Stern genannt. Es war also immer nur mein Glanz, den du umarmt und geküsst hast? Aber ... mich ... hättest du mich je geliebt? Ohne das, was sie mir geliehen hat?«

Er sank in sich zusammen und schlug die Augen nieder. Wenn je eine Antwort deutlich gewesen war, dann diese. Ich musste schlucken, um nicht zu weinen.

»Es ... es ging nicht nur um sie«, stammelte Tian. »Du und ich, wir waren verbunden, ja, aber auf eine andere Art. Wie ... Freunde.«

»Freunde?«, sagte ich bitter.

Er nickte völlig überzeugt, ohne den geringsten Widerspruch in seinen Worten zu bemerken. »Aber mit ihr war es ... Weißt du, wie es ist, zu tanzen ohne Gabe, einfach aus dem Herzen? Zu singen, mit Menschen zu sprechen ohne Kalkül und Bündnisse? Nein, du weißt es nicht, du hast es nie erlebt, du bist nur glücklich, wenn du den zementierten Pfaden deiner Familie folgen kannst. Ich dagegen war nur glücklich, wenn ich kein Labranako sein musste. Meine Gaben sind wertvoll für die Stadt, aber mir bedeuten sie nichts, sie sind eine Last, ich hasse es, diese Talente zu haben! Sie passen nicht zu mir. Ich mochte sie nie, und ich würde alles dafür tun, um sie loszuwerden. Ich will keine Macht, ich will einfach nur leben! Aber in Ghan wurde ich lebendig begraben – am Tag meiner Geburt.«

»Und da hast du entschieden, dass es besser ist, wenn ich statt deiner lebendig begraben werde – im Haus der Verwaisten.«

Sein Erschrecken war echt. *Wenigstens das.* »Im Haus der Verwaisten?«, flüsterte er fassungslos. »Aber du bist... die Tochter der höchsten Richterzweiheit!« Jede Farbe wich aus seinem Gesicht, Bronze wurde zu Aschgrau. »Es tut mir leid! Ich wollte dir nicht schaden. Ich dachte, dir würde nichts geschehen, du bist zu wichtig. Viele Hohe haben nur zwei oder drei Gaben. Ich dachte, sie würden einen anderen Partner für dich finden...«

»Das wolltest du glauben! Damit du Feigling dich mit besserem Gewissen davonschleichen konntest!«

»Es war der einzige Weg!«, schrie er. »Hätte ich mich ganz offiziell von dir trennen können? Nein, du weißt genau, was ein Vertrag in deiner Stadt wert ist.«

Deine Stadt. Spätestens jetzt wurde mir klar, wie lange wir schon auf verschiedenen Seiten standen. *Nur ich Idiotin habe es nicht bemerkt.*

»Wie konnte meine Schwester sich von mir trennen und gehen?«, fragte ich. »Du warst in meinem Prunkzimmer, nicht wahr? Wie bist du dorthingekommen? Du hast dich über mich gebeugt und meine Schwester gerufen. *Folge mir, mein Stern.* Wie konntest du an den Wächtern vorbeikommen? Und wie habt ihr...«

»Oh, jetzt verstehe ich!« Er zog die Brauen zusammen, sein hübsches, weiches Gesicht verzerrte sich zu einer Maske des Misstrauens. »Deshalb haben sie dich aus der Stadt gelassen? Wenn du mich dazu bringst, zu verraten, wie eine Gabe ihre Verbindung zu einem Menschen lösen kann, bekommst du deinen Platz zurück?« Er lachte bitter auf. »Guter Handel. Aber ich hätte auch nichts anderes von dir erwartet. Doch alles, was ich euch sagen werde, ist das, was die Méganes ohnehin schon wissen: Die Stadt ist wie ein Labyrinth und hat mehr Wege, als du dir träumen lässt. Und unsere Gaben sind frei, sie gehören sich nur selbst, und manchmal verlieben sie sich in einen Menschen.«

Warum verlassen dich deine Gaben dann nicht? Diese Frage lag mir auf der Zunge. *Wenn sie so frei sind und du sie so sehr hasst – warum schickst du sie nicht fort? Und warum muss Kallas heimlich in der Nacht mit dir durchbrennen und kann nicht hoch erhobenen Hauptes durch das Stadttor gehen?*

»Wenn es für deine Kallas Liebe ist, dich verletzt zurückzulassen, dann will ich lieber nicht wissen, wie sie mit ihren Feinden umgeht. Also, zum letzten Mal: Was genau habt ihr in dieser Nacht getan?«

»Und wenn du mich tötest, du wirst es nicht erfahren.«

»Die Méganes werden es erfahren, verlass dich darauf. Wenn nicht von dir, dann von ihr. Oder glaubst du im Ernst, deine Liebste entkommt ihnen? Die Garde ist draußen und hat schon ihre Spur aufgenommen.«

Ich hatte offenbar viel bei Juniper und Amad gelernt, denn Tian glaubte mir und holte krampfhaft tief Luft, aber es war ein vergeblicher Versuch, die Fassung zu bewahren. Sein Blick irrte zum Fenster. Feiner Eisregen prasselte gegen die Scheibe. Amad stand mitten auf der Anhöhe mit dem Rücken zu uns. Sein linker Arm war ausgestreckt, jetzt senkte er ihn. Der Schatten eines Raubvogels umkreiste ihn, der graue Falke schraubte sich höher und flog davon. *Jäger finden einander*, dachte ich.

»Bitte, Canda«, stieß Tian hervor. »Es war meine Schuld, nur meine! Und ich werde für alles büßen, auch für das, was ich dir angetan habe. Aber lass Kallas gehen!«

Schweißtropfen hatten sich auf seiner Stirn gebildet, Tränen standen in seinen Augen. *Wie viel Angst er um sie hat*, dachte ich erschüttert. *Trotz allem.*

Eine letzte, jähe Zärtlichkeit für ihn flammte in mir auf.

TEIL IV: MEDASLAND

Zum ersten Mal sah ich ihn nicht als den Labranako-Prinzen, für den ich ihn gehalten hatte. Es war traurig genug, dass ich die Melodie seines Herzens erst jetzt wahrnahm: Vor mir kauerte ein junger Mann, der sein ganzes Leben lang unglücklich gewesen war. Ein Junge, der liebte, der weich war und unstet wie das Feuer, das auflloderte, wenn ihn etwas begeisterte, und der ohne nachzudenken einem Abenteuer folgte, das ihn lockte. Ein Junge, der mit einem Lächeln log, aber nicht aus Bosheit, sondern aus Sehnsucht und Verzweiflung.

Und du, Canda?, dachte ich. *Wonach sehnst du dich wirklich? Nach Bronze und Gold? Oder nach Jagdfeuern? Ja, Tian ist feige, aber was bist du?* Schäbig genug, um mit seiner Angst zu spielen und ihn mit Lügen zu erpressen. Und ja, ich wusste, wie es war, ohne Gabe zu tanzen und zu singen – und jemanden zu küssen, der einen anderen Bund geschlossen hatte.

»Sie konnte fliehen«, sagte ich. »Keine Sorge. Die Garde wird sie nicht bekommen.«

Ich hatte alles erwartet, nur nicht, dass Tian vor Erleichterung in Tränen ausbrechen würde. So kannte ich ihn nicht.

»Wie kannst du immer noch um sie fürchten?«, fragte ich leise. »Sie hat dich im Stich gelassen!«

Tian schüttelte den Kopf. »Das würde sie niemals tun! Sie hatte keine Chance. Sie musste es so aussehen lassen, als wollte sie mich töten, damit ihr denkt, ich wäre nicht freiwillig geflohen. Sie wollte mich schützen.«

Er ahnte nicht, wie ähnlich wir uns waren. Und wenn es nicht so traurig gewesen wäre, hätte ich vielleicht darüber gelächelt, dieselben Worte, die ich im Gerichtssaal zu seiner Verteidigung gesprochen hatte, nun aus seinem Mund zu hören.

Tian schniefte und blickte durch das Fenster zum Himmel. »Du verstehst es vielleicht nicht«, setzte er leise hinzu. »Aber man liebt, wen man liebt.«

Hand in Hand

Es war nicht diese Antwort, die das Licht in meinem dunklen Raum entzündete, sondern die Sehnsucht in seinem Blick, die ich nur zu gut kannte.

Drei Tode

Ich fand Amad gegenüber der Stelle, an der Kallas aus dem Wasser gekommen war. Er war wohl auf dem Weg zurück zur Hütte und blieb einen Moment stehen, um das gegenüberliegende Ufer zu betrachten. In der Ferne ballte sich Nebel, verschluckte einen Waldrand und eine ansteigende Felswand, sodass es aussah, als würde die Welt sich dort in wolkigem Weiß auflösen. Atemlos blieb ich stehen. Jetzt erst wurde mir klar, dass ich befürchtet hatte, Amad könnte fortgegangen sein.

Ich war überzeugt, dass er mich noch nicht bemerkt hatte, aber natürlich täuschte ich mich.

»Hast du erfahren, was du wissen wolltest?«, fragte er, ohne sich umzudrehen.

»Ja.« Mehr brachte ich nicht heraus, viel zu sehr raste mein Herz, viel zu weich waren meine Knie.

Langsam wandte er sich zu mir um. Sein Mund war eine harte Linie, selten hatte er so distanziert und kühl gewirkt wie jetzt. Ich war so stolz darauf gewesen, meine Jägerlektionen gelernt zu haben, aber erst jetzt ließ ich die Worte hinter mir – und begriff, was es hieß, wirklich zu *sehen*. *Deine Maske ist nur aus Glas*, dachte ich. Ich zögerte nur noch eine Sekunde, dann nahm ich meinen ganzen Mut zusammen, trat auf ihn zu und schlang die Arme um seinen Hals. Irritiert wollte er zurückweichen, aber hinter ihm war der Abgrund. »Canda, was...«

»Wer auch immer diese Ydrinn ist – du liebst sie nicht. Du liebst mich!«

Alles Finstere, Ablehnende verschwand aus seiner Miene, und er war nur noch der junge Mann, den ich völlig überrumpelt hatte. Natürlich gewann er sofort die Fassung wieder zurück. Er griff hinter seinen Nacken und umfasste meine Handgelenke. Sanft, aber entschieden löste er die Umarmung. Irgendetwas irritierte mich an ihm, aber ich schob den Gedanken beiseite.

»Ich habe nicht gelogen«, erwiderte er barsch. Seine Berührung ließ mein Herz schneller schlagen, und auch heute strich er unbewusst mit dem Daumen sacht über meine Haut. Beinahe hätte ich gelächelt. »Warum hältst du mich dann immer noch fest?«

Jetzt erst ließ er mich los, als hätte er sich an der Berührung verbrannt.

»Ich weiß, dass deine Worte etwas anderes sagen als dein Herz«, sagte ich leise. »Die Zeiten, in denen du mich täuschen konntest, sind vorbei. Um ein Haar hätte ich nämlich die wichtigste Lektion vergessen: auf mein Gefühl zu hören und nicht auf das, was du mir erzählst. Deine Küsse haben dich verraten – und dein Blick.« Ich lächelte ihm zu. »Ein drittes Mal stehle ich dir keinen Kuss. Diesmal bist du an der Reihe!«

Noch nie hatte ich ihn so fassungslos erlebt. Er schluckte schwer und schien mit sich zu ringen. Und er wäre wohl nicht Amad gewesen, wenn er es nicht geschafft hätte, mich schon in der nächsten Sekunde wieder wütend zu machen. »Ich habe nicht gelogen«, beharrte er.

Das Blut schoss mir in die Wangen, ich holte empört Luft, aber bevor ich ihm an den Kopf werfen konnte, was ich von seiner Feigheit hielt, lag ich in seinen Armen, atemlos von einem wilden, verzweifelten Kuss, der mich völlig entwaffnete. »Es ist die Wahrheit!« Sein Flüstern war ein heißer Strom an meinen Lippen und brachte meine Haut zum Flirren. »Die Frau, die ich mehr liebe als mein Leben, heißt Ydrinn. In der

Sprache der Geister heißt das ›Löwenherz‹. Und das bist du wirklich, Canda!«

Ich hätte jeden Eid geschworen, dass er mich nie wieder überraschen würde, aber jetzt war ich es, die sprachlos war. *Er hat von mir gesprochen?* Ich wollte etwas sagen, aber er legte die Hände um mein Gesicht und küsste mich mit wilder Zärtlichkeit, meine Lider, meine Mundwinkel, und ich vergaß die Worte und umschlang ihn, als wollte ich ihn nie wieder verlieren. Am Rand meines Bewusstseins schrien meine Geschwister vor Entsetzen, flohen so weit in einen Winkel ihrer Wirklichkeit, bis sie nicht realer waren als eine Erinnerung.

»Warum hast du es mir nicht gesagt?«, murmelte ich zwischen zwei Küssen.

»Weil wir wie Sonne und Mond sind. Auch das ist die Wahrheit. Wir können nicht zusammen sein. Wir dürfen es nicht. Niemals!«

Es klang so traurig, dass ich Angst bekam. Als Antwort zog ich ihn nur fester an mich. Als wir das nächste Mal auftauchten, saßen wir halb, halb lagen wir im Frostgras, aber nie war mir weniger kalt gewesen. Hier, hinter dem Ende meiner Welt, war ich trotz allem einfach nur glücklich. Amad strich mir zärtlich eine Locke hinter das Ohr. »Ich meine es ernst: Es darf nicht sein. Wir müssen es vergessen!«

Es war erstaunlich, wie scharf der Stich der Eifersucht war. »Wenn es keine Geliebte gibt, wem bist du dann verpflichtet? Wem gehört der Ring?«

Er schluckte schwer. »Einer ... Kriegerin, die ihr Leben verlor, weil sie meinem Rat vertraute. Und was ist mit Tian? Liebst du ihn wirklich nicht mehr?«

»Eifersüchtig?«

Sein schmerzliches Lächeln machte ihn schön. »Mehr als du ahnst!«

In einem Märchen hätte ich ihm erzählt, dass Tian mir nichts mehr bedeutete, vielleicht nie viel bedeutet hatte. Aber es wäre die größte Lüge von allen gewesen. So war das Leben nicht, das wusste ich nun.

»Tian hat immer nur Kallas gemeint«, antwortete ich leise. »Nicht mich. Aber ja, ich habe ihn geliebt, wenn es auch ... anders war, vertrauter, ohne Leidenschaft. Es tut so weh, ihn verloren zu haben, immer noch, und vielleicht wird der Schmerz nie ganz aufhören. Aber es ist, als hätte ich zwei Herzen. Eines ist zerbrochen. Aber das andere lebt und es schlägt ... für einen Jäger.«

Zu meiner Überraschung fiel ein Schatten auf seine Miene, Traurigkeit ließ ihn wieder hart und dunkel wirken. Er umschloss mein Gesicht sanft mit seinen Händen und küsste mich, als wollte er jede Sekunde bewahren wie einen Schatz.

»Du wirst mich hassen, Canda ...«, flüsterte er.

»Hassen? Nein ...«

»... und auch wenn du mir niemals verzeihen kannst, bitte ich dich, an dein Versprechen zu denken: Das Leben der Frau zu retten, die ich liebe. Du musst fliehen.«

Ich setzte mich auf. »Was?«

Irgendwo in der Ferne erklang der schrille Schrei eines Falken. Amad zuckte zusammen, dann nahm er mich in die Arme und zog mich in den Sichtschutz eines Strauches. Durch die Zweige konnte ich erkennen, dass der Raubvogel in der Ferne kreiste, dort, wo die Hütte war. »Was ist hier los? Warum sagst du mir nicht, was ...«

»Weil es dein Tod wäre.« Die Furcht in seiner Stimme war so spürbar, dass ich Gänsehaut bekam. Er biss sich auf die Unterlippe und holte Luft. »Sie ... sie werden bald hier sein.«

Mein Blick fiel auf seine Unterarme, dort, wo mich am Rande des Bewusstseins schon die ganze Zeit etwas irritiert hatte. Ein Stoffstreifen verbarg seine Traumdeuter-Tätowierung, aber neben dem Streifen waren neue, frische Kratzer neben alten Narben zu sehen. Und in einem schrecklich grellen Blitzlicht fanden sich Bruchstücke und Einzelbilder zu einem schrecklich logischen Ganzen. Und es war schlimmer, als in eiskaltes Wasser zu fallen. *Es waren niemals Wunden von Dornen. Sondern von Falkenkrallen.*

»Die... die Raubvögel sind dir die ganze Zeit gefolgt?«, stammelte ich wie in Trance. »Der Falke in den Bergen, der Adler am Schädelhafen – und der Vogel auf dem Schiff. Und vorhin auf der Wiese. Sind sie...«

»...die Boten, ja«, antwortete er kaum hörbar. »Das Band aus Blut und Federn, das mich mit Ghan und den Méganes verbindet.«

Das war wie ein Faustschlag in den Magen, der mir alle Luft nahm. Nicht einmal Tians Verrat hatte so sehr geschmerzt. Ich riss mich los und sprang auf.

»Du hast das Transportboot niemandem abgehandelt? Die Überfahrt haben die Méganes bezahlt. Und du hast die Garde der Méganes die ganze Zeit auf unserer Fährte gehalten!« Amad fing mein Handgelenk, kurz bevor meine Ohrfeige ihn treffen konnte. Er war kreideweiß geworden, Schmerz und Schuld standen ihm ins Gesicht geschrieben. Und er versuchte gar nicht, sich herauszureden.

»Die Méganes wollen deine Schwester haben. Sie konnten sie nur mit deiner Hilfe finden und ich war die Verbindung zwischen Ghan und dir. Aber die Mégana vertraut mir nicht ganz: Ihre Raubvögel kann nicht einmal ich täuschen, sie zeigen der Garde immer den Weg, den ich auch wirklich gehe. Ich hatte den Befehl, dafür zu sorgen, dass du am Leben bleibst. Außerdem sorgte ich dafür, dass deine anderen Lichter dir nicht zu nahe kommen konnten. Ich beobachtete und belauschte sie in deinen Träumen, und wenn du wach warst, hielt ich sie von dir fern.«

»Das ist dir ja auch gut gelungen!«

Er wollte mich berühren, aber ich wich zurück. Es war schrecklich genug, dass ein Teil in mir sich immer noch in seine Arme stürzen wollte.

»Dann bist du nicht besser als Tian«, stieß ich hervor. »Er hat mich wenigstens verlassen, weil er eine andere liebte. Für dich dagegen bin ich ... was? Ein Auftrag?«

Er schüttelte den Kopf. »Ich liebe dich, Canda«, flüsterte er gequält. »Und ich würde dich niemals verlassen.« Das Verrückte war, dass er die Wahrheit sagte. Hinter der Maske aus Arroganz und Verrat sah ich immer noch den Mann, der nach und nach, fast unmerklich, mein Herz gewonnen hatte. »Aber ich bin nicht frei«, fuhr er fort. »Du ahnst nicht, wie eng meine Ketten sind und wie gefährlich jedes Wort, das ich sage, für dich ist. Und ja, anfangs warst du nur ein Auftrag, den ich zu erfüllen hatte. Ich redete mir ein, dass du mir nichts bedeutest, dass du zu meinen Feinden gehörst, dass ich dich hassen muss, aber dann ...« Die Zärtlichkeit in seinem Blick war kaum zu ertragen. »Und das hier ist das einzige Geschenk, das ich dir jemals machen kann: dich trotz allem gehen zu lassen. Damit du deine Schwester findest.«

»Und Tian soll ich der Garde überlassen? Was bist du? Ein herzloser Verräter?«

»Vielleicht ja«, erwiderte er schlicht. »Aber wenn ich die Wahl habe, dich zu retten oder Tian, dann weiß ich, für wen ich mich entscheide.«

»Noch vor ein paar Tagen hast du mich gebeten, ihn fliehen zu lassen!«

»Und du hast dich dafür entschieden, ihn zu suchen. Um jeden Preis, auch ohne mich. Du hast mich mitgenommen, obwohl du wusstest, was ich bin und welchen Pakt ich erfüllen muss.«

»Ich dachte, wir finden einen anderen Weg!«

»*Du* wirst ihn finden!«, sagte er eindringlich. »*Mein* Weg endet hier. Ich kann den Fluss nicht überqueren, dafür haben die Méganes gesorgt. Sobald ich das Wasser berühre, sterbe ich.«

»Was?«

Er nickte ernst. »Ghans Macht endet hier, der schwarze Fluss ist die letzte Grenze. Ich kann sie nicht überschreiten. Deshalb konnte ich auch nicht zulassen, dass Kallas Tian in den Fluss zieht. Er war bewusstlos und ich hätte ihn nicht retten können. Er wäre ertrunken.«

»Kallas hätte ihn gerettet!«

»Glaubst du das wirklich?«

Ich schluckte. Natürlich wusste ich es besser.

»Die Méganes werden Tian nicht töten«, sagte Amad. »Nicht, so lange sie Kallas nicht haben. Sie werden weiter nach ihr suchen. Aber du hast die Wahl: Du kannst Kallas über den Fluss folgen. Oder du fliehst am Fluss entlang. Ich halte die Garde so lange auf, bis dein Vorsprung groß genug ist.«

Es war verrückt: Ich hasste und liebte ihn, wollte ihn umbringen und mich gleichzeitig zu ihm flüchten. »Und du... was geschieht mit dir? Wenn du mich nicht zurückbringst, was werden sie mit dir machen?«

Er überraschte mich mit einem Lächeln. »Genau das liebe ich an dir: Wer dein Herz berührt, besitzt einen Teil davon für immer. Du kämpfst sogar für die, die dir das schlimmste Leid zufügen.«

Ich hatte nicht gewusst, dass man jemanden gleichzeitig verzweifelt hassen und aus tiefster Seele lieben konnte. »Schon wieder weichst du mir aus!«

In der Ferne erklangen Rufe aus rauen Männerkehlen. Amad

sprang auf und nahm meine Hand, und diesmal entzog ich sie ihm nicht. Ich folgte ihm, ohne zu fragen, rannte geduckt im Sichtschutz der Büsche. Erst nach zweiundsechzig Schritten blieben wir schwer atmend stehen und lauschten. Das Hundegebell schien noch weit entfernt, aber es kam näher.

Amad blickte sich gehetzt um. »Wenn du über den Fluss willst, dann musst du wissen ...«

»Über den Fluss?« Heftig schüttelte ich den Kopf. »Ich kann nicht, ich würde ertrinken.«

»Vertraust du mir?«

»Nein!«, sagte ich, ohne zu zögern.

»Gut! Was auch geschieht, vertraue mir niemals! Aber bevor du mich endgültig verfluchst, erinnere dich daran: Ich habe dir versprochen, dich aufzufangen, wenn du fällst, und habe ich dieses Versprechen je gebrochen? Also glaubst du mir wenigstens, wenn ich dir sage, dass du nicht ertrinken wirst, Canda?«

Ich glaube dir kein Wort mehr. Das wollte ich sagen. Aber es wären nur Worte gewesen, denn mein Herz sagte etwas anderes. *Man liebt, wen man liebt.* Wir hatten einen Pakt geschlossen, schon bei unserem ersten Kuss, das erkannte ich nun. Und auch, wenn ich es selbst nicht verstand, ich glaubte ihm tatsächlich, trotz allem. Und er wusste es.

Er zog mich noch einmal an sich, küsste mich mit einer wilden, verzweifelten Zärtlichkeit, und diesmal erwiderte ich seine Umarmung, als könnte ich mich aus der Zeit stehlen und alles vergessen, was uns trennte. Meine Geschwister riefen etwas, aber auch jetzt hörte ich nicht hin. Ich sah nur Amads Augen, Aquamarinspiegel voller Zärtlichkeit und Angst.

»Wo ist diesmal der Haken?«, fragte ich. »Wenn ich den Fluss ohne Gefahr überqueren kann, warum sollte ich mich dagegen entscheiden?«

»Weil alles seinen Preis hat«, sagte er ernst. »Kallas ist klug. Sie weiß, dass niemand, der mit seinen Gaben verbunden ist, ihr über dieses Wasser folgen kann. Deshalb hat sie diesen Fluchtweg gesucht. Über einen Fluss wie diesen geht man nur allein – oder gar nicht.«

Ich schnappte nach Luft. »Wenn ich den Fluss überquere, verliere ich meine Geschwister?«

Er legte warnend den Finger über die Lippen und nickte. »Das schwarze Wasser ist eine Grenze, so endgültig wie der Tod. Es trennt jede Fessel. Gewöhnliche können dir auf die andere Seite folgen, die einfachen Soldaten und Söldner, aber kein Hoher, nicht einmal die Méganes persönlich. Es sei denn, sie… geben ihre Lichter frei.«

Ich starrte auf die andere Seite. Nebel hatte sich erhoben und vermischte sich mit dem kalten Hauch meines Atems. Hier, an diesem eisigen Nebeltag am Ende der Welt, wagte ich endlich das zu sehen, was ich schon so lange ahnte.

Die Lichter freigeben.

Das Wasser trennt jede Fessel.

Fessel.

Kallas hat Tian belogen. Meine Geschwister sind nicht frei. Ich erinnerte mich an die Wände aus Glas. Jetzt wirkten sie wie Kerkerzellen. Und ich schämte mich unendlich für den nächsten Gedanken und konnte doch nicht anders, als ihn auszusprechen.

»Aber ich… ich kann sie nicht freigeben! Wer bin ich dann noch?«

»Sieh dich an!« Amad deutete auf das schwarze Wasser unter uns. Ich wagte es nicht, mich selbst anzuschauen. Im Spiegel des schwarzen Flusses betrachtete ich nur sein Gesicht über meiner Schulter. Das vielerlei Haar, verwildert und lang geworden, die Augen, die den Glanz von blauen Funkenlichtern hatten.

Drei Tode

»Du bist schön, auch wenn du es nicht glaubst«, murmelte Amad. »Ob dein Herz zerbrochen ist oder nicht – es schlägt für so vieles und es ist groß und ehrlich und gehört auch den Schwachen. Du verzeihst, selbst wenn du verwundet bist, du weißt, was gerecht und gut ist. Du hast Mitgefühl für die Sklaven, ich habe es so oft in deinen Augen gesehen. Schau die Frau im Onyxwasser an, Canda. Ich liebe ihre Beharrlichkeit, ihren Mut, ihre Verletzlichkeit. Ich liebe dein Lachen, deine Wut und deine Leidenschaft. Sogar deine Sturheit. Im Guten und Schlechten beißt du dich fest wie ein Hund, der eine Beute niemals aufgibt. So wie du Tian nicht loslassen wolltest und auch nicht den Glanz, den du für dein wichtigstes Selbst hieltest. Aber das war er nie! So wenig wie deine anderen Gaben.«

Erst jetzt wagte ich einen Blick auf mich. Ein Mädchengesicht im glatten Wasser, fremd und doch vertraut. Nicht überragend schön, aber doch auf eine klare Weise hübsch, mit schräg geschnittenen Wüstenaugen, die Geschichten von Leid und Stolz erzählten. Brauen wie Schwalbenflügel und wilde braune Locken. Es war nicht mehr der Glanz strahlender Schönheit, aber etwas anderes umgab mich, warm und schimmernd wie die letzte Ahnung von Abendröte. »Du brauchst deine Lichter nicht«, raunte Amad mir zu. »Du findest deinen Weg, du erinnerst dich auch ohne Gabe an all das, was dir wichtig ist – und welcher Mensch muss schon wissen, wie viele Sterne am Firmament stehen?« Jetzt musste ich trotz allem lächeln. Irgendwo flüsterte es, regten sich meine Geschwister und versuchten zu mir durchzudringen. Die Abenddämmerung spielte mir Streiche, ich bildete mir ein, schemenhafte Spiegelbilder zu sehen, die sich überlagerten wie der Abglanz von Feuerwerk, schillernd und schön. Das Mädchen im Spiegel des Flusses zog die Brauen zusammen. Juniper hätte mich gelbäugig und gierig genannt. *Sie gehören doch zu mir! Ich darf sie nicht verlieren.*

»Was ist, wenn das alles nicht wahr ist, und nur ein Trick, damit ich meine Geschwister gehen lasse?«

»Du allein führst das Messer bei diesem Schnitt«, sagte Amad sanft. »Welchen Namen trägt es? Ja oder Nein?« Sein Atem streifte über meine Wange, und ich erinnerte mich daran, wie oft ich mit Tian dem Sandwind gelauscht hatte, nicht ahnend, wen er auf dem Dach umarmte. Nicht mich, Canda. Sondern ihren Glanz. Seltsam, wie sehr dieser Verrat immer noch schmerzte.

»Wenn du die Grenze fürchtest«, fuhr Amad fort, »dann fliehst du am Fluss entlang und ich schicke die Garde in die andere Richtung.«

Das Mädchen im Fluss schüttelte entschieden den Kopf.

»Ich muss zu Kallas! Ja, ich gehe über den Fluss.« *Aber ich komme wieder. Ich überlasse dich und Tian nicht der Rache der Méganes.*

Amad nickte ernst. »Dann dürfen die Méganes keinen Verdacht schöpfen. Und deshalb ... muss ich dich töten.«

Ich fuhr zu ihm herum. »Was?«

»Auch das ist ein Teil meines Pakts: dich zurückzubringen – oder dich zu töten, wenn du nicht zurückkehren willst.« Jetzt erst verstand ich alles: die Dunkelheit, seine Ablehnung, seine Zerrissenheit mir gegenüber. Noch nie hatte ich die Méganes so sehr gehasst wie in diesem Moment.

»Du würdest mich aber niemals töten.«

Er zog den linken Mundwinkel zu diesem schiefen Lächeln hoch, das ich jetzt mehr liebte als je zuvor. »Niemals.« Ich erschauerte, als seine Fingerspitzen mein Schlüsselbein berührten, dort, wo die Haihaut am Halsausschnitt freilag. »Trotzdem werden sie dich sterben sehen, denn nur so bist du frei.

Sie werden nicht nach dir suchen, nur nach Kallas. Dein Weg zu ihr ist frei, du hast jeden Vorteil auf deiner Seite und du weißt alles, was ich dir über das Jagen beibringen konnte.«

»Wo finde ich dich wieder?«

Sein trauriges Lächeln war flüchtig, aber mit ihm blühte alles auf, was uns verband. Er blinzelte ein paarmal zu oft und ich erschrak über das verdächtige Glänzen seiner Augen. »Leb wohl, Canda Ydrinn«, sagte er kaum hörbar. »Vergiss alles, was zwischen uns geschehen ist, jedes Wort, jede Berührung. Vergiss mich!«

Bevor ich widersprechen konnte, hob er den Revolver und feuerte in die Luft. »Ich hab sie!«, rief er. Hundegebell und raue Rufe waren das Echo, erschreckend nah.

Lauf! Er formte das Wort noch mit seinen Lippen, als ich mich schon herumwarf und am Fluss entlangrannte.

Eine Ewigkeit hörte ich nur meinen eigenen keuchenden Atem, wartete auf den Schuss, aber nichts geschah. Aber als ich über die Schulter zurückblickte, kam eine Horde Soldaten den Abhang hochgestürzt. Männer in zusammengestückelten Söldneruniformen. Und, an ihrer Spitze, zwei Kommandanten der Gefängnisgarde. Einer davon hatte einen weißblonden Bart, der andere war ein riesiger Mann mit schwarzem Haar und einer tiefen Narbe, die seinen Mund zu einem ewigen Lächeln verzerrte. Ich hatte ihn nur ein einziges Mal gesehen – bei der Gerichtsverhandlung, als er Jenn in den Raum führte. Und jetzt war es, als hätte ich Ghan erst gestern verlassen.

»Canda Moreno, stehen bleiben!«, brüllte er. Er hob das Gewehr, aber Amad war schneller. Der Schuss explodierte in der Frostluft. Die Haiweste schützte besser als eine Steinwand, der Treffer war nicht schmerzhaft, aber die Wucht des Schlages brachte mich zum Straucheln. Ich schrie auf – und meine

TEIL IV: MEDASLAND

Angst war echt, als ich über den Felsrand rutschte. Das Letzte, was ich noch im Fallen sah, war der Hieb mit einem Gewehrkolben, der Amad am Nacken traf. Er zuckte nicht einmal zusammen, bevor er fiel, so als hätte er genau das erwartet.

*

Wie damals im Meer hämmerte mein Herz in meiner Brust, rauschte mein Blut. Noch schützte die Haihaut mich vor der schlimmsten Kälte. Aber es war eine Sache, jemandem zu glauben, und eine andere, im Wasser wirklich darauf zu vertrauen, nicht zu ertrinken. Ich riss die Augen auf, heiß und pochend vor Tränen, die ich aus Angst um Amad und mich weinte. Und dann hätte ich um ein Haar geschrien und meine ganze Luft geopfert. Eine Strömung packte mich und riss mich jäh nach unten und nach links. Der Druck in meinen Ohren schwoll bis zur Unerträglichkeit an. Jetzt begriff ich, warum Kallas so schnell tauchen konnte. Es widersprach jedem Naturgesetz, aber unter der stagnierenden Oberfläche strömte eine zweite Wasserschicht, weicher, wärmer und hundertmal schneller. Meine Hände und Beine streiften Grundsteine, kalt und glatt wie polierte Diamanten, und an den Kanten scharf wie Messer. Ich versuchte mich festzuklammern, um zur anderen Flussseite zu kommen, aber die Strömung war zu stark. Schreie und Wasserrauschen vermengten sich in meinem Kopf, obwohl ich immer noch die Luft anhielt. Und dann, im düstersten Winkel meiner Angst, das jähe Begreifen: *Es geschieht! Du... verlierst sie!*

Ich dachte, es würde so sein wie damals in meinem Prunkzimmer. Als ich morgens erwacht war wie eine Verwundete, mit dem Gefühl, etwas sei mit Gewalt aus meiner Seele gerissen worden. Ein Sterben und ein Verlust, der mich diesmal sicher völlig zerstören würde. *Drei Tode*, schrie es in mir. *Warum zum Henker habe ich es getan?*

Aber es war anders, sanft wie ein Ausatmen, obwohl ich immer noch die Luft anhielt. Sie glitten an mir ab wie Seide von Haut, ich spürte nur noch einen kühlen Wirbel, der alle Härchen auf meiner Haut aufrichtete. Immer noch wartete ich auf ein Reißen, einen Schnitt, eine Verwundung, auf das Grauen. Aber da war nichts. Auch keine Leere. Nur eine seltsame schwebende Leichtigkeit in mir. Als wäre der Tod ein spiegelloser weißer Raum, in dem einfach nichts war – nur ich selbst, nackt, bloß, allein mit meinem Herzschlag, der ruhiger und ruhiger wurde. Ich vergaß sogar, dass ich atmen sollte und tief unter Wasser gefangen war, ich schwebte nur in der Strömung.

Und auch diesmal hatte Amad mich nicht fallen gelassen.

Jemand hielt mich! Hände an meinen Schultern, meinen Armen. Sie packten und zogen mich, die Strömung drückte wie eine weiche Wand aus Kälte gegen meine Seite, aber sie riss mich nicht weiter. Meine Knie stießen an etwas Hartes, rundere Steine, das Wasser wurde langsamer und schließlich schwer und träge wie Öl, der Untergrund weich wie nasse Erde. Da war Luft und das Echo meines keuchenden Atems. Eisspitzen in meiner Lunge, Geräusche und Stimmen in der Ferne, die der Wind mir zutrug. Ich war nicht leer, aber ich war allein – so wie jemand morgens erwacht in der Erwartung, den Liebsten neben sich zu spüren, der schon aufgestanden ist.

»Sie kommt nicht mehr hoch«, rief eine raue Soldatenstimme. »Der Sklave hat sie erschossen, die hatte gar keine Zeit mehr, zu ertrinken.«

»Verdammter Idiot!« Das war der Kommandant mit der Narbe. »Die Mégana wollte sie für das Verhör lebend haben!«

Mühsam kroch ich durch flaches Wasser und durch knisterndes hohes Gras, so weit, bis ich nur noch frosthelle Grasspitzen und einen weißen Himmel sah. Dort sackte ich kraftlos zusammen, taub vor Kälte, mit klappenden Zähnen und einem Feuer der Angst im Bauch. *Allein! Und was machen sie mit Amad?*

Vor mir im Gras: Blut! Ich fühlte keinen Schmerz, aber meine Handflächen hatten Schnitte von den Grundsteinen, warmes Rot schmolz den Frost an den Halmen, dort, wo ich mich aufgestützt hatte.

Blinzelnd sah ich mich um und entdeckte eine andere blasse Hand, die sich in das Gras krallte, hörte keuchenden Atem. Ich blickte nach rechts und erstarrte. Die Kirschlippen des mathematischen Mädchens waren blau vor Kälte, ihre Augen riesengroß, nasses schwarzes Haar klebte ihr an Stirn und Wangen. Es war ein Schock, sie wirklich lebendig vor mir zu haben. Sie betrachtete mich so irritiert wie eine Schlafwandlerin, die aus einem Albtraum hochgeschreckt war. Dann ertönte wieder ein Ruf von der anderen Seite des Flusses. Wir zuckten beide zusammen und kauerten uns dicht an den Boden.

»Müssen wir die Leiche aus dem Fluss holen?«, hallte es von der anderen Seite.

»Nein, unwichtig, tot ist sie nichts wert.« Das war wieder die Stimme des Narbengesichts. »Aber schickt zur Sicherheit die Hunde voraus. Nur für den Fall, dass sie doch noch lebend ans Ufer gekommen ist.«

Mein Herz setzte für einen Schlag aus. *Die Graue!* Ich hatte sie bei Tian gelassen. Was, wenn sie sie dabeihatten? Sie würde mich mühelos finden.

Eine andere, befehlsgewohnte Stimme erklang, älter und ruhiger. »Ausgeschlossen. Der Sklave hat sie erwischt. Schuss mitten in die Brust, ich hab's gesehen.«

»Ich traue keinem Moreno«, knurrte Narbengesicht. »Die haben neun Leben, wie Katzen!«

Der Ältere mit dem weißblonden Haar lachte rau. »Misstrauisch wie immer, Taled. Aber wenn ich es dir sage: Die Kleine ist gesunken wie ein Stein. So lange im Wasser zu sein, überlebt keiner. Glaubst du etwa, eine, die niemals auch nur einen Schritt aus der Wüstenstadt rauskommen sollte, kann schwimmen? Verschwende keine Zeit. Wir müssen die andere finden, die blonde Sklavin.«

Ich weiß nicht, wie lange ich wartete, ich hatte jedes Gefühl für Sekunden und Minuten verloren. Die Pause war unerträglich. Dann gab der Narbengesichtige widerwillig nach.

»Na schön. Setzt über den Fluss. Und ihr da! Bringt den Sklaven und den Labranako-Jungen zurück zum Rabenhafen. Dort nehmt das kleine Motorboot. Es ist schneller.«

Sie kommen über den Fluss! Als ich den Kopf hob, war der Platz neben mir leer. Doch ein Stück weiter hockte jemand im Schutz eines frostweißen Strauches, die Arme fest um die angezogenen Beine geschlungen. *Bruder Erinnerung!* Er war wirklich so jung wie in meinen Träumen, kaum älter als dreizehn, seine weit aufgerissenen bernsteinfarbenen Augen wirkten in dem zarten, schmalen Gesicht viel zu groß. Als ich den Mund aufmachte, sprang er erschrocken auf und floh.

»Warte!«, krächzte ich.

Eine Hand legte sich auf meinen Mund. »Kein Wort!«, flüsterte mir jemand ins Ohr. Als ich nach links schielte, war da nasses graues Haar, ein freundliches, kluges Gesicht. *Bruder Wegesucher.* Für einen Schlag setzte mein Herz wieder aus und stolperte dann weiter. *Es ist wahr. Es ist wirklich kein Traum. Er ist kein Geist mehr!*

Die Stimmen wurden leiser, als hätte sich die Gruppe ein Stück entfernt. Bruder Wegesucher lauschte angespannt, dann nahm er die Hand herunter. »Gehen wir.« Seine Stimme war ein wenig rau, aber genauso sachlich und trocken, wie ich sie kannte. Nur dass ich immer gedacht hatte, es sei meine eigene Stimme, meine Intuition, die mich die richtigen Wege finden ließ.

Wir krochen, bis der Fluss eine Biegung machte, dann ergriff er meine Hand und half mir hoch. Wie damals, als ich Schwester Glanz verloren hatte, fühlte ich mich, als hätte mein Körper jede Balance verloren. Meine Knie zitterten, als würde ich zum ersten Mal lernen, auf ihnen zu stehen. Mein Bruder legte den Arm um mich und stützte mich. Er überragte mich um einen ganzen Kopf; obwohl er hager war, schüchterte seine Stärke mich ein.

Meine nasse Kleidung klebte am Körper, dennoch hatte ich mich niemals nackter gefühlt. Zum ersten Mal in meinem Leben wusste ich nichts mehr – ich konnte keine Schrittlänge mehr benennen, keine Entfernung bestimmen, hatte keine Orientierung mehr, ich wusste nicht einmal mehr, in welche Himmelsrichtung wir uns bewegten. Zähneklappernd in nassen Kleidern kämpfte ich um jeden Schritt.

»Wo sind die anderen zwei?«, flüsterte ich.

»Weg«, erwiderte er knapp.

Ich biss mir so fest auf die Unterlippe, dass es schmerzte. Verlassen zu werden, schien mein Schicksal zu sein. Falls mein Bruder meinen Kummer bemerkte, ging er nicht darauf ein.

Er half mir dabei, mich unter einen Baum zu setzen und mich anzulehnen, dann holte er aus dem Dickicht am Ufer Amads Rucksack. Er war nicht nass, Amad hatte ihn wohl über diese schmalere Stelle des Flusses geworfen, noch bevor ich wusste, dass ich wirklich springen würde. Der letzte Gruß meines Jägers. Das Herz wurde mir noch schwerer.

Bruder Wegesucher holte den Revolver hervor und reichte ihn mir. Dann fand er eine graue Jacke im Rucksack. Er warf mir das Kleidungsstück zu. »Zieh den nassen Mantel aus und lass ihn zurück.« Mit klammen Händen gehorchte ich und sah zu, wie er meinen Soldatenmantel im Fluss versenkte. Voller Scheu betrachtete ich den Fremden. In ihm erkannte ich mich nicht wie in Schwester Glanz.

Der Wind trug uns Stimmen zu, ein Motor wurde angerissen.

Diesmal wartete Bruder Wegesucher nicht darauf, dass ich selbst auf die Beine kam, er hob mich einfach hoch und trug mich mit großen Schritten davon. Unter meinen Armen spürte ich seine sehnigen Schultern und den glatten schwarzen Stoff seiner fremdartigen Kleidung.

»Wo finden wir Kallas?«, flüsterte ich. »Wohin flieht sie?«

»Sie sucht den Weg nach Hause.«

»Wo ist das?«

Diesmal hörte ich das Lächeln in seiner Stimme. »Medasland!«

Blutschnee

Mein Bruder hatte mich in den Schutz der zerzausten Bäume getragen, nun flohen wir Seite an Seite, er mühelos mit federnden, langen Schritten, ich mit Seitenstechen und zusammengebissenen Zähnen, immer noch darum bemüht, meine Balance zu finden. Der Weg führte bergauf zwischen Bäumen, die immer größer wurden, bizarre Riesen mit rissiger grauer Rinde und verdrillten Ästen, die sich wie ausgestreckte Arme im Nebel verloren. Ich hatte mir eingebildet zu wissen, was Kälte war, aber jetzt spürte ich meinen Körper kaum noch. Eisiges Matschwasser kroch mir in die nassen Schuhe, gefrorene Locken kratzten über meine Wangen. Aber viel schlimmer als die Kälte war der neue Raum in mir. Es war, als würde ich zum ersten Mal alleine durch ein viel zu großes Haus gehen, dazu verdammt, von nun an ohne Gesellschaft darin zu leben. Nur meine eigenen Gedanken hallten darin wieder wie die Schritte von Gespenstern. *Medasland*, widerholte ich im Takt der Schritte, deren Länge ich nicht mehr kannte. *Onyxfluss. Sterne. Krieg.* Amads Gesicht gesellte sich zu den hallenden Worten in der Leere, und seine sehnsuchtsvolle Stimme, die mir in einer Bergnacht Geschichten zuraunte.

Rechts von uns waren Soldaten im Nebel zu hören, nur konnte ich nicht mehr schätzen, wie weit entfernt die Verfolger waren. Ohne meine Zahlen war ich verlorener als ein Blinder in der Wüste.

Irgendwo brachen Zweige, gefährlich nah; mir wurde heiß vor Schreck.

Bruder Wegesucher hielt inne und bedeutete mir, ihm nach

links zu folgen. Wir flüchteten hinter einen großen Baum, zwischen Wurzeln, die halb aus dem Erdreich ragten, und verbargen uns in dieser eisigen Höhle. Er legte den Arm um meine Schultern. Diese Berührung, die sofort wieder die alte Vertrautheit herbeirief, brachte mich fast zum Weinen. Immer noch war es ein Schock, dass er nun eine eigene Existenz hatte, getrennt von mir. Verstohlen betrachtete ich sein Profil mit der langen, geraden Nase und dem etwas fliehenden Kinn. In Menschenjahren wäre er sicher dreißig Jahre alt gewesen. Die ersten tieferen Falten zeichneten sein feines Gesicht. Das Haar war zu früh grau geworden, aber die schmalen Brauen waren noch dunkel. Die fremdartige schwarze Kleidung betonte, wie hager und sehnig er war. Ein wenig erinnerte der Stoff an Haihaut. Die Ärmel lagen eng an und reichten über den Handrücken. *Wie Kleidung, die man unter gepanzerter Kampfkleidung tragen würde.*

»Gib mir den Dolch«, flüsterte er mir zu. »Wenn wir schießen, haben wir sofort die ganze Meute hier.«

Ich staunte, wie richtig es sich anfühlte, ihm die Waffe zu überlassen. Sie war vom selben matten Schwarz wie seine Kleidung. *Meine Geschwister sind Krieger.* Dann fiel mir wieder ein, dass wir niemals Geschwister gewesen waren.

»Wie ... heißt du?«, wisperte ich.

Er stutzte und runzelte die Stirn, als müsste er sich mühsam erinnern. »Meon?«, sagte er nach einer Weile. Es klang eher wie eine zaghafte Frage. Aber dann hellte sich seine Miene auf. Es war kein Lächeln, nur ein stilles Glück, ein Wort wiedergefunden zu haben.

Wie lange dauert es, bis man seinen eigenen Namen vergisst?, dachte ich betroffen.

»Wann hat dich jemand das letzte Mal so genannt?«

»Du meinst, wie lange ich ein Sklave für euch Menschen

sein musste? Millionen von Träumen lang!« Es war gespenstisch, *wie* menschlich er war: in seiner Freude, und auch in seinem Leid. Seine Sachlichkeit konnte den bitteren Unterton nicht überdecken und ich fühlte mich schuldig. Kosta, der alte Muschelputzer, hatte mich ganz richtig eingeschätzt: Ich war eine Sklavenherrin gewesen. Kein Wunder, dass meine anderen Lichter vor mir geflohen waren. Vielleicht hätten Tians Lichter ihn wirklich nicht gerettet. Er hasste sie. Amad musste es wahrgenommen haben.

»Meon?«, fragte ich zaghaft. »Sind die anderen beiden für immer fortgegangen? Sehe ich sie nie wieder?«

»Das kann ich dir nicht sagen. Sie gehen ihren Weg. Ich gehe meinen.«

Mein Weg hätte auch am Grund des Flusses enden können, dachte ich voller Unbehagen. »Warum hast du mich nicht verlassen?«

Jetzt bildete ich mir ein, doch den Anflug eines Lächelns wahrzunehmen. »Ohne mich findest du deinen Weg doch nicht.«

»Danke«, sagte ich leise. »Dass du bei mir bist. Und dass du mich aus dem Wasser gezogen hast – trotz… allem.«

*

Ich wusste nicht, wie lange wir weiterhetzten, so leise wie möglich, geduckt, jederzeit darauf gefasst, ein auf uns gerichtetes Gewehr zu entdecken. Es knackte oft in der Nähe, Vögel flatterten auf und mein Nacken kribbelte unbehaglich, als würde mich jemand beobachten.

Inzwischen war es dämmrig geworden, der Nebel spielte Verstecken mit den Geräuschen, manchmal bekamen sie einen Hall, als wären wir in der Nähe hoher, glatter Steinwände oder

Schluchten. Meon führte mich über steile Felsschrägen, die wir nur auf allen vieren bewältigen konnten. Halb gefrorene Flechten knisterten unter meinen Knien und klammen Händen. Irgendwann fand ich einen abgebrochenen Ast und hob ihn als Stock auf. Im selben Moment stieß ich gegen Stein. Eine Treppe! Seltsamerweise hatte ich sie eben noch nicht gesehen. Sie war grob in den Rand einer Felswand gehauen, genau an einer Abbruchkante. Die Rillen der Meißelschläge bildeten grobe Strichmuster. Etwas Kaltes traf meine Lippen, verwandelte sich in einen Tropfen. Winzige Fetzen von weißem Flaum schwebten und trudelten durch die Luft, landeten auf meinen Wangen, meinen Wimpern und Ärmeln und verharrten dort, fedrige sternförmige Miniaturblüten, die in ihrer Form frappierend an Wüstenblumen erinnerten. Mehr und mehr davon hüllten uns ein wie ein wirbelndes kaltes Tuch. *Schnee?*

Meon fasste mir warnend an die Schulter und riss mich aus meinem Staunen. Jetzt hörte ich es auch. Kein Zweifel – ganz in der Nähe atmete etwas. Meine Nackenhärchen stellten sich auf. *Die Treppe hoch!*, bedeutete mir Meon und gab mir einen Stoß zwischen die Schulterblätter. Reflexartig zählte ich immer noch die Stufen, bis ich mich bei dreißig verhaspelte. Der Schnee war inzwischen so dicht, dass ich nur noch die nächsten Stufen erkennen konnte. Dann explodierte das Weiß direkt vor mir, Fell streifte meine Lippen, heißer, stinkender Atem nahm mir die Luft. Ich fiel und kam hart am Rand der Stufe auf, schlitterte zum Abgrund, eine Steinkante drückte gegen meinen Nacken. Hinter mir ging es bergab in die Tiefe. Eine Pfote drückte gegen meine Kehle, das Gewicht einer riesigen schwarzen Bestie quetschte mir die Lungen zusammen. Ein raues Bellen, das in der Nähe sofort Echos fand, dröhnte in meinen Ohren.

TEIL IV: MEDASLAND

»Na sieh mal an!« Ein narbenverzerrtes Grinsen schälte sich aus dem Schneetreiben. Der Kommandant der grauen Garde erhob sich von der Treppe, auf der er mich offenbar erwartet hatte. »Hat mir doch irgendeine innere Stimme richtig zugeflüstert, dass ich besser auf Nummer sicher gehe. Die kleine Morenobraut hat nämlich tatsächlich schwimmen gelernt!« Ich hätte Angst haben sollen, stattdessen hätte ich vor Wut und Enttäuschung am liebsten aufgeschrien. Neben dem Kommandanten flackerten die Wächterschatten auf. *Von wegen innere Stimme. Miese tote Verräter!*

Ein Pfiff und die Bestie ließ von mir ab, dafür packte mich der Kommandant am Jackenkragen. Ich hatte viel gelernt auf dem Schiff. Zum Beispiel, dass jede Sekunde für einen Überraschungsangriff kostbar war. Ich nutzte den Schwung, mit dem mich der Kommandant grob hochriss, und erwischte seine Nase in einem perfekten Winkel mit dem Ellenbogen. Es gab ein hässliches Knirschen, dann traf auch mein Stock ihn mit voller Wucht, wenn auch unpräzise. Ohne exakte Millimeter und Zeitrechnung zu kämpfen, war wie der Versuch, betrunken auf einer gemalten Linie zu rennen. Die Überraschung gab mir immerhin ein paar Sekunden. Aus dem Augenwinkel sah ich seine Faust heransausen und konnte gerade noch wegtauchen. Aber dann presste sich ein eisiger Ring aus Eisen gegen meine Schläfe. Die Mündung einer Schusswaffe. »Stock weg, Moreno.« Ich gehorchte, als es an meiner Schläfe klickte. Aus dem Augenwinkel sah ich den wutverzerrten, ewig lächelnden Mund und das silberne Abzeichen der Garde in Form einer Wüstenblume mit der eingestanzten Rangnummer.

Meons schattiger Umriss schnellte an mir vorbei. Der Schuss löste sich in dem Moment, in dem ich den Gewehrlauf nach oben schlug. Der Hund jaulte auf und überschlug sich. Der schwarze Dolch blitzte nicht, er tauchte wie ein schwarzer Hai durch ein Meer aus Schnee und biss zu. Rote Tropfen fächerten über den Schnee. Krallen kratzten über Stein, dann schlitterte das Tier über den Treppenrand und fiel in die Tiefe. Eine Baumkrone rauschte, Äste brachen. Der Kommandant dagegen stürzte ohne einen Laut auf die Treppe. Schneeflocken fielen in offene, tote Augen und schmolzen. Es blieb keine Zeit für Schrecken, Meon nahm meine Hand, wir sprangen über den liegenden Körper und jagten die Treppe hoch. Rufe echoten an Schluchtwänden. Der Schuss hatte die Treibjagd auf unsere Spur gelenkt. *Nicht jetzt!*, dachte ich verzweifelt. *Sie dürfen uns nicht bekommen!* Schnee haftete an meinen Wimpern und machte mich fast blind – aber Meons Hand umklammerte meine und führte mich sicher über eine breite Schwelle. »Ducken!«, befahl er mir. Für einen bizarren Moment fühlte ich mich an Ghan erinnert. Den Gerichtssaal der Méganes betrat man auch mit gebeugtem Nacken.

Plötzlich bekamen die Geräusche einen Hall. Eine Tür donnerte hinter mir ins Schloss, alte Riegel knirschten und rasteten ein. Ich kam schlitternd auf spiegelglattem Boden zum Stehen und sah mich fassungslos um. Ein Teil des Gebäudes hatte Felswände. Aber nahtlos schlossen sich andere Wände an. Diffuses Licht fiel durch Glas, teilweise schneeblind, teilweise mit Flechten überwuchert. Der Saal verzweigte sich in ein Labyrinth aus Gängen und Kammern, durchbrochen wie die Facetten eines Kristalls. Es war wie in einem Traum eines größenwahnsinnigen Glasmachers. Und die Stille schien eine eigene Stimme zu sein, die alles ausfüllte.

»Sind wir in einer anderen Wirklichkeit?«, flüsterte ich Meon zu.

Die Frage schien ihn zu amüsieren. »Schön wär's. Komm mit!«

Ein krachender Schlag holte mich aus meiner Illusion. Die

Soldaten waren noch da. Und sie versuchten die Tür aufzubrechen.

Ich folgte Meon, auf meinen Stock gestützt, weil der Untergrund glatt war. Glas, wie im Haus der Verwaisten. Aber unter dem Boden waren keine gefangenen Menschen, nicht einmal ein Raum, nur rauer Fels. Die Schläge gegen die Tür vervielfältigten sich zu einem Kanon aus Echos, als wir in das Labyrinth eintauchten. Schmale Wendeltreppen führten nach oben, und dann, mitten in einem Gang, schob Meon mich auf eine Plattform im Boden. Ein Hebel rastete ein, das Klackern einer Mechanik echote um mich herum, dann schnellten wir nach oben. Ein Aufzug ohne Wände! Nicht hydraulisch, wie in Ghan, sondern mit Gegengewichten bewegt. Wir wurden so schnell nach oben gezogen, dass mir flau im Magen wurde.

»Glaubst du, Kallas ist hier?«, flüsterte ich.

»Ich hoffe es. Es gibt noch einen zweiten Weg in den Palast.«

Palast. Ich blickte nach unten, wo sich Glaskorridore, Wände und Kammern wie eine riesige Blüte zu entfalten schienen, je weiter wir nach oben kamen. Nein, keine Blüte. Ein Zentrum, um das sich Kreise schlossen. *Ringe. Wie der Grundriss Ghans.*

»Hier war euer Zuhause?«, fragte ich atemlos.

»Oh nein, wir stammen aus einer anderen Wirklichkeit, weit hinter euren Sphären der Welt. In eurer Welt sind wir für gewöhnlich unsichtbar, wir reisten nur in euren Träumen. Aber Meda liebte die Menschen und brach dieses Gesetz für einige Zeit. Sie wollte euch nah sein und von euch lernen, deshalb gibt es diese Paläste, überall dort, wo wir unter euch sein wollten, sichtbar, greifbar, wie ihr.«

Meda! Der Stern Nummer hundertfünfzehn. »Ihr seid also wirklich keine Legende«, sagte ich leise. »Amad hat mir die Geschichte von Prinzessin Meda erzählt. Er sagte, Medas

Volk kann durch Träume reisen. Es kann Glut ohne Feuer und Liebe ohne Küsse entfachen, Kriege ohne Waffen und Lachen ohne Stimme. Das seid ihr!«

»Das waren wir.« Meon seufzte. »Vom Anbeginn der Zeit. Bis zum dem Tag, an dem deine Vorfahren uns gefangen nahmen. Wir waren wie Sterne, die den Menschen den Weg zeigten, eure Inspiration, eure Ideen, eure Gedanken in der Nacht, die euch mit klopfendem Herzen und der Lösung für ein Problem erwachen ließen. Unsichtbar waren wir bei euch, nur wenn wir durch eure Träume wanderten, konntet ihr uns sehen und unsere Stimmen hören. Immer dort, wo jemand etwas erschuf, eine Idee hatte, wenn ihm etwas besonders gut gelang, da hatte einer von uns ihn berührt und ihm diesen Funken eingegeben. Dort, wo ein Mädchen bei einem Lachen in einer Schönheit aufblühte, die sie leuchten ließ – das war Kallas' Kuss. Dort, wo ein Wissenschaftler eine Erfindung machte, ein Jäger eine neue Strategie fand, ein Gefangener einen Ausweg, war es einer von uns, der diese Eingebung schenkte. Wir schärften eure Talente und brachten sie zum Strahlen. Wir brachten Menschen diesen Funken, der Neues schuf. Aber jetzt...«

Er verstummte, aber ich kannte die Antwort längst. »*Früher liebte ich die Sterne*«, sagte Amad in meiner Erinnerung. »*Aber sie sind erloschen.*« Benommen schloss ich die Augen. Um mich herum kreiste ein Mahlstrom bizarrer Bilder. Blaue Strichfiguren tanzten über Höhlenwände, sangen wie in einem Kinderreim mit Junipers Stimme: »*Wir bleiben dieselben, erstarrt in dem, was wir immer schon taten.*«

Anders als die Menschen in Ghan, setzte ich in Gedanken hinzu. Wir hatten alles: Inspiration, Schönheit, Reichtum und Technik, die wie Magie wirkte. Und die Welt außerhalb Ghans zahlte den Preis dafür. Städte wie Tibris, die ihren Glanz ver-

TEIL IV: MEDASLAND

loren und ins Elend stürzten. Kosta hatte es mir gesagt, und auch die Traumdeuterin und Sklavenhändlerin Manoa: *»Die Welt blutet aus, es entsteht nichts Neues.«*

Weil der Funke fehlt, die Inspiration, dachte ich erschüttert. *Weil die Menschen in Ghan alle Talente und Inspirationen für sich gestohlen haben und gefangen halten. Seit Millionen von Träumen.*

Das Lied der Scherbenblume

Auf eine gespenstische Art war es, wie nach Hause zu kommen, in ein eisiges Negativ meiner Stadt, die obersten Etagen der Zentrumstürme. Klirrender Wind fauchte Schneekristalle gegen vereiste Scheiben, so wie der Wüstenwind in Ghan den Sand. Staub lag auf glatten schwarzen Truhen mit Silberbeschlägen. Stühle waren von Konferenztischen aus Metall geschoben, als hätte sich jemand gerade erst erhoben. Aber Staub und Rost erzählten etwas anderes.

Doch jemand *war* vor Kurzem hier gewesen. Ich entdeckte verwischten Staub auf einer Truhe, Linien von Fingern; weitere Truhen, die sich an den Wänden reihten, waren aufgerissen worden. Aus einer hing Stoff heraus, als hätte jemand die Truhe hastig durchwühlt. Silberne und goldene Stickerei glänzte – die Muster erkannte ich sofort, und auch einen Flügelärmel, der von Borten gesäumt war. Noch vor Kurzem hätte ich gesagt, es sei ein Zeremoniengewand meiner Familie, aber inzwischen wusste ich es besser.

Vor einer Tür ballte sich ein dunkles Lumpenbündel, achtlos fortgeworfene Kleidung. »Sie ist hier! Das ist ihr Soldatenmantel!«, rief ich Meon zu.

Jemand schien mir zu antworten in einem klagenden, hohlen Heulen. Ein scharfer Windhauch strich an mir vorbei, am Ende des Ganges schlug eine Tür zu. Ich stürzte los. Mit aller Kraft stemmte ich die Tür auf und rannte als Erste in einen achteckigen Saal aus Eis und Wind. Schnee fing sich in meinem Mund, Kälte stach in meiner Lunge. Eisblumen sprossen an vereisten Wänden und sieben Metalltüren, von

TEIL IV: MEDASLAND

denen vier offenstanden. Unter meinen Schuhen knirschten Scherben, stumpf und matt geworden in vielen Wintern.

Und da ... war *sie*!

Sie kauerte an der einzigen Wand ohne Tür, den Kopf in den Armen vergraben. Dort, wo Amad sie am Handgelenk verletzt hatte, prangte ein Bluterguss. Vor ihren Füßen ein langes, gebogenes Sichelschwert, so schwarz wie mein Dolch und ihre Kleidung. Staub hing noch an der Klinge, sie musste es eben erst gefunden haben. Über ihr gähnte ein gezacktes Splitterloch in einem Gemälde aus farbigem Glas, das an ein riesiges rundes Kirchenfenster erinnerte. Der Wind spielte sein Klagelied auf den scharfen Glaskanten dieser Scherbenharfe. Zwischen den Zacken blühte ein noch zartheller Abendhimmel. Schwankend blieb ich stehen. Früher war das Bild eine perfekte Wüstenblume gewesen und gleichzeitig eine Schneeflocke. Sie überlagerten einander, verbanden sich zu einer neuen Struktur. Weiß wie Schnee und ... *morenoblau*! Meine Knie gaben nach, ich sank auf den Boden.

»Kallas?« Ich hörte meine Stimme nicht, sie ging im Klagen des Windes unter, aber Kallas hob ruckartig den Kopf. Ihre Augen waren transparenter Smaragd, glänzend von Tränen. Selbst wenn ich noch gewollt hätte, ich konnte sie nicht mehr hassen. Stattdessen wallte ein tiefe Zärtlichkeit für sie auf. Auch wenn wir nicht mehr verbunden waren – in diesem Moment fühlte ich ihr Leid wie meines, ihre Einsamkeit und Verzweiflung. Und auch die Traurigkeit über all das, was ich nun wusste.

Natürlich verzerrte sich ihr Gesicht bei meinem Anblick vor Hass. Sie sprang auf und packte das gebogene Schwert, beide Hände um den Griff gelegt. »Was?«, schrie sie. »Was willst du noch von mir?«

Sie hatte sich aus dem Soldatenmantel geschält wie ein

Falter aus dem Kokon. Jetzt war sie eine Kriegerin in der eng anliegenden Kleidung, die auch Meon trug. Ihr hüftlanges Haar flatterte im Eiswind. Sie kam auf mich zu, von Kopf bis Fuß eine Kriegerin. *Oder eine Henkerin.* Fast erwartete ich schon die Wächterschatten zu sehen, aber sie waren nicht hier. Und seltsamerweise hatte ich keine Angst. Nicht einmal dann, als die schwarze Klinge meine Kehle berührte. Auf eine verrückte Weise fühlte es sich sogar richtig an.

»Es tut mir leid«, sagte ich. »Ich dachte immer, du seist ein Teil von mir, meine Gabe, meine Schönheit...«

»*Leid?*« Kallas spuckte ein bitteres Lachen aus. »Was weißt du schon davon! Und du wagst es immer noch, mich *deine* Gabe zu nennen?« Ihr Zorn war wie ein sirrender Schnitt. »Ich gehöre dir ebenso wenig wie das Lächeln einer Fremden! Mein Glanz ist ein Geschenk, für Sekunden oder für Tage, und niemals – niemals! – für einen Menschen allein. Ich habe Mädchen in der Jugend strahlen lassen, und alte Frauen, wenn ihre Gesichter weich und schön wurden vor Güte und Stärke. Ich bin das innere Leuchten der Frauen, wenn sie lieben oder in Leidenschaft glühen – für den Geliebten, für einen Sieg oder einen Augenblick, der ihnen alles bedeutet. Wenn sie tanzen und kämpfen und siegen. Es steht niemandem zu, diesen Glanz das ganze Leben lang zu tragen. Aber ich hätte bei dir bleiben müssen bis an das Ende deines Lebens. Betäubt wie ein Stück Vieh, aus meiner Wirklichkeit gerissen in ein Zwischenreich, das ihr als Kerker für uns erschaffen habt, gefangen in einem Traum, in dem ich mit deiner Stimme lachte und mit deinem Körper tanzte!« Ich zuckte zusammen, als die Klinge sich drehte und mein Kinn nach oben zwang. »*Deine* Gabe? Ihr seid Sklavenhalter, Lügner und Mörder!«

Der Wind holte Atem und die Stille war wie eine Drohung. Die Klinge zitterte an meiner Kehle. Ich wagte nicht zu atmen.

TEIL IV: MEDASLAND

Vielleicht hätte ich die Waffe jetzt noch beiseiteschlagen können, aber ich war wie erstarrt unter dieser Schuld, so schwer wie Millionen Träume. Und so bizarr es für mich selbst klang – es wäre nicht richtig gewesen. Was auch geschehen würde, das hier betraf nicht mich allein, Canda Moreno. Es ging um viel mehr, um Generationen von Leid und Unterwerfung.

»Ich wusste es nicht«, sagte ich leise. »Offiziell gab es euch nicht. Nur meine Amme hat mir erzählt, ich hätte Geistergeschwister, und sogar diese Geschichte galt als Aberglaube. Hätte ich es gewusst, dann...«

»Du lügst!« Ihre Stimme gellte durch den Raum. »Und wenn ich mir eine *Schwester* aussuchen würde, dann ganz bestimmt nicht dich, Moreno-Brut.«

»Kallas!« Meons Schritte waren lautlos wie Schnee, der auf den Boden fiel. Er sprang zwischen uns und legte die Hand auf die Klinge. »Sie umzubringen, ist nicht der Weg. Sie hat uns gehen lassen.«

Wenn Kallas überrascht war, ihn zu sehen, verbarg sie es gut.

»Bist du immer noch ein Schlafwandler unter ihrem Bann?«, fauchte sie. »Was glaubst du, warum sie so großzügig war? Damit sie über das Onyxwasser gehen kann! Und warum hat sie mich mit dem Verräter durch die Wüste und über das Meer verfolgt? Um auch noch die anderen aufzuspüren!« Sie lachte ein verzweifeltes Lachen, und selbst dabei strahlte sie in solcher Schönheit, dass ich kurz die Augen schließen musste. »Aber du wirst sie nicht finden, Moreno! Sie sind nicht mehr hier. Und dieses Tor ist zerstört. Pech für euch!« Es klang so enttäuscht und verzweifelt, dass es mir ins Herz schnitt.

»Es gibt also andere von euch, die nicht in Ghan gefangen sind?«, flüsterte ich. »Und die Glasblume... war das Tor zu eurer Wirklichkeit?« Es war Meon, der mich vor ihrer Mordlust rettete. Ein Stoß traf mich gegen die Schulter und schleuderte mich zur Seite, ein scharfer Lufthauch strich an meiner Kehle vorbei, aber die Klinge verfehlte mich. Dann taumelte meine Schwester zurück, das Sichelschwert nur noch in der unverletzten Hand. Sie war entkräfteter, als sie wirkte. Ich rappelte mich auf und kam zitternd auf die Beine, atemlos vor Schreck, mein Herz ein einziger rasender Wirbel. Aber Meon hatte sich schützend vor mich gestellt, meinen Stock wie eine Waffe in beiden Händen.

»Bevor du sie tötest, musst du mich töten«, sagte er bedrohlich ruhig. »Und ja, ich stehe auf ihrer Seite. Sie sucht die Wahrheit, und in dieser Welt ist sie die einzige Verbündete, die uns jetzt noch bleibt.«

Ein Schluchzen stieg in Kallas auf, als sie seinem Blick auf die zerstörte Glaswand folgte. Meon senkte den Kopf, in seiner Haltung all die Enttäuschung, die Kallas hinausweinte. »Wir sind immer noch gefangen«, stellte er nüchtern fest.

Irgendwo aus dem Labyrinth des Palasts drangen donnernde Schläge zu uns hoch. Die Soldaten versuchten immer noch, in das Gebäude einzudringen. Mit zitternden Fingern tastete ich in der Köchertasche nach der Smaragdscheibe. Sie glitt in meine Hand, mit einem anderen kleinen Gegenstand.

»Ihr habt unter Menschen gelebt?«, fragte ich Kallas. »Hier und in den Bergen auch? Ich dachte, das Fresko in der Bergkirche würde eine meiner Ahninnen darstellen, die dir zufällig ähnlich sieht, aber das Bild zeigt dich, nicht wahr?«

Kallas hob in trotzigem Stolz das Kinn. »Ihr habt uns viele Tempel gebaut. Paläste aus Stein, in denen wir lebten, wenn wir bei euch zu Gast waren. Niemand ahnte, dass ihr uns damit nur so weit wie möglich in die Wüste locken wolltet! In die neue Stadt, die ihr mit unserem Wissen erbaut habt.«

Meine Gedanken wirbelten durcheinander. Irgendetwas

passte nicht zusammen. Ein Detail auf dem Wandbild in der Bergkirche.

»Wenn man euch für Götter hielt... warum trägst du auf dem Fresko das Zeichen der Traumdeuter?«

Kallas schnaubte verächtlich. »Wie kommst du darauf, dass es ein Traumdeuterzeichen ist?« Sie schob den linken Ärmel zurück und zeigte mir ihren Arm. Die Tätowierung leuchtete auf. Es war tatsächlich dasselbe Zeichen, das auch Amad trug. Jetzt verstand ich gar nichts mehr. »Unsere Freundschaft mit den fünf Menschen war ein Geschenk!«, schleuderte Kallas mir entgegen. »Einige von uns trugen die Wüstenblume eurer neuen Stadt als Zeichen unserer Verbindung. Und nicht nur das: Wir schenkten den Fünf die blauen Wege und machten sie damit zu *Eno*, den Wanderern. Nur sie konnten so die *More* durchschreiten und zu uns kommen, nicht nur im Traum.«

»More? Das sind... in eurer Sprache...«

Meon nickte. »Die Seelenhäute der Welt. Sie trennen Wirklichkeiten und Sphären, sie geben die Ordnung vor, die niemals zerstört werden darf.«

Mir klappte der Mund auf. *More-Eno?*

»*Hautwanderer?*«, rief ich. »Das bedeutet mein Name?«

»Was sonst?«, erwiderte Kallas kalt. »In deinen Adern fließt das Blut der schlimmsten Verräterin. Tana Blauhand. Und vier andere, die ebenfalls Traumdeuter für ihre Völker waren, setzten alles daran, mit uns zu sprechen. Erst in Träumen, dann im Wachen. Meda ging darauf ein und zeigte sich ihnen. Sie schloss Freundschaft mit den Traumdeutern, sie hat ihnen vertraut. So sehr, dass wir für einige Zeit in eurer Welt Gestalt annahmen. Und als Dank habt ihr uns betrogen.«

Längst hatte ich das Gefühl, außerhalb meines Körpers zu stehen. Langsam, ganz langsam fanden sich die Splitter zu Fragmenten eines Bildes zusammen. Ein Schreckensbild, das ich am liebsten niemals gesehen hätte. *Fünf Traumdeuter, fünf Völker, fünf Familien Ghans. Nur meine Familie trägt noch den Namen aus alter Zeit, den das Medasvolk einst den fünf Traumdeutern gegeben hat. Und Tana Blauhand war ihre Anführerin.*

»Das große Chaos.« Meine Stimme klang hohl und verloren in den Raum. »Die Schlacht auf den Schädelfeldern. Die Gründung unserer Stadt. Das war ein Eroberungskampf gegen euch? Was ist geschehen, damals? Wie konnten wir euch in den Hinterhalt locken?«

Ich zuckte selbst zusammen, als ich das Wort *wir* aussprach.

Manchmal verändert ein Wort alles, das lernte ich in diesem Moment. Auch wenn ich selbst unschuldig war, das Zugeständnis hallte im Raum wie ein Echo, das Generationen darauf gewartet hatte, gehört zu werden.

Kallas' Sichelschwert sank herab, die Spitze stieß mit einem Klicken auf den Glasboden. »Erzählen das eure siegreichen Geschichten in euren ach so klugen Büchern nicht?«, fragte sie leise. Zum ersten Mal, so schien es mir, sahen wir einander wirklich an.

Ich schüttelte den Kopf. »Unsere Bücher erzählen von einer Welt, in der die fünf Familien unserer Stadt die Helden waren. Nicht eure Verräter.« *Diese Geschichte erzählen nur blaue Malereien in einer Höhle bei den alten Schlachtfeldern.*

»Wir waren dabei, uns aus eurer Welt zurückzuziehen und wieder in unsere Heimat zurückzukehren«, sagte Meon leise. »Die Zeit war abgelaufen, wir mussten gehen, das Gefüge der Wirklichkeiten ist empfindlich und darf nicht lange gestört werden. Wenn Geschöpfe aus verschiedenen Weltenringen sich zu lange nahe sind, vermischen sich die Wirklichkeiten. Die Toten beginnen zu wandern, Wesen, halb Mensch, halb Tier werden geboren. Meda wusste das und achtete das Gefüge. Wir riefen die Medasleute aus allen Tempeln und Win-

TEIL IV: MEDASLAND

keln eurer Welt zurück. Viel hatten die Fünf von uns gelernt. Die Stadt mit den zwei Ringmauern war erbaut, man nannte sie die Stadt der Moreno. Wir hatten uns von den Fünf verabschiedet und sammelten uns hier. Aber wenige Stunden vor unserer Rückkehr erschien Tana hier mit einer Nachricht. Sie war verzweifelt, ihre Kleider waren zerrissen. Sie berichtete, andere Stämme hätten ihre Stadt in der Wüste überfallen. Viele seien getötet worden, der Rest hätte sich im inneren Ring verschanzt. Lange würden die Ringmauern den Angreifern nicht mehr standhalten können. Tana flehte unsere Herrscherin an, ihr ein letztes Mal in die Wüste zu folgen. Sie flehte unter Tränen und auf den Knien um Hilfe für ihre Stadt und die fünf Stämme.« Meon schluckte und sah einem Schneewirbel zu, der hinter dem zerbrochenen Tor tanzte. »Meda zögerte und auch wir anderen hatten Zweifel. Es ist nicht unsere Aufgabe, in dieser Welt Kriege zu führen. Aber Medas Berater sprach für die Menschen, er sprach von Freundschaft, und Meda… hörte ihm zu und entschied, Tana Blauhand ein letztes Mal zu folgen.« Er holte tief Luft. »Es war ein Fehler. Seitdem sind wir gebunden, mit Ketten aus Bannsprüchen und Blut.«

Ich konnte Meons Blick nicht länger standhalten. Auf dem Glasboden waren rote Flecken, dort, wo ich mich bei dem Sturz mit meinen verletzten Händen abgestützt hatte. Wie Höhlenmalereien, die die wahre Geschichte meiner Stadt zeigten. Und nicht nur ihre Geschichte. Auch eine andere Wahrheit stand im Raum wie ein dunkler Gast, den ich noch nicht anzusehen wagte, so viel Angst machte er mir. »Diese… Tätowierung«, flüsterte ich. »Euer Freundschaftszeichen. Trugen es die Traumdeuter auch?«

Meon schüttelte den Kopf. »Euer Zeichen war unser Blau an euren Händen. Ein Geschenk, das wir euch machten. Das Sternenblau war euer Schlüssel zu den Wegen zwischen den

Wirklichkeiten. Wir schenkten es Tana. Sie war die Hüterin der Wege.«

Deshalb hütet meine Familie das Geheimnis dieses besonderen Blaus bis heute.

»Unser Zeichen der Freundschaft habt ihr in ein Sklavenzeichen verwandelt«, schloss Kallas bitter. »Es bindet uns an unsere Kerker. Und das Sternenblau mischt ihr nicht mehr mit eurem Blut, so wie ihr kein Versprechen mehr haltet. Ihr schmiert euch die Farbe nur noch einmal im Leben auf die Haut – und verhöhnt damit in eurer Hochzeitsnacht unsere Machtlosigkeit. Und wie Eroberer tragt ihr unsere Festgewänder am Tag, an dem ihr unsere Ketten in euren Zweiheiten endgültig festzurrt.«

Sklavenzeichen. Ich musste die Augen schließen, so schwindelig war mir. Juniper hatte klarer gesehen als ich. Aus gutem Grund hatte Amad nur in Andeutungen und Rätseln gesprochen und selbst das war zu viel. *»Vergiss mich! Es darf nicht sein! Die Méganes dürfen dir nicht misstrauen.«*

Es brauchte lange, bis ich den Mut fand, meine erstarrte Hand zu öffnen. Auf der Handfläche, die von den Felsen im Fluss zerschnitten war, funkelte der Smaragd. Und daneben lag der Ring, heimlich zugesteckt als letzter Hinweis von jemandem, der ein Sklavenzeichen trug und wusste, dass wir uns nie wiedersehen würden.

»Medas Ring!«, rief Kallas. »Woher hast du ihn?«

Die Tränen, heiß wie Laveströme, versengten meine vor Kälte taube Haut.

»Von Amad«, flüsterte ich. »Er ist kein Traumdeuter, er ist nicht einmal ein Mensch. Er war Medas Berater und er… gehört zu euch.«

Kallas schüttelte den Kopf. »Er gehört nicht mehr zu uns. Er dient euren Herren! Damals schon und heute auch noch. Was glaubst du, weshalb er nicht in dem Zwischenreich, das ihr als unseren Kerker geschaffen habt, dahinsiechen muss, sondern sich wie einer von euch frei bewegen darf?«

Er ist nicht frei!, wollte ich schreien. *Und er wollte euch retten!*

»Was ist damals genau geschehen?«, brachte ich mühsam heraus.

Kallas presste die Lippen zusammen. Auch Meon schwieg und blickte in den Abendhimmel. »Ich erinnere mich kaum«, sagte er nach einer Weile.

»*Ich* erinnere mich«, sagte eine zaghafte, bange Stimme. Mein Herz machte einen schmerzhaften Satz, noch bevor ich herumwirbelte und ihn erkannte. Er lehnte am Rahmen einer Tür, blass und erschrocken, das helle Haar zerzaust. *Bruder Erinnerung.*

»Trinn!« Kallas stürzte an mir vorbei und umarmte ihn. Er ließ es zu, dass sie ihn an sich drückte, ihm zärtlich durch das Haar fuhr und seine Wangen mit Küssen bedeckte. Aber dann löste er behutsam und entschieden Kallas' Umarmung. »Du hast mich zurückgelassen!«, sagte er vorwurfsvoll.

Kallas sah aus, als hätte er sie geohrfeigt. Aber sie redete sich nicht heraus. Sie nickte. »Ja, das habe ich. Es hat mir fast das Herz gebrochen. Ich konnte euch nicht erreichen. Es gelang uns nur, meine Fesseln zu lösen. Wir wollten Hilfe holen, aber sie haben die blauen Wege zu den Palästen verschlossen, und deshalb mussten wir den langen Menschenweg gehen. Und die Unseren...«

»...sind nach Hause zurückgekehrt«, schloss der Junge traurig. »Die wenigen, die damals fliehen konnten, sind nicht mehr hier.« Der Junge, der meine Gabe der Erinnerung gewesen war, blickte sich im Raum um. Er fand mich, und mein Herz blühte auf, als er mich tatsächlich anlächelte – trotz allem, aus vollem Herzen. Er kam auf mich zu, mit den schlaksigen Schritten, die noch ein wenig an die eines Kindes erinnerten. Direkt vor mir blieb er stehen; seine Augen waren ein goldenes Meer, in dem sich alles spiegelte – jede Sekunde meines Lebens, aber auch unzählige Momente fremder Existenzen.

»Sie ist mit der Garde und mit dem Verräter hergekommen«, warnte Kallas. »Sie will uns zurückschleppen!«

»Das will ich nicht! Ich ...«

Weiter kam ich nicht. Glas barst unter einem Schuss, eine Kaskade von Splittern ergoss sich in den Raum. Die Wand neben einer der mittleren Türen war zersplittert.

»Zugriff!«, befahl jemand. Sekunden gefroren zu einer Abfolge von Blitzlichtmomenten. Kallas und Meon reagierten wie Spiegelbilder. Schnell wie Schatten huschten sie über das Glas. Ein Schlag fällte einen Soldaten noch halb im Sprung durch das Trümmerloch. Seine Pistole schlitterte über den Boden und ich packte sie und feuerte in den Spalt, trieb die anderen Soldaten zurück in die Deckung. Kallas starrte mich fassungslos an. *Nun, vielleicht verstehst du jetzt, auf wessen Seite ich bin*, dachte ich.

Meon deutete auf seiner Handfläche einen Schnitt an und wies zu einer Tür, weit weg vom Fenster. Ich verstand sofort, so gut kannte ich sein Wegedenken noch. *Falsche Spur legen.* Meon entsicherte die Waffe, die er dem toten Gardekommandanten abgenommen hatte. Ich rannte zu der Tür. Ein paar Tropfen Blut zeichneten den Weg, zur Sicherheit ergriff ich noch die Klinke aus schwarzem Horn. Dann zog ich die Ärmel meiner Jacke über die Hände und stürzte zurück in den Raum. Schüsse hallten. Dann war Trinn neben mir und dirigierte mich – zum Fenster! Zum Zögern blieb keine Zeit. Scherben trudelten in die neblige Tiefe, auf der die Kronen von Bäumen schwammen, ein Splitter riss mir ein Hosenbein auf, dann hangelte ich mich nach draußen, tastete mich mit zittrigen Knien weiter. Wie Fliegen, die an der Außenwand hingen, an Scharten geklammert, verharrten wir ohne einen Laut. Wir hörten die Soldaten in den Raum stürzen, ihren Streit, schwere Schritte, dann das Schlagen der Tür. »Weiter!«, flüsterte Meon. Es war Kallas, die als Erste ein Fenster erreichte. Glas splitterte unter ihrem Tritt, sie schwang sich mit einer schlangengleichen Verrenkung in das Innere des Raums und zog Trinn hinein. Er reichte mir die Hand und half mir – und diese Berührung genügte, um eine Lawine an Erinnerungen über mich hereinbrechen zu lassen. Die Wüste und die blauen Malereien, Manoa, die mit dem Zug nach Tibris fuhr und mir Lektionen über die Natur von Geistern gab... und hundertmal Amad. *Einer von ihnen*, hallte es in mir wider. *Ich habe mich in einen von ihnen verliebt! Aber er ist an einen anderen Menschen gekettet.* Und ich konnte nur voller Entsetzen ahnen, an wen.

Ausfallswinkel

Ich keuchte auf, als wir hinter einer Biegung fast über einen Hund gestolpert wären. Er lag auf der Seite, als wäre er im Sprung gestorben und noch ein Stück weitergeschlittert. »Vielleicht hat ein Querschläger ihn getötet«, flüsterte Meon. »Sie haben sich im oberen Trakt verteilt!«

Wir flüchteten zwei Stockwerke weiter nach unten, verharrten am Endpunkt mehrerer Gänge. Rufe echoten, Schritte entfernten sich, Türen donnerten, aber wir machten nicht den Fehler, auf die Tricks einer solchen Treibjagd hereinzufallen. Eng aneinandergedrängt harrten wir hier aus, bereit, jederzeit eine Richtung zu wählen. »Wie viele sind es, Canda?«, flüsterte Kallas.

»Ich weiß es nicht«, wisperte ich zurück. »Ich bin vor ihnen geflohen, bevor ich sie zählen konnte.«

»Sechs oder sieben«, schätzte Meon. »Den Stimmen nach zu urteilen, die wir im Wald gehört haben. Minus den Kommandanten, den haben wir bereits auf der Treppe erledigt. Aber vielleicht wartet vor dem Palast ein Söldnerheer.«

Ich reichte Kallas Amads Revolver und starrte auf die Biegung zum Gang, den Finger am Abzug der Waffe des Soldaten, die ich aufgehoben hatte. Sie lag ungewohnt schwer in meinen Händen. Die Stille war nun dicht wie Wasser, nur unser Atem hallte hier wider. »Von hier kommen wir über zwei Nebengänge zur Halle am Nordausgang«, flüsterte Meon. »Los!«

Wir warteten an jeder Etappe, bis wir sein Zeichen sahen, und folgten ihm erst dann weiter durch das Labyrinth nach unten. Über uns klackerten Mechaniken, hallten ferne Echos.

TEIL IV: MEDASLAND

Meon verschwand und wir harrten an die Wand gelehnt aus, im Sichtschutz einer Nische. »Wie damals«, wisperte mir Trinn zu. Sein Atem kitzelte mein Ohr und seine Worte waren so leise, dass sie fast wie Gedanken waren. »Wir saßen in der Falle. Wir wollten die Überlebenden unter unseren Verbündeten aus dem Festungsring befreien, damit sie fliehen konnten – über die Wege der Hautwanderer. Sie hätten ihre Stadt aufgeben müssen, aber sie konnten über die geheimen Wege von der Wüste direkt in die Berge gelangen, oder ans Meer. Dort wären sie in Sicherheit gewesen…«

»Sei still!«, zischte Kallas. Trinn verstummte gehorsam. Aber wir sahen einander aus nächster Nähe an. *Schau hin!*, formte Trinn mit seinen Lippen. Dann rückte er näher heran und küsste mich sacht, ganz sacht auf die Wange. Es war wie ein Erschrecken in tiefster Seele. Lautlos wie in einem Stummfilm flackerten Trinns Erinnerungen in mir auf und verloschen, um neuen Szenen Platz zu machen *Ein schwarzes Heer mit Maskenhelmen, das die Stadt stürmte. Wasser, das aus Pumpen schoss und den Wüstenboden tränkte. Die Mitglieder der Familie Labranako zückten handlange Metallspitzen. Sie verwundeten die schwarzen Krieger, als diese sie mit Waffenschutz aus einem Gebäude führen wollten, aus dem Hinterhalt. Blut floss, vermischte sich mit Wasser, wurde zu einem Flackern von Blau, das die Krieger ergriff und straucheln ließ, ihnen alle Kraft nahm. Hinter blauem Glas verloschen schreiende Münder und wurden unsichtbar. Ein neuer Schauplatz: Die Wüste, Krieger auf dem Rückzug, die zu einem Höhleneingang strebten. Wasser floss daraus wie ein Strom aus einem flachen Maul, Waffen zerbrachen bei der Berührung mit dem Nass, die Luft glühte vor Magie. Krieger der Familie Siman trieben die Flüchtenden zurück, ein erbitterter Kampf. Eine zierliche Kriegerin in schwarzem Harnisch mit Armschonern aus Kupfer tötete einen Labranako und rettete damit einen der Ihren.*

Ausfallswinkel

Ich wusste, dass die Frau Meda war. Zierlich, mit flammend rotem Haar, kämpfte sie mit einem gebogenen Schwert voller Entschlossenheit und Zorn. Bis ein Pfeil sie in den Nacken traf und ihre Hände und Beine alle Kraft verloren. Tana Blauhand senkte den Bogen. Meda fiel und rollte zur Seite. Für einen Moment kreuzten sich die Blicke der Sterbenden und der Siegerin. Aber nur in Medas Bernsteinaugen war der Abglanz von Trauer und maßloser Enttäuschung zu sehen. Es erschütterte mich, dass Tana mir so ähnlich sah. Die schrägen Wüstenaugen, die geschwungenen Brauen. Aber die Grausamkeit und der Triumph in ihrer Miene machte sie dennoch zu einer Fremden.

Ein Knoten saß in meiner Kehle, heiß und würgend wie die Schuld, die nicht die meine war und doch zu mir gehörte. »Wasser«, flüsterte ich. »Das zeigt auch die Zeichnung in der Höhle. Aber wie kommt Wasser in die Wüste?«

Klackern von Fahrstuhlmechanik hallte durch Gänge, dann gab es über uns eine Explosion. Das Gebäude knackte unter einer Druckwelle wie eine Eierschale, spinnwebfeine Risse kletterten an den Wänden herunter. Das helle Geklimper von fallenden Scherben sprang durch die Gänge.

Trinn und ich rannten Hand in Hand. Es war, als würden zwei Wirklichkeiten durch mich hindurchfließen. Meine Gegenwart voller Panik und Angst – und Trinns Erinnerungen. Die leeren Räume füllten sich mit geisterhaften Gestalten, Krieger, die schwarze Maskenhelme von den Wänden nahmen und sie aufsetzten. Ich ertappte mich dabei, wie ich nach Amad Ausschau hielt. Aber an einer Steinsäule fand ich jemand ganz anderen. Einen Mann mit langem schwarzem Haar. Sein Blick war scharf wie der Dolchstoß, den er mir im Traum versetzt hatte. Trinn stolperte, als ich mit einem Keuchen zurückprallte. Ich riss die Waffe hoch. Aber es war nur eine Erinnerung und der Mann sah gar nicht mich an. Sondern Prinzessin Meda, die auf ihn zutrat. *Der Rabenmann gehört auch zum Medasvolk?*

Das Bild aus der Vergangenheit verwandelte sich mit einem Blinzeln – in einen Söldner mit einem Gewehr, der hinter der Säule hervorsprang. Er sah meine Waffe und reagierte im selben Wimpernschlag. Ein Schuss prallte an meiner Haihaut ab. Noch einmal abdrücken konnte der Söldner nicht, er fiel nach hinten, schlitterte ein Stück und blieb reglos liegen. Drei Schüsse verhallten. Gleichzeitig senkten wir unsere Waffen. Ich konnte nicht fassen, dass ich tatsächlich abgedrückt hatte. Ein weiterer Schuss explodierte. Ich wirbelte herum. Gerade noch rechtzeitig, um zu sehen, wie einem zweiten Söldner das Gewehr aus der Hand gerissen wurde, als hätte ein unsichtbares Seil es nach rechts gezogen. Ein zweiter Schuss umkreiste uns, Funken stoben von den Steinsäulen, dann brach der Soldat zusammen. Die Kugel hatte ihn von vorne getroffen. Mitten in die Stirn. Ich stutzte. *Einfallswinkel gleich Ausfallswinkel? Jemand hat aus dem Hinterhalt die Kugel über mehrere Säulen gelenkt?*

Das Echo verklang. Dann hörte ich Meon zum ersten Mal lachen. »Wahida?«, rief er. »Was bist du? Ein Jahrmarktsschütze?«

»Ich schieße meinen Gegnern nun mal nicht gerne in den Rücken«, kam die trockene Antwort. Eine schwarzhaarige junge Frau trat um die Ecke. Wie ein Beutestück trug sie den dunkelgrauen Militärmantel eines Gardekommandanten. In der Rechten hielt sie einen Revolver, am Gürtel hatte sie ein bluttriefendes Sichelschwert und zwei Stangen Dynamit. Mit der Linken umfasste sie einen weißblonden Haarschopf, an dem der abgeschnittene Kopf des älteren Kommandanten baumelte. »Nummer zwölf«, sagte mein mathematisches Mädchen. »Das war's dann.« Sie warf den Kopf mit dem lässigen Stolz des Siegers in die Ecke. Mir war schlagartig übel. Wahida quittierte mein blasses Gesicht mit einem Fuchslächeln und schnalzte missbilligend mit der Zunge. »Menschen!«, sagte sie mit betont gelangweiltem Tadel. »So wenig Sinn für die Winkelzüge, Millimeter und Hundertstel Sekunden, die einen Kampf entscheiden!«

*

Meons Befürchtung bewahrheitete sich nicht: Vor dem Nordtor warteten keine Bewaffneten auf uns. Als wir hinaustraten, begrüßte uns nur unberührter Schnee, der in der anbrechenden Nacht blaue Schatten fing. Mir hätte kalt sein müssen, aber in mir glühte noch der Schreck nach. Und in jedem meiner Albträume würde es mich verfolgen, dass ich auf einen Menschen geschossen hatte.

Wahida atmete durch und hob Hände und Gesicht zum Himmel. Hier wirkte das mathematische Mädchen groß und aufrecht, viel stärker als hinter der blauen Haut ihres Kerkers. Schnee streifte ihre Wangen. »Das habe ich am meisten vermisst«, sagte sie mit einem Seufzen. »Den Duft nach Schnee und Himmel.«

»Wohin gehen wir jetzt?«, fragte Trinn. Nervös knetete er seine Hände.

»Von hier aus können wir nur zurück«, erwiderte Meon. »Also müssen wir die anderen Paläste suchen, bis wir einen Durchgang gefunden haben. Bis dahin sind wir immer noch gefangen in der Wirklichkeit der Menschen.«

»Ja, dafür haben sie gesorgt«, sagte Kallas spitz. Ich wusste es zu schätzen, dass sie diesmal wenigstens nicht »ihr« sagte.

»Aber wir müssen weg von hier«, rief Trinn. »Sie werden uns weiterhin suchen. Die Méganes lassen keinen von uns entkommen.«

TEIL IV: MEDASLAND

Leider hatte er recht. Ich schluckte und sah an dem Gebäude hoch. Von außen wirkte es nicht wie ein Palast, eher wie eine kantige Konstruktion, in der Fels und Glas ineinanderwuchsen. *Ghan.*

»Ich gehe zurück!«, sagte ich in die Stille.

Die vier fuhren zu mir herum. Es schnürte mir die Kehle zu, so sehr glichen sie Amad. Ihre Augen waren Kristalle und sie hatten alle diese helle Haut, der kein Sonnenstrahl etwas anhaben konnte. Wieder einmal schalt ich mich dafür, dass ich so blind gewesen war. »Ich ... muss zurück nach Ghan«, wiederholte ich lauter.

»Wegen des Verräters?«, fragte Trinn mit banger Stimme. »Den du geküsst hast, obwohl wir dich gewarnt haben?«

Kallas klappte der Mund auf. Natürlich, für sie war es eine Neuigkeit.

Ich wurde rot. »Er ist kein Verräter. Ja, er hat einen Fehler gemacht und Tana Blauhand vertraut. Aber er ist ebenso gefesselt, wie ihr es wart – auch wenn er frei zu sein scheint.«

Kallas bekam schmale Augen. »Woher weißt du das?«

»Ich habe es erlebt, als ich mit der Mégana gesprochen habe. Und oft genug hat er mich mit Andeutungen gewarnt, als hätte er Angst, belauscht zu werden. Er ... ist an jemanden gebunden. Jemand, der nie erfahren darf, dass Amad mich liebt.«

»Dich *liebt*?« Kallas lachte. »Das ist nur ein Jägertrick. Er war auf dich angesetzt. Du solltest die Fährte zu mir und damit zu den anderen finden, damit Amads Herren sie auch noch versklaven können. Da ist es doch der beste Weg, das Menschenmädchen einzuwickeln, damit es mitspielt. Für Liebe werdet ihr ja blind und tut alles.«

Jetzt hätte ich gute Lust gehabt, dieses wunderschöne Gesicht zu schlagen. »Du musst es ja wissen!«, zischte ich. »Du hast einem Jungen, der dir sein Herz geschenkt hat, mit Lächeln, falschen Küssen und schönen Worten so sehr den Kopf verdreht, dass er mich und seine Zukunft weggeworfen und dich befreit hat. Dabei ging es gar nicht um ihn. Du wolltest Tians Lichter befreien. Ihn hättest du ohne mit der Wimper zu zucken verletzt und im Fluss ertrinken lassen. Und auch mich hättest du fast ertränkt. Also wer beherrscht hier Jägertricks und spielt kaltherzig mit der Liebe und dem Leben anderer?«

Kallas zuckte zusammen, als hätte ich ihr einen Fausthieb versetzt. Sie schluckte schwer und rang nach Luft. Wahida legte ihr die Hand auf die Schulter, aber Kallas wandte sich brüsk ab und stapfte durch den Schnee davon, mit verschränkten Armen und hochgezogenen Schultern.

Feigling, dachte ich. *Wegrennen, das kannst du!*

»He! Bleib hier und rede gefälligst mit mir!«

»Lass sie gehen«, sagte Wahida. »Sie hasst es, wenn andere ihren Kummer sehen.«

»Das hasse ich auch«, gab ich hitzig zurück. »Aber wer andere verletzt, muss wenigstens die Wahrheit einstecken können.«

»Wegen der Wahrheit weint sie nicht«, flüsterte Trinn. Er trat an mich heran. Unsere Handrücken berührten sich wie zufällig. Wieder war es wie ein kleiner elektrischer Schlag. Mir blieb die Luft weg, als ein weiterer Splitter zum Bild fand. »Ich habe versucht, dich in einem Traum daran zu erinnern, was du in deiner Brautnacht erlebt hast«, sagte Trinn. »Ein Teil von dir weiß es, auch wenn du betäubt warst. Wir sind erwacht, durch die Verbindung, die zerrissen wurde, und wir haben durch deine Augen gesehen. Aber auch in den Träumen kommen wir nicht an euch heran, die Bilder sind verzerrt und verändert und unsere Stimmen hört ihr nur, wenn wir euch als innere Stimme führen. Und wenn ihr doch ahnt, dass wir etwas anderes sein könnten als eure Gaben, dann vergesst ihr es, sobald ihr erwacht.« Diesmal irrte er sich gründlich. Nichts hatte ich vergessen. Nicht den Dolch, der mein Herz durchbohrt hatte – und auch nicht den hellen Glanz einer Spiegelung in fast schwarzen Augen.

*

Kallas kauerte auf einem umgestürzten Baumstamm, die Beine an den Körper gezogen, umhüllt von ihrem Haar, das einen Schleier aus Schneeflocken trug. Im Mondlicht schien sie zu leuchten wie eine Skulptur perfekten Kummers und wieder war ich geblendet von ihrer Schönheit.

Sie sagte nichts, als ich mich neben sie setzte. Ich musste mich beherrschen, ihr keine Vorwürfe ins Gesicht zu schleudern, aber die Wahrheit saß auch im Schweigen zwischen uns, und nichts konnte sie vertreiben.

»Was willst du noch, Canda?«

»Dein Geliebter nennt dich Stern«, begann ich. »»Folge mir, mein schöner Stern‹, das hat er zu dir gesagt, mit Tians Stimme.« Wenn sie überrascht war, verbarg sie es gut. Aber dennoch entging mir nicht, wie sie sich kaum merklich versteifte. »Und später habe ich von deinem Krieger geträumt, er hat langes Haar, so schwarz wie Rabenschwingen. Im Traum hat er mich geküsst und dann – stieß er mir den Dolch ins Herz. Der Kuss war für dich bestimmt, der Tod … für mich.« Kallas schluckte und hob den Blick zum Himmel. Ein heller abnehmender Mond stand dort, gesäumt von Sternen. »Tian sagte zu mir, unser erster Kuss sei für ihn wie ein Erwachen gewesen«, fuhr ich fort. »Aber in Wirklichkeit seid ihr beide erwacht, der Rabenmann und du. Weil ihr euch liebt und euch wiedergefunden habt. Ihr habt einander in unseren Augen gesehen. In dem Traum, den ich in den Geisterbergen geträumt hatte, küsste dein Rabenmann mich. Aber in seinen Augen spiegelte ich mich nicht – da war blondes Haar. Du!«

Kallas lächelte ohne einen Funken Freude. »Rabenmann? So nennst du ihn?« Sie wischte sich mit einer fast wütenden Geste die Tränen von den Wangen. »Sein Name ist Gavran. Kein Land wäre entdeckt worden, kein Kontinent, wenn er die Menschen nicht ruhelos gemacht und den Traum in ihren Herzen entfacht hätte, fortzugehen und etwas Neues zu finden. Früher, als wir noch Lichter waren, da begleiteten wir oft dieselben Menschen. Zu einer Eroberung oder Entdeckung kommt die Schönheit des Triumphs, die wie ein helles Licht brennt. Wir haben Königinnen und Entdeckerinnen auf die Spitze ihres Triumphs begleitet und sind weitergezogen, manchmal gemeinsam, manchmal in verschiedene Richtungen. Aber nie waren wir im Herzen getrennt.«

Der Blick des Eroberers. Tians wichtigste Gabe. Unsere Heimlichkeiten und Kletterpartien in der Kindheit bekamen einen ganz neuen Sinn. Und auch die Unruhe, die Tian dazu getrieben hatte, Auswege aus der Stadt zu suchen.

»Ja, es ist selten, aber manchmal lieben auch Geschöpfe wie wir einander«, ergänzte Kallas fast trotzig. »Und manchmal überdauert diese Liebe sogar ein Jahrhundert voller Einsamkeit in Ketten.«

»Dann hat Gavran Tian eingeflüstert, nachts mit mir auf die Dächer zu gehen und sich die Reisen auszumalen. Und er war es, der eure Flucht geplant hat.«

»Er hat *mir* von den Reisen erzählt, nicht dir!«

»Und wir waren eure Marionetten?«

Sie schüttelte den Kopf und seufzte. »Oh nein, Marionettenspieler halten die Fäden in den Händen. Wir waren schwach.

TEIL IV: MEDASLAND

Deshalb musste ich ja Tian für mich gewinnen, damit er mich aus freiem Willen liebt und befreien will. Er konnte mich in dir sehen, mit Gavrans Augen.«

»Aber es war Tian, der dich aus deinem Gefängnis geholt hat. Wie, Kallas?«

Sie sprang auf und klopfte sich den Schnee von der Kleidung. »Glaubst du wirklich, ich bin so dumm und sage dir noch ein Wort? Ich habe Gavran ein zweites Mal verloren – und dank dir kann ich ihn nie wiederfinden. Du hast mir alles genommen!«

»Du hättest Tian ertrinken lassen!«

»Was hättest du getan, wenn es um das Leben deines Geliebten ginge?«

»Jedenfalls hätte ich niemanden ermordet, den ich eben noch geküsst hätte! Hasst du uns wirklich alle so sehr, dass du uns sterben sehen willst?«

Endlich sah sie mich direkt an. Ich wäre enttäuscht gewesen, wenn nicht ein Schatten von Schuld über ihre Miene gehuscht wäre. Ihre Lippen waren blass, so fest presste sie sie zusammen. Hier, im Mondlicht, hätte sie jedes Alter haben können. Und in jedem Alter hätte ihr Glanz jedem Betrachter den Atem geraubt. »Ich will niemanden mehr sterben sehen«, erwiderte sie mit gebrochener Stimme. »Keinen von uns und keinen von euch. Und ob du es glaubst oder nicht: Ich wollte Tian nicht töten, ich wollte ihn nur über den Fluss bringen, um jeden Preis. Und um ein Haar wäre es mir gelungen! Aber Amad hat es verhindert. Er wusste genau, worum es geht. Er erkennt – wie jeder von uns – das Onyxwasser, das nur dort fließt, wo unsere Welt so nah ist, dass wir sie fast berühren können. Aber das schwarze Wasser ist wie eine Grenze, es trennt alle Verbindungen mit den Menschen, und das hat Amad nicht zugelassen, obwohl er uns doch angeblich retten will?« Sie schüttelte

Ausfallswinkel

den Kopf. »Trau ihm nicht, Canda! Wäre er auf unserer Seite, hätte er Tian gehen lassen, und vier von uns mit ihm. Jetzt wird Tian so oder so sterben – in deiner geliebten Stadt. Und seine vier Lichter werden die Qualen erleiden, wieder zu neuen Herren zu kommen. Auch ... Gavran.« Die traurige Zärtlichkeit in ihrer Stimme schwang auch in mir.

»Niemand wird sterben!«, rief ich. »Ich werde zurückgehen und ...«

Sie schüttelte den Kopf. »Genau das wollen sie doch! Und das will auch Amad. Du sollst zurückkommen, deine Aufgabe ist erfüllt, du hast unsere Spur gefunden. Und ohne uns bist du in Ghan nichts mehr wert. Ich gebe dir einen guten Rat: Lauf weg, so weit du kannst, verliebtes Mädchen! Du bist als Einzige von uns frei und kannst irgendwo neu anfangen. Vergiss den Verräter. Und vergiss uns!«

Das Schlimme war, sie schaffte es tatsächlich, einen Zweifel in mir aufkeimen zu lassen. *Trau mir nicht.* Das hatte Amad gesagt. Aber selbst hier glaubte ich noch seine Umarmung und seinen verzweifelten Kuss zu spüren und wusste, dass zumindest das keine Lüge gewesen war.

»Glaubst du wirklich, ich kann nach all dem, was ich weiß, davonlaufen? Ich habe keine Wahl! Kallas, du musst mir sagen, was in der Brautnacht wirklich geschehen ist.«

»Ich *muss*?« Kallas hob das Kinn. Ihre Augen sprühten Funken. Jetzt war sie eine Kriegerin. »Du befiehlst mir nicht mehr!«

»Um Befehle geht es hier nicht! Es geht um euch, um uns – und auch um Gavran. Du wolltest mich töten und trotzdem stehe ich hier und rede mit dir. Es wäre ein Leichtes gewesen, euch der Garde auszuliefern, stattdessen habe ich mit euch gegen sie gekämpft. Was muss ich noch tun, damit du mir vertraust?«

TEIL IV: MEDASLAND

Kallas blinzelte, aber diesmal gab sie sich nicht die Blöße, vor mir zu weinen.

»Gib mir Gavran zurück«, sagte sie. Ich hörte keinen Schritt, als sie davonging. Und ich hielt sie nicht mehr zurück.

*

Ebenso lautlos trat Wahida neben mich. Schweigend blickten wir Kallas nach, bis sie hinter dem Vorhang aus Schnee verschwunden war.

»Sie hasst mich wirklich«, sagte ich leise.

Wahida zuckte mit den Schultern. »Nimm es ihr nicht übel.« Immer noch trug sie über dem Harnisch und der schwarzen Kleidung der Medaskrieger einen Militärmantel. Sie rückte ihren Waffengurt fest und prüfte beiläufig, ob ihre Schusswaffe richtig saß. Es war verstörend, wie sehr sie einer Soldatin Ghans glich. Meinen Blick deutete sie wohl falsch und nahm sofort die Hand von der Waffe.

»Ich hasse dich nicht«, sagte sie beruhigend. »Im Gegenteil: Ich mochte dich immer. Du hast die Zahlen wirklich geliebt, du hast mit ihnen gespielt wie eine junge Katze mit einem Ball. Sie waren dein Trost, deine Beruhigung, deine Freude. In den ganzen Jahren war es das, was mir Hoffnung gab.«

Ich musste schlucken. »Das war wenig genug.«

»Auch die kleinste Zahl hinter einem Komma ist immerhin größer als null«, erwiderte sie und zwinkerte mir zu. »Komm mit, wir bleiben über Nacht in den Soldatenkammern beim Nordtor. Und morgen sehen wir weiter.«

»Warte... bitte.«

Sie verharrte, und selbst jetzt, in dieser angespannten, aufrechten Frage ihrer Haltung *war* sie von Kopf bis Fuß das, was sie vorgab zu sein.

»Wie ... ist es, in diesen Kerkern aus Glashaut?«

»Zum Verrücktwerden einsam«, erwiderte das mathematische Mädchen. »Wie in einem Albtraum, aus dem man glaubt zu erwachen, nur um festzustellen, dass man nur in einem anderen Albtraum gelandet ist.«

»Albträume? Jede einzelne Nacht.« Das hatte Amad gesagt. *»Sobald ich die Augen schließe. Und oft genug sogar mit offenen Augen.«*

»Ihr schlaft also.«

»Meistens. Aber es ist ein unruhiger, gequälter Schlaf. Getrennt von den anderen, die wir weder sehen noch hören. Ich konnte nicht schreien, nur deine mathematische Stimme sein, dein Leben lang. Du hast meine Zahlen aufgesogen und auch die anderen Gaben. Du hast dadurch geleuchtet und in deinen Talenten übermenschlich hell gestrahlt, aber für uns ist es wie ein langsames Verbluten in einem blauen Sarg. Und ihr bestimmt, wie eng dieser Sarg ist.«

Sie strich sich das Haar hinter das Ohr. Schnee rieselte. Diese mädchenhafte Geste machte diese Kriegerin jünger als Trinn. »Wir können ein Jahrhundert so existieren«, fuhr sie leise fort. »Vielleicht auch länger, aber wir werden von Jahr zu Jahr schwächer – viele von uns sind schon verloschen. Und mit unserem Tod verschwinden Talente, Inspirationen, Funken der Schönheit und Freude und so vieles andere, was euch Menschen ausmacht. Für immer.«

Jetzt war mir eiskalt, aber nicht wegen des Schnees. *Sie sterben also.* Ich brauchte Wahida nicht mehr, um mir auszurechnen, was in meiner Stadt seit einigen Jahren vor sich ging: Früher hatten alle Hohen vier Lichter, heute war diese Zahl eine Seltenheit. Und seit einigen Jahren gab es auch Hohe, die nur noch ein Licht besaßen und deshalb als missgebildet galten und oft an der Traumkrankheit starben. *Lichter sterben, schwindende Ressourcen unserer Macht, aber Ghan wächst.*

»Woher weißt du das alles, wenn du von den anderen getrennt warst?«

Wahida lächelte mir mit mildem Spott zu. »Glaubst du, wir kämpfen nicht mehr? Ja, wir sind betäubt durch eine Magie, die wir nicht abschütteln können. Aber trotzdem versuchen wir es, und manchmal tauchen wir an die Oberfläche, nehmen die anderen wahr. Wenn ihr jung seid, ist die Verbindung noch nicht fest und endgültig. So finden wir manchmal Fenster in Zeit und Raum. Wir erwachen für Augenblicke, sehen hin, verstehen, suchen nach Fluchtwegen, nach Wunden in der Weltenhaut, durch die wir entkommen könnten. Erst nach eurer Verbindung zu dem, was ihr Zweiheit nennt, sind unsere Ketten ausgehärtet. Wir sind dann wie stabile chemische Verbindungen von Molekülen und Atomen – oder wie Steine in der Mauer, die eure Zweiheit umgibt. Acht von uns plus zwei von euch ist die stabilste Verbindung. Sie dauert, bis der Tod zu euch kommt und mit seinem Kuss auch die Verbindung zu uns durchtrennt. Aber gleich darauf beginnt ein neuer Albtraum, mit einem neuen Menschen. Sobald ein Herr stirbt, wartet schon ein neuer auf uns.«

Ich leckte mir die Lippen, die ich vor Kälte nicht mehr spürte. »Wie viele... Menschen waren es bei dir?«

»In den ersten zweiundfünfzigkommasechsvier Jahren nur der erste Mégan«, erwiderte Wahida bitter. »Aber nach ihm... plötzlich unzählige. Ich war bei meiner neuen Herrin, bis sie in ein Haus voller Glas gebracht wurde. Und dort – wurde ich ihr entrissen. Ich blieb zwar mit ihr verbunden, schmerzhaft straff, aber ich sah nie wieder mit ihren Augen. Keine meiner Zahlen kam über ihre Lippen, sie schwieg. Stattdessen wurde ich an Fremde verkauft, für ein Jahr, manchmal für zwei. Das waren die schlimmsten Zeiten. Ich blieb an meine stumme, bewusstlose Herrin gebunden, und gleichzeitig gehörte ich anderen, die für meine Zahlen bezahlt hatten. Aber bei jedem Wechsel war es wie ein neuer Tod, der mich doch nicht ganz sterben ließ. Er schwächte mich so sehr, dass ich mir oft wünschte, endlich verlöschen zu dürfen.«

Das verschlug mir die Sprache. Ich erinnerte mich an die Reisenden, die mit ehrfürchtigen Gesichtern zu den Türmen hochgeblickt hatten. Reisende, die keine Berater gesucht hatten, sondern ... *Dämonen, die ihnen gaben, was sie sich erträumten: List, Schnelligkeit, Geschicklichkeit oder andere Fähigkeiten. Und die Dämonen – das waren nicht die Wesen fremder Wirklichkeiten, sondern wir, die fünf Familien.* Langsam ahnte ich, mit welcher Art von Sklaven Manoa handelte. *Und nicht nur sie.*

»Ihr gehört immer zur Stadt?«, flüsterte ich. »Wenn ich in Tibris ertrunken wäre, dann wären Meon, Trinn und du ...«

»... wieder in Ghan gelandet, ja. Im nächsten Atemzug. Neue Herren warten dort schon auf uns.«

Ich zog meine Jacke fester um meinen Körper, als könnte ich mein rasendes Herz damit schützen – vor Wahrheiten, die schlimmer waren, als ich noch ertragen konnte.

»Deshalb sollte Amad mich also töten, wenn ich nicht zurückkehren wollte«, murmelte ich. »Für die Méganes war es nie ein Risiko, mich gehen zu lassen. Es ging wirklich nur um den Weg zu den Entflohenen.« *Und spätestens wenn Amad zurück in Ghan ist, werden sich die Méganes wundern, warum ich zwar tot bin, aber meine Lichter noch nicht zurückgekehrt sind.*

Jetzt schämte ich mich, dass ich für einen Moment an Amad gezweifelt hatte.

»Ja«, sagte Wahida. »Und wenn du Amad vertraust, solltest du ihn fragen, wie es möglich ist, dass einer von uns seinen Kerker verlassen kann.« Vielsagend hob sie die linke Augenbraue. »Wenn es einer weiß, dann doch er! Und wenn ich an deiner Stelle wäre, würde ich mich fragen, woher.«

Blaue Wege

Heute wäre es mir falsch vorgekommen, bei den Lichtern zu bleiben. Ich konnte verstehen, wie froh sie waren, endlich ohne mich zu sein, und trotzdem kam ich mir vor wie eine Verstoßene. Wahida hatte mir Decken und etwas vom Proviant der Garde gebracht. Sie vermisste ich am meisten von den vieren. Ich wandte mich mit dem Gesicht zur Wand und drehte Medas Ring an meinem Finger. Ein bisschen war es so, als könnte ich mit dem Ring auch Amad berühren. Die Intarsien der silbernen Wellen leuchteten im Dunkeln. *Der Ring einer toten Königin*, dachte ich niedergeschlagen. *Von einer Moreno hinterrücks ermordet.* Nun, heute brauchten wir dafür keine Pfeile mehr, uns genügten Füller mit silbernen Federn.

»*Wir Morenos blicken stets voraus und wie Vögel im Flug weiter als die anderen – bis zu den Sternen!*« Meine Mutter war besonders stolz auf dieses Familienmotto gewesen.

Jetzt wünschte ich mir, niemals mit Trinn verbunden gewesen zu sein. Aber Vergessen war eine Gnade, die ich nicht hatte. Ich schloss die Augen und betrachtete mich selbst, sechs Jahre alt, in einem Arbeitszimmer, in dem es nach Siegellack und parfümierter Tinte roch. Hörte das Kratzen der Füllerfedern auf rauem Papier, als meine Eltern völlig synchron Dokumente unterschrieben. Meine Mutter kam aus dem Takt und hob den Kopf. Sie entdeckte mich, zu ungeschickt hatte ich mich hinter einem Vorhang versteckt, mein Fuß ragte hervor. Meine Mutter rief eine Dienerin, die mich hinausbringen sollte. Aber trotz ihrer Schelte und Strenge schenkte sie mir ein kleines, kopfschüttelndes Lächeln, bevor die Tür hinter mir zuschlug. Dieser kleine Moment der Zärtlichkeit war nun wie ein Stich.

Wie unter einem Vergrößerungsglas lief eine andere Szene aus meiner Vergangenheit ab: Ich, elf Jahre später, auf der Flucht im Haus der Verwaisten. Wie ich auf der Suche nach einem Schlüssel Marams Schubladen durchwühlte und nur Dokumente fand, unterschrieben von meinen Eltern. Damals hatte ich die Papiere nicht weiter beachtet. Aber jetzt erzählten sie mir mehr über meine Stadt als unsere ganze Bibliothek: Verträge. Fremdartig klingende Namen waren darauf verzeichnet gewesen. Ziffern waren ihnen zugewiesen. Lichter hatten in Ghan keine Namen, aber jedes von ihnen konnte offenbar mit einer Nummer identifiziert werden. Siegel fremder Städte und Unterschriften in brauner Tinte prangten auf den Dokumenten, und wie bei Mietverträgen waren neben den Nummern Zeiten festgesetzt – Monate, manchmal auch Jahre. Die sachliche Stimmer meiner Mutter klang mir im Ohr. »*Eine Moreno spinnt ihre Fäden und bringt Armeen zu Fall mit einem Wort, einem Versprechen, einer Strategie, einem Handel.*«

Im Geiste blickte ich von oben auf meine Stadt, auf die Ringmauern und die Tore, in jeder Mauer fünf. Ich verband die Tore vom Zentrum aus mit Linien, führte sie auf der Landkarte weiter. Sie mündeten in die großen Städte, Tibris, Kaman und drei andere. Die Ringmauern und Linien wurden zu den silbernen Fäden eines perfekten Spinnennetzes, das sich Rad um Rad weiter ausbreitete, Land für Land eroberte. Und das Zentrum war der eiserne Turm in der namenlosen Stadt der Dämonen, Machtsitz der Méganes. Namenlos und gut versteckt wie eine Spinne, die sich vor ihrer Beute gut verbarg, bis es zu spät war: Damals, als ich mit Amad von den Bergen aus in die Wüste zurückgeblickt hatte, war es mir nicht aufgefallen, aber jetzt erinnerte ich mich nur zu gut, was

TEIL IV: MEDASLAND

ich am Horizont *nicht* gesehen hatte: Von außen betrachtet, war die Wüste leer.

Wer unsichtbare Kerker in einer anderen Wirklichkeit baut, kann auch unsichtbare Ringmauern schaffen, dachte ich. *Die Geisterberge sind Niemandsland, die Menschen wagen sich nicht dorthin – und eine unsichtbare Mauer trennt die Berge vom Gebiet dahinter, der Bergkirche und dem Land bis zum Meer und weiter.* Kein Wunder, dass niemand unsere Stadt kannte außer denen, die innerhalb ihres Tarnkreises lebten. *Oder Reisende*, setzte ich mit einem Schaudern hinzu, *die in der Wüste nach den Dämonen suchen, die ihnen Gaben auf Zeit verkaufen. Und im Gegenzug machen sie uns reich, führen unsere Eroberungskriege und helfen uns dabei, neue Fäden zu spannen.*

Und gerichtlich genehmigt war die Vergabe der Lichter auf Zeit von meinen Eltern. Jetzt weinte ich doch so sehr, dass es mich schüttelte. Ich hasste und vermisste meine Mutter und meinen Vater so sehr, dass es wehtat. *Wer seid ihr wirklich?*, dachte ich. *Und wer wäre ich geworden, als Mégana, oder auch nur als Hohe, die das Geheimnis unserer Macht kennt? Eine von ihnen?*

*

In dieser Nacht erfuhr ich, wie es war, so zu träumen wie die Menschen außerhalb Ghans. Und ich erschrak, wie grau und leer diese Traumwelt war. *Wasser*, hallte es in dem Grau. *Und blaue Wege.* Es kamen keine Traumbilder zu mir, nur eine Erinnerung: Augen, so leer, als hätte man jeden Funken und jedes Licht daraus gestohlen. Das Mädchen unter Glas.

Im Dunkeln schrak ich hoch, frierend vor Entsetzen. Ich brauchte eine Weile, um mich zu orientieren. Erst hatte ich Angst, dass die Lichter mich verlassen haben könnten. Aber aus einem anderen Raum drang leises Gemurmel zu mir und ich atmete auf. Doch der Gedanke, der mich mit dem Bild aufgeschreckt hatte, hallte immer noch unbarmherzig in mir nach: *Eine von ihnen.* Noch nie hatte es sich schlimmer angefühlt, eine Tochter Ghans zu sein. *Bin ich das wirklich? Immer noch?*

Jetzt erst bemerkte ich, dass ich im Schlaf die Decke zusammengeknüllt hatte und sie umarmte, als wäre sie die Graue, an die ich mich schmiegte. Ich konnte nur hoffen, dass es meiner tapferen Hündin gut ging. Die Decke roch nach Tabak. Vermutlich stammte sie aus dem Militärgepäck eines Söldners. Wahida kam mir in den Sinn. Wie sie ihren Waffengurt festzurrte, mit der präzisen Geste eines Soldaten. Niemand hätte sie für etwas anderes gehalten als für ein Mitglied der Truppe. Die Idee war wie ein heißes, jähes Erschrecken und nahm mir fast die Luft. »Eine … von ihnen!«, flüsterte ich. Dann konnte ich nicht einmal mehr flüstern, ich hatte keinen Atem mehr, während mein Herz stolperte und aus dem Takt kam. Es war eine wahnwitzige Idee. Aber immerhin der Hauch einer Chance.

*

Ich weiß nicht, wie lange ich auf dem Boden kauerte und in die Dunkelheit starrte, während ich fieberhaft nachdachte. Der Plan war wackelig wie ein schräg zusammengezimmertes Haus, die kleinste Erschütterung konnte es zum Einsturz bringen. Und auf Anhieb fielen mir mehr Gründe ein, warum es nicht klappen konnte, als Gründe, warum es funktionieren sollte. Nun, zumindest eines war sicher: Ich würde jeden Verbündeten gebrauchen können, den ich finden konnte.

Im Gepäck des Söldners fand ich nur ein Feuerzeug. Damit stolperte ich los.

TEIL IV: MEDASLAND

Wie vermutet, fand ich die Wächterschatten in dem Saal, in dem die zwei Toten lagen. Wahida hatte Decken über die Körper gebreitet, nur eine blasse Hand ragte hervor. Die rauchigen Schatten schienen die Toten zu bewachen.

Die Feuerzeugflamme bebte, so sehr zitterte meine Hand. Ich hatte die beiden angeschrien und verflucht, sie fortgescheucht, aber noch nie, so wurde mir nun bewusst, hatte ich einfach nur mit ihnen gesprochen. »Ihr ... ihr folgt mir, seit ich Ghan verlassen habe«, begann ich. »Und ich möchte etwas von euch wissen.«

Meine Flamme wurde ausgelöscht. Eisiger Wind schien über meine Haut zu streifen, aber ich widerstand dem Reflex, zurückzuzucken. Ein Rest Mondlicht fiel durch milchiges Glas in den Raum. Wolfsaugen starrten mich nun aus nächster Nähe an. *Wie damals, vor Tians Prunkzimmer*, dachte ich mit einem Frösteln. »Stimmt das, was Manoa über euch gesagt hat? Ihr könnt durch die Weltenhäute gelangen wie Rauch durch ein Tuch?«

Das Flackern schien einzufrieren. Aber dann war da tatsächlich ein angedeutetes schattiges Nicken. *Sie reden tatsächlich mit mir!*, dachte ich halb entsetzt, halb fasziniert. Und zum ersten Mal kam ich auf den Gedanken, dass es vielleicht die ganze Zeit nur darum gegangen war: nicht wegzuschauen und ihnen zu begegnen, auch ohne dass sie mich mit Waffen in fremden Händen dazu zwangen. »Vielleicht denkt ihr, euer Tod sei meine Schuld gewesen«, sagte ich mit fester Stimme. »Ich kann euch das Leben nicht zurückgeben. Aber ich biete euch etwas anderes an.«

*

Die Sonne war noch nicht aufgegangen, aber Wahida schnürte in der Halle vor dem Nordtor schon Gepäck zu Bündeln. »Ich hätte dich gleich geweckt, Schlafmütze«, rief sie mir entgegen. »Seit ich das letzte Mal nach dir gesehen habe, hast du vierzehntausendachthundertzehn Sekunden geschlafen.«

Trotz allem brachte sie mich zum Lächeln. »Das sind... vier Stunden?«

Wahida verzog ihren Kirschmund. »Hm, naja, immerhin nahe dran. Aber mach dir nichts draus. Für einen Menschen rechnest du immer noch gut genug.« Sie lachte, als sie mein enttäuschtes Gesicht sah, und wuchtete sich einen Rucksack auf den Rücken. Mir sank das Herz. »Ihr geht jetzt schon fort?«

»Natürlich. Auch wenn wir in eurer Wirklichkeit gefangen sind, haben wir immer noch die Wahl zwischen Kammern und Wegen. Und wir wären schön dumm, wenn wir in die Kammern zurückgehen würden. Komm mit, die anderen sind schon draußen.«

Über Nacht hatte sich das Land in eine gleißend weiße Wüste verwandelt, so kalt, wie der Glutsand heiß. Die Lichter trugen alle Militärkleidung, eine perfekte Gardeeinheit, die unbemerkt an den Lagern vorbeimarschieren konnte. Trinn und Meon begrüßten mich mit einem Lächeln. Kallas dagegen funkelte mich immer noch feindselig an. Ihre Augen waren vom Weinen gerötet. Nun, vielleicht würde ihr Kummer mir helfen, auch sie zu überzeugen.

»Ich muss mit euch sprechen.« Meon richtete sich sofort auf. Und auch Trinn wandte sich mir zu. Nervös leckte ich mir über die Lippen. »Ihr wisst, dass ich zurückkehren will. Und Wahida sagte, ihr habt die Wahl zwischen Kammern und Wegen. Mit den Kammern meintest du die Kerkerzellen, nicht wahr? Sie sind nicht zerstört?«

Wahida schüttelte den Kopf. »Sie gehören zu dir. Sie sind jetzt leere Räume...«

»...mit offenen Türen?«, ergänzte ich vorsichtig.

TEIL IV: MEDASLAND

Es war nur zu deutlich, wie sich alle sofort versteiften. Meon kniff die Augen zusammen. »Worauf willst du hinaus?«

Ich musste allen Mut zusammennehmen, um die nächste Frage zu stellen. »Also könntet ihr... sie wieder betreten, ohne gefangen zu sein?«

Wahida starrte mich an, als wäre ich verrückt geworden. Aber es war Kallas, die als Erste begriff. Sie schüttelte so empört den Kopf, dass ihr Haar tanzte. »Nein!«, rief sie. »Niemals!« Wahida schloss eine Hand um ihr Handgelenk. »Ruhig Blut, Kallas!«

»Du hörst einer Moreno zu?«

»Ich höre Canda zu«, erwiderte Wahida ruhig. Es war das schönste Geschenk, das mein mathematisches Mädchen mir machen konnte.

»Kallas hat recht«, erwiderte ich. »Ja, ich bin eine Moreno, ich werde es immer sein, ich stamme nun mal von Tana Blauhand ab und nichts kann das ändern. Und vielleicht wäre ich eine Herrscherin geworden wie die Mégana. Ich hätte euch verkauft und ausgebeutet. Aber diesen Weg kann und werde ich niemals gehen. Ich stehe hier, bei euch, auf eurer Seite und bitte euch nur, mir einfach nur zuzuhören. Es geht um euch – um mich... aber auch um die, die in der Stadt gefangen sind.« Ich machte eine Pause, dann fügte ich mit Nachdruck hinzu: »Noch.«

Die drei sahen Kallas fragend an. Sie war so blass geworden, dass sie fast durchsichtig wirkte, jeder von uns wusste, dass sie an Gavran dachte. Ihr Kummer war so greifbar, dass er die Luft fast flimmern ließ. Sie hob das Kinn und schien mit sich zu ringen, aber schließlich überwand sie sich und nickte kurz. »Sag, was du zu sagen hast.«

Noch nie war ich so nervös gewesen. Jemanden mit Hilfe von Gaben zu überzeugen, war etwas ganz anderes, als nur das nackte Ich zur Verfügung zu haben. Ich verhaspelte mich oft und widersprach mir selbst. Und jetzt, bei Tageslicht, hörte sich der Plan noch viel kläglicher an. Ich erklärte, was ich von Amad wusste, und versuchte ihnen klarzumachen, warum ich ihm immer noch vertraute. »Wer sagt euch, dass ihr den Weg zurück in eure Wirklichkeit findet, um Hilfe für die Gefangenen zu holen?«, schloss ich. »Was, wenn euer Volk hinter Ghans Mauern bis dahin ganz zugrunde geht?«

Das Schweigen war unbehaglich und dehnte sich in die Unendlichkeit. Die Lichter wechselten in einer stummen Zwiesprache Blicke, aber niemand antwortete. »Bitte!«, setzte ich hinzu. »Wenn ihr jetzt fortgeht, dann lasst ihr die anderen zurück. Ich weiß, es klingt verrückt, aber es ist eine Chance – wenn wir alle zusammen gehen!«

Kallas wich meinem Blick aus. Mir sank der Mut. Aber dann räusperte sich Meon. »Es ... könnte tatsächlich ein Weg sein«, murmelte er. Doch es war mein mathematisches Mädchen, das den ersten Schritt auf meine Seite machte. »Ich bin dabei, wenn ihr dabei seid.« Trinn war blass geworden. Und ich liebte ihn dafür, dass er trotz seiner Angst nickte. Aber Kallas verschränkte die Arme. Ihre Furcht flackerte so hell, dass ich sie wahrzunehmen glaubte wie eine Fata Morgana in der Wüste. *Bitte sag Ja*, flehte ich sie im Stillen an. Aber natürlich schüttelte sie den Kopf. »Was, wenn sie und Amad uns betrügen?«

»Du hast sie nicht kennengelernt, aber wir«, antwortete Wahida. »Wir haben sie stürzen und fallen gesehen. Wir sahen sie viermal sterben und jeder ihrer Schritte führte sie weiter fort von dem Ghan, das sie liebte. Und ich glaube ihr.«

»Ich kenne die Stadt«, sagte ich zu Kallas. »Und Amad hat mir nicht umsonst beigebracht, was ich auf einer Jagd wissen muss. Er hat mich gehen lassen – ohne zu wissen, ob ich zurückkehren würde. Du warst sogar bereit, mich zu töten, um Gavran zu retten. Und jetzt willst du ihn zurücklassen?« Ich schüttelte den Kopf. »Das glaube ich nicht. Ich werde mir Amad zurückholen. Und ich finde Gavran und befreie ihn. Ich weiß, wie ich ihn finden kann. Und wenn ihr nicht mitkommt, dann gehe ich allein und finde einen anderen Weg.«

»Aber ohne uns wirst du dabei nicht weit kommen«, erwiderte Kallas fast verärgert. »Gut, ich helfe dir.« Sie schenkte mir kein Lächeln, natürlich nicht, aber ich hätte das Mädchen, das mich beinahe getötet hätte, am liebsten umarmt.

»Wie weiter?«, fragte Meon in seiner sachlichen Art.

»Ich brauche das Festgewand aus einer der Truhen«, sagte ich hastig. »Und das Abzeichen des Gardekommandanten, den du getötet hast, Meon. Dann müssen wir so schnell wie möglich nach Tibris zurück. Ich glaube, von dort aus existiert der blaue Weg nach Ghan noch. Wäre ich Tana Blauhand, ich würde magische Wege niemals ganz zerstören. Nur in eine Richtung, um den Fliehenden den Weg abzuschneiden. Kallas hat versucht, die magischen Wege hierher zu gehen, aber sie waren verschlossen. Aber ich kann mir vorstellen, wer den Weg kennt und uns von Tibris aus direkt zurück nach Ghan bringen kann. Uns und … meine Verbündeten. Die beiden sind die Garantie, dass wir wirklich in die Stadt kommen. Und um von hier aus nach Tibris zu kommen, nehmen wir die Route der Soldaten. Ihre Motorboote liegen noch am Rabenhafen. Wir müssen sie stehlen und …«

Meon hob die Hand, um mich zum Schweigen zu bringen. »Wenn deine Vermutung stimmt, wird das nicht nötig sein. Nach Tibris gab es einst einen anderen Weg.«

*

Der Weg führte zu meiner Überraschung zurück zum Onyxfluss. Meda war klug genug gewesen, auch den Vertrauten keinen direkten Weg in den Glaspalast zu öffnen. Es war schon spät, als wir an der Stelle ankamen, zu der Trinn und Meon uns führten. Im Licht der untergehenden Sonne war der Fluss ein schwarzer Spiegel, aber irgendwo im Innern der Erde hörte ich ein Rauschen.

»Der Eingang ist verschüttet«, stellte Meon fest.

»Bitte sag mir, dass wir nicht wieder durchs Wasser müssen!«, flüsterte ich Wahida zu.

Sie lachte. »Tja, Wüstenmädchen, wir sind nun mal Wesen des Fließens, des Wassers und der Veränderung.« Sie nahm ihren Rucksack ab und holte eine Ladung Sprengstoff hervor. »Aber auch wir können nicht warten, bis das Wasser uns den Zugang freispült.«

Meon der Wegesucher schwamm durch das Sprengloch im Fels voraus. Wahida und ich warteten, bis alle anderen fort waren. Wahida umschlang mich mit einem Arm und trug mich mit sicherem Griff durch das Nass. Dann tauchten wir auf und mein keuchender Atem bekam ein Echo. Der Schein von Meons Feuerzeug beleuchtete eine Höhle unter der Wasserlinie. Morenoblau zierte die Wände, Muster, die ich noch nie zuvor gesehen hatte. »Schließ die Augen, halt dich an mir fest und halt die Luft an, bis ich dir sage, dass du wieder atmen kannst«, flüsterte Wahida mir zu. Ihre Hand legte sich sanft auf meine Lider und schickte ein flirrendes Feuerwerk von Zahlen durch meine leeren Räume. Ich biss die Zähne zusammen, als die Kälte mir wieder über das Gesicht und in die Haare kroch. »Atmen«, flüsterte es, unendlich nah und weit entfernt. Die Welt rutschte wieder an ihren richtigen Platz und ich lag nach Luft ringend auf den Knien. Meine Hände gruben sich in etwas Weiches, Nasses. Die Luft schien heiß wie in einem

Vulkan zu sein. Asche klebte an meinen Fingern, und als ich den Kopf hob, erahnte ich im Spalt einer anderen Höhle einen schwarzen Strand unter einem orangerosa Abendhimmel. Und dort, wie eingerahmt von den Felswänden, wartete schwanzwedelnd und außer sich vor Freude die Graue. Sie warf mich fast um, und ich lachte und weinte gleichzeitig, weil ich sie wiederhatte. Und noch etwas ließ mich für eine Sekunde einfach nur glücklich sein. *Amad war hier! Und er hat mir ein Zeichen zurückgelassen:* Meine Hündin trug die Reste eines Seils als Halsband. Und daran festgebunden war die lederne Armbinde, die Amads Sklavenzeichen verborgen hatte.

*

Den Soldatenmantel hatte ich in der Höhle zurückgelassen, das Letzte, was ich jetzt gebrauchen konnte, war, aufzufallen. Nur die Graue begleitete mich und drückte sich an mein Bein, als wollte sie mich nie wieder verlieren. Ich hatte Angst davor gehabt, dass Juniper schon fort war – oder vielleicht immer noch gegen die Strömung kämpfte. Aber ich fand sie tatsächlich – mit tiefen Ringen unter den Augen und erschöpft reinigte sie das Transportboot am Rand des Fanghafens. Die beiden Haie waren nicht mehr auf dem Boot, nur die nassen Seile lagen noch darauf. Im ersten Moment fürchtete ich, dass Juniper unsere Beute im Sturm verloren haben könnte, aber dann entdeckte ich blutiges Werkzeug in einer Wassertonne. Jemand hatte den Fang schon verarbeitet. Ein erloschenes Schüreisen lag ebenfalls dort, die undurchdringliche Haut eines Eisenhais zerteilte man nicht mit Klingen, aber vielleicht mit Glut. »Keine Angst mehr vor Haien oder leichtsinnig geworden?«, rief ich. »Was machst du noch hier draußen? Gleich wird es dunkel!«

Juniper fuhr herum und stutzte kurz, aber sie erkannte mich auch ohne den Glanz meiner anderen Lichter und stieß einen Freudenschrei aus. Im nächsten Moment versank ich in ihrer Umarmung, die mich fast zerquetschte. »Wie kannst du schon hier sein?«, sprudelte sie hervor. »Hast du gezaubert? Wo ist Amad? Und hast du Tian gefunden? Mach schon den Mund auf, stummer Fisch!«

Eben hatte ich noch gelacht, jetzt aber fiel die ganze Sorge auf mich zurück. Ich wand mich aus ihrer Umarmung. »Amad und Tian sind gefangen genommen worden.«

Juniper klappte der Mund auf. »Was?«

»Es stimmt. Sie ... sind auf dem Weg nach Ghan.«

»Es ist also schiefgegangen, ja? Verdammt! Komm mit zur Baracke und erzähl mir alles.«

Ich schüttelte den Kopf. »Nicht zu den anderen, Juniper. Sie dürfen nicht hören, was ich dir zu sagen habe. Du hattest recht, ich stamme aus einer Dämonenstadt. Um Amad dort rauszuholen, muss ich wieder zu einer Dämonin werden. Und dafür ... bitte ich dich um deine Hilfe.«

Ich rechnete es Juniper hoch an, dass sie nicht vor mir zurückwich, obwohl sich ihre Augen vor Schreck weiteten. Sie sah sich um, als könnte uns jemand belauschen, dann packte sie mich grob am Ärmel und zerrte mich einfach aufs Transportboot, dorthin, wo wir noch vor kurzer Zeit zusammengesessen hatten. Ich schielte unbehaglich zum Wasser, aber kein Hai ließ sich blicken. »Von Anfang an und diesmal die Wahrheit«, befahl Juniper. »Na los!«

Sie unterbrach mich kein einziges Mal. Und als ich endlich am Ende angelangt war, war sie blass geworden und starrte schweigend aufs Meer hinaus. Der allerletzte Glanz von Helligkeit spielte darauf und in der Ferne schnitten schwarze Flossen durch das Wasser.

»Das erklärt alles«, sagte sie nach einer Weile. »Die Wandelgestalten, die Verelendung der Städte ... und Amad und dich.« Nachdenklich betrachtete sie mich, und ich fragte mich mit bangem Herzen, was sie wohl in mir sah. *Immer noch ihre Freundin? Oder ein Wesen wie ein Wandelhai?*

»Nehmen wir an, ich wäre so verrückt und komme mit«, sagte sie nach einer Weile. »Was wäre mein Part bei der ganzen Mission?«

»Du kaufst den Méganes eine Gabe ab«, antwortete ich. »Vier Haihäute dafür habe ich schon. Aber die wichtigste ist die fünfte. Trotzdem kann ich dir nicht einmal versprechen, dass wir lebend aus der Wüste zurückkommen. Und ich verstehe es, wenn du lieber mit deiner Truppe nach Hause zurückgehst.«

Juniper schnalzte verärgert mit der Zunge. »Was wäre ich dann wohl für ein Mensch?«, wies sie mich rüde zurecht. »Und was wäre ich für eine Freundin, wenn ich dich allein in die Dämonengrube gehen und Amad in irgendeinem Kerker verrecken lasse?« Sie schüttelte den Kopf. »Du musst noch ganz schön viel über uns Barbaren lernen, Dämonenmädchen. Und außerdem: Mit Ködern kenne ich mich aus, im Gegensatz zu dir!«

Zeit der Ketten

»Bereit?«, fragte Meon. Aus dem Augenwinkel konnte ich erkennen, dass Juniper am liebsten in der Wand versunken wäre, damit er sie beim Vorbeigehen nicht streifte. Immer noch fühlte sie sich in Gegenwart der Lichter unbehaglich, aber in der Höhle am Schädelhafen konnten wir kaum Abstand halten. Meon trat hinter mich und legte mir die Hände auf die Schultern. Ich hörte nur Junipers scharfes, überraschtes Atemholen, dann wurde mir schwindelig und ich musste mich an der Wand abstützen, als hätte sich das Gewicht eines zweiten Körpers auf mich gesenkt. Ungewohnt war auch die kalte Nähe der Medaswaffe, die Meon gut versteckt am Körper trug. Ein schwarzes, langes Messer, das in beiden Wirklichkeiten bestehen konnte. Aber als ich die Augen wieder öffnete, gehörte die Welt mit ihren Wegen und Pfaden wieder mir. Trinn glitt als Nächster in das Zwischenreich des unsichtbaren Kerkers. Seine Umarmung war wie Seide auf meiner Seele, vertraut und schön und so schwer wie nasser Samt. Wahida folgte mit einem entschlossenen, genau bemessenen Schritt. Ich musste lächeln, als hinter meinen geschlossenen Lidern Zahlen aufblühten, meine Welt Struktur aus Sekunden und Millimetern bekam. Kallas zögerte. Aber schließlich, nach einer Ewigkeit, murmelte sie: »Also gut.«

Ihre Berührung schickte mir einen kalten Schauer über den Rücken. Es war wie ein zorniger Kuss und alles in mir wurde farbig und grell und bekam den Glanz, nach dem ich so lange gehungert hatte. Trotz allem erfüllte mich eine verzweifelte Sehnsucht, die Schönheit, die ich so sehr vermisst hatte, nie wieder loszulassen.

TEIL IV: MEDASLAND

Dann fühlte ich die Spitze eines schwarzen Dolchs zwischen meinen Schulterblättern. »*Gewöhn dich nur nicht wieder zu sehr daran*«, flüsterte Kallas irgendwo in mir. »*Denk an dein Versprechen: Erst befreien wir Gavran. Und wenn du versuchst, uns reinzulegen, bist du tot.*«

»Ich glaube es einfach nicht«, sagte Juniper ehrfürchtig. »Sie sind einfach immer blasser und dann unsichtbar geworden – aber du ... du bist ...«

»Überirdisch schön«, antwortete ich. »Übermenschlich begabt. Und voller Glanz.« Ich erschrak vor meiner Stimme, so wie sie früher gewesen war – voller Klang, wie ein Lied, das niemand vergaß, der es einmal gehört hatte.

*

Es war einer der kühleren Frühherbsttage, aber nach den Tagen im Schnee erschien mir der Weg zum Sklavenhafen wie ein Gang durch Lavafelder. Ich ertappte mich dabei, wie ich immer wieder nervös nach Amad und den Soldaten Ausschau hielt. Aber wahrscheinlich hatten sie Tibris schon verlassen. *Vielleicht auf demselben Weg, wie wir es vorhaben.*

Die Passanten machten uns ehrfürchtig Platz – einer jungen, reichen Herrin, die in einem goldbestickten Mantelkleid und einem goldenen Seidenumhang strahlte, und ihrer Dienerin, die das Gepäck trug und einen Jagdhund an einer Leine führte.

Ich hätte lügen müssen, um zu sagen, dass ich mich nicht vollständig fühlte – im ganzen Glanz meiner geliehenen Schönheit, mit den Gaben, die mich die Welt wieder sehen ließen, wie ich es von Geburt an gewöhnt war. Aber heute spürte ich auch die Begrenzungen dieser Existenz wie ein zu eng genähtes Kleid, das mir die Freiheit nahm, mehr als nur genau abgezirkelte Schritte zu machen. Wahidas Zahlen ermüdeten mich und mein Glanz richtete unangenehm viele sehnsüchtige Blicke auf mich.

Händler drängten sich uns in den Weg und wollten mich um jeden Preis zu den Markständen lotsen. Sie priesen ihre lebende Ware an und überboten sich mit Rabatten für die Schönste aller Herrinnen, aber Juniper verscheuchte sie und Meon dirigierte mich zielstrebig zu den Händlerpalästen.

Wie alle Händlerpaläste war auch Manoas Domizil mit Menschenfiguren aus Marmor geschmückt – aber an der Fassade dieser bizarren Villa prangten auch Fratzen von Dämonen und in Stein gemeißelte vergoldete Füllhörner voller Schätze und Versprechungen. Auf dem gebeugten Rücken einer Dämonenfrau ruhte ein kleiner Balkon. Darunter standen Türsteher in Golduniformen.

Den Auftritt einer Hohen hatte ich nicht verlernt. Ich wartete gar nicht erst, dass sie mich ansprachen. »Führt mich zu Eurer Herrin!«

»Habt Ihr einen Termin?«

»Wozu sollte ich einen brauchen?«, erwiderte ich kühl, aber schon leicht verärgert. »Richtet Manoa aus, ihre Verwandte will sie sprechen. Canda Moreno, aus Ghan!«

Zumindest die Erwähnung der Stadt wirkte. Der Türsteher riss die Augen auf, aber immer noch wusste er nicht, ob er mir glauben sollte. Neben mir hielt Juniper die Luft an. Ich machte nicht den Fehler, ihn mit Worten zu überzeugen. Zu gut kannte ich die Sprache wirklicher Macht: Schweigen. Also ließ ich die Pause unangenehm lang werden und fixierte den Mann mit dem kalten, ruhigen Blick einer Prinzessin, die langsam die Geduld verlor. Wie erwartet, gewann ich das Kräftemessen. Der Wächter senkte den Blick.

»Einen Augenblick, Herrin. Ich gebe Manoa Bescheid.« Auf seinen Wink hin verschwand sein Kamerad nach drinnen. Kurze Zeit später klappte über uns eine Tür. Manoa erschien auf dem winzigen Balkon. Ihre blinden Augen fanden mich sofort. Besonders erfreut schien sie nicht zu sein. »Sieh an, vier«, bemerkte sie nur.

*

Manoas Empfangssaal glich einer Räuberhöhle, in der jemand alles, was er an Prunk und Schätzen erbeutet hatte, voller Stolz präsentierte. Wir versanken fast bis zu den Knöcheln in kostbaren Teppichen. Umrahmt von goldenen Lüstern und Seidentapeten thronte Manoa in einem Sessel mit geschnitzten Löwenfüßen. An dünnen Ketten angeleint, lagen zwei junge Wüstenlöwen vor diesem Thron. Einer von ihnen fauchte der Grauen entgegen. Jetzt war ich froh, dass ich auf Juniper gehört und der Hündin eine Leine umgelegt hatte. Juniper konnte sie kaum halten. »Sag deiner Dienerin, sie soll draußen mit dem Hund warten«, wandte sich Manoa an mich. Juniper wartete auf meinen Wink, dann zog sie sich gehorsam zurück.

Obwohl die Händlerin blind war, schien sie mich zu mustern. »Moreno, hm? Scheinst meine Geschenke gut angelegt zu haben. Ich höre raschelnde Seide. Aber wo hast du deine zwei Toten gelassen?«

»Ich habe sie weggeschickt.«

»Und dafür hast du ein neues Licht eingefangen? Und dazu noch so ein kostbares, ein Vermögen wert. Schönheit will jeder haben.«

»Das mag sein. Aber sie gehört mir.« Kallas verharrte zwar reglos, aber trotzdem spürte ich, wie angespannt sie war.

Eine flirrende Minute war Stille. Jetzt wurde auch ich nervös. Gelbe Löwenaugen waren auf mich gerichtet, aber als ich diesem Raubtierblick auswich, fing ich an einer Kette ein

Detail ein, das mich fast aus dem Konzept brachte: eine vielfarbige Haarsträhne. *Amad!* Sehnsucht wallte in mir auf wie ein jäher, heißer Schmerz, fast konnte ich seine Nähe spüren. Er und Tian waren hierhergebracht worden. Ich konnte mir denken, wie die Löwen zu Amad strebten und ihm über die Hände leckten. Und wie er unauffällig das Zeichen an mich um die Glieder der eisernen Löwenleine knotete, während Manoa mit den Soldaten verhandelte. *Wir sind auf dem richtigen Weg.*

»Also schön«, brach die Alte die Stille. »Genug der Höflichkeitsspielchen. Was willst du?«

»Ich bringe den Méganes eine Kundin. Juniper will eine Gabe kaufen.«

»Das Fischermädchen, aha. Was zahlt die Hungerleiderin dafür? Zwölf Heringe?« Manoa lachte rasselnd und hustete.

»Deine Provision wird hoch genug ausfallen. Sie zahlt mit der Haut eines Eisenhais. Dreimal zwei Meter siebenundzwanzig. Ich bürge für die Echtheit.«

Manoas Brauen zuckten nach oben. Jetzt war sie ganz Händlerin, hellwach und sachlich. »Wenn es stimmt, was du sagst, setze ich sie auf meine Warteliste. Aber sie wird Geduld haben müssen, wie alle meine Kunden. Ich bin gerade erst von meiner letzten Tour aus Ghan zurückgekehrt. Die nächste findet erst wieder in fünf Monaten statt.«

Jetzt kam es darauf, gut genug zu bluffen. »Ich weiß. Die Reisen sind sehr anstrengend. Du kannst deine Kunden zwar mit einem Wimpernschlag in die Wüste bringen, aber zurück musst du zu Fuß gehen und mit dem Zug fahren wie alle anderen auch.« Vielsagend senkte ich die Stimme. »Denn leider ist der blaue Weg von Ghan nach Tibris versperrt.«

Manoa wirkte völlig ruhig, aber ihre Schoßtiere fingen an, nervös zu werden, als würden sie etwas ganz anderes auffangen.

TEIL IV: MEDASLAND

Immerhin wusste sie jetzt, dass sie es mit einer Moreno zu tun hatte, die das Geheimnis der Wege kannte. »Du solltest lernen, wann man besser schweigt, Tochter der Stadt.«

»Darin bist du ja eine gute Lehrmeisterin«, erwiderte ich mit einem Lächeln. »Du hast sofort erkannt, dass ich eine Hohe bin. Und du sagtest mir zwar, deine Vorfahren seien Hautwanderer gewesen. Aber du hast ganz vergessen zu erwähnen, dass die Übersetzung für Hautwanderer Moreno lautet. Folglich sind wir verwandt. Und innerhalb der Familie sollte man doch niemals Geheimnisse haben.«

Ihre Miene verdüsterte sich. »Moreno!« Sie schnaubte und schüttelte den Kopf. »So nenne ich mich nicht, denn das sind wir doch schon lange nicht mehr. Wie du ganz richtig bemerkt hast, kann ich nur einen Weg gehen, einen einzigen, in eine Richtung. Und den habe ich nicht mal selbst durch die Weltenhaut gebahnt. Das Geheimnis meiner Ahnen starb mit den mächtigsten von ihnen. Meine ganze Kunst besteht darin, die Geister zu sehen. Ich kann nicht einmal mit ihnen sprechen, das glauben nur die Trottel, die auf Botschaften aus anderen Wirklichkeiten hoffen. Also konzentriere ich mich lieber darauf, Käufer und Ware zusammenzubringen.«

Wie Gänsehaut auf meiner Seele spürte ich den Hass und Widerwillen meiner Lichter, und auch ich musste mich zwingen, freundlich zu bleiben.

»Das scheint dir nicht viel auszumachen. Obwohl du siehst, dass die Lichter eigene Wesen sind?«

Manoa lachte leise auf. »Sklaven sind Sklaven, egal ob mit Haut, aus Rauch oder Licht bestehend, oder mit Fell.« Sie deutete auf ihre angeketteten Raubkatzen, die sich die Tatzen leckten. »Im Grunde ist es gleichgültig. Jede Zeit hat nun einmal ihr Handelsgut. Einst waren es Pelze und Muscheln, Beute von Jagdzügen. Später Wissen und Erfindungen. In anderen

Zeiten bezahlte man mit Blut, das waren die Zeiten der Kriege. Es gab die Friedenszeiten von Gold und Perlen, von Reichtum und Musik, von Überfluss. Und jetzt? Haben wir nun mal die Zeit der Ketten. Auch sie wird vorbeigehen, vielleicht schneller als wir denken. Vielleicht handeln wir dann mit Knochensand oder Geschichten, die Hoffnung bringen. Nun, ich werde immer meinen Gewinn haben. Denn ich weiß immer, auf welcher Seite ich mich am besten schlage. Und welchen Preis ich für meine Dienste verlangen kann.« Sie klopfte mit dem Rosendiamanten an ihrem Ring auf das Holz der Armlehne.

»Aber noch sind wir deine Handelspartner«, sagte ich. »So gute, dass du es uns schuldig bist, eine Reise mehr im Jahr zu machen.«

Manoa lehnte sich zurück und verschränkte die Hände vor dem Bauch. »Schuldig?«, sagte sie fast gelangweilt. »Weißt du, was komisch ist? Auf dem Dach des Zuges hätte ich geschworen, du seist ein Stadtmädchen auf der Flucht.«

Ich hoffte, sie würde nicht spüren, wie schnell mein Herz schlug. *Weiß sie es? Hat sie mich durchschaut und wird mich verraten?*

»*Vorsicht*«, raunte mir auch Kallas zu.

Ich lächelte. »Und du hättest eine flüchtige Hohe laufen lassen?«

Manoa stutzte. Ich konnte ihre Gedanken fast sehen. *Welche Strafe steht darauf?*

»Du hast natürlich recht«, ergänzte ich. »Vielleicht bin ich eine Verurteilte, die gegen das Stadtgesetz verstoßen hat. Aber dann würde ich wohl kaum wieder nach Hause wollen. Vielleicht bin ich aber auch im Auftrag der Méganes unterwegs.«

»Warum sollten die Méganes ein Stadtkind in die Wüste lassen?«

Ich senkte die Stimme. »Sie sagten zu mir, eine zukünftige

TEIL IV: MEDASLAND

Mégana sollte ihre Länder kennen. Und sich zu behaupten wissen. Nun, bisher habe ich meine Prüfung bestanden.«

Manoas blinde Augen wurden schmal. Zum ersten Mal hatte ich sie wirklich verunsichert. Ich konnte fast hören, wie sie ihre Chancen und Zweifel gegeneinander aufwog.

»Soweit ich weiß, gibt es mehr Anwärter auf diesen Titel«, setzte sie dagegen. »Vielleicht wirst du gar nicht Mégana.«

»Aber wenn ich es werde, dann wird in den Geschichtsbüchern stehen, dass eine Händlerin namens Manoa die neue Herrscherin einst zu Fuß nach Hause gehen ließ wie eine Bettlerin.«

Manoa leckte sich über die indigoblauen Lippen und schwieg.

Ich ging vorsichtig an den Löwen vorbei. Einer fauchte, aber er wich vor mir zurück und verkroch sich hinter Manoas Thron. Als ich die Hand auf ihren Arm legte, zuckte sie zusammen. Ich hatte tatsächlich vergessen, dass sie blind war.

»Manoa, es ist eine wichtige Mission. Du hast heute Nacht schon zwei Gefangene auf die Reise zurück nach Ghan geschickt. Einen Sklaven namens Amad und einen Hohen mit vier Lichtern. *Er* ist der flüchtige Gefangene, und Juniper hat mir wertvolle Dienste dabei geleistet, ihn für die Méganes zu finden. Mein Auftrag ist es, ihn vor Gericht zu bringen und zu töten. Das habe ich den Méganes mit meinem Blut geschworen – das blaue Mal an meiner Hand kennst du ja. Und die nächsten Reisenden, die du hier erwartest, sind zwei Kommandanten der grauen Garde, darunter Kommandant Taled. Er sollte mich zurück nach Ghan begleiten, aber er hat noch einen Auftrag zu erfüllen.« Ich zog das silberne Abzeichen des Kommandanten hervor und legte es in Manoas Linke. »Hier, prüfe die Rangnummer.« Manoa war ein wenig blass geworden, soweit ich es bei den ganzen Tätowierungen erkennen konnte. Aber wie erwartet, schluckte sie den Köder, ein Geheimnis zu erfahren.

»Eine Mission«, sagte sie. »Dann gib mir ein Stichwort, Verwandte. Sonst läufst du.«

Ich beugte mich noch weiter vor. »Die Zeit der Ketten ist noch lange nicht vorbei«, flüsterte ich. »Sie beginnt erst. Wir haben Tausende von neuen Gaben gefunden, Manoa, in ihrem Versteck. Jede von ihnen ein halbes Königreich wert. Du wirst reicher werden, als du es dir jetzt schon erträumen kannst.«

Ich hatte erwartet, die Sonne in ihrem Gesicht aufgehen zu sehen, aber die Alte wirkte seltsamerweise enttäuscht. »So?«, sagte sie nur und gab mir das Abzeichen zurück. »Tja, weißt du, um ehrlich zu sein, ich habe Geld genug.«

»Dann such dir selbst Gaben aus, die dir gefallen. Gesundheit, Schönheit, vielleicht sogar die Gabe des Sehens. Ich werde dafür sorgen, dass du sie bekommst. Du weißt ja, wir Morenos bezahlen unsere Schulden immer.«

Sie lachte leise auf. »Wenn ich Gaben wollte, hätte ich schon lange welche. Aber mal ehrlich, was soll das? Ich kann einer Frau ihr schönes Haar stehlen und es mir um den Kopf flechten, wenn ich selbst keines habe. Und trotzdem bleibe ich kahlköpfig. Nichts gegen euch, aber dann wäre ich doch nichts weiter als ... ein Dieb, der mit gestohlenem Gold bezahlt, oder nicht, Canda Moreno?«

Für einen Augenblick war ich mir gar nicht mehr sicher, auf welcher Seite sie wirklich stand. Und ob ich wollte oder nicht: Ich bewunderte sie für ihren Mut.

»Hör auf zu reden«, ermahnte mich Meon. *»Wir überwältigen sie und gehen allein durch das Tor!«*

Die alte Traumdeuterin schloss die Lider. Indigoblaue Augen schienen mich zu mustern. Dann begann sie zu meiner Überraschung leise zu lachen. »Also schön, Prinzessin Moreno.

TEIL IV: MEDASLAND

Du und das Fischermädchen bekommt eure Passage.« Ächzend stand sie auf. Ihre Knochen knackten, als sie den Rücken durchstreckte. »Je eher ich dich und deinen Anhang los bin, desto besser, scheint mir.«

*

Ich hatte ein goldverziertes Portal erwartet, aber zu meiner Überraschung führte Manoa uns über steile Treppen in einen felsigen Keller mit langen Gängen.

»Bist du sicher, dass wir nicht irgendwo in einem staubigen Lagerkeller erschlagen und verscharrt werden?«, flüsterte mir Juniper zu. Aber als ich die ersten Glaswände sah, erkannte ich, dass die Händlervilla nur eine Fassade war, die das wahre Wesen dieses Ortes maskierte: Einst war dieses Gebäude ein kleiner Medaspalast gewesen, vielleicht nur ein Stützpunkt. »Wir sind auf dem richtigen Weg«, raunte ich Juniper beruhigend zu.

Der letzte Gang endete in einem Raum ohne Fenster und weitere Türen, ein Glaswürfel, hinter dessen Wänden man im Schein von Manoas antiker Öllampe blau bemalten Fels erkennen konnte. Manoa stellte die Lampe auf den Boden, zog aus ihrer Reisetasche zwei blaue Tücher hervor und reichte sie mir. »Verbinde dem Fischermädchen und dir die Augen.« Wir zögerten beide. »Sonst kehrt um und geht zu Fuß«, sagte Manoa trocken. »Ich bin immer noch die Hüterin dieses Weges. Und wie ihr ihn geht, bestimme ich.«

Ich nahm die Tücher. »Dein Weg, deine Regeln.«

»Na, wenigstens der Hund wird sehen, wohin sie uns führt«, murmelte Juniper. Sie musste sich sichtlich überwinden, aber kurz darauf standen wir Hand in Hand im Dunkeln. Ich konnte hören, wie Manoa das Licht auspustete.

Dann sog uns der Boden ein wie ein gieriges Maul aus Glasstaub und Sand und spuckte uns…

*

…in eine Welt ohne unten und oben. Hustend und nach Luft ringend kamen wir zu uns, auf Knien und Händen, umwabert von glühender Hitze. Am liebsten hätte ich gejubelt. *Wüstenduft! Zu Hause!* Ich riss mir die Binde herunter und blinzelte in das staubige Halbdunkel. Über mir leuchteten blaue Zeichnungen, zerkratzt von den Klauen der Kreaturen, die hier eingesperrt gewesen waren. Die Höhle am alten Schlachtfeld!

Etwas brach unter meinem rechten Knie, Stücke von der obersten, schieferartigen Schicht der Felswand, die die Kreaturen von der Wand gekratzt hatten. Fragmente der Zeichnungen. Ich hob eines davon auf. Es war sandiger Stein, durch und durch gefärbt. Und wie bei einem Stück Kreide blieb etwas Farbe an meiner Haut haften.

Die Wüste überwältigte mich wie eine Umarmung, nach der ich mich wie ein Kind gesehnt hatte. Mein Herz wurde weich und weit, als ich den trockenen Duft nach Sand einsog. Und gleichzeitig wurde ich traurig. In der Nähe lag der mumifizierte Kadaver der Kreatur, die Amad vor wenigen Wochen erlegt hatte, und zwischen den Felsen waren die Grabstätten der Medaskrieger, die vor hundert Jahren hinterrücks ermordet worden waren. Jetzt konnte ich in den Höhlenzeichnungen lesen wie in einem Buch: *Das Medasvolk, das in die Wüste gelockt wurde. Ein Krieg in zwei Wirklichkeiten. Kein Geschichtsbuch erzählt davon. Die Wahrheit als Aberglaube gebrandmarkt, Träume mit Schlafmitteln betäubt, Bücher neu verfasst, um uns eine Welt vorzugaukeln, die draußen gar nicht mehr existiert.*

TEIL IV: MEDASLAND

»Der Rest ist Fußmarsch«, erklang Manoas trockene Stimme aus der Höhle. »Tja, ich hoffe, du bist's wert, Prinzessin Moreno.«

Köder

Vor einigen Wochen war mir der Fußmarsch endlos und erschöpfend erschienen, aber die Reise hatte mich zäh gemacht. Auch Manoa kämpfte sich unverdrossen vorwärts, ohne eine Pause einzulegen.

Die Stadt kam in Sicht, als die Sonne die Türme in rote Glut tauchte und die Silberkuppeln gleißen ließ. »Das glaube ich nicht!«, flüsterte Juniper neben mir fassungslos. Und auch mir verschlug es den Atem. Heute betrachtete ich die Zitadelle mit den Augen der Gewöhnlichen, zu denen ich gehörte. *Und immer schon gehört habe.* Es war erschütternd und faszinierend zugleich, wie magisch und transparent die Stadt wirkte, gleißend und funkelnd und fast schwebend wie die Fata Morgana eines Traumgebildes, das beim nächsten Blinzeln verschwunden sein könnte.

Ich konnte den obersten Teil des Turmes sehen, in dem ich aufgewachsen war. Auch er blendete mich mit der Kälte gnadenloser Perfektion. Dort oben saßen meine Eltern um diese Zeit für die Abschlussbesprechung ihres Richtertages im Arbeitszimmer. *Und Vida? Ob sie aus dem Fenster schaut? Jetzt?* Die Sehnsucht nach meiner kleinen Schwester überwältigte mich.

»Die Dächer, ist das... Silber?«, wollte Juniper wissen. »Alles?«

»Ja, Ghan besitzt den Reichtum der Welt«, antwortete ich leise. *Auch du und deine Truppe haben dafür bezahlt.*

Über das Bluttor hatte ich meine Stadt verlassen, heute trat ich mit Manoa vor das Haupttor. Der Torwächter, der das

TEIL IV: MEDASLAND

kleine Panzerglasfenster öffnete, vergaß vor Erstaunen die korrekte Begrüßungsformel. »Frau Manoa? Der nächste Termin ist doch erst in …« Man hörte das hektische Blättern in einem Papierstapel.

»Brauchst nicht zu suchen, Filomar, ich bin nicht angemeldet, das ist eine Sonderlieferung«, sagte Manoa. »Und ich habe zudem in Tibris den Auftrag bekommen, diese junge Herrin zurück ins Zentrum zu begleiten. Anweisung von Gardekommandant Taled.«

Ich gab ihm ein ungeduldiges Handzeichen. »Mach auf!«

Natürlich gehorchte der Wächter nicht sofort, aber er wurde unsicher. Manoas Wort wog offenbar viel – und er erkannte eine Hohe, wenn er sie sah. Dennoch siegte sein Pflichtbewusstsein. »Ich muss nachfragen, Herrin.«

»Tu das«, erwiderte ich mit drohender Gleichgültigkeit. »Aber beeil dich, wenn dir dein Leben lieb ist. Die Mégana erwartet mich. Und für jede Minute, die ich noch länger in der Hitze herumstehen muss, wird sie dich einen Tag ohne Wasser auf dem Richtplatz an einen Pflock ketten lassen.«

Es war erschreckend, wie mühelos und richtig es sich anfühlte, in mein altes Sein einzutauchen. Juniper war sichtlich befremdet von meiner Härte.

Der Wächter wurde blass und sah fragend zu Manoa. Aber die zuckte nur mit den Schultern. »Eine Minute ist schon um.«

Es schnappte im Schloss und das Tor öffnete sich.

Ich holte noch einmal tief Luft, dann nahm ich allen Mut zusammen und machte den ersten Schritt über die Schwelle meiner Stadt. Das Unbehagen der Lichter war wie ein Eisschauer auf meiner Seele. Die Dolchspitze drückte mir mahnend gegen den Rücken, als ich mit erhobenem Haupt die polierte Marmorstraße betrat. Hier im vierten Ring wirkte ich so fehl am Platz wie ein Rubin auf einem Strohlager. Juniper hatte mir ein Stück Goldborte ins Haar geflochten, aber mein Glanz überstrahlte jeden Schmuck. Die Diener, deren Lebensaufgabe es war, die Straße zu fegen, verbeugten sich neben ihren Zelten. Die Leute in der Nähe starrten mich mit offenen Mündern an, eine leibhaftige Hohe ohne Leibwächter, die einen Jagdhund an der Leine führte. Es war so still, dass man jeden unserer Schritte hörte.

Der überraschende Auftritt verfehlte seine Wirkung nicht, unser Ruf eilte uns voraus. Inzwischen waren vier Wächter zu uns getreten und eskortierten mich.

Es funktioniert tatsächlich!, dachte ich fast erstaunt. *Noch eintausendvierhundertneunundneunzig Schritte bis zum Zentrum.*

Bei den Toren zum zweiten und dritten Ring musste Manoa nicht klopfen, sie öffneten sich, ohne dass wir stehen bleiben mussten. Wenig später wurden wir ins Zollhaus vor der Zentrumsmauer gebeten. Über uns ragten die Türme auf wie drohende Wächter. Bisher hatte ich den Weg wie in Trance gemeistert, aber jetzt bekam ich zum ersten Mal Angst. Ab hier durfte ich mir keine Blöße geben, nicht die geringste Angst zeigen. Diesmal war es Juniper, die mir ermutigend zuzwinkerte. Und mir wurde warm ums Herz, weil diese Abenteurerin, die hundertmal mutiger war als ich, an meiner Seite war.

Der Warteraum duftete nach Rosen. Klimatisierte Luft kühlte unsere Stirnen, zwei nervöse Diener schenkten aus versilberten Glaskelchen Wein in kostbare Gläser. Ein alter kahlköpfiger Mann, seiner weißen Tracht nach zu urteilen ein Verwalter aus den mittleren Etagen des Zentrums, kam in den Raum. Völlig irritiert versuchte er aus meiner Aufmachung schlau zu werden, was ihm natürlich nicht gelang. »Willkommen im zwölften Zollhaus, Herrin …«

»… Moreno«, half ihm Manoa auf die Sprünge.

TEIL IV: MEDASLAND

Seine Augen wurden groß. »Welche Ehre! Und welche... Überraschung!« Er klappte in einer Verbeugung zusammen.

Ich gönnte ihm nur ein kurzes, geschäftsmäßiges Nicken.

»Und Manoa aus Tibris?«, setzte er hinzu. »Wir hatten Euch erst in fünf Monaten wieder erwartet...«

»Heb dir die Konversation mit der Händlerin für später auf und verschwende nicht meine Zeit«, unterbrach ich ihn scharf. Auf einen strengen Wink hin holte Juniper den versiegelten Brief hervor, den ich in Tibris verfasst hatte, und reichte ihn dem Mann. »Leite das Schreiben an das Sekretariat der Mégan weiter. Sofort! Die Höchste Herrin erwartet schon ungeduldig meinen Bericht. Und lass ihr auch das hier aushändigen.« Ich reichte Juniper Amads schwarzen Dolch und Marams Schlüssel. Die Schlösser im Haus der Verwaisten waren sicher sofort ausgetauscht worden. Aber als Geste für die Méganes konnte es mir nur nützen, die Schlüssel freiwillig zurückzugeben.

Jetzt hatte der Verwalter Schweiß auf der Stirn. »Sehr wohl, Herrin.«

»Bereitet die Bittstellerin aus Tibris wie üblich auf die Anhörung vor«, ergriff nun Manoa das Wort. »Alles Weitere wird Herrin Moreno selbst mit den Méganes aushandeln.«

Ich konnte in Junipers alarmiertem Blick lesen. *Manoa lässt uns allein? Was soll das?*

Offenbar verstieß das gegen die Regeln. Der Verwalter war so irritiert, dass er stotterte. »Ihr... Ihr geht wieder fort?«

Manoa stand auf. »Tja, es ist Herrin Morenos Kundin«, sagte sie mit gut geheucheltem Bedauern. »Mir steht kein Lohn dafür zu.«

»Sehr wohl.« Der Verwalter gab Juniper einen Wink. Sie drückte die zusammengerollte Haihaut so fest an sich, dass ihre Knöchel ganz weiß wurden, aber sie folgte dem Verwalter. Die halbe Nacht hatten Juniper und ich damit verbracht, unsere Geschichten genauestens aufeinander abzustimmen, für den Fall, dass man uns getrennt befragen würde. Trotzdem raste mein Herz. *Jetzt gibt es kein Zurück mehr.*

»Lasst uns allein!« Die restlichen Diener flohen aus dem Raum, als hätte eine Windsbraut sie hinausgefegt. »Was soll das?«, wandte ich mich an Manoa. »Warum führst du nicht die Verhandlung wie bei jedem anderen Kunden?«

Die alte Händlerin lachte trocken auf. »Die Abmachung lautet, ich bringe dich in die Stadt zurück, das habe ich hiermit getan. Der Rest ist deine Angelegenheit, zukünftige Mégana. Wer mit Geistern sein Geld verdienen will, muss sie zumindest einmal selbst verkaufen. Aber ich gebe dir ein paar Hinweise für die Verhandlung.« Aus den Falten ihres grauen Gewandes fingerte sie einen zerknitterten Zettel hervor.

Ich konnte kaum verbergen, wie enttäuscht ich war. »Du traust mir also nicht. Oder hast du Angst vor den Méganes?«

»Angst?« Sie grinste süffisant mit ihren blauen Lippen. »Angst ist etwas für Diebe und Verliebte. Und um Vertrauen geht es mir nie, so gut solltest du mich inzwischen kennen. Ich weiß nur, wann ich zur richtigen Zeit am richtigen Ort bin – und wann ich besser mache, dass ich wegkomme. Selbst wenn die Mégana persönlich mich heute einladen würde, meinen Hintern im Eisernen Turm auf Seidenkissen zu betten – nein, danke.«

Ich fröstelte und auch die Lichter wurden unruhig. *Ahnt sie etwas?*

An der Tür drehte sie sich noch einmal um. »Ach ja, hier noch ein kleiner Rat für dich, Familie hält ja zusammen, nicht wahr?« Sie deutete so zielsicher auf meine rechte Hand, als könnte sie sehen. »Bevor du vor die Méganes trittst, nimm den schwarzen Schmuck der Geister ab.« Mir wurde siedend heiß. Tatsächlich trug ich immer noch Medas Ring. Wie konnte ich

TEIL IV: MEDASLAND

so etwas Wichtiges übersehen! Und dann erkannte ich, dass die gierige, herzlose Manoa wohl tatsächlich etwas für mich übrighatte. »Die Méganes könnten sonst denken, du hast was für Sklaven übrig«, sagte sie leise. »Oder zumindest für einen von ihnen, den du so vertraulich Amad nennst, statt, wie es in euren Kreisen richtig heißt: Amad-Ar!« Manoa grinste breit. »Tja, und jetzt weißt du auch, was Diebe und Verliebte gemeinsam haben: Sie sind blinder, als ich es je sein könnte. Falls du tatsächlich die nächste Mégana wirst, gratuliere ich dir und werde dich an dein Versprechen erinnern. Falls nicht ...« Sie zuckte mit einer bedauernden Grimasse die Schultern. »Werde ich vor den Méganes schwören, ich hätte dich durchschaut und dich zurückgebracht, um dich ihnen auszuliefern. Viel Glück!« Ich hörte ihr Lachen noch, als die Tür sich hinter ihr geschlossen hatte. Mit fahrigen Fingern faltete ich den Zettel auseinander. *Wert des Eisenhais: 25 000*, stand dort in winziger, krakeliger Schrift. *Gegenwert der Gabe nach derzeitigem Tarif: Sieben Monate und vier Tage. Viel Glück, blindes Mädchen! Und vergiss eines nicht: Fürchte dich nie vor den Herren. Nur vor Sklaven ohne Fesseln.*

Es war eine wichtige Lektion, die Manoa mir erteilt hatte. Und gleichzeitig verunsicherte sie mich so sehr, dass mir immer noch schlecht vor Schreck war, als der Verwalter wieder erschien. Ihm ging es offenbar nicht besser als mir. Verschwitzt, am Rande einer Panik und kreidebleich bat er mich, ihm zu folgen.

Vor dem Zollhaus wartete eine bewaffnete Gardeeinheit. Ein schwarzer Schleier wurde mir gereicht, der meine Gestalt bis zum Boden verhüllte. Als ich das letzte Tor durchschritt, hob ich den Kopf nicht. Auch so wusste ich, dass ich vom eisernen Turm aus längst beobachtet wurde.

Auch bei meinem letzten Besuch im Gerichtssaal war ich verschleiert gewesen, und wieder scharten sich jetzt flüsternde Menschen in den Gängen und rätselten, was dieser Aufmarsch zu bedeuten hatte. Aber heute betrachtete ich die Hohen Ghans durch den dunklen Schleier aufmerksamer als sie mich. Und was ich sah, war erschreckend und traurig: Menschliche Zentren, umgeben von einem Wabenwerk unsichtbarer Kerker. Lichter, die ihnen tatsächlich ein dämonisches Strahlen verliehen. Aber auch die Menschen selbst waren Gefangene ihrer Gaben: Jeder Schritt und jeder Gedanke war ihnen angepasst, jeder Weg bemessen, jede Freundschaft und jede Verbindung geplant wie ein Räderwerk, in dem alles perfekt zusammenpassen musste. Im Gegensatz zu Tibris wirkte das Leben in Ghan seltsam leblos.

Die Geräusche in den Fluren waren gedämpft, niemand sprach laut, niemand lachte und rannte oder änderte seine Richtung. Auch meine Schritte passten wieder dazu. *Schrittlänge siebzig Komma sieben Zentimeter.* Die Luft roch steril nach genau dosierten Blumenaromen. *Menschenfern*, dachte ich benommen. *Das war meine Welt, die ich geliebt habe.* Aber wie konnte ich hier atmen und leben? Kein Wunder, dass Tian sich stets nach einer Flucht gesehnt hatte und dass Gavran diese Sehnsucht als Gabe mühelos verstärken konnte.

Schwebend und fast lautlos glitt der gläserne Hydraulik-Aufzug nach oben. Auf jedem Stockwerk ließen wir neugierige Gesichter zurück. Im vorletzten Stockwerk stockte mir der Atem. *Zabina und Anib!* Meine Freundinnen standen dort und blickten uns nach. Offenbar waren sie gerade zu einem Fest unterwegs, auf dem sie tanzen sollten. Sie trugen identische Kleider aus gelber Seide und Goldschmuck, der warme Reflexe auf ihre Kastanienhaut und ihr schwarzes Haar warf. Jede ihrer Bewegungen war so anmutig, synchron und fließend, dass

TEIL IV: MEDASLAND

sie sogar mir wie zwei schöne Dämoninnen erschienen. *Zwei Lichter sind an sie gebunden*, dachte ich. *Zwillinge teilen sich ihre Gaben.* Zabina und Anib hatten das Talent für Tanz und perfekten Rhythmus. Und trotzdem erschien mir der wilde, ungelenke Tanz der Menge in Tibris schöner als alles, was ich je an meinen Freudinnen bewundert hatte.

Draußen glühte die Wüste im allerletzten Abendschein. Im Vorzimmer der Méganes tauchten Lampen den Metalltisch bereits in kaltes Licht. Mein Herz machte einen schmerzhaften Satz, als ich den Drehstuhl entdeckte. Auch heute war er zum Fenster gewandt. Fast war ich sicher, dass er gleich herumschwingen und Amad darin sitzen würde, aber der Stuhl war leer. Und trotzdem reagierte die Graue, stellte die Ohren auf, witterte und stieß ein kurzes Bellen aus. *Bitte lass mich recht haben*, dachte ich mit klopfendem Herzen. *Und lass mich so gut lügen, wie Juniper und Amad es mich gelehrt haben.*

»Man erwartet Euch, Herrin.«

Tausendmal hatte ich mich darauf vorbereitet, vor die Méganes zu treten, aber jetzt wurde mein Mund trocken und alles Blut wich aus meinem Gesicht. Bei der fünfzigsten Stufe nahm ich den Schleier ab, ließ ihn auf der Treppe zurück und trat mit gesenktem Kopf durch den brusthohen Durchgang. Auch heute roch es betäubend stark nach Lilien. *Dreizehn Schritte. Mit gebeugtem Nacken stehen bleiben.* Die Absätze meiner Schuhe klackten auf dem polierten Boden.

»*Nur zwei Wächter*«, flüsterte Wahida. »*Fünf Meter vierzehn und sechs Meter siebenunddreißig entfernt, zwei Gewehre.*«

Ich krampfte die Hand um die Leine der Grauen und blieb stehen. »Höchste Mutter, Höchster Vater.« Das Medasgewand raschelte bei meinem Knicks unter dem Seidenumhang.

»Steh auf!«, befahl der Mégan. Aus dem Augenwinkel nahm

ich wahr, wie die Graue beim Klang seiner Stimme mit dem Schwanz wedelte. Ein kurzes Bellen hallte in dem Saal wider. Ich musste mich zusammenreißen, um mir nichts anmerken zu lassen. Ich ließ die Leine los, als wäre sie mir aus Nervosität entglitten. Die Graue trabte mit klickenden Krallen über den Marmor. Nicht zu ihrer Herrin, sondern zu dem Mégan. Mein Herz setzte für einen Schlag aus. *Amad ist tatsächlich bei ihm!*

»Sei dir nicht zu sicher«, sagte Kallas. *»Du hast keine Ahnung, wie tückisch die Méganes sind.«*

»Haltet mir den Köter vom Leib!«, befahl der Mégan unwillig. Die Graue jaulte auf, als er ihr unter dem Tisch gegen die Brust trat. Ich hätte vor Empörung fast aufgeschrien.

Ein Wächter hob die Leine auf und zerrte meine völlig verwirrte Hündin fort. Ich biss die Zähne so fest zusammen, dass es schmerzte. *Nichts anmerken lassen!*

Beim Aufstehen ließ ich den Seidenumhang, der mein Gewand verbarg, zu Boden fallen und hob das Kinn, durch und durch eine Stadtprinzessin, und eine siegreiche Eroberin dazu. Sand rieselte aus den geglätteten Falten auf den polierten Boden.

Meine Lichter waren wie eingefroren, aber ihr Hass gegen die Méganes durchglühte mich bis auf den Grund meiner Seele.

Das Zentrum des Netzes, dachte ich. *Zwei Herrscher, eine Zweiheit.*

Die Mégana war blasser gepudert als sonst, sie wirkte fast durchsichtig und so hart wie Milchglas, und heute schenkte sie mir kein Lächeln. Vor ihr auf dem Tisch lag Amads schwarzer Dolch und daneben eine dicke Akte, auf der mein Name prangte. Vermutlich war darin meine Reise genauestens dokumentiert. Zumindest die Route, die von den Falken übermittelt wurde.

Der Mégan saß lässig zurückgelehnt in seinem Sessel, seine

TEIL IV: MEDASLAND

Greisenhand spielte mit Marams Schlüsseln. Daneben lag mein geöffnetes Schreiben, die Eintrittskarte in den Eisernen Turm. Der Wächter hielt die Graue an der kurzen Leine, aber immer noch starrte sie den Mégan an. Seltsamerweise fühlte ich keinen Triumph darüber, richtig vermutet zu haben, nur eine unendliche Erleichterung, dass mein Geliebter nicht tot war. *Ist er in seinem unsichtbaren Gefängnis betäubt? Oder sieht er mich, ohne sich wehren zu können?*

Und trotzdem brachte es mich fast aus dem Konzept, als der Mégan sich vorbeugte und die Schlüssel ablegte. Die raubtierhafte Bewegung, die Schärfe des Falkenblicks, ja, das war Amad.

Vergiss ihn, ermahnte ich mich sofort. *Hier ist er nur eines: Eine Gabe des Megan und somit dein Gegner.*

Auf einen scharfen Wink der Mégana verließen die beiden Bewaffneten den Raum. Die Graue stemmte sich gegen die Leine, aber sie wurde über den glatten Boden durch die Tür, die zum Gefängnistrakt führte, hinausgeschleift.

»*Du hattest recht*«, raunte Wahida mir zu. »*Sie wollen keinen Mitwisser. Jetzt sind wir fünf gegen zwei.*«

»Interessant«, bemerkte der Herrscher. »Du hast deine vierte Gabe wieder. Wie ist es dir gelungen, sie wieder an dich zu binden?«

»Sie war nie ganz von mir getrennt«, erwiderte ich. »Und meine Urahnin hat mir ein längst vergessenes Geheimnis geschenkt.«

Damit war der Rahmen abgesteckt. Mein Geheimnis war mein Handelsgut.

Die Herrscher wechselten einen kurzen Blick. »In dem Brief behauptest du, das Gewand, das du trägst, hast du in einem Palast gefunden?«, bemerkte die Mégana. »Für mich sieht das eher aus wie das Hochzeitsgewand einer Moreno.«

»Weil unsere Hochzeitsgewänder Kriegsbeute sind. Wir tragen sie in der Nacht vor der großen Verbindung, um uns selbst und unsere Gaben daran zu erinnern, wer vor hundert Jahren als Sieger aus einem Krieg in der Wüste hervorging«, antwortete ich. »Ebenso wie die Farbe auf unserer Haut, die einst magisch war und unsere Vorfahren bis zu den Sternen führte – und die Sterne zu uns.« Ich legte Kallas' ganze Schönheit in ein kühles, triumphierendes Lächeln. »Das Gewand gehörte Prinzessin Meda. Ihr wisst es ebenso gut wie ich.«

Die beiden Gesichter wurden völlig neutral, als hätte man Schrift von einer Tafel gewischt.

»Gewährt Ihr mir also die Gnade, mich anzuhören, Höchste Eltern?«

»Dafür bist du hier und büßt nicht schon im Haus der Verwaisten für den Angriff auf die Verwalterin des Verwaistenhauses«, erwiderte der Mégan mit lauernder Ruhe.

Es gelang mir gut, schuldbewusst und gleichzeitig erleichtert zu wirken. »Danke, Höchster Vater. Ich habe Euren Auftrag erfüllt, Höchste Mutter. Und wie Ihr wisst, bezahlt eine Moreno stets ihre Schulden. Ihr habt mir mehr gegeben, als ich verdient hatte: die Freiheit, ein faires Angebot, einen fähigen Sklaven, der mich beschützt hat…«

»Wäre er fähig gewesen, hätte er dich getötet, als du vor unserer Garde geflohen bist«, erwiderte der Mégan.

Ich nickte. »Amadar hat auf mich geschossen, wie Ihr es befohlen habt. Und anfangs war ich enttäuscht über diesen Befehl, aber dann durchschaute ich, dass es nur logisch ist. Es sollte verhindern, dass meine Gaben aus dem Zugriffsbereich Ghans fliehen. Ich würde sterben, aber zumindest meine Gaben wären für Ghan nicht verloren. Aber Amadar war in meine Pläne nicht eingeweiht und konnte nicht ahnen, dass sein Schuss mich nicht töten würde. Wie Ihr wisst, besitze ich die Gabe der Zahlen. Ich kann Entfernungen weitaus besser schätzen als ein gewöhnlicher Sklave, so gut er auch Fährten lesen und Fallen entschärfen kann. Und ich kenne die Flugbahnen von Kugeln und die Zeit, die ich habe, einem tödlichen Schuss zu entgehen, noch bevor mein Gegenüber weiß, dass er abdrücken wird. Und ja, ich bin geflohen. Ich musste der Garde davonlaufen, denn ich war fast am Ziel. Nur so konnte ich verhindern, dass Tian mit seinen und meiner Gabe entwischen konnte. Aber… ich habe noch etwas gefunden. Ein Geheimnis meiner Ahnin Tana Moreno: Ich habe entdeckt, wie ich meine entflohene Gabe zu mir zurückholen kann.«

Wie beiläufig strich ich über das Prunkgewand. Der eigentliche Köder in meiner Ansprache war der »gewöhnliche Sklave« gewesen und der Mégan schien anzubeißen. Er entspannte sich fast unmerklich, das Misstrauen schien zu weichen. Er glaubte, ich wüsste nicht, was Amad wirklich war. *Gib deinem Gegner immer das Gefühl, im Vorteil zu sein.* »Ich bringe Euch von meiner Reise Dinge, die Euch sicher am Herzen liegen«, wandte ich mich wieder an die Mégana. »Nicht nur Euren Jagdhund, einen Verräter und eine Gabe, die für Ghan fast verloren gewesen wäre. Nein, auch ein Geheimnis, das mit Tana Moreno und den anderen Gründern unserer Stadt starb und das Ghan stärker und mächtiger machen wird als je zuvor: der Zugang zu neuen Lichtern. Ich weiß jetzt, wo wir suchen müssen. Und wie wir zu ihnen gelangen.«

Die Herrscher schienen sich unmerklich abzustimmen. Dann nickte mir die Mégana zu. »Sprich weiter.« Eine Gänsehaut an meinem Nacken ließ mich frösteln. Ich wartete darauf, die Wächterschatten auftauchen zu sehen, aber die Toten hatten wohl eine andere Vorstellung vom richtigen Zeitpunkt. *Nicht nervös werden, Canda. Es wäre das erste Mal, dass die zwei sich die Aussicht auf Blut entgehen lassen würden.*

Fragte sich nur, wessen Blut es sein würde.

Ich schluckte. »Ja, ich weiß um das Geheimnis unserer Macht, das in jeder Generation vielleicht nur die Méganes und die Höchste Richterzweiheit kennen: Unsere Gaben sind eigene, magische Wesen. Kriegsgefangene aus dem Medasvolk. Unsere Gefangenen seit Anbeginn Ghans, Pfeiler unserer Macht. Sie altern nicht in ihren unsichtbaren Gefängnissen, wir vererben sie von Generation zu Generation. Und manche verleihen wir für einige Zeit, um unsere Macht zu mehren. Wenn ich richtig vermute, könnt Ihr jedes Licht an jeden Menschen binden – vielleicht habt Ihr selbst mehr als vier. Aber alle Lichter werden schwächer und die ersten verlöschen schon seit einigen Jahrzehnten. Tana und die anderen, die einst hingerichtet wurden, haben das Geheimnis, wie man in die Wirklichkeit des Medasvolkes gelangen kann, mit ins Grab genommen. Wir müssen neue Gefangene machen – oder Ghan wird ausbluten.« Im Hintergrund fiel ein Lilienblatt zu Boden. Das Geräusch schien laut wie ein Donnern zu sein, so still war es im Saal. »Schickt mich zu Medas Palästen«, fuhr ich mit fester Stimme fort. »Lasst mich die Zugänge suchen und wieder öffnen. Ich bringe neue Lichter für Ghan.«

»Du?«, bemerkte der Mégan spöttisch.

»Immerhin ist es mir gelungen, meine Gabe zurückzuholen. Sie wollte mich töten, aber ich lebe noch. Und wie Ihr Euren Aufzeichnungen sicher entnehmen könnt, habe ich Windsbräuten getrotzt und ein Meer voller Eisenhaie überquert, nur um mein Ziel zu erreichen.« Ich trat noch näher an den hufeisenförmigen Tisch heran und senkte die Stimme. »Ich habe einen Plan, und dafür brauche ich eine Begleitung, eine Haijägerin. Sie ist Euch bereits gemeldet worden. Ohne sie wäre ich nicht so schnell bis zum Medaspalast vorgedrungen. Schon lange sucht sie nach den Dämonen, wie sie uns nennt. Sie

TEIL IV: MEDASLAND

träumt von der Gabe des Eroberers, will eine Flotte gründen und neue Jagreviere erkunden. Sie will zu Reichtum kommen und sie wäre die beste Kommandantin, um Truppen durch gefährliches Gewässer zu bringen, wenn es nötig ist. Wenn ihr dieser Frau Tians Gabe vermietet, dann wird sie mir helfen, die anderen Lichter aufzuspüren, die alten Durchgänge in den Weltenhäuten zu finden, in den Palästen, den Zufluchtsorten anderer Wirklichkeiten.«

»Warum sollten wir ausgerechnet dir eine so wichtige Aufgabe anvertrauen?«

»Weil es ohnehin meine Bestimmung ist. Genau dafür waren meine und Tians Gaben doch ausgewählt und aufeinander abgestimmt worden. Jeder in Ghan hat eine Aufgabe, danach werden unsere Gaben uns bei der Geburt zugewiesen und unsere Hochzeiten passend kombiniert und innerhalb der Zweiheit wird alles fest verbunden: Mein Talent, Wege zu finden und gut zu berechnen, meine Erinnerung an jeden Schritt, und Tians Gabe, Grenzen zu überschreiten und neue Kontinente zu entdecken. Zusammen ergibt das eine Zweiheit, die fähig ist, sogar den Himmel zu erobern, die Lichter in anderen Wirklichkeiten aufzuspüren und für Ghan zu erbeuten. Gebt mir die Chance, diese Aufgabe zu erfüllen! Auch ohne Tian.«

»So viel Einsatzbereitschaft von einer Moreno, die bereit war, eine alte Frau fast umzubringen, um sich unserem Urteil zu widersetzen?«, fragte der Mégan lauernd. *Er umkreist das Boot, auf dem ich in meine vier Haihäute gehüllt sitze.*

Ich richtete mich zu meiner vollen Größe auf. »Ich weiß, was ich getan habe, und ich kenne meinen Platz in meiner Stadt...«

»Du hast keinen Platz mehr darin«, berichtigte mich die Mégana mit freundlicher Kälte. »Alles, worauf du hoffen kannst, ist das, was du mir mit deinem Blut geschworen hast: ein Leben in meinen Diensten.«

Du meinst wohl ein Leben in Wahnsinn unter Glas, während du meine Lichter für dich benutzt.

Ich nickte und lächelte. »Und ich bin zurückgekehrt, um diesen Pakt zu erfüllen, Höchste Mutter. Meine Gaben gehören Euch, so habe ich es mit meinem Blut unterzeichnet. Und…« Ich deutete auf den schwarzen Dolch, »…auch den anderen Teil meines Versprechens erfülle ich. Ihr hattet recht. Tian ist schuldig. Und deshalb werde ich ihn töten, mit dieser Waffe, so wie es mein Pakt vorsieht. Und das Letzte, was er sehen wird, bin ich, die Braut, die er verlassen hat, in einem Hochzeitsgewand.«

Jetzt hatte ich sie. Das war die Sprache, die sie am besten verstanden. Die Augen der Mégana bekamen einen dunklen Glanz und der Mégan zeigte ein schmallippiges, düsteres Lächeln, das mir einen Schauer über den Rücken jagte.

»Tian hat mir meine beste Gabe gestohlen. Sie war fähig, menschliche Gestalt anzunehmen! Die Lichter sind tückisch und sie lernen, Höchste Eltern! Und niemand kann das besser einschätzen als ich.« Dafür, dass ich keine geborene Lügnerin war, hörte ich mich wohl erschreckend glaubwürdig an. Kallas wurde spürbar nervös.

Der Mégan hob eine Augenbraue und winkte ab. »Wir wissen schon lange, dass es möglich ist, dass die Lichter uns betrügen können, um ihre Besitzer zu verlassen.«

Besitzer. Ich fröstelte. Der Mégan legte seine Hand auf die der Mégana, eine seltsam vertrauliche Geste, die mich bei diesem kühlen Paar irritierte. Die alte Frau schluckte, aber ihre Miene blieb maskenhaft. Dennoch hatte ich den Eindruck, sie hätte seine Hand am liebsten weggeschlagen. »Was glaubst du, weshalb unsere Ärzte die Bürger vor den Einflüsterungen der

Träume beschützen?«, sagte der Mégan. »Weil es tatsächlich geschehen kann, dass eines davon einen wankelmütigen Menschen wie Tian auf seine Seite zieht.«

Ich bin also nicht die Erste, die von ihrer Gabe verlassen wurde.

»Du willst uns also neues Handelsgut bringen«, wechselte die Mégana abrupt das Thema.

Ich nickte. »Gebt meiner Dienerin Tians Gabe für sieben Monate, Höchste Eltern. Sie bezahlt gut und Ihr könnt nur gewinnen. Und wenn mein Plan aufgeht, bringe ich den Reichtum hundertfach nach Ghan zurück.«

»Was hast du davon?«, fragte der Mégan. »Mégana wirst du nicht mehr.«

Ich zog die Stirn kraus, als hätte er mich gekränkt. »Sicherheit und gefestigte Macht für meine Familie, eine Zukunft für meine Schwester. Es ist immer noch die Stadt meiner Ahnen. Und...« Ich leckte mir über die Lippen, als würde es mir schwerfallen, eine Schwäche einzugestehen, »vielleicht erweist Ihr mir auch die Gnade, trotz allem ein Leben führen zu dürfen, das meinen Gaben entspricht. Manoa ist alt, vielleicht muss schon bald jemand anderes ihre Aufgabe erfüllen. Ich bin eine Moreno und ich wäre eine würdige Hüterin der blauen Wege.«

Gut, murmelte Meon. *Demut gefällt ihnen. Sie haben es geschluckt.*

Der Mégan lachte ein knarrendes Greisenlachen. Aber die Art, wie er sich wie ein sehr viel jüngerer Mann mit einem katzenhaft anmutigen Schwung in die Lehne zurückfallen ließ, brachte Amad zum Vorschein. Ich musste den Blick abwenden. *Er leiht sich auch seine Jugend,* dachte ich voller Wut.

»Na schön, dann sehen wir uns das Angebot deines Fischermädchens mal an.« Er ließ die Rechte seiner Frau los. Eine Klingel schrillte. Ein Diener erschien an einer Seitentür. »Bringt die Reisende!«

Wieder einmal merkte ich, wie wenig ich im Grunde von meiner Stadt wusste. Ich hatte damit gerechnet, dass ich Juniper erst bei der Übergabe der Gabe wiedersehen würde – irgendwo in einem Handelshaus im unteren Teil des Zentrums vielleicht. Aber ganz sicher nicht hier im obersten Teil des Turms. Von Kindheit an hatte ich gelernt, dass kein Niederer jemals den Eisernen Turm betreten durfte. Aber Reisende, die Geld mitbrachten, entweihten diesen heiligen Boden offenbar nicht.

»Danke, Höchster Vater. Und… darf ich noch eine Frage stellen?«

Der Mégan lächelte Amads spöttisches, schiefes Lächeln und verschränkte die Arme. »Vertreib uns die Zeit«, meinte er gönnerhaft.

»*Er spielt nur mit dir*«, warnte mich Kallas.

Das weiß ich!, hätte ich ihr am liebsten zugezischt.

»Am Ende des blauen Wegs, der von Tibris in die Höhle zu den Schädelfeldern führt, gibt es Höhlenzeichnungen, die das große Chaos darstellen. Tana Moreno und vier andere wurden hingerichtet. In unseren Geschichtsbüchern steht aber, Tana sei die erste Herrscherin gewesen.«

»Die erste Herrscherin hat ihr zu Ehren ihren Namen angenommen«, antwortete die Mégana.

»Aber warum mussten Tana und die anderen sterben?«

»Du kennst die Antwort. Die Traumdeuter der fünf großen Familien haben sich geopfert, um ihren Stämmen Macht zu schenken. Sie haben den Medasleuten ihr Wort gegeben und ihr Vertrauen gewonnen. So erhielten sie die blauen Wege und magischen Fähigkeiten, die sie über die Gewöhnlichen erhoben. Aber sie haben den Vertrauenspakt gebrochen, in Absprache mit ihren Stämmen, das war der Plan von Anfang an. Mit Medas Magie schufen sie ein Zwischenreich und banden das

Medasvolk darin. Es ist eine Kunst, ein Volk mit seinen eigenen Mitteln zu schlagen. Aber es ist auch ein Gesetz aller Wirklichkeiten, dass sich Magie ins Gegenteil verkehrt, wenn ein solcher Verrat nicht gesühnt wird. Tana und die anderen wussten das. Blut gegen Blut. So knieten sie freiwillig vor den Henkern in den Sand und bezahlten für ihre Stämme den Preis. Und indem sie das letzte Geheimnis ihrer Magie mit sich nahmen, versiegelten sie ihre Tat in unserer Wirklichkeit. Dafür weben wir ihre Legende und erweisen ihnen die Ehre ewigen Ruhms.« Anerkennend nickte sie mir zu. »Du bist deiner Ahnin Tana würdig.«

Ich antwortete mit einem Kallas-Lächeln, das sogar ihre Miene sofort weicher werden ließ.

»Ich werde meinen Pakt erfüllen! Erfüllt Ihr auch Euren, Höchste Mutter?«

Die Mégana nickte. »Tian wartet nach der Anhörung deiner Dienerin im Gefängnis auf dich. Wir haben bereits Anwärter aus unseren Kreisen für seine Gaben gefunden.«

Das Zentrum des Netzes

Juniper trat lautlos ein. Mit gesenktem Kopf, wie es ihr gesagt worden war. In dieser polierten Pracht wirkte sie in ihren Fischerhosen und ihrer Jacke mit den unzähligen Taschen wie ein Wesen aus einer anderen Welt. *Einer raueren, schöneren Welt*, dachte ich. *Voller Gefahren, Ungewissheit, Weinen und Lachen.*

Der Mégan kam ohne Umschweife zur Sache. »Los, dein Angebot!«

Ich zuckte innerlich zusammen. Noch nie war mir so klar vor Augen geführt worden, dass die hochwohlgeborenen Méganes die rohe Sprache von Seelenhändlern sprachen. Für Juniper mussten die beiden dagegen wie würdevolle, strahlende Dämonenherrscher wirken. Als sie aufblickte, riss sie die Augen auf. Und das war nicht nur Schauspielerei. »Höchste Herren«, hauchte sie und fiel auf die Knie. Und zu mir sagte sie unterwürfig: »Herrin!«

Auf mein Zeichen hin rollte sie die Haihaut auf dem Boden aus. Weißer Glanz funkelte auf. Fisch- und Meeresgeruch überlagerte sogar die Lilien und brachte mir in einem Atemzug alles zurück: das Rauschen des schwarzen Wassers, Amads Umarmung, die Haut seines Halses an meiner Stirn, als ich mich an ihn schmiegte. Und seinen Duft.

»Diese Ware ist fünfundzwanzigtausend Magamar wert«, sagte ich mit belegter Stimme. »Mindestens. Für eine Gabe ein guter Preis.«

Der Mégan kniff die Augen zusammen. »Und das Mädchen ist Haijägerin, sagst du. Du glaubst wirklich, sie kann mit einer so mächtigen Gabe umgehen?«

Heuchler, dachte ich, *du hast es im Bericht doch gelesen, dass sie Haie jagt, dein Falke saß auf unserem Boot.*

»Sie ist die beste Jägerin, die ich finden konnte, Höchster Vater. Und die würdigste für ein Talent von solcher Größe.«

»Du verlässt dich also auf sie?«

Ich lächelte ihm wissend zu. »So wie Ihr Euch auf Eure Garde.« Damit war es mir gelungen, ihn zu amüsieren. Er nickte mir anerkennend zu.

Das Flirren zwischen den beiden Herrschern war spürbar wie Hitzewellen in der Luft, eine stumme Zwiesprache im geschlossenen Kreis der Zweiheit. Dann nahm der Mégan den Dolch und warf ihn mir mit einer fast verächtlichen Geste zu. Ich schnappte ihn sicher am Griff aus der Luft.

»Die Gabe des Eroberers«, sagten die beiden Méganes wie aus einem Mund in perfektem Gleichklang. »Sieben Monate und keinen Tag länger.«

Ich stutzte. *So einfach?* »Danke, Höchste Eltern!«

»Danke, Höchste Herren von Ghan!« Juniper verbeugte sich, bis ihre Stirn fast den Boden berührte. Aber von der Seite blitzte sie mir einen triumphierenden Blick zu. *Es funktioniert!*

Ich war vorsichtiger. Und im selben Moment, als Trinn »*Wachen!*« flüsterte, wusste ich, dass wir noch lange nicht gewonnen hatten. Juniper wollte aufstehen, aber ich gebot ihr, auf den Knien zu bleiben. Es kostete mich viel, ruhig zu sein, während zwei Soldaten am Hufeisentisch auf mich zugingen und auf halber Höhe zwischen uns und den Mégan stehen blieben.

»Die Gefängnisgarde wird dich nun zu Tian bringen«, sagte die Mégana. »Aber vorher brauchen wir noch einen letzten kleinen Beweis deiner absoluten Vertrauenswürdigkeit.«

In aller Ruhe entsicherten die Soldaten ihre Gewehre und zielten... auf meine Knie. Mir wurde siedend heiß.

»*Sie haben gelogen*«, zischte Wahida.

»*Ruhig bleiben*«, murmelte Meon.

Ich hob das Kinn und umschloss den Dolch fest mit der Hand. Am Hals des Mégan sah ich eine Ader pochen. Als könnte er meine Gedanken lesen, lächelte er wie eine Raubkatze, die ihre Krallen an der Kehle der Beute hat.

»Wir haben natürlich nicht vor, einer unserer geliebten Töchter wehzutun«, sagte die Mégana sanft. »Aber du musst uns verstehen. Du warst weit fort von Ghan und seinen Gesetzen. Da müssen wir doch prüfen, ob du uns immer noch so treu bist, wie es ein so wichtiger Auftrag verlangt.«

»Und wozu die Gabe an eine Fischerin verschwenden, wenn wir sie einem unserer loyalsten Kommandanten geben können«, ergänzte der Mégan. »Er wird dir eine fähigere Begleitung sein.« Mit einem Kinnrucken deutete er auf Juniper. Der Auftrag an mich war klar. *Töte sie mit dem Dolch.*

Ich schluckte. *Verdammt, wo sind die Wächterschatten?*

Natürlich hatte auch Juniper verstanden. Sie hob den Kopf und starrte mich an. Ihre Augen waren grauer, harter Kristall.

»Du zögerst?«, sagte die Mégana.

Juniper reagierte schneller als ich. In einer Sekunde verwandelte sie sich in eine Person, die sie nicht war. »Bitte, Herrin, nicht!«, flehte sie mich an. »Tut mir nichts an! Ihr habt mir doch versprochen…« Sie krümmte sich zusammen und kroch auf allen vieren im Bogen von mir weg. Ihre Hand kam auf dem Rand der Haihaut zu liegen. *Die Haut!*

Als Junipers Finger sich in den Rand krallten, erkannte ich, dass zwei Menschen auch ohne eine Zweiheit zu sein exakt denselben Gedanken haben konnten.

Ich drehte den Dolch mit einem Schnappen meines Handgelenks so um, dass ich von oben auf sie herunterstoßen konnte, dann stürzte ich zu ihr, kam neben ihr auf die Knie, packte ihr Haar und bog ihren Kopf zurück.

TEIL IV: MEDASLAND

Unser Kampf war wie ein eingespieltes Theaterstück. Ihr panischer Aufschrei, ihre Hand, die meinen Dolcharm packte. Wir rangen, dann keuchte ich auf, als es ihr mit scheinbar viel Kraft gelang, meine Hand mit dem Dolch herunter auf den Boden zu drücken – am Rand der Haihaut. Ich ließ die Waffe los und packte zu. Die Mégana begriff schneller als ihr Mann. Ihre Stimme gellte schrill im Raum. »Erschießt die Barbarin, setzt die Gefangene außer Gefecht!«

Wir rissen die Haut hoch, ein funkelnder Schild zwischen uns und den Soldaten, sprangen auf und rannten los. Die Lichter verließen mich schon beim ersten Schritt. Die Wucht der zwei Geschosse bremste uns wie ein Schlag und brachte mich zum Stolpern, aber die Schüsse prallten an der Haihaut ab. Der Mégan bellte einen Befehl. Rechts von mir tauchte ein Soldat auf. Und direkt hinter ihm schnippte Meon aus der Unsichtbarkeit. Dann verschmolz die Zeit zu einem Tanz aus schwarzen Klingen, Gebrüll und Schüssen. Juniper und ich duckten uns, die schützende Haut über uns gebreitet.

Juniper zog das Gewehr eines Soldaten zu sich und lud es neu durch.

Doch schon war der Spuk vorbei, die Stille, die folgte, ohrenbetäubend.

»Sie sind geflohen!«, sagte Trinn atemlos. »Hinter dem Altar mit den Kerzen ist ein Durchgang.«

In der Ferne erklang ein Alarmsignal. Juniper warf die Haut ab und sprang auf. Der Raum war ein Schlachtfeld. Fünf Soldaten lagen auf dem Boden, kriechendes Rot spiegelte das Licht. Der Stuhl der Mégana war umgefallen – und die Herrscher waren verschwunden. »Was für eine Albtraumstadt«, stieß Juniper hervor. »Und du wolltest wieder so sein wie diese Henker?«

Wahida kam aus der Tür, die in den Gefängnistrakt führte.

Offenbar war sie auf einer eigenen Mission unterwegs gewesen. Blut tropfte von ihrem Sichelschwert, in der Linken hielt sie den Revolver einer Wache, am Gürtel steckte eine weitere Beutewaffe. Mein mathematisches Mädchen verließ sich nie auf die Wahrscheinlichkeit, mit nur einer Waffe einen Kampf zu gewinnen. Sie lauschte auf die Schritte, die sich vor der Haupttür näherten. »In vierzehn Sekunden haben wir den Rest der Wache am Hals.«

Ich packte den Dolch. »Amad rechnet damit, dass wir den Méganes folgen. Aber wir gehen in den Gefängnistrakt! Wir müssen Tian finden, er kennt die geheimen Wege der Stadt.«

»Gavran kennt sie«, korrigierte mich Kallas. Dann streckte sie mir die Hand hin und zog mich hoch.

Wir verbarrikadierten die Tür hinter uns mit den Stühlen aus dem Herrschersaal. Wahida hatte ganze Arbeit geleistet. Kein Wärter stellte sich uns in den Weg, weder auf der Treppe noch unten, wo sich das Gefängnis in vier Gänge teilte. Grünliches Kaltlicht flackerte in nackten Birnen. Nur wenige blasse Gesichter hinter dickem Panzerglas wandten sich uns zu. Die Zellen waren winzig. In graue Kleidung gehüllt kauerten die Gefangenen auf nacktem Betonboden. »Hier vorne ist er nicht«, stellte Trinn fest. Wir schwärmten in die Gänge aus. Ich stürzte in den vierten Gang und atmete auf. *Kurz geschorenes Kupferhaar.* »Tian!« Er lag mit dem Rücken zu mir. Ich trommelte mit den Fäusten gegen die Scheibe, aber er rührte sich nicht.

Wahida schlug mit dem Ellenbogen einen Schalter neben der Scheibe ein. Es knackte, dann umwallte mich plötzlich Atem und Husten aus allen belegten Zellen. »Gegensprechanlage«, erklärte sie.

»Tian!«, wiederholte ich. Aber dann wurde mir bewusst, dass mich meine Hoffnung ein zweites Mal in die Irre geführt hatte.

TEIL IV: MEDASLAND

»Jenn?« Der Junge aus dem vierten Ring, der in der Brautnacht Tians Rolle gespielt hatte, richtete sich mühsam auf und wandte sich zu mir um. Man hatte ihm das Haar abgeschnitten. Obwohl meine Lichter mir keinen Glanz mehr liehen, erkannte er mich sofort. Angst huschte über sein zerschundenes Gesicht. Aber als er die anderen sah, die eindeutig keine Gefängniswachen waren, leuchtete Hoffnung darin auf. »Ihr ... flieht?«

Ich nickte. »Wir holen dich raus!« Trinn und Meon stürzten los, als hätte ich einen Befehl erteilt. Jetzt war ich allein in dem langen Gang.

»Hast du Tian hier gesehen, Jenn? Den Mann im Mantel, der dich betäubt hatte?« Er wollte antworten, aber dann zuckte er zusammen. Oben donnerten Schläge gegen die verschlossene Tür.

Hier unten bei uns klackte es, Schlösser schnappten, dann glitt das Panzerglas mit einem Surren nach oben. Wahida hatte einen Schlüssel gefunden – oder wohl eher einen Zahlencode geknackt. Kerkergestank brachte mich fast zum Würgen, als Jenn aus der Zelle kroch. Ich half dem Jungen auf die Beine. »Tian?«, fragte ich noch einmal.

Er schüttelte den Kopf. »Durch diesen Gang werden alle Gefangenen geführt. Aber er war nicht dabei.« Jetzt hatte ich Gänsehaut. Die Mégana hatte gelogen. *Um mich in die Falle zu führen.*

Stimmen hallten durch die Gegensprechanlage, Gefangene, die einander riefen, Schläge von Fäusten, die gegen noch geschlossene Zellenwände hämmerten. Und ein Hilfeschrei, der mich wie eine heiße Lavawelle erfasste. Die Stimme, die ich so gut kannte wie meine eigene, kam nicht aus der Sprechanlage, sondern vom vorderen Ende des Ganges. Und sie war so schrill vor Angst, dass meine Beine mich ganz von selbst dorthin trugen, obwohl mein Verstand mir befahl, stehen zu bleiben. Aber da sah ich es schon, und nichts in der Welt hätte mich dazu gebracht, jetzt noch wegzulaufen.

Es war keine Zelle, sondern eine Art Verhörraum, betonglatt und so lichtlos, dass ich nicht erkennen konnte, wo er anfing und aufhörte. In der Mitte, in einem einzelnen, scharf abgegrenzten Lichtkegel, wand sich ein gefesseltes blondes Mädchen mit verbundenen Augen in Todesangst auf einem Metallstuhl.

Mir wich alles But aus dem Gesicht. »Vida!«

Meine kleine Schwester hob ruckartig den Kopf und hörte auf, sich gegen ihre Fesseln zu stemmen.

»Canda?« Ihre Stimme klang hoch und fiepsig wie die eines Kindes. Sie verstummte mit einem erschrockenen Luftschnappen, als sie die Klinge eines Messers an der Kehle spürte. Der Mégan war ins Licht getreten wie herbeigeschnippt.

Und während hinter mir eine Glaswand herunterdonnerte und mich in wattedichte Stille einschloss, wurde mir klar, dass ich in Sachen Täuschung und Fallen immer noch eine Schülerin war. *Und eine leichtsinnige dazu.* Juniper war nur das Ablenkungsmanöver gewesen. Hier war *ich* der Eisenhai und meine Schwester der lebende Köder, der mich auf das Boot gelockt hatte.

»Ergib dich oder sie stirbt«, sagte der Mégan ruhig.

Amad. In diesem Moment hasste ich ihn, obwohl er machtlos dagegen war, dass der Mégan sich seiner Strategien bedienen konnte.

»Habe ich mich nicht deutlich genug ausgedrückt?« Die Klinge biss tiefer in die Haut. Vida verzog den Mund zu einem eckigen, grotesken Angstlächeln. Eine Träne rann unter der Augenbinde hervor, folgte der gespannten Linie ihres Mundwinkels und tropfte vom Kinn auf die Schneide. Ich hatte mir eingebildet zu wissen, was es hieß, hilflos und ohnmächtig zu sein, aber das hier war noch schlimmer als der Moment des Ertrinkens. Wahida und Trinn kamen auf der anderen Seite der Scheibe an. Sie waren wie Katzen hinter Fensterglas, ich sah sie, aber ich hörte keinen Laut.

Alle Kraft wich aus mir. Mein Dolch fiel zu Boden. »Tut ihr nichts!« Ich stieß den Dolch mit dem Fuß fort und er rutschte über den Boden und blieb an der Wand liegen.

Der Mégan lächelte. In dem kalten Lichtkegel, der den Stuhl umfasste, wirkte es wie das Grinsen eines hohläugigen Totenschädels.

Waffen wurden mit einem Klicken entsichert. Zwei Soldaten mit den vernarbten Gesichtern von Schlächtern tauchten so unvermittelt von zwei Seiten aus dem Dunkeln auf, als seien sie aus den Wänden getreten. Beide zielten auf mich. *Wo kommen sie her? Woher kam der Mégan? Es muss einen Zugang von der Rückseite geben.*

Die Winkel waren schwarz vor Schatten, als wären dort versteckte Nischen. Aber die Dunkelheit brodelte. Und als ich erkannte, warum, war ich längst nicht mehr sicher, ob ich erleichtert oder besorgt sein sollte.

Zeit gewinnen!, redete ich mir zu. *Vielleicht halten die Wächterschatten ihr Versprechen. Vielleicht findet Wahida einen Weg, die Wand zu entriegeln, vielleicht …*

»Die perfekte Falle«, sagte ich zu dem Herrscher. Meine Stimme zitterte. »Ich habe tatsächlich geglaubt, dass Tian im Gefängnis ist. Und Ihr wusstet meine schwache Stelle gut einzuschätzen.«

»Tja, ein Herz stört nur bei der Jagd«, entgegnete der Mégan. »Aber bei einem Gegner ist es die beste Waffe, die sich gegen ihn selbst richtet.« Der Widerhall von Amads Worten war wie ein glühend heißer Stich. Nun, zumindest eine Täuschung war mir gelungen: Der Mégan glaubte tatsächlich, dass ich Tian immer noch liebte und dass es mir nur darum ging, ihn zu befreien.

»Ich habe mich ergeben. Lasst Ihr Vida frei?«

»Kommt darauf an, wie nützlich deine Geheimnisse für uns sind.« Ich konnte die Wächterschatten nur als eine dunklere Bewegung in der Luft wahrnehmen. Sie ragten nun neben den Soldaten auf. Eine Chance. *Oder mein Todesurteil. Alles oder nichts.*

»Und wenn ich meine Geheimnisse mit ins Grab nehme wie einst Tana?«

»Wir sorgen schon dafür, dass du am Leben bleibst, bis wir wissen, was wir wissen wollen. Nur deine Familie wird denken, du seist tot.«

»Und wie wollt Ihr den Höchsten Richtern erklären, wie ihre Töchter ums Leben kamen?«

Der Mégan war offensichtlich amüsiert. »Sie werden denken, es ist deine Schuld. Du hattest dich im Gefängnis verschanzt und Vida sollte dich über die Gegensprechanlage zur Vernunft bringen. Leider hörte sie nicht auf meinen Befehl und näherte sich dir ohne meine Erlaubnis. Du hast sie angegriffen. Den Soldaten blieb keine Wahl, als dich zu töten. Aber trotzdem war es für deine Schwester zu spät.« Vida gab einen erstickten Laut von sich, der mir durch und durch ging. Ich ballte die Hände zu Fäusten. Das Lächeln des Mégan war so kalt wie der Onyxfluss. Seltsamerweise war ich mit einem Mal ganz ruhig. *Zeit gewinnen!*

»Und Ihr denkt, unsere Eltern werden das glauben?«

Der Mégan zog spöttisch den linken Mundwinkel hoch. Auch eine von Amads Gesten. Ich musste wegschauen.

»Du bist verrückt geworden wie so viele in unserer Stadt. Leider. Immer mehr Hohe verfallen der Traumkrankheit. Und

Verrückte sind unberechenbar, das weiß niemand besser als die Richterzweiheit. Deine Eltern sind es, die entscheiden, wer so krank ist, dass er in der Öffentlichkeit nur noch eine Gefahr wäre.«

Und deshalb begrabt ihr die Verrückten unter Glas und verkauft ihre Gaben, hätte ich ihm am liebsten entgegengeschleudert.

»So wie Ihr entscheidet, wann Wächter zu viel wissen? Die Leibwächter der Familie Labranako haben mich ohne meine vierte Gabe gesehen. Nur deshalb habt Ihr sie hinrichten lassen. Und euch wird es nicht besser ergehen«, wandte ich mich an die zwei Soldaten, die auf mich zielten. Keiner zeigte eine Regung. Der Mégan lachte. »Nicht schlecht. Aber nutzlos. Wer weder Zunge noch Stimme hat, erzählt keine Lügen. Und im Gegensatz zu den Labranako-Leuten wissen meine Soldaten, was sie sehen – und was nicht. Aber Wächter, die feige genug sind und lügen, um ihre Verfehlungen zu rechtfertigen und ihre erbärmliche Haut zu retten, sind nicht besser als winselnde Hunde, und sie haben es nicht anders verdient, als hingerichtet zu werden wie Hunde. Die zwei Männer haben eine von uns misshandelt und behauptet, sie nicht als Hohe erkannt zu haben. Was, wie jeder weiß, absurd ist.« Die Schatten der Toten schienen einen kälteren Glanz zu bekommen. *Darum geht es ihnen also*, schoss es mir durch den Kopf. *Sie wurden als Feiglinge und Lügner geschmäht und hingerichtet.* Offenbar hatten selbst die Toten mehr Stolz und Ehre als ihr Mörder. *Hoffentlich.*

Jede Faser meines Körpers war so angespannt, dass die Muskeln bereits zitterten. *Komm dem Feind so nahe, dass du das Weiße in seinen Augen siehst.*

Deine einzige Chance, Canda. Zwei Schritte! Nur zwei Schritte. Aber das war es nicht, was mich die größte Überwindung kosten würde.

»Ich glaube Euch zwar, dass ihr so kaltblütig wärt, eine Tochter der Stadt zu töten«, sagte ich betont langsam. »Aber nicht den Köder. Den opfert Amad nämlich nie.« Ich schnellte aus dem Stand los. Und alle Augenblicke implodierten zu einem einzigen Moment, in dem alles gleichzeitig geschah: Zwei Schatten, die in Soldatenohren flüsterten, Gewehrläufe, die wie fremdgesteuert ihre Richtung änderten. Der Doppelschuss machte mich taub und ließ Vida aufschreien. In der gleichen Sekunde: Mein Kuss, der das Herz des Jägers aus dem Takt brachte und Amad aus seinem Albtraum weckte. Das Messer, das dem Mégan vor Überraschung aus der Hand fiel. Als ich ihn losließ, blickte Amad mich eine Sekunde durch seine Augen an. »Du hattest recht: Ein Herz stört nur bei der Jagd«, flüsterte ich ihm zu.

Der Herrscher sackte auf die Knie, getroffen von dem Schuss, der mir gelten sollte. »Canda!«, schrie meine Schwester. Der Soldat, der auf Befehl der Toten seinen eigenen Herrscher erschossen hatte, schien aus einem Traum zu erwachen. Dann blickte er benommen auf seine Brust, wo sich seine Uniform dunkel färbte. Er fiel, niedergestreckt von dem Schuss des zweiten Soldaten, den die Wächterschatten gelenkt hatten. Ich wirbelte herum, als das Gewehr ein zweites Mal schnappte. Mein Ellenbogen traf ein Kinn, der Soldat stürzte gegen die Wand. Ich entriss ihm das Gewehr.

Hinter der Glaswand standen Wahida und die anderen. *Und die Graue!* Sie bellte wie verrückt, ein Stummfilmhund. Wahida deutete nach links. Ich entdeckte eine kleine Metallfläche, packte ein Gewehr und schlug mit dem Kolben dagegen.

Es surrte, die Glaswand fuhr hoch, die Graue fegte mir entgegen. Lärm flutete in den Raum wie eine Sturmwelle. Alarmschrillen, Bellen und trampelnde Schritte.

Wahida war als Erste im Raum und schlug den Soldaten

nieder, der sich wieder auf mich stürzen wollte. »Wir müssen weg!«, rief sie. »Wir haben die Sicherungswände in den Fluren geschlossen, aber lange wird sie das nicht aufhalten.«

Trinn hatte schon Vidas Fesseln durchschnitten, ich nahm ihr die Binde ab. Allein für diesen Blick hätte ich den Mégan ohne zu zögern eigenhändig ermordet. Ich nahm sie in die Arme, ein zitterndes Bündel Elend. »Alles gut, Floh. Hab keine Angst!«

»Du bist wirklich hier!«, wimmerte Vida. »Aber du bist ganz anders und was... wer sind...«

»Freunde!«, erwiderte ich.

»Zwei Fluchttüren«, sagte Meon irgendwo in einem Schattenwinkel. »Hier ist der Mégan in den Raum gekommen.«

»Wir müssen fliehen«, flüsterte ich Vida zu. »Tu, was sie dir sagen.« Ich versuchte mich trotzdem an einem Lächeln, strich meiner Schwester über die Wange und bat Trinn, sie zu stützen.

Es wurde dumpf und still, als die Wand uns wieder von der Außenwelt abschloss. Meon winkte uns, ihm zu folgen. Aber ich schüttelte den Kopf. »Ich gehe nicht ohne Amad!« Ich kniete mich neben den Herrscher. Er war schon bewusstlos, aber noch atmete er. »Kallas, wie hat Tian dich befreit? Was muss ich tun?«

Das Medasmädchen bekam schmale Augen. »Du kennst unsere Abmachung!«

»Ja, ich habe versprochen, erst Gavran zu retten, und du weißt, ich würde es tun – aber Tian war niemals hier. Wir werden ihn finden, aber wenn der Mégan stirbt, dann weiß ich nicht, wo Amad sein wird, wer sein nächster Herr ist. Ich verliere ihn!«

Für einen Moment, der mir wie eine Ewigkeit vorkam, sahen wir einander in die Augen, zwei Frauen, zu allem bereit, um ihre Geliebten zu retten. Ich war einen langen Weg gegangen seit meiner Brautnacht. Hier lag ich auf den Knien vor einem Mädchen, das mich verlassen hatte und wahrscheinlich immer noch hasste, und flehte sie an, mir zu helfen. Und auch das war auf eine Art so richtig wie das Tanzen ohne Gabe.

»Bitte, Kallas! Würdest du einfach gehen, wenn Gavran hier gefangen wäre?«

Kallas' Schönheit hatte die Härte von poliertem Marmor. Sie schluckte schwer und senkte den Blick auf den Mégan. Noch strahlte er im Glanz seiner Lichter, aber diese Aura begann im Sterben zu verblassen, ein anderes, gewöhnlicheres Gesicht schien wie das wahre Antlitz durch eine Maske aus Milchglas zu schimmern.

Kallas stürzte sich ohne Vorwarnung auf mich. Ich schnappte erschrocken nach Luft, als sie Amads Dolch aufhob und grob meine rechte Hand aufbog. Vida begann zu schreien, Trinn und Meon mussten sie zu zweit festhalten. Wahida packte meine Hündin am Halsband, bevor sie nach Kallas schnappen konnte. Ich krampfte mich zusammen in Erwartung eines Schmerzes, eines Schnittes, aber Kallas schabte nur mit der Klinge ein Stück Schorf von meiner Handfläche. Eine der alten Schnittwunden begann wieder leicht zu bluten. Kallas griff in eine Seitentasche ihrer Hose. Als sie die Hand hervorzog, erkannte ich sogar im Halbdunkel blaue Farbe, die eine dünne Felskruste durchtränkte – Farbe von alten Höhlenzeichnungen. »Zusammen mit dem Blau der Hautwanderer öffnet das Blut Wege durch Weltenhäute«, flüsterte Kallas. »Tian hat die Farbe in deiner Brautnacht von einer Zeichnung auf Anibs Haut genommen und sich eine Wunde an der Handfläche beigebracht. Dann hat er das Schattenblau der Hautwanderer mit seinem Blut vermengt. Gavran hat es ihm eingeflüstert. Es war ein Versuch, wir wussten nicht, ob es funktionieren würde.«

TEIL IV: MEDASLAND

Es brannte wie Feuer, als sie die alte Farbe wie Kreide in die Wunde rieb. Dann erblühte ein kühles Funkennest in meiner Handfläche, breitete sich aus. Eisregen schien meine Haut zu überströmen, als sich Blut mit Blau vermischte. Kallas ließ mich los. »Schließ die Augen und sieh hin! Dein Herz ist der Schlüssel für dieses Schloss. Wenn du Amad liebst, können sich eure Hände nun berühren!«

»Der Mégan atmet nicht mehr«, stellte Meon fest.

Ich schluckte und presste die Lider zusammen. *Nur Schwärze. Da ist nichts, gar nichts!* Vor Enttäuschung hätte ich am liebsten geweint. Trotzdem streckte ich die Hand aus. Seltsamerweise sah ich sie trotz meiner geschlossenen Augen. Meine Finger berührten etwas Kaltes, Glattes. Blaues Licht erblühte hinter meinen Lidern – Kreise um meine Fingerspitzen. Aber erst als ich die Handfläche flach an die gläserne Haut von Amads Kerker drückte, geschah etwas. Das undurchdringliche Glas wurde weich wie Wasser. Blaue Ringe glitten von der Stelle fort und waberten nach außen, dann tauchte meine Hand ganz ein, mein Handgelenk, der halbe Unterarm – und dort war Amad, allein stehend in schwarzer Unendlichkeit! So wie ich ihn das letzte Mal gesehen hatte, mit windzerzaustem Haar und umschatteten Augen voller Liebe und Angst um mich. Mein Kuss hatte ihn geweckt. Jetzt hätte ich vor Glück heulen können. »Amad! Nimm meine Hand!«

Er ergriff meine Rechte, und es war so wirklich, dass ich nie wieder die Augen öffnen wollte.

»Er ist tot«, sagte jemand neben mir, oder unendlich weit entfernt. Das Zwischenreich zerfiel in flirrende Tropfen. In einem Blitzlichtmoment sah ich andere Lichter neben Amad. Nicht vier, sondern sechs. Amad war der siebte. *Es stimmt also, dass die Herrscher so viele Lichter an sich binden können, wie sie wünschen.* Sie verschwanden sofort, vier verloschen einfach, aber die anderen... wurden davongezogen wie von einem wirbelnden Strom. Auch Amad. »Nein!« Ich keuchte und stemmte mich gegen den Sog. Mein Herz kam aus dem Takt und wurde langsamer und langsamer, mir wurde schwindelig. Kallas' Arme lagen um meine Taille und zogen mich zurück. Amad lächelte mir schmerzlich zu und schüttelte den Kopf. Und dann öffnete er die Hand, die sich an meiner festhielt. Ich hörte nur ein Wort, verklingend, als wäre seine Stimme schon an einem anderen Ort. »*Zentrum!*« Er wurde von mir fortgerissen, mit meinem Atem, meinem ganzen Schmerz und einem Schrei, der in der Unendlichkeit einer anderen Wirklichkeit verhallte.

Ich riss die Augen auf, in mir eine schreiende Leere und Verzweiflung. Vor mir lag der Tote, der kein Herrscher mehr war. Auf eine Art tat er mir leid. Ohne den Glanz der Lichter war er ein farbloser Greis, verwelkt wie ein Blatt, das bei der leisesten Berührung zerfallen würde. Er war unscheinbar und hart, die Medasmenschen hatten ihm im Leben Schönheit und Würde verliehen, die er selbst nie gehabt hatte. Jetzt blieben nur noch harte Züge ohne jeden Funken Güte.

Das Zentrum des Netzes ist doch nun zerstört, dachte ich benommen. *Aber die Lichter sind immer noch gefangen. Wie kann das sein?*

»Es tut mir so leid«, sagte Kallas. Sie ließ mich nicht los, sondern umarmte mich fester. *Zentrum*, hallte es in mir. *Vier Lichter sind verloschen, drei wurden fortgezogen. Wohin?* Und plötzlich wusste ich es.

Ich drehte mich zu Kallas um. »Der eiserne Turm und die Méganes sind nicht das Zentrum!«, stieß ich hervor. »Der Mégan hat sich Amad als Gabe von einem anderen Menschen genommen. Dieser Mensch lebt noch, Amad ist immer noch mit ihm verbunden. Als der Mégan starb, musste Amad zu seinem wirklichen Herrn zurückkehren. Er ist im Zentrum! Und dort sind auch Tian und Gavran!«

»Wie finden wir Amad?«, sagte Wahida.

Ich wandte mich zu den Wächterschatten um. Sie wirkten dunkler und ruhiger, als hätte das Blut des Mégan sie genährt.

»Wir nicht, aber die Toten«, antwortete ich. »Ich habe mein Versprechen gehalten: Mein Blut oder das ihres Henkers. Und jetzt werden sie mich zu Amad führen.«

Diesmal nickten sie nicht nur, zum ersten Mal antworteten sie mir, mit Stimmen aus Eis und Sand.

Sieger und Besiegte

Tian hatte mir erzählt, dass die Stadt voller geheimer Wege war. Und nun sah ich staunend, dass es Türen gab, die für den Zaubertrick eines perfekten Illusionisten gemacht schienen. Eine optische Täuschung machte den schmalen Spalt unsichtbar, ein Hebel ließ eine Art Drehtür aufschnappen und sofort wieder zurückfallen. Ich glitt als Letzte hinter die Wände, im selben Moment, als eine Explosion den Gang hinter der Glaswand mit einem neongrellen Blitz erhellte.

Wir flohen, so leise wir konnten. Das Licht einer kleinen Taschenlampe fing erst schmale Treppen ein und dann, nach mindestens hundert Stufen, eine steile Metallleiter, die sich in schwarzer Unendlichkeit verlor. Die Wächterschatten flackerten ungeduldig. In der Ferne hallten Männerstimmen und Schritte. Juniper packte kurzerhand die Graue und schulterte sie, dann kletterte sie geschickt mit nur einer Hand voraus nach unten. Wir sprachen kein Wort, und selbst Vida, die erst noch meine Hand umklammerte, als wollte sie mir die Finger brechen, schwieg und kletterte in die Schwärze. Als Letzte glitt ich in den Schacht. Es war ein Wettlauf gegen die Echos von Soldatenschritten. *Wenn sie in den Schacht schießen, sind wir verloren*, dachte ich mit einem Frösteln.

Je tiefer wir kamen, desto mehr roch es nach altem Stein und Staub, nach Knochen und Rattenfell und Sand. Der Schacht führte uns tief hinab in ein Labyrinth aus alten Fundamentmauern.

Insekten flohen vor uns, viel zu nah kratzten Gliederbeine über Mauern. »Wir sind unter der Stadt!«, flüsterte Kallas.

»Durch solche Gänge sind Tian und ich geflohen. Gavran kennt das Labyrinth.«

Neben mir verschob sich die Dunkelheit in einer fließenden Bewegung. Die Toten glitten nach rechts und verschwanden. »Stopp!«, flüsterte ich. »Wir müssen hier irgendwo nach rechts!«

Meine Hand glitt über rauen Stein und dann über kühle Glätte. Und die Rundung eines weiteren Schachteingangs. »Reicht mir die Taschenlampe hoch, ich gehe vor!«

Ein greller grüner Lichtball zischte an uns vorbei und tauchte alles in gleißendes Licht. Glas reflektierte an einem Loch in der Wand, einen halben Meter neben der Leiter. Es war im Fließen erstarrt.

»Sie sind da unten!«, rief jemand.

Ich stieß mich von der Leiter ab. Etwas Scharfes, Heißes streifte mich noch im Sprung, dort, wo die Schulter nicht mehr von der Weste aus Haihaut geschützt war, dann landete ich auf Stein, taub von dem Schuss, der mich getroffen hatte. Ich drehte mich um und riss Vida zu mir. Schüsse echoten. Wahida feuerte nach oben, während ich Hand um Hand ergriff. Das grüne Licht erlosch, als Wahida als Letzte zu uns sprang.

Schmerz jagte bei jeder Bewegung durch meine Schulter, warme Nässe floss an meinem Arm entlang. Aber mein Körper kroch ganz von selbst weiter, auf der Flucht vor dem metallischen Klicken von Stiefeln auf Leitersprossen, vor mir die Toten, die mir zuwinkten, mich zu beeilen. Plötzlich war überall Echohall, als wären über uns Kuppeln und hohe Decken. Meine Finger stießen auf glatte Mauern, wasserdicht verputzt. »Die alten Zisternen«, flüsterte ich Meon zu. »Wir sind im Labyrinth der alten Wasserreservoirs.«

Aus der Ferne glühte wieder grüner Schein auf und zeigte mir eine bizarre, auf dem Kopf stehende Welt. Ich vergaß meine Verletzung und starrte mit offenem Mund an die Decke. *Ein… Fluss? Über mir?* Aber dann erkannte ich, dass es Glas war. Als wäre es in flüssigem Zustand an den Wänden hochgeflossen und hätte sich an der Decke zu einem Strom zusammengefunden, der mitten im Wellengang erstarrt war. Das Labyrinth verzweigte sich in mehrere Gänge, aber die Glasspur führte nur in einen von ihnen. Dorthin, wo die Wächterschatten auf uns warteten.

Ich knickte mitten im nächsten Schritt ein, aber Juniper fing mich ab und stützte mich.

»Du bist ja verletzt!« Vida stürzte zu mir. Ich erinnerte mich an meine Schwester, die beherrscht war und ihre Gabe der Autorität ausspielte, aber nun war sie nur noch ein verängstigtes Mädchen, das die Welt nicht mehr verstand.

»Alles wird gut, Floh«, flüsterte ich ihr zu.

Und woher weißt du das?

»Wir trennen uns«, entschied Wahida. »Wir führen die Verfolger weg von euch. Ihr vier folgt den Toten. Beeilt euch! Trinn! Nimm den Hund, so finden wir Canda wieder.«

Der Junge, der die Gabe meiner Erinnerung gewesen war, nahm von Wahida eine Waffe entgegen und nickte knapp. Natürlich war er blass vor Furcht, aber nun erschien er mir älter, als er war. Er hielt kurz inne und schenkte mir ein Lächeln, dann strich er mit dem Handrücken über meine Wange. Eine zarte Geste, die mir die Tränen in die Augen steigen ließ. »Erinnere dich«, sagte er leise. Und wieder floss ein Strom von Bildern durch mich hindurch: Medas Tod, und Wasser, das zu Glas wurde, hinter dem die Krieger verblassten.

*

TEIL IV: MEDASLAND

Ich wusste nicht, wie lange ich weiterstolperte, gestützt von Juniper und Vida. Kallas folgte uns in einiger Entfernung mit entsichertem Gewehr. Kälte kroch in meinen linken Arm, der längst keine Kraft mehr hatte. Echos umkreisten uns, Schüsse in der Ferne und Rufe von verschiedenen Seiten. Grüner Schimmer erhellte manchmal den erstarrten Fluss über uns und glatte Wände, unberührt von Glas.

»Magie, die sich ins Gegenteil verkehrt«, murmelte ich. »Wasser in der Wüste. Ein Fluss, mitten in der Stadt... deshalb wurden die Zisternen angelegt.«

»Sprich nicht, lauf weiter!«, presste Juniper zwischen zusammengebissenen Zähnen hervor. Weiter kam sie nicht. Die Druckwelle einer Explosion riss uns von den Füßen und warf uns nach vorne. Blendend weißes Licht flutete den Gang. Ein Schlag traf mich so unvermittelt, dass die Welt mir entglitt. Als ich die Augen wieder öffnete, schmeckte ich Staub und spürte eine polierte Treppenstufe unter meiner Hand. Und ich musste einen verrückten Traum haben, denn ganz in der Nähe erteilte meine Mutter Befehle. »Zurück! Fasst sie nicht an!«

Ich blinzelte und sah erst einmal nur die helle Linie eines kantigen Umrisses, scharf aus dem Schwarz geschnitten. *Tür?*, dachte ich benommen. *Licht, das durch Türritzen fällt?* Rauch schien auf der Treppe zu wabern, aber nicht von der Explosion. Die Wächter zeigten mir den Weg.

Juniper kam neben mir stöhnend zu sich und rieb sich den Kopf. Dann erstarrte sie. Mühsam hob ich den Kopf und blinzelte zu drei Silhouetten, die sich aus dem Nebel der Explosion schälten. Vidas schriller Schrei schmerzte in meinen Ohren. Kallas sprang auf, das Gewehr in den Händen.

»Nein!«, rief ich ihr zu. »Tu ihr nichts, bitte! Das ist meine Mutter.«

Sie stand ein Stück von der Treppe entfernt. Offenbar hatte

sie sich in aller Hast angekleidet, ihr Haar war offen und zerzaust und ihr schlichtes graues Konferenzkleid falsch geknöpft. Hinter ihr warteten zwei Begleiter – einer davon war der alte Leibwächter, der mich vor einer Ewigkeit ins Haus der Verwaisten gebracht hatte. Juniper und Kallas verharrten, beide die Waffe in den Händen, aber sie warteten. Vida stürzte zu meiner Mutter und klammerte sich an sie. »Der Mégan ist tot«, schluchzte sie. »Er wollte uns töten. Und Canda… sie ist…«

»Scht«, sagte meine Richtermutter streng. »Rede keinen Unsinn. Bringt sie in Sicherheit! Und lasst uns allein.« Sie schob Vida brüsk nach hinten, wo der alte Leibwächter sie in Empfang nahm. Es tat mir weh, diese Kälte und Sachlichkeit zu sehen. Juniper legte mir die Hand auf die Schulter.

Vida protestierte, aber sie war zu schwach, um sich gegen den Griff des Wächters zu wehren. Schließlich nahm er sie kurzerhand auf die Arme und trug sie davon. Das Letzte, was ich von meiner Schwester sah, war ein verzweifelter Blick über die Schulter des Mannes.

Meine Mutter atmete tief durch. »Und jetzt, Tochter?«, sagte sie zu mir. »Willst du deinen Komplizen befehlen, mich zu erschießen?«

Kallas und ich wechselten einen Blick. *Bitte*, formte ich mit den Lippen. Sie zögerte zwar, aber dann senkte sie das Gewehr widerwillig ein Stück.

Wenn meine Mutter erleichtert war, ließ sie es sich natürlich nicht anmerken. Aber ihre Hände waren ein wenig fahrig, als sie sich mit ihrer typischen akkuraten Geste das Kleid glatt strich. Und das Lächeln auf ihren Lippen zitterte, als sie vorsichtig auf mich zutrat und mir die Hand entgegenstreckte. »Komm zu mir!«, sagte sie leise. »Ich kann dich vor dem Schlimmsten bewahren. Alles wird gut, ich verspreche es dir.«

Sie war immer noch eine miserable Lügnerin. *Die Mégana hat sie rufen lassen.* Die ungewohnte Zärtlichkeit in ihrer Stimme brach mir trotzdem das Herz. Tränen brannten in meinen Augen und ich hielt sie nicht zurück. *Eine Moreno weint nicht.* Es war fast zum Lachen, wie gleichgültig mir unser Familiengesetz geworden war. Ich schüttelte den Kopf. »Nichts wird gut«, sagte ich mit erstickter Stimme. »Weil es nie gut war.«

Meine Mutter leckte sich nervös über die Lippen. »Du kannst nichts dafür. Die Lichter haben dich überwältigt und deinen Geist verwirrt und …«

»Dann könnt ihr mich ja wieder im Haus der Verwaisten begraben. Oder dort gleich in die Glaskammer sperren.«

Meine Richtermutter wurde noch blasser. »Vor der Kammer der Traumkranken haben wir dich bewahrt! Wir haben ein Vermögen bezahlt, damit du im Haus weiterleben konntest, hellwach, mit deinen Fähigkeiten, du durftest du selbst bleiben und deinen Verstand behalten.«

Es überraschte mich nicht einmal mehr zu hören, dass die Menschen nicht als Verrückte in die Kammern kamen. Es hatte sogar eine bestechende Logik: Ihnen wurde der Verstand genommen, damit ihre Gaben ungestört anderen Herren dienen konnten.

»Was für ein Privileg«, sagte ich bitter. »Ich und die anderen Gespenster durften mit den Gaben weiterleben, solange ihr für deren Nutzung bezahlt habt. Aber wenn du mich jetzt retten willst, vergisst du eins: Ich bin nichts mehr wert, meine Gaben sind nämlich frei.«

Es tat weh, dass sie mich ansah wie etwas, das schön und kostbar gewesen war und nun schrecklich verunstaltet vor ihr stand: eine blasse, farblose Gewöhnliche, die einst ihre Tochter gewesen war. Jetzt war sie es, die Tränen in den Augen hatte. »Meine Kleine«, flüsterte sie mit erstickter Stimme. »Was haben sie dir angetan! Bitte gib auf, verlass diese Ungeheuer!

Es ist deine letzte Chance! Ich sorge dafür, dass du fliehen kannst. Nicht einmal dein Vater weiß, dass ich hier bin...«

»Er ist nicht hergekommen, weil er mich längst verstoßen hat«, erwiderte ich.

Gehetzt blickte sie sich um. »Sie werden gleich hier sein. Aber ich kenne einen Weg, also gib mir die Hand und komm mit! Schnell!«

Juniper warf mir einen warnenden Seitenblick zu. *Glaub ihr nicht*, sagte er.

Es war verrückt. Dort stand meine Mutter, die ich trotz allem noch liebte und der ich mein ganzes Leben lang hatte gefallen wollen. Mit der ich gekämpft und gestritten hatte und der ich trotz allem so ähnlich war. Ich wollte ihr glauben, dass sie wirklich vorhatte, mich zu retten, dass sie alles daran setzen würde, mich vor dem Schlimmsten zu bewahren. Und vielleicht stimmte das sogar zum Teil. Aber gleichzeitig sah ich in ihr Tana Blauhand, die Verräterin, die Frau, die Sterne stahl. Zu gut kannte ich die Höchste Richterin.

»Wann hätte ich es erfahren, Mutter? All das?«

»Ein Jahr vor deiner Ernennung zur Mégana.« Selbst jetzt schwang in ihrem Tonfall noch die Trauer um erloschene Träume mit. »Trau diesen Ungeheuern nicht, Tochter. Sie sind keine Menschen! Sie sind... Truggestalten, Geister, Dämonen! Und selbst wenn du gewinnst: Denkst du wirklich, du wirst zu den Siegern gehören? Du bist ihre Marionette, nichts weiter. Was glaubst du, was Sieger mit Besiegten machen? Bildest du dir wirklich ein, du wirst leben, oder Vida – oder irgendjemand von uns, wenn du dich weiterhin auf ihre Seite stellst? Nein! Diese Bestien werden uns alle töten, auch dich.«

Sie warf Kallas einen Blick zu, so voller Hass, dass mir kalt wurde. Und das Medasmädchen, das noch vor wenigen Tagen bereit gewesen war, mich und Tian zu opfern, wurde blass und biss die Zähne zusammen. Ihre Schultern sanken herab, als würde alle Kraft aus ihren Armen weichen. Dann entsicherte sie die Waffe und stellte das Gewehr neben sich ab. Sie sah mich an. Es war ein Versprechen. Und diesmal hörte ich nur auf eine Stimme: mein eigenes Herz. *Manchmal gibt es nur eine Antwort*, dachte ich. *Wie ein Schnitt mit einem Messer. Und die Klinge kann nur einen Namen tragen: Ja – oder…*

»Nein«, sagte ich zu meiner Mutter. Ich schüttelte den Kopf und wich zur Treppe zurück. »Du irrst dich. In jeder Hinsicht. Aber ich ermögliche *dir* die Flucht. Verlass die Stadt und lauf, so weit du kannst!«

Es war wie ein weiterer Tod, der letzte Schritt, der mich endgültig von dem trennte, was ich gewesen war. Und wie endgültig er war, zeigte mir die Reaktion meiner Mutter. »Glaubst du, du bist besser als wir?«, erwiderte sie mit kalter Würde. »Selbst wenn es so wäre, wie du dir einredest, was wäre das Ergebnis? Du wärest wie wir, eine Siegerin, die Leid über ein Volk bringt, das sie verraten hat – über Vida und über uns, deine Familie! Und über alle Bewohner Ghans. Und das lasse ich nicht zu!«

Sie nickte jemandem zu, der irgendwo verborgen war, als würde sie ihm die letzte Erlaubnis geben, und schloss die Augen. Kallas war schlauer als ich. Als der erste Schuss fiel, hatte sie sich längst mit einem Satz hinter einen Vorsprung in Sicherheit gebracht. Mich riss Juniper von den Beinen. Funken stoben, als Querschläger durch die Gänge pfiffen. Beißender Rauch zischte und vernebelte den Raum. Die Graue bremste mit kratzenden Krallen vor mir. Splitter von Holz und Stein flogen uns um die Ohren.

»Das war letzte Zehntelsekunde«, sagte Wahida atemlos direkt neben mir. »Zwei Bewaffnete im Hinterhalt. Den Rest haben wir in den Gängen erledigt.« Meon zielte auf meine

Mutter. »Lass sie gehen, Meon«, befahl Kallas. Meine Mutter sah mich nicht mehr an, sie wandte sich ab und ging davon, aufrecht, mit genau bemessenen Schritten. Und ein Teil von mir bewunderte sie immer noch – dafür, dass sie keine Angst und keinen Kummer zeigte.

Juniper hustete neben mir und richtete sich wieder auf. »Wer eine solche Familie hat, braucht keine Feinde mehr«, murmelte sie.

Kallas kniete sich neben mich und zog mich vorsichtig hoch. »Alles in Ordnung?«

»Nein«, erwiderte ich mit kläglicher Stimme. »Aber ich bin nicht verletzt.«

Kallas lächelte mir zu und strich mir die Haare aus der Stirn. »Doch, das bist du. Aber auch solche Wunden heilen«, sagte sie sanft. »Komm schon, Schwester Sturkopf, finden wir unsere Männer!« Und in diesem ganzen Chaos musste ich trotz allem lächeln.

*

»Diese Tür?« Wahida zückte einen Sprengsatz, den sie irgendeinem der Soldaten abgenommen hatte. »Gut, dann geht in Deckung.«

Die Explosion sog uns den Atem aus den Lungen. Meine Ohren schmerzten, obwohl ich sie mir zugehalten hatte. Und noch bevor der Rauch sich verzogen hatte, rannten meine Gefährten voraus. Ich stolperte von Kallas gestützt die Treppe hoch, blind von der Helligkeit, die uns entgegenflutetete. Als wir über die Schwelle traten, erkannte ich, dass ein Zentrum auch dort sein kann, wo alle anderen Wege enden. »Die Glaskammern«, sagte ich zu Kallas. »Hier wurden im großen Chaos die Kerker geschaffen und hier vergeben die Méganes die

TEIL IV: MEDASLAND

Lichter der betäubten Menschen an Fremde. Und das nennen sie Traumkrankheit.«

Der Goldsaum meines Mantelkleides schleifte über Glas. Heute war es, als würde ich über einen vereisten See laufen, in dem Ertrunkene immer noch vom Leben träumten. Schlafende, gequälte Gesichter glitten unter mir hinweg. Auch Maram lag dort, meine Großtante, die ich in meiner Zelle überwältigt hatte. Mir schnürte es die Kehle zu, so hilflos sah die ehemalige Gefängnisverwalterin aus. *Für meine Flucht hat sie bitter gebüßt.* Ich hatte sie damals nicht gemocht, aber jetzt konnte ich verstehen, in welchem Albtraum sie gelebt hatte: Als Vereinzelte Freiwild für die Verkäufer, das nur so lange oben im Haus sein Dasein fristen durfte, wie seine Familie für seine Gaben bezahlte. Und nun war ihr das passiert, was sie bestimmt am meisten gefürchtet hatte.

Als ich das Mädchen unter Glas erreichte, blieb ich stehen. Unverändert wehrte sie sich gegen die Ohnmacht, die sie in ihren Albträumen festhielt. Neben ihr lagen alte Menschen, nur die Sterne mochten wissen, wie lange sie dort schon alterten, ohne sich dessen bewusst zu sein. Wie Maram waren sie sicher Vereinzelte, die nicht das Glück gehabt hatten, dass ihre Familien ihnen ein Leben erkaufen konnten. Gestohlene Leben. *Und ihre Lichter sind irgendwo in der Welt, bei Menschen, die dafür kämpfen, Ghans Macht auszudehnen.* »Gavran!« Kallas ließ mich los und fiel auf die Knie. Ich konnte es ihr nicht verübeln, dass sie nicht Tians Namen nannte. Ich sank neben ihr auf das Glas. Tian lag ausgestreckt unter mir, reglos wie ein Gefallener. Aber er hatte sich gewehrt, Spuren davon zeichneten seinen Körper, Schrammen, Fesselstriemen. Sein rechter Arm lag locker über seinem Kopf. Eine runde Brandwunde prangte auf der rechten Handfläche, dort, wo die blaue Farbe gewesen war. Es tat weh, die Verletzung zu sehen. Sie hatten ihm den

Schlüssel zu den blauen Wegen aus der Haut gebrannt: die blaue Morenofarbe, vermischt mit seinem Blut.

Mein Atem beschlug auf dem Glas und durch den Schleier sah ich für einige Sekunden nur ihn – und mich. Jemand trat an mich heran und berührte meine Schulter, Trinn. Und ich sah, wie Tian in meiner Brautnacht einen versteckten Gang zu unserem Turm fand, geführt von seiner stärksten Gabe: Gavran, dem Eroberer. Wie er zu uns schlafenden Mädchen ans Prunkbett trat, sich über mich beugte und Kallas aufforderte, ihm zu folgen. Wie er Tians Hand mit dem Morenoblau durch Kerkerhaut ausstreckte und wie Kallas seine Hand ergriff.

Ein heiserer Schrei ließ mich aufblicken. Der Rauch war fast ganz verweht, nur der Gestank nach verbrannter Zündladung stach noch in der Nase. Es war wie eine weitere Erinnerung aus längst vergangener Zeit: Die schwarz gekleideten Gespenster standen am Eingang, eine neue Gefängnisverwalterin, die sich nicht zu rühren wagte, weil Wahida sie und die anderen mit dem Gewehr in Schach hielt. Und neben ihr – die Mégana.

Ich war froh, dass es der sachliche, kühle Meon war, der einen Arm um ihre Kehle gelegt hatte und sie gefangen hielt. Kallas wäre weit weniger sanft mit der alten Herrscherin umgesprungen. Sie hob eine zitternde Hand. »Tu es nicht, Canda! Geh zurück!« Eine alte Narbe, weiß geworden wie ein ausgeblichener Fleck auf altem Papier, zeichnete sich auf ihrer Handfläche ab. *Eine Brandnarbe.*

In einem Herzschlag fanden sich Erinnerungen zu einem Bild: Die Mégana, die von Liebe und Verrat sprach und dabei Amad einen hasserfüllten Blick zuwarf. Der Mégan, der seine Hand vielsagend auf ihre legte. Jetzt wusste ich, dass es eine Warnung an sie war, einen alten Verrat nicht zu vergessen.

Mühsam richtete ich mich auf und ging auf sie zu. Meine

Schulterwunde schmerzte inzwischen unerträglich, die Schwäche kroch mir in jeden Knochen. Nur schwankend hielt ich mich auf den Beinen, aber diesmal stützte Kallas mich nicht.

»Ich würde mich beeilen«, sagte Wahida. »Die nächste Einheit, die hier auftaucht, wird ein paar mehr Leute haben!«

Ich bat Meon mit einem Blick, die Alte loszulassen. Er runzelte die Stirn und trat zurück. Die Mégana stützte sich an der Wand ab.

»Es ist schon einmal geschehen, was Tian so viele Jahrzehnte später auch gelungen ist«, sagte ich zu ihr. »Ein Licht aus seinem Kerker in unsere Wirklichkeit zu ziehen. Ihr wart es. Ihr... habt Amad befreit, als Ihr noch jung wart?«

»Und er wird dich auch betrügen!«, spuckte sie mir entgegen.

»Was ist passiert?«, wollte ich wissen. Die Alte schluckte schwer. Ihre Blicke huschten durch den Raum. Auf eine Art waren wir uns wirklich ähnlich. Auch sie gab nicht auf. Und auch sie tat, was ich an ihrer Stelle ebenfalls getan hätte: Zeit gewinnen.

»Ich war jung und dumm«, sagte sie. »Ich habe mich verliebt, obwohl ich es nicht durfte.«

»In Amad?«

Verächtlich schüttelte sie den Kopf. »Nein, in den Sohn einer befreundeten Familie. Natürlich waren wir beide anderen versprochen, aber wir fanden uns trotzdem. Und irgendwann... begannen ich zu träumen, mit jedem Kuss meines Geliebten deutlicher. Von einem jungen Mann mit vielfarbenem Haar. Er sagte, er könne uns dabei helfen... aus Ghan zu fliehen.«

Es war ein sehr alter Schmerz, aber auch eine Wehmut, die ihre Züge weich werden ließ. »Ich habe dieser Stimme geglaubt«, sagte sie bitter. »Und auch der Mann, den ich liebte, glaubte daran. Der Mann aus dem Traum sagte uns, er wolle uns helfen, wir müssten in die Wüste gehen, in die Höhle der Traumdeuter, dort gäbe es einen Weg, der uns weit fort bringen würde. Aber dafür müsste ich ihn befreien. Dort, in der Höhle. Ich tat es, ohne zu ahnen, dass wir von einem Medaskrieger gelenkt wurden – er war die Gabe meines Geliebten. Ich nahm das Morenoblau von den alten Zeichnungen der Höhlenwände. Aber als er frei war, erkannte ich …« Ihre Stimme brach und die Härte kehrte zurück. »Es war seine Jägerstrategie, sich zu befreien. Er hat uns beide mit falschen Versprechungen betrogen.«

Diesmal musste Trinn nicht meine Hand nehmen. Bilder aus verschiedenen Jahrhunderten überlagerten sich: Amad in der Wüste, an derselben Stelle, an der einst Meda getötet wurde. Er war verbittert und sah in der Mégana und ihrem Geliebten nur seine Feinde. Ich konnte seine Enttäuschung spüren, als er den Fluchtweg in der Höhle verschlossen fand. Und dort: die Mégana, so jung wie ich heute, voller Hoffnung, ihre verbotene Liebe zu retten. Sie tat mir leid, zu gut konnte ich ihren Schmerz verstehen. Und gleichzeitig konnte ich Amads alten Hass nachfühlen, und die Verzweiflung eines Sklaven, der alles dafür tun würde, sich und sein Volk zu befreien.

Die Alte wischte sich mit einer zitternden Hand über die Augen und blickte zu den Menschen unter Glas. »Der Medaskrieger hatte Pech. Soldaten holten uns ein und brachten ihn und uns zurück vor die damaligen Méganes.«

»Aber Ihr wurdet nicht bestraft«, sagte ich. »Warum nicht?«

Die Mégana lächelte traurig und betrachtete die Narbe an ihrer Hand. »Weil ich, ohne es zu wollen, etwas gefunden hatte, das Ghan zu heutiger Größe gebracht hat. Nur durch Amads gescheiterte Flucht entdeckte man, dass es möglich ist, die Lichter in unsere Wirklichkeit zu holen. Und dass man die Gaben noch lebender Menschen an andere binden kann, ohne sie von ihren Besitzern zu trennen. So wurden sie zum Handelsgut. Aber du irrst dich, wenn du denkst, dass ich nicht bestraft wurde, Canda Moreno. Der Mann, den ich liebte, und ich, wir wurden für immer getrennt. Ich musste meinen Versprochenen heiraten, so wie es das Gesetz befahl. Mein Fehltritt wurde vertuscht, meine Familie hat gut genug dafür bezahlt. Aber selbst als Mégana war ich eine Gefangene, niemals hatte ich unumschränkte Befehlsgewalt. Und glaub mir, mein Gemahl hat mich jeden einzelnen Tag daran erinnert, wie sehr er mich verachtet.«

Und er hat Amad als Gabe gewählt und ihn als Sklave in unsere Welt gezwungen, nur um dich mit seinem Anblick zu quälen. Ich erinnerte mich zu gut daran, wie feindselig die Mégana mit Amad umgegangen war. Und jetzt verstand ich noch besser, welche Schuld Amad quälte.

»Die Familie des Jungen, den Ihr geliebt habt, hatte weniger Einfluss als Eure«, sagte ich leise. Sie zuckte zusammen, aber sie sah nicht zu ihm. Aber ich wusste auch so, um wen es sich handelte. Die Graue wartete dort und scharrte am Glas. Und die Wächterschatten tauchten den Winkel der Kammer in dunkles, pulsierendes Licht.

Ich verließ Tian und das Mädchen und wanderte über das Glas an der Reihe der Schlafenden vorbei. Ich hätte es mir denken können. Er war ein Greis, aber keine Falte zeichnete sein Gesicht. Er wirkte auf gespenstische Weise jung, obwohl sein Haar und sein Bart schneeweiß waren. Kein gelebtes Leben hatte seine Züge gezeichnet. Das war also seine Strafe gewesen: Mit siebzehn war er in diesen ewigen Albtraum gezwungen worden. Seine Lichter dienten irgendwo anderen Herren. *Du hast geliebt. Und du hattest Träume, doch man hat sie dir gestohlen.* Mitleid schnürte mir die Kehle zu. Gerne hätte ich ihm sanft über das Haar gestrichen. Stattdessen legte ich meine Hand mit dem schattenblauen Mal der Morenos auf das Glas, genau über sein Herz.

»Nein!«, schrie die Mégana.

Ich schloss einige Herzschläge lang die Augen und sammelte Mut.

»Amad!«, flüsterte ich.

Der dunkle Kuss der Sterne

Es war ein Knacken, so leise, dass ich es nur spüren konnte. Spinnwebfeine Bruchlinien schienen aus meinen Fingerspitzen zu wachsen und breiteten sich aus, schneller und schneller, erreichten die Wände und kletterten weiter. Putz rieselte und fiel, Staublawinen rutschten, weggesprengt von den wandernden Linien, die bis zur Decke krochen. Die ganze Kammer bestand aus Glas, das Mauerwerk war nur Fassade gewesen.

Glas, das früher Wasser war, dachte ich. *Onyxwasser, Tana Blauhand und die anderen haben es über die blauen Wege in die Wüste und in die unterirdischen Zisternen der Stadt geleitet. Und aus dem Wasser und aus ihrem Verrat, der jedes Gesetz ins Gegenteil verkehrte, schufen sie die Kerker.*

Die Gespenster schrien auf und wichen vor dem wandernden Netz aus Rissen zurück, Juniper packte die Graue am Halsband und zog sie zur Tür. Sie rief mir etwas zu, das ich nicht verstand, zu schrill klang der Alarm, der plötzlich losging.

Grelle, glasscharfe Kälte durchbohrte jeden meiner Finger. Das Atemholen einer anderen Wirklichkeit ließ mich schwer werden und presste mich gegen das Glas. Jahre und Bilder fremder Erinnerungen durchströmten mich. Schnee und Sand und Sternenschauer. Der alterslose Greis hatte die Augen geöffnet und sah mich an. Dann holte er Luft wie ein Ertrinkender und bog den Kopf zurück, der ganze Körper verkrampfte sich, eine lebende Brücke, die sich vom Hinterkopf zu den Fersen spannte. Meine Hand versank im Glas, und dann *sah* ich in dem Bruchteil der Sekunde, bevor alles zerbrach: Blaue, pulsierende Waben, Trauben von Gebilden, so dicht, dass ich zwischen ihnen ersticken müsste, und hauchzart wie Seifenblasen. Fäuste trommelten und schlugen mit aller Kraft gegen die schimmernden Häute, die sich bogen, aber nicht brachen. Nur eine einzige Hand war keine Faust. Kratzer von Falkenkrallen zeichneten das Handgelenk und eine Tätowierung, eine Wüstenblume, die beides gewesen war: Freundschaftszeichen und Sklavenmal. Die Hand streckte sich mir entgegen und ich ergriff sie und umklammerte sie so fest, dass es wehtat. In der Ferne tobte die Welt, aber um mich herum war nur noch Dunkelheit, ein sternloser Himmel, finster und einsam und kalt wie zerspringendes Eis. Und darin: ein Duft nach Wüste, kühle Lippen, die meine fanden, und ein Kuss, von dem ich mein Leben lang träumen würde – vielleicht über den Tod hinaus.

Jemand schrie, aber ich hörte nur eines: einen feinen, sirrenden Klang, wie das Zupfen an einem zum Zerreißen gespannten Faden. Ein Knoten löste sich – irgendwo in Raum und Zeit. Dann folgte eine Explosion aus Watte, die mich taub machte ohne ein Geräusch. Der Druck in meinen Ohren wurde schmerzhaft stark, alle Luft wurde aus dem Raum gesaugt. Und alles Blau zerbrach in Splitter und die Splitter in Tropfen und Wellenschlag. Ich fiel, Kälte schlug über mir zusammen, überspülte mich wie eine Woge aus Eiswasser, schwer wie Marmor. Die Wucht eines Aufpralls schlug mich aus der Welt in eine Schwärze ohne Atem und Licht. Das Letzte, was ich in der ohrenbetäubenden Stille hörte, war das Weinen einer sehr alten Frau.

*

Wenn ich jemals geträumt hatte, dann in diesem Moment. Es musste ein Traum sein, denn Amad war bei mir, er hielt

TEIL IV: MEDASLAND

mich in seinen Armen und auf meinen Lippen glomm immer noch dieser dunkle, glühende Kuss zwischen zwei Wirklichkeiten, der mich zittrig und völlig benommen zurückgelassen hatte. Aber es war kein Traum. Unter meinen Fingerspitzen fühlte ich muskulöse Schultern und nasses, glattes Haar und an meinen Lippen einen warmen Atem, der mich erschauern ließ. Ich umschlang Amad und drängte mich an ihn, vergrub meine Nase an seinem Hals, wühlte meine Finger in sein Haar, und er zog mich so fest an sich, dass ich nur noch einen einzigen Herzschlag wahrnahm – unseren. Irgendwo in der Ferne tauchte nach und nach wieder eine Welt auf. Eisige Kälte, Lärm und das Beben von brechendem Stein. Amad legte sich halb über mich und schützte meinen Körper mit seinem und mein Gesicht mit seinen Händen. Der Boden erzitterte, um uns herum donnerte und grollte es. In der Ferne schrie jemand gellend auf und verstummte abrupt. Rufe vermischten sich mit Wasserrauschen, und als ich blinzelte, leuchtete um mich herum das letzte verlöschende Blau auf und verschwand. Zurück blieb nur Aquamarin, in dem ich ganz versank. Heute hätte ich schwören können, dass Amads Augen einen Sternenglanz hatten.

»Ich habe dich wieder!« Meine Stimme entfachte ein Lächeln auf seinem Gesicht. Und er wäre nicht mein Amad gewesen, wenn er nicht sogar jetzt spöttisch die Braue hochgezogen hätte. »Und es sieht dir ähnlich, dich dafür mit einer ganzen Stadt anzulegen.«

»Niemand nimmt mir meinen Liebsten weg!«

»Ich gehöre dir? Jetzt redest du wie eine Eroberin.«

»Gewöhn dich daran. Was ich einmal wiedergefunden habe, lasse ich nie wieder los. Egal in welcher Wirklichkeit!«

Sein Lächeln war schattig und schön. Und als er mein Gesicht in seine Hände nahm, war es der erste Kuss, der nur uns beiden gehörte. Amad hatte recht, wir waren wie Sonne und Mond, aber hier, Haut an Haut, bekam die Nacht einen Sonnenglanz und die Kälte des Wassers wurde zu einem warmen Glühen, das mich ganz durchrieselte. Die Zeit verschwamm und es gab nur noch den Duft von Feuern und Wüstenwind und seine Lippen, die sich an meine drängten, seine Hände und das endlose Fallen ohne die Angst, den Halt zu verlieren. Und für keine Zweiheit dieser Welt hätte ich diese Nähe eingetauscht. Atemlos tauchten wir nach einer Ewigkeit wieder auf.

»Du hast gewusst, dass ich zurückkehre, nicht wahr?«, sagte ich leise. »Nur deshalb hast du mir beigebracht, mit den Augen des Jägers zu sehen. Damit ich dein Herz erkenne, an wen auch immer du gebunden bist.«

»Ich wusste es nicht, aber ich habe es gehofft.«

»Obwohl du nie wieder einer Moreno vertrauen wolltest?«

Amad zog meine Hand an seine Lippen und küsste meine Handfläche. »Ich habe Canda Blauhand vertraut. Sie lässt niemanden im Stich, dem sie einmal ihr Herz geschenkt hat. Und das ist keine Gabe. Das bist ganz allein du.«

Nur widerwillig ließ ich es zu, dass sich die Welt wieder zwischen uns drängte. Steine brachen in der Nähe und die Kälte von Onywasser vermischte sich mit der Hitze von Wüstenwind. Als ich mich umsah, erschrak ich.

Das, was einst eine Falle für einen Hinterhalt und später das Haus der Verwaisten gewesen war, bestand nur noch aus Trümmern. Die Wände aus Wasser hatten das Dach zum Einsturz gebracht, nicht einmal die Ringmauer hatte dem Druck dieser Veränderung standgehalten. Es war ein Wunder, dass die Schlafenden nicht erschlagen worden waren. Das Wasser hatte den brechenden Stein noch im Fallen an die Seiten des Raums gedrückt. Nachtwind strich über nasse Haut, eisige

TEIL IV: MEDASLAND

Wellen schlugen über meine Beine und versickerten irgendwo zwischen Trümmern. Dort, wo vor wenigen Augenblicken noch Gemäuer und ein Dach gewesen waren, hing ein schwerer, samtweicher Nachthimmel, bestickt mit Sternen.

»Lass uns gehen«, sagte Amad. Ich nickte und wollte aufstehen, aber Amad hob mich hoch und trug mich zwischen den Trümmern zu einer Treppe. Sie war mit Steinbrocken übersät, aber nicht zerbrochen. Früher hatte sie in das Verlies unter Glas geführt.

Um uns herum erhoben sich die letzten Medaskrieger aus ihrem hundertjährigen Gefängnis. *Das Ende der Zweiheiten Ghans. Und das Ende von Ghan.* Irgendwo in anderen Ländern fielen Manoas Kunden zurück in eine normale Existenz. Vielleicht wurden gerade Eroberungskriege verloren. Sängern versagte die Stimme, Fährtensucher kamen vom Weg ab. Und auch in den Türmen von Ghan herrschte gerade das Chaos.

Hier dagegen ging es stiller zu. Die Medasmenschen sahen sich um, erkannten einander, erinnerten sich. Das Licht der Milchstraße ließ ihre Gesichter leuchten. Wahida bahnte sich den Weg zu einer älteren Medasfrau, die sie umarmte wie eine verlorene Tochter. Und mitten unter all den Gestalten entdeckte ich zwei besondere Lichter, ein Paar, das sich in den Armen lag, als wollte es sich nie wieder loslassen. Ein Mädchen, so strahlend schön vor Glück, dass es fast wehtat, sie anzusehen – wie ein Blick in die Sonne. Und ihr dunkler Geliebter, dessen langes, glattes Haar sogar im Sternenlicht den blauschwarzen Glanz von Federn hatte. *Die Sonne und der Rabe*, dachte ich.

Die Gespenster des Verwaistenhauses und auch die neue Verwalterin waren verschwunden. Vermutlich hatten sie sich zurück in ihre Kammern geflüchtet. Die Menschen, die eben noch Verrückte gewesen waren, erwachten einer nach dem anderen und setzten sich benommen auf. Tian verzog das Gesicht, als er seine verletzte Hand bewegte. Aber er vergaß seinen Schmerz, als sein Blick auf Kallas fiel. Sie löste sich eben aus Gavrans Umarmung. Ein paar Augenblicke erinnerten die drei an ein gefrorenes Bild. *Und ich liebte meine Schwester Glanz – denn das war sie und würde sie für mich immer sein – dafür, dass sie sich ein Herz fasste und zu Tian hinüberging.*

Als Amad und ich schon am Ende der Treppe waren, entdeckte ich auch den Mann, der einst ein Mädchen geliebt hatte, das heute schon weißes Haar hatte. Er stützte sich mühsam auf schwachen, zitternden Armen auf und betrachtete ungläubig seinen Körper, der nicht mehr siebzehn war wie bei seinem letzten bewussten Atemzug. Es schnürte mir die Kehle zu, so leid tat er mir. *Die Mégana müsste bei ihm sein,* dachte ich. *Nur wegen ihm ist sie doch hierhergekommen?*

*

Ich hatte mich geirrt. Sie wäre nicht zu ihrem Geliebten gelaufen, sondern wollte sich mit den Gespenstern in Sicherheit bringen. Aber weit war sie nicht gekommen. Wir fanden die alte Frau im nächsten Raum, von dem nur noch eine Steinplattform und eine Treppe stand. Sie hatte weniger Glück gehabt als die Schlafenden. Die einstige Mégana lag auf dem Boden zwischen Trümmern eines Balkens, der sie mitten ins Genick getroffen hatte. Kein Atem hob und senkte ihre Brust. Ich konnte mir denken, was sie so sehr erschreckt hatte, dass sie nicht mehr auf die herabfallenden Dachbalken geachtet hatte: Hinter dem Körper ragten zwei Schatten auf, Henker und Totenwache in einem.

»Lass mich zu ihr gehen«, flüsterte ich Amad zu.

Er stellte mich auf die Beine. Mir wurde schwindelig und

TEIL IV: MEDASLAND

meine Wunde brannte wie Feuer, aber ich achtete nicht auf meine Schwäche. Ich ließ mich neben der Herrscherin nieder. Der Mégan hatte wie ein verwelktes Blatt gewirkt, aber bei ihr war der Tod gnädiger gewesen und zeigte mir einen letzten Abglanz des kämpferischen Mädchens, das sie einst gewesen war. Vorsichtig strich ich ihr das nasse weiße Haar aus der Stirn und stellte mir vor, dass es einst vielleicht so sonnenblond gewesen war wie das von Kallas. Es war dieses Mädchen, um das ich trotz allem trauerte.

»Auch sie hat für ihre Liebe alles gewagt«, sagte ich mehr zu mir selbst als zu Amad. Er trat zu mir und legte mir die Hände auf die Schultern.

»Ich weiß«, sagte er mit belegter Stimme. »Aber sie hat verloren. Weil… sie mir glaubte. Vor langer Zeit, als ich alles tat, um mein Volk zu befreien. Und es damit nur tiefer in die Sklaverei stieß.«

Und auch dafür liebte ich ihn: Für die Trauer in seiner Stimme, die trotz allem auch dem Mädchen galt, das er einst betrogen hatte.

»Seid ihr jetzt endlich zufrieden?«, wandte ich mich an die Wächterschatten. »Ihr habt eure Rache. Auch die andere Hälfte der Zweiheit, die euch zu Verachtung und Schande verurteilt hatte, ist tot. Jetzt geht und lasst uns leben.« Ich weiß nicht, was ich erwartet hatte. Aber ich war überrascht, dass sie einfach verloschen, in einem Atemzug. Und erst jetzt merkte ich, wie groß die Last ihrer Gegenwart gewesen war. Mit ihnen wich auch ein Schatten von meiner Seele. Der Raum schien lichter zu werden – und dort, wo die Wächterschatten eben noch geflackert hatten, konnte ich nun Stufen erkennen. Ganz oben am Ende einer Treppe, die zu den Räumen der Gespenster geführt hatte und jetzt einfach mitten in der Luft aufhörte, stand das Mädchen!

Ich kam auf die Beine und eilte die Treppe hoch. Aber das Mädchen fiel nicht, es verharrte an der obersten Schwelle, die Arme um den Körper geschlungen. Hellwach und von ihren Lichtern befreit betrachtete sie staunend die Sterne. Ihr braunes Haar fiel in weichen Wellen bis auf ihre Hüften, aber das war nicht die einzige Ähnlichkeit, die sie mit Canda, der Stadtprinzessin hatte. *Ich hätte beide Frauen sein können*, dachte ich. *Dieses Mädchen unter Glas – und die grausame, unglückliche Herrscherin.*

Die Fremde zuckte nicht zusammen, als ich ihr sacht die Hand auf die Schulter legte. Sie wandte nur den Kopf und lächelte mich mit dem Ausdruck einer verwunderten Schlafwandlerin an. »Ich hatte einen wirklich verrückten Traum«, sagte sie leise.

Teil VI:
Zeit der Lichter

Meine Familie wird mir nicht verzeihen. Es ist Kallas zu verdanken, dass sogar die Höchste Richterzweiheit ihr Leben behalten durfte. Aber noch wissen sie dieses Geschenk nicht zu schätzen. Und vielleicht werden sie es niemals tun. Mein Vater hat kein Wort mit mir gesprochen und mich nicht angesehen, und auch meine Mutter blickte eisern durch mich hindurch, als sei ich eine Tote. Aber sie weinte, als sie mit den anderen Bewohnern die Reste unserer Stadt verließ. Fast hätte ich die strenge Richterin nicht mehr erkannt. Ohne ihre Lichter war sie eine schöne, aber müde ältere Frau, eine Wüstenbewohnerin, die auch die Herrin einer Wasserstation sein könnte. Sie war blass vor Kummer, aber sie strahlte auch etwas Weiches aus, das ich zum ersten Mal an ihr sah. Sie drückte Vida an sich, eine Frau, die unendlich viel verloren hatte und nun versuchte, ihre jüngste Tochter vor einer ungewissen Zukunft zu beschützen. Und vielleicht hätte ich mir eine solche Mutter gewünscht.

Vida war die Einzige von meiner ganzen Familie, die sich noch einmal zu mir umwandte, bevor sie mit der Kolonne der Zentrumsbewohner durch das Tor in den nächsten Ring ging. Unsere Blicke trafen sich, und sie zögerte, als ich die Hand nach ihr ausstreckte zum Zeichen, dass sie bei uns willkommen war. Ohne ihre Gaben ist meine kleine Schwester ein hübsches, ernstes Mädchen ohne die Schärfe ihrer früheren Autorität und ich liebte sie mehr als je zuvor. Aber vielleicht lieben wir immer das, was wir verlieren, am meisten.

Ich weiß nicht, ob Vida mich fürchtete oder mir zulächeln

wollte. Diese Frage wird mich noch oft beschäftigen, und wer weiß, ob ich jemals eine Antwort bekommen werde. Ich hätte alles dafür gegeben, wenn sie zu mir zurückgekehrt wäre. Aber sie wandte sich brüsk ab und holte rasch zu meinen Eltern auf.

In den ersten Tagen fanden die Höchsten und Hohen Unterschlupf im dritten und vierten Ring, in den Häusern der Gewöhnlichen, die ihnen anfangs noch gehorchten. Aber bald schon lösten sich die alten Strukturen wie lose Knoten in einem Netz, das niemanden mehr hielt. Staunend beobachtete ich durch ein Fernglas, wie sich alles veränderte: Manche Paare blieben zusammen, als seien sie immer noch Zweiheiten, aber viele andere lösten sich fast unmerklich voneinander, als hätten sie ohne ihre Gaben keinen Grund mehr, ihren Weg gemeinsam zu gehen. Manchmal fanden sie nicht einmal mehr Worte. Freunde drifteten auseinander, ehemalige Bündnispartner schlossen sich neuen Gruppen an. Erstaunlich viele Einzelne reihten sich in die Kolonne jener Menschen ein, die die Wüste schon nach wenigen Tagen ganz verließen und in die Höhlen und in die Berge wanderten. Zurück in die Städte und Länder ihrer Vorfahren. Tians Eltern, Manja und Oné, waren unter denen, die als Erste gingen.

Amad lässt mich nur ungern in die Nähe der Mauern und Zeltlager. Und wo ich auch bin, nehmen mich die Lichter ganz unauffällig in ihre Mitte, so sehr fürchten sie, die ehemaligen Bewohner Ghans könnten Rache an mir nehmen. Diese Angst ist berechtigt. Hass glüht in den Augen derer, die mich vor wenigen Wochen noch umarmten. Ich mache nicht den Fehler, auf Versöhnung zu hoffen, zu endgültig ist der Schnitt, den ich selbst geführt habe. Als Canda die Schreckliche, werde ich in die Geschichte eingehen, als Verräterin und Zerstörerin der Metropole Ghan. Und vielleicht bin ich ja wirklich nicht besser als die Eroberer früherer Zeiten, die achtlos über die

TEIL VI: ZEIT DER LICHTER

Gebeine der Besiegten schritten. Vielleicht hat meine Mutter recht und es gibt wirklich nur Sieger und Besiegte.

Und dennoch sind diese Sieger gnädig: Es gab nicht viele Tote, die Kämpfe in den Türmen waren schnell beendet, zu groß war die Zahl der Medasleute. Niemand büßt mit seinem Blut für die Verbrechen am Medasvolk, dafür haben Trinn und Meon gesorgt. Stunde um Stunde sah ich die beiden mit den Lichtern reden und um andere Wege ringen. Und als ich Trinn beobachtete, der so jung und gleichzeitig so alt war, verstand ich, warum er niemals älter als dreizehn sein würde: Die Erinnerung ist immer jung und lebt stets in der Gegenwart. Und offenbar ist es Trinn gelungen, sein Volk an das Gute zu erinnern, an Menschen, die keine Verräter waren. Die Lichter zerstören nur das Monument des Verrats, meine Stadt.

Staub vernebelt seit Tagen den Himmel, ein Turm nach dem anderen fällt, und das Grollen der verhallenden Explosionen vermischt sich mit dem Klagen und Weinen der Bewohner, die noch in der Wüste ausharren und ihrer Stadt beim Sterben beistehen.

Der Fall der Metropole hat Neugierige angelockt. Gerüchte reisen mit dem Wind, und schon kamen die ersten Reisenden und streifen seitdem durch die ehemaligen Prunkräume, brechen Goldverzierung von Trümmern und Juwelen aus zerbrochenen Waschbecken. Für mich sind sie keine Plünderer, sie holen sich zurück, was ihnen auf eine Art gestohlen wurde. Trotzdem bin ich nicht stolz darauf, den Menschen meiner Stadt alles genommen zu haben. Ich werde traurig, wenn ich an Anib und Zabina denke, und an meine Schwester, die ich zu einem Leben im Wüstensand verdammt habe. »Du hast ihr ein Leben geschenkt!«, widerspricht mir Juniper energisch. »Das Leben, so wie es ist und sein soll! Vida ist keine Gefangene ihrer Gaben mehr, sie wird wieder lachen, und irgendwann wird sie nicht irgendeinen Versprochenen küssen, sondern jemanden, der ihr wirklich gefällt und der ihr Herz zum Singen bringt.«

Ich hoffe, sie hat recht. Und ich hoffe, auch Tian, der allein davongegangen ist, wird eines Tages wieder glücklich sein. Auch das ist eine Wunde, die wohl niemals heilen wird: mein Zweifel.

Aber es gibt auch Neuigkeiten, die mir zeigen, dass die Dinge allmählich wieder an ihren richtigen Platz rücken: Die ersten Kreaturen haben begonnen zu sterben, die Reisenden berichten davon. Die Wandelgestalten gehen unauffällig zugrunde, als würden sie einfach verlöschen und mit der Wüste verschmelzen wie die Toten in den Märchen meiner Amme. Und auch in der Ferne, im grünen Meer, werden die Mischgestalten bald auf den Grund des Ozeans sinken und nur noch in Träumen und Schauergeschichten ihr Unwesen treiben. Es wird wieder Reichtum geben und Feste am Meeresufer.

Schon jetzt wagen die ersten Menschen wieder zu träumen, auch wenn es für viele nicht so einfach ist, dieser Welt zu trauen. Am allerwenigsten für mich. Jede Nacht schrecke ich mehrmals hoch und weiß nicht mehr, in welcher Welt ich bin. Ich klammere mich an Amad, weil ich überzeugt bin, wieder in der Verhörkammer zu sein und zu spüren, wie seine Hand mir entgleitet und er von mir fortgerissen wird.

Er küsst mich noch halb im Schlaf, murmelt »Ich bin bei dir, Canda Schlaflos« und hüllt mich in seine Umarmung ein. Sobald ich seine Haut an meiner fühle und seinen ruhigen Herzschlag höre, bin ich immerhin halb überzeugt, dass wir einander nicht verloren haben. Aber erst wenn die Sonne aufgeht und ich ihn aus dem Schlaf in meine Welt küsse, fühle ich mich wieder sicher.

Auch am Tag meines Abschieds vom Land meiner Ah-

TEIL VI: ZEIT DER LICHTER

nen erwache ich als Erste. Amad liegt an meinen Rücken geschmiegt und atmet noch tief, schwer liegt sein Arm über meiner Taille. Meine Hündin träumt noch, ihre Pfoten zucken und malen kleine Wellen in den Wüstensand. Ich habe Bronze, Gold und ein Prunkbett gegen Wüstenwind und ein Tuchzelt getauscht, und um nichts in der Welt würde ich jemals wieder zurückgehen.

Unsere Rucksäcke sind gepackt, in der ersten Helligkeit schimmert die zusammengerollte Haut des Eisenhais. Ich freue mich auf das Gesicht von Kosta, dem alten Muschelputzer, wenn ich ihm diese Kostbarkeit schenke. Manoas Palast wird sicher verlassen sein. Der alten Traumdeuterin werde ich wohl erst wiederbegegnen, wenn sie gefunden werden will.

Vorsichtig schiebe ich Amads Arm zur Seite und drehe mich zu ihm um. Und wie jeden Morgen umspült mich eine kleine, warme Welle des Glücks. Wüstensand fängt sich in Amads Haar. Und obwohl er im Erwachen meinen Kuss erwidert, kann ich kaum glauben, dass dieser Mann aus einer anderen Wirklichkeit mir gehört. Vorsichtig bewege ich meine Schulter. Die Schusswunde verheilt gut, aber sie sticht, sobald die Haut spannt, und ich bin beruhigt und weiß, dass ich wirklich wach bin.

Kallas sagt, ich soll die Wunde blau färben, wie es sich für eine richtige Hautwanderin gehört. Aber mir genügt meine von Narben raue Handfläche, um niemals zu vergessen, was ich bin. *Narben von Scherben einer Rosenvase in meinem Elternhaus, Farbe von meiner Flucht, die Stichnarbe eines Paktes, Schnitte vom Grunde des Onyxflusses und Tanas Schattenblau von einer Höhlenzeichnung.* Mir gefällt der Gedanke, dass meine Haut Pergament ist und die Narben Buchstaben darauf, blaue Tinte im Buch meines Lebens. *Und jeder Körper erzählt seine eigene Geschichte.* Amad lächelt, als ich mit dem Zeigefinger seine Kratzer von Falkenkrallen nachzeichne und das Zeichen der Wüstenblume an seinem Handgelenk umkreise. »Woran denkst du, Ydrinn?«, murmelt er, ohne die Augen zu öffnen.

»An Bücher.«

Er seufzt und lächelt sein schiefes, spöttisches Lächeln, das ich so liebe. »Warum frage ich überhaupt, Menschenmädchen.«

»Nicht an Bücher aus Papier – sondern an Geschichten, die erst noch geschrieben werden.«

Er öffnet die Augen und stützt sich auf dem Ellenbogen auf. »Wie die der Hautwanderin und des Jägers, die sich nach dem Fall der Stadt mit einem Fischermädchen und einer Gruppe von Lichtern auf die Suche nach den Toren des Medaslandes machen?«

Ich nicke. »Die Zeit der Ketten ist vorbei. Jetzt beginnt die Zeit der Lichter.«

Sein Lächeln bekommt etwas Diebisches und lässt mich auf der Hut sein.

»Woran denkst *du*?«, will ich wissen.

»An eine Stadtprinzessin, die ich mal kannte. Sie war hübsch, weißt du? Aber leider eine Hexe. Bevor ich sie küsste, wusste ich nicht, wie süß Schlangengift schmeckt.«

Ich muss lachen. »Du sollst nicht an andere Mädchen denken! Schau mich an! Was siehst du?«

Sein Blick wird so weich, dass ich erschauere wie unter einer Berührung. Er rückt so nahe an mich heran, dass seine Wärme und sein Duft mich ganz benommen machen. Mit dem Zeigefinger streicht er über meine Wange, zeichnet zart den Wangenbogen und die Kinnlinie nach und hebt mein Kinn, bis sich unsere Lippen fast berühren. »Canda«, antwortet er so zärtlich, dass ich seinen Atem wie eine Liebkosung auf meinem Mund spüre. »Meine Canda.«